낯선 마을이
너를 부른다

낯선 마을이
너를 부른다

다이앤 체임벌린 장편소설
한지희 옮김

문학사상

존재 자체로 위대한 예술가인 내 의붓딸들
브리트니 월스, 알라나 글레이브스,
케이틀린 캠벨에게

그리고
저마다의 권리를 가진
모든 여성 예술가들에게

차례

1940년 3월 23일
노스캐롤라이나주 이든턴

공기는 여전히 서늘한 겨울의 끝자락을 쥐고 있었다. 뻣뻣하게 냉기를 머금은 잡초들이 발밑에서 우두둑 부서졌지만, 봄이 다가오고 있다는 것을 아이들은 알고 있었다. 아이들은 따뜻한 봄 날씨를 기대하며 들판과 숲을 신난 강아지들처럼 뛰어다녔다.

두 소년과 어린 여동생은 평소처럼 물에 이끌려 개울가로 향했다. 아직 오빠들처럼 발끝이 야무지지 못한 세 살배기 소녀는 무엇인가에 발이 걸렸는지 넘어지며 개울의 차가운 물에 얼굴을 빠뜨렸다. 큰 소년은 소녀가 울음을 터뜨리기 전에 안아 올려 사촌에게서 물려받은 낡고 얇은 점퍼로 감쌌다. 그리고 여동생의 발에 걸린 게 무엇인지 내려다봤다. 그 순간 소년은 소스라치게 놀라 안고 있던 동생을 내동댕이치며 나자빠졌다. 소

년은 남동생의 팔을 움켜쥐며 바닥을 가리켰다. 소년의 손가락
이 향한 곳에는 한 남자가 누워 있었다. 남자의 옷은 흠뻑 젖어
있었고, 얼굴은 마치 이틀에 한 번꼴로 전기가 나갈 때마다 엄
마가 집 안에 피워 놓는 양초처럼 창백했다. 작은 소년이 뒷걸
음질을 치며 속삭였다.

"살아 있는 거야?"

소녀가 일어나 누워 있는 남자 쪽으로 걸어오기 시작하자,
큰 소년은 여동생의 팔을 잡아 제지하며 대답했다.

"아니야. 분명히 죽었어. 여기 봐."

그는 손가락으로 가리키며 말을 이었다.

"머리가 완전히 박살났잖아."

"빨리 여기서 도망가자!"

작은 소년이 왔던 길로 되돌아가기 위해 몸을 틀면서 외쳤
다. 큰 소년은 여동생을 축구공처럼 겨드랑이에 끼워 들고 재빨
리 따라갔다. 그는 동생들이 아무 말도 하지 않을 거라는 걸 알
고 있었다. 아이들은 오늘 본 것을 아무에게도 이야기하지 않을
것이다. 심지어 엄마에게도.

그들은 아직 어렸지만 한 가지는 분명히 알고 있었다. 흑인
남자아이가 백인의 시체를 발견했다는 건 결코 좋은 상황일 수
없다는 사실 말이다.

어둠 속 빛나는
두 개의 시작

1장

모건

2018년 6월 8일
노스캐롤라이나주 롤리의 여성 교도소

계절이나 날씨에 상관없이 이 복도는 항상 서늘하게 느껴졌다. 콘크리트 벽에 둘러싸인 리놀륨 바닥은 교도소 실내화 아래서 끼익, 끼익 마찰음을 냈다. 이 복도에서는 계절을 알아차릴 수가 없다. 바깥세상은 어느새 6월에 들어섰지만 이 안에서는 만물이 소생하는 봄의 기운도, 공기를 가득 메운 따뜻한 내음도 느낄 수가 없다. 어쨌거나 그건 '바깥사람들'을 위한 것이었다.

나는 이 콘크리트 사각형 안에서 두 번째 여름을 맞이하는 중이었고, 바깥세상에 대해서는 되도록 생각하지 않으려 했다.

"누가 왔나요?"

나는 나란히 걷고 있는 교도관에게 물었다.

지금까지 내게는 방문자가 없었다. 엄마나 아빠가 올지 모

1부   어둠 속 빛나는 두 개의 시작   13

른다는 기대는 일찌감치 접었다. 그 때문에 서로 서운함을 느낄 만한 관계는 아니었다. 수감되고 얼마 지나지 않았을 때 아빠가 찾아온 적이 있었다. 그게 처음이자 마지막이었다. 그나마도 오전부터 술에 거나하게 취해 내게 소리를 질러 댄 게 전부였다. 그러고는 매번 나를 곤란하게 만들었던, 술에 찌든 눈물을 쏟아 냈다. 엄마는 한 번도 오지 않았다. 나의 수감은 그들에게 거울이나 마찬가지였다. 자신들의 결점을 그대로 비추는 거울.

내가 부모와의 연을 끊었던 것처럼 이제 그들도 자식과의 연을 끊었다.

"누군지 모르겠는데, 금발 계집애."

교도관이 대답했다. 나는 신참인 그녀의 이름을 모른다. 목에 건 이름표도 보이지 않았다. 하지만 그녀는 여기서의 내 별명을 알고 있었다. 노스캐롤라이나 교도소는 처음일지 몰라도 그녀에게 교도관 일은 처음이 아닐 것이다. 관성에 찌든 듯 너무나도 익숙하게 이 복도를 지나다니는 그녀의 눈에서 지치고, 지루하고, 씁쓰레한 감정이 엿보였다. 나는 면회실로 향했지만 교도관이 내 팔을 잡아 저지했다.

"아니야."

그녀가 말했다.

"그쪽이 아니야. 오늘 너는 여기로 가야 해."

그녀는 내 몸을 개인 면회실 쪽으로 돌렸다. 나는 본능적으로 방어 태세를 취했다. 어째서 개인 면회실일까? 좋은 소식은 아닐 것이다.

나는 테이블 너머 두 명의 여성이 앉아 있는 작은 면회실로 들어갔다. 두 여성은 사십 대쯤으로 보였다. 죄수복이나 간수복 차림은 아니었다. 각각 남색과 갈색 정장을 입고 있었다. 웃음기 없는 표정으로 나를 올려다보고 있는, 검은 피부색을 가진 그들의 얼굴에서 어떤 것도 읽어 낼 수 없었다. 나는 테이블의 맞은편에 앉아 가만히 그들을 응시했다. 저들은 내 눈에 담긴 불안감을 알아챘을까? 이곳에서 나는 아무도 믿어서는 안 된다는 교훈을 얻었다.

"무슨 일인가요?"

내가 물었다. 갈색 정장을 입은 여자는 가지런히 포갠 손을 테이블 위에 올렸다. 매니큐어를 바른 여자의 손톱은 깔끔하게 다듬어져 있었다.

"저는 리사 윌리엄스라고 합니다."

여자가 말했다. 집 모양의 브로치를 재킷 옷깃에 달고 있는 그녀의 외모는 미셸 오바마를 연상케 했다. 어깨까지 내려오는 머리카락, 완벽한 모양으로 정리한 눈썹이 그랬다. 하지만 누구나 쉽게 다가가게 만드는 미셸 오바마의 친화적인 미소가 그녀에게는 없었다. 이 여자의 표정은 따분함과 초조함 사이, 그 어딘가에 있다.

"그리고 이쪽은 안드레아 풀러라고 합니다. 변호사고요."

안드레아 풀러는 내게 눈인사를 했다. 그녀는 예상했던 것보다 나이가 많았다. 오십 대 언저리, 어쩌면 육십 대인지도 몰랐다. 아프로 머리를 한 그녀의 머리칼은 희끗희끗했고 그녀가 바른 립스틱은 짙은 빨간색이었다. 나는 고개를 흔들었다.

"이게 다 무슨 상황인지 모르겠어요."

나는 한 여자에게서 다른 여자에게로 시선을 돌리며 말했다.

"왜 저를 보자고 한 거죠?"

"안드레아와 저는 당신이 여기서 나갈 수 있는 방법을 제안하러 왔어요."

리사라는 여자가 말했다. 그녀의 눈은 하늘색 반소매 죄수복 아래로 살짝 보이는, 거미줄같이 화려한 내 타투에 재빠르게 꽂혔다. 나는 그 타투를 직접 디자인했다. 조그마한 진주와 샹들리에 장식을 수많은 줄들로 교차시켜 거미줄 구조로 만든 타투였다. 리사는 다시 내 얼굴 쪽으로 시선을 올렸다.

"다음 주가 되면 당신은 최소 형량을 복역하게 되네요. 일 년, 맞죠?"

그녀가 물었다. 나는 고개를 살짝 끄덕이고 기다렸다. 그렇다. 최대 삼 년의 형량 중 최소 형량 일 년은 채웠다. 하지만 내가 알기로 나는 앞으로도 오랫동안 이곳에 있어야 했다.

"우리는…… 그러니까 안드레아와 저는…… 당신을 석방시키기 위해 노력하고 있습니다."

리사가 말했다. 나는 멍하니 그녀를 바라보았다.

"왜요?"

내가 물었다.

"저를 잘 알지도 못하잖아요."

법대생들이 부당하게 수감된 죄수들을 석방시키는 프로그램이 있다는 것은 알고 있었지만 내 구속이 실수라고 생각하는 사람은 오직 나뿐이었다. 안드레아는 목을 가다듬고 처음으로 입을 열었다.

"우리는 당신이 리사가 원하는 일을 해낼 자격을 갖춘 유일한 인물이라고 여기고 있어요. 석방은 그 일을 하고자 하는 당신의 의지에 달려 있어요. 그리고……."

"정해진 시일 안에요."

리사가 말을 가로막으며 끼어들었다.

"맞아요, 그 일은 마감일이 있습니다."

안드레아가 말했다.

"물론 그 기간 동안 당신은 가석방 담당자의 감독 아래 있게 될 것이고, 당신이 다치게 한 소녀, 맥스웰 가족에 대한 보상금 역시 지급될 예정입니다. 그리고……."

"잠깐만요."

나는 손을 들어 보였지만 손가락이 떨려, 다시 무릎 위로 떨어뜨렸다.

"조금만 천천히 설명해 주세요."

내가 말했다.

"도저히 상황을 따라잡지 못하겠어요."

나는 양쪽에서 마구 날아와 귀에 꽂히는 두 여자의 대화에 압도되었다. 나만이 할 수 있는 일이란 게 도대체 무엇일까? 나는 교도소 세탁실에서 침대 시트를 완벽하게 사각으로 접는 법을 배웠고, 염소 냄새가 나는 뜨거운 물로 눈이 따끔거릴 때까지 설거지를 했었다. 지금 생각해 낼 수 있는 유일한 내 능력은 그게 전부였다. 리사는 대화를 중단시키기 위해 그녀의 손바닥을 들어 올렸다.

"이런 겁니다."

그녀는 눈을 내게 고정한 채 말했다.

"혹시 제시 제임슨 윌리엄스가 누군지 아시나요?"

물론 제시 제임슨 윌리엄스가 누구인지는 모두가 알고 있다.

그 이름은 즉시 나를 워싱턴 디시에 있는 국립미술관의 한 전시실로 이동시켰다. 지금으로부터 사 년 전, 아니, 오 년 전, 나는 수학여행 중인 열일곱 살의 고등학생이었다. 우리 반 친구들은 모두 미술관에서 나갈 준비를 했지만 현대미술에 매료된 나는 조금 더 머물고 싶었고, 친구들이 모두 건물 밖으로 나가는 동안 화장실에 숨어 있었다. 친구들이 어디로 가는지는 알지 못했다. 알고 싶지도 않았다. 문제가 될 거라는 생각은 했지만 그건 나중 일이었다.

그래서 제시 제임슨 윌리엄스의 그림을 처음으로 봤을 때, 나는 혼자였다. 그의 그림과 마주한 나는 말 그대로 숨이 멎어 버리는 것 같았다. 그림을 더 자세히 들여다보기 위해 전시관에 있던 유일한 의자와 한 몸이 되었다.

「유혹」이라는 제목이 붙은 그 작품은 적어도 180센티미터는 될 듯한 거대한 길이에 폭이 좁은 그림이었다. 반짝이는 은색 배경을 뒤로 하고 저녁 외출을 위해 검은색 옷을 차려 입은 남녀가 서로의 등을 맞대고 서 있었다. 그들의 몸이 너무 가까이 붙어 있어 남자의 검정 재킷과 여자의 검정 원피스를 구분해 내기는 거의 불가능했다. 여자가 남자보다 조금 더 어두웠지만 둘 다 검은 피부였다. 남자는 뒤에 있는 여자를 보려는 듯 눈을 아래로 내리뜬 모습이었고 여자는 나 같은 관람객들을 향해 눈을 크게 뜬 모습이었다. 자신이 그림 안에 있고 싶은지 확신하지 못하는 것처럼 보였다. 마치 '저를 좀 도와주세요'라고 말하는 듯했다.

　숨통이 다시 트인 나는 구석구석을 돌아다니며 제시 제임슨 윌리엄스의 작품 몇 점을 더 찾아냈다. 그런 다음 미술관 기념품 가게에 가서 내가 지불할 수 있는 칠십오 달러 이하의 가격표가 붙은 물건이 있기를 바라며 그의 그림이 실린 사진집을 훑어보았다.

　"그분은 제가 가장 좋아하는 화가예요."

　나는 리사에게 대답했다.

　"아, 그렇군요."

　처음으로 리사가 웃었다. 미소에 더 가까웠지만 어쨌든.

　"반가운 대답이네요. 그는 제가 제안할 일과 관련이 있거든요."

　"여전히 이해가 안 가요."

　내가 다시 말했다.

　"그분은 돌아가시지 않았나요?"

교도소 도서관의 신문에서 그의 부고를 접했다. 그는 아흔다섯 살이었고 분명 생산적인 삶을 살았다. 그럼에도 막상 그 기사를 접했을 때, 상실감의 파도가 나를 덮쳤다.

"1월에 돌아가셨어요."

리사가 덧붙였다.

"저는 제시 윌리엄스의 딸입니다."

"정말요!"

나는 앉은 자세를 바로잡았다.

"돌아가시기 전 이십오 년 동안 아버지는 젊은 예술가들을 돕는 데 사력을 다했어요."

리사가 말했다. 그의 자선사업에 대한 글을 읽은 적이 있던 나는 고개를 끄덕였다.

"아버지는 본인이 생각하기에 가능성은 있지만 학교나 가족 문제로, 아니면 그저 나쁜 길로 빠져서 어려운 시간을 보내고 있던 젊은 예술가들을 후원했지요."

지금 내 얘기를 하고 있는 걸까? 어딘가에서 내 작품을 본 제시 제임슨 윌리엄스가 그 안에서 나의 잠재력을 발견한 걸까? 교수들도 미처 알아차리지 못했던 내 가능성을?

"몇 년 전에 그분이 도와준 십 대 소년에 관한 이야기를 읽은 기억이 있어요, 어디서 봤는지 잘 기억나지는 않지만……."

"더 많은 소년이 될 수도 있었지요."

리사는 짜증이 난다는 듯 손을 허공에 대고 흔들었다.

"아버지는 한 번에 한 명에게만 집중했어요. 그들에게 필요한 교육비와 생활비를 전부 지원했죠. 그들의 작품을 전시하기도 했고요. 그들에게 힘을 실어 줄 수 있는 일은 무엇이든 했어요."

그녀는 고개를 위로 젖혔다.

"아버지는 매우 관대한 사람이었어요. 하지만 동시에 누군가를 잘 조종하는 교활한 사람이기도 했지요."

"그게 무슨 뜻인가요?"

"아버지가 돌아가시기 직전, 당신에게 관심을 보였어요. 당신이 아버지의 다음 프로젝트가 될 예정이었습니다."

"제가요?"

나는 눈살을 찌푸렸다.

"저는 그분을 만나 본 적도 없는걸요. 게다가 저는 백인이고요."

내 말을 증명이라도 하듯 나는 곧게 뻗은 옅은 금발 머리카락 한 가닥을 들어 올렸다.

"그분이 도운 사람들은 모두 아프리카계 미국인들이지 않은가요?"

리사가 고개를 저었다.

"대부분은 그랬죠. 하지만 전부는 아니었어요."

그녀는 의문이 가득한 표정으로 말을 계속했다.

"그리고 솔직하게 말하면, 저는 아버지가 왜 당신에게 주목한 건지 모르겠어요. 아버지는 종종 노스캐롤라이나 예술가들을 후원했으니 그게 한 가지 이유일 수 있겠네요. 그쪽은 캐리° 출신이죠? 그렇지만 아버지의 선택지 안에는 수많은 사람들이 있었을 거예요. 어째서 당신이 아버지의 착한 사마리아인 탐지망 안에 들어갔는지는 아무도 몰라요."

나는 도무지 납득이 가지 않았다.

"그분이 저를 위해 계획했던 것들…… 아니면 다른 누군가를 위해 세운…… 그 계획도 그분과 함께 묻혀 버렸나요?"

"그랬으면 좋았을 텐데요."

리사가 말했다. 그녀는 피곤하다는 얼굴로 미셸 오바마 같은 머리카락 한 가닥을 귀 뒤로 반듯하게 넘겼다.

"아버지는 무덤에서도 여전히 모든 상황을 통제하고 있어요."

그녀는 도리질을 하며 안드레아를 힐끗 쳐다보았다. 나는 이 여자를 좋아해도 될지 확신하지 못한 채 이어질 말을 기다리며 긴장한 두 손으로 무릎을 움켜쥐었다.

"저는 아버지와 함께 살았어요."

리사가 말을 계속했다.

"아버지는 아주 쇠약해진 상태였고, 그런 아버지를 주로 간병하는 건 저였어요. 자기 삶이 막바지에 다다랐다는 것을 알게 됐을 때 아버지는 변호사를 만났죠."

그녀는 안드레아를 향해 고갯짓을 했다.

"그리고 유언장을 갱신했어요. 아버지는 이든턴에 갤러리

○   Cary, 노스캐롤라이나주의 도시

를 짓고 있는 중이었어요. 자신과 다른 작가들의 그림뿐만 아니라 학생들의 작품들까지 전시할 수 있는 갤러리 말이에요."

"아……."

나는 여전히 어리둥절한 상태로 말을 뱉었다.

"그럼 그분은 제 작품 중 하나를 그곳에 전시하려 했던 건가요?"

어쩌면 그게 다였을지도 모른다. 어찌어찌 내 이야기를 듣게 된 그가 갤러리에 내 작품을 노출시키면서 기회를 주고자 했던 것, 그게 전부였을지도 모른다. 그건 그가 젊은 예술가들을 독려하는 방식이기도 했다. 그렇지만 이 가정에도 허점은 있다. 대체 그가 어떻게 나에 대해 알게 됐다는 말인가? 노스캐롤라이나 미술대학의 교수들조차 내 작품을 칭찬한 적이 없었다. 누군가 내 그림을 칭송할 만한 예술 작품으로 바라본다는 건 꿈속에서나 가능한 일이었다. 더구나 내 그림들 중 그의 갤러리에 전시할 만한 게 있기는 했던가? 부모님 집에 보관되어 있을 그림들은 하나같이 내 혼란스러운 내면의 집합체, 그 이상도 이하도 아니다. 부모님이 전부 없애 버렸다 해도 놀랄 만한 일은 아니었다.

"그렇게 간단한 일이 아니에요."

리사가 말했다.

"아버지는 당신이 1940년대의 벽화를 하나 복원해 주길 바랐어요. 그리고 그 벽화가 갤러리 로비에 걸리기 전까지 갤러리는 오픈할 수 없다고 못 박았고요. 참고로 갤러리 개관일은 8월

5일이에요."

이건 실수가 틀림없다. 그들은 다른 사람을 찾았어야 했다. 나는 자유로워질 기회가 도망치고 있다는 걸 느낄 수 있었다. 벽화를 복원하라고? 그것도 두 달 안에?

첫째로 나는 미술품 복원 경험이 전무하다. 둘째로 삼 년에 가까운 대학 생활 동안 벽화 작업을 해본 건 단 한 번뿐이었다. 그나마도 신입생 시절, 다른 학생들과 함께 가로 120센티미터, 세로 240센티미터 크기의 단순한 추상화를 그린 게 전부였다.

"그분이 원한 사람이 제가 확실한가요?"

"확실해요."

"그분은 왜…… 제가 '일을 해낼 자격을 갖춘 유일한' 사람이라고 생각했을까요?"

나는 그 구절을 기억해 내며 질문했다.

"저라는 사람이 있다는 것을 그분은 도대체 어떻게 알았을까요?"

"누군들 알겠어요?"

리사는 자기 아버지의 기이함에 진저리가 난다는 듯 되물었다.

"내가 아는 거라고는 그쪽이 이제 내 문제가 됐다는 것뿐이에요."

나는 그녀의 태도에 순간적으로 발끈했지만 입을 다물었다. 이 두 사람이 정말 나를 여기서 나가게 해줄 수 있다면 절대로 그들의 기분을 상하게 해서는 안 된다.

"선생님은 당신이 미술 교육을 받은 덕에 자격이 있다고 생각했을 거예요."

안드레아가 말했다.

"전공이 미술이었죠?"

나는 고개를 끄덕였다. 미술학과를 다닌 것은 맞다. 하지만 그건 복원과는 눈곱만큼도 관계가 없다. 복원은 그림을 그리는 것과는 전혀 다른 기술을 필요로 한다. 게다가 작년 한 해 동안 나는 모범적인 학생이라고 할 수 없었다. 나는 공부가 아닌 트레이에게 완전히 빠져 있었다. 그는 내 시간과 에너지를 온전히 흡수해 버렸다. 그의 애정과 우리가 함께할 미래를 탐닉하느라 나는 제정신이 아니었다. 그는 돌아가신 할머니의 약혼반지 이야기를 하며 반지가 곧 내 것이 될 거라는 암시를 주었다. 내 눈을 통해 바라본 그는 더할 나위 없이 멋진 사람이었다. 다정했다. 촉망받는 예비 법조인이었다. 겉모습마저 완벽했다. 그리고 나는 아주 멍청했다. 그래도 이 두 명의 여자가 나를 내보내는 것에 대해 이야기하는 지금, 내 부족한 자격을 입 밖에 내지 않아야 한다는 것쯤은 알고 있었다.

"그럼…… 그 벽화는 어디 있나요?"

"이든턴에요. 당신은 이든턴에서 지내야 할 거예요."

리사가 대답했다.

"나와 함께요. 우리 집, 사실 아버지 집이죠. 꽤 넓어서 서로 걸리적거릴 일은 없을 거예요."

나는 귀를 의심했다. 감옥에서 나갈 뿐만 아니라 제시 제임슨 윌리엄스의 집에서 지내게 된다고? 예기치 못한 눈물이 터져 나올 것 같았다. 세상에……. 여기서 벗어나길 얼마나 간절히 바랐는지 모른다! 비참했던 지난 일 년, 나는 멍들고 베이고 두들겨 맞았다. 맞서는 방법을 배웠지만 그건 진정한 내가 아니었다. 나는 싸움꾼이 아니다. 동료 수감자들은 내 젊음, 마른 몸, 옅은 금발을 시샘하고 조롱해 왔다. 나는 끊임없는 공포 속에서 살아야 했다. 심지어 내 감방 안에서도 나는 불안에 떨었다. 내 감방 동료는 말을 하지 않는 여자였다. 말 그대로, 나는 그녀의 입에서 나오는 어떤 소리도 들은 적이 없다. 하지만 나를 바라보는 그녀의 표정은 경멸을 담고 있었다. 밤에는 그녀가 몰래 훔친 칼에 내 목이 베일 것이라 예감하면서 한쪽 눈을 뜬 채로 겨우 잠을 잤다. 에밀리 맥스웰에 대한 악몽도 꾸었지만, 어차피 그건 내가 어디를 가든 나와 함께일 터였다.

"당신은 아직 완공되지 않은 갤러리에서 벽화 작업을 하게 될 겁니다."

리사가 내 생각을 중단시켰다.

"로비에는 공간이 충분해요. 아버지가 전시했으면 하던 곳도 로비였고요."

"벽에 그리는 게 아닌가요?"

"캔버스 위에요. 그리고 벽화는 벽에 걸린, 매달린, 그걸 뭐라고 부르든 간에 한 번도 벽에 붙은 적이 없어요."

"설치된."

안드레아가 말했다.

"맞아요."

리사가 말했다.

"설치된 적이 없어요."

"누가 그랬죠?"

"안나 데일이라는 여자분이요."

리사가 대답했다.

"대공황° 때 그려진 벽화예요. 그 시기에 정부가 예술가들을 고용해서 공공건물에 벽화를 그리게 했던 건 알고 있나요?"

공공사업부 프로그램에 관한 내 배경지식은 수박 겉 핥기식이었지만 나는 고개를 끄덕였다.

"그 벽화는 이든턴 우체국을 위한 것이었어요. 하지만 안나 데일이 미쳐 버린 건지 뭔지, 아무튼 아버지가 한 말이 정확히 기억나지는 않지만…… 그녀는 작업 중 정신이 나가 완성을 할 수 없었다고 했어요. 아버지는 그것을 수십 년간 소유했고 원하고 있어요. 아니 원했죠. 갤러리의 로비에 전시하기를 말이에요. 아버지는 갤러리가 문을 여는 날, 벽화가 제자리에 있어야 한다고 단정 지었어요."

"8월 5일이요."

안드레아는 내가 그 날짜를 기억하지 못할 거라고 생각했는지 다시 한번 말했다. 나는 정확하게 인지하고 있었다.

"이제 두 달도 안 남았는데요."

○   1929년~1939년의 미국 경제 침체 시대

내가 말했다. 리사는 불안감이 가득 담긴 한숨을 길게 내쉬었다.

"그러니까요. 그래서 당신이 당장 시작해야만 하는 거예요."

"어떤 종류의 그림인가요?"

내 물음에 리사는 잘 모르겠다는 표정으로 대답했다.

"아직 실제로 보지는 못했어요. 오랫동안 아버지의 작업실 벽장 구석에 돌돌 말려진 채로 보관돼 있었어요. 엄청나게 크다는 것만 알지 상태가 어떤지는 몰라요. 그래도 고치길 원한 걸 보면 복원은 가능한 상태일 겁니다."

나는 벽장에 처박힌 거대한 캔버스에 칠십 년 이상의 세월이 어떤 영향을 미칠 수 있는지 상상해 보려고 했다. 리사에게는 풋내기 화가가 아닌 복원 전문 회사가 필요했다. 그러나 내게 필요한 건 자유였다.

"작업을 하면 보수를 받게 되나요?"

나는 안드레아를 바라보며 물었다.

"만약 제가 보석금을 내야 한다면……."

"아버지가 그 프로젝트를 위해 오만 달러를 남겼어요."

리사가 내 말을 끊으며 대답했다.

"갤러리를 위해서요?"

"아니요. 당신을 위해서, 당신이 벽화를 복원하는 것을 위해서요. 오만 달러에다가 당신에게 필요한 물품 값으로 만 달러를 추가로 남겼어요."

오만 달러라고? 믿을 수가 없었다. 졸업장을 받았다 해도, 일 년을 꼬박 일한다 해도 내가 어디서 그만한 돈을 벌 수 있겠는가. 심지어 두 달도 안 되는 기간만 일하면 받을 수 있다니……. 문제는 내가 벽화에 무지렁이라는 점이었다. 나는 내 자신에게 향해 품은 의심이 얼굴에 드러나지 않도록 애를 써야 했다.

'유일한 자격을 갖추었다고?'

어림도 없다.

"이건 '감옥으로부터의 자유'를 위한 일생일대의 기회예요. 모건 씨."

안드레아가 몸을 앞쪽으로 기울이며 붉은 입술 사이로 천천히, 그리고 또렷하게 문장을 만들어 냈다.

"우리가 제시한 거래를 받아들여 8월 5일까지 괜찮은 수준으로 벽화 작업을 마무리하면 당신은 가석방됩니다. 다시는 이곳에 발 들일 필요가 없을 거예요. 저라면 지금부터 복원에 관한 책을 읽기 시작하겠어요."

나는 면회실의 문을 바라보았다. 그 문을 지나 정문과 자유를 향해 복도를 걸어 나가는 장면을 떠올렸다. 이곳에서 완전하게 해방될 거라고는 한 번도 생각해 본 적이 없었음에도 불구하고, 상상 속의 나는 이미 신선한 공기를 듬뿍 받아들이기 위해 양팔을 벌려 빙글빙글 돌고 있었다.

그러나 나에게 바깥세상은 죄책감으로 직조된 또 다른 형태의 수감 시설일 터였고, 어디를 가든 나는 항상 나만의 감옥을 짊어지고 다닐 것이었다. 정문 밖으로 걸어 나가는 상상을 하는 순간에도 가상의 감옥은 나를 가두고 있었다. 그래도 지옥 같은 실제 감옥보다는 가상의 감옥이 백번 나을 것이다.

"저 할게요."

마침내 나는 뒤로 기대앉으며 말했다. 어떻게 해낼지는 나도 알 수 없었다.

2장

안나

1939년 12월 4일
노스캐롤라이나주 이든턴

미국 재무부 주관
48개 주 대상 순수예술부문 벽화 경연 대회
1939년 12월 27일

친애하는 안나 데일 양

저희 순수미술 부서는 귀하가 48개 주를 대상으로 실시한 벽화 경연 대회의 우승자 중 한 명이라는 것을 알려 드리게 되어 영광입니다. 뉴저지주의 보든타운 우체국을 위해 귀하가 제출한 벽화의 스케치는 심사위원들로부터 상당한 호평을 받았습니다.

안타깝게도 보든타운 우체국의 벽화는 다른 화가가 담당하게 됐습니다만, 귀하의 작품에 감명 받은 심사위원들은 귀하가 노스캐롤라이나주 이든턴 우체국의 벽화 제작을 맡아 주기를 고대하고 있습니다. 이를 위해서는 가능한 한 빠른 시일 내에 이든턴에 대한 스케치를 저희에게 보내 주셔야 합니다. 스케치가 부서의 승인을 받으면 벽화 작업을(실제 크기로) 시작할 수 있습니다. 이든턴의 벽화 크기는 가로 360센티미터, 세로 180센티미터가 될 것입니다. 이 프로젝트는 1940년 6월 3일까지 진행합니다.

예술가들은 자신들이 배정된 우체국 주변의 지리에 익숙해져야 합니다. 더불어 적절한 주제 선정을 위한 특별한 노력이 수반돼야 함을 알려 드립니다. 지역 역사, 지역 산업, 지역 동식물, 지역의 여가 활동 등의 주제들을 추천합니다.

노스캐롤라이나주 이든턴은 귀하의 첫 번째 선택지가 아니기에 그곳에 익숙하지 않을 것이라 짐작됩니다. 되도록 빠른 시일 내에 해당 지역으로의 방문을 강력히 권고하는 바입니다.

벽화의 보수는 칠백이십 달러로, 먼저 스케치가 승인되면 3분의 1을, 밑그림이 승인되면 3분의 1을, 최종적으로 벽화가 설치되면 나머지를 지급합니다. 이는 작업에 필요한 물품, 여행 경비 등 벽화의 설치와 관련한 모든 비용을 포함한 금액입니다.

순수예술 부서 관리자
에드워드 로완 드림

12월 4일 늦은 오후, 안나는 이든턴에 도착했다. 사흘간 머무를 계획이었다. 야간열차를 탈 수도 있었지만 떠나기 직전, 그녀는 직접 운전하기로 마음을 바꾸었다. 파란색인 포드사의 32년형 V8 모델은 아직도 어머니의 향기—어머니가 즐겨 쓰던 향수의 매혹적인 파촐리 향—를 머금고 있었다. 이 새롭고 어른스러운 모험을 시작하기로 마음먹었을 때 안나에게는 이런 종류의 위안이 필요했다. 보수를 얻게 되는 첫 직업, 집에서 멀리 떠나는 첫 경험 같은 것들. 실로 이 모든 것이 그녀에게는 처음 겪는 일이었다.

해가 저무는 브로드 스트리트에 진입한 그녀의 차는 바닥에 깔린 살얼음을 밟아 미끄러지기 시작했다. 눈앞이 아찔해졌다. 안나는 도로가에 주차된 차들을 연달아 들이받으며 자기소개를 하게 되는 건 아닐까 걱정했지만, 간신히 차를 통제할 수 있었다. 가까스로 위기를 넘긴 그녀의 눈에 마차가 들어왔다. 말이 아닌 노새일 수도 있었다. 동물은 제대로 보이지 않았다. 어쨌거나 그녀는 둘을 정확히 구별할 수 없었을 것이다. 안나가 나고 자란 뉴저지주 플레인필드에서 흔하게 볼 수 있는 동물은 아니었다.

벽화의 주제가 될 이 작은 마을을 주의 깊게 관찰해야 한다는 생각에 그녀는 속도를 줄였다. 지도에서 찾아본 이든턴은 강으로 둘러싸인 점처럼 보이는 조그마한 곳이었다. 생경함과 묘한 이질감을 동시에 느낀 그녀는 걱정 섞인 한숨을 뱉으며 지도를 덮었다.

안나는 자신이 경연 대회에서 우승할 거라고는 꿈에도 생각지 못했다. 타이밍마저 이보다 나쁠 수는 없었다. 그녀는 이 세상에서 가장 친한 친구였던 어머니를 방금 땅에 묻었다. 안나가 언제든 기댈 수 있었던 사람이자 안나를 사랑했던 단 한 사람이었다.

하지만 일자리 구하기가 하늘의 별따기인 지금 상황에서 그녀는 일을 거절할 수가 없었다. 지금까지는 어머니가 가져온 바느질감이 두 사람의 생계 수단이었다. 그렇다고 해서 안나의 이번 결정이 꼭 돈 때문만은 아니었다. 그녀는 이 기회에 감사할 필요가 있었다. 비록 그것이 벽화를 그릴 '해당 지역에 익숙해지고자' 650킬로미터 이상 떨어진 곳까지 가야 한다는 것을 의미할지라도 말이다.

메이슨 딕슨 선° 아래쪽으로의 여행이 별로 끌리지 않았던 안나는 단 며칠만 머무르면 된다는 점을 내심 다행스럽게 여겼다. 남부는 그녀의 눈에 너무나도 시대착오적으로 보였다. 공공시설의 인종별 분리에 관한 온갖 우스꽝스러운 법들로 학교는 말할 것도 없고 버스, 식수대, 화장실까지도 유색인 전용, 백인 전용으로 구분해 놓은 곳이 바로 남부였다.

안나는 플레인필드 고등학교에서 몇몇 유색인종 아이들과 같은 반에서 공부했다. 그중 친하게 지냈던 두어 명의 유색인종 여학생들과는 농구팀과 합창단 활동을 함께하기도 했다.

"너는 장밋빛 안경을 통해 플레인필드를 바라보고 있구나."

어머니는 분명 그렇게 말했을 것이다. 사실 플레인필드에

○ 메릴랜드와 펜실베이니아 사이의 경계선으로 미국 북부와 남부를 가르는 상징적인 분계선

서도 안나의 유색인종 친구들은 일부 상점이나 식당에 출입할 수 없었다. 예컨대, 함께 간 극장에서 그들은 일 층 좌석에 앉지 못했다. 유대인 친구들을 포함한 모든 유색인 친구는 회원제로 운영되는 스포츠 센터에서 환영받지 못했고 롤러스케이트장은 매주 '유색인종의 밤'을 따로 운영해야만 했다. 그럼에도 불구하고 이쪽 사정은 남부에 비하면 새 발의 피나 마찬가지라는 것을 모두가 알고 있었다. 실제로 남부에서는 법적 재판 없이 흑인들을 교수형에 처하기도 했다.

이든턴까지 차로 꼬박 이틀이 걸린다는 사실을 알았을 때, 안나는 플레인필드의 공공도서관에서 벽화 주제를 조사하는 편이 효율적일 거라고 생각했었다. 그러나 그 작은 마을로의 방문을 권하는 순수예술 부서의 편지를 읽으며 그녀는 거듭 고민했다.

"아가야, 감사한 마음으로 도전을 받아들이렴."

어머니가 있었다면 이왕 시작한 일이니 제대로 하라고 조언해 주었을 것이다.

플레인필드의 반 엠버러 미술대학교를 졸업한 그녀의 동기들은 일자리를 구하려고 발버둥을 쳤지만 악화된 경제 상황 탓에 쉽지 않았다. 그들 중 대부분이 벽화 경연 대회에서의 우승을 목표로 삼았기 때문에 안나는 그 영광을 차지한 것이 얼마나 행운인지 잘 알고 있었다. 그녀는 순수예술 부서가 자신을 믿어 준 것에 대해 고마운 기분이 들었고, 기꺼운 마음으로 할 수 있는 모든 것을 할 생각이었다.

어머니가 돌아가시기 며칠 전, 안나는 어머니에게 일기장을 받았다. 벨벳처럼 부드러운 갈색 가죽 표지에 작은 금색 자물쇠와 열쇠가 딸린 아름다운 일기장이었다. 어머니는 그것이 딸에게 주는 마지막 선물이 될 것임을 알고 있었지만 안나는 짐작조차 하지 못했다. 진실을 마주했을 때, 끓어오르는 화를 주체할 수 없었던 안나는 부엌의 쓰레기통에 일기장을 던져 버렸다. 하지만 어머니를 향한 분노의 감정을 남겨 두고 싶지 않았던 그녀는 다시 일기장을 꺼내 깨끗이 닦았다. 그리고 지금, 일기장은 여행 가방 안에 들어 있다. 어머니와의 추억이 담긴 그 어떤 물건도 다시는 버리지 않으리라. 평생 소중하게 간직하리라. 그녀는 다짐했다.

어머니의 카메라 역시 그녀와 함께였다. 안나는 식탁에 앉아 슬픔에 북받친 상태로 코닥 카메라에 새 필름 한 통을 끼워 넣었다. 수년간 이 작업을 반복했던 어머니의 손을 회상하면서…… 문득 안나는 어머니가 카메라를 마지막으로 집어 든 지 몇 달이 지났다는 것을 깨달았다.

사진은 곧 어머니의 열정이었다. 돈벌이가 되지는 않았으나 '활기찬 마법'의 기간 동안 어머니에게 더없는 행복감을 안겨 주었다. 의사는 그것을 '조증'이라고 불렀지만 안나는 자기만의 방식으로 붙인 이름이 더 좋았다. 어머니가 침대에서 일어나기도 힘들어 하던 우울한 날들이 지나면 어김없이 마법이 찾아왔다. 때로는 몇 주까지도 지속되던 활기찬 마법은 언제나 안나를 안심시켰다. 활기찬 마법은 예고 없이 들이닥쳤다. 예기치 못한 행동을 동반하기도 했다. 어머니는 이른 아침 안나를 깨워 학교를 빼먹게 한 뒤, 같이 버스를 타고 뉴욕으로 갔다. 그곳에 서 박물관들을 돌아다니기도 하고 센트럴파크에서 롤러스케 이트를 타기도 했다. 안나가 열두 살쯤 되었을 때에는 카네기홀 의 뒷문으로 몰래 들어가 비어 있는 칸막이 좌석에서 오케스트 라 공연을 보기도 했다. 안나에게 남아 있는 그날의 기억은 음 악이 아니었다. 어머니의 어깨에 머리를 기대고 앉아 어머니의 들뜬 에너지를 고스란히 흡수하는 데서 오는 순수한 기쁨, 그날 의 기억은 기쁨이었다. 활기찬 마법이 지속되는 한, 그들의 하 루하루 역시 즐거움으로 가득할 것이라는 건 너무도 자명했다.

봄에 좋은 마법이 찾아올 때면 늘 그랬듯 그녀의 어머니는 카메라를 들고 플레인필드를 바쁘게 돌아다녔다. 이웃들의 정 원 사진을 찍기 위해서였다. 꽃을 사랑하는 어머니가 가장 좋아 하는 활동이기도 했다. 제라늄이 흐드러지게 핀 창틀의 화단에 닿기 위해 낯선 집의 진입로로 들어가기도 했고 복숭앗빛 백합 과 수국, 장미로 가득한 정원의 모습을 카메라에 담기 위해 이 웃의 뒷마당에 몰래 들어가기도 했다. 안나가 아는 한, 사유지 침범을 가지고 누구도 그녀의 어머니를 추궁하지 않았다. 아마 사람들은 어머니가 조금 이상하다고 생각했을 것이다. 아니면 혼자서 딸을 키우는 젊은 과부라 불쌍하게 여겼는지도 모른다. 그것도 아니라면 사람들은 데일 부인이 정신적으로 건강하지 않다는 사실을 이미 알고 있었는지도 모른다. 그리고 친절하게 도 그들은 어머니를 그냥 내버려 두었다.

어머니의 우울증이 도지면 안나는 집안일을 도맡아 했다. 그 기간 동안 어머니는 음식을 거의 입에 대지 않았지만 안나는 두 사람을 위한 요리를 했고 청소와 빨래를 했다. 어머니를 향한 인내심과 사랑으로, 어머니의 우울이 가라앉기만을 묵묵히 기다렸다.

한번은 앨리스 이모가 어머니를 정신과 의사에게 끌고 갔던 끔찍한 사건이 있었다. 그 의사는 어머니가 입원을 해야 한다고 주장했다. 당시 열네 살이던 안나는 두 달 동안 이모네 가족과 함께 지냈다. 그녀는 어머니를 그 참혹한 곳에 있게 만든 이모에게 분노했다. 마침내 어머니가 퇴원했을 때, 어머니의 기억에는 드문드문 공백이 생겨 있었다. 병원이 그녀에게서 소중한 순간들을 앗아 간 것처럼 보였다. 다시는 그 누구도 어머니를 가두지 못하게 하겠다고 안나는 맹세했다. 그 이후로 그녀는 어머니에게 찾아오는 우울증을 이모에게 숨기기 위해 부단히 노력했다. 대수롭지 않은 것처럼 여기며 견뎌 내려고 했다. 하지만 마지막에는 그간의 노력들이 어쩌면 실수였는지도 모른다는 생각이 들었다. 그때만큼은 안나가 줄 수 있는 것보다 더 많은 도움이 어머니에게 필요했는지도 모른다. 그러나 안나는 그런 생각을 애써 모른 척했다. 그저 활기찬 마법이 돌아오기만을 기다렸다. 때가 되면 한껏 미소를 띠운 행복한 어머니가 돌아오리라는 것을 너무나도 잘 알고 있었다. 둘을 신나게 할 기발한 아이디어를 가득 충전한 채로 말이다.

"안나야, 새로운 시도를 결코 두려워하면 안 돼."

어머니라면 그렇게 말했을 것이다. 안나는 지금 어머니의 뜻을 따르고 있다. 아는 사람 하나 없는 작고 낯선 마을에 가기 위해 이틀째 운전대를 잡고 있었다. 하늘 어딘가에서 그녀의 어머니가 격려의 박수를 보내고 있을 것이었다.

*

순수미술 부서에서 보낸 편지에는 48개 주 전체의 수상자 명단이 함께 들어 있었다. 목록을 확인한 안나는 잔뜩 주눅이 들었다. 심사는 블라인드 테스트로 진행됐다. 그게 바로 자신이 우승할 수 있었던 유일한 이유라고 그녀는 생각했다. 대부분의 수상자들은 세간에 잘 알려진 화가들이었다. 뉴욕 출신의 아무개, 화가 연맹 회장, 유럽에서 수학함, 벽화 전공, 뉴욕과 로스앤젤레스에서 개인 전시회 개최 등등. 유명 수상자들에게 쏟아진 화려한 약력과 찬사에 그녀는 기가 죽었다. 그리고 거기에 안나가 있었다.

안나 데일. 뉴저지주 플레인필드. 1918년 출생. 반 엠버러 미술대학 졸업. 그게 다였다.

자신들이 선택한 작품이 아무 경력도 없는 소녀의 것이라는 걸 알게 됐을 때 심사위원들은 분명 깜짝 놀랐을 거라고 그녀는 추측했다. 자신은 정당한 절차를 거쳐 뽑힌 거라고 스스로에게 끊임없이 상기시켜야 했다. 안나는 졸업장을 건네받을 때 반 엠버러 부인이 그녀의 귀에 속삭여 준 말을 떠올렸다.

"안나 양은 정말 뛰어난 사람이에요. 언젠가 미술계에서 촉망받는 인재가 될 거예요."

부인의 말에 안나는 몸 전체를 관통하는 전율을 느꼈다. 겸손을 미덕으로 여겨 온 그녀는 누구에게도 그 이야기를 한 적이 없었다. 하지만 대회에서 우승한 지금, 안나는 그 칭찬을 가슴 깊이 되새기고 있었다. 이제 그녀는 철저히 혼자가 되었다. 혼자서 해나가야 했다.

스케치를 위한 새로운 아이디어를 하루빨리 떠올려야 한다는 압박감이 그녀를 사로잡았다. 보든타운 스케치의 구상은 수월했다. 보든타운에 최초의 무료 공립학교를 설립한 여성인 클라라 바턴이 학교 앞에서 종을 치는 모습과 근처에서 걷거나 뛰어오는 아이들의 모습을 그림에 담았다. 남학생들의 활력과 여학생들의 치맛자락이 살랑살랑 움직이는 장면을 포착해 낸 것을 안나는 자랑스럽게 여겼다. 그걸 벽화로 그릴 수 없어 안타까웠다. 상황이 바뀌기 전, 열정적으로 스케치를 하면서 느꼈던 행복은 마치 전생의 기억처럼 희미했다.

이든턴 벽화에 대한 아이디어가 한 가지 있기는 했다. 안나가 도움을 청했을 때 플레인필드 도서관의 사서는 노스캐롤라이나 안내 총서가 꽂혀 있는 쪽을 가리켰다. 그곳에서 그녀는 18세기, 여성들을 주축으로 한 정치적 시위인 '이든턴 티 파티'에 대해 알게 되었다. 쉰한 명의 여성들이 영국 제품 불매를 위한 청원서에 서명한 운동이었다. 그녀는 그것이 흥미로운 주제인 동시에 그리기도 쉬울 거라고 생각했다. 처음에는 이 아이디어가 너무 단순하게 여겨져 조사를 위해 굳이 이든턴까지 가야 할까 싶기도 했다. 하지만 어느 순간 그곳으로의 여행을 원하고 있는 자신을 발견했다. 그녀에게는 단 며칠이라도 좋으니 기분 전환을 할 수 있는 기회가 필요했다. 들어갈 때마다 어머니가 있을 거라는 기대를 갖게 만드는 작은 집과 커다란 상실감에서 벗어날 필요가 있었다.

'킹 스트리트'라는 표지판을 발견한 후 왼쪽으로 돌아 큰 벽돌 건물을 찾았다. 조셉 휴웨스 호텔, 외계 행성이나 다름없는 이 생경한 마을에 머무는 동안 그녀의 집이 되어 줄 곳이었다. 그녀는 앞으로 며칠 동안 어떤 일이 펼쳐질지 궁금해하며 두근대는 가슴으로 주차장을 향해 차를 몰았다. 핸들을 쥔 손이 땀으로 끈적끈적했다.

3장

Morgan
모건

2018년 6월 13일

리사와 함께 교도소 주차장에 있는 은색 세단을 향해 걸어갈 때, 나는 밝은 햇살에 눈을 제대로 뜰 수 없었다. 지금까지 리사가 내게 한 말이라고는 "다 챙겼어요?"가 전부였다. 건물을 나서는 우리 사이에는 침묵만이 있었다. 자유의 달콤한 공기를 들이마셨지만 긴장감이 온몸을 지배하고 있었다. 그래도 고개를 빳빳하게 세웠다. 자신만만하게 보이자. 안에서 줄곧 연습해 왔던 대로 거칠어 보이는 강한 여성의 가면을 쓰자.

'겁낼 것 없어.'

스스로에게 되뇌었지만 옆에서 걷고 있는 이 여자의 태도에 위축되었다는 사실은 부인할 수 없었다. 제시 제임슨 윌리엄스의 딸이라는 사실 하나만으로 그녀는 누군가를 움츠러들게 만들기에 충분했다. 하지만 그 이유뿐만은 아니었다. 그녀는 도통 심중을 읽어 내기가 어려웠다. 무엇보다 사람을 불편하게 하는 그녀의 불친절한 침묵이 그랬다. 도대체 왜 이러는 걸까?

그녀는 이 초에 한 번씩 핸드폰을 확인하면서 꼿꼿한 자세로 빠르게 차를 향해 걸었다. 굳게 다문 입과 냉랭한 표정은 덤이었다. 내면에서 분노가 끓어오르고 있는 것 같은 이 여자의 손에 내 미래가 쥐어져 있다는 사실이 썩 반갑지 않았다.

리사의 차 앞에 다다른 나는 차를 타야 한다는 데서 맞닥뜨릴 불안감을 미처 예상하지 못했었다. 차에 오르는 것은 일 년 만이었다. 내 손가락은 차 바깥의 문손잡이 위에서 그대로 굳어 버렸다. 문을 열 수 있을 정도까지 스스로를 추슬렀을 때, 리사는 이미 운전석에 앉아 있었다. 그때까지도 나는 얼마 안 되는 소지품을 담은 비닐봉투를 들고 다리 근육이 마비된 것처럼 그대로 서 있었다.

"어서 타요."

리사가 말했다. 차에 올라 가죽 의자에 앉은 나는 소지품이 든 봉투를 발밑에 던져 놓았다. 문을 닫은 후, 따뜻한 봄 날씨임에도 얼음장같이 느껴지는 손가락으로 안전벨트를 채웠다. 리사는 핸드폰을 거치대에 꽂고 여전히 입을 다문 채로 차를 출발시켰다. 나도 입을 열지 않았다.

'이렇게까지 해주셔서 고맙습니다'라고 말할까……. 하지만 그 말은 내가 보이고 싶어 하는 강한 이미지를 희석시킬 수 있었다.

원래의 내 모습으로 돌아간다는 건 꽤 낯설게 느껴졌다. 일 년 만에 처음으로, 은으로 된 작은 링 귀걸이와 코 피어싱을 했고 오래전에 산 파란색 민소매 셔츠를 입었다. 선택권이 있었던 것은 아니었다. 체포되던 날 입고 있었던 옷이 내가 가진 전부였으니까. 그래도 남아 있는 게 이 셔츠라서 다행이라고 생각했다. 날씨가 따뜻하기도 했거니와 리사가 내 타투 전체를 봤으면 하는 마음도 있었다. 여러 가지 디자인을 화려하게 조합한 팔의 타투는 내 예술적 재능을 드러낼 수 있는 유일한 것이었다. 하지만 리사는 그것과 관련해 아무런 말도 없었다.

차 안에는 리사가 풍기는 재스민 향기가 진동했다. 이 여자는 왜 이렇게 냉랭한 걸까? 자기 손으로 범죄자를 석방시켰다는 사실이 못마땅한 걸까? 고급스러운 옷을 입고 공들여 치장한 그녀의 눈에 무릎이 찢어진 청바지와 팔의 타투가 저급해 보였을까? 아니면 리사가 받는 유산의 일부가 내 주머니로 들어가게 되어서일까? 그것도 아니라면 최악의 가정이지만…… 혹시 내가 백인이라서? 도무지 감을 잡을 수가 없었다. 지금 내가 알 수 있는 분명한 사실은 시속 100킬로미터로 달리고 있는 리사의 차가 앞차와 너무 가깝다는 것뿐이었다. 이런 속도라면 둘 사이 최소 여섯 대 만큼의 차간거리를 유지해야 한다. 운전면허 교육 때 배운 바로는 그랬다. 물론 나는 그 규정을 지켜 본 적이 없다. 하지만 그건 과거의 나다. 현재의 나는 속도를 줄이기 위해 브레이크를 밟고 싶은 충동과 싸우고 있었다.

'이게 새로운 모건이구나.'

왠지 쓸쓸한 생각이 들었다.

'바깥세상을 두려워하는 모건이라니.'

차가 출발하면서부터 시작된 십 분 남짓의 정적을 깨고 드디어 리사가 입을 열었다.

"정부는 벽화를 그렸던 안나 데일에게 벽화 대금을 전부 지급하지 않았어요. 그래서 그녀가 미쳐 버린 후에, 아니 무슨 일이 일어났든 간에 벽화는 아버지의 소유가 된 거죠. 갤러리는 우리 지역을 위한 거예요. 지역사회 발전을 위한 사업의 일환이죠. 따라서 그쪽이 하게 될 벽화 작업은 일종의 지역 봉사활동으로 여길 수도 있겠네요."

그녀는 입술 끝을 살짝 들어 조그맣게 미소를 지으며 나를 힐끗 보았다.

"안드레아도 그렇게 말했고요."

그다지 설득력 있는 이야기로 들리지는 않았다. 나는 그녀가 정말 하고 싶은 말이 무엇인지 파악하지 못한 상태로 말이 완전히 끝나기를 기다렸다.

"알겠어요."

리사가 그 주제로 더 이상 할 말이 없어 보였을 때 내가 말했다.

"그런데 그 벽화는 왜 당신 아버지께서 가지시게 된 건가요?"

그녀는 누군들 알겠느냐는 표정으로 대답했다.

"모르겠어요, 나한테도 자세한 이야기를 해주지 않았거든요. 그저 아버지가 시키는 대로 할 뿐이에요."

나는 앞에서 달리고 있는 차의 브레이크등에 시선을 고정했다.

"참, 그쪽은 사흘 안에 가석방 담당자를 만나야 해요."

리사가 덧붙였다.

"알고 있어요."

그렇지 않아도 내 의무는 머릿속에 깊숙이 박혀 있었다.

"혹시 가능하다면…… 그러니까…… 가불을 좀 받을 수 있을까요?"

리사가 날카로운 눈으로 나를 바라보았다.

"옷이 좀 필요해서요. 제 말은, 그러니까…… 옷이 필요해요. 지금 제가 입고 있는 옷 말고는 아무것도 가지고 있지 않거든요. 그리고 핸드폰도 필요할 것 같고요."

"가족들이 옷을 보내 줄 수 있지 않을까요?"

"부모님과는 연락하지 않아요."

"부모님도 그쪽이 나온 것을 알고 있나요? 알게 된다면 상황이 다르지 않겠어요?"

전화벨이 울리자 리사는 핸드폰을 확인한 후 수신 거절 버튼을 눌렀다.

"이제는 연락할 수도 있잖아요?"

그녀가 말을 계속했다. 나는 그들에게 전화를 한 적이 없다. 전화를 걸 이유가 없었다. 작년에 참석했던 알코올중독자 모임에서 배운 것을 하나 꼽자면 내 삶에 독이 될 만한 사람들을 제거해야 한다는 것이다.

"아니에요. 지금이랑 별 차이 없을 거예요."

내가 말했다. 리사는 대답하지 않았고 이제는 익숙해진 정적 속에서 우리는 몇 분을 더 달렸다. 한참이 지난 후 그녀는 스피커폰으로 전화 통화를 했다. 주로 집과 계약서에 관한 내용이었다. 그녀의 직업은 부동산 중개인이었다. 그제야 그녀의 옷깃에 달려 있던 집 모양의 브로치가 수긍이 갔다. 전화기에 대고 이야기하는 리사의 목소리는 보다 높고, 친절하고 밝았다. 완전히 다른 사람 같았다. 통화를 마친 그녀는 나를 슬쩍 쳐다보았다.

"좋아요. 미리 지급할게요. 우리는 언제든 연락이 닿아야 하니까 핸드폰이 필요할 거예요. 복원 작업을 공부하기 위해서는 노트북도 필요할 거고요. 사천 달러를 먼저 줄 테니 그걸로 필요한 물건을 사도록 해요."

"고맙습니다."

내가 대답했다. 우리는 64번 국도를 달리고 있었다. 내 눈은 계기판에 고정돼 있었다. 속도는 이제 130킬로미터를 넘어섰다. 나는 생각을 전환하기 위해 제시 제임슨 윌리엄스 덕분에 지금 막 감옥에서 나올 수 있었다는 굉장한 사실에 초점을 맞추려고 노력했다. 그가 내 이름을 알고 있다는 생각만으로도 온몸에 짜릿한 전기가 흐르는 기분이었다. 하지만 한편으로는, 다른 모건 크리스토퍼와 착각했을지도 모른다는 의심을 지울 수가 없었다. 노스캐롤라이나에 나와 이름이 같고 아마도 흑인일 젊은 화가가 있을 확률은 얼마나 될까? 그는 나를 어떻게 알게 됐을까? 나는 특출한 학생은 아니었다. 미술에 대한 열정이 충만했다면 성공할 수 있었을까? 그랬을지도 모르지만 나는 창작에 대한 욕구가 충분치 않았다. 돌려 말하는 법을 모르던 교수는 나에게 노력으로만 따지면 일등이지만 타고난 재능 면에서는 '그다지 눈에 띄지 않는' 학생이라고 말했다.

"재능은 가르칠 수 있는 게 아니야."

그의 말은 내게 비수가 되어 꽂혔다. 그때 학교를 관둘까 생각하기도 했지만 나는 정말 미술이 좋았다. 트레이는 내게 조금 더 견디라고 말했다.

"머저리 같은 놈."

그는 그 교수를 그렇게 불렀다.

"네 작품은 멋져."

트레이는 내가 낙담할 때마다 기운을 북돋아 주는 방법을 알고 있었지만 예술가는 아니었다. 그가 미술에 대해 알면 얼마나 알겠는가? 이후 벌어진 사고로 나는 구속됐고 결국 '대학교를 중퇴한다 혹은 중퇴하지 않는다'를 놓고 했던 고민도 자연스럽게 해결되었다.

"화가가 미쳤다는 건 무슨 뜻인가요?"

나는 리사에게 물었다.

"그게 정확히 무슨 의미죠? 정신분열증? 정신적인 문제? 그때는 지금 같은 시대가 아니었잖아요. 어쩌면 그녀는 그냥 우울증을 앓고 있었고 치료를 제대로 받지 못한 걸지도 몰라요."

나는 사람이 미쳐 간다는 것에 대해 누구보다 잘 알고 있다고 생각했다. 지난 일 년 동안 가끔씩, 정신이 이상해져 간다고 느낄 때가 있었다. 내 경우에 피해망상이긴 했으나 현실에 기반한 것이었다. 실제로 감옥 안에는 나를 해치려는 여자들이 숱하게 존재했다. 리사는 시선을 도로에 고정한 채로 '글쎄요'라는 표정을 지었다.

"잘 모르겠네요. 아버지가 그 화가에 대해 한 번 이야기한 적이 있지만 그다지 궁금하지 않았거든요. 벽화를 본 적이 없어서인지 크게 신경 쓰이지 않기도 했고요. 하지만 아버지는 벽화에 집착했던 것 같아요."

그녀는 백미러를 보며 차선을 바꾸기 위해 깜빡이를 켰다.

"그 화가에게 무슨 일이 있었든지 간에 벽화를 우체국에 넘기지도 못했고 보수를 받지도 못했으니 꽤 심각한 일이었을 거예요."

"벽화의 주제가 뭔가요?"

나는 다시 도로에 집중된 정신을 대화로 분산시키려고 애쓰면서 물었다.

"마을과 관련된 것이라고만 알고 있어요. 이든턴에 관한 것이죠. 옛날 벽화들은 대부분 그랬으니까요. 좌우간 우리는 벽화를 곧 볼 수 있을 거예요."

그녀는 벽화에 별다른 관심이 없어 보였다. 그녀에게 벽화는 목적을 위한 하나의 수단일 뿐, 그 이상의 의미는 없을 거라고 나는 짐작했다. 그저 갤러리의 개관과 운영을 위해 처리해야만 하는 귀찮은 숙제에 지나지 않을 것이다.

"그리고…… 갤러리에 다른 작가들의 작품도 전시될 거라고 하셨죠?"

내 질문에 리사는 고개를 끄덕였다.

"일단 아버지의 작품은 영구적으로 전시될 거예요. 그리고 아버지가 소장했던 좋은 친구들이자 유명 화가들의 그림을 위한 전시실도 마련될 거고요. 그 공간의 작품들은 몇 달간의 간격을 두고 계속 바뀔 거예요. 아버지가 수년간 후원했던 젊은 작가들의 그림 역시 돌아가면서 전시될 예정이에요. 그 작품들은 판매도 할 거예요."

그녀의 목소리가 점점 작아졌다.

"갤러리 오픈 전까지 우리가 끝내야 할 일이 너무 많아요."

"당신도 전공자인가요?"

내가 물었다.

"미술이요?"

리사가 화가처럼 보였던 건 아니다. 예술가라기보다는 후원자에 가까워 보였다. 지금 입고 있는 고급 맞춤 정장과 그녀의 손목에서 반짝이고 있는 다이아몬드 팔찌를 구입할 여유가 있는 후원자.

"나는 부동산 중개인이에요. 나는 미술적 재능도 없고…… 예술에 관심도 없어요. 중개하는 집들의 역사적 건축양식에 관한 것들을 제외하고는요."

"아, 네. 그렇다면 제시 윌리엄스 선생님은, 그러니까 당신

아버지는 왜 당신을 갤러리 책임자로 앉힌 건가요?"

리사는 곧바로 대답하지 않았다. 그 질문이 선을 넘었는지도 모른다는 생각에 뒤늦게 후회가 밀려왔다. 그녀가 마침내 입을 열었다.

"전 외동딸이에요. 그러니 당연히 제가 해야죠."

그녀가 한숨을 내쉬었다.

"물론 돌아가셨을 때 갤러리 오픈 준비가 진행 중이라는 건 알고 있었지만 그 책임을 전부 나한테 떠넘길 줄은 몰랐어요."

그녀는 나를 힐끗 쳐다보았다.

"그렇다고 오해해서 듣지는 말아요. 나는 아버지를 사랑했어요. 아주 많이요. 그리고 아버지를 위해 이 일을 꼭 해내고 싶어요. 하지만 아버지는 불가능한 마감 기한을 정했고 당신까지도 혼란에 빠트렸죠……."

그녀는 고개를 저으며 말을 이었다.

"지금도 나는 중개사 일을 해야 해요. 당장 거래 중인 고객도 있고요. 요맘때가 한 해 중 가장 바쁜 시기거든요."

"그분은 당신이 충분히 해낼 수 있다고 생각했을 거예요."

내 말에 리사는 다시 한숨을 쉬었다. 그러고 나서 그녀는 손을 뻗어 라디오 버튼을 눌렀다. 주택담보대출에 관한 내용이 흘러나왔다. 썩 만족스럽지 않았던 우리의 대화는 그렇게 끝이 난 것 같았다.

누군가 내게 제시 제임슨 윌리엄스가 어떤 집에 살았을지 맞춰 보라고 했다면 나는 프랭크 로이드 라이트°가 지었을 법한, 작은 언덕을 끼고 있는 건물을 상상했을 것이다. 그리고 나는 틀렸다. 리사는 정교한 흰색 울타리로 둘러싸인 빅토리아 시대 양식의 거대한 이층집 진입로에 차를 세웠다. 집 앞이 온통 하얀 레이스로 뒤덮인 것처럼 보였다. 널찍하게 펼쳐진 정원의 식물들은 생명력 넘치는 색깔을 서로 뽐내고 있었다.

"여기가 제시 선생님의 저택인가요?"

내가 놀란 목소리로 물었다.

"엄밀히 말하면 드 클레어 저택이라고 할 수 있지요."

리사가 차에서 내리며 대답했다.

"1880년 지어졌을 당시, 첫 번째 주인은 바이런 드 클레어라는 사람이었어요. 그로부터 백 년 후인 1980년에 우리 부모님이 매입했고요."

오직 빅토리아 시대의 건축양식에서만 그 집의 나이를 가늠할 수 있었다. 나는 리사를 따라 집 안으로 들어갔다. 그녀가 복잡해 보이는 보안장치를 해제하는 동안 나는 입구에 서서 내부를 살펴보았다. 현관과 거실은 부드러운 파스텔색 페인트로 덮여 있었다. 파도의 색이자 라벤더의 색, 푸른 기운이 감도는

○ Frank Lloyd Wright, 미국 건축가이자 디자이너, 광활한 지형을 기반으로 자연과 조화되는 유기적인 건축이 특징

회색. 모든 벽면에는 미술품이 걸려 있었다.

리사가 현관에서 전화 통화를 하는 동안 나는 숨을 죽인 채 기다란 복도에 걸린 그림들을 훑어보았다. 제시 윌리엄스의 그림 중 하나가 경매에서 무려 천만 달러에 낙찰됐다는 예전 기사가 생각났다. 그리고 지금, 나는 제시 윌리엄스의 그림 여러 점에 둘러싸여 있었다. 복도에 있는 대부분의 작품은 그의 것이었다. 그중에서 나는 로메어 비어든Romare Bearden의 콜라주 두 점, 데이지 꽃밭에 어린 소녀들이 앉아 있는 모습을 담은 주디스 시플리Judith Shipley의 거대한 그림 한 점을 발견했다. 시플리의 그림에서 나는 그녀가 항상 어딘가에 숨겨 놓는 붓꽃을 찾으려 했다. 붓꽃은 화가가 어머니에게 바치는 일종의 헌사로 매번 그녀의 그림 안에 있었다. 넘쳐 나는 데이지 꽃 안에서 숨은 붓꽃 찾기라니……. 결국 망설이지도 않고 포기해 버린 나는 비어든의 콜라주 작품으로 돌아갔다. 선명한 붉은 배경 앞에는 흑인 기타리스트들이 가득했다. 손을 뻗으면 닿을 거리에 원작이 있음을 깨닫자 끓어오르는 흥분을 억누를 수 없었다. 화가가 아니었다 해도 나는 항상 미술 그 자체를 사랑하는 사람이었을 것이다.

"부엌으로 오세요."

통화를 끝낸 리사가 말했다. 나는 그녀를 따라 하얗고 깔끔하며 넓은 부엌으로 들어갔다.

"제시 윌리엄스 선생님은 대부분 뉴욕에서 생활하시지 않았나요?"

"대부분은 아니고 몇 년간은 그랬죠."

리사는 커다란 양문형 냉장고를 열어 내게 생수를 한 병 건네준 다음 자신이 마실 생수병의 마개를 열었다.

"그전에는 프랑스에서 살았고요."

그녀는 옅은 회색 대리석이 얹어진 조리대에 기대며 말했다.

"전쟁 중에 프랑스에 있다가 그대로 머무르게 됐다고 들었어요. 아버지의 첫 번째 부인도 거기서 만났고요. 첫 번째 결혼 생활은 십오 년 정도 지속됐고 이혼 후에 뉴욕으로 건너와 엄마와 재혼했어요. 엄마는 아빠보다 훨씬 젊었어요. 자식을 가질 생각이 없었는데 제가 생겨 버렸죠."

리사는 생수를 길게 한 모금 마셨다.

"엄마는 서른아홉 살이었고 아버지는 거의 쉰 살이었거든요. 그때 가족의 유대감이 아버지를 끌어당겼는지 이든턴으로 돌아오기로 결정한 거예요. 자신의 뿌리로 돌아온 거죠. 당시 나는 일곱 살이었는데 그 무렵 아버지는 이미 유명한 사람이었어요. 당연히 이든턴은 그를 두 팔 벌려 환영했고요."

그녀는 생수병을 내려놓고 아일랜드 식탁 위에 있는 서류철을 뒤지기 시작했다.

"그런데도 부모님은 이 집을 현금으로 사야 했어요. 당시에는 그 누구도 흑인에게 이 동네의 집을 세놓지 않았거든요."

그녀는 중얼거리듯 말했다. 그리고 서류철에서 한 다발의 종이를 꺼냈다.

"유언장의 한 부분을 읽어 줄게요."

종이를 들고 그녀가 말했다. 내가 고개를 끄덕이자 리사는 읽어 내려가기 시작했다.

"갤러리 로비를 위한 계획, 작업실의 벽장 안, 참고로 아버지의 작업실은 저 뒤편에 있는데 엉망진창이에요."

리사가 손가락으로 부엌 창문 너머 마당 뒤쪽을 가리켰다. 그곳에는 적당한 크기의 하얀 오두막이 있었다.

"작업실의 벽장 안에서"

리사가 말을 이었다.

"둥글게 말아 놓은 커다란 캔버스를 찾을 수 있을 것이다. 그것은 1940년 정부가 후원했던 우체국 벽화 프로젝트의 일환으로, 안나 데일이라는 젊은 여성이 그렸다. 안나는 벽화를 완성했지만 우체국에 설치하기 전 몸 상태가 급격히 나빠졌고 그 이후 이런저런 방법으로 내 소유가 되었다. 벽화는 새로운 갤러리 로비의 중앙에 위치해야 한다. 물론 벽화는 복원이 필요하다. 그 작업은 노스캐롤라이나대학에서 순수미술학과를 삼 년 가까이 다녔고, 현재 롤리에 있는 여성 교도소에 수감 중인 모건 크리스토퍼라는 젊은 여성이 맡게 될 것이다."

속이 울렁거렸다. 그는 정확하게 모건 크리스토퍼라고 했다.

"그녀는 일 년 이상의 징역형을 선고받았다."

리사가 계속했다,

"2018년 6월에 리사는 변호사를 고용해 크리스토퍼 양을 석방한다. 작업은 갤러리에서 자체적으로 이루어질 것이다. 벽화는 절대 이든 턴 밖으로 벗어날 수 없기 때문에 리사는 크리스토퍼 양이 작업을 하는 동안 마을에 머무를 수 있도록 준비해야 할 것이다. 나는 크리스토퍼 양에게 필요할 전문가의 도움이나 기타 물품들을 위한 별도의 만 달러와 작업에 대한 보수 오만 달러를 남길 것이다."

리사는 종이에서 고개를 들었다.

"아버지는 다른 요소들에 대해서도 언급했어요. 조명이라든지 벽화는 어떤 식으로 전시되어야 하는지 등등이요."

그녀는 다시 읽기 시작했다.

"벽화는 우체국 벽에 전시된 적이 없기 때문에 설치를 위해 구멍을 낸 곳도, 제거해야 할 뒷부분의 접착제도 없다. 따라서 모건 크리스토퍼 양의 복원 경험이 부족하다 해도 2018년 8월 5일, 갤러리 오픈 날짜에 맞추어 완성할 수 있을 것이라고 본다. 오픈일은 그날이어야 하며 완성된 벽화가 로비에 걸려 있어야만 한다. 다른 유산의 상속은 해당 날짜까지 복원된 벽화의 설치 여부에 달려 있다."

마지막 문장을 읽자마자 리사는 피곤함과 짜증이 뒤섞인 모습으로 고개를 저었다.

"이건 말도 안 돼."

그녀는 혼잣말에 가깝게 말했다.

"세상에……."

나는 북받쳐 오르는 흥분을 억누를 수가 없었다.

"그분이 언급한 다른 유산은 어떤 건가요?"

리사는 손을 흔들어 내 질문을 뿌리쳤다.

"그건 그쪽이랑은 상관없는 것들이에요."

전화벨이 울려 핸드폰 화면을 확인한 그녀는 못마땅한 얼굴로 벨 소리를 끄기 위해 버튼을 눌렀다.

"이쪽으로 오세요."

그녀가 서류철을 식탁 위에 내려놓으며 말했다. 나는 그녀를 따라 부엌에서 나와 라벤더색의 식당을 지난 후 채광이 좋은 커다란 일광욕실로 들어갔다. 방의 한쪽 끝에는 큰 침대가, 맞은편에는 일인용 안락의자와 서랍장이 놓여 있었다.

"아버지는 이 층까지 올라갈 필요가 없도록 이 일광욕실을 자기 침실로 개조했어요. 여기서 지내는 동안 이 방을 쓰도록 해요. 아버지의 물건들과 환자용 침대는 치웠고 새 침대를 들여놨어요."

볕이 환하게 드는 이 방을 나만의 공간으로 쓸 수 있다니……. 작년에 처했던 것과는 백팔십도 다른 상황에 목이 메었다.

"위층은 제 공간이에요. 그러니까 그쪽한테는 금지구역이에요. 부엌은 공동으로 사용하겠지만 잘 때를 제외하면 우리 둘다 집에서 많은 시간을 보낼 것 같지는 않네요. 그쪽은 사실상 갤러리에 계속 있게 될 거고 나도 일 때문에 바쁘거든요. 밥은 각자 알아서 먹는 걸로 합시다. 매주 수요일은 가정부가 와 있을 거예요."

그녀는 단호한 얼굴로 나를 보았다.

"집 안에서 마약은 절대 안 돼요. 그쪽한테 문제가 있다는 것을 알고 있고……."

"약물 문제는 없어요."

나는 스스로를 방어하듯 말했다.

"저는 한 번도 마약을……."

"와인은 부엌에 보관하고 있어요."

리사가 내 말을 가로챘다.

"그게 그쪽에게 문제가 될까요?"

"아니요. 전 술 안 마셔요. 더 이상은요. 원래도 와인은 마시지 않았고요. 맥주만 마셨어요."

리사의 웃음이 나를 허탈하게 만들었다.

"감옥 안에서 술을 마시기는 어려웠겠죠."

"끊었어요."

나는 강조했다. 다시는 술을 마시지 않을 것이다. 다시는.

리사는 내 말을 믿어도 될지 모르겠다는 얼굴로 나를 바라보았다.

"좋아요."

그녀가 마침내 말했다.

"만약 그쪽에게 문제가 될 것 같다면 알려 줘요. 그럼 와인을 내 방에 보관할게요. 와인 냉장고는 내가 옮길 수 있……."

"문제없을 거예요."

뺨이 불타는 것 같았다. 그녀가 그 얘기를 그만했으면 싶었다.

"집 안에서는 금연이에요."

"담배 안 피워요."

"좋아요. 그럼."

리사가 복도 쪽을 향해 손짓을 했다.

"욕실은 부엌 옆에 있어요. 씻고 나서 벽화를 보러 갑시다."

4장

Anna
안나

1939년 12월 5일

안나는 호텔 레스토랑에서 아침 식사를 하며 일기를 쓰는 게 경우에 어긋나 보일까 봐 염려했다. 하지만 신경 쓰지 않기로 했다. 호텔 손님들에게까지 잘 보일 필요는 없었다. 그녀는 반숙 달걀과 소시지를 베어 물며 자기 생각들을 적어 내려갔다. 그리츠°도 메뉴에 있었다. 들어 본 적은 있지만 실제로 보는 건 처음이었다. 하지만 다른 사람의 접시에 올라가 있는 그리츠를 보자 먹고 싶은 생각이 사라졌다.

남부 사투리는 달콤하고 정감 가지만 동시에 생소한 음식의 소스처럼 그녀의 귀로 흘러들어 왔다. 자신의 억양도 다른

○   grits, 옥수수 가루로 만든 죽으로 미국 남부의 흔한 아침 식사

손님들에게 낯설게 느껴질 터였다.

식당 안의 사람들은 대부분 남자였고, 그들의 시선은 따갑게 그녀를 향했다. 일기장 때문일까? 머리 모양 때문일까? 어쩌면 이든턴에 오기 전, 좀 더 적절한 머리 모양으로 바꿔야 했어야 했는지도 모른다. 하지만 익숙한 것을 바꾸는 건 쉽지 않았다. 그녀가 오랫동안 유지해 온 앞머리가 있는 단발머리는 이곳에서 흔치 않아 보였다. 그러나 누가 뭐래도 그녀는 어머니의 딸이다. 그녀의 어머니가 정형화된 틀에 얽매인 적이 있었던가?

그래도 이번 여행에서 여성스러운 원피스를 입는 게 좋겠다는 것 정도는 계산하고 있었다. 미술대학에 다닌 지난 삼 년간 바지만 입었던 그녀는 스타킹을 신는 게 어떤 느낌이었는지 거의 잊어버렸다. 따라서 오늘 아침 호텔방에서 원피스를 입는 것은 도전이나 다름없었다. 유쾌하지 않은 도전 말이다. 그래도 이든턴에 좋은 인상을 심어 둘 필요가 있었기에 바지는 가져오지 않았다. 그녀의 어머니는 말했을 것이다,

'이해할 수가 없구나. 안나야, 그냥 바지를 입어! 가장 너다운 모습을 보여 줘!'

하지만 어머니는 더 이상 조언해 줄 수 없었다. 안나는 안전하게 가기로 결정했다.

일기장에서 고개를 들자 근처 테이블의 한 남자가 그녀를 응시하고 있었다. 불안감이 안나의 몸을 휘감았다. 눈이 마주친 그는 호의적으로 고개를 끄덕여 보였지만 불편함을 느낀 그녀

는 일기장에 자물쇠를 채운 후 남은 음식에 집중했다.

*

안나는 걸어서 마을을 돌아보기로 했다. 최근 지나간 폭풍우로 길바닥에는 얼음 조각들이 흩어져 있었고 찬바람은 매서웠지만 하늘은 눈부시게 파랬다. 그녀는 챙이 넓은 붉은색 벨벳 모자와 장갑, 어머니의 것이었던 베이지색 모직 롱코트로 온 몸을 감싼 후 호텔을 나섰다. 목적지는 벽화가 설치될 우체국으로 정했지만, 우체국으로 향하기 전에 이든턴을 조금 둘러볼 생각이었다.

　호텔 옆에는 벽화에 들어가면 꽤 아름다울 것 같은, 붉은 벽돌 건물의 주 정부 청사가 있었다. 그녀는 예전부터 붉은색에 끌렸다. 풀이 무성한 넓은 공원을 가로지르기 전에 건물 사진을 두어 장 찍은 후 해안가로 걸어갔다.

　해변에는 독립 전쟁 당시 사용된 기관포 세 대가 바다를 향해 서 있었다. 지난 십 년간 대부분의 사람들은 재정적 어려움에 시달려야 했지만, 그럼에도 이 부근의 집들은 잘 관리된 것처럼 보였다. 그곳의 사진을 몇 장 더 찍은 다음, 큰 거리 쪽으로 향한 그녀는 보기 흉한 해안가의 모습에 실망하고 말았다. 파도가 일렁이는 잿빛 바다 대신 무성한 겨울 잡초와 낚시용 가건물, 대장간, 목재를 보관하는 창고 들이 시야를 채우고 있었다. 허공을 가득 메우는 윙윙거리는 톱질 소리를 느끼는 순간, 어머니가 돌아가신 후 그녀를 짓누르던 슬픔이 다시금 찾아왔다. 우울한 해안가에서 벗어날 필요가 있었다. 안나는 몸을 돌려 시내 방향으로 걸어갔다.

해안가에서 그녀는 벽화에 넣을 만한 것을 하나도 건지지 못했다. 이대로라면 아마도 티 파티의 숙녀들이 벽화의 중심이 될 것 같았다. 이든턴의 실체는 무엇일까? 안나는 알고 싶었다. 불쾌해 보이는 항구일까? 아니면 고급스러워 보이는 집들일까? 어떻게 하면 이 낯선 곳의 진정한 모습을 포착해 낼 수 있을까?

백화점, 이발소, 약국, 철물점, 식료품점, 주유소, 은행 등 거리의 수많은 사업장을 지나 우체국으로 걸어가던 안나는 코트 옷깃을 턱 아래까지 끌어 올렸다. 거리는 사람들로 북적거렸고 마을은 그녀가 예상했던 것만큼 조용하지 않았다. 남녀노소 할 것 없이 그녀 곁을 지나가는 모든 사람들이 고개를 까닥하며 인사를 건네는 통에 해안가에서의 불쾌했던 기분은 어느새 눈 녹듯 사라졌다. 플레인필드의 큰 거리를 걸어가는 이방인에게는 결코 일어나지 않을 일이라고 그녀는 생각했다.

지붕 꼭대기에 테일러라는 이름이 붙은 극장을 지나던 안나는 그곳의 사진을 찍었다. 입구에 설치된 대형 현수막은 라나 터너가 주연한 영화 「댄스 교습소」가 상영 중임을 알리고 있었다. 어머니가 살아 있었다면 분명 이 영화를 보고 싶어 했을 것이다.

'왜 그랬어, 엄마?'

그녀는 입술을 깨물며 생각에 잠겼다.

'엄마가 하고 싶어 했던 일들이 아직 이렇게 많은데, 도대체 왜 그런 거야?'

극장에서 등을 돌린 그녀는 다시 걸음을 재촉했다.

우체국은 성공회 교회와 묘지 건너편에 위치해 있었다. 우체국 건물은 최근에 지어진 것 같았다. 건물 앞쪽으로 난 네 개의 창문은 줄무늬 차양으로 깔끔하게 덮여 있었고 가느다란 기둥은 정문 옆에 일렬로 서 있었다. 지붕 위의 깃대에서는 깃발이 펄럭였다.

우체국 내부에서 벽화가 설치될 장소를 발견했을 때 안나의 가슴은 설렘으로 요동쳤다. 우체국장 사무실의 문 위에 있는 빈 공간을 보자마자, 그녀는 캔버스를 세 부분으로 나누는 것도 괜찮겠다고 생각했다. 마을을 표현할 세 가지 그림의 주제는 서로 다르지만 유기적으로 연결될 것이다. 작은 우체국 안에서 주변 상황은 전혀 의식하지 못한 채 그녀는 비어 있는 벽의 사진을 찍어 댔다. 그렇게 얼마가 지났을까.

"도움이 필요하신가요?"

남자 목소리에 그녀는 몸을 돌렸다. 카운터 뒤에 있는 직원이 호기심 가득한 눈으로 그녀를 바라보고 있었다. 손님으로 보이는 여성 두 명의 시선도 뒤따라왔다. 우체국 한가운데 서서 아무것도 없는 빈 벽의 사진을 찍어 대는 모습이 얼마나 바보같이 보였을지…… 무안한 기분에 그녀는 애써 미소를 지어 보였고 그들 역시 미소로 화답했다.

"저는 우체국장님을 찾고 있어요. 안에 계신가요?"

"한번 노크해 보세요."

직원이 그녀 앞에 있는 문을 가리켰다. 문을 두드리자마자 들어오라는 답이 들려왔다.

책상 뒤에 있는 남자는 안나가 생각했던 모습 그대로였다. 키가 크고 호리호리한 이 중년 남성은 희끗희끗한 갈색 머리에 잘 어울리는 희끗희끗한 갈색 콧수염을 가지고 있었다. 금테 안경을 쓴 그는 천장으로 소용돌이를 올려 보내며 파이프 담배를 피우고 있었다. 그녀의 예상을 유일하게 빗나간, 무성한 눈썹이 인상적으로 보이는 남자였다. 책상 위에는 클레이튼 아른트라고 새겨진 명패가 놓여 있었다.

"아른트 씨?"

안나가 입을 열었다.

"저는 안나 데일이라고 합니다. 이곳에 조사차 방문했……."

"아하, 당신이 그 예술가군요!"

그가 일어서며 소리쳤다. 그녀는 그의 말을 바로 알아듣지 못했다. 그의 남부 사투리가 마치 다른 나라의 언어처럼 들렸다. 그는 약간 놀란 기색이었다.

"제가 예상한 것과는 아주 다르네요."

그는 책상 앞에 있는 의자를 향해 손짓하며 말했다.

"앉아요. 아가씨, 앉으세요."

그녀는 의자에 앉았다.

"무엇을 예상하셨는데요?"

그녀가 물었다. 그는 다시 자기 자리에 앉았다.

"음, 우리 우체국에 벽화가 걸리게 될 거라는 것을 알았을 때 우리는 당연히 남자 화가겠거니 생각했어요. 보통은 그렇잖아요. 아닌가요?"

그는 숱이 많은 눈썹을 이마 중간쯤 치켜 올린 채 미안한 표정을 지어 보였다.

"아시다시피 대부분의 예술가들은 남자들이잖아요. 여자들은 집 안을 돌보다 보니 그런 일을 할 시간이 거의 없고요. 맞죠?"

"글쎄요. 저는 아직 돌볼 집이 없어서요."

안나는 평생 어머니와 함께 지낸 작은 집에 대한 기억을 애써 밀어내며 대답했다. 그리고 가정에 대한 책임감과 관계없이 자신은 항상 예술가가 되길 원했다고 덧붙이려다가, 이런 상황에서는 그냥 입을 다물고 있는 것이 최선이라고 판단했다. 지금 상대하고 있는 남자가 어떤 사람인지 파악하는 것이 우선이었다.

"우리는 화가의 이름이 안나 데일이라는 말을 들었어요…… 맞죠?"

그는 책상 위의 재떨이에 파이프를 톡톡 두드린 후 한쪽에 올려 두었다.

"네."

그녀가 미소를 지으며 대답했다.

"그게 저예요."

"당신이 여자라서 놀란 건 이제 진정이 됐는데, 지금 보니 당신은 중학교를 막 졸업한 것처럼 보이네요! 어린 소녀군요."

그의 목소리에는 실망감이 잔뜩 묻어났다.

"그래도 이 작업은 해낼 수 있겠죠? 맞죠?"

그에게는 '맞죠?'라는 말로 문장을 끝맺는 버릇이 있었다. 그것만큼은 확실히 파악할 수 있었다. 그녀는 졸업식 때 반 엠버러 부인이 속삭였던 말을 떠올렸다. 이 남자가 자신을 평가 절하하도록 내버려 두지는 않을 참이었다.

"저는 스물두 살이에요."

그녀가 고개를 빳빳하게 들며 말했다.

"최근에 뉴저지주 플레인필드에 있는 반 엠버러 미술대학을 졸업했어요."

"그리고 또 하나 걸리는 게 있어요."

가느다란 두 손을 책상 위에 올려놓은 아른트 씨는 곤란한 표정을 지으며 말했다.

"순수예술 부서에서 우리의 화가가 뉴저지 출신인 것을 알려 왔을 때 나는 그들에게 '뭔가 착오가 있는 것 같습니다'라는 내용의 편지를 보냈어요. 아가씨가 이곳에서 어려운 상황에 처할까 봐 걱정되기도 했고요. 분명 북쪽에 있는 워싱턴 디시의 남자들은 당신을 멋진 벽화를 그려 낼 재능 있는 화가라고 생각하겠죠. 하지만 이든턴 사람들의 진심을 얻기는 힘들 거예요. 아가씨는 뉴저지 출신이니까요. 맞죠?"

그는 그녀에게 도대체 무엇을 묻고 있는 걸까. 아니 그녀에게 무엇인가를 묻고 있기는 한 걸까.

"최선을 다할 거예요."

그녀는 투지 넘치게 대답했다.

"뭐, 그들 말로는 아가씨가 공정하게 뽑혔다고 하니 우리는 잘해 낼 수 있을 겁니다. 맞죠?"

"물론이죠."

대화의 주도권을 가져오기를 바라며 그녀는 앉은 자세를 약간 바꿨다.

"지금 말씀하신 '우리'가 누구죠?"

"마을을 운영하는 사람들이죠. 마을의 실세들이요. 사이크 시장, 그리고 지역 신문인 『초완 해럴드Chowan Herald』의 편집장, 기업 경영주들, 물론 나도 포함되고요."

"그렇군요."

그녀는 이든턴이 속한 자치주인 '초완'을 지금까지 잘못 발음하고 있었다는 것을 깨달았다. 지금부터라도 제대로 기억해야 할 것이다. 이든턴에 대해 자신이 잘못 알고 있는 게 또 뭐가 있을까.

"음. 그리고."

그녀는 덧붙였다.

"저는 이든턴이 자랑스러워할 만한 벽화를 그리기 위해 최선을 다할 거예요."

"아가씨의 그림을 보고 싶은데요."

그는 그녀가 가로, 세로 각각 1미터, 0.5미터 크기의 스케치

를 코트 안에 숨겨 오기라도 한 듯 무릎 위에 놓인 그녀의 손을
바라보며 말했다.

"혹시 지금 가지고 있나요?"

"아직 스케치하기 전이에요."

그녀는 뉴저지의 보든타운에 대한 스케치로 대회에서 우
승했다는 것을 털어놓으며 말했다.

"그럼 이든턴 벽화에 대한 스케치는 아직 없는 건가요?"

그가 믿기 어렵다는 듯 눈썹을 다시 이마 위로 치켜 올렸다.

"그래도 구상은 했겠죠?"

"그러려고 이곳에 온 거예요."

그녀는 초조함으로 배 속이 뒤틀렸지만 그를 안심시키기
위해 도리어 차분한 목소리로 말했다.

"벽화 주제를 정하기 위해서 이든턴에 대해 알고 싶어요.
혹시…… 아까 말씀하신 분들을 제가 만날 수 있을까요? 이든
턴 사람들에게 가장 중요한 것이 뭔지 배워야 할 것 같아요."

"좋은 생각이군요."

그가 마침내 약간 누그러진 표정으로 고개를 끄덕였다.

"다음 주쯤 자리를 마련해 볼 수 있을 것 같아요."

"안타깝지만 저는 이곳에 이틀만 더 머무를 수 있어요. 혹
시 일정을 좀 더 빠르게 잡아 주실 수 있으신가요?"

그는 고민하는 표정으로 망설이더니 다시 고개를 끄덕
였다.

"그렇다면 전화를 몇 통 돌려야겠네요."

그가 말했다. 그는 책상에서 펜을 집어 들었지만 펜으로 종이 위를 두드리는 것 말고는 아무것도 하지 않았다.

"아가씨가 알아야 할 것이 있어요."

그는 감당하기 버거워 보이는 눈썹을 움직이며 말했다.

"그게 뭔가요?"

"마틴 드래플이라는 화가가 있어요. 이곳에서 태어나 자랐고 마을 사람 모두가 그를 알고 있어요. 아무튼 그 사람도 48개 주 벽화 대회에 스케치를 보냈어요. 무슨 말인지 아시겠죠?"

그는 자신의 말을 이해하고 있는지 알기 위해 그녀를 바라보았다. 그녀는 잘 따라가고 있었다.

"여기서 평생을 살아온 마틴을 제치고 뉴저지 출신의 어떤 어린 소녀가 우승한 것이 정당하다고 생각할 사람은 없어요. 맞죠? 마틴 역시 훌륭한 화가예요. 거의 모든 사람들이 마틴 드래플의 그림을 자기네 집 어딘가에 걸어 두고 있을 정도니까요. 물론 사람들도 그가 우승할 것으로 예상했고요."

그가 조그맣게 웃음을 터뜨리며 덧붙였다.

"특히 그 자신이 그랬죠."

"아……."

그녀는 이 새로운 정보를 어떻게 받아들여야 할지 몰랐다. 그녀가 이 마을에서 맞닥뜨려야 할 것은 무엇일까? 그는 일거리가 많은 것처럼 들렸다. 만약 이든턴 주민의 대부분이 그 남자의 그림을 가지고 있다면 그에게 벽화 수입은 필요하지 않을 것 같았다. 반면 안나는 어머니가 남긴 약간의 돈이 없었다면 지금쯤 빈털터리였을 것이다.

"글쎄요."

그녀가 말했다.

"심사위원들은 그가 이든턴 출신인지, 제가 뉴저지 출신인지 모르는 상태로 심사했어요."

더 이상 논쟁의 여지가 없도록 단호하게 들리기를 바라며 그녀는 말했다.

"그들은 그저 작품의 가치를 보고 판단한 겁니다."

"그럼요. 그럼요. 그건 나도 인정해요. 난 단지 아가씨가 곤란한 입장에 놓이게 될까 봐 걱정하는 거예요. 아가씨도 알고 있어야죠. 아가씨에게 경고해 주는 게 공평한 거라고 생각했어요. 맞죠?"

그는 대화가 끝났다는 신호로 자리에서 일어섰다.

"그런데 마틴은 공정하다고 생각하지 않는 것 같더군요."

그는 말을 멈췄다. 그는 자신이 마틴 드래플이라는 화가에게 벽화 일을 넘겨주기를 기대하고 있었던 걸까? 그녀는 궁금해졌다.

"그렇지 않을 거예요."

그녀가 일어서며 말했다.

"최종 결정은 제가 내린 게 아니잖아요."

"나도 그건 알고 있어요. 어쨌든 정부가 아가씨를 우리 벽화가라고 정했으니 우리는 최선을 다해 아가씨에게 협조하겠다고 약속할 수 있어요."

안나는 고맙다는 인사를 하고 우체국을 나왔다. 그리고 아른트 씨와의 대화를 곱씹으며 호텔을 향해 걸었다. 하루를 시작할 때는 좋은 날이 될 거라는 확신을 품고 있었지만 우체국장을 만난 후, 확신은 흐려졌다. 그러나 호텔에 도착할 때쯤 그녀는 자신감을 되찾았다. 자신이 여자라서, 혹은 북부 출신이라서, 혹은 사람들이 그녀를 적대시하려고 가져다 붙이는 온갖 사소한 불평들은 뒤로하고 멋진 벽화를 만들어 내리라 다짐했다. 마을 사람들이 자신을 못마땅하게 여길 만한 그 어떤 빌미도 제공하지 않을 것이다.

5장

Morgan
모건

2018년 6월 13일

조금 전 마을을 지날 때는 알아차리지 못했던 주변의 모습이 리사와 함께 갤러리로 향하는 지금, 조금씩 눈에 들어오기 시작했다. 관광 명소로 보이는 화창하고 깨끗한 해안가 앞에서 리사는 오른쪽으로 차를 돌렸고 그림 같은 상점들을 하나씩 지나쳤다. 세월의 흔적이 역력한 건물들은 아름답고 독특했으며 잘 관리된 것처럼 보였다. 이곳은 다른 많은 중심가들과는 다르게 생기가 넘쳤다. 둥글둥글 귀여운 글씨체로 지붕 위에 '테일러'라는 이름이 새겨진 구식 영화관도 있었다. 입구의 현수막에 영화 제목은 적혀 있지 않았다.

"저 건물은 아직도 극장인가요?"

나는 그쪽을 가리키며 물었다.

"지금은 리모델링 중이에요. 몇 주 후에 다시 열 거예요."

차를 타고 지나가면서 나는 계속해서 상점들을 관찰했다.

"이 동네에 컴퓨터 가게가 있나요?"

내가 물었다. 대형 할인점이 있을 만한 곳으로는 보이지 않았다.

"그리고 핸드폰 가게는요?"

리사는 길에서 눈을 떼고 우리가 지나온 상점들을 힐끗 보았다.

"핸드폰은 여기서 살 수 있지만 노트북은 온라인으로 사야 할 거예요."

"좋아요."

일 년이 넘도록 핸드폰을 손에 쥐어 보지 못했다. 세상과 다시 연결되면 정말 좋을 테지만 솔직히 누구와 연락해야 할지 알 수가 없었다. 예전 친구들과는 더 이상 공통점이 없고 트레이에게 연락할 생각은 없다. 지금쯤 그는 조지타운 로스쿨 1학년 과정을 마쳤을 것이다. 내면에서 끓기 시작한 울분이 삽시간에 목구멍까지 차올랐다. 마치 그것을 털어 내는 방법이라도 된다는 듯 나는 세차게 도리질을 했다. 이전의 삶과 관련된 그 누구와도 다시 연결되지 않겠다는 결연한 의지가 울분의 자리를 대신했다.

"가석방 중에는 운전면허를 소지할 수 없는 걸로 알고 있어요. 그러니까 그쪽은 갤러리에 걸어 다녀야 할 거예요. 집에서 1킬로미터도 안 돼요. 아니면 내가 갈 때 같이 타고 가도 되고요."

그녀는 두 바퀴 정도 더 돌고 나서, 페인트칠을 하지 않은 현대식 건물 옆 비포장 주차장에 차를 댔다. 18·19세기에 지어진 집과 교회들을 지나쳐 와서인지 그 건물은 주변과는 완전히 동떨어져 보였다.

"여기가 갤러리인가요?"

"맞아요."

리사가 시동을 끄며 대답했다.

"아버지는 이곳에 갤러리를 짓기 위해 싸워야 했어요. 여기는 역사지구가 아니라서 개발이 제한되거나 하지도 않았고 딱히 문제될 건 없었는데도 말이에요. 보시다시피 주변이랑 잘 안 어울리기는 하죠."

그녀가 웃으며 말했다. 처음으로 그녀의 목소리에 담긴 경쾌함이 들렸다.

"아니, 좀 더 정확히 말하면."

리사가 덧붙였다.

"이렇게 눈에 확 띄게 만든 것도 분명 아버지의 의도였을 거예요. 보는 것처럼 8월 5일 이전까지 마쳐야 할 일들이 산더미예요."

차에서 내린 우리는 거대한 통유리로 된, 활짝 열려 있는 정문으로 걸어 들어갔다. 그리고 그게 리사를 짜증 나게 만든 것 같았다.

"이제 막 에어컨을 설치했거든요."

그녀가 말했다.

"보아하니 일하는 사람들이 문을 잘 안 닫고 다니는 것 같네요."

우리는 아직 아무것도 없는, 천장이 높은 커다란 공간으로 들어갔다. 한쪽 벽은 전부 유리로 되어 있었다. 건물에 나무와 페인트 냄새가 진동했다. 다른 쪽 벽면은 온통 흰색이었고 바닥에는 은회색 타일이 깔려 있었다. 전체적으로 넓고 텅 빈 공간이었다.

"이곳이 로비가 될 거예요. 가장 먼저 여기에 석고판을 대고 페인트칠을 하라고 했어요. 그래야만 당신이 여기서 작업할 때 일하는 사람들이 방해할 수 없을 테니까요."

그녀는 우리 앞에 있는 공간을 가리켰다.

"여기는 갤러리 안내 데스크가 설치될 자리고요. 안내 데스크는 자원 봉사자들이 교대로 관리할 거예요."

그녀는 팔을 들어 안내 데스크가 설치될 곳 위의 벽면을 가리켰다.

"여기가 바로 아버지가 원하는 벽화 자리예요."

"와, 엄청나게 크네요. 벽화 크기는 얼마나 되나요?"

"가로 3.5미터, 세로 1.8미터요."

리사는 우리 뒤쪽의 구석을 바라보았다. 리사의 시선을 따라간 나는 벽에 기대 있는, 거대하게 말린 캔버스를 처음으로 알아차렸다. 비어 있는 커다란 공간에 있는 것이라고는 오직 그 캔버스뿐이었다.

"바로 저거예요."

리사가 캔버스 쪽으로 걸어가면서 말했다.

"지난주, 인부들에게 작업실 벽장에서 꺼내 여기로 가져다 놓으라고 했어요. 당신이 오기 전에 캔버스를 펼쳐 보는 건 별로라 저 상태로 뒀어요."

그녀를 따라 타일 바닥을 가로지른 나는 커다랗게 말려 있는 캔버스에 다가갔다.

"참고로 내 키는 173센티미터예요. 어떤 것 같아요?"

나는 리사 머리 위로도 0.5미터쯤 더 올라가 있는 캔버스의 윗부분을 바라보았다.

"적어도 2미터는 되겠는데요."

내가 말했다. 말려 있는 캔버스의 바깥 부분은 얇은 면직물로 덮여 있었다. 나는 천과 그 아래의 캔버스를 분리하기 위해 면 조각을 떼어 냈다. 손끝에서 캔버스가 산산조각 났다가는 시작도 하기 전에 일과 자유를 빼앗길 터였다. 아주 조심스럽게 만졌지만 손에 닿은 캔버스는 생각보다 단단했다.

"음."

리사는 마지못해 한숨을 내쉬며 말했다.

"이걸 같이 봐야 할 것 같은데."

나는 그녀가 '올리버'라는 이름을 부르며 갤러리 전시실로 향하는 내부 출입문을 통해 사라지는 것을 지켜보았다. 곧 그녀는 남자 셋과 함께 돌아왔다. 두 사람은 땀에 젖은 민소매 티셔츠와 카키색 작업복 바지를 입고 있었고 다른 한 남자는 녹색 티셔츠에 청바지 차림이었다. 나를 세밀하게 관찰하는 그들의 시선이 느껴졌다. 작업복 차림의 둘은 내 나이쯤으로 보였고 다른 남자는 서른 살 정도로 보였다. 교도관들을 제외하고는 일 년 만에 처음 보는 남자들이었다. 특히나 초록색 눈동자를 가진 금발 머리의 남자는 빵 반죽처럼 둥글게 말아 올린 헤어스타일만 제외하면 트레이와 많이 닮아 있었다. 갑자기 모든 신경 말단이 타오르는 느낌이 들었다. 그의 존재는 꼭 무언가에 취한 것처럼 정신을 혼미하게 만들었다.

"당신이 그 화가예요?"

그중 한 남자가 물었다. 리사처럼 검은 피부를 가진 그는 등 뒤로 드레드 머리를 길게 늘어뜨리고 있었다.

"네."

내가 말했다.

"모건 씨는 미술 복원가예요."

리사가 정정했다. 그녀의 입에서 튀어나온 거침없는 거짓말에 나는 움찔했다.

"모건 씨, 이쪽은 와이어트예요."

리사가 드레드 머리를 한 남자 쪽으로 고갯짓을 했다. 그녀는 접착제로 고정하기라도 한 것처럼 자기 손에 딱 달라붙어 있는 핸드폰을 보면서 말을 이어 나갔다.

"와이어트 건설사 대표죠. 그리고 이쪽은 부사장 아담이고요."

그녀는 금발 머리의 남자를 가리켰다. 뱀 모양의 문신이 그

의 왼쪽 어깨와 팔을 둘러싸고 있었다. 그다지 정교한 디자인은
아니라고 생각했다.

"그리고 이쪽은 우리 갤러리 큐레이터인 올리버 존스."

둘보다 여덟 살 내지 아홉 살쯤 더 많아 보이는 올리버가
웃으며 내게 손을 내밀었다.

"만나서 반가워요."

"환영합니다."

키가 큰 그는 마치 컴퓨터 전문가 같은 이미지를 가지고 있
었다. 이마를 따라 빽빽하게 펼쳐진 어두운 색의 머리칼과 날카
로운 이목구비가 그랬다. 하얀 얼굴 위로는 마치 추운 곳에 있
다가 들어온 소년처럼 보이는 분홍빛 뺨이 수줍게 자리를 잡고
있었다. 검은색 뿔테 안경 뒤로 보이는 그의 눈동자는 너무 새
파래서 컬러 렌즈를 착용한 건 아닌지 궁금할 정도였다.

"안녕하세요."

그와 악수하던 손을 놓은 후, 내 시선은 아담에게로 돌아
갔다. 그는 정말 트레이와 비슷했다. 과민반응이 아니었다. 실
제로 너무 크지도 작지도 않은 적당한 체구와 넓은 가슴은 트레
이와 너무도 흡사했다. 그가 나를 찬찬히 응시했다. 익숙한 일
이다. 내 머리카락 때문이었다. 앞머리가 있는 어깨 길이의 금
발…… 어릴 때부터 나는 금발이 가진 힘을 알고 있었다. 내가
가진 유일무이한 권력이라고 할 수 있었다. 아담에게 끌리는 스
스로가 한심해서 그에게서 곧장 시선을 거두었다. 피어오르려
는 감정을 꾹꾹 누르며 나는 말려 있는 캔버스로 돌아섰다.

"벽화를 볼 수 있을까요?"

"음."

리사는 손에 있는 핸드폰을 한 번 더 확인한 후 손을 내리며 말했다.

"한번 열어 봅시다."

남자들이 말려 있는 캔버스로 다가갔다.

"비켜 주셔야 할 것 같은데요."

와이어트의 말에 리사와 나는 문 쪽으로 걸음을 옮겼다.

"전 이게 너무 궁금했어요."

세 남자가 벽화를 들어 한가운데로 옮길 때 올리버가 말했다. 그는 청바지 주머니에서 작은 휴대용 칼을 꺼내 캔버스를 묶고 있던 끈을 잘랐다. 세 사람은 바닥 위로 천천히 캔버스를 펼치기 시작했다.

"그림이 있는 곳은 반대편인데, 다른 방향으로 말려 있었네요."

캔버스의 뒷부분이 드러나자 아담이 말했다.

"아니에요."

올리버가 말했다.

"이걸 말아 놓은 사람이 누구였든 올바른 방법으로 한 거예요. 채색 부분이 바깥을 향하는 게 맞아요. 그 부분을 보호하기 위해 면직물을 덮어 놓은 거고요."

"색칠한 부분이 밖으로 가도록 말아 두어야 한다고 했던 아버지 말이 기억나네요."

리사가 말했다. 그녀는 핸드폰을 단단히 쥐었다. 나만큼 긴장한 것 같았다.

"얼마나 오래된 건지 모르겠지만. 바라건대 큰 손상은 없었으면 좋겠어요."

남자들은 두껍고 단단한 마분지에 둘러싸여 있던 캔버스의 포장을 완전히 풀었다. 아담과 와이어트는 캔버스를 한쪽으로 굴렸다.

"어마어마한데요."

나는 캔버스의 거대함이 주는 위력에 압도되어 말했다.

"어떻게 망가뜨리지 않고 뒤집을 수 있을까요?"

올리버는 뒤집힌 채 누워 있는 벽화의 한쪽 귀퉁이로 몸을 숙였다. 그는 너덜너덜해 보이는 캔버스의 가장자리를 조심스럽게 들어 올려 아래쪽을 보았다.

"화가는 가장자리 20센티미터 정도를 칠하지 않았네요."

그는 아담과 와이어트를 올려다보며 말했다.

"2.5미터 길이의 목재판을 가져다주세요."

아담과 와이어트는 건물 내부를 향해 걸어갔고 리사는 창문 쪽으로 가서 핸드폰에 뭔가를 입력하기 시작했다. 올리버는 내가 있는 쪽으로 돌아왔다.

"이런 크기로 작업해 본 적 있어요?"

"아니요."

나는 자신감 있는 미소를 꾸며 내려고 애쓰며 대답했다.

"이게 처음이 되겠네요."

그 대답이 대수롭지 않게 들리기를 바라며 말했다.

남자들은 기다란 나무 막대를 들고 금세 돌아왔다. 나는 올리버가 캔버스의 세로 부분 가장자리에 나무 막대를 올려놓고 주머니에서 꺼낸 도구로 표시하는 것을 지켜보았다. 그가 일어나서 와이어트를 향해 고개를 까딱하자, 그들은 조심스럽게 막대를 머리 위로 높게 들어 올렸고 아담과 나는 그 아래에서 신중하게 캔버스를 펼쳤다. 여전히 면직물에 덮인 캔버스는 바닥에 누워 있었다. 같은 쪽에 서 있던 올리버와 와이어트가 천천히 면직물을 끌어당기자 벽화가 모습을 드러냈다. 말문이 막힌 상태로 나는 그 더러운 그림을 응시했다. 우리 모두 그랬다. 모두가 속으로 생각하고 있는 것을 내가 입 밖으로 내기까지는 적어도 삼십 초가 걸렸다.

"젠장, 이게 뭐야?"

6장

Anna
안나

1939년 12월 7일

안나는 이든턴의 유지들과 만나기로 한 정오에 호텔 레스토랑에 도착했다. 다른 사람들은 이미 와 있었다. 사실 그녀도 이든턴을 이끄는 네 명의 신사가 자신에 대해 이야기하기 위해 약속 시간보다 일찍 만날지 모른다는 것을 어느 정도는 예상하고 있었다. 그럼에도 정시에 도착하는 게 낫겠다고 판단했다.

그녀는 어머니가 좋아했던 짙은 파란색 원피스를 입고 흰색 장갑에 파란색 필박스 모자°를 썼다. 이 정도면 완벽한 요조숙녀로 보일 거라고 생각했다.

그녀가 테이블로 다가가자 남자들이 모두 자리에서 일어

○   pillbox hat, 챙이 없는 여성용 모자

섰다. 그들이 다시 자리에 앉자 우체국장인 아른트 씨가 소개를 시작했다. 안나는 아른트 씨의 파이프 담배와 다른 세 명이 피우는 시가 냄새를 간신히 참아 내고 있었다. 평소 그녀는 담배 냄새에 거부감이 없었지만 테이블 위에는 연기가 너무 자욱해서 마치 안개 낀 창문을 통해 남자들을 보고 있는 것 같은 기분이 들었다.

"이분이 시장님입니다."

아른트 씨가 그녀의 왼쪽에 있는 남자를 향해 손짓하며 말했다.

"우리의 유능한 시장인 사이크 씨."

사이크 시장은 아른트 씨와 비교해서 키가 작았다. 머리숱은 거의 없었고 담배 연기 때문에 뿌옇게 보이는 머리카락은 금색인지 회색인지 분간하기 어려웠다.

"이든턴에 오신 걸 환영합니다. 데일 양. 남부까지 운전해 오시는 동안 별일 없으셨나요?"

"전혀 없었어요."

그녀는 이 낯선 지역을 얼마나 즐기고 있는지 이야기할까도 생각해 보았지만 익숙하지 않다는 것을 구태여 강조할 필요는 없을 것 같았다. 이번 여행길에서 그녀가 느꼈던 가장 큰 문제점은 어머니에 대해 생각할 시간이 너무 많았다는 것이다. 어떻게 했더라면 상황이 달라졌을까를 곱씹기에는 너무나도 긴 시간이었다.

"이곳에 오는 길에 리치먼드°에서 하룻밤 묵었어요."

그녀가 덧붙였다. 아른트 씨는 보통 키의 또 다른 남자를 향해 손짓했다. 기름을 바른 검은 머리카락과 불그스름한 안색을 가진 그는 마흔이 안 돼 보임에도 노화로 인해 눈 밑 피부가 늘어져 있었다.

"이분은 『초완 해럴드』의 편집장 빌리 칼훈 씨입니다."

아른트 씨가 말했다.

"처음 뵙겠습니다."

'성인 남자 이름이 빌리라고?'

그녀는 생각했다.

"미인이시군요. 아가씨는 아방가르드 사상에 빠진 뉴욕 예술가들 같지는 않네요? 긴 담뱃대 하나만 있으면 되는데, 글치 않나요?"

그녀는 신문 편집장의 입에서 거침없이 흘러나온, 문법을 파괴한 줄임말에 놀랐지만 기색을 드러내지 않으려고 애썼다. 게다가 아방가르드라고? 무의식중에 그녀는 자신의 단발머리를 만졌다. 그녀는 사실 그런 식으로 보이기를 바라고 있었다.

"저도 그런 담뱃대를 가지고 있어요."

그녀가 웃으면서 고백했다. 사실이었다. 예전 남자 친구에게서 받은 선물로 아직 사용해 본 적은 없었다. 그걸 쓰면 왠지 우스꽝스러운 기분이 들 것 같았다. 그녀는 테이블의 네 번째

○   Richmond, 버지니아주의 주도

남자에게로 시선을 옮겼다.

"저는 면직 공장 관리자 토비 피어링이라고 합니다."

그가 버터처럼 부드럽고 따뜻한 목소리로 말했다. 오십 대 초반, 숱 많은 회색 머리, 연한 푸른색의 눈동자와 진실을 담은 미소까지…… 전체적으로 멋지게 나이 든 중년 남자였다.

"어째서 당신같이 예쁜 아가씨가 아직 결혼하지 않은 거죠?"

그런 질문을 받은 게 처음은 아니었지만 막상 그가 묻자 그녀는 당황했다.

"혹시 이혼하신 건 아니죠?"

안나는 억지 미소를 지으며 고개를 저었다.

"그냥 잘 맞는 상대를 만나지 못한 것뿐이에요. 지금은 미술 일에 집중하고 싶기도 하고요."

한동안 남자들은 말없이 그녀를 관찰했다. 마침내 피어링 씨가 목청을 가다듬고 물었다.

"우리 면직 공장과 면직 공장 마을을 구경할 시간은 있었 나요?"

"아직은 아니지만 그러고 싶어요."

그녀가 대답했다. 계속해서 미소를 짓고 있느라 그녀의 볼은 경련이 일 지경이었다.

"그런데 토요일까지만 이곳에 있을 예정이라서요."

"면직 공장을 안 보고 가면 아쉬울 텐데요."

피어링 씨가 말했다. 그녀는 그의 표정에 묻어난 안타까움을 보고 그의 말이 진심이라고 생각했다. 뒤이어 그들은 점심 식사를 주문했다. 남자들은 모두 구운 소고기 샌드위치를, 안나는 치킨수프를 주문했다. 이 중요한 회의에서 빵이 가득 찬 입으로 말할 수는 없었다. 음식은 빠르게 나왔다. 남자들이 음식에 집중하는 동안 그녀는 수프를 한 모금 삼켰다.

"가구 회사 대표와 이든턴 땅콩 공장 대표도 왔더라면 좋았을 건데 말이에요."

아른트 씨가 샌드위치를 베어 물며 말했다.

"미리 알려 줬다면 올 수 있었을 텐데 시간이 촉박했어요. 그래도 이 만남에 보태라고 두 사람이 돈을 보내왔어요."

그는 안나를 바라보았다.

"일 년에 이천만 킬로그램이 넘는 땅콩을 출하한다는 사실을 아가씨에게 이야기하기로 약속했고요."

그는 껄껄 웃었다.

"이곳 이든턴에는 많은 분야의 산업이 있는데 모두가 벽화에서 한자리씩 차지하기를 원해요. 맞죠?"

남자들로부터 동의의 웅성거림이 터져 나왔다.

"이해합니다."

안나가 말했다. 그녀는 이 회의를 주도해 나가야 할지, 아니면 아른트 씨가 이끄는 대로 따라가야 할지 갈피를 잡지 못했다. 대화에 끼어드는 것이 주제넘어 보일까 봐 약간 걱정했지만 그녀는 결국 그들의 도움이 필요했고, 대화에 참여하지 않고서는 필요한 것을 얻을 수 없다고 결론 내렸다.

"신사분들."

그녀는 정중한 어투로 말했다.

"시간 내주셔서 감사합니다. 아시다시피 이 마을을 위한 벽화를 그리게 돼서 영광입니다. 하루빨리 작업에 착수하기를 바라고 있고요. 그래서 여러분들의 소중한 아이디어들을 종합해 주제를 정하려고 합니다. 제가 알아본 바로는 이든턴 티 파티가 중요해 보였······."

"아, 지겨운 옛날 티 파티 얘기로군. 그건 안 돼요!"

피어링 씨는 상한 샌드위치를 삼키기라도 한 것처럼 잘생긴 얼굴을 찡그리며 말했다.

"자, 자. 토비."

아른트 씨가 말했다.

"작품에 관한 숙녀분의 이야기를 일단 들어 봅시다."

그녀는 예기치 못한 날카로운 반응에 충격을 받았다. 이미 관계의 첫 단추는 잘못 끼워진 것 같았다. 수프를 한 모금 삼키려던 그녀는 숟가락을 내려놓으며 말했다.

"저는 티 파티가 이든턴의 자랑거리일 거라고 생각했어요."

"우리는 자랑스러워하고 있어요. 정말입니다. 데일 양."

사이크 시장의 목소리가 너무 크게 울려서 다른 테이블 사람들까지 그들을 돌아보았다.

"자유와 권리를 위해 여성분들이 발 벗고 나선 일을 우리는 굉장히 자랑스럽게 여깁니다. 하지만 그건 너무 오래전 일이에요. 현재의 이든턴에는 훨씬 다양한 것들이 있어요. 게다가 매번 티 파티를 조명하려 드는 것에 우리는 좀 싫증이 나기도 하고요."

"나는 그렇게 생각하지 않는데……."

아른트 씨의 말에 안나는 그와 한배를 타게 될 것 같다는 느낌이 들었다.

"사람들은 이든턴 하면 보통 티 파티를 떠올리니까……."

"정작 우체국을 이용하는 건 마을 주민들이잖습니까? 그러니까 오늘날의 산업을 주제로 잡는 게 더 나을 것 같군요."

토비 피어링이 아른트 씨의 말을 가로챘다.

"지금의 이든턴을 굴러가게 만들고 발전시키는 것들 말이죠."

"아, 그렇군요."

그녀는 모두의 호감을 얻기를 바라며 대답했다. 그녀가 마음속으로 그렸던, 이든턴의 여성들이 진정서에 청원하는 장면은 조금씩 산산조각 나기 시작했다.

"그럼 여러분들이 벽화에서 보고 싶은 것을 말해 주세요."

"면직 공장, 벽화 한가운데에요. 이렇게요."

피어링 씨는 샌드위치를 내려놓고 마치 그림이 바로 앞에 있다는 듯 자신의 얼굴 앞으로 손짓을 하며 말했다.

"이 마을에서 가장 큰 산업이거든요."

"그 점에 대해서는 이견이 있을 몇몇 분들이 떠오르는군요."

아른트 씨가 차분한 어조로 대꾸했다.

"롤리와 스튜어트도 그들의 가구 공장과 땅콩 공장이 그림의 중앙에 있기를 원하니까요."

그가 계속했다.

"그리고 어업도 있죠. 우리는 물에 둘러싸여 있잖아요. 멜론도 있고요. 게다가 농업도. 맞죠?"

숟가락을 쥔 안나의 손가락에 식은땀이 축축이 배기 시작했다. 그녀의 수프는 거의 그대로 남아 있었다.

"벽화는 거대하지만 저는 복잡한 구성을 원하지 않아요. 제 생각에는 세 개 내지 다섯 개의 장면에 초점을 맞추는 것이 좋을 것 같아요. 중심 이미지 하나와 주변 이미지 몇 가지 정도로요."

안나의 말에 남자들은 잠깐 동안 침묵에 빠졌다. 마침내 빌리 칼훈이 목소리를 냈다.

"알다시피."

그는 시장을 향해 느릿느릿 말했다.

"만약 네 사촌 마틴이었다면 우리가 일일이 말하지 않아도 그림 안에 무엇이 있어야만 하는지 알고 있었을 거라고."

'이럴 수가…….마틴 드래플이라는 화가가 시장의 사촌이었어?'

"내가 손쓸 수 있는 일이 아니었잖아?"

시장이 눈썹을 치켜 올리며 말했다.

"사실 벽화 업무를 담당하는 정부 부서에 전화해 봤는데."

그가 민망한 표정을 짓더니 말을 이었다.

"연결해 주지 않더군."

"부서에 전화하셨다고요?"

안나가 아연실색하며 물었다.

"저에 대해 항의하려고요?"

"마틴이 떨어졌다는 게 말이 안 되긴 했지."

빌리는 그녀의 말이 들리지 않는다는 듯 말했다.

"항의하려고 전화한 건 아니었어요."

사이크 시장은 샌드위치를 한입 가득 베어 물고 안나에게 말했다.

"아가씨와는 상관없었어요. 그저 우리가 마틴을 바람직한 선택이라고 생각하는 이유를 그들에게 알려 주고 싶었을 뿐입니다. 그들은 이든턴을 전혀 모르는 낯선 사람을 뽑았으니까요. 우리 모두는 마틴이 재능과 경험을 고루 가지고 있다는 것을 알고 있거든요."

"아마 마틴은 초상화를 주로 그리는 화가라서 우승하지 못했을 거야."

빌리 칼훈이 말했다.

"그들이 원하는 조건에 맞지 않았던 거지."

"인물을 그만큼 잘 그릴 수 있는 사람이라면 마을 풍경도 멋지게 그릴 수 있을 거라고."

토비 피어링이 주장했다.

"자, 자. 이보게들."

아른트 씨가 말했다.

"그건 끝난 이야기야. 데일 양이 우리 화가란 말이지. 이미 결정 난 사안이야. 우리는 이 일이 제대로 되도록 최선을 다해야 해요. 힘을 모아 그녀를 도와줍시다. 맞죠?"

그들의 시선이 전부 안나를 향했다. 그녀는 뺨이 불타오르고 있다는 것을 알아차렸다. 양 볼은 시장이 순수미술 부서에 전화했던 일을 언급한 순간부터 달아오르기 시작했다. 그가 전화 연결에 실패해서 얼마나 다행인가! 아직 그리지 못한 스케치는 부서의 승인을 받아야 했다. 자칫하면 자신의 일을 빼앗길 수도 있겠다는 생각에 가슴이 덜컥 내려앉았다.

"저는 토요일까지만 이곳에 머물러요."

그녀는 숟가락을 내려놓고 등을 곧게 편 다음 다시 한번 말했다.

"사장님의 사업장을 실제로 보고 싶어요. 면직 공장 말이에요."

그녀가 피어링 씨를 바라보았다.

"땅콩 공장이나 다른 곳들도요. 그리고 낚시 철에는 해안가도 좀 다르게 보일 것 같은데, 혹시 사진을 볼 수 있다면 도움이 될 것 같아요."

"면직 공장 전체를 견학시켜 줄 수 있어요."

피어링 씨가 말했다.

"고맙습니다."

그녀가 고개를 끄덕였다.

"해안가에 대해서는 그쪽 말이 맞아요. 어린 아가씨."

사이크 시장이 끼어들었다.

"철이 되면 매일 수천 마리의 청어를 먼 곳까지 운송해요."

"부지런하고 생기 넘치는 작은 마을이네요."

그녀는 그들의 환심을 사기 위해 한 사탕발림이긴 했지만, 깊은 인상을 받았다는 사실을 내심 인정해야 했다. 지도 위의 작은 점이 그렇게 바쁘고 활동적인 곳이라는 걸 그녀는 미처 몰랐다.

"그럼 우체국 벽에 바로 벽화를 그리는 건가요?"

사이크 시장이 물었다.

"아니요. 뉴저지에서 그린 다음 이곳으로 보낼 거예요. 작업을 위해 저희 집 근처에 작업실 같은 걸 하나 얻으려고 해요. 그리고……."

"말도 안 되는 소리군요."

빌리 칼훈이 찡그리며 말했다.

"그림을 그리려면 당연히 이곳에 있어야죠."

"그의 말이 맞아요."

시장이 동조했다.

"여기 있는 며칠간 이든턴을 맛보기만 하고 올라가면 이곳의 전체적인 분위기를 금방 잊어버리게 될 거예요."

"아, 저는 여기서 지낼 수가 없어요. 작업 기간 동안 호텔비를 감당할 형편이 안 돼요."

"얼마나 걸릴 것 같은데요?"

피어링 씨가 물었다. 그녀는 손가락을 하나씩 접으며 순서를 정했다.

"글쎄요. 우선 무엇을 그릴지 결정해야겠죠. 그 후에는 스케치를 제출해서 정부 부서의 승인을 받아야 하고요. 승인이 나면 스케치를 바탕으로 카툰° 작업에 들어갈 거예요. 그리고……."

"뭐라고요?"

시장의 눈이 휘둥그레져 안나가 미소를 지었다. 남자들은 아마 그녀가 만화의 소재로나 쓸 법한 웃기는 벽화를 계획 중이라고 생각했을 것이다. 그들이 긴장하는 것을 본 그녀는 곧바로 덧붙였다.

"가로 3.6미터, 세로 1.8미터 벽화를 실물 크기로 그린 흑백 스케치를 카툰, 다시 말해 밑그림이라고 불러요. 저는 밑그림 사진을 찍어 승인을 받기 위해 해당 부서에 보낼 거고요. 부서의 승인이 떨어지면 실제로 작업을 시작할 수 있어요."

"단계가 너무 복잡한데요!"

아르트 씨는 우체국 벽에 벽화가 설치되기까지의 시간을 가늠해 보고 실망한 투로 말했다.

"맞아요. 그러니까 몇 달은 걸릴 거라는 걸 아시겠죠. 그래서 저는 그 기간 내내 마을에 머무를 수가 없어요."

"머틀 부인은 어떨까요?"

아르트 씨가 테이블의 다른 남자들을 둘러보며 말했다. 시장은 고개를 끄덕였다.

○　cartoon, 밑그림을 뜻하는 단어지만, 풍자용 만화라는 의미로 널리 쓰임

"좋은 생각이군! 같이 지낼 사람이 생기면 부인도 분명 기뻐할 겁니다."

그는 안나 쪽으로 몸을 돌렸다.

"머틀 심스 부인은 철길 건너편에 사는 미망인이에요. 머틀 부인의 딸 폴린은 이제 막 결혼해서 이사 나갔어요. 그러니까 부인한테는 남는 방이 있지요. 안 그래도 세입자를 들이는 이야기를 계속 해왔어요. 아마 방세를 받지 않고도 아가씨를 선뜻 받아 줄 테지만 약간의 방세를 내면 그녀가 오래된 집을 관리하는 데 유용하게 쓸 수 있을 겁니다."

"아, 그렇게 할 수는 없어요!"

안나는 속으로 모든 가능성을 헤아려 보았지만 이든턴에 머무를 수는 없을 것 같았다. 우선 그녀는 아무것도 가지고 오지 않았다. 원피스 두 벌, 신발 한 켤레, 갈아입을 속옷 몇 벌, 약간의 돈이 전부였다. 무엇보다도 그림에 필요한 도구들을 하나도 가지고 오지 않았다.

"그거 정말 좋은 생각이네요."

빌리 칼훈이 의견을 같이했다.

"내일 머틀 부인과 이야기해 보고 호텔로 전화할게요."

아른트 씨가 말했다.

"전 아무것도 가지고 오지 않았는걸요."

안나가 말했다.

"아가씨 가족들이 필요한 걸 보내 주면 되죠. 그렇지 않나요?"

시장이 물었다.

"여기도 가게들이 많아요."

그가 웃었다.

"여기는 시골이 아니에요."

그녀는 자신에게 가족이 없다고 생각했지만 입 밖에 내지는 않았다. 플레인필드에서 그녀를 기다리고 있는 것은 무엇일까? 고등학교와 반 엠버러 대학 친구들은 바람처럼 여기저기로 흩어졌다. 그녀는 남자 친구도 없었다. 어머니와 함께 살던 집에는 쓰라린 공허함만이 남아 있었다. 그녀는 앨리스 이모에게 몇 가지 물건들을 싸서 이곳으로 보내 달라고 부탁해야 할 것이다. 이튼턴 남자들의 말이 맞다. 벽화에 담길 마을 안에서 지내는 편이 나을 것이다.

"혹시 제가 빌릴 만한 작업실이 있을까요?"

그녀가 물었다.

"충분히 큰 장소로요. 벽화가 상당히 많은 공간을 차지할 것 같아요."

이마를 찡그린 남자들은 조용히 생각에 빠졌다.

"작업실은 잘 모르겠는데요."

빌리 칼훈이 말했다.

"마틴은 자기 다락방에서 그림을 그리거든요."

시장이 말했다. 그러자 피어링 씨가 목소리를 높였다.

"카터스 집 근처에 있는 버려진 창고는 어떨까요? 적어도 십 년은 비워 둔 것 같던데."

그는 안나를 바라보았다.

"도심 밖이긴 해도 그리 멀지 않아요. 작업하려면 평온하고 조용한 곳이 좋을 테니까요."

"난방이 안 돼요."

아른트 씨가 말했다.

"그렇다면 실내 난방기 두어 대 정도 들여 놔야겠네요."

시장이 말하고 그녀 쪽으로 고개를 돌렸다.

"나랑 아가씨랑 내일 한번 둘러보는 게 어떨까요? 그곳이 맘에 들고 머틀 부인도 아가씨와 함께 지내고 싶어 하면 계속 머무를 건가요? 장담하는데 머틀 부인은 좋다고 할 겁니다."

"좋아요."

그녀는 조금은 충동적으로 대답했다.

"그렇게 할게요."

그리고 미소를 지었다. 신사들을 상대로 결국 자신의 뜻을 관철시켰다는 뿌듯함의 미소였다.

7장

Morgan

모건

2018년 6월 13일

나는 갤러리 로비의 타일 바닥에 펼쳐져 있는 벽화를 빤히 응시했다. 엄청난 손상들—캔버스의 이미지를 거의 가려 버릴 정도의 얼룩들과 긁힌 자국들, 물감이 마모된 부분들—이 보였다. 그리고 모두의 등골을 오싹하게 한 그것이 눈에 들어왔다. 모골을 송연하게, 머릿속을 혼란스럽게 만든 그것.

벽화 중앙에는 18세기 양식의 옷을 입은 여자들이 작은 테이블에 둘러앉아 있었다. 여자들은 지나치게 클로즈업한 것처럼 그려져 있었는데, 그들 중 한 명은 쭉 뻗은 손에 흰색 찻주전자처럼 보이는 무언가를 들고 있었다.

"이건 이든턴 티 파티를 나타낸 것 같아요. 그런데⋯⋯."

리사는 그림 속 여자들의 치마를 가리키면서 말을 이었다.

"이건 이해가 안 되는데요."

여자들 사이로 오토바이의 앞부분이 보였다. 그건 얼룩이 묻어 더러워진 여자들의 치마 사이로 빼꼼히 고개를 내밀고 있었다. 오토바이에 탄 사람은 여자들에게 가려져 보이지 않았다.

"인디언 오토바이°잖아. 완전 멋진데요."

아담이 말했다. 그는 양손을 카키색 카고 바지에 쑤셔 넣으며 리사를 바라보았다.

"그런데 1700년대에는 오토바이가 없지 않았나요?"

"화가가 뭔가에 취해 있었나 봐요."

와이어트가 말했다.

"도대체 누가 이런 걸 그린 거예요?"

"안나 데일이라는 화가요."

올리버가 말했다. 팔짱을 낀 채 벽화를 내려다보는 그는 재미있다는 표정을 짓고 있었다.

"이거 정말 흥미로운데요. 안 그래요?"

그가 내게 시선을 던지며 물었고 나는 고개를 끄덕였다.

"인터넷으로 안나 데일을 검색해서 벽화 대회에서 우승했다는 글을 읽었어요."

올리버가 계속했다.

"하지만 찾아낼 수 있는 정보는 그게 다였어요. 다른 작품들을 찾아보려고도 했지만 없더군요. 이 그림의 스타일은……."

○   Indian Motocycle, 미국의 오토바이 제조사

그는 벽화를 향해 손짓하며 말을 이었다.

"그 당시 정부 건물들을 위해 그려진 벽화들의 전형적인 표현 방식을 따르고 있어요."

그는 싱긋 웃으며 계속 이야기했다.

"거기다가 안나 데일만의 독특한 해석을 추가한 것 같군요."

내 시선은 다른 쪽으로 옮겨 갔다. 벽화는 세 여성과 오토바이가 중앙에 크게 그려져 있고 그 양옆으로 두 개의 다른 그림이 그려진 구조였다. 오른쪽 상단 구석에는 흑인 여성이 바구니를 들고 서 있었는데, 얼룩과 긁힘 때문에 바구니 안쪽 물건을 알아보기는 어려웠다. 그 흑인 여성의 얼굴 아랫부분도 어딘가 이상해 보였다. 치아 사이에 물고 있는 건 막대기인가?

흑인 여성의 아래, 벽화의 오른쪽 하단 구석에는 작은 집들이 줄지어 있었다. 나는 벽화의 왼쪽 상단 모서리를 보려고 반대편으로 걸어갔다. 보이는 것이 무엇인지 알아차리기가 힘들었지만 아마도 보트가 아닐까 싶었다. 그건 배여야 말이 됐다. 그리고 왼쪽 아래, 다섯 번째이자 마지막 그림은 누군가가 두 손에 통나무 같은 것을 들고 자신만만하게 서 있는 모습이었다. 얼룩에 가려져 있었지만 내 눈에는 백인 남성으로 보였다. 그렇게 다섯 부분으로 나뉜 그림은 하나같이 전부 엉망이었다. 꼭 벽화를 자동차 뒤에 연결해서 그림이 그려진 면이 바닥에 끌리게 한 다음, 돌길과 진흙길을 수백 킬로미터 이상 달린 것만 같았다. 사각형 네 변의 합만 10미터에 가까운 그 벽화에서 살려

낼 수 있는 건 아무것도 없어 보였다. 나는 리사 쪽으로 몸을 돌렸다.

"이 정도로 상태가 나쁘다는 것을 알고 있었어요? 아니면……."

나는 오토바이를 가리키며 말을 이어나갔다.

"화가가 미쳐 버렸다는 제시 선생님 말씀은 이거였을까요? 그분께서는 오토바이 두고 그런 말씀을 하신 걸까요?"

리사는 벽화에 시선을 고정시킨 채 천천히 고개를 저었다.

"아버지는 그 어떤 것도 분명하게 언급하지 않았어요. 맹세하건대, 그 노인네는…… 만약 아버지가 살아 있다면 내가 가만두지 않을 거예요."

"이걸 정말 여기에 전시하고 싶은 거예요?"

아담이 리사에게 물었다.

"바로 이 자리, 모두가 관람을 시작하는 이곳에다가요?"

리사가 긴 한숨을 내뱉었다.

"아, 젠장. 나도 뭘 어떻게 해야 할지 모르겠어요. 하지만 아버지는 똑똑한 사람이었고 지시 사항 역시 명백했어요. 그러니 모건 씨가 완성을 하면 이 자리에 전시해야만 합니다."

나는 그녀의 시선을 피했다.

"이거 완전 죽이는데요."

와이어트가 말했다. 나는 그가 그 말을 칭찬으로 사용했다는 것을 알고 있었다.

"오토바이가 없으면 이건 그냥 하나의 오래된 그림일 뿐이에요. 오토바이가 사람들의 호기심을 일으키고 대화의 물꼬를 트는 역할을 해줄 거예요."

"이건 확실히 시선을 끌어요."

올리버가 말했다.

"일단 복원이 끝나면 멋진 작품이 될 거예요. 이든턴의 역사를 보여 줄 겁니다. 이 오래된 우체국 벽화에서 사람들이 원하는 건 바로 그거예요. 이든턴의 과거요. 이를테면 이 작은 집들이 그렇죠."

그는 오른쪽 하단 구석을 향해 손짓했다.

"저기가 면직 공장 마을이죠? 맞나요?"

그는 천천히 고개를 끄덕이는 리사를 바라보았다.

"그런 것 같아요."

리사는 확신이 서지 않는 듯한 말투로 대답했다. 나는 면직 공장 마을이 어떤 곳인지 궁금해졌다.

올리버는 캔버스를 밟지 않으려고 몸을 최대한 앞으로 구부렸다. 그는 이마의 머리카락을 쓸어 올린 다음 투시력이라도 있는 사람처럼 얼룩 아래 숨은 그림을 보기 위해 눈을 가늘게 떴다.

"여기 여성의 얼굴을 자세히 보세요."

그는 그림 속 티 파티 여성의 눈 주변, 얼룩이 덜 진 부분을 가리키며 말했다.

"안나 데일은 뛰어난 화가였어요."

"당신이 그렇게 말한다면 그렇겠죠."

리사가 말했다.

"우체국에 이 그림을 걸지 않은 이유가 너무 당연해 보이는데요."

아담이 말했다.

"이런 그림에 저 오토바이는 정말 이상하잖아요."

리사는 말없이 고개를 저었다.

"화가는 완벽하게 말이 된다고 생각했을 거예요."

올리버가 말했다. 아담은 나를 바라보았다.

"오토바이를 그냥 물감으로 덮어 버리는 건 어떨까요?"

아담이 제안했다.

"농담이죠?"

올리버의 눈썹이 안경 위로 치켜 올라갔다. 그는 캔버스 쪽으로 손짓을 했다.

"이건 화가가 넣고 싶어 했던 거예요. 그녀의 의도대로 정확하게 복원되어야 해요."

올리버는 나를 쳐다보며 물었다.

"그렇죠?"

나는 이런 일을 매번 해온 척 고개를 끄덕였지만 그의 눈을 제대로 마주칠 수 없었다. 이 큐레이터가 통찰력 있는 사람이라는 건 알아차리기 쉬웠다. 그가 내 얼굴에서 망가진 벽화를 어떻게 손대야 할지 모른다는 진실을 읽어 낼까 봐 겁이 났다.

"여기에는 분명 사연이 있어요."

올리버가 계속했다.

"그저 그게 무엇인지 알 수 있으면 좋겠는데……."

그는 캔버스의 가장자리 중 한쪽을 들어 올리기 위해 몸을 구부렸다.

"이 가장자리가 얼마나 너덜너덜한지 좀 봐요."

그가 말했다.

"마치 누군가 캔버스 틀에서 급하게 잘라 낸 것 같아요. 왜 그랬을까요?"

그의 질문은 벽화를 보면 생겨나는, 그렇지만 대답이 불가능한 백 가지 질문 중 하나일 뿐이다. 나는 손상된 이미지 너머에 있을 내가 기대했던 작품을 보려고 애썼다. 캔버스에서 풍기는 곰팡이 냄새는 공간을 가득 채울 만큼 강했다. 콧구멍을 타고 들어와 폐까지 화끈거릴 정도였다. 마찰로 인해 표면의 물감이 닳아 버린 부분을 제외하고는 전부 얼룩으로 뒤덮여 있었다. 물감이 다 벗겨진 자리에 남은 긁힌 자국들은 수십 군데도 넘었다. 나를 향한 리사의 시선이 느껴졌다.

"8월 5일까지는 작업을 마쳐야 해요."

리사는 나만 들을 수 있도록 나직하게 말했다. 그 목소리에는 걱정이 서려 있다.

"할 수 있겠어요?"

마감일이 문제가 아니었다. 어디서부터, 어떻게 시작해야 할지도 알 수 없었다. 아마도 미술 복원을 배울 수 있는 일 년, 연습할 수 있는 일 년, 그 정도의 시간이 주어진다면 성공할 수 있을지도 모른다.

그렇지만 리사가 나를 의심하게 둘 수는 없었다. 그녀에게 내 약점을 보여서는 안 된다. 내가 다시 지옥으로 돌아가고 이 일이 다른 사람에게 넘어갈 만한 그 어떤 빌미도 잡혀서는 안 된다. 이 기이한 작품을 어떻게 복원해야 할지 하루빨리 알아내야만 했다.

"네."

나는 그녀의 눈을 똑바로 바라보며 말했다.

"당연하죠."

8장

Anna
안나

1939년 12월 9일

안나의 토요일은 머틀 심스 부인의 크고 멋진 집에 이사하는 것
으로 시작됐다. 그녀는 한 번도 가져 보지 못한 할머니가 생긴
것 같은 기분이 들었다. 조부모를 본 적이 없는 그녀는 나이가
많고 자신을 아이처럼 챙겨 주는 여성과 시간을 보내는 것이 낯
설었지만, 부인에게서는 묘한 위안을 느낄 수 있었다.

　　머틀 부인의 집은 비슷한 크기의 집들이 줄지어 있는 동네
에 있었는데, 그중 일부는 힘든 시기를 잘 버텨 내지 못한 것 같
았다. 세월의 흔적을 그대로 반영하고 있는 집 내부에 비해 외
관은 제법 말끔해서 부인의 숨은 노력을 엿볼 수 있었다. 여기
저기 약간씩 페인트칠이 벗겨졌고 벽지가 찢어진 곳도 있었지
만 대체로 매력적인 집이었다. 안나는 이곳에서 지낼 수 있게

해준 남자들에게 고마운 마음이 들었다. 노란색 꽃무늬 원피스를 입은 머틀 부인은 현관 앞에서 안나를 맞이했다.

"나를 그냥 머틀 부인이라고 부르면 돼요."

그녀는 안나를 집 안으로 안내하며 말했다. 거실은 깔끔하게 정돈되어 있었다. 안락해 보이는 가구와 장식품들은 적당한 위치에 자리를 잡았다. 그들은 앉아서 가정부인 프리다가 구운 네모난 파인애플 케이크와 차를 마셨다. 프리다는 안나에게 따뜻한 미소를 보였지만 말을 건네지는 않았다. 프리다가 자리를 뜨자 머틀 부인은 가정부가 벙어리라고 털어놓았다.

"그래도 듣는 건 문제없어요."

머틀 부인이 말했다.

"프리다는 여기서 일한 삼십 년 동안 한 마디도 하지 않았어요. 그래도 난 프리다가 좋아요. 내 딸에게는 두 번째 엄마 같은 존재거든요. 나 혼자서는 이 집을 관리할 수 없었을 거예요."

그들은 안나가 이든턴에 온 이유인 벽화 대회에 관해 잠시 수다를 떨었다. 케이크를 먹다 말고 머틀 부인은 자리에서 일어섰다.

"집 안내를 좀 해줄게요."

그녀가 말했고 그들은 계단으로 향했다. 머틀 부인은 끊임없이 말을 쏟아 냈다.

"내 딸 폴린은 얼마 전에 결혼했어요. 사위인 칼은 아주 점잖은 사람이에요. 칼은 고장 난 수도꼭지나 물이 새는 파이프도 뚝딱 고칠 수 있어요. 폴린은 일주일에 이틀 정도는 간호사로 일해요. 칼은 경찰이랍니다. 그들은 여기서 2킬로미터 정도 떨어진 곳에 살아요. 지금부터 아가씨는 폴린의 방을 쓰면 돼요."

이 층에 도착한 그들은 오른쪽으로 돌았다.

"이 층에 안 쓰는 방이 두 개 더 있는데 둘 다 침대가 없어요."

그녀가 깔깔 웃었다.

"하나는 내가 재봉실로 쓰는 방이고 다른 하나는 아기용 침대를 들여놨어요. 아직 태어난 아기는 없지만 곧 좋은 소식이 들리지 않겠어요?"

그들은 널찍한 침실로 들어갔다. 머틀 부인의 딸인 폴린의 물건은 하나도 남아 있지 않았다. 큼지막한 목련꽃이 그려진 벽지와 여성스러운 흰색 가구를 보자 안나는 누군가의 방에 무단 침입하는 기분이 들었다.

"낯선 사람이 자기 방을 쓰는 것을 폴린 씨가 안 좋아하면 어쩌죠?"

"말도 안 되는 소리, 전혀 그렇지 않아요."

안나의 물음에 머틀 부인이 대답했다.

"어제 저녁에 딸한테 말했어요. 그 애는 프리다가 집에 돌아간 후에도 내가 누군가와 함께 있다는 사실에 뛸 듯이 기뻐했어요."

그녀는 분홍색 침대보의 주름을 반듯하게 매만졌다.

"나는 폴린을 늦게 얻었어요. 아이가 태어났을 때 이미 마흔이었거든요. 아이를 갖는 것을 포기하고 살았는데 갑자기 그 애가 '짠'하고 와주었지 뭐예요! 지금 나는 예순둘이에요. 류머티즘을 앓고 있어서 그 애는 내가 혼자 있을 때 쓰러질까 봐 노심초사하고 있어요."

부인은 다시 한번 깔깔 웃었다.

"내가 아가씨 얘기를 하니까 그길로 건너와서 남아 있는 자기 물건을 챙기고 방을 치웠어요."

"저 대신 고맙다고 전해 주세요."

"곧 직접 이야기할 기회가 있을 거예요. 그 애는 항상 집에 들르거든요. 아직도 마마걸이에요."

안나는 억지로 웃음을 지어 보였다. '마마걸'. 사람들은 안나를 그렇게 불렀었다. 이제 다시는 들을 수 없는 말이기도 했다. 머틀 부인은 안나의 옷가지가 도착하면 그 사이에 넣어 둘 수 있도록 직접 만든 분홍색 방향제를 선물해 주었다. 안나가 옷과 미술용품을 보내 달라고 전화했을 때 앨리스 이모는 걱정스러운 반응을 보였다.

"그렇게 오랫동안 집에서 멀리 떨어져 지내는 게 좋은 생각인 것 같지 않아. 너는 너무 어린 데다가 지금 막 끔찍한 상실을 겪었잖아."

이모의 말에 안나는 당황했다. 앨리스 이모는 어머니의 죽음과 관련한 비난의 화살을 안나에게 돌리지 않고 있었다. 어떻게 그럴 수 있을까? 안나마저도 스스로를 탓하고 있었는데 말이다.

"난 괜찮을 거야."

안나는 일부러 확신에 찬 목소리로 이모에게 약속했다. 눈앞에는 미지의 세계가 펼쳐져 있었지만 그녀에게는 직업과 지낼 곳이 있었다. 그거면 충분했다. 그녀는 앨리스 이모에게 어떤 원피스와 바지, 블라우스, 신발, 스타킹, 속옷, 액세서리를 싸야 하는지, 그리고 이젤과 함께 어떤 미술 도구를 보내야 하는지 설명했다. 이모를 번거롭게 만든 것 같아 미안한 마음이 들었지만 앨리스 이모는 조금도 불평하지 않았다.

"안나, 네가 거기서 안전하기만 하면 돼. 그게 가장 중요해. 돈은 충분하게 가지고 있니?"

이모는 마치 여윳돈을 가지고 있는 사람처럼 말했다.

"응. 나는 괜찮아."

안나는 대답했다. 적어도 당분간은 괜찮았다. 스케치가 승인되지 않을 상황에 대해서는 되도록 생각하지 않으려고 했다. 얼마나 굴욕적인 일이 될 것인가……. 그런 일이 벌어진다면 그건 그때 가서 걱정하기로 했다.

"이제 아가씨 얘기 좀 해봐요."

다시 거실로 돌아왔을 때 머틀 부인이 말했다. 부인은 차를 홀짝이고 파인애플 케이크 한 조각을 입에 넣었다. 그러고 나서 티스푼이 컵 안에서 꼿꼿이 서 있을 수도 있겠다 싶을 때까지 차에 설탕을 넣었다. 안나는 그 모습을 가만히 바라보았다.

그녀는 아버지에 대한 기억이 만들어지기도 전에 아버지가 폐렴으로 돌아가신 것과 잠깐 동안 편찮으셨던 어머니가 최근에 돌아가신 것을 이야기했다. '잠깐 동안 편찮으셨다'는 부분은 거짓말이었지만 아직 그 누구에게도 어머니 이야기를 할 준비가 되어 있지 않았다.

"어머나, 이 세상에 혼자라는 말이잖아!"

머틀 부인이 희끗희끗한 눈썹을 찡그리며 외쳤다.

"아직 애인은 없는 거예요? 이렇게 사랑스러운데."

안나는 고개를 흔들었다.

"아직요. 이모가 있어요. 그리고 사촌 몇 명도요. 하지만 저는 스물두 살이고 이제 제 힘으로 살아갈 때가 됐죠."

"아주 강한 사람이네."

머틀 부인이 말했다.

"고맙습니다."

안나가 대답했다. 스스로를 강하다고 생각해 본 적은 없었지만 노력 중이었다.

그녀는 머틀 부인의 질문에 대답하면서 지나온 삶의 궤적을 밖으로 흘려보냈다. 재봉 일을 했던 어머니 이야기를 할 때는 재봉사라는 직업이 과거보다 수익성이 좋고 대단한 일인 것처럼 들리도록 과장했다. 또한 플레인필드에서 보낸 행복했던 어린 시절과 즐거웠던 미술대학 시절을 이야기했다. 스쿨버스를 타고 뉴욕을 다녔던 경험들, 토요일 오후마다 친구들과 미술관에서 보냈던 기억들을 부인과 공유했다. 그러다 문득 민망한 기분이 들기 시작했다. 그녀답지 않게 너무 오랫동안 말을 했다는 생각이 들었다. 특별할 것 없는 일화를 숱하게 나열할 필요가 있었을까? 머틀 부인이 자연스럽게 타인에게서 이야기를 이끌어 내는 그런 부류의 사람이라서 그랬을까? 그녀는 흔히들 말하는 '남부지방 사람들의 친화력'이 어떤 건지 단번에 이해할 수 있었다. 안나는 그렇게 집주인 아주머니와 앉아 나누는 담소를 즐겼다. 그녀의 뜻대로 일이 잘 진행될 것 같은 예감이 들었다.

그들은 식사를 포함해 안나에게 매달 오 달러의 방세를 받기로 결정했다. 둘은 이 층 화장실을 같이 사용하기로 하고, 일주일에 한 번씩 부인의 세탁기를 사용하는 데에는 십 센트를 내기로 했다.

"따라 주어야 할 몇 가지 규칙이 있어요."

머틀 부인이 말했다.

"그럼요."

안나가 웃으며 대답했다.

"여자 친구들은 데려와도 되지만 허락 없이 남자는 데려오면 안 돼요."

"저는 사람들을 만나러 이곳에 온 게 아니니까 그 점은 걱정하실 필요 없어요."

"술은 금지고요. 혹시 담배 피워요?"

안나가 끄덕였다.

"가끔씩요."

머틀 부인은 한숨을 쉬었다.

"폴린도 마찬가지예요. 나는 흡연이 굉장히 안 좋다고 생각하지만 원한다면 폴린의 방, 아니 이제는 아가씨 방에서 피워

도 돼요. 단, 아래층과 부엌에서는 절대로 안 돼요. 프리다가 가
만있지 않을 테니까."

"알겠어요."

머틀 부인은 안나에게 배관과 전등 스위치의 특징을 알려
주고 나서 벽화에 대해 물었다.

"아직 무엇을 그릴지 결정하지 못했어요. 이든턴을 대표하
는 무언가를 그려야 하기 때문에 조사……."

"당연히 티 파티죠."

머틀 부인이 말했다. 안나가 웃었다.

"음, 처음에 제가 생각했던 게 바로 그거예요. 그런데 저와
점심 식사를 한 남성분들은 다들 반대하는 눈치였어요."

"그들은 남자고 티 파티의 중심에는 여성들이 있었으니까
요. 이든턴의 어떤 것을 표현하든 티 파티는 꼭 포함돼야 해요.
우리는 그걸로 유명하니까."

부인은 거실을 가로질러 폭이 좁고 기다란 책장으로 갔다.
그리고 '티 파티' 시위를 조롱한 영국의 정치 풍자만화를 찾아
낼 때까지 책장을 뒤졌다. 비웃음의 이유는 단 하나, 여성들이
주도한 운동이라는 사실 때문이었다. 만화 속에서 여성들은 흉
측하고 멍청한 모습으로 묘사돼 있었다.

"남자들은 여전히 그걸 깔보고 있어요. 유감스럽게도 그런
면에서 보면 우리는 아직 갈 길이 멀어요. 티 파티는 대단히 중
요했어요. 식민지 시대 전체에 걸친 움직임이었으니까요."

그 주제를 향한 머틀 부인의 열정을 마주한 안나는 부인을

더 좋아하게 됐지만 만화는 보여 주지 않았더라면 좋았겠다고 생각했다. 그녀의 머릿속은 만화에서 본 흉측한 여성들의 이미지가 박제돼 티 파티 속의 여성들을 어떻게 재창조해야 할지 걱정이 되기 시작했다.

책으로 꽉 찬 머틀 부인의 서재를 본 안나는 부인이 대학을 졸업했다는 사실을 알게 되었다. 안나는 부인의 귀에 자신의 북부 사투리가 어떻게 들리는지 궁금했다.

"이제 아가씨가 어디서 왔는지 사람들에게 알려 줄 필요는 없잖아. 그렇죠?"

머틀 부인은 안나가 처음 입을 열었을 때 그런 식으로 그녀를 놀렸다.

"아가씨 억양은 사랑스러우니까 그냥 있는 그대로 말하면 돼요."

안나는 머틀 부인의 부드러운 사투리가 마음에 들었다. 게다가 부인이 사용하는 문법은 꽤 완벽했다. 안나는 요 전날 남자들과의 점심 식사가 얼마나 당황스러웠는지 이야기했다.

"그들 중 몇 명은 어법이 형편없었어요. 심지어 신문사 편집장까지도요."

머틀 부인은 그 말에 깔깔 웃었다.

"아, 이런 귀여운 아가씨. 그들은 올바른 어법을 알고 있어요. 그저 자신을 부풀리고 싶지 않아서 그런 거예요."

"부풀린다고요?"

안나는 영문을 모르겠다는 듯 눈살을 찌푸렸다.

"거드름을 피우는 것 말이에요."

그녀는 다시 한번 말했다.

"그들은 거만하게 보이는 것을 극도로 싫어해요. 자기 직원들과 잘 어울리고 싶어 하거든요.『초완 해럴드』에 실린 빌리 칼훈의 칼럼 중 하나를 읽어 봐요. 그 사람은 바늘처럼 예리해요. 아마 우리 둘이 알고 있는 어휘를 합친 것보다도 많은 어휘가 그 사람 머릿속에 들어 있을 거예요."

그녀는 안나에게『초완 해럴드』를 건네며 빌리 칼훈이 작성한 기사를 가리켰다. 지난주 발생한 비극적인 주택 화재에 관한 내용이었다. 안나는 흠잡을 데 없이 멋진 문장으로 구성된 글을 읽고 머틀 부인의 말이 옳다는 것을 알게 되었다. 자신이 점심 때 본 남자가 그 기사를 썼다는 사실이 믿기지 않았다. 이든턴에서 지내는 동안 그녀는 세상을 향한 선입견을 넣어 두어야 할 것 같았다. 남부는 뉴저지와는 달랐다. 눈에 보이는 대로 믿으면 안 되는 곳, 겉과 속이 다른 곳이 남부였다.

그날 밤 그녀는 어둠을 뚫고 튀어나올 것 같은 목련꽃 벽지로 둘러싸인 낯선 방, 부드러운 분홍색 이불에 파묻혀 잠이 들었다. 집에서 수천 킬로미터 떨어진 곳에 있다는 느낌은 그리 나쁘지 않았다. 최근까지 귀신 들린 집에 사는 듯한 기분에 휩싸여 있던 그녀에게는 이런 새로움이 필요했다. 편안한 침대, 사랑스러운 고택, 작고 다정한 마을…….

어머니가 돌아가신 후 처음으로 그녀는 꿈의 방해도 받지 않고 빠르게 잠들었다.

9장

Morgan

모건

2018년 6월 14일

리사의 집에서 지내는 첫날, 나는 거의 잠을 잘 수 없었다. 내 귀는 공간을 울려 대는 소리에 익숙해져 있었지만, 여기서는 아무런 소리도 울리지 않았다. 감방 밖을 걷는 발자국 소리도, 철커덕거리는 문소리도, 변기 물이 내려가는 소리도 없었다. 그 대신 에어컨 때문에 닫혀 있는 일광욕실의 창문 너머로 뒷마당에서 매미가 웅웅거리는 소리는 들을 수 있었다. 마지막으로 매미 소리를 들은 게 십 년도 전의 일 같았다. 그 소리가 너무 아름다운 나머지 눈물이 흘러나와 머리카락 사이사이로 스며들었다.

　겨우 잠이 든 나는 그날 사고가 반복되는 비참한 악몽을 꾸다 한밤중에 깨어났다. 지금 내 상황을 알아차리는 데 몇 분은 걸렸다. 꿈의 이미지는 항상 똑같았다. 소름 끼치는 충돌음이

나기 직전 에밀리 맥스웰의 겁에 질린 얼굴이 내 차의 헤드라이트에 포착되는 모습이다.

지금 나는 안전한 곳에 있다는 것을 스스로에게 상기시키기 위해 침대 옆 스탠드를 켜야 했다. 불과 몇 발짝 거리에 있던 이상하고 말 없는 감방 동료는 이제 없었다. 이 방에는 나를 가두어 두는 빗장도 없었다. 나는 자유였다. 어느 정도까지는 말이다.

다음으로 내가 눈을 떴을 때에는 샛노란 햇빛이 방 안을 가득 채우고 있었다. 나는 아침마다 천장을 향해 눈을 떴을 제시 제임슨 윌리엄스를 떠올리며 천장을 가만히 응시했다. 바로 이 자리에 누워 천장을 보면서 그는 '어떤 방법으로 미술학도인 모건 크리스토퍼를 도울 수 있을까? 자기 인생을 완전히 망쳐 버린 사람에게 불가능한 걸 시키자!'라고 생각한 걸까?

'세상에⋯⋯.'

아직까지도 믿을 수가 없었다. 지저분하고 이상한 벽화의 이미지가 다시 떠올랐다. 더럽고, 악취를 풍기고, 기괴하고, 긁히고, 해지고, 일부는 물감이 다 벗겨지기까지 한 그림⋯⋯.

빨리 컴퓨터를 구해서 그걸 어떻게 해야 할지 알아내야 했다. 나를 석방시킨 건 리사의 큰 실수다. 리사가 왜 자기 아버지의 정신 나간 지시를 그대로 따랐는지 이해할 수 없었다. 뭐 어쨌거나, 그게 나를 감옥에서 꺼내 준 건 현실이니까. 어떤 수를 써서든 벽화 작업을 해내기만 한다면 나는 계속 바깥세상에 남을 수 있을 것이다.

*

삼십 분 후 부엌에 들어갔더니 리사는 이미 나가고 없었다. 그녀는 보안 시스템을 해제할 수 있는 방범 카드와 현관 열쇠, 집에서 2.5킬로미터 떨어진 핸드폰 매장으로 가는 방법과 한 시 사십오 분까지 가야 하는 가석방 사무실의 약도가 그려진 쪽지를 남겨 놓았다. 거기에는 이천 달러라고 쓰인 수표도 동봉되어 있었는데 이런 메모가 더해져 있었다.

현금으로 바꿀 수 있도록 은행에 말해 두었어요. 핸드폰을 사면 원하는 노트북을 찾아서 나에게 전화해요. 그럼 내 신용카드로 주문해 줄게요.

그녀는 핸드폰 매장까지 택시를 타는 게 나을 거라고 했지만 나는 걸을 수 있는 자유를 택했다. 현관문을 잠그고 나와 인도를 따라 걷기 시작했을 때 발밑의 콘크리트에 시선이 쏠려 걸음을 멈췄다. 콘크리트에는 세 쌍의 손도장이 찍혀 있었는데 남자, 여자, 아이의 것으로 보였다. 그 아래에는 각각 이름이 새겨져 있었다. 제시, 버니스, 리사. 사랑스럽고 기발했다. 크기로 보아 손도장을 만들었을 때 리사는 열 살도 되지 않았을 것이다. 나의 부모님이 이런 가족 기념물을 만들고자 시간과 관심을 쏟는 장면을 상상해 보려고 했지만, 불가능했다.

브로드 스트리트에 위치한 은행에서 별문제 없이 수표를 현금화했고 동시에 계좌도 개설했다. 그리고 핸드폰 가게로 걸어가 핸드폰과 이어폰을 구입하고 새로 받은 전화번호를 외웠다. 이제 새로운 삶을 위한 새로운 번호가 생긴 것이다. 곧이어 일 년 넘게 들을 수 없었던 음악을 듣기 위해 예전에 썼던 스트리밍 어플에 접속했다. 리애나와 머룬파이브, 아리아나 그란데의 노래를 따라 부르는 자유를 만끽하며 집으로 돌아오는 매 순간이 황홀했다. 집에 들어와 핸드폰으로 원하는 노트북을 찾아낸 다음 리사에게 전화를 걸어 익일 배송으로 주문해 달라고 말했다. 이제 복원 공부에 내 사활이 걸려 있었다. 전날 갤러리를 나오기 전 올리버는 벽화 작업에 관한 요구사항을 물어 왔었다.

"작업할 때 온열 테이블이 필요할 거 같아요? 아니면 들것을 이용해서 벽에 걸어 놓고 하는 게 나을 것 같아요? 당신이 필요하다면 와이어트와 아담이 뭐든지 만들어 줄 거예요. 두 사람과 오랫동안 작업해 왔는데 아주 뛰어난 목수들이거든요."

나는 '온열 테이블'이 무엇인지 몰라 벽에 걸어 놓고 하는 쪽을 선택했다. 나는 막다른 길에 서 있었다. 내 머리로는 도저히 이해할 수가 없는 일들이었다.

나는 인터넷으로 옷을 몇 벌 주문한 후 유혹에 맞서며 손에 있는 핸드폰을 바라보았다. 모든 게 잘못되기 전, 나는 인스타그램에서 살다시피 했었다. 다시 들어가 볼 엄두는 나지 않았다. 한번 시작하면 멈출 수가 없다는 점에서 그건 술을 마시는 것과 다를 바가 없다. 원한다면 손가락 움직임 한 번으로 예전 친구들을 찾아볼 수 있다. 트레이를 찾아볼 수도 있다. 하지만 그게 무슨 의미가 있겠는가? 초인적으로 발휘한 자제력에 뿌듯해하며 나는 핸드폰을 주머니 속으로 밀어 넣었다. 그렇지 않아도 가석방 사무실에 가야 할 시간이 다가오고 있었다.

과일 바구니 안에서 사과를 하나 집어 들고 문밖으로 향했다. 리사의 집, 제시 제임슨 윌리엄스의 집을 걸어서 나갈 수 있다는 것이 기적처럼 느껴졌다! 문을 열고 나와서 일거수일투족을 감시받지 않으면서 거리를 활보하는 기적……. 하지만 브로드 스트리트에 있는 가석방 사무실의 문을 잡아당기는 순간, 찰나적으로 누렸던 자유는 타격을 입었다. 이것은 진정한 자유가 아니었다. 어쩌면 나는 꽤 오랫동안 진짜 자유는 누리지 못할 터였다.

한 시 사십칠 분, 나는 새로 부임한 가석방 담당자의 책상 옆에 앉아 있었다.

"감독관."

여자는 스스로를 그렇게 불렀다. 짧고 곱슬거리는 금발 머리를 가진 그녀의 이름은 레베카 샌더스였다. 코까지 미끄러져 내려온 얇은 검은 테 안경을 착용한 그녀에게서 잠깐이지만 엄마의 모습이 겹쳐 보였다. 그녀가 서류를 읽는 동안 나는 얌전히 기다렸다.

"자, 이제 한번 볼까요."

그녀는 앞에 놓인 서류들을 살펴보며 말했다.

"F등급 중범죄. 음주 운전. 가중 요인은 두 번의 음주 운전과 차량에 의한 심각한 중상."

나는 지친 숨을 길게 내쉬었다.

"저도 그렇게 쓰여 있다는 건 알아요. 하지만 저는 운전을 하지 않았어요."

레베카는 얼굴을 찡그리며 안경을 벗고 나를 보았다.

"그게 무슨 말이에요?"

"제 남자 친구가 운전했고 사고 직후에 그는 현장을 떠났어요."

"그럼 왜 당신이 기소됐고, 구속된 거죠?"

그녀는 내 말을 믿지 않는다. 그 누구도 나를 믿지 않는다. 나는 고개를 저었다.

"지금 와서 그게 다 무슨 소용이겠어요."

나는 그 모든 것을 다시 겪고 싶지 않다고 말했다.

"그저…… 제가 한 일이 아니라는 것을 알아주셨으면 했어요. 제가 저지른 일인 척하고 여기 앉아 있을 수는 없었어요."

"변호사가 있었죠?"

나는 끄덕였다. 법원에서 지정해 준 변호사마저 내 말을 믿어 주지 않았다.

"처음에는 그저…… 남자 친구를 보호하기 위해서 차에 혼자 있었다고 말했어요. 그는 그때 막 조지타운 로스쿨에 장학생으로 입학했거든요…… 남자 친구는 잃게 될 것이 너무 많았어요. 제가 감옥에 가게 될 줄은 몰랐고요. 괜찮아질 거라고 생각했었는데…… 아니, 저는 아무것도 몰랐어요. 당시에는 현명하게 판단할 수 없었어요. 그 모든 건…… 너무 끔찍했어요."

소름 끼치는 이미지들이 뇌리를 스쳤다. 손으로 그것들을 막아 내듯 나는 손으로 눈을 가렸다.

"제가 진실을 털어놓았을 때는 아무도 믿어 주지 않았어요."

내가 손을 내리며 말했다. 그 모든 걸 설명하는 것에 지쳐 버렸다. 무의미했다. 이 여자가 보고 있는 서류의 내용에 동조해야만 했다. 그래야 빨리 끝내 버릴 수 있었다. 레베카는 의심스럽다는 듯 입술을 오므리고 머리를 뒤로 젖혔다.

"그 전의 음주 운전은요? 그때도 남자 친구가 운전했었나요?"

그녀는 눈썹을 치켜떴다. 나는 그녀가 또 다른 거짓말을 기다리는 중이라고 생각했다.

"아니요. 그때는 제가 했어요. 그 일은 부끄럽게 생각하고 있어요."

나는 내가 느끼는 감정의 반도 드러내지 못하는 절제된 표현을 사용했다.

"음, 만약 운전자에 대한 당신의 말이 사실이라면 그 남자를 남자 친구라고 부르는 것부터 그만두는 게 어떨까요."

레베카는 내 서류를 공중으로 들어 올렸다.

"그리고 나는 여기 적힌 대로 해야만 해요. F등급 중죄에 대한 복역을 했다는 것, 우리는 거기서부터 앞으로 나아가야 합니다."

익숙한 무력감이 밀려오며 눈물이 차올랐지만 나는 그녀를 정면으로 바라보았다.

"저를 믿어 주셨으면 좋겠어요."

내가 말했다. 그게 왜 그렇게 중요했을까? 내 말을 믿어 줄 누군가가 왜 그렇게 간절했을까?

"나는 여기 있는 대로 해야만 해요."

그녀가 재차 말했다.

"내가 말할 수 있는 건 당신이 새로운 변호사를 선임할 수 있어 행운이라는 거예요."

그녀는 내 서류를 내려다보았다.

"여기 있네요. 안드레아 풀러. 당신을 나오게 해준 사람 말이에요."

그녀의 말은 내 귀에 이렇게 들어왔다.

'대부분의 사람들은 변호사를 고용할 돈이 없어 결국 최대 형량을 다 채워요. 게다가 출소 후에는 고용주에게 수감 기록을 숨길 수 없어 직업을 구하지 못하는 상황에 놓이죠.'

"제가 그녀를 고용한 게 아니에요. 모든 일이 갑자기 벌어졌어요."

나는 그녀의 손에 있는 서류를 가리키며 말했다.

"저는 그냥 어떤 일이 있었는지 사실대로 말하고 싶었어요."

다시 안경을 쓰기 전, 그녀는 내 얼굴에 시선을 고정한 채로 약간 망설였다.

"앞으로 나아갑시다."

그녀는 서류로 눈을 돌리며 말했다.

"갤러리를 위해 당신만이 가진 특별한 능력을 요구한다? 당신만의 능력이라……. 그게 사실이라면 지역사회를 위한 활동이라고 여겨질 수도 있겠네요. 거기서 정확히 하는 일이 뭐죠?"

나는 그녀의 말 속에 숨어 있는 비아냥거림을 감지하고 고개를 빳빳하게 들었다.

"저는 화가예요. 벽화를 복원할 거예요."

"그리고 그 일이 지역사회를 발전시킬 거고요."

레베카가 말했다. 평서문이었지만 질문으로 들렸다. 나는 따지는 것처럼 들리지 않을 만한 대답을 찾아내려고 노력했다.

"그러길 바라고 있어요."

내가 말했다.

"감독 기간은 일 년입니다."

나는 클립보드에 부착된 서류 더미를 내려다보았다.

"저는 이든턴에 두 달 정도만 있을 거예요."

내가 말했다.

"그건 나중에 얘기하기로 하죠."

레베카가 내 서류를 내려다보았다.

"그리고 감독하에 있는 동안은 일주일에 스무 시간씩 일해야 해요."

"그것보다는 훨씬 더 많이 일하게 될 거예요."

내가 말했다.

"좋아요. 그게 최소 시간이니 알고 있으라고요. 일단 일을 끝내도 열두 달을 채울 때까지는 가석방 상태인 거예요."

"알겠어요."

내가 말했다. 다시 감옥에 가지 않기 위해서라면 무엇이든 할 수 있었다. 나는 서류를 힐끗 보며 숨을 길게 들이마셨다.

"궁금한 게 있어요."

나는 천천히 말했다.

"혹시 사고의 피해자가…… 어떻게 지내는지 아세요?"

그 말을 입 밖에 내는 것은 정말 힘들었다. 에밀리 맥스웰의 피투성이가 된 몸을 기억에서 지워 버리려는 무의식적 반응으로 나는 눈을 감았다.

"나는 모르죠."

그녀가 말했다.

"피해자의 소식을 어떤 식으로든 접한 적이 없나요? 당신이 원한다면 연락하는 건 문제가 되지 않을 거예요."

나는 눈을 뜨고 양손을 내려다보았다. 내가 그걸 감당할 수 있을지 몰라 겁이 났다.

"그녀를 만나고 싶은 건 아니에요."

내가 재빨리 대답했다.

"그래도 꿈을 꿔요. 악몽이죠. 그저 그녀가 지금은 어떤 상태인지 알고 싶어요."

에밀리와 나는 동갑인데다 태어난 날짜까지 비슷했다. 트레이와 내가 그녀에게 저지른 짓을 생각할 때마다 나는 괴로웠다.

"그건 도움을 줄 수 없겠네요."

레베카가 말했다. 그녀는 서류 작업으로 주의를 돌렸다.

"그리고 이건 당신의 배상금과 소송에 들어간 비용, 기타 지불금을 계산한 거예요."

그녀가 말했다. 그녀는 날짜와 숫자들로 가득한 표를 내게 주며 얼마를 어떻게 지불해서 피해보상을 할 수 있는지 지루한 설명의 늪으로 뛰어들었다. 숫자들이 늪에서 허우적거렸다.

"당신은 감옥에 있는 동안 알코올중독자 모임에 참여했죠?"

레베카가 표에서 눈을 떼며 말했다.

"네."

"적어도 일주일에 한 번씩 모임에 참여할 것을 권해요."

그녀가 또 다른 종이 한 장을 내게 건넸다.

"그럴 시간이 없을 것 같은데요."

내가 말했다.

"하지만 술은 완전히 끊었어요. 애초에 전 중독된 적이 없어요. 그냥 같이 있을 때만……."

"모건 씨. 당신은 두 번의 음주 운전 기록이 있어요. 스물한 살도 되기 전에 이미 두 개나요."

레베카는 몸을 다시 앞으로 내밀었다.

"게다가 당신은 젊은 여성을 영구적인 절름발이로 만들었어요. 당신이 인정했으면 좋겠네요. 본인한테 술 문제가 있다는 것을요."

나는 침을 꿀꺽 삼켰다. 에밀리의 이미지가 머릿속에 다시 떠올랐다.

"가끔씩 술을 많이 마시긴 했어요."

나는 말했다. 그게 내 입에서 나올 수 있는 최선이었다. 레베카는 전투력을 상실한 것 같았다.

"그건 지역에 있는 모임의 목록이에요."

그녀는 내게 준 종이를 가리키며 말했다. 그러고 나서 그녀는 또 한 장의 종이를 건넸다.

"그리고 여기 모임 날짜와 장소를 추적할 수 있는 일지가 있어요. 모임 참석자들 중 당신이 그곳에 있었는지를 확인해 줄 만한 사람들의 전화번호를 여기에다가 적으세요. 우리의 다음 약속 시간에 가지고 오면 됩니다."

나는 낯선 사람에게 가서 출석 일지에 사인해 달라고 부탁하는 상상을 해보았다.

"저는 정말 알코올중독자 모임에 나갈 필요가 없어요. 거기 가는 것보다 제가 열심히 일하고 있다는 것을 알고 계시는 게 낫지 않을……."

"이건 협상 불가능한 사안이에요. 모건 씨."

레베카가 말했다.

"가능한 한 빨리 지역 모임을 찾아내서 참석하세요."

나는 백기를 들었다.

"알겠어요."

"나와 당신은 초반에는 이 주마다 만날 거예요. 당신이 있는 곳으로 제가 갈 겁니다. 머무는 집이나 일하는 장소로요…….

갤러리가 될 수도 있고요……. 그리고 때로는 예고 없이 방문할 수도 있어요."

"괜찮아요."

"당신은 일 년 동안 초완 자치주를 떠나서는 안 돼요."

"갤러리 일이 다 끝나면요? 벽화 작업을 마무리하고 나서는요?"

"그때 가서 얘기하도록 하죠. 한 번에 하나씩 합시다."

그녀는 내게 예약 카드를 건네며 말했다.

"이 주 후에 다시 여기서 봅시다."

나는 고개를 끄덕이고 일어섰다.

"아직 끝난 게 아니에요."

레베카의 말에 나는 다시 의자에 앉았다. 레베카는 상자를 하나 열었다. 상자 안에는 가택연금 중인 사람들을 감시하는 전자발찌 같은 것이 들어 있었다.

"이게 뭔지 아세요?"

레베카가 물었다.

"이걸 착용해야 한다고요?"

내가 믿을 수 없다는 듯 되물었다.

"저는 가택연금이 아니잖아요. 그렇지 않나요?"

"이건 음주 모니터고요. 당신은 이걸 착용해야만 해요."

레베카가 말했다.

"이건 발목의 땀에 반응해요. 술을 한 모금이라도 입에 대면 당신이 술기운을 느끼기도 전에 내가 먼저 알게 될 거예요.

절대로 빼면 안 돼요. 샤워를 할 때도요. 술을 마시거나 이걸 마음대로 빼려고 하면 내가 바로 알 수 있어요. 피부와 발찌 사이에 비닐을 감싸려고 시도한다면…… 그마저도 내가 알 수 있어요. 착용 후 육 개월이 지나면 그때 가서 재평가를 하게 될 거예요."

육 개월 동안이나 그것에 묶여 지낸다는 게 상상이 안 되지만……. 나는 에밀리 맥스웰을 생각했다. 평생 휠체어에 묶여 지낼 그녀의 모습을 떠올렸다.

"알았어요."

나는 대답했다.

"신경 쓰이면 긴 바지를 입어 가리고 다니세요."

레베카가 말했다.

"사람들한테는 운동용 모니터라고 하세요. 상관없어요. 내가 신경 쓰는 건 당신이 술을 마시지 않는 거니까."

나는 끄덕였다.

"통금 시간은 오후 열한 시고 가끔씩 내가 확인할 거예요. 면허증을 다시 받으려면 음주 운전 수업을 들어야만 하고요. 여기 수업이 제공되는 시간과 장소가 있는 목록이에요."

그녀는 종이 한 장을 더 건네주었다. 이 모든 것을 위한 시간이 나기는 할까?

"적어도 한 달에 한 번은 무작위로 약물검사가 진행돼요. 그리고……."

"저는 약을 해본 적이 없어요."

내가 말했다.

"적어도 한 달에 한 번은 무작위 약물검사."

레베카는 내 말을 듣지 못한 것처럼 되풀이했다.

"알겠어요."

나는 고개를 끄덕이는 것이 최선이라고 생각하며 대답했다.

"이제 당신의 위험 요소에 대해 이야기해 봅시다."

레베카가 말했다.

"유혹을 피하기 위해서 누군가를 멀리할 필요가 있을까요?"

'트레이'라는 이름이 심장박동에 맞춰 머릿속에서 쿵쿵 울렸다.

"이 주변에는 피해야 할 사람이 없어요."

나는 대답했다.

"예전 친구들과는 몇 시간 거리만큼 떨어져 있는 데다가 지금은 연락하지도 않아요."

"주로 누구랑 술을 마셨었나요?"

"친구들이요. 그리고 남자 친구, 그날 밤 운전했던 사람이요."

그녀가 믿어 주지 않는 그 사실을 놓고, 다시 논쟁에 뛰어들자는 도전적인 태도로 나는 그녀를 바라보았다.

"남자 친구랑 연락은 해봤어요? 남자 친구 이름이 뭐예요?"

"트레이요. 그리고 연락은 안 했어요."

"그가 운전을 했든 안 했든 그 남자를 피하라고 경고할 필요가 있을까요?"

나는 고개를 저었다.

"아니요. 그러실 필요 없어요."

트레이에 대한 분노가 안에서부터 치밀어 오르는 것을 느끼면서 나는 대답했다.

*

가석방 사무소에서 갤러리까지 걸어가는 길은 그리 멀지 않았지만 한 걸음 한 걸음마다 발목에 있는 전자발찌가 자기주장을 해왔다. 익숙해지려면 시간이 필요할 것 같았다.

건물의 뒤쪽 어딘가에서 전기톱 소리와 못 박는 소리가 들려오기는 했지만 갤러리 로비에는 아무도 없었다. 하룻밤 사이 크기가 더 커진 것 같은 벽화와 나만 있었다. 더럽고 심하게 마모된 거대한 벽화를 내려다보고 있자니 그림이 뚫어질 만큼 깊은 한숨이 나왔다. 이보다 더 엉망진창일 수 있을까. 심지어 마음에 들지도 않았다. 구성은 촌스럽고 주제는 진부했다. 기이한 오토바이가 유일한 흥밋거리였다.

'제시 윌리엄스 선생님, 저를 무슨 일에 끌어들이신 건가요?'

8월 5일을 향해 흘러가는 매시간, 매초를 온몸으로 느끼며 나는 한동안 벽화를 응시했다. 새 노트북을 받아 복원에 대해 공부하기 전까지는 이 벽화를 가지고 할 수 있는 일이 아무것도 없었다. 어디서부터 손을 대야 할지도 몰랐다. 설령 그때가 온다 한들 내가 답을 찾을 수 있을까?

10장

Anna
안나

1939년 12월 11일

사이크 시장은 오후 세 시쯤 자신의 녹색 쉐보레에 안나를 태우고 새로운 작업실이 될 창고로 향했다.

"머틀 부인은 어떤가요?"

시가를 씹으며 운전하던 그가 물었다. 차 안에 연기가 가득해 안나는 창문을 내리고 싶었지만 그러기에는 밖이 너무 추웠다. 시장은 강하고 힘 있는 목소리로 자신의 권력을 은연중에 뿜어내고 있었다. 식사 자리에서 그와 안면을 튼 안나는 시장의 키가 작았던 것은 기억하고 있었지만 얼마나 뚱뚱한지는 알아차리지 못했다. 단추가 튕겨 나갈 정도로 모직코트를 위태롭게 만든 그의 배는 자동차 핸들의 아랫부분에 닿아 있었다. 식당에서는 금색 혹은 회색 둘 중 하나처럼 보였던 그의 머리카락은 알고 보니 두 가지 색이 섞여 있었다. 폐쇄된 공간인 차 안에서 그는 존재만으로도 그녀에게 상당히 위압적이었다. 안나는 지금 자신이 매우 취약한 위치에 있다고 느꼈다. 이전에는 느낀 적 없는 몹시 불쾌한 기분이었다.

두 사람은 머틀 부인의 집, 날씨, 시장의 십 대 아들들이 크리스마스에 원하는 선물 등에 대해 이야기를 나누었다. 대화를 하던 중, 그녀는 자신의 인생에서 진정으로 알고 지낸 남자가 얼마나 적었는지 새삼 생각해 보게 되었다. 그녀에게는 아버지를 알 기회가 없었다. 앨리스 이모의 남편인 호레이스 이모부는 너무 과묵한 사람이라 이모부에 대해 아무것도 모른다는 느낌마저 들게 했다. 그녀가 잘 따랐던 두어 명의 남자 선생님이 있기는 했다. 반 엠버러에서 조각을 가르쳤던 프라이어 선생님은 그녀의 작품을 높이 평가해 주었다. 반 엠버러의 또 다른 남자 선생님인 블레인 선생님은 친절하고, 진정성이 있고, 칭찬에 후한 사람이었다. 게다가 그는 조금도 위압적이지 않았다. 안나는 그가 동성애자일 거라고 확신했다. 다른 사람이 겪을 불편함은 나 몰라라 하면서 시가 연기를 내뿜는 족속들은 그녀가 이전에는 경험하지 못했던 새로운 종류의 남자들이었다.

잠시 후 사이크 시장은 나무들이 우거져 짧은 터널처럼 보이는 곳을 지나 길고 좁은 비포장도로에 차를 세웠다. 그 길의 끝에는 나무로 둘러싸인, 한때는 흰색이었을 크고 낡은 창고가 있었다. 차와 마주한 건물의 정면에는 높은 창문이 일렬로 나 있었는데, 과연 저 창문들이 무성한 숲 사이로 햇빛을 받아들일 수 있을지 의심스러웠다.

"다 왔네요."

사이크 시장은 건물 쪽으로 천천히 차를 몰면서 말했다.

"이 창고는 수십 년간 아무도 안 썼어요."

건물에 가까이 다가가자 원인 모를 공포감이 안나를 엄습해 왔다. 마을에서 그리 멀지 않았음에도 이곳은 철저하게 고립된 느낌이 들었다. 안나는 시장이 차를 세우기도 전에 제의를 거절할 궁리를 하고 있었다. 건물 안의 조명이 형편없다는 것을 핑계 삼아야겠다고 그녀는 생각했다. 사이크 시장은 창고의 옆문 근처에 차를 댔다. 안나는 그와 함께 건물 안으로 들어가는 게 어리석은 일은 아닌지 잠깐 동안 고민했다.

'이 사람은 시장이잖아.'

그녀는 스스로에게 상기시켰다.

'바보 같은 걱정이야.'

차에서 내린 시장은 바큇자국이 난 잡초투성이 잔디를 가로질러 그녀의 팔꿈치를 잡아 주었다. 두 사람은 열려 있는 옆문으로 들어갔다. 창고 안에는 퀴퀴한 곰팡이 냄새와 약간의 기름 냄새가 났지만 시장의 시가 냄새에 금방 자리를 양보했다. 안나는 실내 불빛에 눈이 적응하기를 기다렸다가 주위를 살피기 시작했다. 콘크리트 덩어리들과 널빤지, 상자들이 여기저기 흩어져 있었고 한쪽 벽에는 기다란 나무 테이블 세 개와 의자 몇 개가 놓여 있었다.

"열쇠는 있나요?"

그녀가 물었다.

"여기다가 도구들이랑 다른 중요한 물건들도 보관할 생각이라 도둑맞지 않았으면 좋겠어요."

"음. 뉴저지에서는 그런 걱정을 해야 할지 몰라도 여기는 그런 문제가 없어요."

시장이 자신만만하게 웃으며 말했다.

"그래도 영 마음에 걸린다면 자물쇠 수리공을 불러다가 하나 만들어 줄 수는 있어요."

"그렇게 해주시면 좋을 것 같아요."

안나가 말했다. 큰 창문들은 한쪽 면에만 있는 게 아니었다. 많은 채광창들이 천장에 드문드문 나 있었다. 둥근 펜던트 조명°과 거대한 검은색 선풍기는 커다란 박쥐처럼 들보에 달려 있었다. 천장에는 햇빛이 닿지 않는 어두운 부분들이 있었다. 안나는 몸을 부르르 떨며 천장에서 시선을 뗐다. 저 위에는 무엇이든 있을 수 있었다.

"날씨가 따뜻해지면."

사이크 시장이 말했다.

"저 문을 열어 환기시키면 돼요."

그는 창고 반대편을 가리켰다. 그의 손가락을 따라 시선을 옮긴 안나는 네 개의 커다란 문이 더 있는 것을 처음으로 알아차렸다. 차고의 입구로나 쓰일 법한 거대한 문이었다.

○   천장에서 전선을 길게 늘어뜨려 전등을 다는 형태의 조명

"아, 네."

그녀는 건성으로 대답했다. 속으로는 제의를 거절할 만한 핑곗거리를 만들어 내느라 여념이 없었다. 유리창은 너무 더러워서 그녀의 예상대로 빛이 흐리게 들어왔다. 깨끗하게 닦고 나면 맑은 날에는 충분히 햇빛이 들어올 것 같기는 했지만 그래도 아침이나 저녁에는 어두울 것 같았다.

"안타깝지만 지금보다 더 밝아야 할 것 같아요."

그녀가 말했다.

"약속했던 실내 난방기를 가져오면서 등도 몇 개 가져올게요."

사이크 시장이 대답했다. 갑자기 쥐 한 마리가 그들의 발 근처를 잽싸게 지나갔다. 안나는 자기도 모르게 비명을 내질렀다.

"여기 작은 친구도 있네요."

사이크 시장이 그녀를 보호하듯 팔을 잡아 주며 웃었다.

"그게 무서워요?"

"아니요. 전혀요."

그녀는 그의 손아귀에서 부드럽게 팔을 빼내며 거짓말을 했다.

"그냥 조금 놀랐을 뿐이에요."

오래된 상자와 콘크리트 덩어리 뒤에는 또 무엇이 살고 있을까?

담뱃갑이나 맥주병처럼 사람들이 잠을 자거나 휴식을 취

했던 흔적은 찾아볼 수 없었다. 그 비슷한 것도 없었다. 이 창고에서 안나에게 오싹한 느낌을 주는 게 무엇인지 알 수는 없었지만, 확실한 건 사람은 아니라는 점이었다.

"내 사무실 관리자인 베니가 와서 싹 치워 줄 겁니다."

사이크 시장이 말했다. 그는 그녀와 아주 가까운 곳에 서 있었다. 비록 붙어 있지는 않았지만 그의 몸에서 뿜어져 나오는 열기가 그녀에게 닿을 정도였다. 안나는 더러운 창문을 보려는 척하며 한 걸음 뒤로 물러섰다.

"제가 닦을 수 있을 것 같아요."

그녀가 말했다.

"사다리가 있다면요."

"아, 그건 베니가 알아서 할 거예요."

"그렇게 해주시면 정말 좋고요."

그가 베푸는 호의에 더 이상 딴지를 걸 수는 없었다. 찜찜한 마음만 극복해 낼 수 있다면 여긴 작업하기 괜찮은 곳이라는 것을 그녀도 알고 있었다.

"베니라는 분께 테이블과 의자들도 치워 달라고 전해 주세요. 그리고 올라갈 수 있는 발판도 하나 필요한데 어디서 살 수 있을까요?"

"베니가 창문 닦을 때 하나 가지고 올 거예요."

사이크 시장이 말했다.

"여기 두고 가라고 말할게요."

창고의 맨 끝으로 걸어간 그들은 벽이 움푹 들어간 곳에 자리 잡은 변기와 작은 싱크대를 발견했다. 시장이 삐걱거리는 수도꼭지를 돌리자 갈색 물이 식식 소리를 내며 나왔다. 개수대 안으로 계속해서 흘려보내자 물은 점차 맑아졌다.

"세상에, 이게 뭐람?"

그가 말했다.

"수도가 끊기지 않았네요. 아가씨는 정말 운이 좋아요. 이제 전기만 들어오면 당장 작업을 시작해도 되겠어요."

"잘됐네요."

그녀는 불안함을 목구멍으로 삼키는 대신 마음에도 없는 말을 내뱉었다. 어느새 안나는 창고의 장점들을 찾고 있었다. 입구에서 가장 가까운 벽에는 아무것도 없었다. 문도, 창문도 없었다. 그녀는 손으로 벽을 쓸어 보았다. 벽은 매끄러운 나무로 되어 있었다.

"이 자리는 기다란 캔버스를 걸기에 완벽하겠는데요."

그것은 사이크 씨에게 말한다기보다 스스로에게 한 말이었다.

"내 생각도 그래요."

그가 동의했다. 그녀는 그를 보았다.

"참 친절하시네요. 고맙습니다."

그녀는 그를 보며 웃었지만 자신을 향하는 그의 시선을 오랫동안 견딜 자신은 없었다.

"도움이 조금 필요할 것 같아요."

그녀가 다시 비어 있는 벽으로 몸을 돌리며 말했다.

"방과 후에 저를 도와서 함께 일할 학생들을 고용할 수 있을까요?"

"내가 이든턴 고등학교의 미술 선생에게 얘기해 볼까요?"

"그렇게 해주시면 정말 좋을 것 같아요."

시장에 대한 안나의 감정이 호감으로 바뀌고 있었다. 그는 친절하고 관대한 사람이었다.

"도와주셔서 고맙습니다."

그녀가 말했다.

"우리는 데일 양이 이든턴에서 즐겁게 지내기를 바라고 있어요."

그의 말에 그녀는 궁금해졌다. 함께 점심 식사를 했던 남자들이 머리를 맞대고 자기들이 원했던 마틴 드래플 대신 새로운 화가를 받아들이기로 입을 모은 걸까.

*

머틀 부인의 집으로 돌아왔을 때 그녀는 지쳐 있었다. 프리다는 그녀에게 코코넛 쿠키, 미소와 함께 정원 가꾸기 모임에 갔다는 머틀 부인의 쪽지를 건넸다. 안나는 일기를 쓰기 위해 방향제 향기와 분홍색 침대가 기다리고 있는 자기 방으로 올라갔다.

내일 토비 피어링 씨가 면직 공장을 견학시켜 주기로 했다. 그녀는 일기장에 적었다. 그리고 내일을 떠올려 보려고 했지만 그녀의 마음은 계속해서 그늘진 창고 안으로 다시 돌아갔다.

11장

Morgan

모건

2018년 6월 15일

오전 열한 시에 새 노트북이 배달됐다. 나는 노트북을 식탁 위에 세팅하고는 잔뜩 긴장한 채로 내 이메일 계정에 접속했다. 그리고 손가락이 뻐근해질 정도로 스크롤을 하며 아주 오래전 메일들을 찾아보았다. 모든 게 지옥으로 사라지기 전, 다른 시간, 다른 세상에서 온 것들이었다. 노스캐롤라이나대학교의 옛 동기들이 보낸 과제와 파티를 알리는 메일들이 넘쳐 났다. 트레이가 보낸 건 많지 않았다. 그와는 주로 문자를 주고받았었다. 그 문자들은 예전 핸드폰 번호와 함께 사라진 지 오래였고 그건 오히려 잘된 일이었다. 그가 보낸 마지막 메일을 슬쩍 보았지만 '놀자, 자기야'라고만 쓰여 있었고, 그게 대체 무슨 소리인지 짐작도 가지 않았다. 그건 지금과는 완전히 다른, 살면서 아무것도 극복해 낼 필요가 없었던 사고 전의 일상이었다. 상처와 독기로 뒤범벅된 채 나는 그의 메일 주소를 가만히 응시했다. 그는 내 인생을 물에 빠뜨리고 대신 자기 인생을 건져 올렸다. 내가 얼마나 곤경에 처했는지 깨달은 후에도 나를 돕기는커녕 내 무덤을 깊게 파버렸다.

그에게 메일을 보내고 싶었다. 내가 지금 그에게 느끼는 감정을 명백히 알려 주고 싶었다. 하지만 실수를 저질러서는 안 된다. 그에게 메일을 보내거나 옛 친구들에게 연락하는 건 감당할 수 없는 실수가 될 것이다. 극한의 자제력을 발휘해 메일을 삭제했다. 하나도 남김없이.

나는 더 이상 과거에 발목 잡혀 살지 않을 것이다. 현재를 살아 나가야 한다. 텅 빈 메일함을 보니 기분이 한결 나아졌다.

이메일 계정에서 빠져나온 나는 '미술 복원'을 검색하기 시작했는데 이게 생각했던 것보다 골칫거리였다. 나는 벽화와 관련된 일은 한 번도 해본 적이 없었다. 더구나 복원은 초보자가 할 수 있는 일도, 혼자서 할 만한 일도 아니었다. 페이지를 새로 열 때마다 뜨는 복원 현장 사진에는 보호 장비를 착용한 사람들의 무리가 보였다.

제시 윌리엄스는 자기만 아는 모종의 이유로 나를 실패자로 만들고자 한 걸까? 아니면 이게 바로 도와주려던 아이들에게 다가가는 그만의 접근방식이었을 지도 모른다. 아마 제시 윌리엄스는 불가능해 보이는 임무를 부여한 후 아이들의 자신감을 조금씩 북돋으며 완성에 이르도록 자극했을지도 모른다.

그가 나를 다른 모건 크리스토퍼와 착각한 것은 아닌지 다시 한번 의아해졌다. 나는 인터넷에 내 이름을 검색해 보았다. 물론 내 이름을 검색한 것이 처음 있는 일은 아니었지만 이번에는 이름 앞에 '화가'라는 단어를 추가했다. 검색 결과에 뜨는 것은 내 이름뿐이었다. 감옥에 들어가기 전 쓰던 인스타그램 계정이었는데, 그 안에서 나는 요즘 거울에 비치는 유령 같은 모습이 아닌 생기 넘치고 천진해 보이는 얼굴을 하고 있었다. 내 인스타그램 페이지를 바라보고 있자니 괜히 숨이 막혀 왔다. 얼마나 상처를 받게 될지 알면서도 나는 부모님과 함께 찍은 사진을 클릭했다. 몇 년 전 업로드한 사진이었는데 지금 돌이켜 보면 왜 그랬는지 알 수가 없었다. 아마 평범한 삶을 살고 있는 척하고 싶었던 것이리라. 평범한 가족인 척 말이다. 우리는 주에서 개최하는 축제에 갔었다. 모르는 사람들 눈에 우리는 멋진 삼인조로 보였을 것이다. 잘생긴 아빠, 눈부신 머리카락을 가진 매력적인 엄마, 맨얼굴로도 충분히 예쁜 금발 머리의 딸. 그 누가 이 사진에서 비뚤어진 가족사를 유추할 수 있을까. 얼마 후에 이 예쁜 딸이 철창 안에 갇힌다는 사실은 아무도 예상하지 못했을 것이다.

이제 와서 다른 관점으로 사진을 보게 되자, 나는 조금 놀라고 말았다. 사진 속에서 우리 셋은 회전하는 관람차 앞에 서 있었다. 아빠는 엄마에게 팔을 두르고 있었는데, 아침이었지만 나는 아빠가 이미 고주망태였다는 것을 알고 있다. 엄마 역시 술에 취해 있을 터였다. 내 추측을 뒷받침이라도 하듯 엄마가 쓴 선글라스는 비뚤어져 있었다. 겉모습만으로는 모른다. 사진 속 그들은 몹쓸 사람들처럼 보이지 않는다. 부모님은 둘 다 컴퓨터 프로그래밍 일거리를 간신히 놓지 않고 있었다. '고기능 알코올중독자°.' 나는 그 용어를 알코올중독자 모임에서 배웠다. 사진 속 내 존재는 그들을 신뢰할 만한 사람으로 보이게끔 했다. 두 사람을 훌륭한 부모로 보이게끔 했다. 나는 그게 못마땅했다.

"널 가진 건 실수야."

엄마는 술에 취해 그렇게 말했었다.

"우리는 한 번도 자식을 원한 적이 없었어."

나도 알고 있는 사실이었다. 그것도 꽤나 명백하게⋯⋯. 나의 부모는 나를 위해 존재한 적이 없었다.

지금 이렇게 곱씹어 봤자 나에게 득 될 것은 하나도 없었다. 나를 갉아먹는 생각에서 빠져나오기 위해 옛 친구들의 인스타그램 계정도 찾아봤다. 그들 중 나와 공통점이 있는 사람은 없었다. 대부분 최근에 대학을 졸업했는데, 내가 스스로를 망쳐버리지 않았다면 거기에는 나도 포함됐을 것이다. 친구들의 사진을 쭉 훑어보던 나는 멈칫했다. 사진 속 그들은 웃고 있었다. 파티 중이었다. 근심 걱정이라고는 없어 보였다. 친구들은 수영장에서 비키니 차림으로 맥주병을 들고 있었다. 나는 이 친구들과 다시는 어울리지 못할 터였다. 그러고 싶지도 않았다. 가

○   술에 중독된 상태로 직업을 유지하는 사람

장 친한 친구였던 로빈조차도 몹시 취한 것처럼 보였다. 그들은 내 경험으로부터 배운 게 아무것도 없는 것 같았다. 내게 벌어진 일을 단지 액운 정도로 여기고 있는 것이다. 사진을 보니 외로움이 걷잡을 수 없이 밀려왔다. 이 년을 만난 남자 친구 트레이는 사라졌고 여자 친구들은 더 이상 나와 공통분모가 없었다. 부모님은 내게 무의미했고 나에게는 아무도 없었다.

나는 손가락 끝으로 가볍게 키보드를 두드렸다. 감히 트레이를 검색할 용기가 생겨났던 걸까? 시작했으니 끝장을 보자는 마음이었을까? 손가락을 미처 멈추기도 전에 나는 그의 인스타그램 계정을 클릭해 버렸다.

'제기랄'

그러지 말았어야 했다. 트레이는 **조지타운대학교 법학관** 간판 아래 서 있었다. 변한 건 없었다. 지난 일 년 동안 그의 육체적 아름다움만이 배가됐을 뿐이었다. 약간 헝클어진 금발, 가끔은 파랗게 보이는 녹갈색 눈동자도 그대로였다. 이 초 만에 나를 녹여 버릴 수 있는 그의 미소 역시 그대로였다. 그는 아주 행복해 보였다. 그에게는 보장된 미래가 있었다. 그의 멋진 얼굴을 응시하는 그 순간, 나는 내가 그를 증오하고 있다는 것을 깨달았다. 적절한 감정이었다. 하마터면 그를 향한 분노가 거의 사라질 뻔했기 때문이다. 트레이는 에밀리 맥스웰에 대해 생각해 본 적이 있을까? 그녀의 이름을 알기는 할까? 그럴 턱이 없었다. 우리 중 양심을 가지고 있는 건 오직 한 사람뿐이었다. 트레이의 계정에는 가족과 함께 찍은 사진도 있었다. 네 사람은 반짝거리는 거대한 크리스마스트리 앞에 서 있었다. 그들이 매년 자기네 거실의 한쪽을 채울 완벽한 나무를 어떻게 찾아냈는지 기억이 났다. 트레이 부모님의 웃는 얼굴과 트레이의 허리에 팔을 두른 여동생 베키의 모습을 보고 있는 건 견디기 힘든 일이었다. 나는 트레이의 가족을 내 가족과 마찬가지라고 생각했다. 평생 갈망해 왔던 평범하고 행복하고 건강한 가족. 나는 그의 어머니를 '엄마'라고 불렀고 베키를 한 번도 가져 보지 못한 여동생으로 여겼다. 다른 모든 것을 잃었을 때 나는 그들도 잃은 것이다.

겁은 났지만 찾아보고 싶은 사람이 한 명 더 있었다.

에밀리 맥스웰.

하지만 검색 결과로 뜨는 것은 사고에 관한 오래전 뉴스뿐이었다.

맥스웰은 렉스 병원으로 후송됐으나 여전히 혼수상태다. 운전자인 21세의 모건 크리스토퍼는 만취 상태에서 운전한 혐의로 기소되었다.

기사를 읽으면서 나는 손으로 입을 틀어막았다. 그날 밤 일어난 일의 진실을 아는 사람은 오직 두 사람뿐이다. 그중 한 사람만이 그것을 밝히려고 했다.

에밀리의 혼수상태는 두 달 동안 지속됐고 그녀는 마비된 상태로 깨어났다. 그게 내가 아는 전부다. 내가 들은 전부다. 더 알게 되는 것이 두려웠지만 알아야 할 필요가 있었다. 그녀에게 무슨 일이 일어났는지 알고 있으면서도 나는 에밀리가 괜찮다는 글을 읽고 싶었다. 나는 벌레 한 마리도 죽이지 못하는 사람이었다. 집 안에 들어온 거미를 짓눌러 죽이는 대신 밖에 내다 놓는 그런 사람 말이다. 에밀리 맥스웰에게 일어난 일을 나는 절대 잊지 못할 것이다. 그러나 아무리 찾아봐도 그녀에 관한 새로운 정보는 나타나지 않았다. 페이스북도 인스타그램도 트위터도 없었다. 적어도 대중에게 공개된 계정은 없었다.

마침내 나는 검색 사이트에서 빠져나와 공부하고 있던 복원 사이트로 돌아왔다. 관련된 '강의'나 '벽화 복원 방법'을 처음부터 단계별로 설명해 주는 웹사이트도 찾기 힘들었다. 그나마 찾아낸 몇몇 사이트들에서는 복원 방법을 다르게 설명하거나 서로 모순된 정보를 제공하고 있었다. 복원은 인터넷으로 배울 만한 것이 아니라고 결론지었다.

눈이 흐릿해지고 배고픔으로 배 속이 으르렁거릴 때까지 나는 복원 정보를 검색하고 읽었다. 하지만 노트북을 덮을 때쯤에는 벽화의 어디부터 손대야 할지 알기는커녕 그 어느 때보다 혼란스러웠다.

시리얼을 찾으러 부엌의 다용도실에 들어갔을 때였다. 다용도실 입구의 기둥에 새겨진 연필 자국이 보였다. 나는 가까이 다가갔다. 누군가의 키를 표시한 흔적이었다. 가장 낮은 부분을 보기 위해 몸을 구부렸다.

"리사, 일곱 살."

열아홉 살이 될 때까지 모든 나이가 표시된 것으로 보아 그녀는 열아홉에 성장을 멈춘 것 같았다. 십 대 시절, 친구 집에서 비슷한 것을 본 기억이 났는데 그때도 지금처럼 부러운 감정이 들었었다. 그건 키부터 시작해 자식의 세세한 인생 구절을 소중히 기록할 만큼 애정이 넘치는 가족임을 보여 주는 하나의 방증이었다. 지난 사십 년간 이 다용도실은 수차례 페인트칠을 한 것처럼 보였지만 연필 표시가 있는 문기둥만큼은 그대로였다. 제시 윌리엄스와 그의 아내에게는 보물이나 마찬가지였을 것이고, 리사에게도 똑같이 소중한 것이었으리라. 이 집이 갑자기 '건물'이라기보다 누군가의 '가정'으로 느껴졌다. 나는 이 집을 헤아릴 수 없을 만큼 가치 있는 미술품들이 가득한, 깨끗하게 살균된 박물관 정도라고 생각했었다. 그렇지만 현관 앞 인도의 손도장이 그랬던 것처럼 문기둥의 기록은 내게 새로운 것을 일깨워 주었다. 여기 살았던 한 가족은 서로를 사랑했다는 사실 말이다.

식탁에서 시리얼을 먹고 있을 때 리사가 뒷문으로 들어왔다. 그녀는 평상시의 세련된 중개업자 복장이 아닌 흰색 팔부바지와 여름용 파란색 셔츠 차림이었다. 꼭 다른 사람처럼 보였다.

"왜 갤러리에 가지 않았어요?"

그녀가 물었다.

"벽화 작업을 당장 시작해야 할 텐데요."

'아니다.'

나는 생각했다.

'같은 사람이야.'

"곧 할 거예요. 컴퓨터가 도착해서 복원에 관해 찾아보고 있는데…… 복원을 하는 사람들은 화가가 아니라는 것을 알고 있었나요? 이건 완전히 다른 기술이에요. 그리고……."

"무슨 말을 하는 거예요?"

그녀가 나를 향해 얼굴을 찡그렸다.

"저를 조급하게 만들지 말아 주세요. 물론 제가 할 거지만 어떻게 시작해야 할지……."

"그걸 빨리 알아내야 할 거예요. 마감 기한이 있으니까요."

나는 짜증이 나서 숟가락을 내려놓았다.

"갤러리 개관일이 뭐가 그렇게 중요해요? 한 주나 한 달 늦게 오픈하면 어때서요?"

그녀는 흔들리는 시선으로 나를 바라보았다.

"이걸 제대로 하고 싶지 않으세요?"

내가 물었고 리사는 몸을 숙여 조리대에 기댔다. 그녀는 갑자기 아주 지쳐 보였다.

"나한테는 여기서 당신과 논쟁하는 것보다 더 큰 문제들이 있어요. 갤러리 일만 있는 게 아니에요. 나에게는 집을 팔려는 고객, 구매하려는 고객, 구매하려는 척하는 고객까지 있어요. 당신은 벽화만 다루면 돼요. 그게 다죠. 당신의 유일한 책임이에요. 당신 인생 중에서 고작 칠팔 주 정도만 할애하면 계좌에 오만 달러가 들어 있는 자유로운 여성이 되는 거예요. 벽화와 우리 아버지가 없었다면 당신은 여전히 감옥에 있었을 거고요.

알겠어요? 그러니까 상황을 잘 판단해 보세요."

"복원을 하는 대형 회사들이 있어요."

이 주제만큼은 어물쩍 넘어가고 싶지 않았다.

"경험이 없는 사람이 혼자서 할 만한 일이 아니라고요. 지금 저는 혼자 배워 가면서 해야 할 텐데 결과가 완벽하기를 기대하지 않았으면 좋겠어요."

"그럼 완벽하지 않게 해요."

그녀가 응수했다.

"아버지는 당신의 한계를 알고도 당신이 작업하기를 원했어요. 그냥 로비에 걸 수 있을 만큼만 하세요. 누구도 그것을 세밀하게 살피려 들지는 않을 테니까. 그건 「모나리자」가 아니에요. 알겠어요?"

'완벽하지 않음'이 누군가가 내 벽화 작업을 두고 묘사할 수 있는 가장 친절한 표현이 될까 봐 불안해졌다.

"알았어요."

내가 말했다. 리사는 핸드폰을 힐끗 보았다.

"당신이 당장 갤러리에 갔으면 좋겠는데요. 오후에 남자들이 벽화용 캔버스 틀을 만들기로 했는데 그쪽이 그걸 지켜봐야해요. 어떤 도구들이 필요한지 알아내야 우리가 가급적 빠르게 구해다 줄 수 있으니까요."

"저는 정말로 더 공부해야 해요……."

"공부는 끝이 없어요. 게다가 나는 집에 앉아서 컴퓨터나 하고 있는 당신에게 돈을 주지는 않을 거예요."

그녀는 놀랍도록 단호했다. 나는 생각했다.

'첫째로 그건 당신 돈이 아니야. 둘째로 내가 해야 하는 게 뭔지 나도 모르겠다고.'

"알았어요."

나는 다시 대답했다. 돈과 자유, 두 가지가 내가 여기 온 이유였다. 벽화는 기괴했고 그 불가해함에 호기심을 품긴 했지만 그것에 대한 애착은 없었다. 그것만큼은 분명했다. 그저 어떻게 하면 감옥에 다시 가지 않고 돈을 챙길 수 있을 만큼 적당히 복원할 수 있을지를 알아내야 했다. 지금 내게 벽화는 목적을 위한 수단에 지나지 않았다.

나는 그릇을 싱크대에 넣어 두고 지갑과 노트북을 집어 들었다.

"지금 가요."

문으로 향하면서 내가 말했다.

12장

Anna
안나

1939년 12월 12일

아침에 피어링 씨는 안나에게 면직 공장과 작은 면직 공장 마을을 구경시켜 주었다. 단지에는 공장 노동자들의 가족을 위한 작은 집들이 깔끔하게 늘어서 있었고 거리에는 많은 아이들이 술래잡기를 하며 서로를 쫓고 있었다. 면직 공장 마을은 이든턴의 나머지 지역들과는 분위기가 사뭇 달랐다. 피어링 씨의 말로 미루어 볼 때, 안나는 다른 마을 사람들이 이 작은 면직 공장 마을 사람들을 그다지 반기지 않는다는 사실을 짐작할 수 있었다.

공장 자체는 상당히 인상적이었다. 벽돌로 지어진 기다란 건물 안에는 노동자들과 기계 소음이 가득했다. 내부를 살펴보던 안나는 그곳에 있는 모든 것에 압도당하는 기분이 들었다. 토비 피어링은 줄곧 안나 곁에 있었다. 역설적이게도 그녀가 가장 흥미롭다고 생각한 건 공장의 바깥쪽에 있었다. 공장 창문에서 가장 가까운 나뭇가지에 걸린 목화솜 한 조각. 그 장면에 안나는 매혹되었다. 그 순간 안나는 결정했다. 아름다운 창밖의 모습은 작은 면직 공장 마을의 집들과 함께 벽화 안의 한 자리를 차지할 것이다.

공장을 다 둘러본 후 피어링 씨는 그녀를 땅콩 공장에 내려주었다. 땅콩이 끊임없이 이동하는 벨트 작업대 앞에서 여성들이 단조로운 작업을 하고 있었다. 그들의 대부분은 흑인이었다. 안나는 벽화에 흑인 일꾼들이 들어간다는 아이디어가 마음에 들었다.

바쁜 하루를 마치고 집에 돌아온 그녀는 머틀 부인에게 그 아이디어에 대해 이야기했다.

"어머, 안나."

머틀 부인이 말했다.

"이 마을은 흑인들 없이는 살아남을 수 없어! 가정부들, 보모들, 어부들, 그리고 농장에서 일하는 사람들은 전부 흑인들이야. 그들은 우리를 하나로 연결시켜 주는 접착제나 다름없어. 그러니까 벽화 속에 들어가야 마땅해!"

머틀 부인이 이든턴의 흑인들을 그렇게까지 생각한다면 어째서 맑은 날이든 비 오는 날이든 프리다에게는 밖에 있는 화장실만 쓰게 하는 걸까. 남부 사람들을 진심으로 이해할 수 있는 날이 오긴 할런지 모르겠다고 안나는 생각했다.

"그리고 안나. 깜박할 뻔했는데 기자가 자기랑 얘기하고 싶다고 들렀어. 내일 오후에 다시 온다고 하더라. 우체국에 그림을 그리는 아가씨와 얘기하고 싶다고 했어."

"기자라고요!"

안나가 외쳤다. 그 단어만으로도 그녀는 초조해졌다.

"아직은 기자에게 할 만한 말이 없는데요."

"아, 물론 그렇겠지. 이든턴이 자랑스러워할 만한 것을 그리겠다고 말하면 된단다."

머틀 부인의 말은 그날 밤 침대에서도 여전히 안나의 귓가를 맴돌았다. 그녀의 머릿속은 지난 한 주 동안 보고 듣고 경험했던 것들로 포화 상태였다. 그중에서 특정 아이디어만을 추출해 내기는 어려웠다. 하지만 잠들지 못하고 누워 있는 사이, 마음속에서 벽화는 차츰 형태를 갖추어 나가기 시작했다.

한밤중에 안나는 침대를 벗어나 스케치북을 가지고 아래층으로 내려왔다. 그러고는 쌀쌀한 거실 한쪽에 자리 잡고 램프 불빛에 의지해 그림을 그리기 시작했다. 원하는 것을 복잡하지 않게 모두 집어넣을 수 있을지 아직까지는 확신이 들지 않았다. 단 남자들의 의사에는 연연하지 않기로 했다. 그것만큼은 확신이 섰다. 고로 티 파티의 여성들은 벽화의 한가운데를 차지할 것이다. 문제는 모델이 없다는 것이다. 풀 사이즈로 스케치하기 위해서는 모델이 필요했다.

앨리스 이모가 보낸 미술 도구들이 도착하기 전에 안나는 대강이라도 윤곽을 잡아 놓을 계획이었다. 그렇다면 용품이 도착하는 대로 승인을 위한 가로 1미터, 세로 0.5미터 크기의 스케치를 바로 시작할 수 있을 것이다.

안나는 자기를 찾아왔다던 기자를 생각했다. 기자에게 무슨 말을 해야 할까? 지금 머릿속에서 구상 중인 벽화를 그에게 묘사했다가 스케치가 부서의 승인을 통과하지 못하게 되면 굉장히 창피할 것 같았다. 하지만 그녀는 머틀 부인의 말을 되새김질하며 긴장을 가라앉혔다. 기자에게 그림의 아이디어를 설명할 의무는 없었다. 있는 그대로 말하면 된다. 이든턴이 자랑스러워할 만한 벽화를 만들겠다고 하면 될 것이다.

2부

미궁에 빠진 운명

13장

모건

2018년 6월 15일

나는 갤러리 밖의 넓은 잔디밭에서 웃통을 벗은 채 일하고 있는 와이어트와 아담, 티셔츠 차림의 올리버를 발견했다. 그들은 지금까지 내가 본 것 중 가장 큰 캔버스 틀 작업을 마무리하는 중이었다. 나는 잠시 인도에서 뒤로 물러나 그들을 지켜보았다. 와이어트와 아담은 올리버의 감독하에 일하는 것 같았다. 파란색 티셔츠를 입고 이어폰을 목에 두른 올리버는 잔디밭 가장자리에 서서 그들에게 손짓을 하고 있었다.

"모건, 안녕하세요."

그가 손을 흔들어 인사했다. 나는 그쪽으로 걸어갔다.

"연결 부위에 해야 할 일이 조금 더 남았어요. 이 작업만 끝나면 벽화를 고정시켜 벽에 세운 다음 작업에 착수할 수 있도록 할게요. 당신은 한시라도 빨리 시작하고 싶을 테니까요."

"맞아요."

불안감에 가슴이 타들어 갈 것 같았지만 태연한 척 미소를 지었다.

"서로 맞물려 연결되는 게 좋겠죠?"

그가 물었다. 그 끔찍한 순간, 나는 혹시 나를 떠보려는 질문은 아닐지 고민했다. 서로 맞물려 연결된다는 게 무슨 소리일까. 짐작도 가지 않았다. 어쩌면 나한테 복원 지식이 있는지 떠보려고 그가 꾸며 낸 질문인지도 몰랐다.

"그게 좋겠네요."

그가 내 대답에 만족하는 것 같아 한시름 놓았다. 캔버스 틀은 그 자체로도 하나의 예술 작품이었다. 그들은 높이 5센티미터, 넓이 10센티미터의 나무토막을 길게 잘라 서로 격자로 엮어 받침대를 만들었다. 그것은 거대하고 아름다운 수공예품이었다. 이 남자들에 대한 올리버의 말이 맞았다. 그들은 자신들이 하는 일에 대해 정확히 알고 있었고 작업 속도도 빨랐다. 내 자신에 대해서도 그렇게 말할 수 있다면 좋으련만……

"벽화를 한 번 더 보고 싶어요?"

올리버가 물었고 나는 그의 뒤를 따라 들어가며 고개를 끄덕였다. 갤러리의 청량한 나무 향기가 반갑게 나를 맞아 주었다. 건물 내부 어디에선가 톱질 소리가 들려왔다. 나는 올리버 옆에 서서 여전히 로비 한가운데에 누워 있는 벽화를 내려다보았다.

"저는 안나 데일에 관한 자료를 찾고 있었어요."

올리버가 말했다.

"뭔가를 찾아내긴 했는데 조금 이따가 보여 줄게요. 하지만 그녀는 벽화를 그린 후에 바로 자취를 감춘 것 같아요."

"그거 정말 이상하네요. 뭘 찾았는데요?"

올리버의 말에 대꾸를 하면서도 내 시선은 거대한 캔버스를 덮어 버린 흰곰팡이와 얼룩에서 벗어날 수 없었다.

"오늘은 지난번보다 더 나아 보이지 않아요?"

그가 웃으며 물었다.

"네. 그렇네요."

나는 동의했다.

"여기 오기 전에는 어디에서 일했어요?"

그가 물었다. 의심이 고개를 내밀었다. 일상적으로 던진 질문일까, 아니면 또다시 나를 떠보는 걸까? 나는 그림 속 여자들과 그들의 부서진 찻주전자를 바라보았다. 그럴듯한 대답을 지어내고 싶었지만 뭐라고 둘러대야 할지 알 수 없었다. 나는 올리버를 슬쩍 쳐다보았다. 어두운 안경테를 쓰고 있는, 키가 크고 마른 체형의 남자. 그는 소위 말하는 책벌레처럼 보였다. 이 남자는 잘생긴 외모에도 불구하고 어딘가 사회성 부족한 공붓벌레 이미지를 풍겼다. 어쩌면 게이인지도 몰랐다. 그리고 나는 진실을 선택했다.

"저는 일하다 온 게 아니에요."

내가 말했다. 그는 고개를 갸우뚱했다.

"직업을 구하고 있었던 거예요, 그럼?"

나는 숨을 크게 들이마셨다.

"사실 저는 미술 복원가가 아니에요."

나는 그를 정면으로 바라보았다.

"채플힐°에 있는 노스캐롤라이나대학교 순수미술학과를 다니다가 3학년 때 중퇴했어요."

그의 얼굴이 충격으로 하얗게 질린 것처럼 보였다.

"농담하는 거죠?"

그가 말했다. 그의 목소리에 실제로 우려가 담겨 있는 것인지, 아니면 내 안의 우려가 그에게 투영된 것인지 생각하고 있을 때였다. 돌연 그가 웃음을 터트렸다.

"그럼 '당신'이 바로 그 사람이군요."

그가 말했다.

"그게 무슨 말이에요?"

그는 여전히 혼자서 클클거리더니 양손을 청바지 주머니에 집어넣었다.

"제시 선생님이 돌아가시기 두 달쯤 전이었던가? 선생님 댁에서 건물 설계에 대한 이야기를 나누었거든요. 그때 그러셨죠. '한 백인 소녀가 갤러리에 올 거니까 봐줘. 그 애는 도움이 상당히 필요할 거야.' '상당히'라는 말을 직접적으로 하신 건 아니지만요."

○   Chapel Hill, 노스캐롤라이나주의 도시

"어머나, 세상에……."

올리버의 말에 지금 벌어지고 있는 이상한 상황들이 다시금 실감 나기 시작했다.

"그분이 어떻게 저를 선택하시게 된 건지 아세요?"

그는 의문 가득한 표정을 지었다.

"저는 선생님이 어떻게 저를 도우시게 된 건지도 모르고 있는걸요."

"당신을 도우셨다고요?"

그가 고개를 끄덕였다.

"저도 그분의 자선사업 대상 중 하나였어요. 십삼 년 전에요."

"농담이죠?"

나는 그를 제대로 보기 위해 한 걸음 뒤로 물러섰다.

"그분이 무슨 일을 해주셨는데요?"

올리버가 웃었다.

"그때 저는 필라델피아에 살고 있던 열일곱 살짜리 학생이었죠. 저는 그 당시 부모님이 입학시킨 숨 막히는 사립학교에서 자퇴하려고 했었……."

"잠깐만요. 사립학교요? 자선사업의 수혜자가요?"

"자선에는 다양한 종류가 있지요."

"좋아요."

그건 이해할 수 있었다.

"계속하세요."

"여자 친구가 임신을 했고 그녀와 곧 태어날 아기를 먹여 살리려면 직업을 찾아야 한다고 생각⋯⋯."

"와⋯⋯. 그쪽은 제가 상상했던 거랑은 완전히 다르네요."

"뭘 상상했는데요?"

"그냥⋯⋯ 열일곱 살에 여자 친구를 임신시키는 부류의 사람은 아닐 거라고 생각했어요."

"네, 뭐⋯⋯ 겉만 보고 사람을 판단할 수는 없으니까요."

그가 다시 웃었다.

"어느 날, 제시 제임슨 윌리엄스라는 생전 처음 들어 보는 사람에게서 전화가 왔어요. 선생님은 제게 가능성이 보인다고 말하면서 돕고 싶다고 하셨죠."

"그분이 직접 전화를 하셨나요?"

그와 직접 얘기할 수 있는 기회가 나한테도 있었더라면 얼마나 좋았을까, 얼마나 멋진 일이었을까 생각하면서 나는 물었다.

"음, 네. 제시 선생님은 그 지옥 같던 학교에서 저를 빼내서 필라델피아 예술대학에 입학시키셨어요. 학비도 전부 지불하셨고요. 심지어 제 아들의 양육비까지도 책임지셨어요. 그래서 여자 친구도 학교에 계속 다닐 수 있었죠."

목이 잠기자 올리버는 내게서 시선을 돌렸다. 그리고 깊은 숨을 들이마셨다.

"정말로, 그분이 저를 살리신 거나 마찬가지예요. 저는 바닥으로 가라앉고 있었거든요."

"그분은 당신을 어떻게 아시게 된 거예요?"

"절대 말씀해 주시지 않았어요."

올리버는 감정을 제어하려는 듯 목소리를 가다듬었다.

"자기가 도운 아이들에게는 절대 말씀하신 적이 없을 거예요. 하지만 저는 우리 학교의 미술 선생님이 그와의 연결점이었을 거라고 확신해요. 그게 바로 제시 선생님의 방식이었어요. 그분은 충분한 돈이 있었고, 구해 낼 가치가 있다고 생각되는 사람들에게 그 돈을 쓰길 좋아하셨거든요."

"누군가가 저를 구해 낼 가치가 있다고 여겼다는 게 믿기지 않아요."

막아 버릴 틈도 없이 내 목구멍에서 속내가 튀어나왔다. 올리버는 고개를 끄덕였다.

"그때 제가 느낀 감정이 바로 그랬어요."

그는 내게 해명을 요구하지 않고 대답했다.

"그럼 그 여자 친구와 결혼했나요?"

내가 물었다.

"아니요. 비록 그 관계에서 멋진 아들을 얻었지만요. 아이는 이제 열두 살이고 저는 되도록 많은 시간을 아이와 함께 보내려고 해요."

그는 눈은 벽화에 있었지만 나는 그가 아들의 모습을 떠올리고 있다고 생각했다.

"우리는 스미스산에 있는 호수로 여행갈 거예요. 둘이서요."

그가 계속했다.

"매년 같은 오두막을 빌리거든요. 갤러리 오픈 때문에 8월 말까지는 휴가를 낼 수 없겠지만요. 아이 이름은 나단이에요. 그 애는 그곳을 참 좋아해요."

"아이는 어디 살아요?"

"아이 엄마의 새 남편과 저 아래 그린빌°에 살고 있어요. 제가 노스캐롤라이나에 있게 된 이유죠. 그곳에 아파트를 얻어 놓고 학기 중에는 이스트캐롤라이나대학교에서 강의를 해요. 그럼……"

그는 자신의 머리카락과 이마의 경계 부분으로 손을 올리며 화제를 돌렸다.

"이제 당신 이야기로 돌아가서."

그는 다시 나를 바라보았다.

"아시다시피 저는 제시 선생님께 신세를 졌어요. 선생님은 당신에게 필요한 도움을 주라고 부탁하셨죠. 그리고 그런 것 같아 보이니 이제 제가 빚을 갚을 차례가 됐네요."

"고맙습니다."

나는 도와주겠다는 그의 제안에 엄청난 안도감을 느끼며 대답했다. 내게 얼마나 많은 도움이 필요한지 그는 꿈에도 모를 것이다.

"당신이 복원 경험이 없다는 것을 리사도 알고 있나요?"

"물론 알고 있어요. 제시 윌리엄스 선생님의 유언장 내

○　Greenville, 사우스캐롤라이나주 북서부 도시

용대로 그녀가 저를 찾아서 고용한 거예요. 경험과는 무관하게요."

얼굴이 빨개지는 것을 느꼈다. 나는 이야기에서 많은 부분을 빼놓고 있었다. 잠깐 동안 우리는 둘 다 말이 없었다. 올리버는 다시 벽화를 내려다보았다.

"사실은."

그가 천천히 입을 열었다.

"당신 입장은 이해하지만…… 이 일을 미숙한 사람에게 맡기는 건 범죄나 마찬가지라고 생각해요. 이건 가치가 있는 벽화예요. 전문적인 기술자가 필요해요."

"그 부분에 대해서는 저를 납득시킬 필요가 없어요. 전 저걸 만진다는 생각만으로도 겁이 나요."

"방법도 모르면서 왜 하겠다고 한 거예요?"

나는 망설였다. 하지만 말로 표현할 수 없는 올리버의 어떤 점이 나를 안심하게 만들었다. 그리고 그가 리사에게 무슨 말을 하든 리사가 제안을 철회할 것 같지는 않았다.

"리사는 자기 아버지의 유언을 따르려는 거예요. 그분은 저와 만나신 적도 없고 제가 복원가가 아닌 화가라는 것을 아시면서도 제가 이 일을 맡아 주길 바란다고 분명히 해두셨어요. 게다가 저는 그리 뛰어난 화가도 아니에요."

내가 덧붙였다.

"저도 제가 괜찮은 화가였으면 좋았겠다고 생각해요. 그렇지만 제가 그렇게 재능이 있다고 생각하지 않거든요."

올리버의 고요한 시선이 나를 향하는 것을 느꼈다.

"음, 제시 선생님이 이번에는 도를 넘으신 것 같군요. 선생님은 일을 해낼 만한 능숙한 전문가를 찾으셔야 했어요. 그리고 당신에게는…… 덜 어려운 과제를 남기셨어야 했고요. 그 점에는 우리 둘 다 동의하는 것 같군요. 당신은 지금 난처한 상황에 처했어요. 이런 말을 하게 돼서 미안하지만 제 말이 맞죠? 당신은 정말로 이 일을 맡으면 안 돼요."

그가 진심으로 말했다.

"제 생각에는 당신이 거절해야 할 것 같아요."

"저는 거절할 수 없어요."

나는 숨을 내쉬고 로비 앞쪽의 창문을 바라보았다. 볼이 활활 타오르는 것 같았다.

"사정이 있어요."

나는 그의 표정을 살피며 조용히 말했다.

"저는 감옥에 있었어요."

나는 건물 안의 어떤 인부도 들을 수 없도록 목소리를 낮추었다. 올리버의 눈썹이 위로 치솟았다.

"말하자면 길어요."

발목의 전자발찌가 무겁게 느껴졌다.

"누군가를 총으로 쏘거나 한 건 아니에요. 하지만 중요한 건, 이 작업을 위해 리사가 나를 가석방시켰다는 거예요. 이 일을 하지 못하면 다시 감옥으로 돌아가야 해요."

갑자기 눈시울이 뜨거워졌다.

"그곳으로는 돌아갈 수 없어요."

나는 거의 속삭이고 있었다.

"그건 절대 안 돼요."

그는 선명한 파란 눈 위로 눈썹을 찡그리며 아주 천천히 고개를 끄덕였다. 그가 무슨 말이라도 해주길 바랐다.

"인터넷으로 복원하는 방법을 배워 보려고 했는데 뭐가 뭔지 하나도 모르겠어요."

내가 계속했다.

"혹시 복원에 대해 제게 조언해 줄 만한 사람이 있을까요? 제시 윌리엄스 선생님이 제 앞으로 돈을 남겨서 대가는 지불할 수 있어요."

올리버는 손으로 턱을 문지르며 다시 벽화를 응시했다. 잠시 후 그는 긴 한숨을 내쉬었다.

"실은 저한테 경험이 좀 있어요."

마침내 그가 말문을 열었다.

"대학을 졸업한 후 일 년간 수습생으로 있었어요. 얼마 안 남은 오픈 날짜 때문에 저도 시간이 촉박하지만 기본적인 건 알려 줄 수 있어요."

"세상에, 올리버!"

가슴에 단단히 묶여 있던 매듭이 마침내 풀리는 것 같았다. 그를 껴안고 싶었지만 참았다.

"제가…… 브라우니를 만들거나 빨래를 해줄게요. 뭐든지 필요한 걸 해드릴게요."

그는 반쯤 미소를 띠었지만 만족스러운 기분이 아니라는 것 정도는 나도 알고 있다.

"그저 고맙다는 말이면 돼요."

"그렇다면 고맙습니다. 그리고 이곳의 다른 분들에게는 말하지 말아 주세요."

와이어트와 아담이 캔버스 틀 작업을 하고 있는 정원 쪽을 힐끗 보며 내가 말했다.

"감옥에 있었던 걸 다른 사람들이 몰랐으면 좋겠어요."

"그건 걱정 말아요. 그건 그렇고 다른 사람들 눈에 당신이 이 작업에 능숙한 것처럼 보이면 더 좋겠죠."

그는 벽화를 가리켰다.

"그러니까 한번 봅시다. 보자마자 바로 떠오르는 게 뭐예요?"

"냄새는 지독하고 여러 가지 얼룩들로 색이 다 가려져 있고요. 지저분해요."

"맞아요. 상당히 오염이 심해요. 역겨운 것들이 층층이 덮여 있죠. 그러니 가장 먼저 할 일은 깨끗하게 만드는 거예요. 다행히 대단한 기술이 필요하지는 않아요. 우리는 나중에 당신에게 필요한 고급 도구들을 주문할 거예요. 그리고 물품들이 도착하길 기다리는 동안 당신은 수성 세척 작업을 진행할 거예요."

그는 면으로 감싼 나무 막대와 증류수를 사용해서 어떻게 벽화를 닦는지 설명했다.

"안나 데일은 유화로 그렸지만 유화물감을 복원용으로 쓰지 않는다는 것은 알고 있겠죠?"

사전 지식이 하나도 없었던 나는 당황한 나머지 아무런 대답도 하지 못했다.

'왜 안 되는 거지?'

그리고 곧바로 알아차렸다.

"기존의 물감과 다른 속도로 낡게 되나요?"

제발 내 추측이 맞기를…….

"똑똑한 학생이네요."

올리버가 내 어깨를 가볍게 두드렸다.

"희망이 보이는군요. 안나 데일은 광택제를 사용하지 않았어요. 그러니 제거할 광택제는 없어요. 그리고 복원을 마친 후에도 광택제를 바르면 안 돼요. 화가의 시각에 충실하고 싶다면요."

"이 화가는 기이한 시각을 가졌어요."

나는 티 파티 숙녀들의 더러워진 치마 사이로 슬쩍 존재감을 드러낸 오토바이를 가리키며 말했다.

"아니면 별난 유머 감각을 가졌거나요."

올리버가 고개를 흔들었다.

"정확히 알아낼 방법은 없겠는데요."

그는 벽화를 내려다보면서 활짝 웃었다.

"그래도 저는 이게 좋아요. 오래된 정부 후원 벽화들을 수도 없이 봐왔는데 대부분은 아주 따분했거든요. 적어도 이건 달라요. 뭔가가 있어요. 그게 관심을 끌어요. 자, 그럼."

그가 자세를 바꿔 양손을 다시 주머니에 넣었다.

"복원의 기초, 모든 것은 사진으로. 각 단계마다 사진을 찍는다. 기록으로 남겨야 해요. 작업 시작 전마다 적당한 거리에서 벽화 전체 사진과 근접한 사진을 찍으세요. 많이 손상된 부분을 중심으로요. 알겠죠?"

"네. 모든 것은 사진으로."

그 말은 왠지 희망적으로 들렸다. 며칠 만에 처음으로, 내가 완전히 길을 잃은 게 아니라는 느낌이 들었다. 여기, 내가 할 수 있는 무엇인가가 있다. 올리버는 청바지 뒷주머니에서 수첩을 꺼내 내가 주문할 도구들의 목록과 어디에서 구입해야 하는지 적어 내려가기 시작했다.

"괜찮은 분무기가 있어야 할 거예요. 철물점에서 파는 나무 막대도 필요하고요. 그리고 시내에 있는 미술용품점에 가서 면을 좀 사야 할 겁니다. 순면이어야 해요. 아마 긴 조각 단위로 판매할 거예요."

나는 그가 물건들의 목록을 적는 것을 지켜보았다.

"그리고 노끈 한 뭉치와 이런 압정도요."

올리버는 몸을 숙여 벽화를 고정한 압정 하나를 만졌다.

"최대한 많이 구해 오세요. 그리고 3.8리터들이 증류수 여러 통도 필요해요."

나는 증류수 통과 나무 막대, 그리고 다른 물건들을 여기까지 옮기는 장면을 떠올려 보았다.

"저는 차가 없어요."

내가 말했다.

"제 밴을 빌려 써도 돼요."

"면허증이 없어요."

그는 호기심 어린 표정으로 나를 바라보았다.

"음주 운전?"

그가 물었다. 나는 끄덕였다.

"음주 운전으로 구속된 거예요?"

"그게…… 좀 복잡해요."

이어 그는 특유의 표정을 지어 보였다. 내가 독특한 그만의 습관이라고 생각하기 시작한 눈썹을 들어 올리는 표정이었다.

"건설업자 중 한 명을 보내서 물품을 구하도록 하죠."

"미안해요. 문젯거리들을 만들어서 진심으로 미안해요."

그는 드러나 있는 내 어깨를 다시 가볍게 토닥였다.

"이 타투는 직접 디자인했어요?"

"네."

"믿을 수 없을 정도로 멋진데요."

그가 웃으며 말했다.

"또 화가로서 자신을 비하하는 소리는 듣고 싶지 않아요."

"고마워요."

칭찬과 질책으로 볼이 빨갛게 달아오른 나는 손으로 타투를 만졌다.

"그럼."

올리버는 벽화로 주의를 돌렸다.

"물감이 벗겨진 부분은 그리 많지 않아요. 기적이라고 할 수 있죠. 그러니 그 부분은 딱히 손쓰지 않아도 되겠어요. 까다롭고 오래 걸리는 과정이니, 다행이라고 할 수 있겠네요. 당신은 운이 좋아요."

그는 캔버스의 한 구역을 가리켰다.

"마모된 부분을 종합적으로 고려해 볼 때 주된 작업은 인페인팅°이 될 겁니다. 다행히 안나 데일은 아주 얇게 채색을 했어요. 그것도 좋은 소식이에요."

인 페인팅, 처음 듣는 단어지만 어림짐작으로 이해할 수 있었다. 그래도 혹시 모르니 찾아봐야겠다고 생각했다.

"다시 한번 고마워요. 그쪽 시간을 너무 뺏는 것 같아 미안하고요."

"이 일이 제대로 되기를 바랄 뿐이에요."

그는 자신과 갤러리 내부로 들어가자고 손짓했다.

"같이 갑시다. 임시로 만든 제 사무실이 있어요. 가서 안나데일에 대해 알아낸 것을 좀 보여 줄게요."

○   Inpainting, 손상된 그림의 주변을 채워 넣으면서 되살리는 기술

14장

Anna
안나

1939년 12월 14일

안나의 사진과 기사가 『초완 해럴드』에 실린 목요일 아침, 그녀
는 마치 유명인이 된 듯한 기분이 들었다. 내심 신경이 쓰였던
인터뷰와 사진 촬영이 끝나 홀가분하기도 했다. 기자는 창고에
서의 인터뷰를 요청해 왔었다. 혹시라도 창고 안에서 포즈를 취
해 달라고 요구할까 봐 그녀는 지레 겁을 먹었다. 다행히 기자
는 실내조명이 별로라고 말했다. 건물 안에서 느끼는 불편함을
그녀는 극복해야 했다. 볕이 닿지 않는 구석들, 들보에 매달린
전등과 선풍기.

그녀는 천장이 왜 그렇게 그녀를 괴롭게 하는지 알고 있었
다. 그 불쾌함을 떨쳐 버려야 했다. 창고 안에 작업 도구가 채워
진 후에는 그곳이 덜 불길해 보이기를 바랐다.

기자는 창고를 배경으로 그녀의 사진을 찍은 뒤, 벽화에 대한 질문을 던졌다. 안나는 반복되는 질문에 대해 그녀만의 대답을 만들어 냈다.

"이든턴이 자랑스러워할 만한 것을 그릴 겁니다."

안나가 유명세를 체감한 건 『초완 해럴드』의 기사 때문만은 아니었다. 그날 아침, 안나는 세면도구를 사려고 시내에 갔었다. 그녀는 걸어서 충분히 돌아다닐 수 있는 이 작은 마을이 마음에 들었다. 12월치고는 꽤나 화창하고 따뜻해서 브로드 스트리트 건너편에 있는 크리스마스 장식들이 이질적으로 느껴질 정도였다.

잡화점에 들른 안나는 잡지 선반에서 잡지 『라이프』의 최신호를 발견했다. 48개 주 경연 대회에서 입상한 모든 벽화의 스케치가 『라이프』에 실린다는 것을 그녀는 까맣게 잊고 있었다. 시야에 잡지가 들어온 순간 그녀는 두근거리는 가슴을 주체할 수가 없었다. 떨리는 손으로 한 권을 집어 들어 카운터에 내려놓고는 동전을 찾기 위해 한참이나 지갑을 더듬거려야 했다. 그러고는 흥분을 억누르며 잡지를 들고 브로드 스트리트의 벤치에 앉아 스케치가 실린 페이지를 펼쳤다. 사진들은 우표 크기만큼이나 작았다. 흑백이었지만 안나의 머릿속에서 모든 스케치는 색동옷을 차려입었다. 보든타운을 위해 그렸지만 이제는 쓸모없어진 그녀의 가여운 옛 스케치가 보였다. 학교 앞에는 클라라 바턴과 그녀의 학생들이 있었다. 그녀는 그리운 마음을 손끝에 담아 사진을 만졌다. 사진 아래에는 '안나 데일은 노스캐롤라이나 이든턴 우체국을 위해 새로운 스케치를 할 것이다'라는 설명이 달려 있었다. 안나 말고도 새로운 장소에 배치 받은 화가들의 스케치가 몇 개 있었다. 새로운 주제를 떠올리기 위해 고군분투해야 하는 화가가 자신만은 아니었다. 혼자가 아니라는 사실에 마음이 놓였다. 일면식도 없는 화가들에게서 동지애가 느껴졌다. 벽화를 세 개 이상의 부분으로 나누어 그린 다른 두어 명의 그림도 보였다. 그런 방식으로 작업한 것 역시 혼자가 아니었다. 안나는 다시 한번 안심했다. 잡지에 실린 자신의 그림을 보고 나자 노픽에 위치한 미술용품점에 전화해 밑그림에 필요한 종이를 주문할 자신감이 생겼다.

그녀의 새로운 스케치는 순조롭게 진행되고 있었다. 작업 때문에 잠을 충분히 자지 못했음에도 오히려 신이 났다. 채색할 준비도 거의 마쳤다. 머틀 부인이 집에 왔을 때, 안나는 미술용품점에 전화를 한 후 거실에서 책을 읽던 중이었다. 머틀 부인은 안락의자에 앉아 안나의 얼굴을 찬찬히 살폈다.

"이렇게 어린데도 눈 아래 주름이 있네."

부인의 말에 안나는 웃기만 했다. 언짢은 말을 듣고도 안나는 개의치 않았다. 유달리 기분이 좋은 오늘은 머틀 부인뿐 아니라 다른 누구도 그녀의 기분을 상하게 할 수 없을 것이다.

"지금 제가 하고 있는 일이 너무 좋아요. 머틀 부인. 행복해요."

"그래. 하지만 나는 조금 걱정이 돼."

머틀 부인이 찡그렸다.

"아침도, 점심도 걸렀다고 프리다가 쪽지를 남겼거든. 자기는 막대기처럼 말랐어. 간식이라도 먹겠다고 약속해. 알겠지?"

안나의 미소가 잦아들었다. 두 끼나 걸렀던가?

그녀는 오늘 음식 생각을 아예 하지 않았다. 시계는 오후 두 시를 가리키고 있었다. '활기찬 마법' 기간 동안 식사를 하지 않던 어머니에게 잔소리를 하던 기억이 떠올라 머릿속이 복잡해졌다.

"지금 바로 먹을게요."

그녀는 억지 미소를 지으며 머틀 부인에게 말하고 부엌으로 갔다.

충만한 에너지와 기쁨에 정신이 팔려 모든 걸 뒷전으로 미루는 것⋯⋯. 조증 상태의 어머니가 마주했던 기분이 이런 것이었을까? 스스로를 돌보는 일조차도 잊어버리게 되는 것? 지금 느끼는 감정을 어머니의 상황과 비교하는 것은 우스운 일이었다. 말도 안 돼! 안나는 떠오르는 생각을 부정했다.

그녀는 다용도실에서 크래커 봉투를 찾았다. 식탁에 앉아 프리다의 침묵 아래, 그녀를 향해 미소를 보이며 크래커를 삼켰다. 프리다는 함께 마실 우유 한 잔을 따라 주었다. 안나는 순종적으로 씹고 마셨다. 하지만 새롭게 발견한 행복을 어머니에 대한 편집증적 생각들로 덮어 버린 자신에게 짜증이 났다. 지금부터는 하루 세 끼를 꼬박꼬박 먹을 것이다. 더불어 노스캐롤라이나 이든턴! 이토록 흥미진진한 작은 마을의 벽화 작업에서 마주할 기쁨은 무엇으로도 방해받지 않을 것이다.

15장

Morgan
모건

2018년 6월 15일

올리버를 따라 갤러리를 둘러보고 나니 대중에게 공개되기까지 남은 시간이 얼마 없다는 생각에 가슴이 답답해졌다. 중간 크기의 전시실 세 개에는 구획을 나눠 줄 석고벽도 아직 설치되지 않았고 페인트칠도 시작되지 않았다. 드러나 있는 벽의 한쪽에서는 전기기술자가 벽 안에 엉켜 있는 전선들을 가지고 씨름 중이었다. 그래도 이곳은 확실히 흥미로웠다.

"벽이 둥글게 굴곡져 있네요."

나는 너무 뻔한 소리를 해버렸다. 손가락을 계속해서 벽에 댄 채 나는 올리버를 따라 복도를 내려갔다.

"제시 선생님이 그렇게 설계하셨어요."

그가 대답했다.

"그분은 어떤 분이셨어요?"

"이미 알고 있겠지만 훌륭한 화가셨죠."

"저는 항상 그분의 작품을 좋아했어요."

내가 말했다.

"너그럽기도 하셨고요."

그가 어깨 너머로 덧붙였다.

"자신이 아끼는 사람들에 대해서는 매우 열정적이셨어요. 기대가 커서 까다롭기도 했지만요. 자신이 원하는 바를 정확히 알고 계셨고, 그것을 얻을 수 있는 방법을 항상 찾아내시는 분이었죠. 갤러리의 창문처럼 말이에요. 선생님이 원하시던 특별한 유리를 건축가가 찾아내는 데만 몇 달이 걸렸거든요. 게다가 화장실 타일은 이탈리아에서 특별 주문을 해야 했어요. 사람들이 자신의 기준에 부합하지 못하면 혹독하게 구시기도 했고요."

아직도 아버지의 기준에 맞추려 애쓰는 것이 분명해 보이는 리사에게 동정심이 일었다. 나는 올리버를 따라 한쪽 벽면 전체가 유리로 된 작은 사무실로 들어갔다. 기다란 창문 밖으로는 푸른 잔디와 울타리가 보였다. 유일하게 시야에 들어오는 건물은 한참 떨어져 있었다.

사무실의 벽 역시 페인트칠 전이었고 전등 스위치의 덮개도 없었다. 올리버는 두 개의 나무 지지대 위에 널빤지를 얹어 임시로 만든 책상 앞에 앉았다. 책상은 컴퓨터, 종이 더미 여섯 뭉치, 짙은 머리카락을 가진 열두 살쯤 된 귀여운 소년의 사진이 담긴 액자, 밥 딜런의 노랫소리가 흘러나오는 스피커를 지탱하고 있었다.

"밥 딜런?"

나는 눈썹을 치켜 올렸다. 그가 웃었다.

"그쪽 취향은 아니죠?"

"그걸 말이라고요."

그가 책상 한쪽에 있는 스툴을 가리켜, 나는 그곳에 앉았다.

"저는 옛날 노래가 좋아요."

그가 말했다.

"딜런, 바에즈, 주디 콜린스, 피터 폴 앤드 메리. 사실 당신이 갤러리에 처음 왔을 때 메리 트래버스가 문으로 걸어 들어오는 줄 알았어요."

"메리 트래버스가 누구예요?"

"피터 폴 앤드 메리의 메리를 몰라요?"

"미안해요."

"딜런 이후에 내가 한 말을 전혀 이해하지 못하고 있군요. 「마법의 용°」을 모른다고요?"

나는 '지금 당신이 하는 말을 하나도 못 알아듣겠어요'의 얼굴을 하고 있었다.

"어렴풋하게 생각날 것 같기도 해요."

○   「Puff The Magic Dragon」, 1963년에 발매된 피터 폴 앤드 메리의 노래 제목

내가 말하고 되물었다.

"그나저나 몇 살이에요?"

"그쪽이 생각하는 것처럼 늙은이는 아니에요."

그가 웃었다.

"이제 막 삼십 대가 됐어요. 어떤 음악 좋아해요?"

"대부분 랩, 가끔은 팝 음악이요."

"아, 이런."

그는 민망해했다.

"우리는 친구가 될 수 없겠는데요."

내가 웃음을 터뜨리자 그가 따라 웃었다. 나는 소년의 사진을 가리켰다.

"저 아이가 아들이죠?"

그가 책상 위의 종이 한 장을 훑어보기 시작했을 때 내가 물었다.

"나단. 맞아요. 안타깝게도 당신이랑 음악 취향이 같아요. 완전히 빠져 있지요."

"너무 귀여운데요. 파란색 눈을 그대로 닮았어요. 아이가 미술을 좋아하나요?"

"전혀요."

올리버가 웃었다.

"새아빠가 컴퓨터 전문가라서 아이도 컴퓨터에 몰두하게 됐어요. 그래요. 질투 나요."

그는 내게 미소를 지었다. 그는 웃음으로 주변을 환하게 밝히는 그런 얼굴의 소유자였다. 눈썹은 감정을 품고 있었고 안경 뒤의 눈은 웃는 모양대로 주름을 만들었다.

"그래도 점잖은 새아빠와 함께여서 다행이라고 생각해요."

그가 말했다. 다른 남자와 사는 아들을 얘기하는 그의 덤덤한 목소리에서 아픔이 묻어나는 것처럼 느껴졌다. 올리버에게는 사람의 마음을 진정으로 열게 만드는 무엇인가가 있었다. 그에게는 모든 비참한 이야기까지도 털어놓을 수 있을 것 같았다. 누구보다 잘 들어 줄 것 같았다. 그리고 그는 내가 그의 얼굴에서 포착한 슬픔을 덜어 주고 싶게 만들었다.

"몇 달만 지나면 아이와 단둘이 호수에 있게 되겠네요."

내 말에 그의 눈에 다시 생기가 돌자, 나까지 기분이 좋아졌다.

"스미스산의 호수, 맞아요."

그가 쌓여 있는 종이 더미를 뒤지며 말했다.

"벌써부터 새 낚시 도구를 사놨어요. 아이는 일주일 내내 투덜거리겠죠. '아빠는 정말 못 말려'라고요."

껄껄 웃던 그는 침착함을 되찾았다.

"아이는 내 삶의 빛이에요."

그가 말했다. 나는 그를 향해 미소를 지었다. 그는 정말 다정했다. 자식을 그렇게 생각하는 아버지가 내게도 있었다면 얼마나 좋았을까.

그때 아담이 사무실 문간에 나타났다. 그는 내가 생각했던 것보다 키가 컸다. 풍채도 좋았다. 여전히 웃통을 벗고 있는 그의 피부는 땀에 젖어 반들거렸고 똬리를 얹은 듯 틀어 올린 머리는 엉망이 되어 있었다.

"준비됐어요."

그는 올리버에게 말했다.

"도와주고 싶다고 하셨죠?"

나와 눈이 마주친 그는 활짝 웃었다. 내 앞에 올 때까지 그는 일부러 티셔츠를 입지 않고 있었던 것 같다는 생각이 들었다. 나는 곧바로 시선을 돌렸다. 나는 남자를, 특히 트레이를 생각나게 하는 남자를 찾으러 이곳에 온 게 아니다.

"금방 나갈게요."

올리버가 대답하자 아담은 복도로 사라졌다. 올리버는 종이 더미에서 누렇게 변한 신문지 한 장을 꺼냈다.

"자. 여기 있네요."

그가 말했다.

"이게 제가 보여 주려던 거예요. 제시 선생님의 갤러리 구상이 들어 있던 서류철 안에서 찾아냈어요."

그는 반으로 접힌 신문 기사를 내게 주었다. 나는 그것을 조심스럽게 펼쳐 임시로 만들어진 책상의 가장자리에 올려놓고 몸을 숙여 페이지의 맨 위에 있는 날짜를 읽었다.

1939년 12월 14일
이든턴 우체국의 벽화를 그리는 뉴저지의 화가

"당신의 안나 데일이에요."

올리버가 말했다.

'나의 안나 데일이라니.'

그 말을 듣자 안나라는 화가와 급속도로 가까워진 느낌이 들었다. 사진 속 내 또래로 보이는 소녀는 창고처럼 보이는 곳 앞에 서 있었다. 그녀는 연한 색의 깔끔한 맞춤용 코트에 장갑을 끼고 있었다. 모자는 쓰고 있지 않았다. 눈썹 길이까지 오는 앞머리와 턱까지 오는 단발이 인상적이었다. 머리카락은 어두운 색이었다. 매력적인 미소를 가진 그녀는 자칫 거만하게 느껴질 정도로 자신감이 넘쳐 보였다. 자신만만하게 웃고 있는 그녀는 완벽하게 정상으로 보였다.

"와."

내가 말했다.

"이게 우리의 재능 있고 조금은 미쳤을지도 모를 안나 데일인가요?"

"읽어 봐요."

올리버가 말했다. 나는 속으로 기사를 읽었다.

뉴저지주 플레인필드 출신 안나 데일(22)은 미국 재무부가 후원한 48개 주 대상 벽화 경연 대회의 우승자다. 가로 3.6미터, 세로 1.8미터 크기의 벽화는 완성 후 우체국장 사무실의 문 위에 설치될 예정이다. 데일 양은 벽화의 구체적인 주제에 대해서는 아직 언급하지 않았다.

"이든턴은 풍부한 역사와 풍요로운 현재가 공존하는 곳입니다."

그녀는 말했다.

"벽화에 모두 담아내고 싶어요."

뉴저지 출신의 화가가 남부 마을 벽화를 그린다는 점에 대해 일부 이든턴 주민들이 우려를 표명했다는 질문에는 이렇게 대답했다.

"이든턴에서 지내는 동안 벽화 작업을 통해 주민들과 친해질 수 있어서, 그리고 오랫동안 그들이 즐기게 될 그림을 제공할 수 있게 되어서 영광입니다. 그 기회를 얻게 돼 기쁘게 생각하고 있어요. 벽화 스케치 구상은 이미 시작했습니다."

데일 양은 말했다.

"순수미술 부서에 곧 제출할 거예요. 부서의 승인이 떨어지면 본격적으로 작업을 시작할 예정입니다. 그때가 되면 제가 작업하는 과정을 보기 위해 창고에 오셔도 좋습니다. 이든턴이 자랑스러워할 만한 벽화를 만들어 내겠습니다."

새해가 지나면 순수미술 부서에서 답을 받게 될 거라고 데일 양은 말했다.

그녀의 말들 때문에, 그녀의 사진 때문에, 자리에서 꼼짝도 할 수 없었다. 손끝으로 부드럽게 낡은 신문지를 만지던 내 눈시울이 뜨거워졌다.

"어떻게 된 걸까요?"

나는 허공에 대고 올리버에게 물었다.

"그녀는 왜 벽화를 버리고 사라졌을까요? 완전히 제정신인 것 같은데요. 만약 제시 선생님이 리사에게 말한 것처럼 그녀가 미쳤다면, 사람들이 그녀를 가두었거나 아니면…….”

내 목소리는 차츰 잦아들었다. 웃고 있는 젊은 화가의 사진에서 도저히 눈을 뗄 수 없었다.

“분명 뭔가 잘못됐어요.”

올리버가 말했다.

“벽화를 어떻게 제시 윌리엄스 선생님께서 가지고 있게 된 거죠?”

나는 기사를 다시 살펴보았다. 1939년 12월 14일.

“그때 그분은 아직 어린아이였을 텐데요.”

올리버가 난감하다는 표정을 지었다.

“우리가 알아낼 길은 없을 것 같아요.”

그가 말했다.

“그녀는 정말로 멀쩡해 보여요.”

내가 다시 말했다.

“정말로요.”

나는 사진에 시선을 고정시킨 채 뒤로 물러나 앉았다. 안나 데일의 웃는 얼굴을 접하고 나니 내면의 무엇인가가 바뀌는 느낌이었다. 그날 아침 침대에서 내려올 때 내가 원했던 건 한 가지였다. 이 일로 가능한 한 빠르게 오만 달러를 챙기고 다시 감옥에 가지 않는 것. 리사는 8월 5일까지 벽화를 완성하는 것 외에는 신경 쓰지 않았다.

하지만 안나 데일……. 그녀는 벽화 일을 맡아 들떠 있었을 것이다. 완벽한 작업을 해내고 싶었을 것이다. 그렇게 벽화에 온 마음을 쏟아부었을 순간, 그녀에게 무슨 일인가 벌어졌다. 이 예쁜 소녀를 미치광이로 변하게 했을 지독한 일이 있었던 게 분명했다. 그게 도대체 무엇일까? 그녀를 불가사의하게 미술계에서 사라져 버린, 정신질환을 가진 화가로 만들어 버린 것은 무엇이었을까? 몸이 부들부들 떨리기 시작했다. 내 또래였던 그녀를 위해 올바른 일을 하고 싶어졌다. 기회가 없었던 안나데일에게, 기회가 없었던 벽화에게 생명력을 불어넣어 주고 싶어졌다.

*

벽화는 이전 캔버스에서 대충 잘라 냈는지 새 틀에 정확히 맞추기가 어려웠다. 아담, 와이어트, 올리버와 나는 다른 건설 노동자들 몇 명과 함께 두어 시간 동안 벽화를 펼쳐 수십 개의 압정으로 고정시켰다. 나는 조금 떨어져서 낮은 벽에 벽화를 부착하는 남자들을 지켜본 후 그들을 도와 벽화를 반듯하게 폈다. 이걸로 벽화 복원의 준비 과정은 끝났다. 작업을 마친 그들은 자신들이 하던 일로 돌아갔지만 나는 로비에 조금 더 머물렀다. 이제 벽화는 벽에서 나를 정면으로 보고 있기 때문에 구석구석을 덮고 있는 얼룩과 오염이 더 도드라졌다. 그럼에도 오염 뒤에 숨어 있는 그림이 내게로 불쑥 튀어나올 것만 같았다. 부서진 찻주전자와 여자들. 그들은 화가 난 것처럼 보였다. 오른쪽 상단의 흑인 여성은 이 사이에 막대기를 끼워 넣고 웃고 있는 것처럼 보였고, 오토바이는 당장이라도 벽화에서 로비 쪽으로 달려 나올 준비를 마친 것 같았다.

　나는 신문 기사를 떠올렸다. 낙천적으로 보였던 젊은 단발머리 여성을 생각했다. 그리고 다시 몸을 떨었다. 꼭 부고에 실린 누군가의 사진을 보는 기분이었다. 부고 사진 속 인물의 얼굴에서는 무지함이 보인다. 자신에게 닥칠 미래를 한 치 앞도 내다보지 못하는 종류의 무지. 내 눈에는 사진 속의 안나 데일이 그렇게 보였다. 그녀는 모험의 출발선에 있었고 어째서인지 그 시작은 동시에 끝이 되어 버렸다.

　벽화의 오른쪽 하단에 있는 화가의 서명을 처음으로 알아차린 나는 그 앞으로 가서 쭈그려 앉았다. **안나 데일.** 더러워진 글자들을 조심스럽게 만지던 나는 그림의 거친 표면에 깜짝 놀라 재빨리 손을 뗐다. 세로로 된 안나의 이름이 둥글둥글한 글씨체로 쓰여 있었다. 금색 이름 위에는 얼룩이 앉아 있었다. 무한한 가능성으로 시작된 삶이 어째서 미궁에 빠져 버렸는지 궁금해하며 나는 하염없이 그 서명을 바라보았다.

16장

Anna
안나

1939년 12월 25일

"당신이 안나군요."

폴린 맥과이어는 들고 있던 식료품 봉투를 남편에게 건네고 안나의 손을 덥석 잡았다.

"엄마한테 얘기 많이 들었어요!"

"저도요."

안나는 이 여자의 상냥함에 기분이 좋아졌다. 이든턴에서 처음으로 또래를 만난 그녀는 자신이 사용하고 있는 방의 원래 주인에게 즉각적인 유대감을 느꼈다.

"이쪽은 남편 칼이에요."

폴린이 말했다. 봉투와 커다란 선물 상자를 두 팔로 안고 있던 칼은 미소를 지으며 고개를 끄덕였다. 그는 폴린보다 한참 나이 들어 보였다. 그의 갈색 머리 위로는 회색 머리칼 몇 가닥이 은빛으로 빛나고 있었다.

"만나서 정말 반가워요."

안나가 그의 팔에서 봉투를 받아 들며 말했다.

"머틀 부인은 부엌에 계세요."

머틀 부인은 크리스마스 휴일을 가족과 함께 보내라며 프리다에게 휴가를 주었다. 세 여자는 음식을 준비하기 시작했다. 칠면조, 으깬 감자, 소스에 버무린 닭의 내장, 뉴저지의 리마콩과 비슷해 보이지만 안나는 처음 보는 흰 강낭콩이 준비됐다. 앞치마를 두른 칼은 안나가 지금껏 먹어 본 것 중 가히 최고라할 만한 비스킷을 만들었다. 그녀는 자진해서 요리하는 남자를본 적이 없었다.

"저는 빵이랑 과자 굽는 것만 좋아해요."

칼이 윙크를 하면서 말했다. 안나는 곧바로 그에게 호감을느꼈다. 그는 다정했고 친절했다. 무엇보다 아내인 폴린을 무척이나 아꼈다. 대공황으로 많은 사람들이 직업을 잃었지만 경찰인 그는 내내 안정적인 직장을 유지할 수 있었다고 하던 머틀부인의 말이 생각났다. 이마 위로 흘러내린 은빛의 머리카락이매력적인, 푸른 눈동자의 그는 누가 봐도 미남이었다. 경찰 제복을 입은 그의 모습을 상상하니 둘의 나이 차에도 불구하고 그와 폴린은 멋진 한 쌍으로 보였다. 폴린은 다정한 온기를 내뿜는 사람이었다. 파트타임 간호사로 일하는 그녀는 분명 환자들에게 인기가 많을 거라고 안나는 생각했다. 폴린의 도톰한 입술, 커다란 가슴, 검푸른 눈동자는 머틀 부인을 쏙 빼닮았지만 몸무게는 부인의 반도 안 돼 보였다. 어깨 위로 흘러내린 머리카락은 머틀 부인의 윤기 없는 회색과는 달리 옅은 갈색이었다.

오후 내내 엄마와 딸이 함께 수다를 떨고 음식을 만드는 것을 지켜보는 안나의 가슴에 둔탁한 아픔이 자리 잡았다. 올해는 그녀가 어머니 없이 보내는 첫 번째 크리스마스였다. 당장이라도 눈물이 터져 나올 것만 같았다. 그들 앞에서 그런 모습을 보이고 싶지 않아 조리대 위 라디오에서 흘러나오는 크리스마스 캐럴과 대화, 음식 준비에 집중했다. 어떻게든 그녀는 이 시간을 잘 버텨 낼 생각이었다.

네 사람이 부엌에서 분주하게 보낸 오후 내내, 그리고 식사를 하는 중에도 폴린과 칼이 서로에게 미소 짓는 모습이 안나의 시야에 들어왔다. 칠면조 접시에서 음식을 덜어 올 때 가볍게 서로의 손을 잡는 모습마저도 사랑스럽게 느껴지는 부부였다. 안나는 그들이 공유하는 애정에 부러움을 느끼지 않기 위해 애썼다.

그녀는 지금까지 만난 남자들과 결국 친구로 끝을 맺었다. 안나의 어머니는 그녀에게 남자보다는 친구가 더 중요하다고 했다. 하지만 폴린과 칼이 함께하는 모습을 마주하자 우정 이상의 것을 갈망하게 되었다. 안나는 칼이 폴린을 아끼는 만큼 자신을 아껴 줄 남자를 언젠가는 찾게 될 거라고 속으로 되뇄다.

저녁 식사가 끝나고 그들은 안나에게 마을 사람들에 관한 이런저런 정보를 주었다. 겉모습만으로는 알 수 없는 그들의 실제 성격이나 소문처럼 떠도는 이야기들이었다. 아른트 씨는 겉으로 보이는 모습만큼이나 착하고 친절하다고 그들은 입을 모았다. 면직 공장의 피어링 씨는 여자 속옷을 즐겨 입는다고 폴린이 덧붙였다.

"도대체 그런 걸 어떻게 아세요?"

안나가 웃으며 물었다.

"그냥 끔찍한 소문일 뿐이에요."

칼이 대답했다. 말은 그렇게 했어도 그의 의미심장한 미소에서 속내가 엿보였다.

"사이크 시장은 허풍쟁이 멍청이지만 일은 잘하지."

머틀 부인이 말했다. 폴린은 끌끌 혀 차는 소리를 냈다.

"그 사람 아내는 모르는 척 덮어 주지만, 모두들 시장에게 숨겨 둔 애인이 있다는 것을 알고 있어요."

"폴린!"

그녀의 어머니가 그녀를 꾸짖었다.

"내막은 누구도 모르는 거야."

안나는 시장과 함께 창고에 갔던 날을 떠올렸다. 그때 느낀 불편함은 어쩌면 본능적인 반응이었을지도 몰랐다. 지금부터라도 그와 거리를 두어야겠다고 생각했다. 저녁 식사가 끝나고 부엌을 정리한 후에 안나는 용기를 내어 머틀 부인과 폴린, 칼에게 스케치를 보여 주었다. 지난주, 그녀는 원본 스케치를 부서로 보냈지만 밑그림 작업을 시작하기 위해 똑같은 스케치를 하나 더 그려 두었다. 물론 부서의 승인이 났다고 가정하고 진행한 일이었다. 주문한 밑그림용 종이는 이미 도착했다. 그녀는 그것을 하루빨리 사용하고 싶었다.

"당신 정말 재능이 넘치는군요!"

폴린은 안나의 실력이 그렇게 뛰어난 줄은 상상도 못했다는 듯 탄성을 내뱉었다.

"정말 인상적이에요."

칼이 말했다.

"내가 말했잖아."

머틀 부인이 그들에게 말했다.

"우리 안나는 진정한 예술가야."

'우리 안나.' 그 말에 안나는 진한 감동을 느꼈다. 콧날이 시큰해졌다.

"티 파티를 주요 소재로 정한 것이 계속 마음에 걸렸어요. 하지만……."

"당연히 주요 소재는 티 파티가 되어야죠!"

폴린이 말했다.

"물론 그래야만 하지."

"안나가 여자들의 얼굴을 얼마나 잘 표현했는지 봐."

머틀 부인이 말했다.

"모델을 써서 작업하면 지금보다 더 나아질 거예요."

안나가 말했다. 그녀는 그림에서 가장 아름다운 부분은 드레스라고 생각했다. 화려한 색감과 실제 같은 옷감은 손가락으로 만져 보고 싶은 충동을 불러 일으켰다. 오른쪽 하단에는 면직 면직 공장 마을의 집들을 일렬로 그렸는데, 그 뒤로는 공장이 보였고 나뭇가지에는 듬성듬성 목화솜이 걸려 있었다. 오른쪽 상단에는 땅콩을 가득 담은 앞치마를 손으로 떠받치고 있는 흑인 여성이 자리를 잡았고, 왼쪽 상단에는 고기잡이배에서 그물에 걸린 청어를 끌어 올리고 있는 어부들이 희미하게 보였다. 마지막으로 왼쪽 하단에는 벌목업자가 손에 도끼를 들고 울창한 나무숲을 배경으로 서 있었다.

"저는 땅콩 숙녀분이 가장 마음에 들어요."

칼이 말했다.

"음, 나는 잘생긴 벌목꾼이 맘에 드는데요."

폴린이 그를 놀리듯 말했다. 칼은 그녀가 던진 미끼를 물지 않았다.

"전부 다 멋져요. 어느 하나 빠지는 게 없군요."

대신 그는 말했다. 칭찬을 들은 안나의 얼굴이 붉어졌다. 그녀는 우체국 벽을 가득 채울 완성된 벽화를 떠올려 보았다.

"미술 도구를 가지러 노퍽에 갈 때 말이에요."

폴린이 말했다.

"같이 갈 사람이 필요하면 제가 가고 싶어요."

"그럼 정말 좋을 것 같아요."

그녀의 제안에 안나는 기뻐하며 대답했다. 여자 친구와 마지막으로 수다를 떤 게 언제였는지 까마득했다. 그들은 프리다가 만들어 놓은 과일 케이크와 차로 후식을 즐겼다. 그들과 함께 식사를 하는 동안 안나는 더없는 만족감을 느꼈다. 실로 오랜만에 느껴 보는 풍요로운 감정이었다. 부서의 소식을 기다려야 하는 다음 몇 주 동안은 마음이 조마조마할 것이다. 그래도 오늘만큼은 새로운 친구, 안락한 집이 주는 기쁨과 '꽤 멋진 작품'을 만들어 냈다는 데서 오는 성취감을 오롯이 누리기로 했다.

17장

Morgan

모건

2018년 6월 16일

올리버의 조언과 와이어트의 도움을 받아 나는 거대한 캔버스틀을 가로세로로 가로지르는 노끈을 매달았다. 벽화를 구획별로 나누어 놓기 위해서였다.

"이렇게 하면 닦은 곳과 그렇지 않은 곳을 쉽게 구분할 수 있을 거예요."

올리버가 말했다. 나는 사다리 위에서 균형을 잡았다. 그리고 와이어트가 나무를 깎아 만들어 준 막대에 면으로 된 천을 감아 왼쪽 상단부터 닦아 내기 시작했다.

"칠이 벗겨진 곳이 나오면 주변을 닦아 내고 벗겨진 자리를 표시해 두세요."

올리버가 덧붙였다.

"시간을 두고 천천히 해요."

'시간이라니…….'

시간이야말로 내게 주어지지 않은 단 한 가지였다. 갤러리의 어디에선가 둔탁한 망치질 소리와 날카로운 전기톱 소리가 들려왔다. 나는 핸드폰으로 음악 어플의 인기곡 목록을 재생시킨 후 이어폰을 꽂고 작업을 시작했다. 그리고 지리멸렬한 상념에 빠져들었다. 원하는 시간에 언제든 음악을 들을 수 있다는 것이 얼마나 행운인지 사람들은 인식하지 못한다. 자기들이 누리는 자유에 감사하지 않는다. 그들에게 자유란 늘 제자리에 있는 공기 같은 존재일 뿐이다. 나는 다시는 그 지옥 같은 곳으로 돌아가지 않을 것이다.

천으로 감싼 나무 막대로 오염 부위를 닦아 내는 것은 더디게 진행됐지만 재미있는 작업이기도 했다. 귀로 흘러 들어오는 음악에 맞춰 고개를 까딱거리며 물감이 지워지지 않도록 조금씩 닦아 냈다. 내 손을 거친 곳과 그렇지 않은 곳의 차이는 확연히 드러났다. 임의로 나눈 구간 중 첫 번째 사각형을 끝내고 어깨가 쑤셔 사다리에서 내려온 나는 깜짝 놀랐다. 닦아 낸 부분이 그림의 구석 부분임에도 생동감이 넘쳤다. 안나가 그린 배는 여전히 얼룩과 때로 덮여 있었지만, 하늘은—부분적으로 물감이 벗겨지긴 했어도— 그 사이로 푸른빛을 보이며 수줍게 존재감을 발산하기 시작했다.

얼굴에 슬그머니 미소가 번졌다. 마지막으로 성취감을 느낀 게 도대체 언제였던가? 성취감에 수반된 기쁨을 마지막으로 만끽한 게 도대체 언제였던가? 지금 닦아 낸 고작 30제곱센티미터 남짓의 그림이 잊고 지냈던 감정과 해후하게 해주었다. 놀라운 일이었다.

이제 시선은 앞으로 닦아야 할 더러운 그림을 향하고 있었다. 시각 정보를 받아들인 뇌에서 앞으로 닥칠 상황을 알아차리고 손으로 신호를 보냈는지 내 손은 어느새 어깨를 주무르고 있었다. 이대로라면 닦아 내는 데만 평생이 걸릴 것 같았다. 게다가 그건 복원의 첫 단계일 뿐이다. 속도를 높여야만 했다.

*

아담과 와이어트, 정원에서 일하고 있던 다른 일꾼들이 함께 점심 식사를 하자고 제안했지만 거절했다. 아직 누구와도 일상적인 대화를 나눌 준비가 되지 않았다. 내가 사람들과 평범하게 어울리는 방법을 아직 알고 있기는 한 건지 의심스러웠다.

뒤늦게 올리버도 그들과 점심을 먹지 않았다는 것을 알게 되었다. 그는 문이 닫힌 사무실 안에 있었다.

귀로 흘러 들어오는 포스트 말론과 머룬파이브의 음악을 음미하며 나는 근처의 카페로 걸어갔다. 치킨 샐러드 샌드위치를 테이크아웃으로 주문하고 밖에 있는 벤치에 앉아 전날 밤 참석했던 알코올중독자 모임을 되짚어 보았다. 대부분이 남자였던 것도, 재소자가 아닌 사람들이 한자리에 모인 광경도 낯설었다. 그들에게 내 이야기를 하지는 않았다. 모임의 진행자에게 참석을 증명하는 서명을 부탁했을 때를 제외하고는 아예 입을 열지 않았다. 나는 이미 술을 끊었다. 십사 개월 동안 술을 마시지 않았다. 발목에 달린 감시 기계가 없어도 다시는 술을 입에 대지 않을 터였다. 그럼에도 짜증을 유발하는 그들의 사연을 듣고 있어야 했다.

그리고 오후 네 시가 될 때까지 나는 임의로 나눈 네모난 구역 중 열두 군데를 닦았다. 그 작업으로 왼쪽 상단 어선의 일부와 그 아래 있는 건장한 금발 남자의 모습이 또렷해졌다.

그리고 서서히 내 눈에 들어온 안나의 또 다른 탈선……. 남자가 들고 있다고 생각했던 기다란 나무토막은 나무가 아니었다. 도끼였다. 도끼날에서는 액체가 뚝뚝 떨어지고 있었다. 나무 수액인가? 나는 천을 감싼 막대로 조심스럽게 도끼날 아랫부분을 문질렀다. 반짝이는 방울들은 밝은 빨간색이었다. 그것이 의미하는 건 단 하나, 피다. 나는 막대를 움켜쥔 채 뒤로 물러섰다. 남자의 얼굴은 아직 3분의 1 정도만 닦였다. 얼굴 주변으로 마모된 부분도 있었다. 하지만 그는 분명 미소를 띠고 있었다. 상당한 미남으로 보이는 이 남자는 도끼에서 피가 떨어지고 있다는 사실을 조금도 의식하지 못하고 있는 것 같았다. 속이 울렁거리기 시작했다. 신문에서 본 안나 데일의 모습을 떠올렸다. 그녀의 머릿속에서 대체 무슨 일이 일어났던 걸까?

당장 올리버에게 보여 주고 싶었지만 그는 몇 가지 물품을 구입하려고 외출한 상태였다. 나는 작업으로 돌아갔다. 한 시간 쯤 지났을까, 더 이상 망치와 톱, 못 박는 소리가 들리지 않았다.

이어폰을 빼고 화랑의 뒤편에서 인부들이 마무리 작업을 하고 있는 모습을 바라보았다. 내 작업은 아직 갈 길이 멀었다. 그들과 상관없이 계속해야 했다. 게다가 리사의 집에서 나를 기다리고 있는 건 아무것도 없었다.

막대의 끝부분에 새 천을 감고 있을 때 와이어트가 로비로 들어왔다. 그의 드레드 머리는 어깨 아래로 길게 내려와 있었다.

"와, 끝내주는데요. 멋있어요."

벽화의 닦인 부분을 확인하며 그가 말했다.

"이 정도로 엉망일 줄은 짐작도 못했어요."

자랑스러움을 담은 미소가 내 얼굴을 가로질렀다.

"완전히 바뀌었죠."

내가 말했다. 웃고 있던 그는 점점 얼굴을 찌푸리며 그림 가까이 다가갔다.

"도끼에 묻은 게 혹시 피예요?"

나는 끄덕였다.

"우리의 화가가 좀 지쳤었나 봐요."

"그렇게 생각해요?"

그가 말하고는 나를 쳐다보았다.

"다 같이 워터맨 바에 한잔하러 갈 건데 같이 갈래요?"

'안 돼. 절대 안 돼.'

나는 생각했다. 바에서 풍기는 유혹적인 냄새가 순식간에 내 코를 찾아왔다. 커다란 유리잔에 담긴 차가운 맥주와 쫀쫀한 거품, 모두가 술을 마시는 동안 콜라병을 안고 있을 내 모습이 머릿속에 그려졌다. 현실을 직시해야 했다.

"전 안 돼요."

내가 대답했다. 알코올중독자 모임의 어떤 남자는 술을 멀리하기 위해 자기 일에 집중한다고 말했었다.

"일을 더 해야 할 것 같아요."

"일만 하고 놀지 않으면 따분한 아이가……."

와이어트가 놀리기 시작했다.

"저도 알아요."

내가 웃으며 대답했다.

"그럼 좋은 시간 보내세요."

삼십 분 후, 올리버는 부드러워 보이는 가죽 서류 가방을 들고 갤러리 안으로 들어왔다. 그는 로비 한가운데에 멈춰 서서 내 작업을 바라보았다.

"이건…… 정말…… 멋지네요. 어떻게 생각해요?"

내가 꽂고 있는 이어폰이 무색할 만큼 그는 커다란 목소리로 말했다. 나는 이어폰을 빼고 웃으면서 대답했다.

"안마 받을 수 있는 곳을 찾아야 할 것 같아요."

"그럴 만해요. 진심으로요. 수고 많았어요. 물감이 떨어져 나간 곳은 없었어요?"

"그것보다 훨씬 더 재미있는 걸 찾았어요."

나는 벌목업자의 도끼날이 잘 보이도록 사다리를 옆으로 옮겼고 올리버의 미소가 서서히 흐려지는 것을 지켜보았다.

"이게……?"

그는 가방을 내려놓고 벽화에 가까이 붙어 핏방울을 살펴보았다. 그리고 몸을 돌려 나를 보았다.

"이게 도대체 뭐죠?"

그가 물었다.

"그러니까요. 처음 봤을 때는 나무 수액 비슷한 거 아닐까 생각했어요. 하지만 닦아 냈더니 이런 게 나왔어요."

"이건 전혀 이해가 안 되는데요."

그는 양 허리에 손을 얹고 그림을 응시하면서 말했다. 그의 향기가 코를 두드렸다. 그만큼 그는 가까이 있었다. 가죽 냄새인가? 로비에 있는 가죽이라고는 멀리 떨어진 곳에 내려놓은 그의 서류 가방뿐이었지만 좋은 냄새가 났다. 아주 좋은, 자신감 넘치는 향기다. 그것을 들이마시느라 우리가 무슨 얘기 중이었는지 잠깐 동안 망각에 빠져 버렸다.

"피와 오토바이라."

그의 말은 내 관심을 다시 벽화로 끌어다 놓았다.

"제시 선생님이 리사에게 화가가 미쳤다고 말한 이유가 여기에 있는 것 같아요."

내 말에 올리버가 고개를 끄덕였다.

"음, 그들이 왜 벽화를 우체국에 설치하지 않았는지는 확실히 알겠네요."

그는 청바지 주머니에서 핸드폰을 꺼내 시간을 확인했다.

"오늘 집에 가져가서 할 일이 산더미예요. 그래도 가기 전에, 어떻게 되어 가는지 궁금해서 들렀어요."

그는 우리 뒤에 놓인 서류 가방을 향해 고갯짓을 하며 말했다.

"오늘은 이만 끝낼 건가요?"

"아직 아니에요."

내가 말했다. 그는 서류 가방을 집어 들고 정문으로 향하다가 다시 나를 바라보았다.

"나가기 전에 문 잠글 수 있죠?"

"네."

나는 아침에 리사에게 갤러리 열쇠를 받았다.

"그럼 내일 봅시다."

그가 갤러리를 떠나고 다시 사다리에 오르자 불현듯 외로움이 밀려들었다. 외로움의 자리를 음악이 채워 줬으면 하는 마음으로 이어폰을 꽂았다. 저녁 시간, 모두들 자신의 삶으로 돌아갔지만 나에게는 돌아갈 삶이 없다. 리사의 집으로 돌아가는 건 좋은 생각이 아니다. 만일 그랬다면 나는 인스타그램에 접속했을 것이다. 지금쯤 트레이와 예전 친구들의 근황을 염탐하거나 에밀리 맥스웰을 찾아보고 죄책감에 마음을 끓이고 있을 게 뻔했다. 차라리 벽화에 빠져 있는 편이 나았다. 안나 데일이 남긴 수수께끼가 더 있을지 궁금하기도 했다.

*

혼자 남아서 세 칸을 더 닦아 내고 있는데 뒤에서 누군가 내 이름을 불렀다. 몸을 돌리자 레베카 샌더스가 팔짱을 낀 채로 미소 짓고 있었다. 이런 게 그녀가 경고했던 깜짝 방문 중 하나일까. 그들과 함께 술집에 가지 않아 얼마나 다행인지 모른다. 나는 사다리에서 내려왔다.

"여기가 당신이 일하는 곳이군요."

레베카는 벽화를 가리키며 말했다.

"그림을 닦고 있는 거예요?"

그녀가 물었다.

"닦아 내지 않은 곳이랑은 꽤 차이가 나는데요."

"네."

나는 사다리 계단에 들고 있던 막대를 올려놓고 축축한 손을 청바지에 닦았다. 그리고 벽화의 깨끗이 닦인 부분을 향해 팔을 뻗었다.

"이만큼을 하는데 하루 종일 걸렸어요."

레베카가 미술에 조예가 있을 거라고 생각한 건 아니었다. 그녀는 깨끗한 부분과 더러운 부분은 알아챘지만 그림 자체에는 별 관심이 없어 보였다.

"당신이 머무르는 집 주소로 찾아갔는데 집에 있던 리사 윌리엄스? 그 여자분이 여기 있을 거라고 알려 주더군요. 당신이 이곳에 있어서 다행이에요."

나 역시 그녀가 여기서 나를 보게 된 걸 기뻐하며 고개를 끄덕였다.

"모두 술 마시러 갔지만 저는 여기 있어야 한다고 했어요."

내 말이 꼭 '그들과 같이 가지 않았으니 상을 주세요'처럼 들려 민망해졌다.

"중독자 모임에 나간 적 있어요?"

"어젯밤에요. 서류에 사인을 받았는데 리사의 집에 있어요."

"메일로 보내 주세요."

레베카가 말했다.

"내 명함에 메일 주소가 있을 거예요."

"알았어요."

잠깐 동안 우리 둘 다 말이 없었다.

"동료들과 술 마시러 가는 걸 거절하기는 분명 힘들었을 거예요."

레베카가 마침내 입을 뗐다. 나는 별것 아니라는 표정을 지어 보였다.

"별로요."

나는 대답했다. 그녀가 주도하는 상담용 대화에 끌려 들어가고 싶지 않았다. 이미 그녀가 가지고 있는 권력보다 더 많은 힘을 주고 싶지 않았다.

"모건 씨, 지금까지는 잘해 오고 있어요."

레베카의 말에 나는 끄덕였다.

"네. 저는 괜찮아요."

"어떤 점이 가장 힘들었어요?"

생각할 필요도 없다. 인스타그램을 찾아봤던 것, 앞을 향해 나아가는 사람들을 마주한 것, 그리고 혼자 남은 나를 받아들여야 했던 것.

"없어요."

나는 거짓말을 했다.

"얘기해 봐요."

레베카가 말했다.

"나는 도와주러 온 거예요. 당신 편이에요."

"정말 없어요. 바깥에 나와 있을 수 있어서 좋아요. 할 일이
많아서 바쁘기도 하고요. 모든 게 좋아요."

의심스러운 표정이긴 했지만 레베카는 마침내 고개를 끄
덕였다.

"오늘 밤, 여기서 나가면 뭐 할 거예요?"

"리사의 집에 가서 자야죠. 내일 아침에 다시 와서 일하고요."

하고 싶은 말이 남은 듯 주저하던 레베카는 벽화를 향해 손
짓했다.

"좋아요. 그럼."

그녀가 말했다.

"계속 작업하세요."

레베카가 떠난 후 나는 로비 중앙에 서서 어떻게 할지 고민
했다. 일을 더 할까, 아니면 리사의 집으로 돌아갈까? 레베카의
방문으로 흐름이 끊겼다. 나는 물통과 면으로 감싼 막대를 건물
뒤편에 있는 작은 부엌으로 가져갔다. 면 조각을 버리려고 싱크
대 아래 찬장을 열자 재활용품 상자 안의 찌그러진 캔에서 맥주
냄새가 훅 올라왔다. 일하는 사람들이 마셨을 것이다. 그 냄새

는 대학에서 매일같이 파티를 벌이던 시절로 나를 데려갔다. 불과 일 년 전이었지만 수십 년은 지난 것처럼 느껴졌다. 그 순간, 나는 실체를 알 수 없는 무언가를 간절히 원하고 있었다. 그것은 맥주도, 옛 친구도 아니었다. 트레이? 완벽하다고 여겼던 트레이일까? 아닌 것 같다. 내가 갈구하는 건 그보다 중요한 것이다. 어쩌면 내 결백일까? 그럴지도……. 나는 양팔을 교차시켜 스스로에게 연민이 담긴 포옹을 해주며 한동안 부엌에 서 있었다. 원하는 게 뭐든 다시는 돌려받을 수 없다는 것을 잘 알고 있다. 나는 다시 에밀리 맥스웰을 생각했다. 그녀 역시 사고 전의 삶을 애타게 갈망하고 있을 것이다. 모든 것을 도둑맞기 전의 삶 말이다.

'세상에.'

그녀가 마음속에 떠오르는 것을 그동안 얼마나 부정해 왔던가!

우리가 그녀에게 저지른 극악무도한 짓이 생각나 눈물이 가득 차올랐다. 그 참혹했던 밤의 사고 현장으로 나는 끊임없이 되돌아갔다. 운전을 한 건 트레이였지만 내가 운전대를 잡을 수도 있었다. 비가 내리는 어두운 교차로에서 에밀리의 차를 박살낸 사람이 내가 될 수도 있었다. 우리가 파티를 떠날 때쯤에 나는 트레이만큼 취해 있었다. 차에 오르기 직전 나는 트레이에게 차 키를 넘겼다. 우리의 천인공노할 만행을 알아차린 그 소름 끼치는 순간은 항상 내 기억 한편에 고정돼 있을 것이다. 어둠을 뚫고 내게 달려드는 부서진 차의 헤드라이트, 허공을 메우는 날카로운 충돌음, 고막을 터뜨릴 정도로 끔찍하게 울려 대는 경적 소리, 그 순간 나는 정신이 번쩍 들었다.

'세상에, 우리가 사람을 죽인 거야?'

트레이가 운전석 문을 힘껏 열어젖혔을 때의 충격.

"나는 여기 없었던 거야! 알겠어?"

나는 그가 차에서 뛰어내려 깜깜한 숲속으로 달려가는 것을 바라보았다. 어마어마한 충격 속에서도 나는 그가 말한 것을 이해했다. 조지타운 로스쿨, 그가 받을 장학금, 그는 똑똑했다. 그는 열심히 공부했다. 어쩌면 모든 것을 잃게 될 수도 있었다. 무엇보다 나는 그를 사랑했다. 그를 지켜 줄 생각이었다.

차에서 내려오기 전, 몇 초 동안 나는 마비된 듯 멍한 상태로 앉아 있었다. 조금씩 심장이 쿵쾅거리기 시작했다. 나는 계속해서 경적 소리를 내고 있는 닛산 자동차를 향해 걸어갔다. 달빛도, 별빛도 없었다. 칠흑 같은 어둠만이 있었다. 내 차가 닛산의 운전석을 찌그러뜨렸다는 걸 알아챌 수 있을 만한 실낱같은 빛이 전부였다. 차 안은 보이지 않았다. 운전석 문은 열 수가 없었다. 메스꺼움을 억누르며 닛산 앞쪽의 덤불과 나무를 비집고 조수석을 향해 걸어갔다. 용기를 내 조수석 문을 열었다. 머리 위의 조명이 들어왔다. 피로 범벅된 검은색 긴 머리카락, 비틀어진 팔다리……. 그 순간 맞닥뜨린 장면이 꿈속에서 평생 나를 뒤쫓으리라는 것을 알았다. 누군가 내 옆에 나타날 때까지, 그리고 또 다른 누군가가 경찰을 부를 때까지 나는 비명을 지르고 또 질렀다. 사이렌 소리와 번쩍거리는 불빛에 둘러싸여 있으면서도, 담요에 감싸진 채 다친 줄도 몰랐던 이마의 상처를 치료받으면서도 비명을 멈출 수가 없었다.

"죽었나요?"

나는 두 팔로 가슴팍을 감싸 안은 채 계속해서 소리쳤다. 공포로 온몸이 단단히 죄어들었다.

"죽었나요? 죽었어요?"

내 옆에 서 있던 경찰은 잔인할 만치 명료하게 대답했다.

"당신이 그녀를 죽인 건 아니지만."

그가 말했다.

"그녀의 인생을 완전히 망가뜨렸어요."

"죄송합니다."

갤러리의 부엌에 서서 나는 속삭였다. 그날 밤 장면들을 기억에서 지우려는 무의식적 행동으로 손가락을 눈 위에 대고 지그시 눌렀다. 아담과 와이어트가 있는 곳에 갈까도 생각해 보았다. 공포를 씻어 내기 위해 그들과 맥주를 마시는 상상을 했다.

'위험한 생각이야.'

나는 맨 정신으로 모든 기억을 동반한 채 살아갈 방법을 찾아야 한다.

'너는 살아 있잖아.'

스스로에게 말했다.

'건강하고 온전하게.'

에밀리는 그렇지 않다. 나는 두 번째 기회에 감사해야 한다. 그 점을 마음 깊이 새겨야 한다.

18장

Anna
안나

1940년 1월 2일

플레인필드를 작은 마을이라고 생각하고 있었던 안나는 지금까지 정말로 '작은 마을'이 어떤 곳인지 제대로 알지 못했다. 이든턴에 머무른 지 겨우 한 달째인 지금, 어디를 가도 사람들은 그녀를 알아보았다. 그건 득이 될 수도 있었지만, 때로는 독이 될 수도 있었다. 1월 초의 어느 아침, 그녀가 미치너의 잡화점에 들어갔을 때 카운터 뒤의 점원이 말을 건넸다.

"당신이 그 벽화 아가씨죠?"

샌드위치를 사러 앨버말 레스토랑에 들렀을 때는 흰색 유니폼을 입은 종업원이 물었다.

"우체국 화가 맞죠?"

점심 식사 후, 순수예술 부서에서 올 소식을 기다리며 읽을 만한 것을 찾으러 도서관을 갔을 때 사서는 말했다.

"당신이 북쪽에서 온 화가군요!"

마을 사람 모두가 『초완 해럴드』에 실린 그녀의 기사를 읽은 것 같았다. 그들은 친절함과 열린 마음으로 그녀를 대했다. 하지만 그 모든 환영은 늦은 오후, 그녀가 도서관에서 나온 순간 막을 내렸다. 정문을 나선 그녀가 계단을 내려갈 때였다. 한 여성이 계단을 올라오고 있었다. 금발 머리를 파란색 스카프로 감싼 여성 옆에는 뚱한 표정의 일란성 쌍둥이 소녀가 둘 있었다. 불그스름한 곱슬머리를 가진, 열한 살에서 열두 살쯤 된 소녀들이었다. 안나가 셋을 향해 미소를 건네자 여자가 불쑥 안나의 팔을 잡았다.

"당신, 뉴저지에서 온 화가 맞지?"

여자는 물었다.

"네."

여자의 손가락이 안나의 울 코트 소매에 깊게 파고들었지만 안나는 미소를 거두지 않았다.

"나는 드래플 부인이야."

여자가 말했다.

"내 남편이 그 벽화를 그렸어야 했어."

"아!"

안나는 당황하며 말했다.

"당신은 전문가도 뭣도 아니야."

드래플 부인이 말을 이었다.

"『라이프』에 실린 당신 스케치는 기껏해야 열 살짜리 실력이야. 우리 딸들도 그 정도는 그려!"

안나는 멍해진 얼굴로 여자의 손아귀에서 팔을 비틀어 빼냈다. 무슨 말을 해야 할지 몰랐다. 대회에서 우승한 것에 대해 사과할 생각은 없었다. 아니, 사과할 이유가 없었다. 안나가 입을 열려던 찰나, 딸들 중 한 명이 말을 꺼냈다.

"엄마."

소녀는 여자를 도서관 문 쪽으로 잡아당겼다.

"그냥 안에 들어가자."

하지만 여자는 계단에 뿌리를 내린 듯 서 있었다.

"참가한 모든 사람들이 우승했다면 좋았을 텐데요."

안나는 주눅이 든 목소리로 겨우 말했다.

"하지만 저는 공정하게 우승했어요. 그 과정은 전부 익명으로 진행됐고……."

"글쎄, 그들은 익명으로 하지 말았어야 했다고!"

여자가 내뱉은 큰 소리에 지나가던 남자가 고개를 돌려 그들을 바라보았다.

"이든턴에 익숙한 것이 누군지는 말할 것도 없고, 경험 유무도 고려했어야 마땅해! 부양할 가족이 있다는 것도 말이야. 그 돈은 우리가 받아야 했어"

쌍둥이 중 아무 말도 하지 않고 있던 아이는 이마를 찡그린 채 안나를 열심히 살폈다. 그러나 다른 한 명은 연신 여자의 팔을 잡아당겼다.

"엄마."

소녀가 말했다.

"추워 죽겠어!"

"정말 죄송해요."

자신도 모르게 사과의 말이 튀어나와 안나는 짜증이 났다. 그녀가 미안해야 할 일은 없었다.

"제가 어떻게 할 수 있는 일이 아니었어요."

그 말을 마지막으로 안나는 난간을 움켜쥐고 떨리는 무릎으로 계단을 내려왔다. 그러고는 드래플 부인이 따라와 다시 그녀의 팔을 낚아챌까 봐, 더 많은 모욕감을 안겨 줄까 봐 어깨너머로 뒤를 계속 확인하며 도서관에서 빠르게 벗어났다. 누군가에게 소중한 것을 훔친 것 같은 기분이 그녀를 뒤따라왔다. 우연이라도 마주치고 싶지 않은 마틴 드래플이라는 사람이 깊은 우울증과 생활고에 시달리며 가족을 부양할 방법을 찾는 모습이 머릿속에 그려졌다. 그건 그녀의 잘못이 아니다. 그럼에도 불구하고 그녀는 죄책감이 들었다. 이곳에서 그녀는 외부인이자 침입자였다. 게다가 여성이다. 그녀가 정말 쌍둥이의 생계수단을 가로챈 걸까?

19장

Morgan

모건

2018년 6월 18일

벽화를 닦기 시작한 지 사흘째, 리사의 집에 도착했을 때는 이미 날이 어둑어둑했다. 날카로운 통증이 어깻죽지를 찔러 댔고 오른팔의 근육은 심하게 팽팽해져 있었다. 리사가 준 열쇠로 현관문을 열고 이어폰을 뺀 다음 거실을 지나 부엌으로 향했다. 배가 너무 고팠다. 사람들이 바에 가자는 것을 벽화 작업을 이유로 들어 또다시 거절했다. 지금 상황에서는 그 편이 안전했다.

오늘 벽화를 닦는 동안 아담과 나는 음악 이야기를 나누었다. 그는 호시탐탐 나와 말을 섞을 기회만 엿보았다. 그가 주변에 있으면 복잡한 감정이 들었다. 그는 내가 끌릴 만한 타입의 남자다. 정확히 말하면, 과거의 내가 이상형으로 꼽았을 법한 스타일의 남자다. 남성적인 데다가 잘생겼다. 위기를 감지한 내 안의 이성이 경고를 보내 왔을 때, 마침 와이어트가 로비로 들어와 아담을 다시 작업장으로 데려갔다. 나는 비로소 마음이 놓였다.

거실의 끄트머리에 다다르자 부엌 내부가 보였다. 부엌 안에는 리사가 등을 보이고 앉아 와인 잔을 옆에 두고 있었다. 평소처럼 통화 중인가? 축 처진 상태로 앉아 있는 그녀의 자세 때문에 나는 멈칫했다. 들어가도 될까? 내 생각이 전해지기라도 했는지 그녀는 갑자기 몸을 돌려 일어났다. 너무 빠르게 일어선 나머지 옆에 있던 와인 잔이 넘어지고 말았다. 식탁 위를 구르던 잔은 타일 바닥으로 떨어져 산산조각이 났다.

"깜짝 놀랐잖아요!"

그녀가 입에 손을 얹고 말했다. 그녀는 울고 있었다. 눈은 빨갰고 볼에는 눈물 자국이 있었다.

그녀의 핸드폰 화면이 어두워지기 직전, 화면 속 사진이 언뜻 눈을 스쳤다. 팔로 노인을 감싸고 있는 리사의 사진이었다. 사진의 노인은 분명 리사의 아버지였다. 그녀의 슬픔이 전해져 가슴이 아렸다.

"미안해요."

내가 말했다. 나는 키친타월을 한 움큼 쥐어 바닥을 닦기 시작했다. 공기 중에 와인 냄새가 가득했다. 리사는 온몸이 마비된 듯 부엌 중앙에 서서 움직이지 않았다. 도우려 하지도 않았다. 그저 내가 하는 것을 보고만 있었다.

"뒤로 비키세요. 파편을 치워야 해요."

내가 축축한 키친타월로 유리 조각을 집어 올리는 동안 리사는 여전히 손을 입에 올린 채 엉거주춤 뒤로 물러났다.

"고마워요."

그녀가 조용히 말했다.

"다 된 것 같아요."

내가 일어서며 말했다. 오른쪽 어깨에 콕콕 찌르는 통증이 다시 찾아왔다. 키친타월과 유리 파편을 쓰레기통에 버리고 손을 씻은 다음, 한 손으로 눈물을 닦아 내며 나를 외면하고 있는 리사를 마주 보았다. 지금 그녀는 미셸 오바마의 머리를 하고 있지 않다°. 짧은 곱슬인 원래 머리카락은 그녀를 젊고, 여린 사람으로 보이게 만들었다. 우리가 만난 이래 처음으로 나는 그녀에게 동정심을 느꼈다. 그녀를 알게 된 이래 처음으로, 나도 그녀를 동정할 수 있다는 것을 알았다.

"괜찮아요?"

내가 물었다. 예상했던 것보다 부드러운 말투가 입에서 튀어나왔다. 리사는 떨리는 숨을 들이마셨다.

"그냥……."

그녀는 아버지의 사진을 떠올리듯 핸드폰을 흘끗 보았지만 그 이야기를 하지는 않았다.

"순조로운 게 아무것도 없네요."

○ 흑인의 곱슬머리에 대한 사회적 편견이 심해 흑인 여성은 곱슬머리를 짧게 자르고 접착제 등을 이용해 가발을 쓰는 경우가 많음

그녀는 말했다. 그러고는 식기세척기 너머에 있는 찬장으로 가서 잔을 하나 꺼내 와인을 다시 따랐다. 그녀는 나를 쳐다보았다.

"미안해요. 그쪽 앞에서 술을 마시는 거 말이에요. 이러면 안 되는 건데……."

"괜찮아요."

내가 말했다. 진심이었다.

"배고파요?"

그녀가 물었다.

"네."

나는 냉장고로 걸어가 요구르트를 하나 꺼냈다. 하지만 지금은 뭔가를 먹는 것보다 리사에게 무슨 일이 일어나는지 알아내는 것에 더 관심이 쏠렸다. 나는 숟가락을 들고 그녀의 맞은편에 앉았다.

"순조롭지 않다니, 뭐가요?"

내 물음에 리사는 다시 숨을 들이켰다.

"주디스 시플리의 그림 한 점과 아버지가 다른 갤러리에 빌려줬던 어니 반스Ernie Barnes의 그림 두 점의 배달이 지연됐어요. 자칫하면 오픈 날짜에 맞춰 도착하지 못할 수도 있어요."

그녀가 말했다.

"거기다 지붕 기술자가 사고를 당해 작업이 중단됐어요. 인부들이 당신의 캔버스 틀을 만드느라 반나절을 할애했고요……. 참고로, 그건 당신 잘못은 아니에요."

그녀가 급하게 덧붙였다.

"하지만 일이 뒤쳐졌어요. 그리고 당신은······"

그녀는 내게 슬프고 미안한 미소를 보였다.

"당신은 복원 경험이 아예 없죠. 나도 이해는 해요. 당신에 대한 내 기대치가 너무 지나치다는 것도 알고 있어요. 우리 둘다 물러날 수 없는 입장이라는 것도요. 그리고 우리는 많은 것을 잃게 되겠죠."

그녀가 내비친 뜬금없는 공감의 표현에 나는 깜짝 놀랐다.

"그렇다면······ 왜 그분이 독단적으로 정한 날짜 안에 모든 일을 끝마치려고 자신을 몰아붙이는 건가요?"

내가 물었다.

"그냥 오픈 날짜를 변경하는 게 어때요? 허무할 정도로 간단한 해결책이잖아요."

시선을 돌린 리사는 좌절스러운 긴 숨을 내뱉었다. 지금 그녀는 내가 지난 며칠 동안 알고 지낸 여자가 아니었다. 와인을 한 모금 들이켜고 잔을 내려놓는 그녀의 손이 가늘게 떨렸다.

"그건 불가능해요."

그녀가 간단히 대답했다.

"8월 5일이 어째서 그렇게 특별한 건데요?"

내가 물었다.

"그게 당신을 그렇게까지······ 고통스럽게 한다면 말이에요. 왜 '오픈 날짜를 9월 5일로 변경해야겠어'라든지 '10월 5일로 미루자'라고 하지 않는 건지 이해가 안 돼요. 저한테도 시간이 더 필요하고요."

리사는 식탁 맞은편에서 나를 바라보았다.

"아버지는 유언장에 몇 가지 조건을 달았어요."

더 이상의 논쟁은 원치 않는다는 듯 그녀는 손을 들어 보이며 말했다.

"내 말을 오해하지는 말아요. 아버지는 다정한 사람이었어요. 아주 따뜻한 사람이었죠. 나는 아버지를 사랑했어요. 언제나요. 하지만 동시에 아주 통제적인 사람이기도 했어요. 그리고 유언을 통해 마지막으로 나를 통제하려고 했던 것 같아요."

"여전히 이해가 안 가는데요."

내가 말했다.

"갤러리는 아버지의 숙원 사업이었어요. 평생의 꿈이었죠. 하지만 죽음이 다가왔을 때…… 내 손에 갤러리를 맡긴다면 흐지부지될 거라고 생각한 것 같아요. 어쩌면 그 생각이 맞았을지도 모르죠. 나는 화가가 아니니까요."

그녀가 말을 계속했다.

"사랑하는 아버지의 작품을 빼면 나는 미술에 특별히 관심이 있지도 않아요, 갤러리는 내가 원했던 일도 아니고요. 내 꿈이 아니라 아버지의 꿈이었죠. 그래서 나를 강제로 참여하게 할 방법을 만들어 내야 한다고 생각했던 것 같아요. 갤러리를 위해서요. 아버지는 내게 상속될 유산, 그중에서도 특별히 이 집을 갤러리 오픈 날짜에 묶어 두었어요. 혹시 안드레아 풀러라는 여자 기억해요? 교도소에 같이 갔던 그 변호사?"

나는 고개를 끄덕였다.

"안드레아는 아버지의 유언 집행인이에요. 만약 갤러리가 8월 5일까지 문을 열지 않는다면, 그리고 그날까지 로비에 복원된 벽화가 걸려 있지 않다면, 이 집은 가난한 예술가들을 위한 기금이나 뭐 그런 것들에 기부될 거예요."

리사는 생각을 떨쳐 버리려는 듯 허공에 대고 손을 내저었다. 그리고 잔에 담긴 와인을 계속해서 삼켰다.

"나는 절대로 이 집을 잃을 수 없어요. 모건."

"그런 걸 유언장에 넣을 수 있어요?"

내가 찡그리며 물었다. 리사는 고개를 끄덕였다.

"조건부 유언이죠. 누군가에게 무엇을 하라고 강요할 수는 없지만…… 이를테면 아버지가 당신에게 벽화를 복원하라고 강요할 수는 없지만…… 아버지의 유산과 당신의 일을 묶어 놓을 수는 있죠. 그리고 아버지는 자기만 알고 있는 어떤 괴상한 이유로 당신과 나를 연결시켜 놓았어요. 이제는 설명을 들을 수도 없게 됐네요. 당신이 벽화를 완성하기 전까지는 갤러리를 열수 없어요. 그리고 8월 5일까지 열지 못하면 나는 가장 소중한 것을 잃게 되고요."

"아……. 그건…… 너무 극단적으로 들려요. 어째서 시간을 더 주지 않았을까요?"

"아버지는 사람을 조종하는 데 능숙하다고 내가 말했죠?"

리사가 말했다.

"시간을 많이 주면 내가 꾸물거릴 거라고 생각했을 거예요. 그렇다고 오해는 하지 말아요. 아버지는 나를 궁핍하게 내버려 두지는 않았으니까. 따로 현금을 남겼으니 굶을 일은 없겠죠. 하지만 내가 원하는 건 바로 이 집이에요."

그녀는 슬픔에 잠긴 모습으로 고개를 흔들었다.

"아버지는 내가 집을 지키기 위해서라면 뭐든 할 거라는 걸 알고 있었어요."

"그냥 집일뿐이잖아요. 리사. 그러니까 제 말은, 아름다운 집이긴 하지만 그분이 돈을 남겼다면 그냥 다른 집을 사면 되는 거 아닌가요? 혼자 사는데 이렇게 넓은 공간도 필요 없을 것 같고요."

"내 말을 전혀 이해하지 못하고 있네요."

내가 알고 있던 까칠하고 냉정한 여자가 갑자기 돌아왔다.

"그쪽은 어린 시절 살던 집에 애착이 없나요?"

내가 자란 진흙탕 같던 집을 떠올리며 나는 입술을 꽉 다물었다. 방에 숨어 있는 동안 들려오던 부모님의 고함과 싸우는 소리, 형편없는 음식들……. 저녁마다 싸구려 햄버거나 프라이드치킨이 식탁에 던져졌다. 그들이 술 마시러 나간 뒤 혼자 지새워야 했던 수많은 날들……. 나는 대여섯 살 때부터 무서운 밤을 혼자서 보내야만 했다. 부모님이 있는 집으로 돌아가는 게 두려워 가능한 한 친구네 집에서 많은 시간을 보내기도 했다. 부모님이 있는 집보다 친구네 집에서 더 안전하게 보호받고 있다고 느꼈기 때문이다. 이 집 식료품 저장실 기둥에 남겨진 리사의 키와 산책로의 손도장이 떠오르자 부러움으로 가슴이 뒤틀렸다.

"저는 제가 자란 집에 애착을 느낀 적이 없어요."

나는 그렇게만 말했다. 구질구질한 과거사에 그녀를 초대하고 싶지는 않았다.

"그럼 이 집이 왜 내게 소중한지도 이해 못하겠네요."

그녀는 와인을 한 모금 더 마셨다.

"1980년대에 아버지가 이 집을 살 때, 흑인 가족이 이런 집을 갖는다는 것이 얼마나 드문 일이었는지 알아요?"

그녀가 물었다.

"요즘도 그럴지 모르죠. 생각해 봐요. 그렇게 되도록 아버지가 얼마나 열심히 노력했겠어요? 그리고 나는 여기서 자랐어요. 저 뒤에 있는 커다란 떡갈나무에는 어릴 때 타고 놀던 그네가 아직도 달려 있어요."

그녀는 창문을 통해 어두운 뒷마당을 가리켰다.

"여름이면 나는 아버지의 작업실 구석에 앉아 책을 읽곤 했어요. 지금은 박물관에 걸려 있는 멋있는 작품들을 아버지가 그리는 동안 말이에요. 이 집은 내가 숙제를 하고 엄마와 빵을 굽고 첫 데이트 때 남자 친구가 나를 데리러 온 곳이에요. 앞에 있는 정원이요? 나는 그걸 아직도 엄마의 정원이라고 생각해요. 내가 어렸을 때 엄마가 심은 식물들이 지금도 자라고 있거든요. 나는 이 집을 절대 잃을 수가 없어요. 그리고 아버지는 집을 지키기 위해서라면 내가 뭐든 하리라는 것을 잘 알고 있었어요. 그렇게 되도록 해야만 하고요."

그녀의 눈이 반짝였다.

"내가 원하는 속도에 맞춰 사람들이 일하게 만드는 건 쉽지 않아요. 지붕업자마저 시간을 질질 끌고 있어요. 게다가 지금은 중개업이 바쁜 때기도 해요. 그리고 당신은."

그녀는 날카로운 눈빛으로 나를 보았다.

"그쪽은 내게 어려운 숙제나 마찬가지예요. 나는 그쪽을 통제할 수 없어요. 알다시피 당신을 통제할 수 있는 건 오직 당신뿐이에요. 내가 이 집을 계속 가질 수 있을지 없을지는 그쪽 손에 달렸어요. 내 상황까지 신경 써달라는 말은 아니지만 적어도 이건 생각하는 게 좋을 거예요. 이 일로 감옥에서 나올 수 있었다는 사실과 많은 돈을 받을 수 있다는 사실 말이에요."

나는 지난 사흘간 했던 작업을 생각했다. 꼼꼼하게 오염을 닦아 냈던 고된 작업들.

"최선을 다하고 있어요. 그런데 제가 조사해 보니 이런 작업은 전문가들이 팀으로 작업해도 몇 주에서 몇 달이 걸린다고 하던데요."

"모건, 사실대로 말할게요."

강하고 냉정한 눈빛의 리사가 돌아왔다.

"나는 결과가 어떻든 상관없어요. 그 벽화는 너무 이상해요."

그녀는 몸서리를 쳤다.

"피 묻은 도끼? 그냥 이상해요. 얼룩을 깨끗이 닦아 내고 벗겨진 부분들을 칠하는 거, 그게 내가 신경 쓰는 전부예요. 아무도 그걸 자세히 들여다보지 않을 거예요."

　예상치 못한 분노가 치밀었다. 조금 전까지만 해도 리사를 향했던 동정심은 빠르게 증발했다. 그녀는 가족과의 추억을 지키는 것에만 필사적인, 돈 많은 여성에 지나지 않는다. 목표를 위해서라면 가치 있는 미술품이 망가진대도 아랑곳하지 않을 사람이다.

　"그런 태도로는 계속할 수 없을 것 같은데요."

　내가 말했다.

　"저는 엉터리 작업은 하고 싶지 않아요."

　"음. 당신 태도가 어떻든 간에."

　리사가 말했다.

　"날짜에 맞춰 복원을 끝내기만 하면 됩니다. 알겠어요? 유감스럽지만 그게 핵심이에요."

20장

Anna
안나

1940년 1월 4일

『뉴욕 타임스』를 보며 자란 안나에게 작은 지역 신문인 『초완 해럴드』는 신선하게 다가왔다. 아침이면 그녀는 뒷마당이 훤히 보이는 머틀 부인 집의 작은 방에 앉아 신문을 읽었다. 뒷마당의 나무들은 헐벗었고 새들을 위해 놓아 둔 물통에는 살얼음이 얼어 있었다. 안나와 점심 식사를 함께했던, 겸손을 미덕이라 여겼던 신문사의 편집장 빌리 칼훈은 1939년을 간추린 아름다운 문장들을 신문의 1면에 게시했다.

우리는 전쟁의 맹렬한 숨결에서 벗어나 잔잔한 피난처에 살고 있다.

안나는 그의 글에 동의하며 고개를 끄덕였다. 세계인의 대부분이 그렇지 못했던 반면, 미국인들은 운이 좋았다고 그녀는 생각했다. 주어진 환경에 감사할 필요가 있었다.

다음으로 이든턴에서의 새해 첫 백인 아기가 1월 1일 새벽 2시 15분에 태어났다는 기사가 그녀를 사로잡았다. 혹시 더 일찍 태어난 흑인 아기가 있는 것은 아닌지 궁금했지만, 설사 그랬다 해도 그것을 기사화하지는 않았을 것이다. 그다음으로는 소에게서 이를 제거하는 방법과 돼지 도축을 위한 도구를 어디서 살 수 있는지를 설명한 기사가 그녀의 눈에 들어왔다.

그녀의 어머니는 흥밋거리 가득한 이 신문을 정말 좋아했을 것이다.

열두 살, 열세 살쯤 됐을 무렵부터 안나와 어머니는 커피와 『뉴욕 타임스』로 아침을 시작했다. 적어도 어머니가 '활기찬 마법'에 빠진 동안은 그랬다. 그들은 뉴스를 읽고 정치에 대해 너무 격렬하지 않은 톤으로 논쟁하기도 했고, 브로드웨이 쇼에 참석하는 공상에 잠기기도 했다. 안나는 어머니와 함께했던 아침이 사무치게 그리웠다. 비록 어머니가 지난여름부터는 아침 식탁에 앉을 수 있을 만큼 일찍 일어나지 못했지만 말이다. 『초완 해럴드』를 읽으면서 그녀는 어머니와 같이 맞이했던 포근한 아침들을 떠올렸다. 지독한 그리움에 가슴이 묵직해졌다.

어머니는 『초완 해럴드』의 1면에 매번 실리는 성경 수업을 어떻게 생각했을까? 북부 지역의 신문에서 1면에 성경 수업을 싣는다는 건 상상조차 할 수 없는 일이었다. 머틀 부인은 침례교 교회에 안나를 데려가고 싶어 했다. 이곳에서 교회는 상당히 중요했다. 사람들의 호의를 얻고 싶었던 안나는 언젠가 부인을 따라가야겠다고 생각하면서도 지금까지는 적당히 거절해 왔다.

그녀와 어머니는 성공회 교도의 신자였지만 성탄절과 부활절에만 교회에 나갔다. 그마저도 어머니의 기분에 달려 있었다. 어쨌거나 요즘 안나는 신이라는 말만 들어도 진절머리가 났다. 신은 어째서 어머니의 삶을 그토록 힘들게 만든 걸까? 그렇게 멋진 여성을 어째서 그토록 젊은 나이에 데려간 걸까? 신을 용서할 수 없게 된 그녀가 신을 찬양하는 예배 시간을 견딜 수 있을지 장담하기 어려웠다.

방으로 다가오는 발소리가 들려 그녀는 상념에서 빠져나왔다. 곧이어 머틀 부인이 문간에 나타났다.

"안나, 어떤 신사분이 찾아왔어."

그녀가 말했다.

"지금 앞마당에서 기다리고 있단다."

남자 방문객이라고? 이 마을에서 안면을 튼 남자들은 소위 말하는 거물들이 전부였다. 그들이 벽화의 주제를 궁금해한다는 건 알고 있었다. 하지만 그들 중 한 사람이었다면 머틀 부인이 추운 바깥에서 기다리게 하지는 않았을 것 같았다. 머틀 부인이 정한 규칙이 그들에게는 해당되지 않았을 것이다.

"누군데요?"

그녀는 신문을 내려놓고 일어서며 물었다.

"보면 알 거야."

부인이 애매하게 대답했다. 안나는 치마를 반듯하게 매만지고 거실을 지나 현관으로 향했다. 현관문을 열자 가로등에 기댄 채 담배 파이프를 물고 있는 남자가 보였다. 그는 깃에 가죽을 덧댄 갈색 스웨이드 재킷에 녹색 목도리를 두르고 있었다. 삼십 대 후반에서 사십 대 초반으로 보이는 잘생긴 남자였다. 안나를 본 그는 쓰고 있던 갈색 모자를 살짝 들어 올렸다. 수세미처럼 거칠어 보이는 빨간색 머리카락이 드러났다. 안나는 살면서 그렇게 선명한 빨강머리는 본 적이 없었다. 안나가 현관 계단에 발을 내딛자 그는 그녀를 올려다보며 미소를 지었다. 그는 앞니가 심하게 삐뚤어져 있었지만, 그마저도 그의 잘생김을 손상시키지는 않았다.

"마틴 드래플입니다."

그가 자세를 바로 하며 말했다.

"그리고 그쪽은 벽화 경연 대회에서 내 것을 훔쳐 간 꼬마 아가씨군요."

그는 계속해서 미소를 지었다. 안나는 자신의 미소가 너무 빠르게 사라졌을까 봐 걱정했다.

"미안해요."

이 남자의 아내를, 자신의 코트 소매 사이를 파고들던 손가락을 떠올리며 그녀는 말했다.

"실망하셨을 거라는 걸 알아요."

"그냥 놀리는 거예요."

그가 파이프를 재킷 주머니에 밀어 넣으며 히죽 웃었다.

"실은 아내의 행동을 사과하러 온 겁니다. 도서관에서 우연히 마주쳤다고 하더군요. 고질적인 두통 때문에 아내가 아가씨에게 화풀이를 한 것 같아요. 아무튼 미안합니다."

"아, 괜찮아요."

그녀가 말했다. 그녀의 머릿속은 그 고약한 여자와 이 매력적인 남자를 하나로 묶느라 바쁘게 돌아갔다.

"아내분이 아프시다니 안타깝네요."

"자, 그러면."

그가 말을 질질 끌었다.

"이전에도 벽화를 그려 본 적이 있어요?"

순간적으로 경계심을 느낀 그녀는 추위에 떨며 양 팔로 가슴을 감쌌다.

"네. 대학생 때요."

그가 그림의 크기를 묻지 않기를 바라며 그녀는 대답했다. 거짓말을 하고 싶지는 않았다. 하지만 가로 1.5미터, 세로 1.2미터 크기의 벽화와 가로 3.6미터, 세로 1.8미터 크기의 벽화 사이에는 엄청난 차이가 존재했다.

"언제든 기꺼이 도와줄 수 있다는 것을 알려 주고 싶었어요."

그가 말했다.

"물론 무보수로요."

그가 허공에 손을 흔들며 재빠르게 덧붙였다.

"캔버스 틀 작업 같은 거요. 아가씨에게 필요한 게 무엇이든, 제가 한가한 시간에 도울 수 있게 된다면 영광일 겁니다. 벽화 작업은 꽤나 까다로운 일이죠. 혼자서 전부 다 하는 건 무리입니다."

그녀는 그의 관대함에 놀랐다.

"고맙습니다."

그녀가 말했다.

"하지만 그쪽한테 요구할 수는 없어요. 도와줄 학생 몇 명을 찾고 있어요."

매서운 추위에 손가락이 아파오기 시작해 그녀는 두 손을 문질렀다.

"그래도 정말 친절하시네요. 만약 도움이 필요하면 꼭 연락드릴게요."

마틴 드래플은 고개를 한쪽으로 기울이며 그녀를 살펴보았다.

"제 사촌이 아가씨를 좋아하던데요."

그가 빠르게 화제를 돌렸다. 사이크 시장과 그가 사촌지간이라는 것을 기억해 내기까지 그녀에게 약간의 시간이 필요했다. 그도 그럴 것이 그 둘은 닮은 구석이 하나도 없었다.

"사이크 시장님이 큰 도움을 주셨어요."

그녀는 시장이 아내를 두고 바람을 피운다는 소문을 머릿속에서 떨쳐 버리려고 애쓰며 말했다. 그리고 미소를 지으며 덧붙였다.

"벽화 중앙에 티 파티를 그리는 걸 반대하시지만 말이에요."

그녀의 계획을 들었을 때 시장은 얼굴을 찡그렸다.

"나는 아가씨가 다시 생각했으면 좋겠어요."

시장은 말했었다.

"음, 그래서 그는 예술가가 아닌 시장인 거죠. 그렇게 생각하지 않아요?"

드래폴 씨가 그녀를 보고 웃었다.

'그쪽이라면 벽화에 티 파티를 넣었을 건가요?'

그녀는 묻고 싶었지만 당연히 묻지 않았다. 그의 스케치는 어땠을까? 그는 무엇을 이든턴을 대표하는 주제로 삼았을까? 그녀는 알고 싶어졌다.

"『라이프』에 스케치들이 쭉 실린 걸 봤어요. 아가씨의 보든타운 디자인은 꽤 좋더군요. 스케치 방식도 멋졌고요."

분명 그의 아내는 그렇게 생각하지 않았다. 혹시 이 남자가 자신을 놀리는 건 아닌지 안나는 궁금했다. 그는 그녀로 하여금 어리고 경험이 부족하다는 자격지심을 갖게 했다. 계단 아래에 서 있는 그가, 마치 무대에 올라서 있는 자신을 평가하고 있는 것 같다는 기분이 들기도 했다. 그래도 그의 말투만큼은 진심으로 들렸다. 안나는 그의 칭찬을 받아들이기로 했다.

"고맙습니다."

그녀는 말했다. 그는 뭔가를 더 말하려는 듯하더니 다시 모자를 살짝 들었다.

"그럼 좋은 저녁 보내요."

그가 말했다.

"제 전화번호는 47번입니다. 혹시 마음이 바뀔지 모르니 알아 두세요."

안나는 그가 몸을 돌려 거리로 향하는 것을 바라보다가 안으로 들어와 몸을 녹였다. 그녀는 현관문 안쪽에 등을 기대고 방금 있었던 일을 순서대로 되짚었다. 그녀는 마틴 드래플의 너그러움과 따뜻함에 감동했다. 만약 그들의 운명이 뒤바뀌었다면 자신도 그런 친절을 베풀 수 있었을까. 그녀는 자신이 그런 사람이기를 바랐다.

21장

Morgan

모건

2018년 6월 19일

나는 사다리 위에서 균형을 잡으며 네 번째 칸의 윗부분을 닦고
있었다. 갤러리 로비에는 아무도 없었다. 리사와의 대화 후, 나
는 속으로 시간을 계산했다. 가로 3.6미터, 세로 1.8미터 크기의
벽화는 노끈을 사용해서 정확히 일흔두 개의 사각형으로 분리
되어 있다. 사각형 하나를 닦는 데는 약 사십오 분이 걸렸다. 힘
조절을 잘못해서 물감이 벗겨질까 봐 나는 면을 두른 막대로 그
림 표면을 닦을 때마다 두려움에 숨을 참곤 했다. 이 속도로 벽
화 전체를 닦아 내려면 대략 오십사 시간이 필요하다. 그마저도
어깨와 등의 통증에서 자유로울 때의 얘기다. 어깨가 아픈 상태
에서 한 번에 많은 시간을 작업하는 건 무리다. 혼자서는 닦아
내기만 하는데 열흘이 필요하다는 답이 나온다. 리사는 이 결과

에 결코 만족하지 않을 것이다.

나는 사각형 한 칸을 끝낼 때마다 십오 분씩 쉬었다. 사다리의 맨 아래 가로대에 앉아 물을 마시며 포스트 말론의「축하해Congratulations」를 듣고 있을 때 올리버가 로비 안으로 들어왔다. 그의 입이 움직였지만 무슨 말을 하고 있는지 알아듣지 못했다. 곧바로 이어폰을 뺀 나는 그에게 미안한 미소를 지어 보였다.

"뭐라고 하셨어요?"

내가 물었다.

"주문한 복원용 물감이랑 다른 도구들이 도착했다고요."

그가 대답했다. 그의 목에는 이어폰이 걸려 있었다.

"아, 잘됐네요."

나는 벽화를 가리켰다.

"그걸 사용하기까지는 시간이 좀 걸리겠는데요."

"음, 그래도 진전이 있네요. 보기 좋아요."

그는 허리에 손을 올리고 조금 떨어진 곳에서 벽화를 살펴보았다.

"리사를 잘 아세요?"

내가 물었다.

"리사요?"

그는 뜻밖의 질문에 놀란 기색이었다.

"잘은 몰라요. 제시 선생님 댁에 몇 번 드나들었는데 그녀가 함께 살고 있다는 것과 마지막에 선생님을 간병했다는 것은 알았지만 집에서 마주친 적은 없었거든요. 그녀는 그때도, 지금도 일에 푹 빠져 있는 부동산 중개업자예요. 선생님이 돌아가셨을 때 그녀가 전화를 걸어 갤러리의 큐레이터를 맡아 달라고 했어요. 놀랄 만한 일은 아니었죠. 선생님도 저한테 같은 얘기를 했었거든요. 갤러리 오픈에 시간이 부족해서 고생하고 있다는 것 정도만 알고 있어요."

나는 리사가 눈물을 글썽였던 지난밤을 회상하며 손에 든 물병을 내려다보았다. 왠지 그 얘기는 올리버에게 하면 안 될 것 같았다.

"이건 그녀에게도 쉽지 않은 일이에요. 모건."

올리버가 계속했다.

"하지만 그녀는 잘 해낼 겁니다. 그러니까 조금 더 버텨 봐요. 저는 그녀가 비상식적인 것을 요구하지 않는 한 시키는 대로 하려고 해요. 그녀는 미술품의 배치는 제게 일임했어요. 단, 제시 선생님이 바랐던, 로비에 벽화를 설치하는 것만 제외하고요."

그는 벽화를 향해 고갯짓을 했다.

"리사는 갤러리와 직장 일 때문에 스트레스를 과하게 받고 있는 것 같더군요."

"혹시 유서에 대해 아는 게 좀 있어요?"

내가 물었다.

"유서요?"

"8월 5일에 갤러리를 오픈하지 못하면 그녀는 집을 잃어요. 제시 선생님의 집이요."

내 말에 말문이 막혔는지 그의 입이 벌어졌다.

"그녀는 집을 지키지 못할 거예요."

내가 말했다.

"그뿐만이 아니에요. 그때까지 벽화 작업을 끝내지 못하면 저는 돈도 못 받고 감옥으로 돌아가게 될 거예요."

"뭐라고요? 그건 말도 안 돼요."

"제시 윌리엄스 선생님은 벽화 작업이 끝나지 않으면 갤러리를 열 수 없다고 명시했어요. 그러니까……"

"리사가 그걸 전부 말해 줬어요?"

나는 끄덕였다. 그는 내게서 고개를 돌려 로비의 유리벽을 바라보았다.

"리사는 오픈 날짜까지 모든 게 완성되어야 한다고 몇 번이나 말했지만 집에 관한 이야기는 한 번도 하지 않았잖아요. 혹시 다른 속셈이 있어서 지어낸 말이라면요? 당신에게 압박감을 주려는 목적일 수도 있어요. 제시 선생님이 유별나기는 했지만 임의의 날짜까지 갤러리 오픈 준비가 안 됐다는 이유만으로 딸의 상속권을 박탈한다는 건 믿을 수가 없어요."

"거짓말 같지는 않았어요. 그녀가 울고 있는 모습을 봤거든요. 그 후에 들은 이야기예요."

올리버는 얼굴을 찡그렸다.

"와."

그가 탄식하고는 말했다.

"음, 소중한 무언가를 잃을 위기에 처한다면 저도 누군가에게 고약하게 굴 것 같네요."

"당신은 항상 친절할 거예요."

나도 모르게 속마음을 내뱉고 나서 얼굴이 빨개지는 걸 느꼈다. 하지만 사실이었다. 올리버는 늘 침착했고 친절했다.

"진심이에요."

내가 말했다.

"많이 도와줘서 고마워요."

그는 미소를 지었다. 십 대 소녀들의 가벼운 짝사랑처럼 내가 그에게 빠져들기 시작했다는 것을 그도 눈치채고 있을까.

"다시 일을 시작하는 게 좋겠어요."

그가 말했다.

"우리 보스보다 한 발 앞서 갑시다."

*

아담과 와이어트는 네 시쯤 로비로 들어왔다. 그들은 벽화가 설치될 벽 아래로 벽화와 평행하게 놓일 '안내 데스크' 자리를 측정하기 시작했다. 사다리와 미술 도구들이 놓여 있어서 방해가됐다. "이거 옮겨도 돼요?" 혹은 "잠깐 지나갈게요"라는 말들이 계속 이어졌다. 당연한 일이지만 자기들의 일이 내 일보다 중요하다고 여기는 것 같았다. 나는 작업을 중단하기로 결정했다. 어차피 에어컨도 제대로 작동하지 않았고 사다리 위에 올라가 있는 내가 더 비참해 보일 것 같았다. 오늘의 할당량은 이미 마친 상태기도 했다. 나는 미련 없이 갤러리를 나와 리사의 집으로 돌아갔다.

"오늘 일은 다 했어요?"

현관을 들어서자 리사가 물었다. 나는 아담과 와이어트가 로비의 치수를 재고 있다고 대답했다. 그때 나는 처음으로 그녀가 청바지를 입은 모습을 보았다. 멋지고 비싸 보이는 청바지긴 했지만 어쨌든 처음이었다. 위에는 수가 놓인 노란색 블라우스를 입었고 머리는 올려 묶었다. 내가 본 리사의 모습 중에 가장 자연스럽고 예뻐 보였다.

"음…… 그걸 만들 동안 그 사람들은 계속해서 당신을 방해하게 될 거예요."

그렇게 말한 그녀는 뭔가를 고민하는 듯 내 머리 위의 허공을 바라보았다.

"혹시."

그녀가 말했다.

"우리 아버지가 어디서 자랐는지 보고 싶지 않아요?"

그녀가 나를 초대하고 있다는 걸 이해하는 동안 정적이 흘렀다. 초대라는 건 가장 리사답지 않은 일이었으니 그럴 만도 했다.

"오늘 밤에요?"

내가 물었다.

"오늘 고모 생신이거든요. 넬 엄마. 아버지의 여동생."

"와."

저녁 시간 전부를 리사와 함께 보내야 한다고? 하지만 제시 윌리엄스가 자란 곳을 직접 볼 수 있다는 사실에 구미가 당겼다.

"좋아요."

내가 말했다.

"옷 갈아입을 시간 조금만 주시겠어요?"

리사는 자신의 핸드폰을 바라보았다.

"서둘러요. 오 분 후에 출발할 거예요."

나는 방으로 달려갔다. 나한테는 외출복이라고 할 만한 것이 없었다. 나는 생각지도 않게 감옥에서 나와 옷을 급하게 사야 했던 데다, 대부분은 벽화 작업을 할 때 입을 요량으로 구입한 것들이었다. 나는 깨끗한 청바지와 감옥에서 나오는 날 입었던 파란색 민소매 셔츠를 입었다. 내가 가진 옷 중 그나마 품위 있어 보이는 옷이었다. 서둘러 머리를 빗고 현관을 나가 차에서 기다리는 리사에게 달려갔다.

"얼마나 걸리나요?"

차가 출발할 때 내가 물었다.

"시내를 벗어난 다음에 조금만 더 가면 돼요."

"그러니까 '넬 엄마'라는 분이 제시 선생님의 여동생이죠?"

"네."

"그런데 왜 '엄마'라고 불러요?"

"모두가 그렇게 불러요. 언제부터였는지 모르겠는데 모두들 고모를 엄마처럼 대하거든요. 고모는 올해로 여든일곱인데

심장질환이 있고 가끔씩 치매 증상도 보여서 우리는 이번 생신이 마지막일지도 모른다고 생각하고 있어요."

리사의 목소리가 평소와 다르게 들렸다. 사실 달라진 그녀의 목소리는 매력적이었다. 말투는 더 가볍고 표현은 더 느긋했다. 오늘 밤 그녀는 확실히 편안해 보였다.

"선생님은 시골에서 자라셨나요?"

차가 도시를 지나 넓게 펼쳐진 밭 사이를 달릴 즈음 내가 물었다. 리사는 고개를 끄덕였다.

"윌리엄스 농장은 노예제도가 종식된 이래로 계속 대가족이 운영해 왔어요."

"제시 선생님의 조상들은 노예였나요?"

내가 물었다.

"어떨 것 같아요?"

리사는 그게 바보 같은 질문이라는 듯 웃었다.

"내 조상도 그래요. 기억하죠? 내 조상이 곧 그분의 조상이라는 것."

'그렇지.'

그녀의 말투는 조금 느긋해졌을지 몰라도 성격은 변함없이 까칠했다.

"그렇죠."

내가 말했다.

"그럼 당신의…… 고조할아버지, 할머니가 노예였나요?"

"맞아요. 양친 가족 전부요. 떠나 버린 몇몇을 제외하면 거의 모든 친척들이 아직도 농장 근처에 살고 있어요. 떠난 사람들도 대개는 돌아와요. 이든턴은 여기서 태어난 사람들을 마법처럼 끌어당기거든요."

"떠날 생각도 했었나요?"

리사가 잠시 조용해졌다.

"대학 때는 여길 떠나 있었어요."

그녀가 말했다.

"그리고 다시 떠날 생각은 없어요."

잠시 후 그녀는 잔디밭 옆 도로에서 멀찍이 떨어진 흰색 농가의 진입로에 차를 세웠다. 왼쪽에는 밭이, 오른쪽에는 집이 몇 채 드문드문 있었다. 두어 명의 백인 아이들이 번갈아 가며 앞마당의 커다란 나무에 달린 그네를 타고 있었다. 나이 든 남자 몇 명은 집 근처에서 말발굽 게임을 하고 있었다. 차문을 열기도 전에 음악 소리가 들려왔다. 찬스 더 래퍼의 음악이었다. 내 머리는 이미 박자에 맞춰 움직이고 있었다. 이곳이 좋아질 것 같은 기분이 들었다. 리사와 나는 잔디를 가로질러 집까지 걷기 시작했다. 여름의 막바지, 날이 조금 선선해졌지만 몇 걸음 만에 땀이 났다.

"이웃 중에 백인 아이들도 있나 봐요?"

내가 물었다.

리사가 웃으며 내 어깨에 팔을 둘렀다. 나는 흠칫 놀랐다.

"모건."

그녀가 전에는 들어 보지 못한 상냥한 목소리로 말했다.

"여기 있는 모든 사람들이 나와 친척 관계예요. 우리 역사는 오래전으로 거슬러 올라가요. 백인 거물이 흑인 여성을 정부로 두기도 했을 거고, 비밀로 해야 했던 흑인과 백인의 금지된 사랑도 있었을 거고, 어쩌면 강간 같은 것도 있었을지 모르죠. 누가 알겠어요? 그렇게 권력을 가진 남자들과 힘없는 여자들의 역사는 계속 이어졌고 세대를 거치면서 흑인 가정에 다양한 색깔이 추가됐어요."

그녀는 내 어깨에서 팔을 내렸다. 그와 동시에 내가 알던 거리감 있는 리사로 돌아가는 것 같았다. 집의 외부는 세월의 흔적을 그대로 간직하고 있었다. 집 안으로 들어가자 온기를 뿜어내는 매끄러운 나무 바닥이 우리를 맞이했다. 낮은 천장과 꽃무늬 커튼은 마치 시간을 거스른 듯 아늑하고 편안한 느낌을 주었다. 음악 소리는 점점 희미해졌다. 그 자리를 거대한 쟁반 가득 음식을 준비하고 있는 여자들의 수다 소리와 창문에 부착된 에어컨에서 나는 소리가 대신했다. 리사는 나를 방마다 데리고 돌아다니며 친척들에게 소개했다. 백발의 여자가 리사를 끌어안으며 말했다.

"아가, 어떻게 지내고 있니? 아빠가 보고 싶어서 어떡하니."

"괜찮아. 고모."

리사가 말했다. 리사는 여자들이 모여 앉은 공간으로 나를 안내했다. 소파에는 조그마한 백발의 흑인 노파를 한가운데 두고 양옆으로 여자들이 여럿 앉아 있었다. 우리가 들어가자 백발의 노파가 고개를 들었다.

"도디!"

그녀는 리사를 향해 분홍색 블라우스의 느슨한 소매 사이로 가느다란 손을 뻗으며 외쳤다. 리사는 그녀의 손을 잡으며 앞으로 다가갔다.

"넬 엄마, 아니야."

리사가 몸을 아래로 구부리며 말했다.

"나는 리사야. 기억나? 도디는 큰 고모잖아."

"리사! 제시 오빠 딸!"

노파의 시선이 리사를 지나 내게서 멈췄다.

"이 사람은 누구야?"

얼룩무늬 안경테 너머로 보이는 그녀의 커다랗고 어두운 눈동자가 나에게 닿았다.

"이쪽은 모건 크리스토퍼."

리사가 말했다.

"당분간 나와 지내고 있어. 아빠처럼, 제시처럼 화가야. 제시의 가족을 만나고 제시가 자란 곳을 보면 좋아할 것 같아서 데리고 왔어."

넬 엄마가 내 손을 잡았다. 차가운 그녀의 손은 벽화를 닦을 때 사용하는 면처럼 부드러웠다.

"안녕하세요. 부인……."

내가 말했다.

"넬 엄마."

리사가 정정했다.

"넬 엄마."

마지못해 내 손을 놓는 것처럼 보이는 노파를 향해 나는 미소를 지어 보였다. 그녀는 시선을 다시 리사에게 돌렸다.

"제시 오빠도 같이 왔어?"

그녀가 물었다. 리사는 나를 위해 등받이가 곧은 의자를 끌어당긴 후, 자신이 앉을 다른 의자를 가져왔다.

"아니, 고모."

그녀는 자리에 앉으며 슬픈 목소리로 말했다.

"몇 달 전에 돌아가셨잖아. 기억나?"

"아, 맞다. 기억나."

내가 자리에 앉자 넬 엄마는 나를 다시 쳐다보았다.

"너도 제시 오빠를 알았니?"

그녀가 물었다. 나는 고개를 저었다.

"그랬으면 좋았을 텐데요."

내가 대답했다.

"그래도 그분의 작품들은 알고 있었어요. 멋진 그림들이죠."

"리사는 어떻게 알게 됐어?"

"저는 갤러리에서 벽화 복원 작업을 하고 있어요……."

내가 하는 말을 넬 엄마가 얼마나 이해할지 확신이 서지 않아 목소리가 점점 잦아들었다. 그녀는 내 말을 알아들으려는 듯 얼굴을 찌푸렸다.

"넬 엄마."

리사가 큰 소리로 말했다.

"아빠가 마을에 갤러리를 지으려고 했던 거 기억나?"

"그럼, 기억하지."

넬 엄마가 끄덕였다.

"오빠는 몇 년 동안 계속해서 그 애기를 했었어."

"음, 모건은 아빠가 가지고 있던 벽화를 복원하러 시내에 와 있는 거야. 옛날 이든턴 모습이 담긴 벽화."

넬 엄마는 뭔가에 집중하느라 이마를 찡그린 채 창문 쪽을 바라보았다.

"안나 아가씨 벽화?"

그녀가 허공에 대고 물었다. 나는 숨을 죽였다. 옆에 앉아 있는 리사도 나와 마찬가지일 거라고 생각했다.

"안나 데일의 벽화요."

내가 말했다.

"그 사람 말씀하시는 거죠? 1940년에 그림을 그렸던 안나 데일이라는 화가요."

"나는 안나 아가씨를 좋아했었지."

넬 엄마가 말했다. 그녀의 얼굴에 미소가 번졌다. 그녀는 옆에 있는 여자 쪽으로 몸을 돌렸다.

"그 아가씨 기억나?"

옆에 있는 여자는 고개를 저었다.

"엄마, 나는 1950년에 태어났잖아."

그녀가 웃으며 말했다.

"더 나이 든 것처럼 느끼게 하지 말아 줘."

"정말 놀라운데요."

리사가 내게 속삭였다.

"이모가 화가를 알 수도 있다는 생각은 안 해봤거든요."

리사가 다시 목소리를 높였다.

"엄마, 작업이 다 끝나면 보러 와야 해."

그녀는 노파에게 말했다. 그러고 나서 나를 쿡 찔렀다.

"이제 가서……."

"저는 여기서 조금만 더 이야기해도 될까요?"

내가 물었다. 리사는 시계를 확인했다.

"잠깐 동안은요."

그녀가 말했다.

"너무 오래 머무를 수는 없어요. 오늘 밤 돌려야 할 전화가 잔뜩 쌓여 있어요."

"알았어요."

리사는 부엌으로 향했고 나는 넬 엄마에게 다시 집중했다. 그녀 양쪽에 있는 여자들이 주의를 주는 듯한 표정으로 나를 바라보았다.

"아가씨, 넬 엄마는 아무것도 기억하지 못해요."

그들 중 한 명이 말했다.

"그녀가 하는 말에 의미를 부여할 필요는 없어요."

나는 넬 엄마에게 시선을 고정하기 전 '네, 그럴게요' 하는 미소로 대답을 대신했다.

"안나 데일을 어떻게 아셨어요?"

내가 물었다.

"누구?"

넬 엄마가 대답했다.

"안나를 기억한다고 말씀하셨잖아요…… 안나 아가씨. 벽화 화가요?"

"벽화, 맞아. 큰 헛간에서."

"큰 헛간이요?"

"안나 아가씨가 그림 그린 데 말이야."

넬 엄마는 떨리는 양팔을 양옆으로 크게 벌렸다.

"그건 꼭…… 낡고 커다란 문이 있는 흰색 차고 같았어."

그녀가 말했다.

"창고요!"

올리버가 보여 준 신문 기사의 사진을 기억해 내며 내가 말했다.

"맞아요. 그녀는 큰 창고에서 그림을 그렸어요. 그녀가 어땠는지 말씀해 주실 수 있으신가요? 안나 아가씨요?"

안나가 미쳤었는지 바로 물어볼 용기는 나지 않았다.

"우리는 조용히 해야만 했어."

넬 엄마가 말했다. 그리고 떨리는 손가락을 입술 위로 들어 올렸다.

"쉿."

"그녀가 그림을 그리는 동안 조용히 해야 했어요?"

내가 물었다.

"그녀가 그림에 집중하도록?"

"아니. 그때는 아니고."

넬 엄마가 말했다.

"우리는 그녀에 대해 누구에게도, 아무것도 말하면 안 됐어."

나는 얼굴을 찡그렸다.

"무슨 말씀인지 모르겠어요."

"내가 말했잖아요. 아가씨."

1950년에 태어났다는 여자가 말했다.

"요즘 넬 엄마가 하는 이야기 중 절반은 말이 안 돼요. 그러니 신경 쓸 필요 없어요."

관심이 온통 넬 엄마에게 쏠린 나는 그녀의 말이 귀에 들어오지 않았다.

"벽화 사진을 한번 보시겠어요?"

나는 청바지 주머니에서 핸드폰을 꺼내려고 몸을 한쪽으로 기울이며 그녀에게 물었다.

"그녀는 눈이 어두워요."

다른 여자가 내게 주의를 줬다. 나는 벽화 전체가 나온 사진이 나올 때까지 사진첩의 페이지를 계속 넘겼다. 그리고 핸드폰을 넬 엄마 앞에 들어 보였다.

"이게 뭐니?"

넬 엄마가 물었다.

"안나 데일의 벽화 사진이요. 안나 아가씨가 그린 그림이에요."

내가 말했다.

"보관 중에 더러워져서 마지막으로 보셨을 때와는 많이 다를 거예요."

넬 엄마가 찡그렸다.

"잘 모르겠어. 흐릿해."

그녀가 말했다.

"내가 한번 볼게."

1950년생 여자가 말했고 나는 그녀 앞으로 핸드폰을 들었다. 여자는 웃었다.

"이걸 보고 그녀가 뭘 떠올릴 수 있겠어요. 그러기에는 그림이 너무 지저분한데요?"

나는 다시 그 사진을 보았다. 훼손된 벽화를 매일 봐왔던 내게는 익숙했지만 다른 사람 눈에는 엉망으로 보였을 것이다. 아이러니하게도 나는 그런 점 때문에 벽화에 도취되었다.

나는 조금 더 앉아서 넬 엄마와 제시의 어린 시절에 관한 질문을 했다. 그 부분이 치매에 의한 타격을 가장 덜 입은 곳이자 가장 행복했던 기억인 것 같았다. 이야기 중간에, 넬 엄마는 내 손을 잡아 그녀의 앙상한 무릎에 올렸다. 그녀의 다정한 태도에 가슴이 뭉클해졌다. 거기에 앉아 그녀와 이야기하는 모든 순간이 좋았다. 그녀가 다시 안나를 언급한 것은 아니었다. 하지만 상관없었다. 그녀는 살아 숨 쉬던 안나를 알고 있었다. 그게 중요했다.

'우리는 그녀에 대해 누구에게도, 아무것도 말하면 안

됐어.'

왜 그랬을까? 궁금했다. 그게 다 무슨 뜻일까?

나를 데려가기 위해 리사가 왔지만 도무지 발이 떨어지지 않았다. 부엌으로 나를 데려간 리사는 커다란 초콜릿 케이크에 초를 꽂고 있는 아름다운 여자를 소개해 주었다. 케이크 위에는 '생일 축하합니다. 넬 엄마'라는 문구가 노란색으로 쓰여 있었다.

"여기는 넬 엄마의 딸, 사촌 산드라고요."

리사가 말했다.

"이쪽은 갤러리 일을 돕고 있는 모건 크리스토퍼."

산드라는 마지막 초까지 케이크에 꽂고 나서 나에게 미소를 지었다. 흠잡을 데 없는 눈썹과 높은 광대뼈, 환한 미소까지, 그녀의 얼굴은 완벽하게 대칭적이었다.

"리사 말로는 제시 삼촌 갤러리의 크고 오래된 벽화를 복원하고 계신다고요."

그녀가 말했다.

"맞아요. 그리고 당신 어머니인 넬 엄마가 그 화가를 기억하시네요. 정말 놀라운 일이에요."

내 입을 벗어난 열정 가득한 목소리가 다시 귀로 들어왔다. 무언가를 향한 애착과 열정을 가질 때 딸려 오는 기분은 꽤 짜릿하다.

"우리는 그 화가를 거의 모르거든요."

내가 덧붙였다.

"엄마가 그랬어요?"

산드라는 껄껄 웃으며 고개를 흔들었다.

"엄마가 기억 창고에서 무엇을 끄집어낼지 당신은 상상도 못 할 거예요."

"중요한 말은 아닐 테니 신경 쓸 필요 없어요."

리사는 종종 내게 사용하는 서늘한 목소리로 말했다.

"엄마는 요즘 말들을 지어내기도 해."

"아, 저는 그분의 기억이, 적어도 부분적으로는 사실이라고 생각해요."

산드라는 초를 꽂은 자신의 솜씨를 감상하기 위해 뒤로 물러섰다.

"난 정말 나쁜 딸이야!"

그녀가 웃었다.

"내 오십오 년의 세월 동안 엄마가 한 모든 말을 적어 놨더라면 좋았을 텐데…… 엄마의 머릿속에는 모든 집안사가 저장돼 있는데, 내가 게으른 탓에 우리는 그걸 다 잃어버리게 될 거야."

"넌 내가 아는 사람 중 제일 게으른 사람이야."

리사가 사촌의 팔을 쓰다듬으며 말했다. 그리고 나를 쳐다보았다.

"산드라는 엘리자베스시에 있는 학교의 교장이에요."

"그렇군요."

나는 정중하게 들리길 바라며 말했다. 하지만 속으로는 당장이라도 거실로 돌아가 넬 엄마의 두뇌를 빼오고 싶은 심정이었다.

"엄마는 걸어 다니는 윌리엄스 가족의 역사박물관이나 마찬가지예요."

산드라가 말했다.

"엄마는 땅문서라든지, 편지들, 온갖 것들을 침실 여기저기에 쑤셔 박아 놓았어요. 돌아가시고 나면 내가 다 정리해야 할 것들이기도 하고요."

"그냥 버려도 되잖아."

리사가 제안했다.

"넌 악마야."

산드라가 말하고는 나를 바라보았다.

"제 사촌은 늘 악마였답니다."

'전적으로 동감해요.'

나는 생각했지만 그저 미소만 지었다. 그때 산드라보다 나이가 많고 머리가 희끗희끗한 여자가 부엌으로 쑥 들어왔다. 커다란 체구의 그녀는 강한 향수 냄새를 풍기며 리사를 품 안으로 끌어당겼다.

"아가."

그녀는 말했다.

"어떻게 지냈어? 말 좀 해보렴."

나는 리사가 순종적인 어린아이처럼 끌려가는 것을 가만히 지켜보았다. 산드라는 작은 페이스트리가 담긴 쟁반을 들고 바쁘게 움직이기 시작했다. 그녀를 도와야 한다고 생각하면서도 나는 조용히 그 자리를 떠났다. 내게 안정감을 주었던 넬 엄마가 있는 곳으로 돌아가고 싶었다. 넬 엄마가 과거를 거의 기억할 수 없다 해도 우리는 이미 더러운 옛 벽화를 향한 흥미를 공유했다. 넬 엄마에게 그것은 추억이지만 내게는 현재진행형이다. 어쨌거나 우리에게는 안나 데일이라는 공통의 관심사가 있었다!

22장

Anna
안나

1940년 1월 8일

1940년 1월 3일

48개 주 대상 벽화 경연 대회 관련

미 재무부 순수예술 부서 발신

친애하는 안나 데일 양

노스캐롤라이나 이든턴의 벽화 스케치를 보내 주셔서 감사합니다.

귀하가 언급하신 밑그림을 위한 모델 사용은 저희도 강력히 권고하는 바입니다. 귀하의 스케치 속 인물들이 만족스럽기는 했으나 실제 모델을 통해 얻을 수 있는 현실감이 부족합니다. 마찬가지로 스케치의 중앙에 자리한 여성들의 드레스 색깔을 재고해 주셨으면 합니다. 보라색과 파란색이 서로 충돌합니다. 게다가 귀하가 언급하지 않았다면 흑인 여성이 앞치마에 땅콩을 담고 있는지 알아채지 못했을 것 같군요. 밑그림 단계에서 보다 상세하게 표현하실 거라고 믿습니다. 붉은색의 거침없는 사용에는 박수를 보내고 싶습니다. 색감을 이렇게 과감하게 쓰는 화가는 흔치 않습니다. 위에 언급한 약간의 변화만으로도 부서에서는 귀하의 벽화가 성공적일 것이라 확신합니다.

첫 지불액인 이백사십 달러의 수표를 동봉합니다. 실물 크기의 밑그림 사진을 가능한 한 빨리 보내 주시길 바랍니다.

순수미술 부서 관리자
에드워드 로완 드림

안나는 편지 내용을 정확히 이해했는지 확인하려고 세 번이나 읽었다. 스케치는 승인되었고 작업에 대한 첫 번째 보수도 도착했다. 원하는 일을 하면서 이렇게 큰돈을 벌 수 있다는 사실이 믿어지지 않았다. 로완 씨는 스케치가 완벽하다고 하지는 않았지만 상당히 흡족해했다. 안나가 들은 바에 의하면 그는 바로잡고 싶은 것을 어떻게든 찾아내야 직성이 풀리는 깐깐한 사람이라고 했다. 그러니 지금 단계에서 그가 보인 반응 정도면 감지덕지할 만했다. 그녀는 기꺼운 마음으로 그의 염려를 바로잡을 것이다. 이제 밑그림용 종이도 준비가 됐으니 앞으로 나아갈 일만 남았다.

무엇보다 모델을 찾는 것이 급선무였다. 티 파티에는 세 명의 여성이 필요했고, 땅콩 공장에 흑인 여성 한 명, 목재 저장고에 백인 남성 한 명이 각각 필요했다. 다행히 면직 공장 마을 그림에는 사람이 없었다. 고기잡이배의 사람들은 멀리 떨어져 있어 잘 보이지 않을 터였다. 그러면 모델은 총 다섯 명이 필요했다. 그녀는 자신의 역량을 넘어서는 일은 벌이고 싶지 않았다. 자신이 감당할 수 있는 범위 내에서 일을 진행하고 싶었다.

금요일, 안나는 사이크 시장이 소개한 이든턴 고등학교의 미술교사와 전화 통화를 했다. 그녀는 창고에서 작업을 도울 학생 지원자가 있을지 물었다.

"학생들에게 보수를 지급하지는 못해요."

그녀는 설명했다.

"하지만 그 경험은 화가가 되고 싶어 하는 학생들에게 도움이 될 거예요."

교사는 안나에게 다시 전화를 걸어서 학생부 점수를 목적으로 매일 오후 두 시간씩 그녀를 도울 여학생과 남학생이 있다고 말했다. 그녀는 안도했다. 도움이 필요했던 건 물론이거니와 으스스한 창고에 누군가 같이 있어 준다면 안심이 될 것 같았다. 그녀는 시장의 사무실에 전화를 걸어 그 소식을 전하며 아직 열쇠를 만들지 않았는지 물었다. 시장은 큰 창고 문에 들어맞는 자물쇠가 없을뿐더러 왜 열쇠가 필요한지 모르겠다고 반문했다.

"뭐 하러 문을 잠그려고 해요?"

그가 물었다. 미술 도구는 안전할 거라고 시장은 장담했다. 그녀는 실망했지만 자신보다 마을을 잘 알고 있는 그의 말을 믿어야만 했다.

부서로부터 온 편지를 내려놓자마자 그녀는 노픽에 있는 미술용품점에 전화해 캔버스와 통에 들어 있는 물감을 주문했다. 그녀가 상대해야 할 캔버스의 크기는 어마어마할 것이다. 따라서 주문한 물품을 찾으러 노픽에 갈 때, 폴린과 함께 가면 좋을 것 같았다. 그녀는 목재 회사에 전화해 캔버스 틀에 필요한 나무도 주문했다. 역시나 엄청난 양의 나무가 필요했다. 캔버스 틀을 만드는 작업에 앞서 해야 할 일들을 하나씩 떠올린 그녀는 마음이 조급해졌다. 자신이 측정한 치수에 오차가 없기를 바랐다.

안나는 우체국의 아른트 씨에게 보여 주기 위해 승인된 스케치의 사진을 찍었다. 마을 '거물들'의 제안을 따르지 않아 내심 긴장했지만 아른트 씨는 미소를 지으며 사진을 살펴보았다.

"정말 대단한 일을 해냈군요."

책상에 앉아 그녀를 올려다보며 그가 말했다.

"색이 입혀진 걸 볼 수 있으면 좋을 텐데요. 꽤 화려할 것 같아요."

안나는 그의 칭찬에 홍당무가 된 얼굴로 물었다.

"티 파티가 그림의 중심이 되어도 괜찮으세요?"

그는 껄껄 웃었다.

"아, 나는 아가씨가 무슨 수를 써서든 저 여자들을 그림 안으로 끌어 들일 줄 알고 있었어요!"

그가 말했다.

"이거 제가 가져도 되나요?"

그가 사진을 들어 올렸다.

"우체국 벽에 걸어 놓고 싶은데…… 그래도 괜찮겠어요?"

"그럼요."

자랑하고 싶을 만큼 그의 마음에 들었다는 생각에 한결 마음이 편안해진 그녀가 대답했다.

그날 저녁, 안나는 머틀 부인과 앨버말 레스토랑에 가서 축하의 식사를 했다. 안나가 북부 지역 고기 찜 요리를 주문하자 머틀 부인이 웃으며 말했다.

"내가 그럴 줄 알았지!"

레스토랑 안의 모든 사람이 안나를 알고 있는 것 같았다. 심지어 몇몇 사람들은 벽화 얘기를 하려고 그녀의 테이블에 오기도 했다.

"아가씨가 우체국 벽을 덮는 그림을 그린다는 게 믿어지지 않아요."

한 여성이 말했다. 또 다른 사람은 그날 오후 우체국 벽에 붙은 스케치 사진을 봤으며 완성된 벽화를 하루빨리 보고 싶다고 말하기도 했다. 하지만 그때, 분노와 비웃음을 얼굴에 장착한 여자가 그들의 테이블로 걸어왔다.

"그 우쭐대는 표정 좀 치워 버려요."

그녀는 안나에게 말했다.

"이건 아주 부당한 일이야."

그러고는 돌아서서 식당 밖으로 걸어 나갔다. 말문이 막혀 버린 안나는 입을 벌린 채 그대로 앉아 있었다.

"무시해 버려."

머틀 부인이 말했다.

"속 좁은 사람들이 네 행복을 망가뜨리게 하지 마."

안나는 자신의 접시를 내려다보면서 입을 꾹 다물었다. 당혹스러웠다. 과연 이곳 사람들에게 인정받을 수 있을까? 그녀와 주민들 사이에 존재하는 실체가 없는 장벽이 허물어지기는 할까?

"자, 어서."

머틀 부인이 안나의 손등을 부드럽게 두드렸다.

"저 여자는 분명 드래플 부인의 친구일 거야. 저런 고약한 말을 내뱉어야만 속이 시원했겠지. 그냥 전부 잊어버려."

안나는 숨을 내쉬며 부인을 향해 억지웃음을 지어 보였다. 그리고 화제를 바꾸었다.

"티 파티 모델이 되어 주시겠어요?"

그녀가 물었다.

"어머나, 내가?"

머틀 부인은 당황하며 뺨을 붉혔다.

"내 앞니가 좀 크지 않아?"

그렇다. 그건 둘 다 알고 있었다. 하지만 안나는 머틀 부인의 머리카락에서 회색빛을 좀 덜어 낼 수 있었고, 입 주변의 주름도 부드럽게 만들 수 있었다. 그녀는 머틀 부인이 벽화에 들어간다는 아이디어가 마음에 들었다.

"저는 아주머니가 완벽한 모델이라고 생각해요."

안나가 말했다.

"어쩌면 폴린도 모델이 되어 줄 수 있을 거예요."

그들은 모델 제안에 흔쾌히 응해 줄 사람들을 추리기 시작했다. 머틀 부인은 시장의 아내가 좋을 것 같다고 했다. 하지만 시장 부부를 두고 폴린이 했던 말이 기억난 안나는 자못 찜찜했다. 본의 아니게 그 불쌍한 여성의 삶을 들여다본 기분이었다.

"아니면 엘런 하퍼도 괜찮을 것 같아."

머틀 부인이 말했다.

"팻시 백화점의 판매원이야."

"저 대신 부탁해 주시겠어요?"

안나가 말했다.

"그리고 땅콩 공장의 직원으로 프리다는 어떨까요?"

프리다의 회색빛 머리칼을 어둡게 바꾸는 수고는 필요하겠지만 그녀는 그림에 담고 싶을 정도로 예쁜 얼굴을 가지고 있었다. 나이에 비해 동안이기도 했다. 머틀 부인은 깔깔 웃었다.

"프리다는 정말 재미있어할 거야. 내가 장담해."

그녀는 말했다.

"그럼 나는 벌목업자 모델을 서줄 남자만 찾으면 되겠군. 여자 넷과 남자 하나를 대령할게."

머틀 부인이 다시 웃었다.

"이든턴은 마치 여자들에 의해 돌아가는 마을처럼 보일 거야."

그녀가 말했다.

"네. 그럴 것 같아요."

안나는 마틴 드래플이라면 스케치에 무엇을 집어넣을지 다시 한번 궁금해하며 머틀 부인을 따라 미소 지었다.

23장

모건

2018년 6월 23일

벽화를 닦는 데 몰두할 수 있는 낮 시간이 점점 더 기다려졌다. 내 손길로는 원래 물감이 벗겨지지 않는다는 확신이 생기고부터 속도는 조금씩 빨라졌다. 오염에 가려져 있던 색감과 세부적인 표현은 기대 이상으로 만족스러웠다.

닦아 내는 작업을 시작한 지 일주일째인 오늘, 드디어 벽화의 중심인 티 파티 부분에 도착했다. 뒤덮여 있던 때와 얼룩에서 해방된 그들의 드레스는 눈부시게 아름다웠다. 안나 데일은 색을 과감하게 사용했다. 새로운 사각형에 도착할 때마다 묻혀 있던 선명함을 내 손으로 캐낼 생각에 설렜다.

점심 식사 후 작업한 첫 번째 사각형에서 티 파티의 여성이 손에 들고 있는 작은 거울이 눈에 들어왔다. 여자는 분칠을 하려는 듯 얼굴이 보이도록 거울을 들고 있었다. 나는 거울의 얼룩을 닦아 냈다. 하지만 거울 안에 여자의 얼굴은 없었다. 거울 안에 들어 있는 건 남자였다. 거울 크기에 비해 그 안의 형체가 너무 작아 처음에는 물감이 벗겨졌다고 생각했다. 하지만 아니었다. 흐릿한 회색 바탕의 거울 속에 비친 건 분명 남자의 형체였다. 갈색 재킷에 모자를 쓴 채 가로등에 기대 있는 붉은색 머리카락의 남자. 안나가 추가한 또 하나의 불가사의였다. 나는 빨리 올리버에게 보여 주고 싶어 안달이 났다. 언제부터인가 사각형 하나를 끝낼 때마다 사무실로 달려가 그를 끌고 오는 버릇이 생겼다. 내가 해낸, 아니 안나가 해낸 작업을 자랑하기 위해서였다.

"그녀가 또 오네."

건설 노동자 중 한 명이 말할 것이다.

"백마흔네 번째 사각형이 끝났나 봐!"

다른 사람이 덧붙일 것이다. 올리버도 내 열정에 자극받은 것처럼 보였다. 내가 달려가면 그는 하던 일을 멈추고 로비로 나와 새롭게 드러난 사각형을 응시하고는 했다.

사무실에 도착한 나는 몸을 숙인 채 컴퓨터 스프레드시트에 몰두한 그를 발견했다. 청구서의 숫자를 도표로 옮기고 있던 그는 손을 들어 기다려 달라는 신호를 보냈고 나는 방해가 되지 않도록 조용히 있었다. 책상 위 스피커에서는 달콤한 목소리를 가진 여성의 노래가 흘러나왔다. 그를 지켜보고 있자니 나도 모르게 미소가 지어졌다. 열정으로 반짝이는 푸른 눈동자, 옅은 장밋빛의 뺨……. 몸을 구부려 다정하게 그를 안아 주고 싶었다. 알고 지낸 지 겨우 열흘밖에 안 됐지만 그를 향한 감정은 벌써 애틋해지고 있었다. 올리버는 지금껏 내가 만나 본 사람 중 가장 정상적인 사람이라고 할 수 있었다. 많은 대화를 나누어 본 건 아니지만 그랬다. 그는 컴퓨터 작업을 끝내고 의자를 돌려 나를 바라보았다.

"뭐가 나왔어요?"

그가 물었다.

"네. 재미있는 거요."

나는 로비 방향으로 고개를 까딱했다. 나를 따라 벽화로 돌아온 그에게, 나는 조그만 붉은 머리 남자가 들어 있는 거울을 보여 주었다. 그는 자세히 보기 위해 사다리에 올랐다.

"와."

나를 내려다보는 그의 눈이 빛나고 있었다.

"자. 이제 오토바이와 피 묻은 도끼, 거울에 비친 말쑥한 남자까지 찾았네요. 갈수록 수수께끼네요. 그렇죠?"

"어쩌면."

내가 말했다.

"제시 선생님 말대로 그녀가 단순히 미쳐 버린 게 맞을지도 몰라요. 하지만 당신이 보여 준 신문 기사에서는 제정신으로 보였어요. 뭐가 뭔지 하나도 모르겠어요."

"그랬죠."

그도 동의했다. 그리고 핸드폰을 꺼내 거울 부분의 사진을 찍었다. 돌연 머릿속을 스치는 게 있어 내가 물었다.

"혹시 그 신문사의 온라인 사이트가 있을까요? 기사를 낸 신문사 말이에요. 어쩌면 그녀에 관한 기사들이 더 있을지도 몰라요."

"그렇게 작은 마을 신문사가요?"

올리버는 사다리에서 내려오면서 고개를 저었다.

"아닐걸요. 그래도 도서관에 한번 가봐요. 복사본은 있을 거예요."

"네."

벽화의 닦인 부분을 바라보는 내 얼굴에 미소가 피어오르고 있다.

"복원의 이 단계가 좋아요."

내가 말했다.

"닦아 내는 거 말이에요."

"가장 쉬운 단계죠."

그가 나를 향해 히죽 웃었다. 한숨과 함께 내 미소는 사라졌다.

"복원 방법에 대해 읽은 것들은…… 전부…… 그걸 공부하다 보면 정말 바보가 된 기분이 들어요. 저한테는 너무 벅차요."

"차근차근 한 걸음씩."

그는 복도로 돌아가면서 인내심 있게 말했다.

"다음 사각형에서 이상한 게 나오면 또 알려 줘요."

*

그날 저녁 갤러리를 나온 나는 리사의 집으로 걸어가는 대신, 1940년대 지역 신문을 찾아보기 위해 이든턴 도서관으로 향했다. 마이크로필름에 실린 『초완 해럴드』의 구판은 도서관의 이층에 자리한 비좁은 곳에 있었다. 그곳에는 나밖에 없었다.

나는 마이크로필름 판독기 작동법을 알아내느라 삼십 분이나 허비했다. 두툼하게 말린 1940년대의 필름들을 보고 있자니 한숨부터 나왔다. 색인화 되어 있지도 않았다. 나는 좌절했다. 여기서는 안나의 이름을 검색할 방법이 없었다. 나는 주간마다 발행된 신문을 샅샅이 뒤지기 시작했다. 기계로 이미지를 하나씩 살피던 중 마침내 2월 15일자 사진을 발견했다. 크고 흐릿한 그 사진은 창고 안에서 찍힌 것처럼 보였다. 그곳은 분명 넬 엄마가 말한 '커다란 헛간'일 것이다. 멋진 헤어스타일의 안나는 비어 있는 캔버스 옆에 서 있었다……. 아니, 확대해서 보기 전에는 빈 캔버스인 줄 알았다. 희미하지만 분명히 존재하는 밑그림 윤곽선을 보기 전까지 캔버스는 백지 상태로 보였다. 나는 지금 보고 있는 것을 단번에 이해했다. 안나는 벽화의 밑그림을 그리기 전, 캔버스에 이미지의 윤곽을 미리 표시했다. 지금 사진으로 보고 있는 캔버스가 내가 조금 전까지 작업했던 캔버스라는 새삼스러운 깨달음과 함께 나는 전율에 휩싸였다. 몸에서 빠져나온 내 영혼이 그녀와 함께 창고 안에 있는 것 같았다. 나는 눈을 가늘게 뜨고 선명하지 못한 이미지를 살폈다. 잘 알아보기 힘들었지만 오토바이의 윤곽은 없었다.

그 사진은 다른 관점에서도 흥미로웠다. 안나는 한쪽에 서서 캔버스를 가리키며 미소 짓고 있었다. 그녀는 통이 넓은 바지에 물감이 묻은 흰 셔츠 차림이었다. 아름다웠다. 안나의 단발머리를 내가 하면 어떻게 보일지 궁금해하며 어깨 길이의 머리카락을 손으로 만져 보았다. 아마 팬케이크처럼 납작해 보일 것이다. 내 머리카락은 그녀만큼 숱이 많지 않았다.

안나 옆에는 젊은 흑인 남자가 둥글게 말린 기다란 종이를 들고 있었다. 아마 밑그림용 종이일 것이다. 캔버스 맞은편에는 옅은 금발 머리의 소년이 주머니에 손을 넣고 서 있었다. 남자와 소년의 시선은 캔버스에 고정돼 있었다. 사진에는 캡션이 딸려 있었다.

화가 안나 데일은 이든턴 우체국에 설치될 벽화의 밑그림을 논의 중이다.

사진으로 미루어 보건대 안나는 나머지 둘에게 지시를 내리는 입장이었을 것이다. 안나를 향한 그들의 맹목적인 믿음과 존경이 사진을 뚫고 나와 나에게까지 전해졌다. 그녀는 건강해 보였다. 웃고 있었다. 무엇보다 그녀는 전도유망한 화가였다. 이건 결코 정신질환을 가진 사람의 모습일 수 없었다. 하지만 동시에 피가 뚝뚝 떨어지던 도끼날이 머리를 스쳤다. 그녀에게 끔찍한 일이 생겼던 게 분명했다. 문득 안나를 덮친 정신병이 그녀를 죽음으로 이끌었을지도 모른다는 생각이 들었다. 그래서 그녀의 정보가 남아 있지 않은 걸까? 그녀처럼 재능을 타고

난 예술가가 바람처럼 사라진 경우는 없었다. 만약 그녀가 죽었거나 자살했다면 말이 된다. 그녀의 소식을 다시 들을 수 없었던 이유가 설명이 된다.

도서관의 폐관 시간이 가까워졌다. 사서에게 도움을 청해 마이크로필름 판독기에서 사진의 복사본을 얻어 낼 수 있었다. 나는 소지품을 챙겨 알코올중독자 모임으로 향했다.

오늘의 주제는 우리가 술 때문에 망쳐 버린 것들을 어떻게 되돌릴 수 있을지에 관한 것이었다. 토론이 진행되자 손바닥에 땀이 고이기 시작했다. 만약 에밀리 맥스웰을 찾아낸다면 그녀와 대화를 나눌 용기가 생길까? 겁은 나지만 그녀가 어떤지 알고 싶었다. 직접적인 대면이 아닌 메신저를 통해 그녀를 만나고 싶었다. 한편으로는 아무리 온라인상이라 한들 감히 그녀와 메시지를 주고받을 수 있을까 하는 걱정이 앞섰다. 아무래도 엄두가 나지 않았다.

그날 밤 침대로 기어 들어갔을 때에도 에밀리는 여전히 내 마음속에 있었다. 에밀리도 지금 깨어 있을지, 그렇다면 끔찍한 고통을 겪고 있을지 생각하며 어두운 천장을 물끄러미 바라보았다. 그녀는 나를 저주하고 있을까?

나는 자유의 몸이 되었다. 가장 큰 육체적 고통은 오만 달러짜리 직장에서 얻은 뻐근한 어깨가 전부다. 에밀리 맥스웰은 이런 육체적 자유를 다시는 이해할 수 없을 것이다.

나는 사고 당일, 트레이와 차에 탔던 기억을 더듬으며 침대 위에서 공처럼 몸을 웅크렸다. 우리는 미친 사람들처럼 웃고 있

었다. 무엇 때문이었는지는 기억나지 않는다. 취한 상태로 차
문에 낀 스카프를 빼내느라 애를 먹었던 장면이 어렴풋하게 떠
오른다. 나는 감옥에서 나올 자격이 없다. 나는 오만 달러를 받
을 자격이 없다. 나는 무고한 소녀를 해한 인면수심의 장본인이
다. 나는 절대로 나를 용서할 수가 없다.

24장

Anna
안나

1940년 1월 10일

그날 아침, 안나는 긴장한 상태로 혼자 창고에 도착했다. 창고 내부에 들어오는 건 한 달 전 사이크 시장과의 첫 방문 이후 이번이 두 번째였다. 그녀는 달라진 창고의 모습에 놀라움을 금치 못했다. 바닥은 깨끗하게 닦여 있었고 높은 창을 통해 반짝이는 빛이 들어왔다. 두 대의 실내 난방기가 닫힌 문 앞에 놓여 있었다. 키가 큰 스탠드 두 개와 발판 사다리 두 개, 전기 연장 코드도 여러 개 있었다. 기다란 테이블 세 개와 나무 의자 네 개는 여전히 제자리에 있었고, 상자 몇 개가 창문 아래 벽면에 쌓여 있었다. 안나는 이번 일로 시장과 그의 관리인인 베니에게 크게 신세를 졌다고 생각했다. 보답으로 빵이라도 구워야겠다고 마음먹었다.

그녀는 밑그림용 도구를 담은 커다란 양동이와 종이 몇 롤을 가지고 왔다. 오후에 이튼턴 고등학교에서 보낸 학생들이 도착하기 전까지는 그 도구들로 할 만한 게 별로 없었지만 새 작업 공간을 채우는 데서 오는 희열감을 느끼고 싶었다. 그녀는 가장 좋아하는 통이 넓은 바지를 다시 입고 있었다. 옷이 허락하는 편안함과 자유로움이 마음에 들었다. 비록 오늘 아침 안나의 차림새를 본 머틀 부인은 헉하는 소리를 냈지만…….

"그런 옷을 입고 밖에 나가면 안 돼!"

머틀 부인이 바지를 가리키며 말했다.

"음, 작업실에서 원피스를 입고 있을 수는 없잖아요."

인나는 대답했다.

"원피스 차림으로는 제대로 일할 수가 없어요."

머틀 부인은 걱정스러운 얼굴로 고개를 흔들었다.

"음, 그럼 다른 곳은 가지 마."

그녀의 말은 경고처럼 들렸다. 안나는 머틀 부인과 의견이 일치하는 경우가 많았지만, 이따금 세월의 장벽이 만들어 낸 확연한 세대 차이를 맞닥뜨리곤 했다.

안나는 실내 난방기 두 대의 코드를 연결하고 건물의 앞과 뒤, 문에서 가깝고 창문이 없는 곳에 설치했다. 난방기는 공간을 아주 훈훈하게 만들지는 못했지만 그럭저럭 견딜 만했다. 작업용 셔츠 안에 껴입은 두툼한 스웨터 덕분에 충분히 따뜻해서 코트를 벗고 작업할 정도는 되었다.

프리다가 만들어 준 햄 샌드위치를 먹은 후 뒷정리를 하다

정오 즈음이 되자 캔버스 틀에 쓸 목재가 도착했다. 안나는 미술 작업실 안에서 이렇게 많은 나무를 본 적이 없었다. 이 많은 양의 나무를 한데 모아 거대한 틀을 만들어야 한다는 생각이 들자 지레 겁이 났다.

배달을 온 남자는 창고 중앙에 나무를 쌓아 놓고 있었다. 안나는 그를 바라보았다. 북유럽인 특유의 푸른 눈동자와 금발 머리의 소유자, 체격마저 다부진 그는 벽화 속의 벌목업자로 안성맞춤이었다.

"우체국 벽화의 벌목업자 모델을 해주실 수 있나요?"

그녀는 쌓여 있는 나뭇더미 근처에 서서 물었다. 그는 수정처럼 푸른 눈으로 그녀를 올려다보며 껄껄 웃었다.

"지금 농담하시는 거죠? 우체국 벽에 제 그림을 올리고 싶다고요?"

"맞아요! 완벽한 벌목꾼의 모습이 될 거예요."

그는 나쁠 것 없다는 표정을 지어 보였다.

"좋아요."

그가 말했다.

"제가 뭘 하면 되죠?"

"그냥 두 손으로 도끼를 들고 서 있으면 될 것 같아요."

그녀는 그 장면을 상상해 보았다. 배경으로는 고목들이 우거진 울창한 숲을 그릴 것이다. 그가 다시 웃었다. 그의 눈은 환하게 웃는 얼굴 주름 속으로 파묻혔다.

"저는 일하면서 도끼를 써본 적이 한 번도 없어요."

그가 솔직하게 털어놨다.

"사실 저는 등급 관리자예요. 나무의 질을 평가해 등급을 매기는 게 제 직업이죠. 이제 드디어 손에 도끼를 쥐어야 할 때가 왔네요."

그가 떠난 후 안나는 난방기 근처에 앉아 청량한 나무 냄새를 한껏 들이마셨다.

이제 다섯 명의 모델을 모두 정했다. 머틀 부인, 시장의 아내 매지 사이크, 팻시 백화점의 점원 엘런 하퍼는 티 파티의 숙녀들이 될 것이다. 남편의 외도를 외면하느라 고통받는 여성의 모습을 떠올렸던 안나의 예상과 달리 시장의 아내는 쾌활하고 너그러웠다. 안나의 기나긴 설득 끝에 찬성의 의미로 고개를 끄덕인 프리다는 땅콩 공장의 직원이, 목재 공장의 잘생긴 프랭크는 벌목업자가 되어 주기로 했다. 한편 폴린은 모델 제의를 거절했다. 뜻밖의 대답을 들은 안나는 적잖이 실망했다.

"칼은 내 그림이 우체국 벽에 올라가게 된다는 사실을 좋아하지 않아."

폴린은 말했다. 안나는 이유를 묻고 싶었지만 결국 폴린의, 정확히는 칼의 결정을 받아들이기로 했다. 경찰로서의 체통을 지키기 위함이었는지, 아니면 아내가 그렇게 하찮아 보이는 일에 참여하는 게 싫었는지는 모르겠다. 그가 내세운 이유가 무엇이든 폴린은 남편의 결정에 불만을 품지 않는 것 같았다.

*

안나를 도와줄 테레사 웨이먼과 피터 토마스는 두 시 십오 분에
도착했다.

"어머나, 바지를 입으셨네요!"

테레사는 인사도 하기 전에 소리쳤다.

"맞아요."

안나가 말했다.

"학생들도 사다리를 타고 올라가서 일을 해야 하니 바지
몇 벌을 챙겨 와야 할 거예요."

"부모님이 절대 허락하지 않을 거예요."

소녀의 말에 안나는 짜증을 참느라 미간을 찌푸렸다. 분홍
색 립스틱을 바른 테레사는 첫인상부터 굉장히 여성스러운 소
녀였다. 어깨까지 내려오는 금발은 얼룩무늬 머리핀으로 고정
돼 있었고 파란색 격자무늬 치마와 주름장식이 있는 흰색 블라
우스를 입고 있었다.

안나는 소녀에게 창고에 바지를 보관해 두고 일할 때 갈아
입는 방법을 제안하려고 했다. 그렇게 하면 소기의 목적은 달성
하는 동시에 소녀의 부모님도 절대 모를 것이다. 하지만 소녀의
굳은 표정을 본 안나는 목구멍까지 나왔던 말을 삼켜 버렸다.
안나는 그런 제안을 덜컥 할 만큼 충분히 소녀를 알지 못했다.

피터는 말랐지만 튼튼해 보이는 상냥한 소년이었다. 그 역
시 금발이었다. 안나는 피터와 테레사가 상당히 닮았다고 생각

했다.

"둘이 사촌이니?"

안나의 물음에 둘은 웃음을 터뜨렸다.

"젠장. 아니에요!"

피터가 소녀에게서 한 걸음 물러서며 말했다. 그러고 나서 그는 바닥 한가운데 쌓인 나무를 신기하게 바라보았다.

"여기서 뭘 하는 거예요, 선생님?"

그는 일을 빨리 시작하고 싶은 듯 양손을 비비며 물었다.

"저희가 어떻게 도우면 돼요?"

셋은 테이블에 둘러앉았다. 안나는 그들에게 밑그림과 벽화에 대한 계획을 설명하며 자신의 스케치를 보여 주었다. 둘은 밑그림이 무엇인지 전혀 모르고 있었다. 두 사람 모두 벽화를 만드는 과정에 관한 여러 가지 질문을 했지만, 안나의 눈에는 피터가 더 의욕적으로 보였다.

"저는 화가가 되고 싶어요."

그는 말했다.

"피터는 그림을 정말 잘 그려요."

테레사는 다소 마지못해 말했다.

"피터가 트랙터를 그렸는데 거의 사진 같았어요."

"테레사, 너는 어때?"

안나는 물었다.

"화가가 되고 싶어?"

"저는 빨리 학교를 마치고 결혼해서 아이를 다섯 명 갖고 싶어요."

테레사가 대답했다. 안나는 결혼과 육아가 이 소녀에게는 더 현실적인 목표일 것이라고 생각하며 웃었다.

"음, 그럼 남은 시간이? 졸업까지 일 년 반 남았나?"

"저희는 이번 봄에 졸업해요."

피터가 대답했다.

"그래? 11학년 아니었어?"

"지금이 고등학교 마지막 해예요."

테레사가 말했다.

"그 점은 정말 다행이에요."

"정말이야?"

안나가 물었다.

"내가 다녔던 학교는 12학년까지 있었는데."

"여기는 아니에요."

피터가 말했다.

"다행히도 저희는 안 그래요."

테레사가 덧붙였다.

"음, 있잖아."

안나가 말했다.

"나는 두 사람에게 실제 그림을 그리거나 채색하는 것과는 관계없는 어려운 일들을 부탁할 거야. 그러니까 이렇게 하면 공평할 것 같아. 너희가 학교 과제를 가져오면 내가 도와주거나 평가를 해줄게."

"그럼 좋을 것 같아요. 선생님."

피터가 말했다. 피터는 다정한 기운을 내뿜는 소년이었다. 그가 가진 따뜻하고 긍정적인 에너지가 안나를 끌어당겼다. 그녀는 피터의 작품이 궁금해졌다.

"저는 지금 하고 있는 일이 아무것도 없어요."

테레사가 말했다.

"그렇다면 여기 있는 동안 새롭게 할 만한 일을 생각해 내면 되겠네."

안나가 말했다.

"매분 매초 나를 도와줄 필요는 없거든."

잠시 후 세 사람은 작업에 착수했다. 둥글게 말려 있던 밑그림용 종이를 바닥에 펼쳐 잘라 낸 다음 서로 연결해 가로, 세로 각각 3.6미터, 1.8미터 크기의 직사각형을 만들어 냈다.

치마를 입은 테레사는 사다리에 오르기를 꺼려해 사다리 한쪽에서는 피터가, 다른 쪽에서는 안나가 올라가 벽에 종이를 고정했다. 종이가 다시 둥글게 말리려 했기 때문에 평평하게 펴는 데만 상당한 시간이 걸렸다. 그동안 창고에는 웃음이 끊이지 않았다. 드디어 종이와의 전쟁에서 승리했을 때는 두 시간이 훌쩍 지나 있었다. 테레사와 피터는 저녁 식사를 위해 집에 갈 준비를 했다. 이 속도로는 내일까지 밑그림용 기준선을 완성할 수 없을 것 같아 안나는 실망했다.

학생들이 떠난 후 그녀는 스탠드 아래에 앉아 스케치 위에 표시할 기준선을 계산하기 시작했다. 창문 밖으로 날이 저물기 시작하자 창고 내부에도 어둠이 자리를 잡았다. 으스스함이 다시금 찾아왔다. 그녀를 공포에 떨게 만든 건 거대한 창고 자체였을 수도, 들보 주변의 소름 끼치는 어두움이었을 수도 있었다. 무엇인가 있을까 봐, 무엇인가 보일까 봐 겁이 나서 차마 천장을 올려다볼 수 없었다. 들보에는 매달린 조명과 선풍기 말고도 다른 것이 있을 수 있었다.

서둘러 코트를 걸치고 스케치와 연필, 자를 챙긴 후 불을 끄려던 찰나 밖에서 쾅하는 소리가 났다. 차 문이 닫히는 소리였다. 밖에 누군가가 있다. 안나는 그대로 얼어붙었다. 문을 두드리는 소리가 났지만 몸이 마음대로 움직여지지 않았다. 주저하던 그녀의 눈에 어스름한 불빛 아래 서 있는 흑인 여성이 들어왔다. 안나는 그제야 숨을 내쉬며 문을 열었다. 여자는 울 소재의 흰색 모자와 검은색 울 코트를 입고 있었다. 차림새로 보아 누군가의 하녀는 아닐 터였다.

"나갈 준비를 하셨나 봐요."

여자가 안나의 코트를 가리키며 말했다.

"네, 금방 갈 거예요. 무슨 일이신가요?"

안나는 여자가 창고 안으로 들어오도록 뒤로 물러서며 말했다.

"와, 세상에."

여자는 약하게 불이 들어오는 어스름한 공간을 둘러보며 말했다.

"꽤 그럴듯한 작업실이네요."

"맞아요. 운이 좋았어요."

불과 몇 분전까지만 해도 이 '작업실'을 얼마나 무서워했는지 생각하며 안나는 대답했다.

"저는 안나 데일이에요."

그러고는 바로 덧붙여 방문객에게 자신의 신원을 확인시켰다.

"당신이 누군지는 알아요."

여자가 말했다.

"마을 사람들 전부가 알고 있죠. 저는 틸다 퍼먼이라고 해요."

여자는 벽에 붙은 밑그림 종이를 살펴보았다.

"이 종이에 스케치한 다음에 캔버스에 옮기는 건가요?"

그녀가 물었다.

"네. 정확해요."

안나는 웃었다.

"혹시 화가이신가요?"

틸다 퍼먼은 고개를 끄덕였다.

"이런 벽화 작업은 한 번도 해보지 않았지만요."

"그럼 언제든 보러 오세요."

안나가 말했다.

"실은 여기 온 이유가 있어요."

여자는 수줍은 목소리로 고백했다.

"저는 흑인 고등학교에서 음악과 미술을 가르치고 있어요."

그녀가 말했다.

"당신을 도와주는 학생들이 있다고 들었어요. 우리 학교 11학년 중에 미술에 꽤 재능 있는 소년이 있어요. 그 애한테는 훌륭한 화가가 필요해요. 저보다 많은 것을 가르쳐 줄 수 있는 사람이요. 이런 경험이 도움이 될 것 같아요."

그녀는 밑그림 종이를 향해 손짓을 했다.

"그 애는 아주 영리해요. 하지만 영어나 역사 시간에 수업에 집중하는 대신 그림을 그리기 때문에 모범생이라고 할 수는 없죠. 쉬는 시간에도 늘 스케치북을 끼고 있어요. 그 애의 관심사는 오로지 미술뿐이에요. 미술 수업이 없었다면 아마 오래전에 중퇴했을 거예요."

안나는 고개를 끄덕였다. 그녀는 여자가 이야기하고 있는 소년의 마음을 충분히 공감할 수 있었다. 수업 시간에 노트 필기는 뒷전으로 미루고 그림을 그려 댔던 자신의 고등학교 시절이 떠올랐다.

"그 학생이 여기서 당신을 도울 수 있도록 해주시겠어요?"

여자의 물음에 안나는 망설였다.

"제가 세 명의 학생을 전부 감당할 수 있을지 모르겠어요."

안나가 말했다.

"당신이 하는 일을 그냥 지켜보기만 한다 해도 그 애한테는 큰 도움이 될 거예요."

여자가 말했다.

"그 애는 현실 세계의 화가가 하는 일을 직접 봐야 해요."

"저는 학생들에게 보수를 지불할 수 없어요."

안나가 말했다.

"아이들은 학생부 점수……."

"알아요. 그 부분은 이미 교장선생님과 이야기했어요."

그녀가 말했다.

"정말 그 아이에게 많은 도움이 될 거예요. 그 애의 졸업에 도요. 이대로 가다가는 졸업할 수 없을지도 몰라요."

"좋아요. 내일 오라고 해주세요."

"감사합니다. 당신은 그 학생의 구세주나 마찬가지예요."

'구세주라니, 반응이 너무 극적인데.'

안나는 여자를 향해 웃어 보였다.

"학생 이름이 뭔가요?"

그녀가 문 쪽으로 걸어가는 여자에게 물었다.

"제시 윌리엄스요."

여자가 말했다.

"절대로 후회하지 않으실 거예요."

3부

비밀과 용기

25장

Morgan

모건

2018년 6월 27일

"마사지가 필요해 보이네요."

아담이 건물 뒤쪽에서 로비를 향해 걸어 들어오며 말했다. 나는 사다리의 첫 번째 계단에 서서 티 파티의 여성이 들고 있는 깨진 찻주전자 부분을 닦아 내고 있었다. 내가 어깨를 문지르는 걸 아담이 본 모양이었다.

"저는 마사지를 꽤 잘해요."

그가 덧붙였다. 나는 사다리에 서서 그를 바라보았다. 팔에 뱀 한 마리를 감고 있는 것처럼 타투를 한 이 남자는 과할 정도로 내게 들이댔다. 이 남자가 주위에 있으면 나도 모르게 불안해졌다. 나는 그를 통해 트레이를 보고 있었다. 옛날의 트레이. 내가 경이로운 사람이라고 찬양했던 그 당시의 트레이. 지금 나는 아담에게 눈곱만큼도 관심이 없다. 추파를 던지는 그의 어떤 말과 행동에도 반응하지 않을 참이었다.

"고마워요."

내가 웃으며 대답했다.

"그리고 저는 괜찮아요."

"현명한 대답이네요."

올리버가 말했다. 로비 입구 근처 바닥에 쭈그리고 앉아 있는 그는 그림이 들어 있는 상자를 정리하느라 바빴다. 그 말을 할 때조차도 고개를 들지 않았다. 아담은 히죽 웃었다.

"음, 생각이 바뀌면, 제가 어디 있는지 알고 있죠? 찾아만 주세요."

그는 말하면서 정문으로 나갔다. 벽화 작업을 하는 나와 상자에서 그림을 꺼내는 올리버 사이에 잠시 정적이 흘렀다. 마침내 그가 정적을 깼다.

"아담은 여자 친구가 있어요."

그가 말했다. 나는 속으로 웃었다.

"상관없어요."

그도 따라 웃었다.

"그냥 말해 주는 거예……."

"저는 너무 오랫동안 남자 친구가 없었어요."

그 말을 내뱉은 순간, 나도 모르는 새에 아담에게 끌렸을지 모른다는 생각이 들어 당황했다.

"애인이 한 번도 없었다는 말이에요?"

올리버가 물었다. 어떻게 대답해야 할지 몰라 뜸을 들였다.

"당분간은 스스로에게 집중하는 것이 최선이라고 생각해서요."

나는 의미심장하게 말했다. 벽화 닦기를 잠깐 멈추고 사다리 가로대에 손을 얹은 채 트레이를 생각했다.

"사실은 남자 친구가 있었어요."

내가 말했다.

"제 눈에 그는 완벽한 사람이었어요. 잘못 짚었다는 게 나중에 밝혀지긴 했지만 말이에요."

"아."

올리버는 그림을 보호하고 있던 에어캡을 벗겨 내면서 말했다.

"뭔가 큰 깨달음이 있었나 보네요. 그런가요?"

깨달음이라……. 트레이와의 일을 설명하기에는 너무 완곡한 표현이었다.

"복잡해요."

나는 대답했다. 사고에 관한 그 어떤 이야기도 끄집어내고 싶지 않았다.

"당신은 어때요?"

내가 물었다.

"여자 친구 있어요?"

"오 년 동안 같이 살았어요. 작년까지."

그가 말했다. 그는 파란 바탕에 그려진 해바라기를 자세히 보기 위해 앞으로 들고 있었다. 학생들의 작품 중 하나인 것 같았다. 더 가치 있는 그림이었다면 무거운 나무 상자에 담겨 여러 명이 운반해 왔을 것이다. 중요한 작품들은 갤러리의 보안 시스템이 제대로 갖춰진 후에야 볼 수 있을 터였다.

"그녀는 캘리포니아로 이사하고 싶어 했어요. 간절하게요."

올리버가 이야기를 계속했다.

"아들과 가까이 있고 싶었으니 저 또한 필사적이었죠."

"여자 친구와 잘 안돼서 슬펐나요?"

"다른 사소한 문제들도 있었거든요. 모든 걸 종합해 보면 끝낼 시점이었던 거죠."

"여자분 손해네요."

진심이었다. 그는 건너편에서 나를 보고 미소 지었다.

"고마워요."

그가 말했다. 그는 학생들의 작품을 가까운 벽에 기대 놓았다. 나는 그에게 미소를 되돌려 주고 이어폰을 꽂은 후 다시 작업을 시작했다. 지금 막 닦아 낸 부분에서 찻잔 밖의 차는 공중을 날아다녔다. 완벽했다. 각각의 방울들은 빛을 머금어 반짝이고 있다. 이번이 처음은 아니지만 안나 데일의 정교한 표현력에 또다시 감탄했다.

"올리버, 와서 이것 좀 봐요."

이어폰을 빼며 내가 말했다. 맞은편에서 다른 꾸러미를 열고 있던 올리버는 로비를 가로질러 벽화로 왔다. 나는 작은 방울들을 가리켰다.

"이거 보여요?"

내가 신이 나서 물었다.

"정말 자세하죠. 이렇게 커다란 그림을 그리면서 그녀는 사소한 표현도 놓치지 않았어요. 방울에 비친 불빛을 봐요."

나는 올리버를 바라보았다. 그는 그림에 집중하느라 목을 빼고 눈을 가늘게 뜨고 있었다.

"차 방울이 핏방울보다는 낫지 않아요?"

내가 웃었다.

"잠깐 사다리 좀 치워 줄래요?"

그는 말했다. 나는 내려와 사다리를 한쪽으로 끌어당겼다. 올리버는 벽화에 가까이 다가갔다.

"너무 성급하게 말한 것 같은데요."

그는 내가 아직 닦아 내지 않은 방울 중 하나에 손을 뻗으며 말했다.

"막대 좀 주세요."

막대를 건네받은 그는 면의 끝부분으로 조심스럽게 방울을 문질렀다.

"아, 안 돼."

내가 말했다. 그 방울은 차 방울과 크기, 모양은 같았지만 선명한 빨간색이었다. 핏빛 빨강. 말없이 올리버를 바라보던 나는 그와 눈이 마주쳤다.

"이 화가는 정신이 건강하지 않았어요."

그는 나직하게 말했다. 나는 마이크로필름 기계에서 복사한 사진을 떠올렸다. 거대한 캔버스 앞에서 미소 지었던 당당한 모습의 소녀.

"안나가 안쓰러워지기 시작했어요. 그녀는 정말 미쳐 가고 있었을지도 몰라요. 당시에는 아마 치료 방법도 없었을 거예요."

"그녀가 완전히 사라져 버린 게 아니라면 좋을 텐데요."

그는 내게 막대를 돌려주며 말했다.

"그녀의 다른 작품들도 궁금해지기 시작했거든요."

"저는 그녀가 자살한 건 아닐까 하는 생각이 들어요. 아무리 생각해 봐도 그게 가장 말이 되는 것 같아요. 정신이 온전치 않았다는 건 분명하니까요."

올리버가 끄덕였다.

"그래도 몇 부분을 제외하면 멋진 작품이에요. 그건 부인할 수 없어요."

"진심으로 무슨 일이 있었던 건지 알고 싶어요. 어째서 정상적이고 완벽한 그림을 무시무시한 작품으로 둔갑시킨 걸까요?"

그가 호기심 가득한 얼굴로 나를 바라보았다.

"어떻게 할 생각이에요?"

그는 물었다.

"그녀에게 정말 무슨 일이 있었는지 알아볼 건가요?"

"글쎄요. 아마 그래야 할 것 같은데요."

나는 피 묻은 도끼날을 자세히 들여다보았다. 거울 속 붉은 머리의 남자, 핏방울, 오토바이.

"안나 데일이 저를 쫓아오기 시작했거든요."

26장

Anna
안나

1940년 1월 11일

늦은 아침 길바닥에는 눈가루가 흩날렸다. 창고로 가고 있던 안나의 차는 방향을 틀면서 비포장도로 위에서 약간 미끄러지기도 했다. 창고에 도착한 그녀는 가장 먼저 난방기를 켜고 작업할 공간 가까이 끌어다 놓았다. 캔버스 틀을 만드는 데 쓸 나무를 조심스럽게 바닥에 눕히고 있을 때, 갑자기 마틴 드래플이 문을 열고 소리쳤다.

"들어가도 괜찮아요?"

깜짝 놀란 그녀는 벌떡 일어섰다. 일에 몰두한 나머지 그의 차 소리를 듣지 못했었다.

"그럼요."

그는 사적으로 가장 만나고 싶지 않은 사람이었지만 그녀는 태연한 척 대답했다. 대회에서 떳떳하게 우승했으니 더 이상 위축될 필요가 없다고 스스로를 다잡았다. 그럼에도 막상 그가 근처에 있으면 주눅이 들었다. 마틴은 창고 밖에서 쿵쿵거리며 신발의 눈을 털어 냈다. 그리고 모자를 벗어 붉은 머리를 손으로 정리한 후 안으로 들어왔다.

"혹시 도움이 필요한지 알고 싶어서요."

그가 말했다. 양손을 재킷 주머니에 넣은 그는 정밀검사라도 하듯 창고 구석구석을 샅샅이 살폈다.

"돼지우리 같은 내 작은 다락방보다 훨씬 넓네요."

그는 상냥한 어투로 말했다.

"운이 좋았어요……. 시장님이…… 그쪽 사촌이 도와주셔서요."

안나는 요 전날 저녁 느꼈던 음산함을 기억 속에서 내보내려고 애쓰며 말했다. 마틴은 재킷의 안주머니에서 파이프를 꺼내 불을 붙였다. 이내 달콤한 담배 향이 공중에 피어올랐다.

"아."

그가 밑그림용 종이를 들고 벽 쪽으로 걸어가면서 말했다.

"종이를 걸어 놓으셨네요."

"같이 일하는 학생들이 도와줬어요."

안나는 말했다.

"어제 했어요."

"기준선 그릴 거예요?"

"네. 학생들이 도착하면 같이……."

"내가 도와줄게요."

그가 말했다.

"같이하면 그 정도야 식은 죽 먹기죠."

안나의 머릿속이 빠르게 돌아갔다. 그의 도움을 받을 수는 없다. 그러면 안 될 것 같았다. 게다가 그가 자기 스케치를 본다는 생각만으로도 벌써부터 초조해졌다.

"아, 아니에요."

생각을 끝내기도 전에 대답이 입술을 뚫고 나왔다.

"그쪽 도움을 받는 건 정당하지 않은 것 같아요."

입에서 파이프를 뗀 그의 표정이 어두워졌다.

"호의를 무시하지 말아요."

그가 말했다.

"진심으로 당신을 돕고 싶어서 그러는 거니까."

그녀는 관계의 첫 단추를 잘못 끼우고 있는 게 어쩌면 자신인지도 모른다고 생각했다.

"미안해요."

그녀가 제안을 받아들이며 말했다.

"기준선 작업을 좀 도와주시면 좋을 것 같아요."

그가 재킷을 벗자마자 그들은 작업을 시작했다. 마틴은 그일을 한두 번 해본 솜씨가 아니었다. 그는 노끈을 잘라 종이 위에 정확히 30센티미터 간격으로 매달았다. 그들은 간격을 목탄으로 표시하고 세로 기준선을 그려 넣었다. 얼마 안 가 수직선이 완성됐다. 안나는 작업을 살피기 위해 한 발짝 물러섰다. 마틴이 도착하고 이십 분 만에 해낸 일은 테레사, 피터와 했다면 적어도 한 시간은 걸렸을 것이다.

"짠, 어때요."

마틴이 다시 파이프에 불을 붙이며 뽐내듯 말했다.

"당신의 어린 도우미들을 위해 가로선은 남겨 둘까요?"

그가 물었고 그녀는 고개를 끄덕였다. 그리고 만들어 온 버터 쿠키 하나를 그에게 권했다. 전날 저녁 안나는 많은 양의 쿠키를 구워, 오늘 아침 창고로 오면서 사이크 시장의 사무실에 한 통 전달했다. 마틴은 파이프 담배를 피우느라 쿠키를 거절했다.

"그럼."

그는 마치 계속 머물러 달라는 제안이라도 받은 듯 자연스럽게 의자에 앉았다.

"우체국에 걸려 있는 사진을 봤어요."

그러니까 그는 이미 그녀의 스케치를 본 것이다.

"그리고요……?"

그녀는 팔짱을 낀 채 멀리 떨어져 있었다. 그는 고개를 끄덕였다.

"당신 나이를 감안하면 비교적 인상적이더군요."

"제 나이 치고 잘했다는 말씀이세요?"

그녀는 진심 어린 미소를 지으려 했지만 뜻대로 되지 않았다.

"그렇게 여러 가지 소재를 사용한 걸 보면 다양한 사람들을 만족시키려는 의도였을 거예요."

안나는 속을 들여다보인 기분이 들었다. 그는 그녀의 의도를 간파하고 있었다. 그렇다 해도 그와는 그런 이야기를 나누고 싶지 않았다.

"전 부서의 승인을 받았어요. 아시다시피 그들은 깐깐하기로 악명이 높죠."

"가끔은 잘못 판단하기로도 악명이 높죠."

그는 지금 자신을 놀리는 걸까, 아니면 진지한 걸까? 그녀는 도통 감을 잡을 수 없었다.

"그쪽이었다면 뭘 그렸을 것 같으세요?"

그녀의 질문에 그는 마치 자신의 벽화를 상상하듯 먼 곳을 바라보았다.

"내 스케치 안에는 사람이 없어요. 내 그림은 위에서 내려다보는 거예요. 브로드 스트리트에서 시작해서 부둣가까지…… 상점들이 쭉 이어져 있어요. 저 멀리 농지가 끝없이 펼쳐져 있고요."

마치 꿈속을 거니는 것처럼 그의 묘사는 몽환적으로 들렸다.

"그것도 좋았을 것 같네요. 제가 하려는 것보다는 훨씬 간단하기도 하고요. 사람들을 그려 넣지 않아도 되니까요."

그는 날카로운 눈초리로 그녀를 힐끗 바라보더니 웃었다.

"알겠어요. 데일 양. 당신이 그 모든 걸 해낼 수 있다는 걸 알아요."

갑자기 창고 문이 열리더니 젊은 흑인 남자가 안으로 들어왔다. 그의 머리와 코트는 눈으로 더러워져 있었다. 스케치북을 겨드랑이 사이에 낀 그는 안나를 향해 웃어 보였다.

"저는 제시라고 합니다. 선생님."

그가 말했다.

"퍼먼 선생님이 이곳으로 가보라고 하셨어요."

그녀는 상황을 파악하기까지 시간이 조금 필요했다.

"퍼먼 선생님이 학생을 보낼 줄 알았는데요. 11학년 학생 말이에요."

"제가 11학년 학생이에요."

그는 대답했다. 안나는 그가 적어도 이삼 년은 유급됐을 거라고 생각했다.

"몇 살이에요?"

"열일곱 살이요."

겨우 열일곱이라고? 비록 동그란 눈에 들어 있는 천진난만함은 감춰지지 않았지만 그는 소년이라기보다 어른에 가까워 보였다.

"그래도 학교가 끝나기 전에는 오면 안 돼."

"마지막 두 수업은 안 들어가도 되는 수업이에요."

그는 대답했다. 그는 마틴을 슬쩍 보고 다시 안나를 보았다. 안나는 그가 일찍 도착해서 부적절한 간통 현장을 맞닥뜨렸다고 오해하는 건 아닌지 신경이 쓰였다.

"드래플 씨는 밑그…… 종이 작업을 도와주고 있었어."

그녀는 밑그림을 가리키며 말했다.

"이제 막 떠나려던 참이야."

마틴이 일어섰다.

"잠깐 얘기 좀 할까요?"

그는 창고의 반대편을 향해 고갯짓을 하며 안나에게 물었다.

"제시, 여기 잠깐만 앉아 있어. 금방 올게."

그녀가 말했다.

"벽화 스케치를 보고 있어."

그녀는 마틴과 거의 창고의 끄트머리까지 걸어갔다.

"나는 당신을 저 애와 단둘이 두고 가지 않을 거예요."

그는 나지막이 소곤댔다.

"왜요? 저 아이에 대해서 뭔가 알고 있는 게 있어요?"

"아니요. 하지만 둘이서만 있으면 안 돼요."

"도대체 왜 안 되는데요? 거기다 한 시간 후면 다른 학생들도 도착할 거예요."

"그건 옳지도 않고 안전하지도 않아요."

"터무니없는 소리 말아요."

그녀가 말했다.

"다른 학생들이 올 때까지 나는 가지 않을 거예요."

"네. 마음대로 하세요."

그는 자기가 뭐라도 된다고 생각했던 걸까? 그녀의 아버지? 그녀의 보호자? 가까이 있는 그의 입에서 술 냄새가 풍겼다. 오후 한 시도 안 된 시간이었다.

"여기는 내 공간이고 이곳의 규칙은 내가 정해요."

그에게 그런 식으로 말하고 있다는 사실을 그녀 자신도 믿을 수가 없었다. 그래도 자신의 목소리에 실려 있는 단호함이 만족스러웠다.

"도움과 염려는 정말 감사하지만 이제 그만 가셨으면 좋겠어요."

그들의 목소리가 너무 커서 소년이 듣지는 않았을까 하는 노파심에 그녀는 소년 쪽을 곁눈질하며 말했다. 소년은 스케치에 푹 빠진 것처럼 보였다.

"호랑이 굴에 들어가는 건 당신이에요."

마틴 드래플이 말했다.

"내가 아니라요."

그는 재킷을 어깨에 걸치고 인사도 없이 창고를 걸어 나갔다. 제시는 스케치에서 고개를 들지 않았다. 안나는 테이블로 걸어갔다.

"자, 그럼."

그녀가 맞은편에 앉으며 말했다. 마틴과의 언쟁 후 그녀는 몸이 약간 떨리고 있었지만 자신의 공간을 지켜 냈다는 생각에 뿌듯한 기분이 들었다.

"이 스케치를 어떻게 생각해?"

그녀가 물었다.

"빨간색을 많이 좋아하시는 것 같아요."

"그런 것 같네."

그녀가 웃었다.

"내가 지나치게 많이 썼다고 생각하니? 빨간색을?"

눈은 계속해서 스케치에 고정한 채로 그는 안나를 따라 웃었다. 희고 곧게 뻗은 제시의 하얀 치아가 드러났다. 두 개의 앞니 사이에는 약간의 틈이 있었다. 안나는 제시를 보고 누군가를 떠올렸다. 농구하는 모습을 보기 전까지는 크게 인상적이지 않았던, 덩치가 크고 부끄러움을 잘 타던 겸손한 소년, 플레인필드 고등학교의 데브니 존슨.

"제 생각에는 더 쓰면 어떨까 싶어요."

제시가 놀리는 어투로 말해 그녀는 웃음을 터뜨렸다.

"구성은 어떤 것 같아?"

그가 그 말의 의미를 알고 있는지 궁금해 하며 그녀는 물었다. 놀랍게도 그는 알고 있었다.

"우리 고모가, 주얼 고모가 그림을 봤대요……. 우체국에 붙은 사진으로요."

그는 그녀의 스케치를 존중하듯 손을 대지 않고 고개만 움직이며 말했다.

"고모는 여기 있는 모든 걸 말해 줬어요. 그리고 저는 분명 브런즈윅 스튜° 그릇처럼 보일 거라고 생각했어요. 이것저것 재료가 너무 많아 어수선해 보일 것 같았어요. 하지만 직접 보

○ Brunswick stew, 다양한 채소와 다람쥐, 닭, 토끼 등 작은 동물의 고기가 들어간 스튜

니까 조금도 그렇지 않아요. 재료들을 펼쳐 낸 방식, 그리고 고기잡이배와 면직 공장 마을을 만들어 낸 방식, 작지만 한눈에 들어오게 그려 낸 방식. 전부 다 좋아요."

"고마워, 제시."

그녀가 말했다.

"너는 진정한 화가의 안목을 가지고 있는 것 같아. 네 그림을 좀 볼 수 있을까?"

그녀는 자신의 스케치를 조심스럽게 한쪽으로 치워 그의 스케치북을 테이블에 올려놓을 수 있도록 했다. 제시는 안나만큼 섬세하게 스케치북을 다루었다. 그녀는 스케치북을 소중하게 여기는 그의 마음을 너무나도 잘 알기에 감동받았다. 그녀는 조심스럽게 페이지를 넘겼다. 제시의 그림은 놀랍다는 말만으로는 턱없이 부족했다. 그녀는 이 아이가 정식 미술 교육을 받지 않은 열일곱 살의 학생이라는 것을 스스로에게 상기시켜야 했다. 스케치북에는 가족들의 초상화도 들어 있었다.

"얘는 여동생 넬리고요. 이건 주얼 고모, 이건 엄마, 다른 여동생인 도디, 이건 사촌 치예요."

그 외에도 많은 인물들이 있었다. 소와 돼지, 닭 들도 있었다.

"제시, 너는 꼭 미술대학에 가야 해."

안나는 너무 당연한 것을 말로 하고 있다는 기분이 들었다. 이 소년에게 다른 길은 존재하지 않는다고 그녀는 생각했다. 그는 무조건 미술대학에 가야만 한다.

"네 재능을 연마해야 해."

"연마가 무슨 뜻이에요?"

"너에게는 엄청난 재능이 있어. 천부적인 재능. '연마'한다는 것은 네 재능을…… 잠재적인 가능성을 충분히 발휘할 수 있도록 기술적인 걸 배우는 과정을 뜻해."

그는 고개를 저었다. 그리고 테이블에서 몸을 뗐다.

"학교는 더 이상 안 갈래요. 선생님. 그냥 건초 더미에 앉아서 그림이나 그리고 싶어요."

"제발 학교랑은 끝이라고 생각하지 마!"

그녀가 애원하듯 말하자 그는 살짝 뒤로 물러났다. 자신의 절실한 말투에 소년이 순간적으로 겁을 먹은 것 같다고 그녀는 생각했다.

"부디 네 재능을 썩히지…… 말아 줘."

그가 웃었다.

"꼭 퍼먼 선생님처럼 말씀하시네요."

그는 벽에 붙어 있는 밑그림 종이에 노끈이 걸쳐진 것을 바라보았다.

"저건 뭘 하는 거예요?"

그가 물었다. 그녀는 일어서서 밑그림 종이를 향해 걸어갔다. 스케치북에서 본 놀라움을 털어 내려고 했지만 생각처럼 쉽지 않았다.

"자, 그럼 여기서 하고 있는 일을 말해 줄게."

그녀가 말했다. 그녀는 밑그림이 무엇인지 설명했다. 그리고 테레사와 피터가 캔버스 틀을 만드는 동안 자신은 밑그림을 그릴 것이라고 말했다. 캔버스가 노픽에 있는 미술용품점에서 곧 도착할 거라는 말도 덧붙였다.

"캔버스 틀은 아주 정밀하고 까다로운 작업이야."

그녀는 마틴 드래플의 도와준다는 제안을 받아들였어야 했다고 생각하며 말했다. 틀 작업은 오차 없이 정확해야 했다.

"저는 문틀을 만들어 본 적이 있어요."

제시가 말했다. 그의 남부 사투리 때문에 그녀는 한참 만에 무슨 뜻인지 이해했다.

"고모와 삼촌들 모두가 전화해서 저한테 하라고 했어요. 제가 모서리를 정확하게 이어 붙일 줄 알거든요. 퍼먼 선생님이 캔버스를 주셔서 거기다 그린 다음에 자와 칼을 이용해서 틀을 만들었어요. 저 그거 정말 잘했어요."

"이건 네가 했던 것보다 더 어려운 일이 될 거야."

안나가 말했다.

"문틀보다 훨씬 크거든."

"제시한테 맡겨만 주세요."

그가 말했다. 안나는 혹시라도 그가 테레사와 피터를 자신의 보조처럼 대하지는 않을까 걱정했지만 기우였다. 테레사와 피터가 도착하자 제시는 완전히 다른 소년으로 변했다. 그의 자신감과 거리낌 없던 태도는 흔적도 없이 사라졌다. 제시는 두 아이의 결정에 따르고 있었다. 그는 유색인종으로서 백인을 존중해야 한다는 사회적 합의에 암묵적으로 동의하고 있었다.

아까와는 다르게 목소리마저 수그러들었다. 그 모습을 바라보는 안나의 마음은 편치 않았다. 그래도 제시는 피터가 하는 모든 말을 받아들이지는 않았다. 그나마 다행이라고 안나는 생각했다.

필요한 대부분의 것을 자급자족하는 농장에서 자라서인지 안나의 눈에 소년들의 손재주는 남다르게 보였다. 그녀가 다녔던 플레인필드 고등학교의 소년들이었다면 이 많은 목재를 두고도 멀뚱히 구경만 했을 것이다. 소년들 사이의 어색한 기운은 차츰 누그러졌다. 손을 보호하기 위해 인원수만큼 면장갑을 준비해 온 안나를 보고 남자아이들은 웃음을 터뜨렸다.

"안나 선생님."

피터가 말했다.

"저희는 장갑 같은 거 필요 없어요! 맨손으로 울타리도 만드는걸요!"

그는 확증을 구하듯 제시를 바라보았고 제시는 기다렸다는 듯 기회를 잡았다.

"우리는 맨손으로 돼지도 잡아요!"

제시가 말했다.

"그리고 마구간 청소도 해요!"

피터가 덧붙였다.

"그리고……."

"알았어. 알았어!"

안나가 웃으며 대답했다. 테레사는 소년들이 못마땅하다

는 듯 입술을 비죽이며 장갑을 받으려고 손을 내밀었다. 앞으로 장갑을 끼는 것은 테레사와 안나뿐일 듯했다.

안나는 방법을 설명해 준 다음 세 사람이 일하는 모습을 지켜보았다. 피터는 가늘고 연약해 보이는 첫인상과 달리 강하고 영리했다. 테레사는 바닥에 앉기를 거부했다. 오히려 위에서 다른 아이들 위에 군림하려 들었다.

"내가 말했잖아. 여기서는 바지를 입어야 한다고."

안나의 말에 소녀는 씩씩거리며 그녀에게서 몸을 획 돌렸다.

그래도 소년들은 서로 잘 어울렸다. 목재 작업을 위한 물품들 중 부족한 몇 가지는 제시가 다음날 가져오기로 했다. 테레사의 까탈스러운 태도에도 불구하고 안나는 그들의 출발이 원만하다고 생각했다. 세 명과 함께 있는 창고는 조금도 위협적이지 않았다. 쾌활하고 생동감 넘치는 느낌마저 들었다. 머리 위 높은 들보는 그저 조명과 선풍기를 지탱하고 있을 뿐이다. 혼자 남겨지지 않기를 바라며 그녀는 만족스러운 마음으로 학생들을 바라보았다.

27장

Morgan
모건

2018년 7월 3일

땅거미가 깔리기 시작할 무렵, 택시는 윌리엄스가 농장의 기다란 진입로 끝에 나를 내려 주었다. 택시비를 지불하고 차에서 내리는 순간, 기다리고 있었다는 듯 마구 달려드는 모기들을 날려 보내며 집 쪽으로 걸어갔다. 나는 안나 데일을 알고 지냈던 유일한 생존자, 넬 엄마와 이야기하기 위해 다시 이곳을 찾아왔다. 요즘 나의 모든 것을 쏟아붓고 있는 화가, 안나에게 관심이 있는 사람은 나 말고 오직 한 사람뿐이다. 리사는 내 방문에 대단히 부정적인 반응을 보였다.

"자기 이름만 겨우 기억하는 할머니 때문에 시간을 허비할 생각이라면 작업 마감 시간 가지고 내게 불평하지 말아요."

오늘 오후, 내 계획을 들은 리사는 그렇게 경고했다.

"좋아요. 불평하지 않을게요."

나는 넬 엄마의 딸 산드라에게 전화를 걸어 시간을 정했다. 리사와는 다르게 산드라는 내 생각을 격하게 반겼다.

"엄마는 사람들과 얘기하는 걸 좋아해요. 그리고 엄마가 하는 말을 들어 주는 사람은 이제 많지 않아요. 그러니 언제든 와요!"

산드라는 요가 바지와 회색 탱크톱 차림으로 현관 앞에서 나를 맞아 주었다. 집 안으로 들어가자 그녀는 내게 와인을 한 잔 권했고, 나는 대신 생수 한 병을 받아 들며 거절했다.

"그나저나."

나를 넬 엄마에게로 데려가기 전, 그녀가 물었다.

"리사는 어떻게 지내고 있어요? 좀 걱정돼요."

예기치 못한 질문에 놀랐다. 그녀가 내 의견을 물어볼 줄은 꿈에도 몰랐다. 솔직히 그들에게 나는 생면부지나 다름없지 않은가. 정적이 자리를 대신할 때까지 나는 한참을 망설였다.

"리사가 갤러리 일과 중개업으로 스트레스 받고 있다는 건 이미 알고 있어요."

산드라가 말했다.

"그리고 아직 제시 삼촌 일로 슬퍼하고 있다는 것도요. 리사는 아빠를 잘 따랐고 잘 간호했어요. 내가 엄마를 돌보는 게 힘들어질 때면……."

그녀는 넬 엄마가 있는 쪽의 복도를 향해 고개를 까딱하더니 말을 이었다.

"리사가 제시 삼촌에게 얼마나 헌신적이었는지를 떠올리려고 해요. 그러다 보면 나도 계속할 수 있는 힘이 생기거든요."

"부디 갤러리의 모든 일이 잘 해결돼서 리사가 편해졌으면 좋겠어요."

내가 말했다. 우리 둘 다를 위해 그러길 바랐다.

"그렇게 될 거예요."

산드라는 다시 복도 쪽을 향해 고개를 끄덕였다.

"자, 이제 엄마를 보러 갑시다."

그녀를 따라 부엌을 나온 나는 넬 엄마의 생일 때 방문했던 작은 공간으로 들어갔다. 넬 엄마는 지난번 앉아 있던 바로 그 자리에 혼자 앉아 있었다. 소파 위를 굴러다니는 커다란 쿠션들에 파묻히듯 앉아 있는 그녀는 매우 작아 보였다. 그녀의 맞은편 텔레비전에서는 토크쇼가 요란한 소리로 흘러나오고 있었다. 나를 발견한 그녀의 얼굴이 환해졌다. 안경 너머 그녀의 눈은 반짝거렸고 입술 양끝은 올라갔다.

"엄마, 모건 씨 기억나?"

산드라가 텔레비전을 끄면서 물었다.

"생일 파티에 왔었잖아."

"기억나지."

넬 엄마는 자기 옆을 토닥거리며 말했다.

"자, 이리 와서 앉아."

지난번 파티 때 리사가 했던 것처럼 나는 등받이가 곧은 의자를 그녀 앞으로 옮겨 서로 마주 볼 수 있는 쪽을 택했다.

"좋은 시간 보내요."

산드라가 내게 윙크를 보내며 말했다.

"뭐라도 필요한 게 있으면 크게 부르세요."

"넬 엄마."

우리 둘이 남았을 때 내가 입을 열었다.

"제가 지난번에 왔을 때 넬 엄마께서 어린 시절 알았던 화가 이야기를 했었어요. 안나 데일요. 저랑 이야기했던 거 기억나세요?"

"안나 아가씨."

넬 엄마는 주름진 입술 위로 두 번째 손가락을 들어 올렸다.

"쉿. 안나 아가씨 얘기는 조용히 해야 해."

그녀가 말했다.

"왜 그래야 하나요?"

나는 보다 부드러운 목소리로 물었다.

"왜 아가씨 얘기를 할 때는 속삭여야 해요?"

"모두가 다칠 거야. 나까지도."

"넬 엄마도요?"

나는 얼굴을 찡그렸다. 그녀는 대화를 이해하지 못하고 있다. 아니, 어쩌면 내가 이해를 못하는 것일지도 모른다. 그녀는 끄덕였다.

"우리가 속삭이지 않으면 어떻게 다칠까요?"

혹시 그녀는 산드라가 듣는 것을 원하지 않는 것일까.

"경찰이 잡으러 올지도 몰라."

그녀가 말했다.

"아."

나는 뒤로 기대앉았다. 리사가 옳았다. 지금 나는 시간을 낭비하고 있다. 가느다란 한 줄기 희망이 한숨으로 바뀌었다. 나는 종이 폴더에 끼워 온 사진 두 장을 꺼냈다. 몸을 앞쪽으로 기울여 넬 엄마에게 첫 번째 사진을 건네고 신문의 흐릿한 이미지 중앙에 빛이 닿도록 테이블 근처의 램프를 조절했다.

"이 사진 보이세요?"

내가 물었다.

"뭔지 알아보시겠……."

"제시 오빠!"

그녀는 쭈글쭈글한 손가락으로 사진 속 흑인 남자를 가리키며 말했다.

"그건 아닌 것 같아요. 제시 선생님은 그때 소년이었을 거예요. 1940년이니까요."

"이건 제시 오빠야."

그녀는 완강하게 말했다.

"열일곱이나 열여덟이었을 때야. 내 큰오빠."

나는 사진을 다시 내 쪽으로 가져와 뚫어지게 바라보았다. 넬 엄마의 말이 맞을까? 사진 속 흑인 남자는 십 대일 수도 있다. 생각이 거기까지 미치자 가슴이 뛰기 시작했다. 이건 어떻게 그가 벽화를 소유하게 됐는지를 설명해 줄 것이다. 그는 어떻게든 벽화와 연결되어 있다. 그는 어떻게든 작품에 관여했을 것이다. 나는 사진을 다시 넬 엄마의 무릎에 올렸다.

"여기 있는 백인 소년이 누군지 아세요?"

사진 속 소년이 멀쩡한 정신으로 살아 있을 실낱같은 기적을 바라며 나는 물었다. 그녀는 다시 사진을 보았지만 넬 엄마의 시선은 안나에게만 집중되어 있었다.

"안나 아가씨는 너무 예뻐."

그녀가 말했다. 그리고 다시 입을 다물려는 듯 손가락을 입술에 가져다 댔다.

"저 백인 소년은."

그녀는 불쑥 입을 열었다.

"그는 경찰이랑 뭐가 관계가 있었어. 하지만…… 아니었어."

그녀는 손가락 끝으로 인쇄된 사진을 톡톡 두드렸다.

"그때는 아니었어."

그녀는 또다시 내 말을 이해하지 못하고 있다.

"다른 사진도 있어요."

나는 서류철에서 반쯤 닦인 벽화의 사진을 꺼냈다.

"저는 안나 데일의 벽화를 복원하고 있어요."

내가 말했다.

"여전히 닦아 낼 부분이 많이 남아 있고 다시 물감도 입혀야 하지만…… 이 벽화를 보신 적이 있으신가요?"

내가 그녀의 무릎에 사진을 놓았을 때 그녀는 이미 웃고 있었다.

"이건 정말 오랜만에 보는구나."

그녀는 말했다.

"흑인 여자는 어디 있지? 나는 그 그림이 가장 마음에 들었는데."

그녀가 벽화를 알아본다는 사실에 들떠 미소가 나왔다.

"여기 구석에 있어요."

오른쪽 상단 구석을 가리키며 내가 대답했다.

"아직 그 부분을 닦지 않아서 그녀를 알아보기는 어려워요."

넬 엄마는 안경 뒤로 눈을 가늘게 떴다.

"입에 뭘 한 거야?"

넬 엄마가 물었다.

"저도 입이 어떻게 된 건지 잘 모르겠어요."

내가 시인했다.

"입 안에 뭔가 있는 것 같기도 하고요. 막대기 같은 것을 물고 있는 것 같아요."

넬 엄마는 그림을 보고 눈살을 찌푸렸다. 나는 그림의 다른 부분으로 옮겨 가는 넬 엄마의 시선을 따라갔다.

"여기에 이상한 게 좀 있어요."

내가 손가락으로 가리키며 말했다.

"도끼 보이세요? 이 빨간 점들은 거기서 떨어지는 핏방울이에요. 저는 이게 무슨 뜻인지……."

"도끼는 없었어."

넬 엄마가 고개를 흔들었다.

"그건 망치야."

이제 내가 눈살을 찌푸릴 차례다.

"망치라니 그게 무슨 말씀이세요?"

그녀는 너무 많은 말을 했다는 듯 입술을 단단히 조이며 내게서 얼굴을 돌렸다.

"망치라고 하신 게 무슨 의미인지 말씀해 주실 수 있으세요?"

나는 재차 시도했다. 사진으로 돌아온 그녀는 다시 한번 얼굴에 미소를 머금었다. 그리고 아직 더럽지만 식별은 가능한 오토바이를 손가락으로 두드리며 웃었다.

"이거 기억나!"

그녀가 말했다.

"제시 오빠가 덮어 버렸어. 안나 아가씨는 다시 그렸어. 그러면 오빠는 다시 덮었어."

나는 그 말을 조금도 알아들을 수가 없었다.

"무슨 말씀이세요?"

내가 물었다. 그녀는 촉촉한 시선으로 내 얼굴을 바라보았다.

"아가씨 이야기는 비밀로 해야 하는 거 알고 있지?"

그녀가 내게 숨죽여 물었다.

"왜죠?"

나는 이리저리 날뛰는 노파의 두뇌를 열 수 있는 열쇠가 있었으면 좋겠다고 생각하며 물었다.

"왜 아가씨에 대한 걸 비밀로 해야 하죠?"

대답 대신 그녀는 다시 손가락을 입술 위로 가져갔다. 나는
한숨을 뱉었다.

"좋아요. 비밀을 지킬게요."

나는 흐릿한 신문 속 사진을 바라보며 나를 가장 괴롭혀 왔
던 질문을 던지기로 했다.

"넬 엄마."

내가 말했다.

"안나 아가씨는 자살한 건가요?"

안경 속 넬 엄마의 어두운 눈동자가 휘둥그레졌다.

"아, 아니야. 꼬맹아!"

그녀는 말했다.

"왜 그렇게 생각해. 아가씨는 닭 한 마리도 죽이지 못했
는걸."

28장

Anna
안나

1940년 1월 12일~15일

그날 아침은 무한한 가능성을 품은 채 순조롭게 시작됐다.

머틀 부인, 팻시 백화점의 판매원 엘런 하퍼, 프리다, 사이크 시장의 아내인 매지가 밑그림의 모델을 서기 위해 창고에 왔다. 안나는 지역 역사학자에게서 머틀 부인, 엘런, 매지를 위한 드레스를 빌렸다. 여자들은 지저분한 창고 화장실에서 한 명씩 옷을 갈아입었는데 너무 꽉 끼는 상체 부분과 바스락거리는 속치마 때문에 다들 웃음을 터뜨렸다.

안나는 탁자 역할을 할 상자 주변에 세 사람을 둘러앉혔다. 셋은 작업 내내 아이들처럼 낄낄대느라 가만히 있지 못했지만 안나는 티 파티의 결과물에 대체로 만족했다.

프리다는 더할 나위 없이 멋진 모델이 되어 주었다. 프리다가 말을 한 적이 없었기 때문에 안나는 그녀의 이를 본 적이 없었다. 하지만 안나의 요청대로 그녀가 포즈를 취하자 매력적인 미소와 함께 아름다운 하얀 치아가 드러났다. 안나의 계획은 프리다가 땅콩으로 가득한 앞치마를 들어 보이는 것이었지만 당장은 땅콩이 없었기 때문에 나중에 추가로 그려 넣기로 했다.

제시는 안나가 여자들의 스케치를 다 끝내기도 전에 도착했다. 미술에 대한 제시의 열정을 헤아렸을 때 그리 놀라운 일은 아니었다. 안나는 모델들과 계속 작업했고 제시는 말없이 캔버스 틀에 사용할 나무를 자르기 시작했다. 여자들이 떠났을 때쯤 그녀는 지쳤지만 뿌듯했다. 곧이어 테레사와 피터가 도착했다. 피터는 틀 작업을 하고 있는 제시에게 곧바로 합류했지만, 테레사는 안나를 구석으로 데리고 갔다.

"저 애가 여기 있으면 우리 아빠가 절 여기 못 오게 할 거예요."

그녀는 제시를 향해 곁눈질을 하며 속삭였다. 안나는 혼란스러웠다.

"어째서? 내가 모르는 제시의 문제점이라도 있니?"

그녀는 마틴에게 비슷한 질문을 했던 것이 떠올랐다. 테레사는 고개를 흔들었다.

"어제 처음 본 사이인데요. 그래도 흑인 애랑은 함께 일할 수 없어요."

"아, 맙소사. 제시는 너처럼 화가가 되고 싶어 해. 너희 셋은 여기 배우러 온 거고."

"우리 아빠가……."

"너희 아버지가 굳이 아실 필요가 있을까?"

안나는 자신이 선을 넘고 있다는 사실을 인지하며 물었다. 테레사는 그 중대한 소식을 아버지에게 숨기라고 종용받기라도 한듯, 불신 가득한 눈으로 안나를 바라보았다. 반면 창고 맞은편에서 들려오는 소년들의 웃음소리는 안나의 마음을 훈훈하게 만들었다. 적어도 세 사람 중 둘은 잘 어울리고 있었다.

"제 말을 이해 못 하시네요."

테레사는 말했다.

"아니. 그런 것 같지 않은데."

안나가 지친 목소리로 대답했다.

"테레사, 이건 너한테 달렸어. 제시는 여기서 일하고 있고 나는 너도 여기서 일했으면 좋겠어. 하지만 선택은 네 몫이야."

"그렇게 말씀하시는 건 옳지 않아요."

그녀는 안나의 분홍빛 입술에서 시선을 돌렸다.

"그럼 제가 나갈래요."

그 길로 그녀는 쿵쿵 발소리를 내며 걸어가서 걸어 놓은 코트를 집어 들고 문밖으로 나갔다. 일에 열중하던 소년들이 고개를 들었다.

"테레사는 여기서 일하고 싶지 않대."

안나는 단순하게 전달했다.

"이게 무슨……."

피터는 영문을 모르겠다는 듯 눈썹을 찡그리며 말했지만

제시는 말없이 다시 망치질을 했다. 안나는 제시를 가만히 지켜보았다. 그는 모든 걸 알고 있었다. 그의 검은 피부 아래로 볼이 빨갛게 불타고 있었다. 보이지는 않지만 그녀는 느낄 수 있었다.

*

북쪽에 있는 노픽으로 차를 모는 동안, 안나는 폴린이 유쾌한 동행자가 되어 주고 있다고 생각했다. 적어도 대부분의 시간 동안은 그랬다. 그녀는 이든턴에서의 어린 시절은 어땠는지, 칼은 그녀에게 어떻게 청혼했는지(칼은 이 지역에 있는 수많은 개울들 중 하나에서 작은 배의 노를 저으며 청혼을 했다) 등등 쉴 새 없이 조잘거렸다. 그녀는 마을 사람들에 관해 자신이 들었던 모든 이야기를 안나와 공유하기도 했다. 소문은 한도 끝도 없었다. 다행히 폴린은 안나에 대해 별로 묻지 않았다. 안나는 아직 누구와도 어머니 이야기를 할 준비가 되지 않았다.

"같이 일하는 학생은 몇 명이야?"

이든턴 사람들과 관련한 난잡한 이야깃거리를 다 소진했을 때 폴린이 물었다.

"두 명."

안나가 말했다.

"남학생 두 명. 원래는 여학생까지 세 명이었는데 여학생은 그만뒀어. 남학생 중 한 명이 흑인이라 아빠가 허락하지 않을 거라면서."

폴린이 웃으며 말했다.

"아마 그 애 말이 맞을 거야. 그 애의 아빠가 누군데?"

안나는 잘 모르겠다는 표정을 지었다.

"나도 만나 본 적은 없어. 여학생 이름은 테레사 웨이먼 이야."

"세상에, 맙소사."

폴린이 말했다.

"그 애 아빠가 누군지 알아?"

"나는 모르지."

안나가 대답했다.

"은행장 라일리 웨이먼. 그 사람이야말로 이 동네의 진짜 실세야."

그의 이름이 갑자기 귀에 익게 들렸다. 이른바 '거물'들을 만났던 자리에서 누군가가 그를 언급했던 것이 떠올랐다.

"음, 제시 때문에 자기 딸이 일하는 걸 그만두게 할 만큼 나쁜 놈인가?"

"그 이상이지."

폴린이 말했다.

"아직은 그 애 아버지로부터 아무런 소식이 없었어. 그러니까 괜찮을 것 같은데."

안나가 말했다.

"물론 테레사는 금요일에 작업실을 나갔으니까 앞으로 어떻게 될지는 모르지만 말이야. 그래도 걱정되지는 않아."

폴린은 잠깐 동안 아무런 말도 꺼내지 않았다. 앞 유리창을 똑바로 응시하고 있는 폴린의 모습이 안나의 한쪽 시야에 들어왔다. 폴린은 푸른 눈 안에 들이치는 햇빛을 가두고 있었다. 마침내 숨을 크게 들이마신 폴린이 안나 쪽으로 몸을 틀었다.

"제시라는 아이가 너를 돕는 거 말이야. 그게 혹시 모를 위험을 감수할 만큼 가치 있는 일인지 자문해 봐야 할 것 같아."

"셋 중에서는 단연코 가장 재능이 뛰어난 아이야."

안나가 말했다.

"미술에 대한 열정도 대단해. 아직 많은 경험이 필요하긴 하지만…… 다른 화가들을 연구할 수 있도록 갤러리도 가봐야 하고 말이야. 내 미술 교재들을 가져 와서 그 애에게 보여 줄 수 있었으면 좋았을 텐데."

안나는 자기 목소리가 한껏 들떴다는 것을 느꼈다. 폴린의 귀에도 그렇게 들렸을 것이다. 곧이어 폴린의 시선이 자신을 향하는 것을 느꼈다.

"혹시…… 그 소년에 대한 부적절한 감정이 있는 건 아니지?"

폴린은 아주 조심스럽게 물었다.

"지금 네 말투가 그 애한테 완전히 반해 버린 것처럼 들려."

안나가 웃었다.

"당연히 아니지!"

그녀는 폴린을 안심시켰다.

"전혀 아니야. 그런 쪽으로는 절대로 아니야. 그 애의 재능이 물거품이 될까 봐 걱정하는 것뿐이야. 원하는 일을 하는 대신 가족 농장에서 일하게 될까 봐 걱정하는 거라고."

"이미 알고 있겠지만 너는 그 애를 구할 수 없어."

폴린이 말했다.

"사람은 저마다 이런저런 종류의 제약을 가지고 태어나. 선천적인 장애를 가질 수도 있고 원하지 않는 피부색으로 태어날 수도 있어. 선택의 문제가 아니라는 거야. 우리는 그저 주어진 환경에서, 주어진 대로 살아 나가야 해."

안나는 대답하지 않았다. 그녀는 그를 구하려는 것이 아니다. 단지 그가 다른 사람들과 같은 기회를 갖게 되기를 원할 뿐이다.

"다른 남학생은?"

폴린이 물었다.

"백인 소년?"

"아주 착한 아이야."

안나가 말했다.

"그 애는 건축가가 되도 좋을 것 같아. 스케치가 기술적으로 완벽하거든. 그 애는 화가가 되고 싶어 해. 하지만 그림에 열정이 없어."

"제시가 가진 것 같은?"

폴린이 말하자 안나는 끄덕였다.

"제시의 열정."

*

운 좋게 헤매지 않고 가게를 찾아낸 두 사람은 캔버스를 말아
둔 뭉치가 생각했던 것보다 더 거대해서 깜짝 놀랐다. 다행히
칼이 아주 긴 밧줄이 필요할 거라고 미리 언질을 해준 덕분에,
직원의 도움을 받아 안나의 차 지붕에 단단히 묶을 수 있었다.
안나는 주문했던 물감 외에도 붓, 목탄 등 다른 재료들을 집었
다. 새로운 도구를 손에 넣을 때마다 느꼈던 짜릿함이 다시금
안나를 사로잡았다. 그러다 충동적으로 피터와 제시를 위한 캔
버스도 두 개 구입했다.

　　안나는 제한 속도에 훨씬 못 미치는 속도로 이든턴을 향해
운전했다. 폴린은 그녀를 도와 캔버스 뭉치와 나머지 도구들을
창고 안으로 옮겼다. 폴린은 허리에 손을 짚고 서서, 가쁜 숨을
내쉬며 커다란 작업실을 둘러보았다. 천장의 들보, 먼지가 쌓인
채광창, 어두운 구석들이 폴린의 시야에 들어왔다.

　　"잘은 모르겠지만…… 여기는…… 작업하기엔 좀 별로인
것 같아."

　　그녀의 말에 안나가 웃었다.

　　"네가 청소하기 전의 모습을 못 봐서 그래."

　　안나는 말했다.

　　"나도 처음에는 너무 싫었는데 이제는 거의 집처럼 느
껴져."

　　"어머, 이것 좀 봐!"

티 파티 숙녀들 셋과 프리다를 그린 밑그림 쪽으로 걸어가며 폴린이 소리쳤다.

"누구인지 한 번에 알아보겠어."

그녀는 안나를 쳐다보며 덧붙였다.

"너 정말 대단하구나."

"고마워."

그림에 색을 입히면 어떻게 되는지 보여 주려고 안나는 스케치를 들고 폴린에게 갔다.

"나도 예술적인 재능이 있었으면 좋겠다."

"음, 나도 아픈 사람을 간호하는 일에 대해 아무것도 모르니까 우리는 비긴 거야."

안나가 말했다. 폴린은 조금 더 머물렀지만 안나는 내심 그녀가 떠났으면 했다. 그녀는 좋은 친구였지만 지금 안나에게 우정보다 중요한 건 작품이었다. 죄책감으로 마음 한편이 거북하면서도 빨리 작업을 시작하고 싶어 안달이 나기 시작했다. 폴린이 떠난 후 안나는 콧노래를 흥얼거리며 새 물감과 붓, 팔레트를 정리했다.

29장

Morgan

모건

2018년 7월 7일

벽화 닦기가 끝났다. 벽화는 여전히 닳고 긁힌 데다 낡았지만 적어도 깔끔해지긴 했다. 그리고 드러난 그림은 꿈에 나올까 겁이 날 만큼 기괴망측했다.

흑인 여성이 물고 있던 것은 막대기가 아니라 칼이었다. 거기서 끝이 아니었다. 단숨에 올리버의 사무실로 달려가 그를 로비로 끌고 오게 만들었던 것은 따로 있었다. 그건 바로 티 파티 숙녀들 중 한 명의 손에 들려 있는 망치였다. 망치는 도끼처럼 피를 떨구고 있었다. 떨어진 피는 숙녀들의 드레스를 더럽히고 그녀들의 발치에 웅덩이를 만들었다. 안나 데일은 정말 미쳤을지도 몰랐다. 하지만 넬 엄마가 말하던 안나는 완벽하게 정상이었다.

조금은 비뚤어진, 둥근 글씨체의 서명이 있는 오른쪽 하단까지 다 닦았을 때 나는 사람들을 전부 불렀다. 물감을 올려놓은 테이블과 사다리를 방해되지 않게 한쪽으로 치운 후 우리는 로비 한가운데에 모였다. 리사, 아담, 와이어트는 내 왼편에, 올리버와 그의 열두 살짜리 아들 나단은 내 오른편에 있었다. 내 눈에 보이는 건 아직 내 손길을 기다리고 있는 미완성 작품이었지만 다른 사람들은 깊은 인상을 받은 것 같았다.

　　"색깔이 멋진데요."

　　아담이 내 팔을 주먹으로 가볍게 치며 말했다.

　　"잘했어요. 크리스토퍼."

　　"고마워요."

　　나는 멋진 일을 해냈다. 광택제를 바른 것과는 다른 방식으로 색은 생생하게 살아났다. 우리가 처음 벽화를 펼쳤을 때와 비교하면 지금 보고 있는 것은 완전히 다른 생명체다.

　　"엉망진창인데요."

　　나단의 말에 모두 웃음을 터뜨렸다. 올리버는 며칠째 아들과 함께 지내는 중이었다. 그의 귀여운 아들을 만난 건 불과 두 시간 전이었지만, 자신의 생각을 말하는 데 거리낌이 없는 소년이라는 것을 알기에는 충분한 시간이었다. 그리고 나는 그 점이 마음에 들었다.

　　"역시 내 아들이야."

　　올리버가 아들의 말에 동의했다. 나는 나단을 바라보았다.

　　"닦아 내기 전에 네가 봤다면."

내가 말했다.

"그거랑 비교하면 지금은 보기 좋은 상태라고 할 수 있지. 나중에 '전' 사진을 보여 줄게."

"저는 이 피들이 마음에 들어요."

나단은 말했다.

"완전 멋져요."

리사를 제외한 모두가 웃었다.

"나는 잘 모르겠는데."

리사가 한숨을 뱉으며 말했다.

"음."

그녀는 손에 있는 핸드폰을 슬쩍 보았다.

"이걸 닦아 내는 데만 이 주나 걸린 게 만족스럽지는 않지만 필요했던 작업이란 건 분명해 보이네요. 꽤 차이가 있어요. 그래도 이 말은 해야겠어요. 지금 속도로 해서 제 시간에 마무리할 수 있을지 모르겠어요."

"저 인디언."

아담은 고개를 흔들며 말했다.

"진짜 끝내줘."

"인디언이 어디 있어요?"

나단은 머리에 깃털을 꽂은 진짜 인디언을 찾기 위해 벽화를 쭉 훑어보면서 물었다.

"아담이 말하는 건 오토바이 회사 이름이야. 여자들 드레스 사이로 오토바이 타이어랑 빨간색 타이어 덮개가 삐져나와 있는 게 보이니?"

"그게 왜 거기에 있어요?"

나단이 물었다.

"우리도 그 답을 알고 싶어."

올리버가 대답했다. 벽화의 오토바이 부분을 닦기 시작하자마자 나는 그 오토바이를 제시가 덮어씌웠다고 하던 넬 엄마의 말을 이해할 수 있었다. 안나의 채색은 비교적 얇았는데 그 구역만큼은 물감을 여러 번 칠한 것처럼 두꺼웠다. 적어도 한 번 이상 덧입힌 게 분명했다. 어쩌면 두 번 이상. 왜인지는 모르지만 그 부분에서 안나와 제시 사이에 의견 충돌이 있었던 것 같았다.

"올리버, 화가가 벽화에 집어넣은 엽기적인 것들의 목록을 만들죠. 당신이 만드는 벽화 설명문에 그 내용을 추가시켜야 해요."

리사가 말했다.

"퍼즐처럼 보이도록 만들어요. 갤러리 관람객들이 화가가 전하려던 메시지를 추측할 수 있도록 하는 게 좋겠어요."

"관람객들이 뭘 알아낸다면 저한테도 좀 알려 줬으면 하네요."

내가 고개를 저으며 말했다. 나는 나단을 바라보았다.

"우리가 또 무엇을 발견했는지 보여 줄까?"

나는 그림 쪽으로 걸어가면서 아이에게 물었다.

"더 가까이 와야 볼 수 있어."

소년을 데리고 벽화 쪽으로 걸음을 옮기던 나는 재미있는 기분이 들었다. 벽화와의 친밀감, 벽화에 대한 주인 의식. 벽화만큼은 이곳에 있는 그 누구도 아닌 내 소유였다.

"여기 창문을 잘 보면 해골도 있어."

나는 면직 공장 마을의 집들 중 하나의 창문에 비친, 눈이 움푹 꺼진 작은 해골을 가리켰다.

"그리고 저기 여자가 들고 있는 거울 보이니? 거울 안에는 당연히 여자의 모습이 들어 있을 거라고 생각하겠지만 아니야. 거울에는 작은 남자가 있어. 부서진 찻주전자에서 떨어지는 건 차 방울만이 아니⋯⋯."

"그럼 저것도 피예요?"

리사가 가슴에 손을 얹고 우리 곁으로 다가왔다.

"맙소사. 아버지가 벽화를 로비에 설치해야겠다고 마음먹었을 때 이 물건이 얼마나 충격적인지 알고는 있었던 걸까요?"

"피가 많기는 하죠."

나는 변명하듯이 대답했다.

"완전히 미친 것 같아요."

나단은 신이 난 말투로 말했다.

"그 화가 말이에요."

"그랬을지도 모르지."

올리버가 말했다.

"난장판이에요."

나단이 말했다.

"물감이 벗겨진 곳도 되게 많은데요?"

리사는 짜증 가득한 한숨을 내쉬었다.

"정말로 난장판이군."

그녀는 두 손으로 핸드폰을 꼭 쥐었다.

"하지만 한 달이나 남았어요."

리사는 내게 희망적인 표정을 보이며 말했다.

"해낼 수 있을 거예요."

나는 올리버를 힐끗 보았다. 그는 한 달 안에는 누구도 이걸 제대로 마무리할 수 없을 거라는 표정으로 나를 보고 있다. 그리고 나는 리사에게 고개를 끄덕였다.

"최선을 다 할게요."

내가 말했다.

*

리사는 떠났고 아담과 와이어트도 갤러리 뒤쪽의 하던 일로 돌아갔다. 나는 사다리 근처에 서서 '빨리 우리를 사용해 주세요'라고 말하는 것 같은 채색 도구들을 보고 있었다.

"긴장한 것처럼 보이네요."

올리버가 나를 보고 미소를 지으며 말했다.

"점심 먹고 좀 도와주시겠어요?"

내가 물었다.

"시작 부분만요. 도와주실 수 있어요?"

"물론이죠."

그는 아들에게로 몸을 돌렸다.

"나단, 배고프니?"

그가 물었다.

"배고파 죽을 것 같아."

올리버는 청바지 뒷주머니의 지갑에서 내게 이십 달러를 건넸다.

"저는 컴퓨터를 로비로 옮겨 놓을 테니, 그동안 나단이랑 가서 점심 좀 사다 주세요. 컴퓨터가 가까이 있어야 도와주기 편해요. 저는 치킨랩으로요."

"알겠어요."

그가 벽화 근처에 있겠다니 기뻤다. 붓질을 할 때마다 도움을 청하기 위해 사무실을 들락날락하며 그를 로비로 끌고 와야 하는 번거로움과는 이제 안녕이다. 나단과 나는 식당으로 가면서 점심 메뉴를 정했다. 나단은 베이컨 양상추 토마토 샌드위치였고 나는 샐러드를 먹기로 했다.

그때 나단이 내 발목을 가리키며 물었다.

"그거는 운동 용품 뭐 그런 거예요? 매일 매일 얼마나 걸었는지 알려 주는 그런 거요?"

청바지가 전자발찌를 가릴 만큼 길다고 생각했지만 아니었나 보다. 거짓말을 할 수도 있었지만 그러지 않기로 했다.

"실은 아니야. 이건 음주 모니터야. 나에겐 술 문제가 있었거든."

나는 스스로에게 놀랐다. 내 입에서 그런 말이 나온 건 처음이었다. 지금까지는 한번도 '술'이라든지 '문제' 같은 말을 한 적이 없었다. 부모님을 설명하는 수식어로는 써봤어도, 나 자신을 설명하면서는 처음이었다. 알코올중독자 모임에서조차 나는 스스로를 중독자라고 인정하지 않았다. 입 밖으로 튀어나온 '술 문제'라는 말은 머릿속에서 머물 때처럼 비참하게 들리지는 않았지만 움찔했던 건 사실이다. 어쨌든 나는 받아들여야만 했다. 술 문제만 아니었다면 삶을 이렇게 망쳐 버리지 않았을 것이다. 사고가 난 밤, 술을 마시지 않았더라면 내가 운전을 했을 것이고 나와 에밀리 맥스웰의 삶은 지금과는 완전히 달라져 있었을 것이다.

"그러니까 이건 내가 술을 마시지 않게 해주는 거지. 만약 술을 마시게 되면 땀에 알코올 성분이 배어 나와. 그게 모니터에 표시되면 내 가석……."

내 가석방 담당자? 그 모든 것을 소년과 공유하고 싶지는 않았다.

"내 의사가 바로 알게 돼. 그러니까 마시지 않도록 도와주는 장치야."

"그럼 알코올중독자예요?"

그가 물었다. 돌직구로. 대답하기 전 나는 잠깐 망설였다.

"그렇게 말할 수도 있을 것 같네."

나는 인정하기로 했다.

"술에 취한 채로 차 사고가 나서 더 이상 술을 마실 수가,

아니 더 이상 술을 마시고 싶지 않거든."

"네. 근데 그거 항상 차야 해요? 평생?"

"아니, 당분간만."

"뺀 다음에는 어떻게 해요? 엄청난 의지력이 필요하겠네요. 맞죠? 술을 안 마셔야 하니까."

"정확해."

그런 생각을 해낸 아이가 기특해 나는 미소를 지었다. 그애는 정말 귀여웠다. 작은 올리버 같았다. 아이를 따뜻하게 안아 주고 싶었다.

"하지만 그때가 되면 새로운 습관이 생길 거야. 술을 마시지 않는 새로운 습관. 그럼 이걸 빼버린다 해도 다시는 술을 마시지 않겠지."

모퉁이에 다다른 우리는 길을 건넜다. 술에 관한 대화를 그쯤에서 종결시킬 필요가 있었다.

"너희 아빠는 너와 함께 스미스산의 호수에 가는 걸 정말 기대하고 계셔."

우리가 길 건너편의 인도에 발을 들였을 때 나는 화제를 바꾸며 말했다.

"음. 제가 갈 수 있을지 모르겠어요."

"정말? 왜?"

"새아빠가 디즈니월드 표를 사줬는데 개학 전에 낼 수 있는 시간이 많이 없어서요."

"아빠도 알고 계시니?"

아이는 고개를 흔들었다.

"아직 확실하지 않아서 말 못하겠어요. 스미스산 호수는 백만 번도 더 가봤어요. 그런데 디즈니월드는 한 번도 못 가봤거든요. 되게 재미있을 것 같아요."

올리버를 생각하니 가슴이 쓰렸다. 뜻밖의 감정이었다. 일주일 내내 아들과 보낼 계획을 얘기하던 올리버의 눈이 얼마나 반짝였는지가 떠올라 진심으로 마음이 아팠다. 누군가를 그렇게 염려하는 감정을 갖는 건 정말 오랜만이었다. 동시에 그 대상이 조건 없이 나를 도와주는 친구라는 사실도 깨달았다. 대가나 보답을 바라지 않고 나를 도와주는 그런 친구 말이다.

"아빠가 크게 실망하실 것 같은데."

내가 말했다.

"아닐걸요."

나단은 대답했다.

"아빠는 원래 덥고 끈적끈적한 여름 호수를 싫어해요. 모기도 엄청 싫어하고요. 그러니까 별로 신경 안 쓸 거예요. 그리고 저는 디즈니월드에 꼭 가보고 싶어요."

'참견하지 마.'

스스로에게 경고했다.

'이건 내가 상관할 일이 아니야.'

하지만 아이에게 해주고 싶은 수많은 대답들이 머릿속을 날아다녔다.

'이기적으로 굴지 마!'

말하고 싶었다.

'너를 정말 사랑하고 너와 무엇인가를 함께하고 싶어 하는 아빠, 항상 취해 있지 않은 아빠가 있다는 것은 정말 행운이야. 제발 그의 마음을 아프게 하지 말아 줘.'

"베이컨 양상추 토마토 샌드위치에 마요네즈 많이 넣어 줬으면 좋겠어요."

나단의 말에 우리가 식당 입구에 도착했다는 것을 알았다.

"그렇게 해줄 거야."

이 문제에 관한 한 입을 다물고 있겠다고 다짐하며 아이를 따라 안으로 들어갔다. 이건 내가 풀 수 있는 숙제가 아니다. 나는 지금 내 숙제만으로도 벅차다.

*

나단과 내가 점심을 사러 간 동안, 올리버는 로비에 자기 작업 공간을 만들어 놓았다. 접이식 테이블은 컴퓨터와 우뚝 솟은 종이 뭉치 몇 무더기, 아들의 사진이 담긴 액자를 지탱하고 있었다.

"다 준비됐어요."

그는 말했다. 우리 셋은 차가운 타일 바닥 위에 앉아 식사를 했다. 올리버는 오후 내내 복원용 물감과 돋보기용 바이저visor의 사용법을 알려 주었고 나단은 컴퓨터 게임을 했다.

"지금부터 당신이 화가라는 것을 잊어요."

올리버는 물감이 벗겨진 부분에 붓질하는 방법을 보여 주면서 말했다.

"기술자라고 생각하세요. 보수하는 부분의 색깔과 정확히 일치해야 하고 물감의 질감도 동일해야 해요. 물론 광택의 정도도 같아야 하고요."

그는 안나의 유화와 비슷해질 때까지 물감에 이산화규소를 조금씩 섞어서 광택을 줄이는 방법을 알려 주었다.

"이제 알겠어요."

내가 말했다. 나는 가만히 서서 올리버가 작은 붓으로 조심스럽게 캔버스를 다루는 것을 바라보았다. 스미스산 호수에 가지 않겠다고 한 나단의 말이 머릿속을 맴돌아 그의 어깨에 위로하듯 팔을 얹고 싶은 기분이 들었다. 나는 컴퓨터에 푹 빠져 있는 나단을 슬쩍 보았다.

'이기적인 녀석.'

대부분의 열두 살짜리들은 저 아이와 비슷할 것이다. 자기밖에 모르는 나이, 자신의 욕구가 모든 선택의 기준이 되는 편리한 나이. 하지만 나는 그렇지 못했다. 이기적일 권리가 내게는 주어지지 않았다.

"초반에는 익숙하지 않을 테니 확인하고 싶으면 언제든 이야기해요."

올리버는 말했다. 그의 도움으로 여기까지 올 수 있었다.

"좋은 생각이에요."

나는 그를 바라보며 돋보기용 바이저 아래로 미소 지었다.

"제가 못하겠다고 할까 봐 걱정했어요?"

"그 물감은 항상 쓰던 것과는 다를 거예요."

그가 말했다.

"하지만 당신은 해낼 수 있어요."

하루가 끝날 무렵, 나는 벽화의 왼쪽 상단, 아주 작은 부분의 덧칠을 겨우 마쳤다. 그나마도 배경에 불과했고, 푸른 하늘에 지나지 않았다. 이후 다루어야 할 섬세하고 까다로운 부분들, 예컨대 티 파티 숙녀의 빠진 속눈썹 같은 부분들과는 전혀 달랐다. 그래도 올리버는 내가 수준 높게 해냈다고 말해 주었다. 그의 칭찬에 일을 마칠 시간이 됐다는 것을 알게 되었다. 드디어 답답한 바이저를 벗을 수 있었다.

나는 한 발짝 뒤로 물러서서 오랜 시간 공들였음에도 겨우 작은 점처럼 보이는 부분을 바라보았다.

'8월 5일. 이제 한 달도 남지 않았어.'

나는 천천히 고개를 흔들었다. 불가능해 보였다.

(30장)

Anna

안나

1940년 1월 17일

안나는 제시에게 미술책을 보여 주기 위해 도서관에 들렀다. 피터가 도서관에서 스케치에 관한 책을 빌려 온 것을 보고, 제시에게도 책을 빌려 보는 게 어떻겠냐고 했을 때 이런 대답을 들었기 때문이다.

"여기는 흑인용 도서관이 없어요. 선생님."

그녀는 그의 말에 놀라기보다 좌절감을 느꼈다. 그녀는 흑인 소년을 위해 이 책들을 대출하는 거라고 도서관 사서에게 이야기하면 어떤 반응을 보일지 궁금했지만 말하지 않기로 했다. 이곳 사람들의 입방아에는 이미 충분히 올랐으니까.

도서관에서 돌아온 안나는 몇 시간째 혼자서 밑그림 작업을 하고 있었다. 그때 별안간 낯선 남자가 창고 문을 열어젖혔다. 그는 창고가 자신의 소유라도 된다는 듯 거만한 태도로 들어왔다. 목탄 연필을 손에 쥔 안나는 밑그림 뒤로 물러났다. 그녀는 이 무단침입에 겁을 먹어야 할지 화를 내야 할지 갈피를 잡지 못해 어안이 벙벙한 상태로 있었다.

"그쪽이 안나 데일이요?"

남자가 낮고 거친 목소리로 물었다.

"네. 누구세요……?"

"나는 라일리 웨이먼이요."

그가 말했다.

"테레사 웨이먼이 내 딸이요."

'아.'

그녀는 생각했다.

'테레사 웨이먼의 아버지에다 은행장이라던 사람.'

연필을 내려놓은 그녀는 그에게 손을 내밀기 전, 손에 묻은 목탄을 작업복에 닦았다.

"안녕하세요?"

그녀가 인사를 건넸지만 그는 그녀와 악수할 생각이 없어 보였다. 그의 시선은 안나가 입고 있는 바지, 목탄으로 더러워진 작업용 셔츠, 가죽 구두를 차례로 훑었다. 그녀의 몸에 한기가 스몄다. 그의 시선 때문이었는지 아니면 그가 들어올 때 찬바람이 창고 안으로 딸려 와서인지는 알 수 없었다. 두 대의 난방기가 무색하게 안나는 몸을 부들부들 떨었다.

"왜 흑인 아이를 데려와서 내 딸을 내쫓았는지 알아야

겠소."

"저는 내쫓은 적 없어요."

안나가 대답했다.

"테레사 말로는 제시가 이곳에 있는 한 아버지가 허락하지 않을 거라던데요. 그리고 이곳을 나간 건 테레사의 선택이었어요."

"테레사가 먼저 왔잖소."

"그렇기는 하지만 보시다시피 이 작업실은 세 명의 학생이 함께 일하기 충분해요. 제시의 미술 선생님이 특별히 추천하기도 했고요."

안나가 말했다.

"테레사도 계속 있었으면 좋았을 거예요. 꽤 재능이 있거든요."

그랬던가? 안나는 실제로 그녀의 작품을 본 적이 없었다.

"다시 말씀드리지만 나가기로 한 건 테레사의 선택이었어요."

라일리 웨이먼은 팔짱을 낀 채 눈살을 찌푸리며 밑그림을 바라보았다. 그는 오랫동안 조용히 그림을 살폈다.

"그 애가 다시 오면 좋을 것 같아요."

안나는 단지 침묵을 깨뜨리려는 의도로 입을 열었다. 그는 그녀를 향해 돌아섰다.

"어린 아가씨, 당신은 이곳 사람이 아니요."

그가 말했다.

"알고 있잖소? 당신은 이곳에 어울리지 않아. 아가씨가 여

기서 앞으로 이십 년을 산다 해도 인정받지 못할 거요. 지금이
야 사람들이 좋아하겠지. 호기심 때문이기도 하고 우리 우체국
이 벽화를 위한 장소로 선정되기도 했으니 말이오. 하지만 그런
건 금방 지나가지. 머지않아 사람들은 당신을 이곳에 오도록 한
게 실수였다는 것을 깨닫게 될 거요."

"저는 이든턴에서 잘 지내고 있어요."

안나는 자신의 입장을 고수하며 대꾸했다. 사실이었다. 그
녀는 이든턴에서 잘 지내고 있었다. 하지만 그의 말이 무엇을
의미하는지도 정확히 알고 있었다. 이든턴에 온 지 거의 한 달
반 가까이 지났지만 아직 이해가 되지 않는 것들이 몇 가지 있
었다. 이 마을에서 아무리 오래 산다 한들 자신이 이방인이라는
느낌은 지울 수 없을 것이다. 웨이먼 씨와의 논쟁에서 얻을 것
이 없다는 것을 깨달은 그녀는 전략을 바꾸기로 했다.

"테레사를 꼭 돌아오게 해주세요."

그녀는 말했다.

"테레사는 미술에 흥미를 갖고 있어요. 이건 좋은 경험이
될 거예요."

그녀가 문장을 마무리하기도 전에 그는 고개를 젓고 있었다.

"그런 쓰잘머리 없는 말이나 들으려고 여기 온 게 아니오."

그는 말했다. 그의 시선이 작업복으로 빈틈없이 가려진 그
녀의 몸으로 다시 내려갔다. 그는 그녀의 복장이 혐오스럽다는
듯 도리질을 했다.

"딸애 말로는 여기서 일하려면 바지를 입어야 한다던데."

그는 안나의 먼지투성이 바지를 턱으로 가리키며 말했다.

"그게 당신이 정한 규칙이라더군."

"그런 규칙은 없어요."

그녀는 테레사가 그런 식으로 말을 지어낸 것에 짜증이 났다.

"그저 여기서는 바지를 입는 게 편할 뿐이에요. 캔버스 틀 작업은 바닥에서 해야 하니까요. 그러기에는 바지를 입는 게 더 낫다고 생각하지 않으세요?"

그는 콘크리트 바닥에 있는 캔버스 틀을 힐끗 보았다. 그러고 나서 어마어마한 창고의 크기와 어두운 구석들, 으스스한 들보를 처음으로 알아차린 듯 주위를 둘러보았다. 그는 그녀를 점점 더 불안하게 옥죄고 있었다. 그녀는 그가 당장 떠나 주었으면 했다.

"신경 쓸 것 없소."

그가 마침내 말했다.

"이유야 어떻든 나는 내 딸이 여기서 당신과 일하는 게 싫으니까."

돌아서서 창고를 나가는 그의 신발 굽 소리가 메아리처럼 울렸다. 그가 나가는 것을 지켜보던 안나는 테레사에게 약간의 동정심이 일었다.

*

그날 창고에는 많은 사람들이 들렀다. 먼저 모델을 서기로 한 벌목업자 프랭크가 왔다. 긴 손잡이가 달린 도끼를 내내 들고 있어야 했음에도 그는 훌륭한 모델이 되어 주었다. 잠시나마 나무 등급 평가 작업에서 벗어날 수 있어서였을까, 그는 포즈 취하는 일을 즐기는 것 같았다. 그가 떠나고 삼십 분 후에 도착한 제시와 피터는 캔버스 틀 작업을 시작했다. 그리고 잠시 후, 마틴 드래플이 또다시 나타났다.

"여유 시간이 좀 생겨서요."

그가 말했다.

"내가 와서 도울 수 있는 일이 있을지 생각했…… 와!"

그가 밑그림을 알아차렸다.

"그사이 엄청난 진전이 있었네요!"

그는 뒤로 물러서서 그림을 감상했다.

"굉장히 빠른데요."

그가 덧붙였다. 속도와 완성도는 반비례한다는 말을 하고 싶었던 걸까? 안나는 그의 말을 곧이곧대로 받아들이지 못하는 자신이 못마땅했다. 왜 그렇게 스스로를 의심했을까? 그녀는 마틴의 말을 있는 그대로, 칭찬으로 받아들이기로 했다. 여하튼 그가 이곳에 있다는 사실이 달갑지는 않았다. 지금 이 남자는 그녀를 감시라도 하는 걸까?

"고마워요."

그녀는 말했다.

"지금까지는 잘돼 가고 있어요."

그는 캔버스 틀을 만드느라 바닥에서 고군분투하고 있는

피터와 제시에게로 돌아섰다.

"이봐, 친구들."

그가 말했다.

"일손이 좀 부족해 보이는데."

"물론입니다!"

피터가 말했다. 제시는 돌리고 있던 나사못에 시선을 고정한 채 계속 고개를 숙이고 있었다. 바닥으로 몸을 낮춘 마틴은 두 개의 기다란 나무를 안정된 자세로 잡았다. 안나는 그들의 작업을 잠시 지켜보았다. 그녀의 마음속에 자리 잡았던 마틴에 대한 불평은 서서히 고마움에게 공간을 내주었다. 소년들 둘이서는 캔버스 틀을 다루기 힘들었을 것이다.

그녀는 밑그림으로 되돌아갔다. 마틴의 아내는 그가 창고에 있다는 것을 알고 있을까? 지난주에도 들렀던 것은 알고 있을까? 집에 가서 안나 데일의 밑그림 기준선 만드는 것을 도와주었다고 아내에게 말했을까? 말했을 턱이 없다. 만약 그랬다면 지금쯤 둘은 이혼했을지도 모른다. 도서관 계단에서 분노에 찬 여자가 어떻게 자신의 팔을 움켜쥐었는지, 마틴의 그림이 우승하지 못해 그녀가 집안의 재정문제를 얼마나 걱정하고 있었는지 안나는 어제 일처럼 기억하고 있었다. 안나의 생각은 그가 여기서 무보수로 일하고 있으면 안 된다는 데까지 미쳤다. 특히 그녀와 함께 있어서는 안 됐다. 그가 다시는 오지 않는 게 최선이었다.

하지만 그가 소년들과 나란히 일하는 것을, 어쩌면 그녀도 미처 몰랐을 틀 작업에 관한 부분을 아이들에게 지시하는 것을 지켜본 그녀는 그가 와서 다행이라고 생각했다.

31장

Morgan

모건

2018년 7월 9일

리사의 집에서 나와 갤러리를 향해 발을 내딛는 순간 어디선가 사이렌 소리가 들렸다. 사이렌 소리는 줄어들지도, 멈추지도 않았다. 오히려 다른 사이렌 소리가, 또 다른 사이렌 소리가 차곡차곡 더해졌다. 그 소리는 나를 사고 현장으로 다시 데려가고 단번에 가슴을 쿵쾅거리게 만들기에 충분했다. 나는 집 앞의 인도에 마비된 듯 멈춰 섰다. 다시 집 안으로 들어가 소리가 멈출 때까지 기다려야 할지 아니면 계속 갤러리 쪽으로 걸어가야 할지 결정해야 했다.

'정신 차리자.'

나는 헝클어진 마음을 다잡으며 걷기 시작했다. 남은 인생을 공포에 갇혀 살지는 않을 테다. 브로드 스트리트에 들어서자

소리는 멈췄지만 반 블록도 떨어지지 않은 곳에 있는 구급차, 경찰차, 소방차 들이 시야에 들어왔다. 나는 그 자리에서 얼어붙었다. 내가 있는 자리에서 승합차와 배달용 트럭이 충돌한 것이 보였다. 들것이 있었다. 비록 들것에 실린 사람은 볼 수 없었지만 머릿속에는 이미 구급차에 실리는 에밀리 맥스웰의 피범벅 된 몸이 선명하게 떠올랐다. 사고가 난 장소를 피하려고 건너편 길로 돌아가려 했지만 너무 늦었다. 여파는 시작됐다. 다리가 풀렸다. 온 세상이 빙글빙글 돌아 한 발짝도 내디딜 수 없었다. 쓰러지지 않기 위해 건물 벽에 몸을 기대야 했다. 앉을 만한 벤치가 있는지 둘러보았지만 보이지 않았다. 눈을 감고 기대서서 진저리나는 어지럼증이 사라지기를 기다렸다.

갤러리에 도착했을 때쯤에는 괜찮아졌다고 생각했지만 아니었나 보다. 로비에 들어섰을 때 컴퓨터 작업 중이던 올리버가 휘둥그레진 눈으로 나를 올려다보았다.

"무슨 일이에요?"

그가 이어폰을 빼면서 물었다. 나는 고개를 저었다.

"아무것도 아니에요."

"아무것도 아니긴요. 어디가 아픈 거예요? 얼굴이 창백해요."

나는 물감과 붓을 들고 테이블 옆에 앉아 축축해진 손바닥을 청바지에 닦았다.

"사고 난 장면을 봤어요. 그 여파 때문에 충격이 되살아났어요."

"저도 사이렌 소리를 들었어요. 어디였어요?

"브로드 스트리트요. 안 보려고 했는데, 저는…… 사고를……
그건……."

나는 그에게서 고개를 돌렸다. 내 입에서 어떤 말이 튀어나
올지 확신할 수 없었다. 그는 내 얼굴을 살피며 무릎에 팔꿈치
를 대고 쪼그려 앉았다.

"무슨 말이에요?"

그는 연달아 물었다.

"당신이 사고가 났었다고요?"

그의 눈에 걱정이 비쳤다. 나는 끄덕였다.

"언제…… 아, 그 음주 운전이요?"

나는 다시 끄덕였다.

"올리버, 그건 정말 끔찍했어요. 우리는 누군가를 거의 죽
일 뻔했어요."

"무슨 일이 있었던 거예요?"

그는 계속 내게 집중한 채 몸을 일으켰다. 말릴 틈도 없이
내 입은 제멋대로 이야기를 시작했다.

"남자 친구와 함께 파티에 갔었어요. 그리고…… 우리는
둘 다 너무 취했어요."

나는 두 손을 맞잡아 무릎 위에 올렸다.

"제가 차 키를 줬어요. 남자 친구가 저보다는 술이 깬 것 같
았거든요. 우리 둘 다 운전하지 말았어야 했는데 멍청했어요."

올리버가 찡그렸다.

"남자 친구가 운전했다고요?"

"네. 그가 운전했어요."

내 목소리에는 억울함이 가득 묻어 있었다.

"그는 차를 너무 빨리 몰았어요. 시속 60킬로미터 구간에서 시속 100킬로미터 정도로 달렸어요. 그러다가 교차로에서 정지 신호를 그냥 지나쳐 버렸고 다른 차를 들이받았어요. 우리는 상대 운전자였던 소녀를 거의 죽일 뻔했어요. 그 소녀는 두 달 동안 혼수상태였어요. 지금은 하반신이 마비됐어요. 평생……."

나는 그를 살펴보았다.

"영구적으로요."

나는 조용히 덧붙였다. 올리버는 얼굴에 깊은 고랑을 만들어 내며 찡그렸다.

"당신과 남자 친구는요? 다치지는 않았어요? 그리고 그가 운전했다면서 어째서 당신이 감옥에 간 거죠?"

그는 내 이야기를 의심하고 있는 걸까? 그렇다 해도 누가 그를 탓할 수 있을까?

"우리는 멀쩡했어요. 적어도 육체적으로는요."

앞머리에 가려진 이마의 작은 흉터를 생각하며 나는 허벅지 위의 두 주먹을 내려다보았다.

"하지만 트레이는 도망갔어요. 그는 제가 운전했다고 말하라고 했죠."

"뭐 그런 나쁜 놈이."

"제가 바보였어요."

나는 그를 올려다보았다.

"올리버, 저는 완전히 술에 취해 있었어요. 그가 조지타운 로스쿨의 장학금을 잃게 될까 봐 두려워하는 것도 잘 알고 있었고요. 저는 그를 사랑했어요. 그때는 현명하게 생각할 수 없었고…… 그 말도 안 되는 상황이 그 순간에는 말이 되는 것 같았거든요. 저는 제가 그를 보호할 수 있다고 생각했어요. 그의 미래를 말이에요. 그의 미래가 곧 우리의 미래라고 믿었으니까요. 함께하는 우리의 미래요. 그렇게 말하는 건, 크게 문제되지 않을 거라고 생각했어요. 그래서 경찰들이 제가 운전했다고 여기도록 놔두었어요."

눈을 감자 그 비참했던 광경이 다시 내게 달려들었다.

"운전자였던 소녀를 도우려고 차에서 내렸는데 너무 엉망이라 무엇부터 해야 할지 몰랐어요. 폐가 터져 나갈 만큼 소리를 질렀어요. 도와 달라고요. 에밀리라는 소녀가 갇힌 차 안에서는 클랙슨이 끊임없이 울렸어요. 그 소름 끼치는 소리가……."

"경찰한테 남자 친구가 운전했다고 말하지 않았어요?"

나는 고개를 저었다.

"좋은 여자 친구라면 그렇게 해야 한다고 생각했어요. 그를 위해서라면 저는 무엇이든 할 수 있었어요. 감옥에 가게 될 줄은 꿈에도 몰랐으니까요. 마침내 진실을 말했을 때에는 아무도 믿어 주지 않았어요. 경찰이 트레이와 이야기했을 때는 그를 위해 거짓말을 해준 친구가 있었어요. 그 친구는 사고가 났을 시간에 트레이와 함께 있었다고 말했어요."

"개자식이네."

"맞아요."

내가 동의했다.

"개자식이죠."

"그럼 그놈한테는 아무 일도 일어나지 않은 거예요?"

"아무것도요. 지금 로스쿨에 다니고 있어요. 적어도 제가 알기로는 그래요. 연락한 적은 없어요."

올리버는 머리가 지끈거리는지 양쪽 관자놀이를 문질렀다. 그에게는 그런 공감 능력과 다정함이 있었다. 나는 그가 내게 무슨 말이라도 해주었으면 싶었다.

"저는 지금까지 악몽을 꾸고 있어요."

내가 덧붙였다.

"당연히 그렇겠죠."

"감옥에 있는 동안 우리가 다치게 한 소녀가 떠오를 때마다 생각의 통로를 봉쇄해 버렸어요."

"지금도 계속 '우리'라고 하고 있네요."

"그를 탓하는 것만큼 저 자신도 원망하고 있으니까요."

"그래도 당신은 현장을 떠나지 않았잖아요."

나는 아무 말도 하지 않았다. 그저 손만 내려다보았다.

"그 소녀와 연락해 본 적은 있어요?"

"아니요. 온라인에서 찾으려고 해봤는데…… SNS 계정이 있다 해도 비공개로 해놓은 건지 찾을 수가 없었어요."

나는 고개를 들어 그를 보았다.

"저는 항상 그녀를 생각해요. 걱정돼요. 그녀가 어떻게든 평안을 찾았으면 좋겠는데……."

그는 안경 너머의 아름다운 파란 눈으로 진지하게 나를 응시했다.

"그리고 모건은요?"

그가 물었다. 나는 당황해서 그를 바라보았다.

"모건이라니요?"

"당신도 평안을 좀 찾는 게 어떨까요?"

나는 고개를 흔들었다.

"잘 안돼요. 저는……."

나는 적절한 말을 찾으려 애썼다.

"예전의 제 모습이 부끄러워요."

"'예전의 나'가 그 문장의 핵심이에요. 모건."

그는 벽화 쪽으로 고개를 돌렸다.

"그리고 저는 당신이 벽화 작업에 완벽한 사람이라고 생각해요."

그는 작게 미소를 지으며 말했다.

"그렇게 생각해요? 왜요?"

"당신과 안나. 어떤 이유였든 그녀가 자신만의 악몽을 가지고 있었다는 걸 우리는 알고 있잖아요. 당신이 이미 그녀를 아끼고 있다는 것을 알아요. 그렇죠?"

나는 끄덕였다. 그가 옳다. 나는 그녀를 아낀다.

"그녀 편에 서서 바로잡아 줄 수 있는 누군가가 있다면."

그가 말했다.

"그건 바로 당신이에요."

32장

Anna
안나

1940년 1월 24일

제시는 안나에게 거짓말을 하고 있었다. 학교에서 내준 자율 시간이 있어서 창고에서 그렇게 많은 시간을 보낼 수 있다는 거짓말. 그게 피터보다 두 시간 가까이 일찍 올 수 있는 이유라고 그는 말했다. 그녀는 그 말을 믿고 싶었다. 그게 사실이길 바랐다. 하지만 그녀는 요전에 만났던 퍼먼 선생님으로부터 편지를 받았다. 제시는 미술을 제외한 모든 과목에서 낙제했다.

그 애는 대부분의 수업을 빠지고 있어요.

퍼먼 선생님은 그렇게 적었다.

당신을 도우라고 보낸 건 제 실수 같아요.

가슴이 철렁 내려앉는 그 짧은 편지를 안나는 읽고 또 읽었다. 어제 제시는 안나가 도서관에서 빌려다 준 책에 빠져 밤늦게까지 깨어 있었던 탓에 수면 부족으로 눈이 새빨개져 있었다.

"전부 다 배우고 싶어요."

그는 창고에 도착하자마자 그렇게 말했다. 그는 옛 거장들의 그림이 담긴 무거운 책을 창고 테이블에 내려놓고 마치 피부를 통해 모든 페이지를 빨아들이려는 듯 손을 그 위에 얹었다. 그의 열정에 그녀는 언제나처럼 기뻐했다.

"어떤 화가에게 가장 끌렸니?"

그녀가 물었다.

"이 사람이 최고였어요. 페르메어라는 사람이요."

"페르메이르."

그녀는 웃으며 이름을 바로잡아 주었다.

"페르메이르의 어떤 작품이 가장 좋았어?"

그녀는 제시가 가장 인기가 많은 「진주 귀고리를 한 소녀」를 고를 것이라 예상하며 물었다. 하지만 예상과는 다른 그의 선택에 놀랐다.

"그거요, 「지리학자」. 격자 모양 창문의 작은 유리들을 통해 빛이 들어오는 게 좋아요."

그는 책을 슬쩍 내려다보았다.

"어젯밤에 그 그림을 한 시간 동안 봤어요. 그렇게 그리는 법을 알고 싶어요."

안나의 눈시울이 뜨거워졌다. 복합적 구성과 흥미로운 빛의 사용이 일품인 「지리학자」는 페르메이르의 작품 중 그녀가 가장 좋아하는 것이기도 했다. 제시가 그림 속에서 아름다움을

발견했다는 사실에 그녀는 감동하기도 했지만 속이 상하기도
했다. 그에게는 재능을 펼치기 위해 가능한 한 많은 걸 배울 기
회가 필요했다. 하지만 그가 그런 기회를 갖게 될 수 있을지는
그녀도 장담할 수 없었다. 이제 퍼먼 선생님의 편지로, 그 가능
성이 더 희미해졌다고 그녀는 생각했다.

*

그날 이른 오후, 제시가 창고에 도착했을 때 안나는 그와 이야
기할 준비를 하고 있었다. 제시는 해맑게 웃으며 스케치북을 들
고 있었다. 자기가 그린 초상화를 빨리 보여 주고 싶어 하는 모
습을 보자, 안나는 그의 설렘에 찬물을 끼얹은 것 같아 미안한
마음이 들었다.

"퍼먼 선생님께 들었어."

제시가 스케치북의 열기도 전에 입을 뗀 그녀는 그의 미소
가 사라지는 것을 가만히 바라보았다. 그는 그녀에게서 시선을
돌린 후 말없이 이젤 근처의 의자에 앉아 무릎에 스케치북을 올
려놓았다.

"제시, 네가 다른 과목들과 학교생활을 소홀히 하고 있다
는 것을 알아."

그녀는 팔짱을 끼고 그의 앞에 서서 심각한 목소리로 말했
다. 잔소리 비슷한 이야기를 늘어놓자니 꼭 나이 지긋한 선생님
이 된 기분이었다.

"학교 수업을 따라가는 건 제일 중요한 일이야. 날 돕는 일이 공부에 방해가 된다면 그만두는 게 좋겠어."

그 말은 사실이 아니었다. 그녀는 당연히 그가 잘되기를 바랐지만, 동시에 그가 지금처럼 매일 창고에 와주지 않는다면 그의 도움과 열정을 그리워할 터였다.

"학교는 신경 쓰지 마세요."

제시는 나지막하게 중얼거리며 안나를 향해 고개를 들었다.

"제가 학교를 중퇴하면 여기서 매일 도와줄 수 있어요."

"아, 안 돼. 그건 절대 안 돼."

그녀는 팔을 내리며 말했다.

"학교를 관두면 안 돼. 제시, 너는 엄청난 가능성이 있어. 고등학교를 졸업하고 미술 공부를 할 수 있는 대학에 가야 해."

그 말을 하는 순간에도 안나는 자신의 말이 몽상 속에서나 가능하다는 것을 잘 알고 있었다. 첫째, 퍼먼 선생님의 말로 짐작해 볼 때 그의 성적으로는 대학 진학이 어려울 것이다.

둘째, 그는 분명 가난한 집안 출신일 것이다. 그들이 어떻게 대학 학비를 감당하겠는가?

셋째, 흑인 소년을 받아 줄 미술대학이 있기는 할까?

제시는 아무 말 없이 무릎에 놓인 스케치북을 바라보았다.

"나는 이걸 너희 집에 가서 부모님과 상의하고 싶어."

안나는 말했다. 그의 부모는 아들이 학교생활에 충실하지 않다는 것과 미술에 엄청난 재능이 있다는 사실을 알아야만 했다.

"내가 언제 들리면 좋을까?"

그녀는 자신의 제안에 제시가 겁을 먹을 거라고 생각했다. 하지만 그 반대였다. 제시는 그녀의 말에 환하게 웃었다.

"사실 엄마가 선생님을 만나고 싶어 했어요."

그가 말했다.

"일요일 식사에 초대하고 싶다고 했는데, 선생님이 안 좋아하실까 봐 말 못 꺼냈어요."

그녀는 놀랐지만 태연한 척 대답했다.

"그렇다면 정말 잘됐구나."

잠시 후 그녀가 덧붙였다.

"초대해 주셔서 감사하다고 어머니께 말씀드리렴."

33장

Morgan

모건

2018년 7월 10일

안나 데일은 숲의 배경을 어떤 색으로 칠하려 했을까? 그녀의 의도를 궁금해하며 나는 벌목업자의 뺨 근처의 벗겨진 물감을 응시하고 있었다. 나무들 위의 물감은 흉측하게 벗겨져 있었다. 벽화 전체적으로 보면 그런 곳이 수백 군데는 됐다. 어쩌면 수천 군데일지도……. 전부 내가 추측해 내야 할 곳들이었다. 의지할 것이라고는 오직 내 분별력뿐이다. 불안감이 나를 좀먹고 있었다. 내가 무엇을 하고 있는지도 잘 알 수 없었다. 그렇다고 붓질을 할 때마다 올리버를 귀찮게 하고 싶지는 않았다. 그는 여전히 내 근처에서 일하고 있었고 내가 그걸 좋아하는 건 단순히 그의 조언이 필요했기 때문만은 아니었다. 그의 침착함과 그가 주위에 있을 때 느껴지는 안온함이 좋았다.

작품이 들어 있는 상자들은 매일같이 도착했다. 그는 상자를 조심스레 열어 에어캡을 하나씩 벗겨 냈다. 그러고는 이물질 제거용 브러시를 사용해 조심스럽게 내용물을 확인한 후 항상 가지고 다니는 클립보드에 특이점을 메모했다. 그리고 다시 그림을 포장해서 임시로 마련한 온도 조절식 창고에 가져다 놓았다. 이제 갤러리의 보안 시스템 설치는 마무리됐다. 페인트 작업과 가습 시스템 설치와 가동, 작품으로 가득 찰 전시관도 머지않아 완성될 것이다.

그것 말고도 올리버는 각 작품 옆에 부착할 설명문을 쓰느라 바빴다. 특히 벽화 설명문을 쓰느라 그는 고전했다. 불가해한 벽화를 어떤 문장으로 설명할 수 있겠는가? 벌목업자의 뺨 근처, 물감이 벗겨져 버린 공간처럼 답이 없기는 마찬가지일 것이다. 나는 어디선가 마법처럼 해결책이 나타날지 모른다는 허황된 기대를 품고 한참 동안 그 부분을 응시했다. 실패다. 결국 포기를 선언한 나는 올리버를 향해 돌아섰다.

"이 부분을 어떻게 해야 할지 도무지 모르겠어요."

내가 말했다. 그는 말없이 열고 있던 상자를 내려놓고 일어서서 벽화 앞으로 왔다. 그리고 입술을 깨물며 벗겨진 부분을 살폈다. 그리고 벌목업자 근처의 또 다른 지점을 가리켰다.

"안나가 비슷한 구역을 다룬 방식을 봐요."

그가 말했다.

"그럼 그녀가 의도한 바가 뭔지 추측할 수 있을 거예요."

나는 안나가 울창한 숲을 표현하기 위해 색을 사용한 방식을 연구했었다. 그녀는 믿기 어려울 정도로 뛰어난 화가였다.

"그녀는 예측하기 어려워요. 그녀는 항상 빨간색을 골라요. 쓸 수 있는 곳이라면 어디든지…… 어둡고 검붉은 빨강이요. 심지어 나무에도 빨간색을 사용했어요."

올리버가 능글맞게 웃으며 말했다.

"저 '말라 버린 핏빛' 빨강이야말로 안나를 대표하는 색이죠."

나는 팔꿈치로 그를 찌르면서 웃었다.

"맞아요."

내가 말했다. 나는 그가 다시 접이식 테이블로 돌아갈 거라고 생각했지만 그는 그대로 서 있었다. 그의 시선이 나를 향해 있음을 느꼈다. 나는 그에게서 항상 풍기는 매혹적인 가죽 향을 들이마시며 몸을 돌려 그를 바라보았다.

"당신은 굉장히 좋은 안목을 가졌어요. 모건."

그가 말했다.

"자신을 좀 더 믿어 봐요."

그는 자신의 테이블로 돌아갔고 나는 물감을 섞기 시작했다. 하지만 마음은 여전히 올리버에게 가 있었다. 그에게 좋은 감정이 있었지만 그는 나와 너무 다르다. 밥 딜런이라니, 세상에. 그러나 몇 주 전만 해도 책벌레 같다고 여기던 그에게서는 이제 명석함이 느껴졌고, 고지식한 원칙주의자처럼 보이던 부분에선 이제 어른스러움이 느껴졌다. 그리고 부드럽게 달아오른 핑크빛 뺨……. 그저 어떤 느낌일까 궁금해 그의 뺨에 입을 맞추고 싶은 순간들도 있었다. 그에 대한 생각들은 산사태처럼 밀려와 눈 깜짝할 사이에 나를 매몰시켰다.

나는 다시 일에 집중했다. 울창한 나무숲, 이른바 안나를 '대표하는 색' 위로 조심스럽게 붓질을 하며 홀로 미소 지었다.

*

그날 저녁, 어둠이 어둑어둑 내려앉은 길을 걸어 집으로 돌아갔다. 밤에 이든턴 시내를 걷는 것은 무섭지 않았다. 소박해 보이는 이 해안가 마을은 감옥에서부터 내 동반자였던 경계심을 조금씩 희석시키는 매력적인 피난처가 되어 주었다. 길을 걸을 때 나는 더 이상 어깨 너머를 확인하지 않는다. 더 이상 공공장소에서 자기방어를 하기 위해 주먹을 꽉 쥐고 있지도 않는다.

집에 도착했을 때 리사의 차는 없었다. 나는 제시 선생님을 위해 설치했던 욕조에서 목욕을 한 후 방으로 향했다. 복도를 지날 때 작은 액자에 담긴 메달이 얼핏 눈에 들어왔다. 메달을 자세히 들여다본 나는 깜짝 놀랐다. 어째서 지금까지 알아차리지 못했던 걸까. 그건 국립 예술 훈장°이었다. 그가 훈장을 받았다는 건 익히 알고 있었다. 하지만 내가 매일 밤 잠드는 곳에서 불과 몇 미터 떨어지지 않은 곳에 메달이 걸려 있는 줄은 몰랐다. 등잔 밑이 어둡다더니……. 나는 아래 새겨져 있는 글을 읽었다.

○　National Medal of Arts, 미국 정부가 예술가와 예술 후원자에게 주는 가장 높은 영예 훈장

제시 제임슨 윌리엄스에게 수여함

- 버락 오바마 대통령
2012년 8월 5일

'세상에, 8월 5일이라고?'

그가 오픈 날짜를 지정한 이유가 바로 이것이었나? 훈장 받은 날을 기념하기 위해서? 만약 그렇다면 이 메달은 지금처럼 방과 욕실 사이 복도에 매달려 있어선 안 되었다. 그에게는 더없이 귀중한 물건일 이 메달을 우리는 갤러리로 옮겨야 했다.

'우리.'

나는 내 머릿속에 떠오른 단어에 놀라고 말았다. '그들'이 아니라 '우리'라니. 이제 갤러리 오픈은 내게 한낱 일거리가 아니었다. 단순한 감옥 출소 티켓이 아니었다. 어느 순간 그 이상의 의미가 되어 있었다. 나는 메달이 들어 있는 액자를 조심스레 들어 올려 부엌으로 가져갔다. 아일랜드 식탁 위 과일 바구니에 액자를 기대 놓고 리사에게 쪽지를 남겼다.

날짜를 확인해 보세요! 우리는 이걸 갤러리에 걸어야 해요.

그러고 나서 얼굴에 미소를 머금은 채 잠자리에 들었다.

34장

Anna
안나

1940년 1월 28일

안나는 윌리엄스 가족과의 오후를 머릿속으로 그리며 제시가 알려 준 방향을 따라 시골길로 차를 몰았다. 윌리엄스 가족은 오전과 이른 오후면 교회에 가기 때문에 일요일 식사 약속은 오후 세 시가 되었다. 정기적으로 교회에 가는지, 자주 가지 않는 이유는 무엇인지 같은 질문이 나오지 않기를 바라며 안나는 긴장을 늦출 수가 없었다. 제시의 부모님 앞에서 아들의 미래를 놓고 왈가왈부할 자격이 자기에게 있는 것일까? 그것을 월권이라고 여기지는 않을까?

대부분의 흑인들이 그렇듯 안나는 그들이 아주 가난할 것이라고 속단했다. 그녀는 조그마한 농장과 소작농들이 사는 작고 낡은 판잣집을 떠올렸다. 이든턴에서 이미 체험한 것 이상으로 이방인처럼 느껴지는 곳에 있게 될 거라는 마음의 준비를 해야 했다.

그러나 이 층짜리 흰색 농가의 기다란 진입로에 차를 세우자마자 그녀는 자신의 예상이 빗나갔음을 알았다. 대부분의 사람들처럼 자신도 색안경을 끼고 있었음을 받아들여야 했다. 그녀는 편견을 가지고 있었다.

집은 크다고 할 수는 없었지만 판잣집은 아니었다. 집 양쪽에는 겨울잠에 빠진 밭이 넓게 펼쳐져 있었다. 트럭과 웨건이 집 한쪽에 주차되어 있었고 다른 한쪽에는 뽀얗게 먼지가 앉은 검은색 승용차가 서 있었다. 안나는 진입로에 자기 차를 주차하고 내렸다. 어디선가 개들이 나타났다. 그들 중 네 마리는 그녀를 맞이하는 듯 주위에 모여 짖으며 꼬리를 흔들어 댔다. 순해 보이는 개들에게 그녀는 냄새를 맡을 수 있게 손을 내밀었다. 제시가 집에서 나와 방충망 문을 닫고 개들을 조용히 시켰다.

"식사가 거의 다 준비됐어요."

그는 그렇게 인사를 건넸다.

"안으로 들어오세요."

그녀는 제시를 따라 현관 계단을 올랐다. 가까이서 본 집은 군데군데 페인트가 벗겨졌고 현관 난간의 일부가 갈라졌지만 머틀 부인의 집과 비교해 보아도 그리 나쁜 상태는 아니었다. 모두가 대공황을 겪었다는 점을 고려하면 제시네 집은 오히려 관리가 잘 된 축에 속했다.

현관문은 곧바로 부엌으로 이어졌다. 부엌의 조리대 근처에는 세 여자가 서 있었고, 공기 중에는 맛있는 냄새가 가득했다. 안나의 입에는 바로 침이 고였다. 한 여자가 지글지글거리는 프라이팬 위에 가득 담긴 무언가를 휘젓고 있었다. 그녀는 반쯤 미소를 띤 얼굴로 안나를 향해 고개를 들었다.

"선생님, 안녕하세요. 저는 제시의 엄마예요."

그녀가 말했다. 안나는 여자의 그리 어둡지 않은 피부색과 귀 뒤로 넘긴 찰랑거리는 머리카락을 보고 놀랐다. 백인이라 해도 무방할 것 같았다. 그래도 그녀는 제시의 어머니가 분명했다. 둥글고 어둡고 아름다운 그 눈은 제시의 것과 똑같았다.

"이제 막 식사를 식탁에 올리려던 참이에요. 같이 식사할 수 있게 되어서 기뻐요. 제시, 너는 어서 가서 씻고 와."

"네, 엄마."

제시는 대답과 함께 부엌에서 사라졌다.

"초대해 주셔서 감사합니다."

안나는 그들이 일하는 동안 가만히 서 있는 것이 겸연쩍게 느껴졌다. 또 다른 여성이 들고 있던 부엌칼을 내려놓고 앞치마에 손을 닦은 후 그녀에게 다가왔다.

"저는 제시의 고모, 주얼이에요."

그녀가 말했다. 그녀는 제시와 같은 피부색과 시원스러운 눈매, 둥글게 틀어 올린 두꺼운 머리카락을 가진 아름다운 여성이었다. 제시의 고모는 자신을 경박하게 만들 것은 세상 어디에도 없다는 듯 우아한 태도로 안나를 대했다. 안나는 곧바로 그녀에게 호감을 느꼈다.

"제시가 지금 하고 있는 일에 대해 말해 줬어요."

주얼 고모가 말을 계속했다.

"요즘 아이는 그 얘기만 해요. 그리고 선생님이 빌려다 주신 책들도 너무 좋아해요."

주얼 고모는 커다란 베이지색 그릇 안의 무언가를 섞고 있는 세 번째 여자를 바라보았다.

"도디?"

그녀가 재촉했다.

"어서 손님께 인사드려야지?"

여자는 여전히 손을 그릇에 둔 채 고개만 들었다. 열여덟이나 열아홉이 채 안 돼 보이는 소녀였다. 갸름한 얼굴의 그녀는 따분하다는 표정을 짓고 있었다.

"안녕하세요."

소녀가 말했다.

"안녕하세요. 도디."

안나 역시 인사를 건넸지만 도디는 이미 자기 일로 돌아간 후였다.

"도디는 제시의 누나예요."

주얼 고모가 말했다.

"네."

안나가 대답했다.

"준비 다 됐어요."

제시의 어머니가 조리대에서 프라이드치킨 접시를 들고

안나를 지나쳐 옆방으로 향했다.

잠시 후 안나는 커다란 식당 방의 식탁에 온 가족과 둘러앉았다. 만들어진 지 수백 년은 된 듯한 짙은 나무색의 식탁은 너무 부드러워 보였다. 안나는 자기도 모르게 손가락을 그 위로 갖다 대고 말았다.

안나는 제시의 어머니와 주얼 고모 사이에 앉았다. 안나의 맞은편에는 제시의 여덟 살짜리 여동생 넬과 제시, 도디가 차례로 앉았다. 어린 소녀는 엄마와 제시처럼 둥근 눈을 하고 있었다. 윌리엄스 씨는 식탁의 상석에 앉았다. 흰머리가 약간 섞인 검정 머리에 안경을 쓴 그는 그녀에게 형식적인 인사만을 건넸다. 그는 평소에도 잘 웃지 않는 유형의 사람일까, 아니면 그녀의 방문으로 심기가 편치 않았던 걸까?

안나는 윌리엄스 가족의 누구도 목요일 신문을 읽지 않았기를 바랐다. 목요일 신문에는 테레사의 아버지인 라일리 웨이먼이 편집자에게 보낸 사설이 실렸다. 안나를 비판하는 내용이었다. 라일리 웨이먼은 안나 데일이 이든턴의 '관습들'을 이해하지 못하고 있다고 했다. 그녀가 무슨 생각으로 자신의 딸이 함께 있는 '낡고 지저분한 창고'에 흑인 남학생을 들였는지 모르겠다고 언급했다. 게다가 이든턴에 이미 '실력과 의욕이 충만한 화가'가 있음에도 '외부인을 선택'한 정부를 비난했다. 그 외에도 쓰라린 말들을 넘치게 쏟아 냈다. 윌리엄스 가족 중 누군가는 그 글을 봤을지도 모른다. 하지만 아무도 그 이야기를 꺼내지는 않았다.

그들의 식사는 장황한 감사 기도로 시작되었다. 기도의 내용은 가족들이 보냈을 기나긴 아침 예배 시간에서 영감을 받았을 거라고 안나는 생각했다. 제시의 아버지 안에는 여러 명의 설교자가 들어 있는 것 같았다. 그는 안나를 포함한 태양 아래 만물을 위해 신께 감사드렸고 안나는 그의 세심함에 감동했다. 기도를 마친 그들은 서로 프라이드치킨, 으깬 감자, 몇 가지의 채소들과 옥수수, 통조림 토마토 등등의 음식을 건네기 시작했다. 제시는 모든 재료가 농장에서 직접 수확한 거라고 말했다.

"와. 정말?"

지금 먹고 있는 닭이 몇 시간 전에 마당을 뛰어 놀았던 것은 아닌지 궁금해하며 안나가 대답했다.

"대단해."

"뭐가 대단해요?"

넬리는 입에 넣는 대신 가지고 노느라 바쁜 음식 접시를 올려다보며 물었다. 여덟 살이라기보다 여섯 살에 가까워 보이는 작고 귀여운 아이였다. 촘촘하게 땋아 둥글게 올린 머리카락은 마치 천사들의 머리 위에 떠 있는 고리처럼 보였다. 꼬마의 입에서 예고 없이 튀어나오는 말들 때문에 안나는 간간이 웃음을 터뜨렸다. 손님 앞에서 예의를 갖추기에는 너무 어린 나이였다. 제시를 제외하고 안나는 식탁에 둘러앉은 그 누구보다 이 소녀가 스스럼없게 느껴졌다.

"무례하게 굴지 마."

아이의 질문에 도디가 경고하는 투로 말했다. 도디에게서

차갑고 시무룩한 인상을 받은 안나는 그녀가 원래 그런 사람인
건지, 아니면 자신의 존재가 그녀에게서 그런 면을 끄집어냈는
지 알고 싶었다. 자기네 식탁에 동석한 백인 여자가 불편했던
걸까? 자신이 그곳에서 어색한 기분을 느낀 것처럼 그들도 그
랬을까? 미운 오리 새끼가 된 느낌이었다. 무리와 다르다는 건
편집증으로 이어질 수 있었다. 꼬리를 물고 이어지는 질문들이
그녀의 머릿속을 헤집어 놓았다.

'내가 백인이라서 그렇게 말하고 행동하는 걸까, 아니면
원래 그런 성격일까?'

결국 그녀는 바보 같은, 쓸데없는 생각에 힘 빼지 말자고
결론 내렸다.

"북부에는 농장이 거의 없죠?"

제시의 어머니가 물었다.

"네. 북부에는 농장이 많이 없어요."

안나는 대답했다.

"사실 제가 사는 뉴저지를 '가든 스테이트Garden State'라고
부르기도 해요. 전 뉴욕에서 그리 멀지 않은 곳에 살아요. 식재
료는 보통 식료품점에서 구입하고요."

"당신은 누가 봐도 도시 아가씨예요."

주얼 고모가 웃으며 말했다. 안나의 눈에는 그녀가 가족들
중에서 가장 똑똑한 사람으로 보였다. 주얼 고모는 분명 제시
의 부모님보다 더 많은 교육을 받았을 거라고 안나는 생각했다.
그녀는 보다 정확한 문법을 사용했고 바깥 사정도 더 많이 알고

있는 것 같았다. 고모가 흑인들을 위한 조산사로 일한다고 했던 제시의 말이 기억났다. 그렇다면 그녀는 아마 간호사 교육을 받았을 것이다. 주얼 고모만큼은 제시의 재능을 제대로 키워 내야 하는 이유를 이해할 수 있을 것이다. 안나는 자신에게 고정된 넬리의 시선이 느껴져 눈을 맞춘 후 웃어 주었다.

"정말 예뻐요."

넬리가 말했다.

"나도 그런 머리카락이면 좋겠어요. 속눈썹도요."

아이는 자신의 속눈썹을 만졌다.

"속눈썹 숱이 많아서 좋아 보여요."

"음, 나는 예쁘게 땋은 네 머리가 아주 사랑스럽다고 생각해."

안나가 말했다.

"여기 이빨 사이에 콜라드°가 끼여 있어요."

넬리가 자신의 앞니 두 개를 가리키며 말했다.

"무례하게 굴지 마!"

도디가 다시 경고했다.

"아니에요. 괜찮아요."

안나는 웃고 나서 문제가 된 콜라드 조각을 혀로 빼냈다. 콜라드는 그녀에게 생소한 채소였다. 그녀는 콜라드를 접시에 많이 담았던 걸 후회하면서 다시는 먹을 일이 없을 거라고 생각했다.

"넬리, 알려 줘서 고마워."

○   collard, 케일과 비슷한 채소

그녀는 말했다.

"그리고 또 뭐가 있는 줄 알아요?"

넬리가 물었다.

"넬리……."

이번에는 아이 어머니가 경고했지만 넬리는 가볍게 무시했다.

"도디 언니는 어젯밤 밖에 나갈 때 엄마의 향수를 몰래 뿌렸어요."

"아니야."

도디가 말했다.

"빌린 거야."

"그걸 어떻게 돌려줄 건데?"

넬리가 응수했다. 제시는 여동생에게 팔을 둘렀다.

"왜 일을 크게 만들려고 그래?"

아이를 향한 제시의 목소리는 부드러웠다. 소녀의 눈에는 금방이라도 눈물이 가득 찰 것 같았다.

"나도 몰라."

후회하는 듯한 아이의 말투에 제시는 아이의 어깨를 토닥여 주었다. 그의 섬세한 손길에 안나는 감동을 받았다. 아직 자제력이 부족한 이 어린 소녀를 제시는 조심스럽게 대하고 있었다. 그녀는 대화 주제를 바꾸기 위해 모두가 불편하지 않을 질문을 던지기로 했다.

"여기서는 얼마나 사셨어요?"

그녀의 물음에 제시의 어머니와 주얼 고모는 가족사에 관한 기나긴 이야기를 시작했다. 자신의 뿌리에 관한 이야기임에도 제시의 아버지는 조용히 듣기만 했다. 제시의 아버지의 할아버지는 노예에서 해방되었을 때 약속받았던 토지를 얻었지만 빼앗겼고, 다시 조그만 땅을 살 여유가 생길 때까지 오랫동안 소작농으로 일해야 했다. 그들은 갖가지 어려움에 직면했었다. 가뭄과 같은 자연 재해는 백인 농부들도 동일하게 겪었지만 그들은 흑인을 향한 증오와 편견에도 노출돼 있었다. 그래도 지금은 윌리엄스 씨의 형제자매와 사촌 등 모든 친척들이 이곳 주변의 밭들을 조금씩 소유할 수 있게 되었다. 제시는 사촌들이 가진 땅을 설명하기 위해 이곳저곳을 가리켰다. 그 땅을 계속해서 자신들의 소유로 지키는 일, 누군가에게는 쉽고 당연한 그 일이 그들에게는 영원히 끝나지 않을 전투인 것처럼 들렸다. 가난해 보이지 않는 제시 가족의 모습 이면에는 손에 쥔 것을 지키기 위한 필사적인 몸부림이 있었을 것이다.

"힘든 시간을 보내셨군요. 유감이에요."

안나가 말했다.

"이제는 괜찮아요."

제시의 어머니는 대답했다. 그녀는 안나를 바라보며 심각한 주제로의 전환을 예고하듯 긴 숨을 들이마셨다.

"제시는 당신이 나이가 많은 여성이라고 말했어요. 아이는 당신과 일하는 것에 대해 걱정할 게 없다고 했지만 당신은 나이 많은 여자가 아니군요."

제시의 아버지는 아내가 택한 새로운 화제에 관심을 보였으나 여전히 아무 말도 하지 않았다. 안나는 마음을 편하게 먹으려고 애썼다.

"저는 올해 스물둘이에요."

그녀가 말했다.

"제시에게는 뛰어난 재능이 있어요. 저는 제시가 훌륭한 화가가 될 수 있도록 돕고 싶어요. 하지만 걱정되는 건……."

"당신이나 제시의 의도는 중요하지 않아요."

제시의 어머니가 말했다.

"사람들은 아무것도 없는 데서도 뭔가를 봤다고 하죠."

제시의 어머니는 웨이먼 씨의 글을 본 게 틀림없었다. 안나는 그녀의 걱정을 충분히 이해했다. 흑인 남자들은 백인 여성과 너무 가까이 있었다는 이유로 구타를 당하기도 한다고 머틀 부인은 말했었다.

"그래도 다 지난 일이기는 해."

머틀 부인은 말했다.

"이제 그런 일은 거의 없어. 확실히 이든턴에서는 없어."

제시의 부모는 이든턴에서의 첫 번째 희생자가 바로 자기 아들이 될까 봐 걱정하고 있었다.

*

저녁 식사 후 넬리는 안나에게 농장을 보여 주고 싶어 했다. 코

트를 단단히 챙겨 입은 그들은 내내 손을 잡고 함께 걸었다. 그
들은 넬리가 이름 붙인 새끼 고양이들, 노새가 있는 헛간과 닭
장을 차례대로 구경했다. 그들이 다시 집 안으로 돌아갔을 때
넬리는 안나에게 한없는 애정을 내비치며 말했다.

"일요일마다 놀러 올 수 있어요?"

넬리는 사랑스러운 아이였다. 제시와 그의 부모님, 주얼 고
모는 집 안으로 들어온 안나를 거실로 안내했다. 드디어 그들은
이번 방문의 진짜 목적에 대해 이야기를 나누게 된 것이다.

거실은 크고 안락했다. 의자마다 직접 만든 깔끔한 쿠션이
놓여 있었고 커다란 회색 소파 아래로는 천을 꼬아 만든 러그가
깔려 있었다. 벽난로에서는 불이 타올랐고 제시와 자매들, 안
나가 모르는 다른 아이들의 사진이 벽을 장식하고 있었다. 그
녀는 자신을 삼킬 만큼 거대한 쿠션이 있는 소파에 앉았다. 쿠
션은 너무나 부드러웠다. 분위기로 짐작건대 그들은 이제 막 본
론으로 들어가려는 것 같았다. 제시의 아버지가 대화의 물꼬를
텄다.

"제시 말로는 제시가 학교생활에 소홀하다고 당신이 걱정
한다던데요."

그가 말했다.

"우리 가족들 중 누구도 고등학교를 마치지 못했어요."

무의식적으로 안나는 웃고 있는 주얼 고모를 힐끗 보았다.

"저 역시도요."

주얼 고모의 말에 안나는 놀라고 말했다.

"제시는 가족들 중 누구보다도 오래 학교를 다녔어요."

제시의 아버지가 말했다.

"우리는 아이가 자랑스럽습니다. 하지만 농장에는 일손이 필요해요. 그러니 아이가 학교를 그만둔다 해도 우리는 괜찮아요."

"하지만 저는 제시가 미술대학에 진학했으면 좋겠어요."

안나는 목소리를 고르게 유지하려고 노력하며 말했다.

"고등학교 졸업장이 있어야 훨씬 쉬울 거고요."

"미술대학이요?"

제시의 아버지는 그녀의 말이 재미있다는 듯 웃었다.

"농장에 사는 아이에게는 오르지 못할 나무예요. 제시가 있어야 할 곳은 농장입니다."

"저는 제시의 재능이……."

하마터면 '낭비되는 것'이라고 말할 뻔했다. 하지만 안나는 자신의 혀를 잘 제어했다. 그건 이 가족들에게 농장일은 가치가 없다고 말하는 것과 같았다.

"저는 제시가 예술적인 기량을 닦을 수 있었으면 좋겠어요."

대신 안나는 이렇게 말했다. 그녀는 제시의 남은 삶이 농장에 틀어박힌다고 생각하는 것만으로도 끔찍한 기분이 들었다.

"제시는 어마어마한 재능을 가지고 있어요. 저보다 훨씬 뛰어나요."

그녀는 무릎에 손을 올리고 앉아 있는 제시를 보기 위해 건너편으로 시선을 돌렸다. 자기 말에 제시가 웃음을 참고 있다는 것쯤은 눈치챌 정도로 안나는 제시를 잘 알고 있었다.

"아이에게 재능이 있다는 것은 우리도 알고 있어요."

제시의 어머니가 말했다.

"하지만 애 아빠 말이 맞아요. 제시는 집에 있어야 해요. 가족 중 유일한 남자애기도 하고요. 만약 아이가 학교에 없다면 여기에서 일을 도와야지, 당신의 그림 작업을 돕고 있으면 안 돼요."

'세상에……'

안나는 생각했다. 제시가 학교를 그만두는 것도 모자라 창고에서도 그를 잃게 될지 모른다.

"제시를 안나 양과 같이 일하도록 놔둬요."

목소리를 높인 주얼 고모는 마치 그 문제의 최종 결정권자인 것처럼 딱 부러지게 말했다.

"해가 될 것도 없고 금방 끝날 일이니까. 그렇죠?"

그녀는 확인을 위해 안나를 바라보았다.

"몇 달 안에요. 맞아요."

안나는 그녀의 지지에 안도하며 말했다. 그게 다였다. 제시는 주얼 고모 덕에 안나와는 계속 일할 수 있지만 학교와는 끝이었다. 그날 밤 안나는 기도했다. 그녀가 오랜만에 입 밖에 낸 기도였다.

신이시여, 부디 이 어린 소년의 재능이 헛되지 않게 해주세요.

35장

Morgan
모건

2018년 7월 11일

"정말 모르겠군요."

올리버는 내가 들고 있는 메달이 담긴 액자를 바라보며 얼굴을 찡그렸다.

"제시 선생님은 왜 오픈일을 예술 훈장을 받은 날짜로 정했을까요? 그러니까, 왜 그렇게…… 그 날짜를 완고하게 고집했을까요?"

"리사도 딱 그렇게 말했어요."

나는 로비에 있는 올리버의 테이블에 액자를 내려놓으며 말했다. 리사는 내가 찾아낸 것을 보고도 전혀 동요하지 않았다.

"날짜가 그저 우연의 일치라고 생각하시는 거예요?"

나는 올리버에게 물었다.

"8월 5일이 그냥 제비뽑기하듯 정해진 날짜라고 생각하시는 건 아니죠?"

"그것도 다른 것만큼 말이 되는데요."

나는 메달을 내려다보았다.

"아무래도 상관없어요."

내가 말했다.

"이러나저러나 8월 5일은 이미 정해진 날짜니까요. 리사는 이미 초대장도 발송했고요."

나는 오늘은 어디까지 작업할 수 있을지 훑어보았다. 한 가지는 분명했다. 올리버와의 대화에서 딱히 이렇다 할 소득이 없었다는 것. 그래서 메달에 대해 고민하기를 관두고 벽화 쪽으로 걸어갔다. 내 시선은 오늘의 과제인 벌목업자의 주름진 바지 위에 도착했다.

*

점심 식사 후 혼자 일하고 있을 때 올리버가 귀에서 핸드폰을 내리며 로비로 들어왔다. 그의 얼굴을 슬쩍 본 나는 뭔가 잘못됐음을 알아챘다. 그의 턱은 스트레스 상황이면 으레 그렇듯 단단히 조여 있었고 시선은 멍하게 먼 곳을 응시하고 있었다. 나는 팔레트를 내려놓았다.

"무슨 일이에요?"

내가 물었다. 내가 로비에 있다는 것을 깜박했는지 그는 놀란 표정으로 나를 보았다.

"아무것도 아니에요. 왜 그렇게 물었어요?"

"당신 얼굴이, 표정이…… 속상해 보여서요."

그는 나를 보지 않은 채 심호흡을 했다.

"그냥 우리 아들이."

나단이 그 안에 들어 있기라도 하다는 듯 그는 손에 있는 핸드폰을 보면서 말했다.

"아이가 왜요?"

내가 이미 알고 있는 이야기가 나올까 봐 두려웠지만 그래도 물었다. 그는 망설이며 다시 핸드폰을 보았다. 그러고 나서 팔짱을 끼고 접이식 테이블에 몸을 기댔다.

"올해는 스미스산 호수에 가고 싶지 않대요."

그는 맥없이 말했다.

"엄마랑 새아빠랑 디즈니월드에서 시간을 보내고 싶다고 하네요."

그의 목소리에 담긴 쓰라림이 귀를 때렸다.

"아, 유감이에요."

실망하는 그를 보고 있자니 내 가슴도 찌릿하며 아파왔다. 그가 아들과의 시간을 무척이나 기대했다는 걸 잘 알고 있었으니까.

"하지만 당신이 알고 있는 게 정확한 사실은 아니에요."

내가 덧붙였다. 그는 의문의 표현으로 눈썹을 치켜 올렸다.

"네?"

"우리가 점심을 사러 갔던 날 나단이 그 얘기를 했었거든요."

"그랬어요?"

그는 약간 어리둥절한 표정이었다. 그리고 약간은 상처받은 표정도 드러냈다.

"왜 말 안 했어요?"

나는 벽화 옆의 의자에 앉았다. 죄책감이 들었다. 어쩌면 미리 말하는 게 나았을지도 모르겠다는 생각이 들었다.

"나단은 그때 확실하게 결정한 상태가 아니었거든요."

내가 말했다.

"저는 나단이 당신과 함께 호수에 가길 바랐지만 제가 나설 일이 아니라고 생각했어요. 나단이 직접 말하는 게 좋을 거라고 판단했거든요."

주저하던 올리버는 고개를 끄덕였다.

"그렇네요."

그가 마침내 동의했다.

"그럼 제가 알고 있는 게 정확한 사실은 아니라는 말은요?"

"당신은 나단이 당신이 아닌 엄마와 새아빠를 선택한 거라고 생각하지만 절대로 그렇지 않아요. 올리버, 그 애는 호수가 아니라 디즈니월드를 선택했을 뿐이라고요."

나는 동정어린 미소를 보냈다.

"어떤 아이라도 그랬을 거예요. 제가 그 나이였다면 디즈니월드에 가기 위해 뭐든 했을 거예요."

올리버는 팔짱을 풀고 다시 한번 손에 있는 핸드폰을 내려다보았다. 그리고 무거운 한숨을 뱉었다.

"스테파니에게는 참 잘된 일이에요. 나단의 엄마 말이에요."

그가 말을 계속했다.

"그녀는 행복한 결혼 생활을 누릴 자격이 있어요. 하지만……제가 초라하게 느껴지는 건 어쩔 수가 없네요……. 스테파니의 남편은 저보다 수입이 열 배는 많거든요. 나단은 그런 게 중요한 나이죠. 새아빠는 아이가 원하는 건 뭐든 해줄 수 있으니까요."

그는 쓸쓸하게 미소 지었다.

"마음 깊은 곳에서는 그런 건 상관없다는 것을 알고 있어요. 그래도 신경이 쓰이네요."

나는 속마음을 털어놓은 그에게 감동했고 그 때문에 마음이 아팠다.

"당신 같은 아빠를 가진 나단은 참 복이 많네요."

내 말에 그는 조그맣게 웃음을 터뜨렸다.

"글쎄요. 그래도 그렇게 말해 줘서 고마워요."

그가 말했다.

"그리고 제 문제를 같이 짊어지게 해서 미안해요. 당신은 제가 가장 나약해진 순간에 저를 불러 세운 거예요."

"인간적인 순간이죠."

내가 대꾸했다.

"항상 완벽하게만 보이던 당신에게서 다른 사람들과 같은 평범한 모습을 발견하니 더 좋은데요."

"아, 저는 더할 나위 없이 평범한 사람이에요."

그는 청바지 뒷주머니에 핸드폰을 밀어 넣고 테이블에서 물러났다.

"그리고 우리는 다시 일을 해야 할 것 같네요."

내가 끄덕이고 일어서서 팔레트를 잡으려 하자 그가 다시 말을 걸었다.

"모건, 혹시 부모님이 이혼하셨나요?"

그가 물었다. 나는 팔레트를 보았지만 집어 들지는 않았다.

"아니요."

나는 그에게로 다시 시선을 올리며 말했다. 그는 내 대답에 진심으로 흥미가 생긴 것 같았다. 그의 파란 눈은 진지했다.

"하지만 차라리 이혼을 해야 했어요."

"그 정도로 상황이 안 좋아요?"

나는 숨을 내쉬었다.

"상상도 못할 거예요."

나는 슬그머니 다가오는 위험을 감지했다. 나는 과거에 관한 이야기를 꺼내면 무너져 버릴 것 같았다. 목이 메어 왔다. 나는 너무 지쳤다. 너무 많은 상처를 입었다. 그런데도 다정한 파란 눈을 한 올리버는 내 이야기를 들을 준비를 마친 모습으로서 있었다.

"우리 부모님은 알코올중독자예요."

나는 말했다.

"아……. 술 문제가 유전이었던 거예요?"

나는 끄덕였다.

"그뿐 아니라 우리 부모님은…… 저는 형제도 없이 혼자인데, 두 사람은 부모가 되는 방법을 몰랐어요. 솔직히 말하면 부모로서 형편없는 사람들이었죠. 두 사람은 때로는 미친 듯이 감상적으로, 아니면 완전히 취해서 혐오스러울 정도로 서로 사랑에 빠져 있었고 제대로 된 것은 무엇 하나 남기지 않……."

'제기랄.'

역시나 나는 이성을 잃어 가고 있다.

"자, 자."

그가 걱정스러운 표정으로 말했다.

"미안해요. 그게 그렇게 민감한 주제일 줄은 몰랐어요."

다리 근육이 떨려 오기 시작해 나는 다시 앉았다. 내 과거를 그에게 털어놓고 있다는 사실이 놀라웠다. 나는 가족 이야기를 그 누구에게도 한 적이 없었다.

"내가 부모에게서 받은 유일한 관심은 부정적인 것들뿐이었어요."

나는 말했다.

"'화가가 되고 싶어? 너에겐 그런 재능 같은 건 없어. 그림으로는 돈도 못 벌 거야. 나중에 빈털터리 노숙자가 되면 그때 가서 우리한테 오지나 말아라.'"

나는 스트레스로 경직된 무릎을 단단히 쥐고 있는 두 손을 내려다보았다.

"두 사람은 학교가 끝난 후에 저를 데리러 오는 걸 가끔씩 잊어버렸어요. 서로 소리 지르고 울면서 싸우기도 했고요. 어렸을 때에는 말리려고 노력했지만 나이가 들고 나서는 그냥 방에 숨어 버렸어요."

그 기억이 떠오르자 몸이 떨려 왔다. 때로는 두 사람 중 하나가 다른 하나를 죽일지도 모른다고 생각했었다. 그리고 가끔은 그런 일이 실제로 벌어지길 바라기도 했다.

"두 사람은 친구가 많았는데 다들 술에 엉망으로 취해서 토하기 일쑤였어요. 저더러 치우라는 거였죠."

나는 말했다. 방에 있는 엄마가 내게 전화를 걸어 꾸며 낸 상냥한 목소리로 쓰레기통을 가져다 달라고 했던 것이 기억났다. 그때 내 나이는 나단보다 많지 않았다. 나는 엄마의 말을 못 들은 척하며 베개 아래에 얼굴을 파묻고는 했다.

"우리 부모님은 날 사랑한다고 말한 적이 없어요. 올리버."
내가 말했다.

"단 한 번도요. 당신은 나단에게 말하겠죠. 그렇죠?"

"물론이죠. 항상이요."

"그 애는 정말로 운이 좋은 아이예요. 자신을 사랑해 주는 어른들에게 둘러싸여 있으니까요."

올리버는 일어나 바지 주머니에서 손수건을 꺼내며 내게 다가왔다. 그리고 손수건을 내게 건넸다. 나는 일어서며 웃음을 터뜨렸다.

"뭐가 웃겨요?"

그가 물었다.

"정말로 손수건을 가지고 다니는 거예요?"

내가 물었다.

"제가 알고 있는 쉰 살 미만의 남자 중에 손수건을 가지고 다니는 남자는 당신밖에 없을걸요."

내가 눈가를 닦아 내고 그에게 손수건을 돌려주었을 때 그는 나를 향해 웃고 있었다.

"그래도 이게 있어서 다행이지 않아요?"

그가 물었다. 나는 손등으로 코를 문지르며 고개를 끄덕였다.

"있잖아요."

내가 말했다.

"나단은 어린아이예요. 어쩌면 그런 결정을 스스로 하게 해서는 안 되는 나이일지도 몰라요."

올리버는 어깨를 으쓱해 보였다.

"뭐, 별일도 아닌데요."

그는 말했다.

"올해 크리스마스는 나와 보낼 차례예요. 아이를 데리고 어딘가 여행을 가려고요. 디즈니월드가…… 다소 충격적이기는 했지만요."

나는 그를 안아 주었다. 충동적이었다.

"당신 같은 아빠가 있었다면 저는 뭐든 했을 거예요."

나는 그의 어깨에 입술을 대고 부드럽게 말했다. 그의 등

근육과 뼈에 내 팔이 닿는 느낌이 좋았다. 다른 사람과 이런 식으로 접촉한 건 거의 일 년 만이었다. 그는 나를 부드럽게 안았다가 놓아주었다.

"다른 시각으로 바라볼 수 있게 도와줘서 고마워요."

그가 말했다.

"그리고 어릴 때 일은 유감이에요. 당신은 강한 것처럼 행동하지만 속은 꽤 여려요. 그렇지 않나요?"

그건 질문이 아니었다.

"저는 괜찮아요."

나는 대답했다. 그 순간만큼은 정말 괜찮다고 느꼈다. 괜찮은 것 이상이었다. 올리버와 나는 아주 가깝게 서 있었다. 갑자기 그의 볼, 언제나 약간 핑크빛으로 물들어 있는 그의 뺨에 손가락을 대고 싶은 충동이 일었다. 그를 처음 보았을 때 그의 상기된 뺨이 소년미를 불러일으킨다고 생각했었다. 하지만 가까이에서는 피부 아래에 있을 회색빛 수염의 흔적과 광대뼈의 베인 상처, 날카로운 턱선이 보였다. 그 순간만큼은 조금도 소년다워 보이지 않았다. 가질 수 없는 것을 원하는 데서 오는 괴로움을 느끼며 나는 벽화 쪽으로 몸을 돌렸다.

36장

Anna
안나

1940년 2월 1일

오늘은 틀에 캔버스를 설치하는 날이었다. 작업은 안나가 생각 했던 것보다 훨씬 더 힘들 것 같았다. 그녀는 시작도 하기 전에 겁을 먹었지만, 다행히 도와줄 사람은 많았다. 제시와 피터는 물론이고 폴린도 칼을 데리고 도착했다. 경찰복 차림으로 연장 통을 들고 온 칼은 듬직해 보였다. 안나는 창고 바닥의 톱밥 때 문에 그의 바지 무릎 부분이 더러워질 것을 걱정했지만 그는 아 무렇지 않다는 듯 더러운 바닥에 앉았다. 어린 학생들과 함께 일하는 칼을 보면서 안나는 폴린을 향한 약간의 부러움을 느꼈 다. 언젠가 자신도 미래를 함께하고 싶은 남자를 찾게 될 터였 지만, 지금 그녀의 동반자는 바로 벽화였다.

폴린은 평소대로 치마와 블라우스, 스타킹 차림이었기 때문에 틀 작업에 큰 도움은 되지 않을 것 같았다. 그래도 그녀는 테이블 근처 의자에 앉아 모두의 사기를 북돋아 주었다.

안나, 칼, 그리고 소년들은 콘크리트의 냉기를 무시한 채 바닥에 앉아 캔버스를 틀에 고정시켰다. 안나는 압정이 너무 깊게 들어가지 않도록 주의하면서 조심스럽게 망치질을 했다. 벽화가 완성되고 나면 압정을 다시 제거해야 하는데, 망치의 반대편 갈고리를 사용하고 싶지는 않았다. 작업이 3분의 1쯤 진행됐을 때 창고 문을 두드리는 소리가 났다.

"들어오세요!"

안나가 외치기도 전에 문은 이미 열리고 있었다. 곧이어 마틴 드래플이 웃으며 창고 안에 서 있었다.

"어떤 도움이 필요해요?"

그가 물었다. 안나는 깜짝 놀랐지만 한편으로는 그의 방문이 반갑기도 했다. 틀에 캔버스를 제대로 올리는 작업은 네 명이 달려들어도 버거운 일이었다. 게다가 마틴은 여기 있는 누구보다도 작업에 익숙할 테니 달갑지 않을 이유가 없었다. 그가 이곳에 와준 건 정말 관대한 행동이라고 안나는 생각했다.

"고마워요!"

벽과 들보에 닿은 그녀의 목소리가 공간을 가로질러 메아리로 돌아왔다.

"마틴 씨, 폴린과 칼을 아세요?"

그들 쪽으로 걸어간 마틴은 폴린에게 고개를 끄덕였다.

"만나서 반가워요. 그리고 칼은 한두 번 만났었죠."

칼이 캔버스 틀에서 고개를 들었다.

"거기 있는 압정 한 움큼만 주시겠어요?"

칼은 그렇게 인사말을 건넸다. 안나는 칼의 목소리에서 평소답지 않은 날카로움이 배어난다고 생각했다. 그들이 어디서 '한두 번' 만난건지 그녀는 궁금했다.

*

그리고 한 시간쯤 지났을 무렵이었다. 캔버스 고정 작업이 거의 끝나갈 무렵 창고 문이 벌컥 열리더니 드래플 부인이 마치 날아오다시피 창고 안으로 들어왔다. 그녀가 입은 녹색 원피스의 뒷부분이 그녀를 뒤따라 급히 들어왔다. 그녀는 코트도 없이 봄날씨에나 입을 수 있을 법한 원피스에 분홍색 앞치마를 두르고 있었다. 금발은 어깨 근처에 늘어져 있었다.

안나와 드래플 부인의 만남은 도서관 계단에서 드래플 부인이 안나에게 심한 말을 퍼부었을 때 이후 두 번째였다. 그때 부인은 나이 들고 초췌해 보였지만 지금 창고에 들이닥친 부인의 뺨에는 혈색이 돌았다. 그녀는 상당히 아름다웠다. 그리고 상당히 화가 나 있었다.

"내가 여기 있을 줄 알았어!"

그녀는 주먹 쥔 양손을 옆구리에 얹은 채로 캔버스 틀 근처에서 마틴에게 소리를 빽 내질렀다. 갑작스러운 부인의 출현에 몹시 놀란 다섯 명은 그녀를 올려다보았다. 겁먹은 안나는 제시와 피터를 보호해야 한다는 생각이 앞섰다. 학생들은 그녀의 책임이기도 한데다 이 정신 나간 여자의 불똥이 어디로 튈지 알 수 없었다. 폴린 역시 혹시 모를 위험을 피하기 위해 의자에서 내려와 벽에 등을 붙이고 있었다.

드래플 부인의 등장은 안나에게 이상한 죄책감을 갖게 만들었다. 마치 마틴을 부인에게서 빼앗은 것 같은 죄책감, 가족과 함께했을 그의 시간을 훔쳐 낸 것 같은 기분이 들게 만들었다. 캔버스 작업을 하던 마틴은 바닥에서 일어났다. 그는 그녀의 침입이 별일 아니라는 듯 손의 먼지를 털고 아무렇지도 않게 아내를 향해 걸어갔다.

"여기는 왜 온 거야?"

그는 무심한 말투로 물었다.

"왜 왔을 거라고 생각해?"

그녀는 팔을 허공에 마구 흔들어 대며 소리쳤다.

"남편을 찾는다고 동네방네 이 잡듯이 뒤졌더니 사람들이 일러 주더군. 내 남편이 저 여자와 자주 시간을 보낸다고 말이야."

그녀는 안나를 가리켰다. 안나의 손은 틀은 잡은 채 얼어붙었다. 마틴은 웃었다. 웃음소리에는 빈정거림이 잔뜩 스며 있었다.

"나는 누구와도 시간을 보내고 있지 않아. 그저 이 캔버스 일을 도와주려고 들른 것뿐이야."

그때 제복 차림의 칼이 권위 있는 모습을 내뿜으며 일어섰다. 그가 여기 있어서 안나는 마음이 놓였다. 그는 마틴 부부에게 한 걸음 다가갔다.

"두 분, 여기서 나가시는 것이⋯⋯."

"당신은 저 여자한테 졌잖아!"

드래플 부인은 칼의 말은 들은 척도 않고 안나를 턱으로 가리키며 말했다.

"당신은 저 어린 여자한테 졌어. 저 여자만큼 잘하지 못한다는 증거야. 그게 심사위원들의 의견이고⋯⋯."

"닥쳐!"

마틴의 고함 소리에 안나의 심장이 두근거리기 시작했다.

"이건 당신이 참견할 일이 아니야!"

안나는 마틴의 그런 모습을 처음 보았다. 그동안 그는 그녀에게 친절했다. 너그러웠다. 그에게 이런 면이 존재한다는 것을 안나는 상상조차 할 수 없었다. 어찌 됐든 그의 아내가 그의 약점을 건드린 건 분명해 보였다. 대회에서 여자에게 졌다는 사실을 그는 줄곧 분하게 여겨 왔는지도 모른다.

"자식들 먹여 살리는 일은 내팽개치고 부랑자랑 같이 있는데 어째서 내 일이 아니야?"

드래플 부인이 외쳤다. 그 순간 마틴은 자기 아내의 뺨을 세게 때렸다!

순식간에 벌어진 일이라 안나는 상황을 받아들이는 데 한참이 걸렸다. 폴린이 숨을 헐떡였다. 폴린 역시 충격을 받은 것 같았다.

"이 빌어먹을 놈이!"

드래플 부인이 남편의 다리를 걸어챘다. 그가 그녀의 어깨를 잡고 흔들기 시작하자 그녀의 머리카락은 금가루를 흩뿌리듯 공중을 날아다녔다.

"이봐, 이봐요!"

칼이 외쳤다. 칼은 어느새 그들 옆에 있었다. 놀란 나머지 손에 틀을 쥔 상태로 바닥에서 굳어 버린 제시와 피터를 보호하기 위해 안나는 본능적으로 아이들 앞을 막아섰다. 칼의 위압적인 분위기가 드래플 부부를 제정신으로 깨웠다. 곧 마틴은 아내의 어깨에서 손을 거두었다.

"집으로 가세요."

칼이 조용하지만 위엄 있는 목소리로 말했다.

"둘 다 집에 가요. 다투지 마시고요."

마틴과 그의 아내는 이미 문을 향해 걸어가고 있었다. 그들은 창고에 아무도 없다는 듯 서로에게 얼굴을 붉히며 소리를 질러 댔다. 그들의 가정생활이 어떨지는 상상이 갔다. 안나는 그들의 불쌍한 쌍둥이를 떠올렸다. 마틴은 떠나면서 문을 쾅 닫았고 창고는 침묵에 갇혔다. 모두의 시선이 문으로 쏠렸다. 안나의 가슴은 여전히 쿵쾅거렸다. 물론 방금 벌어진 일이 충격적이기는 했지만 그녀의 심장은 과민 반응을 하고 있었다.

"아, 이런."

폴린이 마침내 의자에 풀썩 주저앉으며 말했다.

"저 아주머니가 선생님을 부랑자라고 불렀어요?"

제시가 바닥에서 믿기지 않는다는 듯 사슴 같은 눈으로 안나를 바라보며 물었다.

"아주머니는 분명 그 말의 뜻을 잘못 알고 있어요."

그의 옹호에 그녀는 마음이 따뜻해졌다.

'너는 정말 다정한 아이야.'

입 밖에 내지는 않았지만 그녀는 생각했다.

"나는 그런 말에 상처받지 않아. 괜찮아."

대신 그렇게 말했다.

"자."

칼은 다시 캔버스 틀 옆에 앉았다. 그의 안색은 붉게 달아올랐지만 손은 흔들림 없이 안정감을 유지했다.

"다시 일합시다."

안나는 칼에게 감사를 표하고 싶었다. 그를 잠깐 안아 줄까도 생각했지만 부적절한 것 같았다. 부러운 마음이 슬그머니 피어오르려는 게 느껴졌다. 폴린은 잘생기고 다정할 뿐만 아니라 든든한 남자와 함께였다. 그녀는 피어오르는 감정을 따돌려 버리고 다시 바닥으로 몸을 낮췄다. 일을 하는 동안 그녀는 어떻게 어린 여자한테 질 수 있냐고 했던 드래플 부인의 말을 곱씹었다. 아무리 능력이 뛰어나다 할지라도 여자는 예술가로 인정받기 힘든 세상이었다. 여자라는 불리함을 극복하고 남자와의 경쟁에서 이기는 건 쉽지 않았다. 안나는 마틴이 측은하게 느껴졌다. 하지만 그가 아내를 때렸을 때 창고에 울려 퍼졌던 소리는 오랫동안 그녀의 귓바퀴 언저리에 남아 있을 것이다. 아주 오랫동안.

37장

Morgan
모건

2018년 7월 11일

밤 아홉 시가 되자 아담과 와이어트가 정문을 지나 로비로 걸어 왔다. 그때까지도 올리버와 나는 일을 하고 있었다. 와이어트는 걸음을 멈추고 나를 바라보았다.

"우리는 길 아래에 있는 술집에서 뭐 좀 먹을 생각인데요. 두 분 같이 가실래요?"

"아니요. 괜찮아요."

나는 반사적으로 대답했고 올리버는 책상에서 일어나 기지개를 폈다.

"그럽시다."

올리버가 로비를 가로지르며 내게 말했다.

"당신은 어떤지 모르겠지만 저는 오늘 할당된 제 능력을 다 소진해서요. 더 붙들고 있어 봤자 제자리걸음일 거예요.”

나는 망설였지만 올리버와 함께 간다는 생각에 안심했다. 그는 내가 술을 마실 수 없다는 것을 알고 있다. 남자들이 술을 권하면 그가 막아 줄 수 있을 것이다. 그들의 권유에 넘어가 버린다거나 술 앞에서 자제력을 잃는 상황을 걱정했던 것은 아니다. 그 정도야 나 혼자서도 충분히 감당할 수 있지만 번거로운 게 싫었을 뿐이다.

“좋아요.”

나는 의자에서 일어나며 대답했다. 그제야 내 몸이 얼마나 지쳤는지 알았다. 허리와 어깨가 마음대로 움직이지 않았다.

“뒷정리 좀 하고요.”

올리버는 내가 물감과 붓을 부엌으로 옮기는 걸 도와주었다.

“거기 가는 거 힘들겠어요?”

우리가 붓을 세척할 때 그가 조용히 물었다. 나는 고개를 흔들었다.

“아니요.”

나는 그에게 웃어 보였다.

“저는 괜찮아요.”

발목에 전자발찌가 없었다면 힘들었을까? 아니길 바랐다. 우리는 다 같이 갤러리를 나왔고 올리버는 문을 잠갔다. 나는 그와 와이어트 사이에서 걸었다. 내가 먼저 입을 뗐다.

“저는 술을 못 마셔요.”

아담과 와이어트를 겨냥한 것이었다. 말을 뱉자마자 스스로에게 짜증이 나기 시작했다. 뭣 하러 그런 말을 한 거지? 지금까지의 내 삶은 어떻게든 술에게 지배당했다. 전자발찌가 없었다면 술에 굴복했을까? 내 등에 가볍게 닿은 올리버의 손이 느껴졌다. 나는 그 손길의 의미를 해석해 내려고 애썼다.

'다른 사람들에게 해명할 필요 없어요.'

그는 그렇게 말하고 싶었던 걸까. 어쩌면 그저 나와 닿고 싶었는지도 모른다. 후자가 더 내 마음에 들었다.

"괜찮아요."

와이어트는 내 자백이 대수롭지 않다는 듯 말했다.

"거기 탄산음료나 뭐 다른 것들도 많아요."

"맞아요, 하지만 거기 모스코 뮬°이 끝내주기는 하죠."

아담이 말했다.

"내 거 한 모금 마셔 봐요."

"아니요. 괜찮아요."

내가 말했다.

"모히토도 있어요."

아담이 덧붙였다.

"넌 악마 같은 놈이야."

와이어트가 아담에게 말했다. 아담은 낄낄거리며 웃었다. 올리버는 내 등에서 손을 뗐다. 곧바로 그 따뜻함이 그리워졌다.

○   Moscow Mule, 보드카와 라임 주스를 섞은 칵테일

술집은 사람들로 꽉 차 있었다. 맥주와 라임, 구운 소고기 냄새가 진동해 군침이 돌았다. 빈 테이블은 없었지만 마침 몇 사람이 바 자리를 빠져나가 우리는 스툴 네 개를 차지할 수 있었다. 나는 마음의 안정을 위해 올리버 옆에 앉았다. 점심 식사 이후 아무것도 먹지 않은 나는 올리버를 따라 햄버거를 주문했고 아담과 와이어트는 구릿빛 컵에 담겨 나오는 모스코 뮬을 주문했다. 올리버는 맥주를, 나는 콜라를 각각 주문했다.

바의 위쪽에 설치된 텔레비전에서는 모스크바에서 열린 것 같은 월드컵 경기 재방송이 나오고 있었다. 손님들은 구리 머그컵을 들고 서로 건배하면서 떠들썩하게 즐겼다. 아담과 와이어트는 그곳에 있는 거의 모두를 알고 있는 것 같았다. 시끄러워서 대화하기는 어려웠지만 그건 괜찮았다. 다만, 사람들로 붐비는 장소에 있다는 게 편치는 않았다. 많은 사람들이 지나다니며 바에 앉은 우리와 쿵쿵 부딪쳤다. 심지어 음료를 마시고 있는 중에도 누군가와 부딪쳤다. 나는 이런 곳이 처음이었다. 구속될 때쯤에서야 술집 출입이 가능하게 된 나이였으니까.

나는 이제 다시 만나지 못할 사람들이 되어 버린 늘 알고 지냈던 친구들, 내가 아끼던 사람들과의 파티에서만 술을 마셨었다.

나는 햄버거를 먹으며 텔레비전에 시선을 고정했다. 축구를 좋아하던 트레이를 따라 경기장에 다니고는 했었다. 그리고 지금, 트레이가 떠오를 법한 축구 경기를 보면서도 아무런 감정이 일지 않는 내 자신이 자랑스러웠다. 비록 술에 둘러싸여 있지만 햄버거와 콜라를 먹는 것도 나름 만족스러웠다. 꼭 술집에 앉아 시험을 보는 기분이었다. 그리고 나는 시험을 멋지게 통과했다.

올리버와 나는 축구장에서 벌어지고 있는 경기를 놓고 큰 소리로 토론했다. 그는 확실히 축구팬은 아니었다. 우리는 금세 포기하고 음식으로 돌아갔다.

우리 반대편에서는 두 명의 여성이 아담, 와이어트와 이야기 중이었다. 그들의 말은 들리지 않았지만 서로 추파를 던지는 분위기라는 건 쉽게 감지할 수 있었다. 햄버거를 거의 다 먹어 갈 때쯤 뒤에서 들리던 소리가 점점 커지기 시작했다. 남자들의 고함 소리. 다시 텔레비전을 쳐다봤지만 경기에서 소리를 지를 만한 특별한 상황은 보이지 않았다.

"아, 빌어먹을, 저놈들 또 시작이네요."

아담이 그의 어깨 너머를 가리키며 내 귀에 대고 외쳤다. 몸을 돌리자 바로 뒤에서 두세 명의 남자들이 서로에게 주먹질을 하고 있었다. 짜증이 났다. 얼간이들.

아담과 와이어트 곁에 서 있던 두 여자는 싸우는 남자들을 피하느라 손에 쥔 술잔에서 술을 여기저기 흩뿌려 가며 소리를 질러 댔다. 나는 당장 이곳을 떠나고 싶었다. 지갑에서 이십 달러를 꺼내 접시 옆에 올려놓았다. 올리버 역시 자신의 몫을 바에 올려놓고 내 귀를 향해 몸을 기울였다.

"여기서 나가죠."

그가 일어서며 말했다. 바로 그때, 나와 가까운 쪽에 있던 얼간이 한 명이 다른 얼간이에게 술잔을 던졌다. 나는 전자발찌에 술이 닿지 않게 하려고 스툴에서 펄쩍 뛰어올랐다. 모든 게 순식간이었다. 스툴이 넘어지면서 스툴의 발받침대가 발찌를 착용하지 않은 내 오른쪽 발목에 걸렸다. 스툴이 넘어질 때 받침대에 걸린 발목이 비틀어졌다. 바닥에 주저앉은 내 입에서 비명이 새어 나왔다. 남자들은 싸움을 멈추지 않았다. 그들은 이미 고주망태였다.

'제기랄, 쓰레기들 같으니라고.'

와이어트와 올리버가 곧바로 나를 일으켜 주었고 아담은 스툴의 받침대에서 내 발을 빼냈다. 세 사람 모두 내게 무언가 말을 했지만 소리가 전부 섞여 버려 한마디도 알아들을 수 없었다. 올리버는 내 손을 잡고 바다를 가르듯 넘쳐 나는 주정뱅이들을 갈라 내며 앞으로 나아갔다. 아담과 와이어트는 우리 뒤에 있었다. 나는 발찌에 술이 튀지 않았기만을 바랐다.

밖으로 나오자 한여름 밤의 공기가 온몸을 따뜻하게 감싸 주었다. 귀청을 때리던 술집 안 소음은 이제 웅웅거리는 소리 이상으로는 들리지 않았다.

"짐승들 천지네요!"

가로등 불빛 아래서 도리질을 하며 올리버가 말했다.

"괜찮아요?"

"네. 괜찮아요."

나는 전자발찌가 멀쩡한지 확인하려고 몸을 구부리고 청바지를 걷어 올렸지만 너무 어두워서 알아내기 힘들었다. 몸을 구부린 지 얼마 안 됐을 때 갑자기 발 받침대에 걸렸던 오른쪽 발목에 통증이 느껴졌다. 비명을 내지르기 충분한 아픔이었다.

"왜 그래요?"

올리버가 물었다.

"넘어지면서 스툴 받침대에 발목이 끼었어요."

내가 말했다.

"괜찮을 것 같아요."

"걸을 수 있겠어요? 일단 갤러리로 돌아가죠. 리사 집까지 태워다 줄게요."

나는 끄덕였고 우리는 걷기 시작했다. 걸으면서 우리는 벽화의 덧칠이 어떻게 진행되고 있는지, 올리버가 쓰고 있는 벽화 해설문이 왜 난관에 봉착했는지 등을 이야기했다. 벽화와 관련된 모든 수수께끼는 안나 데일의 의도를 알아내지 못하는 한 풀기 어려운 숙제였다.

나는 대화를 간신히 따라가고 있었다. 오른발에 체중을 실을 때마다 찌릿한 통증을 온몸으로 느껴야 했다. 모퉁이에 다다랐을 무렵에는 한 발짝도 나아갈 수 없었다.

"미안해요."

내가 멈춰 서며 말했다. 그리고 왼발로 균형을 잡으며 가로등에 기댔다.

"갤러리까지 도저히 못갈 것 같아요."

그는 청바지에 가려진 내 발목이 보이기라도 하듯 아래를 내려다보았다.

"여기서 기다리면 제가 차를 가져올게요."

그가 부드럽게 내 팔을 잡았다. 짧은 순간이었지만 무릎에 힘이 풀려 버렸다. 넘어지지 않도록 가로등을 단단히 붙잡아야 했다. 갤러리를 향해 어두운 거리 속으로 뛰어가는 그를 보면서 나는 경미한 위험을 감지했다. 나는 한 남자에게 마음을 주었고 그 대가를 뼈저리게 경험했다. 지금 내게 필요한 것은 애인이 아닌 친구라는 사실을 마음에 단단히 새겨야 했다.

38장

Anna
안나

1940년 2월 13일~17일

밑그림 사진을 받은 부서는 안나에게 빠른 회신을 보내왔다. 그들은 그녀만큼이나 몹시 서두르는 것 같았다. 담당자 로완 씨는 쉽게 수정할 수 있는 가벼운 지적들 외에도 티 파티의 숙녀들 중 한 명(머틀 부인)이 너무 뚱뚱하고 벌목업자의 체형이 너무 호리호리하다는 불평 섞인 의견을 드러냈다. 안나는 즉시 머틀 부인의 체형을 깎아 냈고 완벽하다고 느낄 때까지 벌목업자 프랭크의 체형을 불렸다.

　로완 씨의 편지와 함께 두 번째 지불금이 도착했다. 안나는 즉시 은행으로 달려갔다. 통장에 찍힌 숫자를 들여다보는 데서 오늘 쾌감은 그 무엇과도 바꿀 수 없었다. 운이 좋게도 그녀는 테레사의 아버지인 은행장 라일리 웨이먼을 마주치지 않았다.

천만다행이었다.

　안나는 머틀 부인에게서 빌린 재봉틀로 밑그림 도안의 윤곽을 따라 조심스럽게 작은 구멍들을 냈다. 제시와 피터는 지루해질 때까지 그 과정을 흥미롭게 지켜보았다. 그 후 그들은 안나에게 선물 받은 캔버스 위에 각각 두 번씩 그림을 그렸다. 이제 여윳돈이 생긴 그녀는 아이들을 위한 캔버스를 추가로 주문했다. 새 캔버스가 도착하면 아이들은 새로운 그림을 그릴 수 있을 것이다. 재봉틀 작업이 끝나고 아이들과 안나는 캔버스에 밑그림을 붙였다. 사각형 안에 정확히 맞추는 것이 생각보다 까다로웠지만 세 사람은 마침내 성공했다.

　마을 사람들 몇 명이 작업 상황을 보려고 들렀는데, 그중에는 사이크 시장과 면직 공장의 피어링 씨도 있었다. 안나는 들뜬 동시에 긴장했다. 내일 그녀는 캔버스 위에 직접 그림을 그릴 예정이었다. 그 작업이 끝나면 드디어 채색을 시작할 수 있었다. 그녀는 이든턴에 두 달 반이 아닌 일 년은 있었던 것 같은 기분이 들었다. 벽화가 생명력을 얻는 모습을 하루빨리 보고 싶었다.

*

달력의 날짜가 무색하게 다음날은 봄처럼 따뜻했다. 안나와 소년들은 창고 문을 세 개나 열어 놓았다. 네 번째 문은 사용할 수 없게 막혀 있었다.

소식을 들은 사람들은 비포장도로 옆 잡초가 무성한 곳에 차나 자전거를 대고 창고로 몰려들기 시작했다. 처음에는 다들 수줍어하며 커다란 창고 문 바깥에서 떼를 지어 서성거렸지만, 안나가 그들을 반긴 후에는 앞다투어 안으로 들어왔다.

안나는 작은 천 가방을 목탄으로 가득 채웠다. 그러고는 목탄을 들고 밑그림 앞에 서서 방문객들에게 그녀가 하려는 작업을 설명했다. 더불어 간단하게 미술을 가르쳐 주기도 했다. 창고 안에 있던 열다섯 명 내외의 방문객들 모두가 안나의 작업과 미술 수업에 관심을 보였다. 그들 중 몇 명은 안나의 눈에도 익었다. 머틀 부인과 부인의 친구, 마트의 점원이 그랬다. 그녀가 모르는 남자들도 몇 명 있었다. 맨 앞줄 중앙에 앉은 신문사의 사진기자는 몇 분에 한 번씩 그녀의 얼굴을 찍었다.

안나는 본격적인 작업에 들어갔다. 밑그림을 캔버스 위에 올려 윤곽을 그대로 베끼기 시작했다. 그녀는 그림의 구석까지 닿기 위해 사다리를 여러 번 오르내렸다. 그 과정을 지켜보는 게 몇몇 사람들에게는 지루할 수 있다는 것을 안나는 잘 알고 있었다. 하지만 그들은 제자리에서 끈기 있게 결과를 기다렸다.

작업이 반쯤 완성됐을 때 제시의 고모 주얼과 어린 넬리가 도착했다. 그들은 맨 뒤쪽에 서 있었다. 안나는 넬리가 잘 볼 수 있도록 앞에 있는 제시 옆으로 오게 만들었다. 아무도 불평하지 않았다. 이곳은 안나의 무대고 그녀가 원하는 사람은 누구든 관객이 될 수 있었다. 안나는 넬리가 직접 아랫부분을 베끼도록 했다. 그녀는 넬리의 어머니가 딸의 더러워진 손가락과 옷에 묻은 목탄 부스러기를 보고 심기가 불편하지 않기를 바랐다. 자신에게 부여된 임무를 마친 넬리는 관중들 앞에서 귀엽게 인사를 했다. 아이는 그 공연을 재미있어하는 것 같았다. 어쩌면 윌리엄스 가족에는 예술가가 두 명 있는 건지도 몰랐다.

마침내 베끼기 작업이 끝나고 제시와 피터는 안나를 도와 밑그림을 제거했다. 캔버스에 그림의 윤곽이 드러나는 순간, 창고 안의 모두가 환호성을 질렀다. 사진기자는 신문에 실릴 사진을 위해 안나와 소년들이 캔버스 옆에서 포즈를 취하도록 했다. 그리고 나서 창고에 있던 모든 사람들은 천천히 밖으로 나왔다.

"오늘은 밸런타인데이예요. 데일 선생님."

창고 주변을 한가롭게 거닐던 피터가 윙크와 함께 안나에게 정보를 건넸다. 그녀는 두 소년이 특별히 만나고 싶은 소녀들이 있을 거라고 짐작했다. 비록 신데렐라처럼 목탄 가루를 치우며 창고에 혼자 남게 됐지만 웃으며 그들이 떠나는 것을 지켜보았다. 사람들은 모두 떠났지만 유례없는 만족감은 그녀와 함께 남았다.

*

토요일 아침, 창고에 도착한 안나는 창고 외벽에 빨간색 페인트로 적힌 커다란 글씨를 발견했다. **흑인 애호가.**

메스꺼움이 밀려와 그녀는 손으로 입을 틀어막았다. 누구의 짓일까? 수요일, 밑그림 윤곽 작업을 보러 왔던 사람들 중 하나일까? 제시와 피터의 도움을 받아 만족스럽게 작업하는 장면을, 누군가는 마음속에 추악함을 품은 채 지켜봤을까?

그녀는 아침에 도착할 제시가 그걸 볼까 봐 걱정했다. 창고는 제시가 편안함을 느낄 수 있는 공간이어야 했다. 마법을 부려서라도 단번에 글자를 사라지도록 할 수 있었으면 좋겠다는 생각이 들었다. 안나가 어떻게 해야 할지 고민하며 서 있을 때 저 멀리 자전거를 타고 달려오는 피터가 보였다. 비포장도로를 달려오던 피터는 느닷없이 방향을 틀어 왔던 길을 되돌아가기 시작했다. 창고에 가까워지기도 한참 전이었다.

"피터!"

그녀는 입 주변으로 양손을 둥글게 모아 그의 뒤에 대고 소리쳤다. 갑자기 혼자 있는 것이 섬뜩하게 느껴져 제시가 아닌 다른 누군가와 함께 있고 싶었다. 피터가 왜 그렇게 돌아갔는지는 알 수 없었다. 분명 그는 그 글자를 보았다. 글자는 멀리서도 눈에 들어올 만큼 충분히 컸다. 제시가 도착했을 때 그 자리에 있고 싶지 않다고 안나가 생각했던 것처럼 피터 역시 그랬는지도 모른다.

혼자 있는 것이 불안해진 그녀는 창고를 떠날까도 생각해 봤지만 이런 짓을 한 게 누구든 겁에 질려 있지만은 않겠다고 마음을 고쳐먹었다. 특히 오늘은 채색을 시작하는 날이기도 했다. 마음을 굳게 먹은 그녀는 창고 문을 열고 들어가 구석구석까지 환해지도록 모든 조명을 켰다. 잠시 후 그녀가 물감을 섞고 있을 때 제시가 나타났다. 그는 세상 모든 짐을 혼자서 어깨에 짊어진 모습을 하고 창고로 들어왔다. 문 바로 안쪽에 멈춰선 그는 벽에 등을 기댄 채 그대로 주저앉았다.

"제시야, 정말 미안해."

안나가 말했다.

"저는 여기 오면 안 될 것 같아요."

그는 대답했다.

"아빠는 제가 여기 와서 좋을 게 없다고 했어요. 그 말이 맞는 것 같아요."

안나는 망설였다. 그녀는 말하고 싶었다.

'아니야. 그 말은 옳지 않아! 너는 피터만큼이나 여기 있을 자격이 있어.'

하지만 걱정이 앞섰다. 한밤중에 찾아와 그런 역겨운 말을 갈겨 댄 사람은 그보다 더한 짓도 할 수 있었다. 그 순간, 제시와 자신을 향한 위협을 느낀 그녀는 다시 한번 수요일을 회상해 보았다. 제시와 피터와 안나가, 그들 사이에서는 일상이 된 편안한 동지애를 드러냈을 때 사람들은 어떤 생각을 했을까? 그들의 행동에 오해의 여지가 있었을까? 그녀는 다른 사람들을 대하듯 제시를 대했다. 하지만 벽에 있는 '애호가'라는 말은 그 이상의 무언가를 암시하고 있는 걸까? 이 모든 생각들이 불과 몇 초 안에 그녀의 머릿속을 스쳤다. 마침내 그녀는 목소리를 되찾았다.

"말도 안 돼!"

그녀는 말했다.

"옹졸한 바보 하나가 우리가 여기서 이루어 낸 것을 망치게 하지는 말자."

그때 비포장도로를 달려오는 자동차 소리가 났다. 안나와 제시는 그 자리에 얼어붙은 채 시선을 문에 고정했다. 안나의 심장박동이 빨라졌다. 잠시 후 열린 창고 문 앞에는 우체국장 아른트 씨와 피터가 서 있었다. 아른트 씨의 손에는 페인트 통이 들려 있었고 피터의 손에는 붓 두 개가 들려 있었다. 안나는 안도의 숨을 내쉬었다. 그녀가 겁쟁이라고 예단했던 피터는 사실 도움을 청하러 간 것이었다. 그녀는 그에게 고맙다는 표정을 지어 보였다.

"두 사람 괜찮아요?"

아른트 씨가 그녀와 제시에게 물었다. 안나는 끄덕였다. 제시는 아직도 얼어붙어 있었다. 비포장도로를 달리는 차 소리를 들었던 그 시점에 갇혀 있는 것처럼 보였다. 아른트 씨는 제시를 바라보았다.

"얘야, 너는 안에 있어."

그는 말했다.

"피터랑 내가 저걸 해결할 테니까."

다시 문밖으로 나가려던 그는 안나를 잠깐 동안 쳐다보았다.

"이건 진정한 이든턴의 모습이 아니에요. 데일 양."

그는 혐오스러운 글자가 있는 외벽 쪽을 고개로 가리키며 말했다.

"그걸 알아줬으면 좋겠어요."

안나는 이든턴에서 만난 다정한 사람들을 떠올렸다. 제시와 피터, 머틀 부인과 그녀의 가정부 프리다, 폴린과 칼, 그리고 다른 많은 사람들…….

"저도 알아요."

그녀는 말했다. 제시는 그녀를 도와 물감을 섞고 붓을 세척했다. 그동안 피터와 아른트 씨는 낙서로 손상된 부분을 완전히 복구했다. 모두 씁쓸한 정적 속에서 일했다. 외벽 페인트 작업이 끝나고 피터가 창고 안으로 합류했을 때에도 그들은 조용했다. 그날 밤 집에 돌아갈 때까지도 그들의 마음은 돌덩이처럼 무거웠다.

39장

Morgan

모건

2018년 7월 11일

올리버는 응급실에 가자고 했다. 죽기보다 싫었다. 응급실은 사고가 났던 밤을 영원히 떠올리게 하는 공간이었다. 게다가 나는 그가 과잉 반응하고 있다고 생각했다. 하지만 붐비는 대기실에 앉아 자줏빛으로 변한 발을 샌들 밖으로 꺼낸 채로 있자니, 나는 그가 옳았다는 것을 받아들일 수밖에 없었다. 내 발목은 둥근 빵 반죽처럼 부풀어 있었다. 우리는 나보다 훨씬 안 좋아 보이는 사람들, 여기저기 피 묻은 붕대를 두르고 고통으로 얼굴을 일그러뜨린 사람들 사이에 둘러싸여 있었다. 오래 기다려야 한다는 건 불 보듯 뻔했다.

올리버가 간호사에게서 얼음 팩을 받아 왔다. 나는 그의 무릎에 다리를 올리고 앉았고 그는 부어오른 내 발목에 얼음 팩을 대주었다. 움직이지 않을 때는 견딜 만했지만 좌우로 1밀리미터라도 움직이면 찌르는 듯한 통증이 찾아왔다. 언제 터져 나올지 모를 비명을 막기 위해 혀를 깨물어야 했다.

"부러진 것만 아니면 좋겠어요."

나는 말했다.

"고통이 점점 더 심해질 것 같은데요."

그가 말했다. 그는 내 발목 위로 몸을 구부린 다음 코를 킁킁거렸다.

"도대체 뭐하는 거예요?"

내가 물었다. 통증이 그렇게 심하지만 않았더라면 나는 발을 빼냈을 것이다.

"술 냄새는 안 나요."

그가 나를 보고 웃었다.

"다행히 발찌 문제는 피한 것 같은데요."

나는 웃음을 터뜨렸다.

"당신 하는 짓이 어이가 없어요."

내가 말했다. 그 아수라장 속에서 발찌에 한 방울의 술도 흘리지 않은 것은 기적이었다. 내일 아침으로 잡혀 있는 레베카와의 약속을 생각하면 더더욱 그랬다. 만약 모니터가 울렸다면 어떻게 설명해야 했을까? 생각조차 하기 싫었다. 나와 올리버 사이에 잠깐 정적이 흘렀다. 조금도 춥지 않았지만 내가 떨고 있다는 것을 깨달았다.

"저는 여기가 싫어요."

내가 말했다.

"병원을 좋아하는 사람은 없죠."

올리버가 이어 말했다.

"전 사실 응급실에서 너무 많은 시간을 보냈어요."

"무슨 일이 있었던 거예요?"

그에게 질문해서 그의 경험을 늘어놓게 하고 내 이야기는 자연스럽게 건너뛸 작정이었다.

"내 문제로 왔던 적은 한 번도 없고요. 항상 나단 때문이 었죠."

그가 대답했다.

"나단이 어릴 때 천식 발작이 왔었어요. 그것도 셀 수 없을 만큼 여러 번. 두 살이었을 때는 스테파니가 목걸이를 만들려고 놓아둔 유리구슬을 삼킨 적이 있었어요. 네 살 때는 울타리를 넘으려다가 넘어졌고요. 여섯 살 때 이웃의 고양이가 할퀴었는데 감염이 돼버렸어요. 여덟 살 때 축구하다 팔이 부러졌고 열 살 때는 소프트볼에 머리를 맞았어요."

나는 그를 바라보았다. 아들 이야기를 하는 내내 밝게 빛나는 눈과 올라간 입꼬리가 보였다.

"당신은 나단 이야기를 할 때마다 반짝반짝 빛나네요."

내가 말했다.

"내가 빛난다고요?"

그가 웃음을 터뜨렸다. 그의 볼은 평소보다 더 핑크빛이었다.

"네, 그래요."

발목의 통증에도 불구하고 나는 미소를 지었다.

"음, 아이는 저한테 전부나 다름없으니 별로 놀랄 일은 아니네요."

그의 목소리가 잠겨 들었다. 나는 그가 아들과 더 많은 시간을 보내고 싶어 한다는 것을 알고 있었다. 나는 그의 어깨를 토닥였다.

"당신은 정말 좋은 아빠예요."

나는 나직이 말했다. 그의 미소에 슬픈 기색이 더해졌다.

"특히 이 년마다요."

나는 덧붙였다. 그는 영문을 모르겠다는 듯 눈살을 찌푸렸다.

"이 년마다라니요?"

그가 물었다.

"나단이 이 년에 한 번씩 응급실에 왔잖아요."

그는 나를 바라보았다.

"솔직히 그런 생각은 못 해봤어요."

그는 말하고 나서 곧바로 앓는 소리를 했다.

"이제 열두 살하고도 몇 개월 밖에 안 지났는데, 이제 항상 전화를 기다리고 있어야겠네요."

"그렇게 되지 않기를 바랄게요."

나는 웃었다.

"그래서 당신은요?"

그가 물었다.

"응급실과의 추억이 어떻게 돼요?"

"글쎄요."

나는 기억을 더듬으며 느릿느릿 이야기했다.

"딱 두 번이요. 아홉 살 때 팔이 부러졌어요. 이웃집의 돌계단에서 넘어졌거든요. 소리 지르며 울고 있는 걸 본 이웃이 집에 데려다줬는데 이미 술에 거나하게 취해 있던 엄마가 말했어요, '아, 애는 괜찮아요, 괜찮아질 거예요'라고요. 이웃이 응급실에 데려가야 한다고 하자 엄마는 그렇게 걱정되면 직접 데려가라고 했어요."

"농담하는 거죠?"

"저도 농담이었으면 좋겠네요. 그 이웃은 나를 데리고 가서 깁스를 하게 했고 다음날 우리 집으로 아동보호 서비스를 보냈어요. 하지만 엄마가 상황을 설명해 돌려보냈고 그렇게 마무리됐어요."

올리버는 고개를 저었다.

"그런 부모가 있다는 게 믿어지지 않아요."

그가 말했다.

"그러게 말이에요."

나는 초점 없는 눈으로 대기실 맞은편을 바라보았다.

"그게 제가 트레이에게 푹 빠진 이유 중 하나예요."

내가 말했다.

"트레이의 가족이요. 저는 그 사람들을 좋아했어요. 지극히 평범한 사람들이었거든요."

나는 고개를 흔들었다. 그 소리가 얼마나 한심하게 들렸을까.

"그 가족은 상냥하고 다정했어요. 그리고 저는 그 가족을 잃기 싫었어요."

"사고 난 밤에 대해 아들이 거짓말한 것을 그 사람들도 알고 있나요?"

올리버가 물었다. 그의 입에서 그런 말을 듣게 돼 좋았다. 트레이가 운전했다는 내 말을 믿어 줘서 고마웠다. 그는 나를 믿어 준 유일한 사람이었다.

"그의 부모님은 진심으로…… 사고 이후에 저를 불쌍하게 여겨 주셨어요."

내가 말했다. 그의 아버지는 이렇게 말했었다.

"사람은 누구나 실수를 저지른단다."

사고가 난지 이틀 후, 꿰맨 이마의 따끔거리는 통증을 느끼며 트레이네 거실에서 멍하니 앉아 있을 때였다.

"그 실수를 네가 어떻게 만회할 수 있을지가 중요한 거야."

"하지만 결국 저는 진실을 말하기 시작했어요."

내가 말했다.

"운전을 한 건 자기들 아들이라는 진실이요. 그리고 다른 사람들처럼 그 사람들도 당연히 제가 거짓말을 한다고 여겼어요."

그렇게 나는 그 가족을 잃었다. 그들의 동정심도, 그들의 사랑도 한꺼번에 잃었다. 늘 안전할 거라고 믿었던 그들의 마음속에서마저 그렇게 내 자리를 잃었다.

"그 사람들이 실제로 저보다 트레이를 믿었는지는 결코 알 수 없겠죠."

내가 말했다.

"그냥 그 사람들은 그런 것처럼 행동했어요. 그래야만 했을 거예요. 결국 트레이는 자기 아들이잖아요. 저는 항상 그 사람들의 딸이 되고 싶었지만 실제로 딸은 아니었고요. 어쩌면 그 사람들에게 제가 골칫거리가 될 수도 있었겠죠."

올리버는 내 정강이에 올려 두었던 손으로 내 왼쪽 다리를 꽉 쥐었다.

"유감이에요."

그가 말했다. 그러고 나서 물었다.

"그럼 응급실에 왔던 두 번째는 그때였나 보죠? 사고가 났던?"

나는 망설였다.

"네."

내가 대답했다.

"당신은 다치지 않았다고 했었잖아요."

"그냥 긁힌 정도요."

나는 그에게 흉터를 보여 주기 위해 앞머리를 들어 올렸다.

"다섯 바늘이요. 금방 끝났어요."

내가 말했다.

"하지만 그 얘기는 안 하고 싶어요."

"그래요."

그가 말했다. 우리는 또 다른 침묵 속에서 십 분을 기다린 후, 마침내 치료 구역으로 불려가 커튼이 쳐진 칸막이 안에 자리를 잡았다. 내가 엑스레이 촬영을 위해 휠체어를 타고 복도를 오갈 때 올리버는 계속 그 안에 머물렀다. 칸막이 안으로 돌아온 내가 진찰대 위로 옮겨졌을 때 그는 옆에 있는 의자에 앉아 있었다. 간호사는 내게 진통제를 주었다. 우리는 다시 오랫동안 기다렸다.

옆 칸막이 안에서는 뭔가 끔찍한 일이 일어나고 있는 것 같았다. 의사들과 간호사들이 급하게 왔다 갔다 했다. 고통스러워하는 여자들의 외침이 허공을 가득 메웠다. 그 소리는 나를 다시 사고 현장으로, 에밀리 맥스웰의 엉망이 된 몸 앞으로 데려다 놓았다. 커튼 옆쪽에 있을 뒤틀리고 부러지고 피투성이가 된 몸이 생생하게 그려졌다. 나는 두 손으로 귀를 막았다.

"토할 것 같아요."

내가 말했다. 나는 경련을 일으키고 있었다. 올리버가 어디선가 양동이와 담요를 가져왔다. 그는 담요를 펼쳐 내 몸을 덮어 주고 내 무릎 위에 양동이를 올려놓았다.

"지금 상태가 많이 안 좋아 보여요."

그가 말했다.

"계속 떨려요. 멈출 수가 없어요."

나는 허벅지에 손을 얹으며 말했다.

"아마 간호사가 준 약 때문일지도 몰라요."

나는 고개를 저었다. 나는 무엇이 나를 기겁하게 하는지 잘 알고 있었다. 우리가 다른 칸막이 안에 있었다면 좋았을 텐데……. 의료진들이 어서 커튼 저편에서 괴로워하는 가여운 여자를 도와주었으면 싶었다.

"우리가 다치게 만든 소녀가 어떤지 알고 싶어요."

갑자기 말이 불쑥 튀어나왔다. 나는 올리버를 바라보았다. 안경 너머로 보이는 그의 눈은 진지했다.

"찾아낼 방법이 있을 거예요."

그가 말했다.

"한편으로는 겁이 나기도 해요."

"하지만 그녀가 어떻게 지내는지 알기 전까지 당신은 안심하지 못할 것 같은데요. 인터넷으로는 찾을 수 없었다고 했었죠?"

나는 고개를 끄덕였다.

"SNS에는 없었어요. 계정이 비공개일지도 모르고요. 아니면 SNS 따위는 안중에 없을 만큼 그녀의 상태가 안 좋다거나, 어쩌면 정신적인 문제가 있을지도 몰라요."

나는 떨리는 손을 꽉 쥐었다.

"그녀의 하반신이 마비됐다는 건 알지만 또 다른 문제가 생겼을지 누가 알겠어요? 그녀의 이름을 구글에 검색하면 사고에 관한 기사만 나와요. 그게 전부예요."

내가 횡설수설하는 동안 입술을 굳게 다문 채 듣고 있던 그의 얼굴에는 연민이 서렸다. 그는 무릎 위 양동이를 붙잡고 있는 내 손을 자신의 손으로 감쌌다.

"정말 유감이에요. 모건."

그가 말했다. 나는 그를 바라보았다.

"혹시 알코올중독자 모임의 아홉 번째 단계가 뭔지 알아요?"

내가 물었다. 잠시 주저하던 그가 말했다.

"용서에 관한 건가요?"

"정확히 그렇지는 않아요. 보상에 관한 거예요."

나는 몸을 부르르 떨었다.

"수천 번도 더 생각했지만 제가 할 수 있을지 모르겠어요. 그녀를 직접 마주할 수 있을지 모르겠어요."

의사가 칸막이의 커튼을 열어 올리버는 내 손을 놓았다. 의사는 웃으며 들어왔다.

"좋은 소식이에요. 부러진 건 아니에요. 삐었네요. 간호사가 압박붕대와 발목 고정용 의료용 부츠를 처치해 줄 거예요. 얼음찜질 계속 하시고요. 일주일에서 이 주 정도면 좋아질 거예요. 진통제를 좀 처방해 줄게요."

나는 고개를 흔들었다.

"진통제는 안 먹고 싶어요."

내가 말했다. 술이 빠져나간 내 몸에 마약성 진통제를 집어넣지는 않을 것이다. 도움이 되더라도 사양해야 한다. 의사는 망설였다. 그녀의 당황한 표정이 충분히 이해가 갔다.

"중독 치료 중인가요?"

그녀의 질문에 나는 고개를 끄덕였다. 얼굴이 빨개졌다. 올

리버가 이 대화를 듣고 있다는 사실 때문에. 그도 이미 알고 있
는 이야기라는 사실 때문에.

"아세트아미노펜이나 이부프로펜은 어떤지 한번 봅시다."

그녀는 말했다.

"혹시 몰라 처방전을 드릴 테니 평소 다니는 병원의 의사
와 상담해 보세요."

그녀는 종이를 내게 건넸지만 나는 받지 않았다. 결국 올리
버가 종이를 받아 자신의 청바지 주머니에 넣었다. 우리는 의료
용 부츠를 가져올 누군가를 기다리며 조용히 칸막이 안에 있었
다. 잠시 후 올리버가 입을 뗐다.

"그 여자분 이름이 뭔가요?"

그가 물었다.

"그 소녀요…… 당신 남자 친구가…… 다치게 했던? 어디에
살고 있는지 알아요?"

"에밀리 맥스웰이요."

내가 말했다.

"사는 곳은 잘 모르겠어요. 사고는 롤리에서 발생했어요.
왜요?"

그가 어깨를 으쓱했다.

"어쩌면 찾을 수 있을 것 같아서요."

그가 말했다.

"요직에 앉은 친구들이 좀 있거든요."

그는 내게 윙크를 했다. 경미한 위험이 다시 느껴졌다.

"저는 그녀와 대화하고 싶지 않아요."

내가 재빨리 말했다.

"못 하겠어요. 그래도 그녀가 어떻게 지내는지는 정말 알고 싶어요."

나는 입술을 깨물었다.

"그녀한테 연락하거나 하지는 않을 거죠?"

"당연하죠."

그는 말하며 나를 향해 미소 지었다. 그리고 다시 내 손을 꼭 잡아 주었다.

"그건 모건 크리스토퍼 당신이 할 일이죠."

40장

Anna

안나

1940년 2월 28일

안나는 숨 쉬기 힘들 정도로 가슴을 짓누르는 압박을 느끼며 깨어났다. 그 압박은 낯설지 않았다. 그것은 그녀의 어머니가 돌아가신 11월부터 찾아온 것이었다. 오늘 아침 그 압박을 다시 느끼게 된 이유도 안나는 알고 있었다. 2월 28일. 그녀의 어머니는 오늘 마흔네 번째 생일을 맞아야 했다.

"엄마, 왜 그랬어?"

그녀는 침대 위 허공에 대고 속삭였다. 시간을 되돌려 모든 것을 바꾸고 싶었다. 시간을 돌리는 방법을 알아낼 수만 있다면 그녀는 영혼도 팔 수 있을 것 같았다. 앨리스 이모와 말다툼하던 때로 돌아갈 수만 있다면 그녀는 그 비극을 뒤집어 놓을 수 있을 것이다. 그렇다면 여전히 어머니와 함께일 수 있을 텐데.

가슴을 억누르는 압박을 내려놓고 일어나 샤워를 하고 블라우스와 바지를 입기까지 거의 한 시간이 걸렸다. 식욕도 없었다. 다행히 머틀 부인이 집에 없어 내키지 않는 아침을 먹으며 쓸데없는 수다를 떨 필요가 없었다. 늘 느긋한 프리다는 안나가 배고프지 않다고 말했을 때도 별다른 반응을 보이지 않았다. 이번만큼은 가정부가 말을 못한다는 사실이 반가웠다.

차를 몰아 창고에 도착한 그녀는 이미 도착한 제시가 이젤 앞에 앉아 있는 것을 보고도 놀라지 않았다. 제시는 창밖을 내다보고 있는 여성을 그리느라 여념이 없었다. 안나는 제시에게 스케치북 몇 권과 캔버스 세 장을 더 사줬고 제시의 그림들은 이제 창고 곳곳에 흩어져 있었다.

제시는 보통 이른 아침에 도착했다. 때로는 해가 뜨기 전에 오기도 했다. 그는 농장으로 돌아가기 전, 되도록 많은 시간을 창고에서 보내고 싶어 했다.

제시가 앉아 있는 이젤 옆 테이블에는 도서관에서 빌린, 옛 거장들의 그림이 실린 책이 펼쳐져 있었다. 페르메이르의 그림 중 하나였는데, 아마 제시는 그림 속 빛을 따라해 보고 있던 것 같았다. 자신의 우상을 모방하려는 소년의 모습을 보고 있자니 마음이 뭉클해져 그날 아침 처음으로 그녀는 미소를 지었다.

안나는 제시에게 알려 주고 싶은 것이 너무 많았다. 그런 만큼 그가 배움의 기회를 갖기를 바랐다. 그를 뉴욕으로 데려가고 싶었다. 제시에게 메트로폴리탄 미술관과 휘트니 현대미술관에 대해 이야기해 줬지만, 말로만 듣는 것과 가까이서 미술품을 들여다보는 것은 천지차이다. 뉴욕에서는 그가 가고자 하는 어떤 박물관이든 들어갈 수 있다고도 말해 주었다.

"북쪽에서는 인종이 큰 문제가 안 돼."

그녀는 말했다. 물론 그 말은 사실이 아니었다. 하지만 그렇게 말한 순간 그녀는 행복했다. 그가 도시에서 듣고 보고 할 수 있는 모든 것들을 상상했던 그 순간만큼은 정말 행복했다. 그리고 곧 현실로 되돌아왔다. 그들은 이든턴의 한 창고에 있었다. 슬픔이 그녀를 다시 덮쳤다.

"도와줄까?"

그녀는 의자 등받이에 걸려 있던 작업복 셔츠와 스웨터를 바꿔 들면서 말했다.

"아직은 괜찮아요."

그는 말했다.

"혼자서 해보고 싶어요."

그는 뒤로 물러서서 이젤 위의 그림을 살펴보았다.

"이 사람 누군지 아시겠어요?"

그가 물었다. 안나는 작업복의 단추를 채우며 그의 옆에 와서 섰다. 그림 속 여자는 창밖을 응시하고 있었다. 제시와 꼭 닮은 커다란 눈이 그녀의 정체를 말해 줬다. 천천히, 안나가 고개를 끄덕였다.

"너희 어머니."

그녀가 말했다.

"틀림없어."

여자의 팔에 드리워진 햇빛의 각도가 아쉬웠지만 제시가 스스로 알아내는 편이 나을 거라고 그녀는 생각했다.

"어머니가 모델을 해주셨니?"

"엄마가 설거지 할 때 몰래 그렸어요."

그가 웃으며 말했다.

"그랬더니 엄마가 소리쳤어요. 아무것도 안 하고 앉아서 빈둥거린다고."

"스케치한 걸 보여 드렸어?"

"아니요. 놀라게 해주려고요."

그가 이젤 쪽으로 고개를 끄덕였다.

"다음 주가 엄마 생일이라서 깜짝 선물로 그린 거예요."

"정말 좋아하시겠구나."

안나는 진심으로 그러길 바라며 말했다. 뒤따라온 침묵을 깨려던 그녀는 아무 생각 없이 말을 뱉었다.

"오늘은 우리 엄마 생일이 됐을 건데."

그녀는 제시의 시선이 자신을 향하는 것을 느꼈지만 이젤 앞 의자의 등받이에 두 손을 얹고 그림에서 눈을 떼지 않았다.

"됐을 거라고요?"

그가 물었다.

"11월에 돌아가셨거든."

그녀가 말했다.

"내가 이든턴에 오기 불과 몇 주 전에."

그녀는 그를 바라보았다.

"자살하셨어."

그녀가 그 말을 입 밖에 낸 것은 처음이었다. 왜 머틀 부인이나 폴린이 아닌 제시에게 그런 말을 했는지 자신도 이해할 수 없었다. 안나의 입에서 나온 건, 열일곱 살의 소년의 어깨에 얹기에는 너무 무거운 다섯 음절이었다.

"세상에."

그가 말했다.

"어떻게…… 그러니까…… 왜 그러신 거예요?"

안나는 그림 속의 여자에게로 다시 시선을 돌렸다.

"엄마는 조울증이라는 병을 앓고 있었어."

그녀가 말했다.

"그건 엄마가 행복하고 활동적이었다는 뜻이야. 몇 주에서 몇 달간은 극도로 활기찼지. 그 후에는 그만큼 오랫동안 우울해져. 이번의 우울증은 계속 이어지고 또 이어졌어……. 나아지지 않았지. 앨리스 이모는 엄마가 병원에 가야 한다고 말했어. 그 병원에서는……."

그녀는 전기충격요법이나 다른 비인간적 치료들을 그에게 설명하고 싶지 않았다.

"나는 엄마가 병원에 갈 필요가 없다고 생각했고 엄마도 가고 싶어 하지 않았어. 이모는 계속 주장했지만 결국 내가 이겼지."

아랫입술이 떨리기 시작하는 것을 느낀 안나는 입술을 깨물었다. 제시는 움직이지 않고 조용히 있었다. 그가 옆에 있다는 것을 거의 인식하지 못할 정도로 조용히.

"하루는 일자리를 구하러 나갔다가 집에 돌아왔는데."

그녀는 말했다.

"엄마를 찾을 수 없었어. 차고 문에 난 창문으로 차가 그대로 있는 게 보여서 엄마가 집 안에 있다는 건 알았는데 말이야. 나는 집 안을 구석구석 돌아다니며 엄마를 불렀지. 그러다가 결국 차고에 가봤어."

안나는 양손을 의자 등받이에 고정시킨 채 눈을 감았다. 제시는 여전히 돌처럼 그녀 옆에서 기다렸다.

"엄마는 차고 천장의 들보에 목을 매달았어."

눈꺼풀 안에 박제된 장면을 그녀는 다시 한번 마주했다. 절대 잊을 수 없는 그 모습이 지워지기를 바라며 주먹을 입술에 대고 눌렀다. 알아보기 힘들었던 어머니의 기괴하고 흉측하던 얼굴, 커다랗게 벌어진 눈, 일그러진 표정, 납빛 피부…… 그녀의 어머니는 고통받고 있었다. 그것은 확실했다.

안나는 자기 머리 위 높은 곳에 있는 들보를 느낄 수 있었다. 그녀는 고개를 들지 않았다.

"앨리스 이모가 옳았어."

그녀는 제시에게 말했다.

"엄마는 병원에 갔어야 했어. 하지만 나는 너무……."

"그건 선생님 잘못이 아니에요."

제시가 목소리에 힘을 실어 말했다.

"전혀 아니에요."

그의 말에 그녀는 기억에서 빠져나왔다. 잠깐 동안 두 사람은 입을 열지 않았다.

"너한테 이런 이야기를 해서 미안해."

그녀가 마침내 입을 열었다.

"그냥…… 오늘은 내가 제정신이 아니야. 내 머릿속에는 그것밖에 없어. 엄마의 생일. 그리고 이제 엄마가 없다는 사실."

"오늘은 작업하지 말까요?"

그가 부드럽게 제안했다.

"조용한 데 가도 되고요."

그녀는 그를 바라보았다.

"특별한 사람을 잃어 본 적이 있니?"

그녀가 물었다.

"조부모님이요."

그가 대답했다.

그녀는 벽화 쪽으로 걸음을 옮겨 팔짱을 낀 채 테이블에 기댔다.

"그분들과 가깝게 지냈어?"

그녀가 물었다.

"할머니만요. 외할머니요. 이 년 전에 세상을 떠나셨어요. 큰 장례식을 치렀어요. 음식도 많이 먹고 대화도 많이 하고 그런 장례식이요. 제가 그때 뭘 했는지 아세요?"

그는 그녀의 대답을 기다리며 순한 사슴 같은 눈을 커다랗게 떴다.

"뭘 했는데?"

"8월이었어요. 8월이면 남쪽 밭은 옥수수로 가득할 때거든요. 옥수수 밭에 가서 애벌레와 딱정벌레 말고는 아무도 저를 볼 수 없는 한가운데 앉아 할머니가 했던 일들을 생각했어요……. 저한테 화나면 할머니는 제 귀를 잡고 여기저기 끌고 다녔거든요."

그가 웃었다.

"그리고 같이 말굽놀이 했던 거랑 엄마 몰래 파이프에 불을 붙여 저한테 주기도 했던 거, 그런 것들을 혼자 생각했어요."

안나는 그에게 웃어 주었다. 그는 따뜻한 영혼을 지닌 소년이었다.

"너는 아주 현명하구나. 제시 윌리엄스."

그녀가 말했다.

"하지만 조용한 곳에 가고 싶지는 않아. 오늘은 여기 머물면서 일에 집중하는 게 가장 좋을 것 같아."

그는 끄덕였다.

"선생님다운 계획이네요."

그가 말했다.

"그래도 생각이 바뀌면 혼자 숨어 있기 좋은 곳을 알려 드릴 수 있어요."

"마음이 바뀌면 알려 줄게."

웃으며 대답한 그녀는 몸을 돌려 팔레트를 향해 손을 뻗었다. 그녀가 정말로 하고 싶었던 말은 하지 않았다.

'누군가에게 이런 말을 한 건 처음이야. 털어놓고 나니 기분이 나아졌어. 들어 줘서 고마워.'

이제 이야기를 그녀 밖으로 던져 버렸으니 가슴을 짓누르던 돌덩이는 힘을 잃게 될 것이다. 안나는 더 이상 누군가에게 이야기를 반복할 필요가 없기를 바랐다.

41장

Morgan

모건

2018년 7월 12일

병원 직원이 휠체어에 앉은 나를 응급실에서 올리버의 밴까지
데려다줬을 때는 새벽 세 시가 다 된 시간이었다. 아직 몸에 익
지 않은 의료용 부츠 탓에 차에 타는 것도 어려워서 여러 번 시
도해야 했다. 나는 겨우 밴의 두 번째 줄 좌석에 다리를 쭉 펴고
등을 문에 기댄 자세로 앉을 수 있었다. 차는 바로 출발했다.

"좀 어때요?"

병원에서 몇 킬로미터쯤 지나올 때 올리버가 물었다. 밴이
가로등 아래를 지날 때마다 의료용 부츠가 빛을 받아 반짝였다.

"괜찮아요. 그리 나쁘지 않은데요."

라디오에서 부드러운 음악이 흘러나왔다. 남자 가수가 베
트남전쟁에 관한 노래를 부르고 있었다. 나는 웃었다.

"우리는 당신의 음악 취향에 뭔가 조치를 취해야 해요."

내 말에 올리버는 웃음을 터뜨렸다.

"지금 나오는 음악 말하는 거예요, 아니면 평소에 듣는 음악을 말하는 거예요?"

그가 물었다.

"평소에도요. 이건 이전 세대를 위한 노래잖아요. 베트남 전쟁은 고대 역사나 다름없다고요."

"우리 부모님은 포크송 세대예요. 저는 그런 노래를 들으면서 자랐어요."

그가 말했다.

"요즘 음악들보다 의미가 깊어요. '오늘 밤을 함께 보내길 원해' 따위의 내용보다 더 많은 메시지를 담고 있지요."

나는 다시 웃었다.

'좋아해요'라고 생각했지만 물론 입 밖에 내지는 않았다. 위험하다. 마지막으로 사랑했던 남자는 내 인생을 처절하게 짓밟았다.

"나단이 듣는 음악을 같이 들으면 아이와의 관계에 도움이 될 거예요. 음악을 종종 사람 사이를 이어 주는 다리가 되기도 하거든요."

나는 백미러를 통해 다가오는 차의 헤드라이트가 포착한 그의 얼굴을 보았다. 그는 진지한 표정으로 고개를 끄덕였다.

"시도해 볼게요."

그가 말했다. 몇 분을 더 달린 그는 밴을 리사네 진입로 쪽으로 돌렸다. 나는 숨을 길게 들이마셨다. 얼마나 지리멸렬했던 밤이었던가……. 그럼에도 이상하리만치 행복했다. 이런 행복 감을 느끼는 건 정말 오랜만이었다.

올리버는 내가 한 발로 콩콩 뛰며 현관까지 가는 것을 도와 주었다. 나는 리사가 깰까 봐 문을 열자마자 경보장치부터 해제 했다. 집 안은 어둡고 조용했다.

"방이 어디예요?"

올리버가 조용히 물었다.

"저기 뒤쪽에 있는 방이요."

"제시 선생님이 쓰시던 방이요?"

"네."

내 허리에 팔을 두른 그는 어두운 거실과 부엌을 지나 방까 지 나를 부축해 주었다. 나는 고통보다 옆구리에 닿은 그의 손 에 더 집중하고 있었지만 방에 도착하자마자 그는 나를 놓아주 었다. 그날 아침 이불을 반듯하게 정리해 놓고 나와 다행이라고 생각하며 불을 켰다. 나는 앉아서 그를 올려다보았다.

"이제 일은 어떻게 하죠?"

내가 물었다. 그는 두 손을 허리에 얹고 나를 내려다보았다.

"방법이 있을 거예요."

그가 말했다.

"그보다 지금은, 뭘 가져다줄까요? 물? 간식? 혼자서 부츠 를 벗을 수 있겠어요? 화장실까지는 갈 수 있겠어요?"

아, 안 돼. 올리버에게 이렇게 손이 많이 가는 사람으로 보이고 싶지 않았다. 응급실에서 준 약 기운이 떨어졌는지 발목이 욱신거리기 시작했다.

"그냥 한 가지만요."

내가 말했다.

"리사는 부엌 싱크대 옆 찬장에 타이레놀을 보관해요. 그거 두 알 정도랑 물 한 잔만 가져다줄래요?"

"알았어요."

그는 말하면서 복도로 사라졌다. 잠시 후 그가 타이레놀과 물, 얼음 팩을 가지고 돌아왔다.

"냉동실에서 뭘 찾았는지 봐요."

그가 얼음 팩을 흔들며 말했다. 나는 얼음 팩을 받아 침대에 올려놓고 그를 올려다보았다. 그는 걱정스러운 얼굴로 나를 보고 있었다. 침대 옆 작은 스탠드의 불빛이 그의 푸른 눈을 가두어 두고 있었다.

"제가 도와줄 게 또 있을까요?"

그가 물었다.

'잠들 때까지 옆에 누워 있어요.'

나는 생각했다. 그의 곁에 웅크리고 누워 그의 애프터셰이브 로션 냄새든 가죽 냄새든 밤새 들이마실 수 있다면 큰 위안이 될 것 같았다. 그러나 그렇게 말하는 대신 나는 그에게 미소를 지어 주었다.

"이미 많이 도와줬잖아요."

나중에 후회할 만한 말이 나오기 전에 재빠르게 대답했다.

"그리고 괜찮아요. 정말이에요. 내일 가석방 담당자와의 약속이 끝나고 봐요. 엉망이 된 발로 어떻게 일할 수 있을지 알아내야죠."

"그래요. 필요한 게 있으면 전화해요."

그리고 그는 몸을 굽혀 친구를 대하듯 나를 안아 주었다. 그게 다였다.

42장

Anna

안나

1940년 3월 6일

돌아가신 어머니의 생일을 이든턴에서 맞이한 이후부터 안나는 벽화에 몰두한 채로 매일 늦게까지 창고에 머물렀다. 처음에 그녀는 망각을 위한 수단으로 그림을 이용하고 있다고 생각했다. 하지만 어느 순간 그림 자체를 즐기고 있는 자신을 발견했다. 학창 시절로 돌아간 기분이었다. 학창 시절, 그녀는 미술 말고는 하고 싶은 게 없었다. 그림은 곧 그녀의 삶이었다. 그리고 지금, 미술에 대한 열정이 다시금 불타올랐다. 만약 가정을 꾸린다 해도 남편과 아이들을 위한 시간을 낼 수 있을지 확신할 수 없을 정도였다. 게다가 지금으로써는 자기가 과연 이성에게 매력적으로 보일까 하는 의구심마저 들었다. 머리에는 항상 물감이 묻어 있고 손톱 아래에 끼인 물감은 이제 빼내기도 귀찮아졌다. 외모는 지금 그녀에게 우선순위가 아니었다. 자신을 요조숙녀로 만들려고 했던 머틀 부인도 지금쯤 두 손 두 발 다 들었을 거라고 안나는 생각했다. 그녀의 삶에 남자는 없지만 가장 친한 친구인 제시 제임슨 윌리엄스가 있었다. 그녀는 그 편이 훨씬 낫다고 생각했다. 그가 없었다면 어땠을까? 제시는 그녀가 입을 열기도 전에 무엇이 필요한지 다 알고 있는 것 같았다. 예컨대 사다리를 왼쪽으로 몇 발자국 옮긴다거나 팔레트에 짙은 파란색을 더 섞는다거나 하는 것들이 그랬다. 그는 미술에 굶주린 학생이었고 안나는 그런 제시를 가르치는 게 즐거웠다. 제시는 그녀가 도서관에서 빌려다 준 미술책을 집어삼킬 듯 읽었고 반납 기한에 맞춰 그녀에게 돌려주었다. 그리고 며칠 지나지 않아 그 책들을 다시 대출해 달라고 부탁했다. 집에 가면 원치 않는 농장 일을 해야 한다는 것을 알고 있었기 때문에 안나는 창고에서 책을 읽게 했다.

피터는 더 이상 창고에 나오지 않았다. 고등학교 야구 시즌이 시작되었고 피터는 이든턴 고등학교의 대표 포수였다. 작고 호리호리한 그가 포수라는 사실을 알았을 때 안나는 적잖이 놀랐다. 좌우간 그건 그가 매 방과후에 연습을 해야 한다는 것을 의미했다. 안나는 성실한 피터가 그리웠지만 힘을 써야 하는 작업은 모두 끝났기 때문에 두 소년이 할 일은 별로 없었다. 사실 피터는 예술가가 될 수 없을 것이라고 안나는 생각했다. 그는 자동차와 트랙터의 엔진 등 기계적인 것은 멋지게 그려 냈지만 제시가 가진 열정과 창의력은 부족했다. 안나는 언젠가 피터가 뛰어난 엔지니어가 될 거라고 믿었다.

제시가 있든 없든, 요즘 그녀 혼자 창고에 있는 경우는 드물었다. 낮에는 사람들이 진행 상황을 보러 들렀고 방과후에는 학생들이 찾아왔다. 밖에 볼일을 보러 나온 주부들은 시도 때도 없이 들러서 구경도 하고 수다도 떨었다. 그리고 남자들, 주로 점심시간이나 퇴근 후에 들르는 성가신 남자들은 호기심이 많고 종종 비판적이었다. 여자들은 친절했다. 그들은 안나가 그림 안에 담기로 한 모든 것을 넓은 아량으로 받아들였다. 하지만 남자들은 모두 저마다의 의견을 가지고 있었다. 마치 자기들이 전문가라도 된다는 듯 무엇이 잘못됐는지 지적하는 행위 자체를 즐기는 것 같았다. 번데기 앞에서 주름을 잡는 그들을 그녀는 가볍게 무시했다.

지역 유지인 사이크 시장과 피어링 씨, 빌리 칼훈 씨 등은 여전히 티 파티를 그림 중앙에 두는 것을 탐탁지 않아 했지만 처음보다는 불평이 줄었다. 이제는 어찌할 방도가 없으니 그들도 체념했을 것이라고 안나는 생각했다.

테레사 웨이먼의 아버지와 마틴 드래플, 두 남자는 더 이상 창고에 오지 않았다. 안나는 마음이 놓였다. 아내를 때린 날 이후 모습을 드러내지 않고 있는 마틴은 안나에게서 멀리 떨어져 있는 편이 낫다고 판단한 것 같았다. 이미 캔버스는 벽에 걸려 있었으므로 그의 도움이 필요하지 않기도 했다.

구경을 온 여자들 중 몇몇은 안나에게 자기 아이들의 초상화를 그려 줄 수 있는지 물었다. 그럴 겨를은 없었지만 요청을 받은 안나는 놀라기도, 우쭐한 기분이 들기도 했다. 이든턴의 초상화가는 마틴이고 모두가 그 사실을 알고 있었다. 하지만 그녀는 그의 경력에 해가 될 만한 일은 하고 싶지 않았다.

1940년 3월 8일~9일

금요일 새벽 세 시, 잠에서 깬 안나는 다시 잠들 수 없었다. 그녀의 머릿속에는 당장이라도 창고에 가서 일하고 싶다는 생각밖에 없었다. 삼십 분 동안 뒤척이던 안나는 마침내 침대에서 내려와 옷을 입고 발끝으로 살금살금 집 안을 빠져나왔다. 그녀는 어둠 속으로 차를 몰아 창고로 향했다. 도로는 깜깜하고 고요했다. 매미들에게는 너무 늦은 시간이었고 새들에게는 너무 이른 시간이었다. 나무들 사이를 운전하던 그녀는 스멀스멀 올라오는 두려움과 싸워야 했다. 숨 막힐 정도로 컴컴한 창고 안으로 들어가는 것은 더 큰 도전이었다. 불을 켜고 나서야 날뛰던 심장박동이 가라앉았고 반쯤 칠한 아름다운 벽화가 그녀 앞에 살아났다.

그녀는 오전 아홉 시까지 채색을 했다. 어디에서 생겨난 것인지 알 수 없는 힘이 안에서부터 끓어올라 그녀의 손을 마음대로 조종하는 것 같았다. 그녀는 창작의 기쁨에 한껏 사로잡혀 있었다. 그러다 돌연, 모든 에너지가 몸을 빠져나가는 느낌이 들었다. 한순간에 녹초가 됐다. 당장 침대에 누울 수만 있다면

원이 없겠다는 생각이 들었다. 그녀는 오늘 아침 농장에서 일한다고 했던 제시의 말을 기억해 냈다. 창고는 온전히 자신의 차지였다. 그녀는 테이블에 엎드려 팔에 머리를 묻고 생각할 틈도 없이 깊은 잠에 빠져들었다.

"일어나야지. 잠꾸러기!"

안나는 멍한 상태로 테이블에서 고개를 들었다. 상황을 파악하느라 사방을 두리번거렸다. 그녀는 지금 창고에 있고 그녀 앞에는 폴린이 옷 가방을 들고 서 있었다.

"어머나."

안나는 뻣뻣한 뒷목을 문지르며 폴린을 올려다보았다.

"잠들려고 한 건 아니었는데…… 지금 몇 시야?"

"정오가 다 됐어."

폴린이 말했다.

"밥보다는 낮잠이 더 필요해 보이지만 같이 앨버말에 점심 먹으러 가려고 왔어. 너무 무리하는 것 같아. 안나."

"가기 힘들 것 같은데."

안나는 테이블에서 의자를 뒤로 밀어내며 일어났다. 그리고 물감 얼룩 가득한 바지와 작업복 셔츠를 보여 주기 위해 양 팔을 벌렸다.

"보다시피 외출할 만한 옷이 아니라서."

"그럴 줄 알고 내 블라우스랑 치마를 가져왔지."

폴린은 옷 가방을 안나의 팔에 안기고는 걱정스러운 듯 그녀의 가죽 신발을 내려다보았다.

"신발과 맨다리는 식탁이 가려 주겠지."

그녀가 말했다. 안나와 폴린이 함께 시간을 보낸 건 꽤 오래전이었다. 친구가 그녀를 창고에서 빼내기 위해 이렇게까지 애를 썼으니 힘들어도 가야 했다. 그녀는 창고 끝에 있는 작은 화장실에서 폴린의 블라우스와 치마로 갈아입었다. 옷은 그녀에게 약간 헐렁했지만 그 정도면 괜찮았다.

폴린은 브로드 스트리트에 위치한 앨버말 레스토랑으로 운전했다. 그곳에서 그 둘은 치킨샐러드와 참치샐러드, 설탕에 절인 사과, 아메리칸 치즈 한 조각이 나오는 메뉴를 주문했다. 그리고 이런저런 이야기를 했다. 폴린은 그녀에게 은밀한 미소를 지어 보였다.

"새로운 소식이 있어."

그녀가 볼을 붉히며 말했다.

"나 임신했어! 칼은 온 세상을 다 가진 것 같대."

"와, 세상에! 너무 잘됐다!"

안나는 자신을 덮친 복잡한 감정에 놀랐다. 행복한 친구를 바라보고 있는데서 오는 기쁨, 아기가 태어날 때쯤 그녀는 분명 뉴저지에 있을 테지만 행복을 이끌어 낸 아기에 대한 기대감, 그리고 부러움…… 마지막 감정은 그녀가 예상하지 못한 것이었다.

부러움의 근원은 무엇이었을까? 아기가 갖고 싶었던 걸까? 아니면 그저 폴린의 우선순위가 바뀌면서 소홀해질 우정에 대한 우려 때문이었을까? 오늘 폴린의 점심 제안을 받아들여 다행이라고 안나는 생각했다. 안나는 폴린과의 우정을 세심하게 다루어야 했다. 우정은 언제든 깨지기 쉬운 것이니까.

"어머니도 좋아하셨겠다."

그녀가 말했다.

"어, 그럼! 칼과 나는 오늘 저녁 식사 때 집에 갈 거야. 축하 자리니까 너도 시간을 미리 알아 뒀으면 해서. 너도 꼭 참석해야 해!"

"좋아."

폴린과 칼이 저녁 식사를 하러 올 때마다 안나는 즐거운 시간을 보냈다. 하지만 오늘은 이상할 정도로 피곤했다. 그 즐거움을 위해 깬 채로 버틸 수 있을지 확신하기 어려웠다. 폴린은 아기 방을 어떻게 꾸밀지 잠시 수다를 떨다가 급히 화제를 바꾸며 안나를 향해 몸을 기울였다.

"사람들이 너랑 흑인 소년 얘기를 하고 다녀."

그녀가 속삭였다.

"조심할 필요가 있어."

"폴린!"

이런 기분을 두고 믿었던 도끼에 발등이 찍힌다고 하는 걸까? 폴린을 향한 엄청난 실망감이 덤으로 따라왔다.

"첫째로 제시는 이제 내 친구가 된 학생이야."

그녀는 제시에게 어머니 이야기를 했던 것을 떠올리며 말했다. 그가 얼마나 잘 들어 줬던가. 얼마나 진심으로 들어 줬던가.

"그리고 둘째로 나는 사람들이 뭐라고 하든 신경 안 써."

"신경 써야 해."

폴린이 말했다.

"칼이 말해 줬는데 누군가가 페인트로 낙서를 했대."

그녀는 앞으로 몸을 더 숙이고 속삭였다.

"창고에 적혀 있던 그거 말이야."

"그건 몇 주 전이야. 이후에는 아무 일도 없었어. 말썽을 일으키는 문제아들이 그랬겠지. 그런 사람들 때문에 겁에 질린 채로 살고 싶지는 않아."

"여기는 네가 자란 곳이랑은 달라."

폴린의 목소리는 작았지만 진지했다. 그녀의 검푸른 눈은 안나가 당황할 만큼 깊은 근심을 담고 있었다. 그녀의 친구는 진심으로 그녀를 걱정하고 있었다. 안나는 긴 한숨을 내쉬었다.

"사람들이 나한테 자꾸 그런 말을 하지만 내 자신을 바꿀 수는 없잖아. 네가 걱정하는 것도 우스운 일이야. 나는 제시보다 다섯 살이나 많아. 아, 제발 좀…… 나는 그 애를 남동생처럼 귀여워할 뿐이야. 겉모습은 어린애처럼 보이지 않지만 행동하는 건 영락없는 아이야."

그녀는 똑바로 앉았다.

"그런 심술궂은 말들은 앞으로도 무시할 생각이야."

"네 의도는 순수할지 몰라도 그 애는 순수하지 않을지도 몰라. 그리고 그건 중요하지 않아. 사람들은 누구나 자신들이 믿고 싶은 것만 믿거든. 그리고 지금 너는 그들의 비판을 자초하고 있는 거나 마찬가지야."

폴린은 치즈 한 조각을 잘라 입술까지 들어 올렸지만 입에 넣지는 않았다.

"그리고 상황이 더 나빠질 수도 있어."

"그게 무슨 말이야?"

"그러니까 내 말은 법에 어긋난다는 거야. 흑인이랑 백인이…… 알잖아."

안나는 웃음을 터뜨렸다.

"거기까지 걱정할 일은 없어."

그녀가 말했다.

"나는 관심 없……."

"네 말이 사실이더라도."

폴린은 치즈를 먹지 않고 포크를 내려놓았다.

"사람들은 그렇게 믿지 않아. 중요한 건 그거야."

"아니야, 폴린. 중요한 건 현실이야."

안나가 언성을 높였다. 그녀의 목소리에 몇 사람이 그들을 보려고 몸을 돌렸다.

"사람들이 어떻게 생각하든 상관없어."

사람들을 의식한 안나는 몸을 앞으로 기울였다.

"이 얘기는 이제 그만하는 게 어떨까? 아기 이야기로 돌아가자. 이름은 생각해 봤어?"

그날 저녁 식사의 화젯거리는 단연 아기의 이름이었다. 칼조차도 흥분한 기색이 역력했다. 그는 프리다가 만들어 놓은 치킨과 덤플링을 먹기 위해 손을 써야 할 때만 폴린의 손을 놓아주었다. 칼이 점잖게 화제를 돌려 안나에게 벽화가 어떻게 되고 있는지 묻기 전까지 그들은 한 시간 내내 아기 이름에 대해 떠들어 댔다.

"전 요즘 벽화 생각만 하고 있어요."

안나는 말했다.

"심지어 어젯밤에는 한밤중에 일어나 채색을 하러 가기도 했어요."

그 말이 입을 벗어나자마자 그녀는 후회했다. 새벽에 혼자 밖에 나갔다는 이야기는 하지 말았어야 했다. 하지만 너무 피곤해서 생각이라는 것을 할 수가 없었다. 세 사람은 각자의 귀를 의심한 듯 한꺼번에 그녀를 바라보았다.

"그랬어?"

마침내 머틀 부인이 말했다.

"그게 언제였지?"

"새벽 세 시쯤이요."

그녀는 별일 아니라는 표정을 지어 보였다.

"빨리 작업하고 싶어서 몸이 근질근질했어요."

"여자들은 보호자 없이는 그렇게 밤새 밖에 있으면 안 돼.

북부에서는 괜찮을지 몰라도 여기서는 그러면 안 돼. 얘야."

그 지겨운 소리를 또 듣고 있자니 안나는 짜증이 났다.

"'밤새'는 아니었어요."

그녀가 애써 미소를 유지하며 말했다.

"그냥 이른 아침이라고 생각하세요."

"매번 네가 그 시간에 밖에 있는 게 알려지면 사람들은 이러쿵저러쿵 입을 놀릴 거야."

폴린이 말했다.

'폴린이랑 그 주위의 수다쟁이들이나 그렇겠지.'

안나는 생각했다. 하지만 이번에는 프리다마저도 탐탁지 않은 눈치였다. 비스킷 한 바구니를 가지고 들어온 프리다는 그 것을 식탁에 올려놓으며 고개를 흔들어 안나의 주의를 끌었다. 소리 없이 전달한 그녀의 반대 의견이었다.

"정말로요. 안나."

칼이 말했다.

"밤늦게 운전하다가 사고가 날 수도 있어요. 그렇게 되면 아무도 모를 거예요. 현명한 생각이 아니에요. 최소한 당신의 행방을 가까운 사람들에게는 알릴 필요가 있어요."

"좋아요."

안나는 한숨을 쉬었다. 그녀는 이야기를 꺼낸 것을 다시 한 번 후회했다.

"어찌 됐든 그 점은 제가 어리석었던 것 같아요. 결국 오후에 너무 피곤해서 테이블에 머리를 올리고 잠들어 버렸거든요.

창고에 작은 소파 같은 것이 있으면 좋겠다는 생각을 하면서요. 제게 필요한 건 다시 작업하기 위한 삼십 분 정도의 낮잠이에요."

"너는 정말 열정적인 화가야!"

폴린이 말했다.

"네가 가진 추진력이 나한테도 있었으면 좋겠어."

칼은 그녀의 손에 자신의 손을 얹었다.

"당신은 지금 그대로도 완벽해."

그가 말했다. 폴린은 그 칭찬에 얼굴이 홍당무처럼 붉어졌고 안나는 조금 부러운 마음이 들었다. 그를 가진 폴린은 행운아였다.

"우리 집에 접이식 침대가 있어."

폴린이 말했다.

"창고에 놔두면 언제든 토막잠을 잘 수 있겠다."

"소파라고 할 수는 없지."

칼은 아내의 제안에 껄껄 웃었다.

"맞아."

폴린이 말했다.

"그래도 테이블보다는 나으니까."

"그렇겠지."

칼이 말했다. 그는 안나를 바라보았다.

"그냥 오래된 군대용 접이식 침대예요."

그는 말했다.

"아버지와 같이 캠핑을 갈 때 사용하는 거예요. 하지만 언제 곧 다시 캠핑을 갈 수 있을지 모르겠네요."

그가 아내를 향해 미소 지었다. 안나는 창고에 간이침대가 있는 장면을 상상해 보았다. 마음만 먹으면 언제든 잠깐 눈을 붙이고 다시 일할 수 있을 것이다.

"정말 좋을 것 같아요."

그녀는 말했다.

"제안해 줘서 고마워."

"윌리엄스는 어떨까?"

머틀 부인이 말했다. 그녀가 아기 이름으로 주제를 되돌리고 있다는 것을 깨닫기까지 모두에게 시간이 필요했다. 머틀 부인은 자신의 딸을 바라보았다.

"멋진 이름이야. 그렇게 생각하지 않니?"

*

다음 날, 안나는 간이침대를 가지러 폴린의 집에 들렀다. 폴린과 칼은 집을 비운 상태라 침대는 현관 앞에 놓여 있었다. 안나는 작게 접힌 침대를 자신의 포드 뒷좌석에 실은 다음 넓은 진입로에서 차를 돌렸다.

그녀가 도로에 진입할 즈음, 인디언사의 빨간색 오토바이 한 대가 모퉁이를 돌아 엄청난 속도로 그녀의 앞을 지나갔다. 깜짝 놀란 안나가 급하게 브레이크를 밟는 바람에 뒷좌석의 간이 침대가 앞좌석의 등받이를 세게 강타했다. 갑작스러운 충격으로 그녀의 심장은 방망이질을 해댔다. 떨리는 다리로 브레이크를 밟은 채 그녀는 오토바이 운전자를 바라보았다.

마틴 드래플. 바람에 흩날리는 그의 길고 붉은 머리칼이 미치광이처럼 도로를 질주했다. 그의 아내가 그를 집에서 내쫓았다는 소문은 그녀도 들었다. 그렇다면 그들의 차는 드래플 부인의 차지가 됐고 지금 보고 있는 오토바이는 마틴의 새로운 교통수단인 걸까? 안나는 아무것도 몰랐다. 더 이상 그가 창고에 오지 않아 기쁘다는 것 말고는 알 필요가 없었다. 그가 아내를 때렸던 소리가 아직도 그녀의 귓가에 쟁쟁했다.

4부

조각난 심장을
그리모으다

Big Lies in a Small Town

43장

모건

2018년 7월 12일

다음 날 아침 절뚝거리며 사무실로 들어가자 레베카의 시선이 내 의료용 부츠로 떨어졌다.

"이야기는 이미 들었어요."

그녀는 부츠를 가리키며 말했다. 나는 그녀의 책상 옆 의자에 털썩 앉았다. 예기치 못한 레베카의 반응에 불현듯 경계심이 튀어나왔다.

"어떻게 벌써 그 이야기를 들을 수가 있어요?"

"집주인 여자가 전화를 했거든요."

나는 못마땅한 마음에 '끙'하는 소리를 냈다. 아침에 어떻게 발목을 삐었는지 설명했을 때 리사는 몹시 화가 나 있었다. 그녀에게 동정을 기대한 건 아니었지만 그렇게까지 격분할 줄은 몰랐다.

"나는 술집에서 노닥거리라고 당신에게 돈을 주는 게 아니에요."

그녀는 당장이라도 불을 뿜을 것처럼 이글거리는 눈빛으로 말했다.

"그런 일들로 인한 교훈은 넘치게 얻었을 거라고 생각했는데요."

"그저 저녁 식사를 하러 간 거라고요."

내가 맞받아쳤다. 그러지 말았어야 했지만 잠이 부족했던데다가 발목이 너무 아파서 참을성이 바닥나 있었다.

"그리고 싸움이 벌어지자마자 거기서 나왔어요. 아니 적어도 나오려고 했어요. 하지만 그때 스툴 발받침에 발이 걸려 버렸어요."

리사는 빤히 쳐다보기만 했다.

"당신 지금 나를 위협적으로 대하고 있어요."

그녀가 마침내 말했다.

"다시는 그런 일이 없도록 하세요."

나는 레베카를 바라보았다.

"리사에게 그럴 권리가 있어요?"

내가 물었다.

"리사가 당신과 저에 관한 대화를 해도 되는 건가요?"

"원한다면 할 수 있죠."

레베카가 말했다.

"당신과 나누는 이야기는 그녀와 공유하지 않을 테니 걱정하지 않아도 됩니다. 그래도 이야기를 듣고 싶군요. 어젯밤 무슨 일이 있었던 건가요?"

나는 전날 밤을 회상하며 눈을 감았다. 아직까지도 너무나 선명했다.

'술을 마시지 않으면 이렇구나.'

어제의 기억이 또렷하게 남아 있다. 피와 두려움으로 덮여 모든 기억이 흐릿했던 그 사고 직후와는 다르다. 나는 레베카에게 자초지종을 설명했다. 단 한 가지 빠뜨린 게 있다면 올리버를 사랑하게 됐다는 것이다. 적어도 많이 좋아하고 있는 건 확실했다. 사랑에 관한 한 나는 나를 완전히 신뢰하지 않는다. 사랑이 어떤 건지 내가 알기는 했던가? 나는 다른 사람에게서 사랑을 받아 본 적이 없다. 진정한 사랑 말이다. 트레이는 나를 진심으로 사랑하지 않았다. 그가 사랑한다는 말을 몇 번 했는가는 중요하지 않다. 부모마저도 나를 사랑하지 않았다. 그건 너무도 자명한 사실이다. 레베카의 사무실에 앉아 있는 동안 사랑이 채워지지 못해 텅 빈 내 가슴속을 떠올렸다. 비어 있는 공간에서 보이는 유일한 이미지는 한 구석에 조그맣게 자리한 올리버 뿐이었다.

"그건 당신에게 정말 위험해요. 술집에 가는 거 말이에요."

레베카가 내 마음을 현실로 다시 불러들였다. 갑자기 눈시울이 뜨거워졌다. 어젯밤부터 너무 피곤했던 데다가 비난받는 느낌에 나는 지쳐 버렸다.

"갤러리의 모든 사람이 갔어요. 술 마실 생각도 없었고요. 별일 아니라고 생각했어요. 지금도 그렇게 생각하고요."

레베카는 의료용 부츠를 신고 있는 내 발목을 내려다보았다.

"응급실에서는 뭐래요?"

그녀가 물었다.

"살짝 삔 거래요. 저는 살짝이라고 느끼지 않지만요. 얼음찜질을 하고 발을 높게 올려 두라고 했어요. 하지만 일을 해야 하니, 그게 가능할지 모르겠어요."

"리사는 당신이 예전으로 되돌아갈까 봐 걱정했어요."

나는 화가 났지만 표현은 하지 않았다.

"저는 예전으로 돌아가지 않아요."

내가 단호하게 말했다.

"그리고 발목이 작업에 영향을 끼칠까 봐 걱정하더군요."

레베카가 말했다.

"당신이 일할 수 없다면 당신을 해고하고 다른 사람을 고용해야 한다고 말했어요. 비록 그 소리가……."

"뭐라고요?"

가슴속에서 두려움이 고개를 내밀었다.

"안 돼요! 그 일은 제가 해야만 해요. 제가 할 거예요!"

감옥으로 돌아갈지 모른다는 생각은 두려움의 일부분일 뿐이다. 벽화는 내 것이다. 그 순간 깨닫게 된, 벽화에 대한 난데

없는 주인 의식에 나도 놀랐다. 그것은 나의 잘생긴 벌목업자고, 나의 티 파티 숙녀들이고, 창문에 비친 나의 해골이며, 나의 피 묻은 망치요, 나의 오토바이다. 나는 절대로 다른 사람이 그 일을 하게 둘 수 없었다.

"제가 하려던 말은 리사 윌리엄스가……"

그녀는 적당한 단어를 찾는 것 같았다.

"그녀는 당신이 벽화 작업을 하지 못하게 될까 봐 걱정하느라 제정신이 아닌 것 같았어요. 자기 아버지의 유언을 따르지 못하게 될……"

"레베카, 저는 그 일이 좋아요."

나는 그녀의 말을 가로막았다.

"벽화를 복원하는 일이 너무 좋아요. 새로운 모험 같기도 하고요. 원래 화가였던 안나가 의도한 대로 그림이 조금씩 되돌아가는 과정을 보는 건…… 정말 보람 있는 일이에요."

"그런 발목으로 어떻게 일할 수 있겠어요?"

레베카가 의료용 부츠를 가리키며 물었다.

"모르겠어요. 그래도 꼭 방법을 찾아낼 거예요."

내가 말했다.

"정말 그럴 거예요. 발목은 어떻게든 나을 거예요. 발을 올리고 있지 않으면 일주일쯤 더 걸릴지 모르지만 상관없어요. 결국은 나을 거니까요. 저는 이 일을 놓칠 수 없어요!"

레베카는 책상 위의 서류를 보며 잠시 망설였다.

"네. 믿을게요. 당신이 계속할 수 있도록 리사를 설득하면 될 것 같아요."

그녀는 나를 올려다보았다.

"그리고 오늘 밤 알코올중독자 모임에 가는 게 어떻겠어요?"

"좋아요."

나는 어깨를 움츠리며 말했다. 벅차다는 기분이 들었다. 게다가 오늘 밤은 모임보다 잠이 절실했다. 하지만 리사를 만족시키고 일을 계속하기 위해서라면 그 어떤 것이라도 받아들일 수 있었다.

"이제 가봐도 될까요?"

일어설 때 통증이 느껴져 약간 움찔했다. 그녀는 반쯤 미소를 지으며 고개를 끄덕였다.

"더 이상 술집은 안 돼요. 알겠죠?"

"더 이상 술집은 안 가요."

나는 동의한 후 반쯤은 깡충깡충 뛰다시피, 반은 걷다시피 사무실을 나왔다.

*

나는 택시를 타고 레베카의 사무실에 갔었다. 그리고 지금 다른 택시를 불러 갤러리로 가고 있다. 당분간은 어디든 걸어 다닐 수 없을 것이다.

갤러리에 도착했을 때 올리버, 아담, 와이어트가 로비에 쭈

그리고 앉아 있는 것을 발견했다. 그들은 접이식 테이블 근처의 금이 간 바닥 타일을 살피는 중이었다. 아담과 와이어트는 내게 생겼던 일을 이미 알고 있는 것 같았다.

갤러리 벽에 사용된 페인트 냄새가 코를 찔러 댔다.

"왔네요!"

아담이 바닥에서 나를 올려다보며 말했다.

"좀 어때요? 올리버 말로는 응급실에서 밤새 있었다면서요."

"괜찮아요."

절뚝거리며 벽화로 다가가던 내가 대답했다. 젠장, 발목이 너무 아팠다! 나는 고통에 혼미해져 물감 통에 붙은 딱지도 겨우 읽을 수 있었다.

"일주일은 잠을 못 잔 것처럼 보여요."

와이어트가 말했다.

'설상가상이군.'

나는 생각했다.

"그 부츠를 신고 어떻게 사다리를 쓸 거예요?"

아담이 물었다.

"자, 자, 친구들. 그녀를 내버려 둬요."

올리버는 깨진 타일을 들고 일어섰다.

"우리는 이 타일을 교체하는 것에 집중합시다. 알겠죠?"

와이어트에게 타일 조각을 건넨 그는 내게 걸어와 속삭이 듯 말했다.

"좀 어때요?"

나는 끄덕였다.

"괜찮아요."

나도 속삭이듯 대답했다.

"그런데 리사가 엄청 화났어요. 리사가 가석방 담당자에게 전화했어요. 심지어 해고에 관한 이야기까지 했대요."

"그건 말도 안 돼요. 어제 일에 당신 잘못은 없었어요. 그리고 우리는 당신이 계속 일할 수 있는 방법을 찾아낼 거예요. 제가 리사하고 얘기해 볼게요."

"안 돼요. 하지 마세요."

나는 그의 팔에 손을 얹으며 급하게 말했다. 그에게 손을 댈 구실이 생겨 좋았다.

"어쩌면 더 악화될 수도 있어요."

그는 잠시 머뭇거리더니 고개를 끄덕였다. 그리고 벽화를 향해 손짓했다.

"한동안은 의자에 앉아 손이 닿는 부분에 집중하는 게 어떨까요?"

그가 말했다.

"조금 어색할 수는 있는데 그렇게 하면 발목을 계속 올려 놓을 수 있잖아요. 제 다른 사무실에 스툴이 있어요…… 복도 끝에 있는 원래 사무실에요…… 발을 올려 두기 적당한 높이일 거예요. 어떻게 생각해요?"

나는 벽화를 바라보았다. 내가 만들어 낸, 아니 안나 데일이 만들어 내고 내가 재탄생시킨 벌목업자의 완벽한 팔뚝은 비참했던 전날 밤의 기억을 지워 버릴 정도로 뿌듯함을 안겨 주었다.

리사는 정말 나를 자르려고 했을까? 이 일을, 이 성취감을 잃는다는 건 상상조차 할 수 없다. 뿐만 아니라 벽화 작업을 잃게 되면 나는 자유도 잃게 된다.

"좋은 생각이에요."

나는 올리버에게 말했다.

"고마워요."

건물 내부로 사라진 올리버는 잠시 후 높이가 낮은 스툴을 가지고 돌아왔다. 그는 나를 위해 적당한 위치에 스툴을 내려 놓았다. 그리고 좀 더 지속되기를 바랐던 짧고 부드러운 포옹을 내게 해주었다.

"리사가 정말 당신을 해고했다면 난 당신을 그리워했을 거예요."

그가 말했다. 내 가슴속 빈 공간에 자리 잡았던 그의 이미지가 조금 더 커졌다.

44장

Anna
안나

1940년 3월 14일

이든턴의 봄은 아직 추위가 완전히 가시기 전에 이르게 도착했다. 이 작은 마을은 겨우내 꽁꽁 싸맸던 외투를 벗어던진듯 보였다. 해안가에는 번들거리는 청어로 가득한 어선들이 활개를 쳤고 부두 근처의 공기는 지독한 생선 악취를 풍겼다.

"며칠만 지나면 그 냄새는 알아차리지도 못할 거야."

머틀 부인은 안나를 안심시키며 말했다. 하지만 결코 이 불쾌한 냄새에 무감각해질 수는 없을 것 같다고 안나는 생각했다.

형형색색 피어난 식물들은 물가에서 조금 떨어진 정원을 아름답게 수놓고 있었다. 그제야 안나는 이 봄이, 소생하는 생명들이, 주위를 둘러싸는 화려한 색들이 자신에게 얼마나 절실했는지 깨달았다. 안나의 세상에서 색깔과 행복은 정비례했다.

색이 다양할수록 그녀의·마음도 풍요로워졌다. 추운 겨울을 나기 위해 사진 속에 색깔을 담았던 어머니의 열정을 이제 그녀는 충분히 이해할 수 있었다.

그렇지만 안나는 이든턴의 봄에서 많은 것을 보거나 맡을 수 없었다. 사실상 그녀는 요즘 창고에서 살다시피 했다. 간이침대가 생긴 이후로 안나는 제시가 농장 일을 도우러 집에 돌아간 후에 종종 낮잠을 잤다. 그래서 저녁에도 그림에 집중할 수 있었다. 그녀는 문에 '방해하지 마시오'라고 적힌 팻말을 걸어놓고 불을 끈 다음, 커다란 창문으로 미끄러져 들어오는 약한 빛을 받으며 이삼십 분가량 깊은 잠에 빠졌다.

하지만 간이침대를 들여 놓은 게 모두를 걱정시킨 것 같았다. 그녀는 저녁 식사로 먹을 샌드위치를 가져오고는 했는데 머틀 부인은 안나가 어두워진 뒤에도 집에 들어오지 않는다고 수시로 불평을 해댔다. 그건 '미혼 여성에게는 적절하지 않은 일'이라면서.

카키색의 간이침대는 낡은 데다 높이도 바닥에 닿을 만큼 낮았다. 그래도 보기보다 편했다. 안나는 머틀 부인에게서 빌린 얇은 이불을 깔고 홈스 백화점에서 산 작은 베개를 베고 낮잠을 잤다. 몇 달 전만 해도 창고에서 낮잠을 잔다는 것은 생각지도 못한 일이었다. 창고의 소름 끼치는 분위기는 그녀가 눈을 똑바로 뜨고 있을 때조차도 감당하기 어려웠다. 그 생각에 안나는 실소를 뱉었다. 이제 그곳은 조명과 난방기를 갖춘 안락한 '작업실'이 되었다. 여전히 끝에 위치한 어두운 화장실은 마음에 들지 않았지만 무서운 건 아니었다. 이제 창고는 진짜 집에서 떠나와 있는 그녀에게 집이 되어 주고 있었다.

어느 날 저녁, 퇴근을 하던 사이크 시장이 창고에 들렀다. 애초에 창고 자물쇠는 필요 없다고 한 게 자신이었음에도 불구하고 막상 그녀가 늦게까지 일하는 것을 본 그는 걱정하는 눈치였다. 심지어 제시도 그녀에게 비슷한 말을 한 적이 있었다.

"어두워진 다음에는 여기 있으면 안 돼요. 창고에 쓰여 있던 말 기억나세요? 누군가가 건물 밖에 페인트로 낙서를 하는 밤중에 이곳에 있고 싶은 건 아니죠? 그렇죠?"

분명 그녀도 그러고 싶지 않았다. 하지만 문제아들이 창고에 낙서를 한 지 한 달이나 지났고 이후에는 아무 일도 없었다. 그 불쾌한 짓을 상기시켜 주는 단 한 가지는 아른트 씨와 피터가 그걸 덮기 위해 사용한 페인트가 원래의 색보다 더 밝은 흰색이라는 점이었다. 안나는 차에서 내려 창고 문으로 걸어갈 때 의식적으로 그 부분을 보지 않는다. 그게 그녀가 그것을 다루고 감당하는 방식이었다.

"있잖아요."

어느 날 오후 제시가 말했다.

"선생님은 선생님 어머니 같아요."

그는 마치 위험한 영역에 발을 들였다는 것을 알고 있다는 듯, 작업하고 있던 이젤에서 눈을 떼지 않은 채 말했다. 자신의 어머니라는 말에 경계심이 발동한 그녀는 제시를 날카롭게 바라보았다.

"제시, 무슨 얘기를 하는 거야?"

그는 그녀를 힐끗 보았다.

"선생님 어머니가 넘쳐 나는 에너지를 가질 때가 있었다고 하셨잖아요."

그가 말했다.

"지금 선생님이 그런 것 같아요."

안나는 발끈했다.

"그거랑은 완전히 달라."

그의 말이 머릿속을 약간 흔들어 놓았지만 그녀는 대답했다. 그리고 어머니의 '활기찬 마법'을 생각했다. 그녀가 카메라를 들고 어떻게 이웃을 돌아다녔는지, 정원 사진을 찍기 위해 낯선 이웃집의 진입로를 어떻게 걸어 들어갔는지를 떠올렸다.

"제시, 너는 우리 엄마를 몰랐잖아. 나는 엄마랑은 달라."

그가 자신의 어머니를, 특히나 그런 맥락에서 언급한 것에 대해 짜증이, 아니 화가 났다. 어머니의 조증에서는 생명력이 느껴졌다. 조증은 삶에 초대받은 손님 같은 존재였다. 제시는 완전히 틀렸다. 하지만 대화가 끝나고 작업으로 돌아왔을 때 안나의 가슴속에서는 북소리가 요동치고 있었다.

45장

Morgan

모건

2018년 7월 16일

발목을 삔 지 닷새가 지났다. 아직 반 블록 이상을 고통 없이 걷기 힘들었지만 벽화에 집중할 때는 거의 통증을 느끼지 않았다. 작업 속도는 빨라졌고 그만큼 자신감도 붙었다. 지금 나는 내가 무엇을 해야 하는지 알고 있었다. 안나가 사용한 물감의 광택에 맞추기 위해 보존용 물감과 이산화규소를 어떻게 섞어야 하는지, 안나의 작법에 맞추기 위해 붓에 얼마만큼의 힘을 가해야 하는지 정확히 알고 있었다. 나는 비정상적으로 마모된 부분을 발견했을 때에만 올리버에게 조언을 구했다.

"지금 당신은 나만큼 잘 알고 있어요."

그의 이런 말이 거짓말인 줄 알면서도 내심 흐뭇했다.

이제 갤러리 오픈일은 삼 주 앞으로 다가왔다. 그리고 내게 남은 일은 오 주 정도의 분량이었다.

다른 일을 맡게 된 아담과 인부들은 더 이상 이곳에 없었다. 반면 와이어트는 아직 남아서 몰딩의 마무리 작업을 하고 때로는 올리버를 도와 작품을 액자에 넣기도 했다.

그날 늦은 아침 리사는 커다랗고 납작한 갈색 소포를 들고 갤러리에 들이닥쳤다. 갈색 봉투 위에는 당장이라도 부서져 가루가 될 것 같은 오래된 노란 테이프가 둘러져 있었다.

"아버지의 작업실 벽장에서 우연히 찾았어요!"

그녀는 접이식 테이블 앞에 서서 올리버와 내게 손짓하며 말했다. 나는 붓을 내려놓고 올리버 옆에 섰다. 리사가 테이프를 뜯고 갈색 봉투를 열자 가로 1미터, 세로 0.5미터 크기의 편편한 마분지 같은 것이 나타났다. 리사는 그것을 뒤집었다. 놀라움으로 내 호흡이 가빠졌다. 우리 앞에 있는 건 벽화의 완전한 스케치였다.

"너무 멋진데요!"

올리버가 웃으며 말했다.

"얼마나 놀라운 발견인지! 이게 뭔지 알겠죠. 모건?"

"어떻게 모르겠어요?"

내가 말했다.

"이건 순수예술 부서 제출용이었을 거예요. 부서의 승인을 받아야 했을 테니까요."

올리버는 말했다.

"그리고 이것이 애초에 그녀가 그리려던 벽화였겠죠."

나는 벽화에 추가된 그녀의 일탈을 찾기 위해 재빠르게 스케치를 훑어보았다.

"봐요."

나는 벽화의 한가운데 있는 여성들을 가리켰다.

"오토바이가 없어요."

리사는 스케치에서 눈을 떼고 벽화를 보았다.

"땅콩 숙녀가 칼을 물고 있질 않네요."

리사가 말했다.

"망치도 없어요."

올리버가 덧붙였다.

"해골도 없고요."

내가 말했다.

"작은 거울 속의 남자도 없어요."

목록은 줄줄이 이어졌다. 안나 데일은 미치기 전에 이 스케치를 완성한 것 같았다.

"이걸 액자에 넣어야 해요."

올리버가 말했다. 그는 신이 나 보였다. 새로운 미술품을 마주할 때마다 어김없이 튀어나오는 그의 열정을 나는 흐뭇하게 바라보았다.

"벽화와 함께 여기 로비에 걸어 놓도록 하죠."

리사가 떠나고 올리버와 나는 그의 테이블을 두고 마주 앉았다. 우리는 빠르게 일을 시작할 수 있도록 점심으로 팟타이 한 접시를 나누어 먹었다. 이제는 벽화 작업에 그의 도움이 그다지 필요하지 않았다. 올리버는 사무실로 돌아갈 수도 있었지만 로비에서 일하는 것에 만족하는 것 같았다. 나 역시 그가 있어 주는 것이 좋았다.

우리는 서로 접점이 없는 음악을 들으며 침묵한 채 일했고, 이따금씩 대화를 해야 할 때만 이어폰을 뺐다. 그날 오후 올리버는 사랑하는 아들 나단에 관한 온갖 재미있고 감동적인 일화들을 들려주었다. 그의 말을 듣고 있자니 내 마음까지 따뜻해졌다.

다섯 시 반까지 일하고 나서 나는 택시를 타고 도서관으로 향했다. 안나의 스케치를 마주하고 나니 이든턴에서 보냈을 그녀의 시간을 더 깊게 파고들고 싶었다.『초완 해럴드』신문에 실렸을지 모를 그녀의 이야기를 더 찾아보고 싶었다. 그녀가 어째서 사라졌는지 알아내야만 했다. 신문 기사의 색인만 있었더라면 단숨에 찾을 수 있을 텐데 안타깝게도 색인은 없었다.

나는 다시 도서관의 이 층으로 올라왔다. 다락같이 좁은 그곳에서 1940년대 초부터 발행된 신문의 흐릿한 인쇄물들을 살펴보며 마이크로필름 기계와 씨름했다. 그러다 하마터면 지나칠 뻔한 기사를 발견했다. 사진은 없었고 안나의 이름도 문단 안에 파묻혀 있었다. '벽화 화가의 창고가 낙서로 훼손되다'라는 기사였다.

칼 맥과이어 경찰관은 이전에 블레이튼 회사의 창고로 쓰였던 곳이 지난 주말, 인종차별적 욕설로 훼손됐다고 밝혔다. 현재 창고는 뉴저지 출신의 화가 안나 데일이 이든턴 우체국에 설치될 정부 후원 벽화를 그리기 위해 작업실로 사용하고 있다. 맥과이어는 모욕적인 말들이 페인트로 덧칠된 후에야 사건에 대해 알게 되었다. 범인의 신원은 아직 오리무중이다.

나는 그 인종차별적인 욕설이 무엇이었을지 추측하면서 기사를 거듭 읽었다. 캔버스 앞에 서 있었던 백인 소년 피터 아무개와 안나 데일, 성인으로 착각했던 소년 제시 윌리엄스의 사진이 기억났다. 아무래도 내 추측이 맞는 것 같았다. 안나와 제시 사이에 같이 일하는 관계 이상의 뭔가가 있었을지 모른다. 알고 있을 만한 사람은 단 한 명이다. 안나 이야기를 꺼냈을 때 넬 엄마가 손가락을 입술에 대고 누르던 모습이 떠올랐다.

"아가씨 이야기는 비밀로 해야 하는 거 알고 있지?"

그녀는 말했었다. 그게 이유였을까? 안나와 제시는 화가와 견습생을 넘어서는 사이였을까? 나는 넬 엄마를 갤러리에 초대하기로 마음먹었다. 그녀가 가까이서 벽화를 볼 수 있도록 할 것이다. 동시에 그녀의 머릿속에 들어 있는 것들을 얻어 낼 것이다.

46장

안나

1940년 3월 21일

안나는 몽롱한 상태로 창고의 어둠 속에서 깨어났다. 폴린의 침실에 있었던가? 아니구나. 그녀의 손에 간이침대의 거친 천이 느껴졌다. 안나는 눈을 꼭 감고 잠들기 전 상황을 기억해 내기 위해 집중했다. 그녀는 머틀 부인 집에서 가져온 먹다 남은 차가운 스튜를 먹었었다. 그랬다. 그리고 벽화 작업을 했었다. 벽화는 벌써 마무리 단계에 접어들었지만, 작업을 진행하는 그녀의 추진력에는 아무런 변화가 없었다.

안나는 가느다란 붓으로 어선의 그물망을 그렸다. 똑바로 그려지지가 않았다. 그 위에 물감을 덮었다. 또 비뚤어졌다. 그렇게 하기를 수차례 반복했다. 그녀는 램프를 가까이 끌어당겼다. 벽화의 왼쪽 상단에 닿기 위해 그녀는 사다리의 세 번째 가로대에 올라서 있었다. 그물망의 선을 고른 간격으로 그릴 수가 없었다. 그 정도는 아무도 눈치채지 못할 테지만 그녀 눈에는 보였다. 너무 오랜 시간 작업한 탓인 것 같았다. 오늘 그녀는 낮잠도 건너뛰었다. 손에는 미세한 떨림 증상까지 있었다. 그녀는 몇 분만 누워 있기로 했다. 그랬었다. 이제 모든 기억이 돌아왔다.

안나는 간이침대에 누워 이불을 머리끝까지 덮어썼다. 지금이 몇 시인지도 알 수 없었다. 일어나야 했다. 배의 그물망을 조금 더 그리고, 아니 수정하고 머틀 부인의 집으로 가서 잠을 자고 아침에 상쾌한 기분으로 돌아와야 했다. 그 순간, 무슨 소리가 들렸다. 그 소리가 그녀를 깨웠던 걸까? 무엇인가 움직이고 있다. 그녀는 누운 채 귀를 기울였다.

터벅. 터벅.

갑자기 스탠드가 켜졌다. 그녀는 일어나 앉았다. 그녀의 움직임에 간이침대는 삐걱거리는 소리를 냈다.

마틴이었다. 그는 그녀를 향해 걸어오고 있었다.

"여기서 뭐 하세요?"

그녀가 물었다. 그는 대답하지 않았다. 그녀는 무섭지 않았다. 아직까지는……. 아니, 조금은 겁이 났지만 두려움보다 그의 뻔뻔함에 화가 났다. 스탠드가 기름져 엉켜 있는 그의 붉은 머리카락을 비췄다. 그의 눈동자는 분노인지 악의인지 모를 파도로 넘실거렸다.

"마틴?"

블라우스와 슬랙스 차림의 그녀는 자신이 옷을 충분히 입고 있다는 사실을 깜박하기라도 한 듯 이불 끝자락을 잡아 가슴팍 위로 들어 올렸다.

"왜 여기 있는 거예요?"

그녀가 다시 물었다. 그가 가까이 오자 위스키 냄새가 훅 풍겼다. 그래도 그녀는 무섭지 않았다. 그가 무엇을 하고 있는지 알기 전까지는 그랬다. 그는 바지의 버클을 푸르고 있었다.

'맙소사.'

그녀가 일어설 틈도 없이 그는 그녀에게 달려들었다. 그녀는 비명을 질렀다. 간이침대가 내려앉는 것이 느껴졌다. 침대 다리가 부서지면서 만들어 낸, 건물 전체에 울려 퍼진 둔탁한 소리가 들렸다. 마틴의 무게가 그녀 위에 실려 그녀의 머리가 바닥 쪽으로 젖혀졌다. 그에게서는 땀과 술과 더러운 머리카락 냄새가 났다. 안나는 그의 아래서 어떻게든 기어 나오려고 했지만 그가 위에서 꼼짝할 수 없게 누르고 있었다. 그는 그녀보다 수천 배는 힘이 셌다. 그녀는 그의 팔을 움켜쥐고 손톱으로 그의 피부를 할퀴었다.

"제발 아내를 생각해 봐요."

그녀는 애원했다.

"제발 딸들을 생각해 봐요."

'제발 이러지 마. 제발 나에게 이러지 마.'

그녀가 소리 내서 그에게 애원하고 있었던가? 그녀가 실제로 말을 내뱉었는지 아닌지는 중요하지 않았다. 어차피 지금 상황에서 그녀의 말은 무용지물이었다. 그의 고약한 냄새가 그녀의 머릿속에 파고들었고, 그녀의 온몸에 배어들었다. 그는 무자비하게 그녀를 압박했다. 그는 그녀의 바지를 잡아당기기 시작했다. 그 틈을 노려 그녀는 대항할 기회를 잡았다. 있는 힘껏 발로 그를 걷어차려고 했지만 반쯤 내려간 그녀의 바지가 다리를 덫처럼 가둬 버렸다.

"그만해! 제발 그만해!"

그녀는 애타게 부르짖었다. 그녀가 그의 얼굴을 손톱으로 할퀴자 그는 아내를 때렸던 것보다 더 세게 그녀를 때리기 시작했다.

"빌어먹을, 닥쳐!"

그가 소리쳤다.

"네 년이 내 인생을 다 망쳤어! 닥쳐!"

그가 그녀의 바지를 벗겼다. 그녀는 소리를 지르며 어떻게든 일어나 앉으려 했다. 그의 양손을 잡아채려고 했지만 그는 손으로 그녀의 입을 틀어막았다. 안나는 숨을 쉬기 위해 몸부림쳤다. 그런 그녀를 그는 힘으로 제압했다. 안나에게 그의 몸은 더 이상 피와 살덩이가 아니었다. 콘크리트와 강철이었다. 그녀는 그가 자신을 죽일 것이라는 걸 알고 있었다.

"그 망할 놈의 대회에서 이겼다고 네가 특별하다고 생각했겠지!"

그의 침이 그녀의 뺨에 튀었다.

"늙은 여자들로 꽉 찬 진부한 쓰레기를 그려 놓고! 네가 뭐라도 된 줄 알지. 이 나쁜 년!"

그는 체중을 실은 무릎으로 배를 눌러 그녀가 비명을 내지르게 했다.

"너 때문에 내 경력이 끝장났어!"

그가 소리쳤다.

"너 때문에 내 결혼 생활이 끝장났다고!"

그녀의 목을 쥐고 있는 손은 그녀가 몸부림칠수록 조여들었다. 그녀는 싸우기를 포기해야 했다. 어떻게 하면 빠져나갈 수 있을지 궁리하는 동안 그녀는 그를 내버려 두어야 했다. 어떻게 살아남을 것인가…….

그는 그녀를 마구 공격했다. 그녀를 마구 때렸다. 자신의 몸이 찢어지는 것을 그녀는 속절없이 느끼고만 있었다. 무력했다. 묘안을 찾아내기에는 너무 무감각했다. 여기서 살아 나갈 방법이 있기는 할까? 그녀는 축 늘어진 채 죽은 것처럼 누워 있었다. 그가 그녀를 파괴하는 동안 그녀는 그의 얼굴과 악취를 피해 고개를 돌렸다. 그때, 그것이 그녀의 눈에 들어왔다. 부서진 침대에서 불과 몇 센티미터 떨어지지 않은 바닥에 누워 있는 망치. 그녀는 그것에 집중했다. 그가 무슨 짓을 하고 있는지는 잊어버리자. 그가 그녀를 파괴하고 있다는 것은 잊어버리자.

그녀 역시 그를 파괴할 것이다.

47장

Morgan
모건

2018년 7월 18일

안나의 스케치를 통해 벽화를 바라보는 것은 나를 거의 미치게 만들었다. 그날 아침 나는 멀찌감치 서서 손에 든 스케치와 벽화의 차이점을 살펴보느라 작업을 몇 번이고 중단해야 했다. 올리버 역시 나만큼 관심을 보였다. 그는 돋보기를 가지고 벽화에 다가가서 망치나 흑인 여성이 물고 있는 칼의 특이점을 추적하려 했지만 아무것도 찾을 수 없었다.

"둘 중 하나일 거예요."

그림을 바라보고 있던 내 옆으로 오면서 그가 말했다.

"그녀는 항상 이상한 물건들을 덧붙였는데 스케치 과정에서 그게 포함되면 부서에서 승인이 나지 않을까 봐 잠깐 빼두었는지도 몰라요. 그게 아니라면 그녀가 정말로 그림을 그리는 도중에 제정신을 잃었을 수도 있고요."

"아니면 그저 괴상한 유머 감각의 소유자였을지도 모르죠."

내가 말하며 로비의 입구 쪽을 바라보았다. 그의 시선이 내 시선을 따라갔다.

"몇 시쯤 도착할 것 같아요?"

그가 물었다.

"곧 올 거예요."

산드라는 정오가 되기 전에 넬 엄마를 갤러리에 데리고 오기로 약속했다. 지금은 열한 시가 조금 지났다. 나는 그들이 확실히 올 거라고 장담할 수 없었다. 산드라는 내키지 않아 했다.

"엄마는 하루하루 더 약해지고 있어요."

산드라가 전화로 말했다.

"하지만 딱히 해가 될 건 없죠. 게다가 엄마는 당신을 만나러 간다고 하면 좋아할 거예요. 당신을 좋아하거든요. 이름은 기억 못 하지만요. 당신을 '노랑머리 소녀'라고 불러요."

차 문이 쾅 닫히는 소리가 들렸다. 로비 입구로 걸어가자 넬 엄마가 차에서 나오려고 애쓰는 모습이 보였다. 산드라는 좌석에서 그녀를 거의 안아 올리다시피 해야 했다. 그 모습을 보자 그들을 오게 만든 것에 미안한 마음이 들었다. 하지만 두 사람이 갤러리 정문에 다다라 내가 문을 여는 순간, 안경 너머 넬 엄마의 눈은 환하게 밝아졌다.

"노랑머리 소녀."

그녀가 웃으면서 말했다.

"와주셔서 기뻐요."

넬 엄마의 팔을 잡고 로비 안으로 안내하는 게 도움이 될지 오히려 방해가 될지 고민하면서 내가 말했다. 산드라가 그녀를 부축하는 동안 나는 그녀의 다른 쪽 팔꿈치를 가볍게 받쳐 주는 편을 택했다. 올리버는 벽화에서 몇 미터 떨어진 곳에 의자 두 개를 가져다 놓았고 나는 의자 쪽으로 고개를 끄덕였다.

"어서 와서 앉으세요."

말이 내 입에서 전부 나오기도 전에 넬 엄마는 벽화에 시선을 고정한 채 멈춰 섰다.

"그녀가 여기 있니?"

그녀는 내게 속삭였다.

"안나 아가씨가 여기 있는 거야?"

"아니요. 아가씨는 없어요."

나는 산드라를 슬쩍 보며 말했다.

"하지만 그녀의 벽화는 여기 있고 저는 넬 엄마가 이걸 보셨으면 했어요."

"앉으세요."

올리버의 목소리는 걱정스럽게 들렸다. 노파는 미소를 잃었다. 내가 잡고 있던 그녀의 팔에서 힘이 빠져나가는 게 느껴졌다.

"네. 앉으세요."

내가 말했다.

"여기는 올리버예요. 갤러리의 큐레이터고요."

"엄마. 여기는 제시 삼촌의 갤러리야."

산드라는 자신의 어머니를 부축해 의자에 앉히면서 큰 소리로 말했다. 그리고 그 옆에 앉았다.

"돌아가시기 전에 계획했던 갤러리."

내가 보기에 넬 엄마는 지금 딸이 하는 말을 듣고 있지 않았다. 그녀의 눈은 벽화에 고정돼 있었다. 막상 갤러리에서 그녀를 마주하자 무슨 말부터 꺼내야 할지 알 수가 없었다. 나는 올리버를 바라보았다.

'그녀를 여기까지 모셔 왔으니 이제 질문을 시작해요.'

그의 눈이 내게 무언의 메시지를 보내는 것처럼 보였다.

"여기 있는 벽화가 기억하시는 벽화랑 같아 보이세요?"

나는 간절히 묻고 싶었던 질문을 뒤로 미루고 안전한 질문으로 시작했다.

'안나와 제시는 연인 사이였나요?'

넬 엄마는 떨리는 손가락을 입술 위로 들어 올린 다음 고개를 저었다.

"이거 어디서 났어?"

그녀가 벽화를 향해 고갯짓을 하며 물었다.

"제시 선생님의 작업실에 오랫동안 보관돼 있었어요."

나는 대답했다.

"제가 복원을 하고 있어요. 닦아 내고 고치고 덧칠하는 일이요."

"이걸 망친 사람이 제시 오빠야?"

그녀가 물었다.

"망쳤다고요?"

그녀가 벽화를 향해 떨리는 팔을 들었다. 아마도 칼을 물고 있는 땅콩 숙녀를 가리키는 것 같았다.

"오빠가 무슨 짓을 한 거야?"

벽화가 오랫동안 제시 선생님의 소유이긴 했지만 그가 그것에 손을 댈 만한 사람이라는 생각은 들지 않았다. 그건 시나리오에도 들어맞지 않는다. '안나 데일은 미쳤다'는 시나리오.

"벽화에 이해할 수 없는 이상한 것들이 있어요."

내가 그림 앞으로 자리를 옮기며 말했다.

"이로 물고 있는 칼, 오토바이."

나는 다른 이상한 점들을 잇따라 가리켰다.

"하지만 우리는 안나가…… 안나 아가씨가 그것들을 그렸다고 생각해요. 제시 선생님이 아니라요. 하지만…… 넬 엄마."

나는 심호흡을 했다.

"저는 제시 선생님과 안나 아가씨가 친구를 넘어선 관계였는지 궁금해요."

벽화를 보던 산드라가 내게 시선을 돌렸다.

"그들이 연인 사이였다고 생각하는 거예요?"

그녀는 물었다. 벽화에 눈을 고정한 넬 엄마는 우리의 대화를 듣고 있지 않은 것 같았다.

"그 당시 신문 기사를 봤거든요."

나는 산드라에게 말했다.

"안나 아가씨가 그림을 그렸던 창고의 외벽에 인종차별적 욕설이 적혀 있었다고 했어요. 제시 선생님은…… 수습생이거나 보조이거나 아니면…… 그들 사이에 뭔가가 더 있는 건 아닌지 궁금했어요."

"아."

산드라가 수긍이 간다는 표정으로 대답했다.

"글쎄요. 설사 그랬다 해도 고릿적 이야기잖아요. 별로 중요하지 않아 보이는데요?"

사실이다. 그것은 전혀 문제가 되지 않는다. 하지만 내게 그것은 단순한 말초적 흥밋거리 이상이었다.

"맞아요."

내가 말했다.

"중요하지 않아요. 단지 이 일을 하면서 안나 데일과 더 가까워졌다는…… 느낌이 들었거든요."

나는 벽화를 향해 손짓했다.

"그녀는 이 벽화의 스케치를 멋지게 끝내 놓고 실제로 물감 작업을 할 때에는 이런…… 끔찍한 세부 사항들을 추가했어요. 그리고……."

할 말이 서서히 바닥나고 있었다.

"저희는 단지 그녀를 더 잘 이해하고 싶었어요."

내 옆에 서 있던 올리버가 손으로 내 팔을 감싸 나를 놀라게 했다. 접촉은 내가 원한 만큼 지속되지는 않았다.

"물론 당시의 사람들 중에 지금 살아 있는 사람은 거의 없고요."

그는 손을 내리고 말을 계속했다.

"모건은 어쩌면 당신의 어머니께서 알고 계실지도 모른다고 생각……."

"두 사람은 절대로 그런 사이가 아니었어."

넬 엄마가 갑자기 입을 열었다. 그녀는 공간을 가로질러 나를 바라보았다.

"너는 애인이 아닌 그냥 친구인 남자가 없었니?"

나는 옆에 있는 올리버를 생각했다. 최근까지는 그가 정확히 그런 사람이었다. 우리 사이에 무언가가 있다고 여기는 건 나만의 착각일까? 뭔가 자라나고 있는 것, 자라나길 원하고 있는 그것 말이다.

"네."

나는 넬 엄마에게 말했다.

"무슨 뜻인지 알겠어요. 안나 아가씨와 제시 선생님 사이에 있었던 건 그게 전부라는 거죠? 우정?"

"바로 그거야."

나는 궁금해서 고개를 갸웃거렸다.

"그걸 어떻게 확실히 아세요?"

넬 엄마는 오랫동안 말없이 나를 바라보았기 때문에 나는 그녀가 정신을 놓고 있는 것은 아닌지 걱정되기 시작했다.

"엄마?"

산드라가 재촉했다.

"우리는 더 이상 안나 아가씨 이야기를 하면 안 돼."

넬 엄마가 거의 속삭이듯 말했다.

"이리 와."

그녀는 내게 가까이 오라는 손짓을 했다. 나는 그녀의 의자 쪽으로 대여섯 걸음을 걸었고 그녀는 내 손을 잡으려고 손을 내밀었다. 나는 귀가 그녀의 입술에 닿을 정도로 몸을 구부렸다.

"아가씨의 비밀을 지켜 줄 거지?"

그녀가 내게 속삭였다.

"너랑 나, 우리만 알고 있어야 해."

'알다니 무엇을요?'

묻고 싶었다. 그녀는 자신의 차갑고 건조한 손가락을 내 손가락에 걸었다. 그게 약속의 의미였는지 부탁의 의미였는지는 모르겠다. 어느 쪽인지 확실치 않지만 지금은 더 밀어붙일 때가 아니라는 것 정도는 알고 있었다. 인내심을 가지고 기다려야 했다.

"네."

나는 속삭이듯 대답했다.

"아가씨의 비밀을 지킬게요."

48장

안나

1940년 3월 22일

제시는 동이 트기도 전에 도착했다. 안나는 반쯤 벌거벗은 채 부서진 침대 위에 앉아 있었다. 모든 것이 망가졌다. 침대는 휘청거렸고 두 동강이 난 침대 다리는 바닥에 나뒹굴었다. 그녀의 시선은 제시의 시선을 따라 바닥에 누워 있는 마틴으로 향했다가 피투성이 망치로 향했다. 제시의 눈이 휘둥그레졌다. 그는 떨리는 손을 입으로 가져갔다. 안나는 그 망치가 원래는 머틀 부인의 것이라는 게 생각났다. 필요하다면 가져도 된다고 부인은 말했었다. 창고 벽에 못질을 하면서 느꼈던 나무 손잡이의 부드러운 감촉이 안나의 마음에 들었다. 망치의 단단한 머리 부분이 안나의 마음에 들었다. 하지만 그날 자정 무렵 안나의 마음에 들었던 것은 망치의 갈고리 부분이었다.

"이게 다 무슨 일이에요?"

입에서 손을 뗀 제시가 쉰 목소리로 겨우 속삭였다. 안나는 말을 할 수 없었다. 말을 하고 싶지 않았다. 제시는 그녀 쪽으로 걸어갔다. 그는 그녀가 손가락 사이에 끼운 채 맨다리 위에 올려놓은 일기장을 빼냈다. 그리고 그녀가 속이 메스꺼운 상태에서 겨우 써 내려간 일기를 읽기 시작했다. 정말이지 역겨웠다. 그녀는 자신이 썼던 내용을 기억하지 못했다.

"제기랄, 안나."

제시가 말했다. 그는 그녀 앞에 서서 일기를 읽어 내려갔다. 그가 욕하는 걸 들은 건 그때가 처음이었다. 그리고 처음으로 '선생님'을 붙이지 않고 그녀의 이름을 말했다. 그녀는 다시 울기 시작했다. 눈물이 바닥났다고 생각했었지만 아니었다. 제시는 그녀를 일으켜 세웠다. 넘어지려는 그녀를 붙잡아 주었다. 그리고 속옷과 바지를 입을 수 있게 도왔다. 지금 그녀는 아무런 감정도 느끼지 못했다. 그녀는 아무것도 신경 쓰지 않았다. 그러고 나서 제시는 그녀가 피를 밟지 않고 침대 반대편으로 가도록 도왔다. 피가 흥건했다. 바닥은 온통 검붉은 핏빛이었다. 피는 이미 콘크리트 바닥에 스며들어 있었다. 그녀는 다시 욕지기를 느꼈지만 잘 넘겼다. 제시는 그녀를 이젤 근처 의자에 앉혔다.

"괜찮아요?"

누가 봐도 그녀는 괜찮지 않았지만 제시가 물었다. 조금도 괜찮지 않았다. 그녀는 입을 열 수 없었다. 벌어진 일을 설명할 필요는 없었다. 그는 이미 모든 것을 읽었다. 그가 창고를 둘러 보는 것을 그녀는 멍하니 바라보았다. 부서진 침대, 피로 얼룩 진 망치, 빨간색 콘크리트.

마틴의 머리는 피로 범벅된 동물의 알처럼, 마치 커다란 달 걀처럼 쪼개져 있었다.

"제가 처리할게요."

그가 말했다.

'어떻게?'

그녀는 묻고 싶었다. 하지만 그 한마디를 뱉어 내는 데 필 요한 힘은 그녀가 쥐어 짜낼 수 있는 힘의 한도를 넘어섰다. 그 녀는 마틴에게서 시선을 돌렸다. 그녀는 다시는 마틴을 쳐다 보지 않을 것이다. 그녀가 마틴을 한 번 이상 내리쳤던가? 그녀 는 떠올렸다. 그랬던 것 같다. 한 번이면 그를 죽이기에 충분했 다. 그래도 그녀는 그를 한 번 이상 내리쳤다. 한 번, 두 번, 어쩌 면 세 번 이상이었는지도 모르겠다. 기억이 나지 않는다. 젖 먹 던 힘까지 동원해 망치를 휘둘렀지만 충분하다는 생각이 들지 않았다. 그가 정말 그녀를 죽일 작정이었을까? 그녀는 모른다. 그녀가 격분한 채 침대에서 일어나 망치를 쥐고 있는 힘껏 그를 내리쳤을 때 그는 다른 쪽으로 고개를 돌리고 있었다. 가지고 있는지도 몰랐던 힘이었고, 존재하는지도 몰랐던 자신의 또 다 른 모습이었다. 그녀는 경찰에 가서 전부 말할 생각이었다. 그 가 자신을 죽이려고 했다고…… 그게 그녀가 하려던 말이었다.

"제가 처리할게요."

제시가 다시 말했다. 그녀는 그가 아이라는 것과 자신이 어른이라는 것, 상황이 거꾸로 됐다는 것을 어렴풋이 알아차리고 그를 올려다보았다.

"차를 좀 써야겠어요."

그는 물감을 올려 두는 테이블에서 그녀의 차 키를 집어 들었다. 그리고 그녀가 사주었지만 한 번도 쓰지 않았던 작업용 장갑 한 켤레를 집었다. 그는 잠깐 동안 생각에 잠긴 것 같았다.

"잘 처리할 수 있을 거예요."

그녀는 동의의 의미로 끄덕였고 그는 장갑을 꼈다.

'어쩌면 경찰은 필요 없을지도 몰라.'

그녀는 생각했다. 제시는 창고 문을 열었다. 그가 마틴의 시체를 창고 밖으로 끌고 나가는 것을 그녀는 외면했다. 이른 아침이라 밖에는 사람이 거의 없을 것이다. 그래도 나무에 둘러싸인 창고가 길의 끄트머리에, 세상과 단절된 듯 위치해서 다행이라고 그녀는 생각했다.

제시가 돌아왔다. 그는 망치를 들고 물감이 있는 테이블로 걸어갔다. 그는 피가 묻은 망치의 갈고리로 물감 통을 열었다. 그리고 피로 얼룩진 바닥 쪽으로 걸어갔다. 안나는 그가 핏자국 위에 빨간 물감을 들이붓는 것을 보고 충격을 받았다. 그는 물감 통을 그 위에 떨어뜨렸다.

"당신은 실수로 물감 통을 떨어뜨린 거예요."

제시가 침착하게 말했다.

"새 물감이 좀 더 필요할 거예요."

그는 창고 구석으로 가서 안나가 캔버스를 샀을 때 딸려 왔던 거대한 천을 집어 들었다.

"이건 차에 쓸 거고요."

그는 말하고 문으로 걸어갔다.

"일단 제가 나가면 밖에서 문을 닫을 거예요."

그는 마치 벽을 통과해 밖에 있는 비포장도로를 볼 수 있다는 듯 창고 벽을 바라보았다.

"오토바이는 타본 적이 없어요."

그가 말했다.

"그래도 돌아와서 어떻게든 없앨게요."

그는 여전히 바위처럼 멍하니 앉아 있는 그녀에게 말했다.

"그 책도 없애야 해요."

그는 그녀의 손에 들린 일기장을 가리켰다.

"일기장이요. 거기다 너무 많은 걸 적었어요."

그녀는 일기장을 가슴에 꼭 안았다. 고개를 끄덕였지만 품에 있는 건 어머니에게서 받은 마지막 선물이다. 이것만큼은 절대로 없애지 못할 것이다. 절대로.

*

제시는 오후 내내, 창고에 온 사람들을 돌려보냈다. 안나는 이젤 옆 의자에 넋이 나간 얼굴로 앉아 있었고 제시는 문 앞을 지키고 서 있었다.

"오늘 선생님 몸이 안 좋아서요."

그는 그녀의 그림을 보고 싶어 하는 사람들에게 말했다. 그녀는 그가 있어 줘서 고마웠다. 남자들 중 한 명이 들어와서 그녀와 단둘이 있게 될까 봐 겁이 났다. 시장이라든지 피어링 씨라든지…… 갑자기 그들 전부가 무서워졌다. 그들이 그녀를 해칠 수 있는 힘을 가졌다는 것을 알게 되니 두려웠다. 어쩌면 그들은 바닥의 붉은 물감이 피를 덮고 있다는 사실을 알아낼지도 모른다. 어쩌면 경찰이 올지도 모른다. 경찰이 마틴의 오토바이를 찾았을까? 제시는 자신이 무엇을 했는지, 마틴의 시체를 어떻게 처리했는지 말해 주지 않았다. 그녀도 묻지 않았다. 제시는 장갑을 태웠다고만 했다.

그날 오후쯤 폴린이 창고에 왔다. 그때가 정확히 언제였는지 안나는 알 수 없었다. 시간은 그녀에게서 점점 멀어지고 있었다. 폴린이 도착했을 때 그녀는 여전히 이젤 옆, 제시의 의자에 앉아 있었다.

한편 제시는 벽화의 가장자리 일부를 채색했다. 그는 벽화를 칠해도 되는지 물었고 그녀는 고개를 끄덕였다. 자신이 다시 붓을 잡을 수 있을지 그녀는 확신할 수 없었다. 폴린이 창고 안으로 발을 들였을 때 제시는 빠르게 문 쪽으로 걸어갔다.

"안나 선생님은 몸이 좋지 않아요."

그가 입구를 막아서며 말했지만 폴린은 그의 가슴에 손을 대고 그를 밀쳤다.

"난 간호사야."

그녀는 창고를 가로질러 안나 쪽으로 걸어가며 말했다. 폴린에게 정상적으로 보이기 위해서라면 무엇이든 해야 한다는 것을 안나는 알고 있었다. 하지만 지금은 무리였다. 그녀는 공간을 가로질러 들어오는 폴린을 바라보면서 자신을 지배하고 있던 극도의 긴장감에 항복해 버렸다.

"어머나, 세상에!"

폴린이 갑자기 걸음을 멈췄다.

"이게 다 무슨 일이야?"

안나는 폴린의 시선을 따라 쏟아 놓은 물감, 부서진 침대를 차례로 바라보았다. 그때 처음으로 카키색 침대 중앙에 자리 잡은 피 얼룩이 안나의 눈에 들어왔다. 그건 마틴의 것이 아니었다. 그녀의 것이었다. 멈출 새도 없이 흐느낌이 터져 나왔다. 안나 앞에 쪼그리고 앉은 폴린은 흰색 간호사 유니폼의 치마를 펄럭여 안나에게 연신 부채질을 해주었다. 그리고 안나의 무릎에 손을 얹었다.

"무슨 일이야, 안나?"

그녀가 부드럽지만 단호한 목소리로 물었다. 곧이어 조용한 목소리로 다시 속삭였다.

"저 아이…… 제시라는…… 저 애가…… 널 다치게 했어?"

제시는 창고 문 근처의 벽에 기대서 있었다. 안나는 제시가 느끼는 두려움을 감지했다.

"아니."

그것은 폴린이 도착한 후 안나의 입에서 처음으로 나온 말이었다. 소리는 꺽꺽거리며 갈라졌지만 그녀는 어떤 경우에도 제시가 비난받게 둘 수 없었다.

"제시."

안나는 그에게 말했다.

"가. 집에 가."

"안 돼요. 안⋯⋯."

"그렇게 해."

그녀는 최대한 권위적인 목소리로 말했다. 제시는 그녀가 안전할 수 있도록 지키고 있었고, 그녀도 그를 위해서 똑같이 해야 했다. 머뭇거리던 그는 마침내 스케치북을 들고 창고를 떠났다. 그가 나가는 것을 지켜보던 폴린은 안나에게로 고개를 돌렸다.

"쟤가 너한테 무슨 짓을 한 거니?"

그녀가 물었다.

"폴린!"

그녀는 자신의 입을 떠난 말이 가볍게 들리기를 바라며 목소리에 장난기를 섞으려 했다. 그리고 그 시도는 실패했다.

"너는 바보 같은 짐작을 하고 있어."

그녀가 말했다.

"침대가 저렇게 된 건 미안해. 예정일보다 빠르게 생리를 시작했고⋯⋯."

침대의 핏자국을 흘끗 본 안나는 올라오는 구역질을 삼켜야 했다. 폴린에게 평범한 척 말하기 위해서는 몸과 마음에 남은 힘을 바닥부터 끌어 올려야 했다.

"생리가 시작됐다는 것을 알았을 때, 너무 벌떡 일어나서…… 그때 침대 다리가 부러졌나 봐. 침대는 내가 보상할게."

폴린은 가만히 그녀를 응시했다. 그녀는 안나의 말을 믿지 않았다. 안나도 알고 있었다. 말들이 안나의 입 안에서, 머릿속에서 점점 꼬이고 있었다.

"내가 병원으로 데려다줄게."

폴린이 손을 뻗으며 말했지만 안나는 손을 밀어냈다.

"나는 괜찮아."

그녀는 말했다.

"병원까지 갈 필요 없어."

폴린이 일어서서 그녀를 내려다보았다. 그녀가 뭘 어떻게 해야 할지 고민 중이라는 것을 안나는 알고 있었다. 자신이 일어나야 한다는 것도 알고 있었다. 그림 앞으로 가야 한다. 아무 일도 없다는 듯 행동해야 한다. 자전거를 타고 집으로 가고 있을 제시가 떠올랐다. 그 애는 얼마나 겁을 먹었을까. 그녀는 잘못된 결론을 향해 머리를 굴리고 있는 게 분명한 폴린을 바라보았다. 만약 그녀가 지금 품고 있는 제멋대로의 의심을 칼과 공유한다면?

"제시와 나는 연인 관계가 아니야."

그녀는 단호히 말했다.

"그게 네가 생각하고 있는 거지?"

폴린은 마치 생리혈인지 아닌지를 판단할 수 있다는 듯 간이 침대의 피를 힐끗 쳐다보았다.

"나는 네가 걱정돼서 그래."

그녀가 말했다.

"나는 네가 위험한 짓을 하고 있다고 생각해. 불장난 같은 거 말이야. 너는 그걸 알아채기에 너무 순진해."

"말도 안 되는 소리야."

힘을 쥐어짜 낸 안나는 일어서서 벽화로 걸어갔다. 그녀의 무릎이 후들거렸다.

"작업을 다시 시작해야겠어."

그녀는 팔레트를 향해 떨리는 손을 뻗었다. 폴린은 조금 더 그곳에 머물렀다. 폴린은 다정한 말들, 걱정하는 말들을 쏟아 냈고…… 안나는 친구의 입에서 나오는 게 무슨 말인지 하나도 알아들을 수 없었다. 그녀는 불장난을 한다는 폴린의 이야기에서 아직 헤어 나오지 못했다. 폴린은 안나가 하고 있는 불장난의 규모를 모르고 있었다.

*

"오늘 밤은 집에 있으니 좋구나."

그날 저녁, 안나가 집으로 돌아갔을 때 머틀 부인은 말했다. 그녀는 거실의 책상에 앉아 뭔가를 적고 있었다. 편지 같은 것이었는데, 그게 뭔지 안나는 알지도 못했고 관심도 없었다.

"너는 그 끔찍한 창고에서 너무 많은 시간을 보내고 있어."

머틀 부인이 계속했다.

"어젯밤, 네가 침대에 없어서 어찌나 놀랐던지…… 네가 밤새 거기에 있다는 걸 아무도 몰랐으면 좋겠구나. 다시는 그렇게 밤에 나가 있지 않았으면 좋겠어. 내 말 듣고 있니?"

"아, 네."

'나는 사람을 죽였다.'

안나는 생각했다.

'내가 살인을 저지른 지 하루도 지나지 않았다.'

그녀는 아버지를 잃은 마틴의 딸들을 생각했다. 그녀는 몸을 똑바로 지탱하기 위해 손가락으로 의자 등받이를 짚어야 했다. 머틀 부인이 얼굴을 찡그렸다.

"어디가 아픈 거야?"

그녀가 물었다.

"아니요. 괜찮아요."

하루 종일 목소리를 거의 사용하지 않아 갈라지는 목소리로 안나는 겨우 대답했다.

"정말 괜찮은 거야?"

머틀 부인은 일어서서 안나의 이마에 손을 짚었다.

"뜨겁지는 않은데…… 얼굴이 너무 창백해 보여."

부인은 화가 난 게 아니다. 걱정하고 있었다.

"차 좀 타줄까?"

안나는 고개를 저었다.

"전 괜찮아요."

머틀 부인의 정밀 조사로부터 벗어나야 한다. 안나는 일 분 이상 일상적인 대화를 이어 나갈 수 없었다.

"그냥 조금 피곤해요."

머틀 부인이 조금만 더 자신의 얼굴을 살펴본다면 오늘 저지른 짓을 알아차리게 될지도 모른다고 안나는 생각했다. 그녀는 계단 쪽으로 몸을 돌렸다.

"저 자러 갈게요."

그녀는 말했다. 방으로 들어온 그녀는 문에 등을 기댔다.

'너는 살인을 했어.'

어디선가 그녀를 비난하는 목소리가 들렸다.

'그는 짐승이었어.'

또 다른 목소리가 맞섰다.

"그만해!"

그녀는 큰 소리로 간청하고 나서 속삭였다.

"제발 멈춰 줘. 제발 부탁이야. 제발. 제발. 그가 날 죽이려고 했단 말이야!"

그녀는 옷을 입은 채 세수도, 양치도 하지 않고 침대로 기어 올라갔다. 그녀는 양 팔로 몸을 감싸 안았다. 온 몸이 아팠다. 팔에, 어깨에, 목에 멍이 들었다. 허벅지 안쪽까지 검은 멍이 올라오고 있었다. 다리 사이에 상처가 났다. 그녀는 갈기갈기 찢겨졌다. 몸은 언젠가 회복하리란 걸 알고 있다. 하지만 마음은, 정신은, 영혼은 알 수 없었다.

49장

Morgan

모건

2018년 7월 20일

올리버는 벽화 근처의 벽을 가리켰다.

"안나의 원래 스케치를 여기에다가 걸어야 할 것 같아요. 거기에 벽화의 설명문을 붙일 거니까 스케치까지 추가하면 멋질 거예요. 어떻게 생각해요?"

올리버가 내 의견을 중요하게 여긴다는 것이 좋았다.

"그럼 완벽하겠는데요."

내가 말했다.

"설명문은 뭐라고 쓸 거예요?"

그는 아직 고민 중이라는 표정을 지었다.

"안나 데일이 왜 그런 것들을 추가했는지 모른다는 것을 솔직히 인정해야 할 것 같아요. 그리고 리사가 제안한 대로 방문객들이 벽화와 스케치를 비교해 보면서 자신만의 결론에 도달할 수 있도록 만드는 거죠."

그가 말했다.

"그렇게 하려면 숨어 버린 화가에 대해 우리가 알고 있는 건 무엇인지, 우리가 모르는 건 무엇인지 설명문에 적어야겠죠."

"'숨어 버린'이라는 게 과연 적절한 말일까요?"

내가 물었다.

"그러니까 제 말은요. 그녀가 실제로 숨어 버린 건지 알 수 없다는 거예요. 우리는 그녀가 제정신이었는지조차도 모르잖아요. 우리가 아는 건 그저 그녀가 이해하기 어려운 몇 가지 것들을 그려 넣었다는 게 전부죠. 저는 '불가사의하다'가 더 어울리는 표현이라고 생각해요."

재미있어하는 표정을 짓고 있는 올리버를 보기 위해 나는 고개를 들었다.

"내 업무를 뺏어 가려는 거예요?"

그가 놀렸다.

"고맙지만 사양할게요."

나는 대답했다.

"지금은 제 코가 석 자예요. 다시 일하러 가야 해요."

"저도 그래야겠네요."

그가 말했다.

"하지만 그 전에."

그는 주머니에서 핸드폰을 꺼내 내게 내밀었다.

"삼십 분만 음악을 바꾸어 듣죠."

나는 이 사람이 제정신인가 하는 얼굴로 그를 바라보았다.

"어서요."

그가 말했다.

"나단의 음악을 들어 보라고 말한 사람은 당신이잖아요. 딱 삼십 분만요. 실험 삼아 해봅시다."

나는 웃으며 주머니에서 핸드폰을 꺼내 그에게 건넸다. 그리고 나서 그의 핸드폰에 내 이어폰을 꽂았다. 그도 나를 따라했다. 이어폰을 귀 안으로 밀어 넣자 한 남자의 감미로운 목소리가 흘러나왔다. 아주 잔잔한 노래였다.

"이게 날 재울지도 모르겠어요."

내가 말했다. 내 음악 목록 중에서 무슨 곡이 나오고 있는지는 몰라도 그는 깜짝 놀란 것 같았다. 지켜보던 나는 웃음이 터졌다.

"행운을 빌어요."

내가 말했다.

"그쪽도요."

그는 테이블로 돌아갔고, 나는 벽화로 돌아왔다. 그리고 티파티 숙녀들 중 한 명의 반쯤 사라진 속눈썹에 주목했다.

사실 올리버의 음악 중 몇 가지는 꽤 좋았다. 인정해야 했다. 그래도 내 각성 상태를 유지시켜 주는 데는 한계가 있었다. 이십오 분쯤 지났을 때 나는 몸을 돌려 올리버를 바라보았다. 그는 컴퓨터 작업에 집중한 것처럼 보였지만 그의 머리는 내 귀에 들리지 않는 리듬에 맞춰 조금씩 흔들리고 있었다. 다시 웃음이 터져 나왔다.

"좋아. 잘하고 있어요!"

나는 그에게 들릴 만큼 크게 말했다. 그는 고개를 들어 특유의 소년다운 모습으로 당황한 미소를 지어 보였다. 주머니에서 핸드폰을 꺼낸 그는 일어서서 내 쪽으로 왔고 우리는 다시 핸드폰을 교환했다.

"상당히 좋던데요."

내가 말했다.

"하지만 제 취향에는 좀 심심했어요."

나는 내 핸드폰을 턱으로 가리켰다.

"어땠어요?"

"끌리는데요."

그가 말했다.

"박자도 그렇고 멜로디도 그렇고요. 음…… 그 안에 있는 넘치는 에너지도요. 몇몇 여자 가수들의 가사는 감동적이기까지 했어요. 하지만 당신이랑 나단처럼 늘 들을 수는 없을 것 같아요."

"우리가 당신을 단련시킬 거예요."

나는 놀리듯 말했다. 갑자기 리사가 로비로 걸어 들어왔다.

"두 분 여기 서서 잡담만 나누는 건가요?"

그녀는 벽화 쪽으로 손짓했다. 그녀의 목소리는 화가 났다기보다 피곤한 것처럼 들렸다.

"어서요. 모건."

그녀가 말했다.

"저 비어 있는 부분에 빨리 물감 칠을 좀 하세요."

"우리는 설명문에 대해 고민하던 중이었어요."

올리버가 상냥하게 말했다.

"미쳐 버린 백인 여자가 말도 안 되는 벽화를 그렸다."

리사가 말했다.

"뭐가 더 필요한데요?"

올리버는 웃었지만 나는 리사에게 무슨 일이 있다는 것을 알 수 있었다. 그녀의 눈은 부엌에서 울고 있던 그날처럼 빨갰다.

"무슨 일 있어요?"

내가 물었다. 그녀는 한숨을 뱉었다. 그리고 마치 스스로를 껴안은 것처럼 단단히 팔짱을 끼었다.

"밤중에 넬 엄마가 돌아가셨어요."

그녀가 말했다.

"아, 안 돼!"

나는 급작스러운 죄책감에 휩싸였다. 갤러리에서 내가 한 질문들이 넬 엄마의 희미한 기억력에 부담을 준 것은 아니었을까. 결국 그 모든 것이 노파에게 무리였던 걸까.

"유감이에요. 리사."

올리버가 말했다.

"저도요."

내가 말했다.

"저는 정말로 그분이 좋았어요. 그녀는 안나를 잘 아는 것 같았고요. 아마 안나를 잘 알고 지낸 마지막 사람이었을 거예요."

나는 벽화 쪽을 바라보았지만 실제로 벽화를 보지는 않았다.

"꼭 우리가 연결돼 있는 것 같은 기분이 들었어요."

내가 말했다. 리사는 호기심 가득한 눈으로 나를 보았다. 그녀는 팔짱을 풀고 팔을 내렸다.

"장례식은 월요일이에요."

다시 복도 쪽으로 몸을 돌리며 그녀가 덧붙였다.

"일단 여기서 성과를 좀 내세요. 그다음에는 나랑 조문하러 가도 좋아요.

50장

Anna

안나

1940년 3월 28일~29일

그날 아침 『초완 해럴드』는 마틴 드래플의 실종 소식을 보도했다. 그가 사라졌다는 소문은 일주일 가까이 무성했다. 소문에 따르면 그는 결혼 생활과 금전 문제로 어려움을 겪고 있었고 벽화 경연 대회에서 우승하지 못해 심각한 우울증까지 겪는 중이라고 했다. 드래플 부인의 친구로 보이는 한 여자가 그의 우울증은 안나의 탓이라고 말하기 위해 창고에 왔다.

"마틴은 이 마을을 손바닥 보듯 샅샅이 알고 있는 지역 화가예요."

여자는 말했다. 그녀는 부드러운 목소리 안에 단검을 숨기고 있었다.

"당신은 그가 대회에 참가했다는 것을 알자마자 품위를 지키며 벽화 작업을 그에게 넘겼어야 했어요."

정말 그랬더라면 좋았을 거라 안나는 생각했다. 처음부터 이든턴에 발을 들이지 않았더라면 좋았을 거라고 진심으로 생각했다. 사람들은 추측했다. 누군가는 마틴이 자살했을지도 모른다고 했고 누군가는 다른 여자와 도망쳤을지도 모른다고 했다.

하지만 대다수는 그가 마음의 상처를 치료하기 위해 잠시 혼자만의 시간을 갖고 있는 거라고 생각하는 것 같았다. 가끔은 안나마저도 그렇게 생각했다.

'아, 맞아. 마틴 드래플은 그저 여행을 떠난 거야.'

그녀는 그런 망상에 잠기곤 했다. 그런 생각이 떠오를 때마다 그녀는 스스로에게 겁이 났다. 그녀가 정말 미쳐 가고 있었던 걸까? 그녀는 창고 바닥의 붉은 얼룩을 보면서 생각했다.

'아, 물감 통을 떨어뜨린 날이 기억나. 그날은 왜 그렇게 덤병댔는지!'

*

"힘을 내야 해요. 안나."

그날 늦은 아침 제시가 말했다. 그녀는 벽화 앞에 무력하게 서서 쓰지도 않을 붓을 손에 쥐고 있었다. 이번 주, 제시는 안나를 대신해 벽화 배경을 칠했다. 복잡한 부분은 안나의 몫으로 남겨 두었다. 하지만 그녀는 벽화를 외면한 채 대부분의 시간을 의자에 앉아서 보냈다.

"벽화를 보면 토할 것 같아. 역겨워."

그녀는 말했다. 그날 일을 일러바치듯 자리 잡았던 침대의 얼룩은 간이침대와 함께 사라졌다. 제시가 없애 버렸다. 안나는 어떻게 처리했는지 묻지 않았다. 궁금해지도 않았다. 그날 밤 사건과 관련해 창고에 남아 있는 것은 바닥에 혐오스럽게 쏟아져 있는 붉은 물감이 전부였다. 그걸 볼 때마다 그녀의 깊은 곳에서부터 분노의 불덩이가 치솟았다. 죄책감과 분노가 그녀를 가지고 놀기 위해 번갈아 가며 튀어나왔다. 둘 중 어느 쪽이 나오든 그녀는 고통받았다.

안나는 거의 잠들지 못했다. 잠들 때마다 꾸는 무서운 악몽과 현실의 경계에 금을 그을 수가 없었다. 깨어 있을 때도, 잠을 잘 때도 그녀는 공포와 분노로 직조된 세상 안에서 시달렸다. 극도로 혼란스러웠다. 어쩌다 현실을 자각할 때면 방에 혼자 있든, 창고에 멍하게 앉아 있든, 잡화점의 통로에 서 있든 그녀는 어김없이 무너져 흐느끼곤 했다.

사건이 있었던 주말, 폴린이 점심을 먹으러 가자며 다시 창고에 들렀다. 창고 밖 차 소리를 들은 제시는 안나의 손에 붓과 팔레트를 쥐어 주었다. 그리고 손으로 안나의 팔꿈치를 받쳐 그녀를 일으켜 세웠다.

"작업하는 것처럼 보여야 해요."

그는 다급하게 속삭였다. 안나는 폴린의 식사 제안을 거절했다. 폴린의 의심 가득한 질문을 더 이상은 듣고 싶지 않았다.

무엇보다 자신의 입이 미덥지 않았다. 폴린과 시간을 보내는 동안 무슨 소리가 튀어나올지 알 수 없었다. 자신과 제시를 벼랑 끝으로 내몰 만한 말을 하게 될까 봐 두려웠다. 정신과 혀가 더 이상 자신의 것이 아닌 것만 같았다. 이미 그녀의 뇌는 정상이 아니었다. 생각이 온통 뒤죽박죽이었다.

머틀 부인은 아침 식사 시간에 안나가 왜 그렇게 조용한지, 왜 늦게까지 일하지 않고 저녁 식사 때마다 집으로 오는지 궁금해하는 눈치였지만 아무것도 묻지 않았다. 하지만 집주인은 분명 안나를 걱정하고 있었다.

"병원에 한번 가봐."

머틀 부인은 목요일 아침 안나에게 말했다.

"요즘 들어 왜 그럴까? 평소에는 쾌활하고 긍정적이었는데 말이야. 아마 약간의 철분만 보충해 주면 될 거야."

안나가 머틀 부인의 말에 웃으며 반응하기 위해서는 그녀의 말이 안나의 머릿속으로 들어가려고 몸부림칠 시간이 필요했다. 자신을 짓누르는 괴로움이 그렇게 간단히 치료될 수 있는 거라면 좋을 것이다. 그러나 철분은 절대로 그녀를 도울 수 없었다. 그녀의 죄책감과 두려움을 덜어 줄 수 있는 건 세상 어디에도 없었다.

*

금요일 아침, 안나가 무거운 몸을 끌고 겨우 창고에 도착했을 때 제시는 이미 와 있었다. 벽화 앞에 서 있던 그는 근심 가득한 어두운 눈으로 그녀를 보았다.

"안나."

그가 조용하게 말했다.

"무슨 짓을 한 거예요?"

그녀의 시선은 그를 따라 벽화로 향했다. 티 파티 숙녀들의 치마 사이로 마틴이 타던 오토바이의 검은색 바퀴와 빨간색 바퀴 덮개가 불쑥 튀어나와 있었다. 안나는 손을 입가로 가져갔다. 숨이 잘 쉬어지지 않았다. 오토바이를 그린 건 그녀 자신이었으니 놀랄 이유가 없었다. 그녀도 알고 있었다. 하지만 그걸 그렸던 기억은 안개처럼 흐릿했다.

"제가 고칠게요."

제시가 말했다.

"좀 쉬세요."

"내가 돌려놓을게."

그녀의 말에 그는 눈살을 찌푸렸다.

"왜 저런 걸 그려 넣은 거예요?"

그는 물었다. 그녀는 그의 목소리에 섞인 두려움을 들었다.

"그 일을 전부 잊어버려야 해요!"

왜 그랬을까. 그녀도 모른다. 동시에 그녀는 알고 있다. 오토바이는 그냥 그곳에 있어야 한다는 것을 말이다. 제시는 그 위에 물감을 덮었다. 안나는 숙녀들의 치마를 원래대로 칠하는 제시를 가만히 지켜보았다. 그는 분명 재능을 타고났지만 아직 배워야 할 것이 많았다. 그는 안나의 그림 스타일을 모방하기 위해 고군분투하고 있었다. 그러나 조금이라도 안목이 있는 사람이라면 여성들의 치마를 칠한 것은 그녀가 아니라는 사실을 알아챌 것이다. 그녀는 그 모든 것이 남의 일처럼 느껴졌다.

제시가 떠난 후 그녀는 늦은 밤에 돌아올 것이다. 비록 밤의 창고는 겁이 났지만 그래도 돌아와야 했다. 오토바이는 그 자리에 있어야 하니까.

51장

Morgan

모건

2018년 7월 20일

그날 저녁, 도서관의 마이크로필름 판독기 옆에 앉아 안나의 기사를 찾으면서 나는 넬 엄마를 생각했다. 넬 엄마의 기억을 풀어 낼 열쇠가 있었더라면 좋았을 텐데. 이제 너무 늦어 버렸다. 그녀의 죽음으로 나는 큰 슬픔을 느꼈다. 부디 그녀가 평화로운 마지막을 맞이했기를, 고통스럽지 않은 마지막을 맞이했기를 바랐다.

마이크로필름 판독기의 사용법을 익히긴 했지만 안나가 언급된 기사를 찾는 데는 한참이 걸렸다. 너무 많은 시간이 흐르기도 했고 기사 자체도 드물었다. 그때, 기사 하나가 내게로 불쑥 달려들었다. 조금 이상한 기사였다. 머리기사에 적힌 '화가'라는 한 단어 때문에 나는 그것을 알아볼 수 있었다.

지역 초상화가의 실종

안나를 말하는 걸까? 그렇지만 그들이 그녀를 초상화가라고 불렀다는 게 이상했다. 나는 기사를 읽기 시작했다.

이든턴의 유명한 초상화가 마틴 드래플이 실종됐다. 그의 아내에 따르면 그는 금요일경 자취를 감췄다. 주변인들은 마틴 드래플이 정부 후원 우체국 벽화 경연 대회에서 뉴저지 출신의 화가 안나 데일에게 패해 크게 낙담했다고 전했다. 드래플 부인은 남편이 안나 데일의 벽화 작업을 도왔다는 사실을 밝히며 "소녀 화가에게 진 것은 굴욕적인 일이었다"고 진술했다. 그녀는 남편의 새 오토바이 역시 사라졌다고 말했다. 드래플 씨의 행방과 관련한 정보를 가진 사람은 누구든 이든턴 경찰서에 신고하길 바란다.

나는 의자에 앉아 마이크로필름 화면을 보며 얼굴을 찡그렸다. 대체 마틴 드래플이 누구야? 그가 안나를 도와줬다고? 혹시 삼각관계였을까? 그와 그의 아내, 안나가? 아니면 그와 안나, 제시가? 잠시 후 머릿속에 문장 하나가 새겨졌다. '그의 새 오토바이 역시 사라졌다.' 나는 티 파티 숙녀들의 치마 사이로 튀어나온 오토바이를 떠올렸다. 우연의 일치일까, 아니면 무슨 비밀이 숨겨져 있는 걸까? 나는 더 많은 정보를 위해 그다음 주에 발행된 신문을 뒤졌다. 그리고 찾아냈다.

방문객들에게 창고를 닫은 우체국 화가 안나 데일

이든턴 우체국의 벽화를 그리는 화가 안나 데일은 지금까지 몇 주 동안 옛 블레이튼의 창고에서 작업하는 과정을 주민들에게 공개해 왔다. 그녀는 완성된 벽화를 마주했을 때 깜짝 놀랄 주민들의 반응을 기대한다며 이번 주, 갑자기 창고 문을 닫았다. 우체국장인 아른트 씨는 개의치 않는다는 입장이다.

"예술가들은 늘 변덕스럽죠."

그는 질문에 이렇게 답했다.

"우리는 그녀가 작업에만 전념할 수 있도록 협조해야 해요."

아른트 씨는 4월 말쯤 벽화가 완성될 것으로 예상하고 있다. 그러나 모두가 그렇게 긍정적으로 바라보는 것은 아니다.

"그녀는 분명 병이 났을 거예요."

노스 그랜빌 거리에 사는 오스카 그랜트 부인은 말했다.

"저는 거의 매일 그림을 보려고 들렀어요. 우리가 원한다면 언제든 와도 좋다고 했거든요. 그리고 갑자기 그러지 못하게 됐죠. 이해할 수가 없어요."

기사를 복사한 나는 올리버가 남아 있기를 바라며 택시를 타고 갤러리로 돌아왔다. 그는 아직 있었다. 요즘 들어 그는 갤러리에서 사는 사람 같았다. 나는 갤러리 뒤쪽의 빈 공간에서 벽의 치수를 재고 있는 그를 발견했다.

"아, 잘됐네요."

내가 걸어 들어가자 그가 말했다.

"손을 좀 빌릴 수 있겠군요. 이것 좀 잡아 볼래요?"

그는 내게 줄자의 끝부분을 주며 저 끝으로 가라는 손짓을 했다.

"여기서 뭐 해요?"

그가 물었다.

"오늘 일은 다 마친 거 아니었어요?"

"기사를 몇 개 찾아서요. 보여 주려고요."

나는 줄자의 끝을 확인한 후 그에게 다시 걸어갔다. 그리고 수첩에 뭔가 적는 그를 지켜보았다. 그는 청바지 주머니에 줄자를 넣고 손을 내밀었다.

"한번 봅시다."

그가 말했다. 그에게 종이 두 장을 건넨 나는 그가 읽을 동안 옆에 서 있었다. 그에게서는 하루 종일 열심히 일했다고 말해 주는 것 같은 흙냄새가 약하게 풍겼다. 우리는 어깨가 닿을 정도로 가까이 서 있었다. 그는 검은색 티셔츠를, 나는 파란색 민소매 셔츠를 입고 있었는데 그의 팔과 내 팔이 맞닿는 느낌이 좋았다. 상상했던 것 이상으로 좋았다. 나는 자세를 바꾸지 않았다. 그도 마찬가지였다.

"흠."

다 읽고 나서도 그는 여전히 앞에 있는 기사들을 바라보고 있었다.

"오토바이가 뭘 의미하는 것 같아요?"

"잘 모르겠어요. 정말 이상하지 않아요? 그리고 안나가 아팠다는 추측도 있어요. 어쩌면 그녀는 신체적 질병으로 죽어 가고 있었는지도 몰라요. 저는……."

내 목소리가 차츰 작아졌다. 올리버의 냄새를 들이마시자 머릿속을 채웠던 일련의 생각들이 중간중간 끊어져 버렸다. 그가 팔로 나를 감싸 주었으면 했다. 내 어깨를 감싸 주기를 바랐다. 지금 내 감정은 완전히 일방적인 것일까? 나는 그보다 여덟 살이나 어리다. 그를 처음 보았을 때만해도 우리는 완전히 다른 세대라고 생각했다. 하지만 이제는 상관없었다.

'내가 이성을 잃기 전에 제발 내게 손을 올려 줘요.'

하지만 그는 우리가 마주 볼 수 있도록 내게서 한 발짝 비켜섰다.

"우리는 이 모든 것에 대한 해답을 얻을 수는 없을 거예요."

그는 손에 든 기사를 고개로 가리키며 말했다. 허탈감이 단번에 나를 사로잡았다.

"알아요."

내가 말했다.

"적어도 추측해 볼 수는 있잖아요. 하다못해 재미로라도요."

그는 내게 미소를 지었다. 뭔가를 더 말하려는 것 같기도 했다. 하지만 그때 갤러리의 모든 조명이 그의 푸른 눈 위에 자리 잡아 버렸고, 순간적으로 모든 소리가 사라졌다. 그는 더없이 아름다워 보였다.

52장

Anna
안나

1940년 4월 2일

아침 식사 시간 때, 안나는 프리다가 음식을 너무 많이 담지 않도록 자기 접시를 미리 준비했다. 시들한 식욕에 대한 머틀 부인의 성가신 심문을 피할 수 있는 유일한 방법이었기 때문에 요즘에는 계속 그렇게 해왔다. 그러나 머틀 부인은 알아차린 게 분명했다. 오늘 아침, 부인은 안나의 커피 잔 옆에 의사의 이름이 적힌 종이를 올려놓았다. 그리고 컵을 들어 올려 커피를 한 모금 마셨다.

"경찰이 퀸 앤 개울가의 둑에서 마틴 드래플의 시신을 찾았대."

그녀는 컵을 다시 내려놓으면서 말했다.

"아이들이 우연히 발견했나 봐. 그리고 아이들의 행동을 이상하게 여긴 애들 엄마가 알게 된 거지. 그 사람이 거기에 내려갔고…….”

안나는 부인의 입에서 나오는 나머지 문장을 듣지 못했다. 포크를 쥔 그녀의 손이 그대로 얼어붙었다.

“어젯밤에 폴린이 말해 줬어.”

머틀 부인은 계속 말을 이어 나갔다. 그녀는 반숙으로 익힌 달걀의 껍질 윗부분을 깨기 위해 나이프를 집어 들었다. 안나는 그 순간 고개를 돌렸다.

무고한 사람이라면 지금 상황에서 어떤 질문을 할까? 안개 낀 듯 흐릿한 뇌는 그녀에게 협조하지 않고 있었지만 그녀는 고민했다. 머틀 부인이 안나의 수고를 덜어 주었다.

“그 사람 머리가 완전히 깨져 있었다나 봐. 불쌍하기도 하지.”

부인은 말했다.

“나는 그 사람이 멋지고 재능 있는 화가라고 생각했지만 한편으로는 끔찍한 면도 있었던 것 같아. 폴린이 칼게에 들었는데 그 사람이 이따금 아내와 아이들을 때렸다지 뭐야. 누가 상상이나 했겠어? 내 생각에는 그 여자 짓인 것 같아. 아내 말이야. 하지만 그 사람이 아내를 때린 게 사실이라면 누가 그 여자를 비난할 수 있겠어? 나는 그 여자가 잘 빠져나갈 수 있었으면 좋겠어.”

안나의 호흡이 가빠졌다. 눈앞 허공에는 작은 점들이 생겨났다. 머틀 부인은 신나게 떠들어 대느라 식탁의 반대편에서 안나가 쓰러지고 있다는 것을 알아차리지 못했다. 안나가 급작스럽게 일어나는 통에 식탁보가 움직였고 그제야 머틀 부인은 놀란 표정으로 안나를 바라보았다.

"왜 그래, 안나?"

그녀가 물었다.

"지금 막…… 해야, 해야 할 일이 생각났어요."

그녀는 더듬거리며 말했다.

"먼저 실례할게요."

아무것도 먹지 않았다는 걸 머틀 부인이 볼 수 없게, 그녀는 떨리는 손으로 재빠르게 집어 든 접시를 싱크대에 넣었다. 그러고 나서 서둘러 집 밖으로 나와 신선한 공기를 폐에 가득 채웠다. 울고 있던 그녀는 누구와도 마주치지 않기를 바라며 물가로 걸어갔다. 한 걸음 한 걸음 디딜 때마다 그녀의 흐느낌도 강해졌다. 그녀는 눈물을 통제할 수 있을 때까지 생선 악취가 진동하는 방파제에 앉아 있었다. 눈물은 경찰이 발견했을 마틴 시신의 끔찍한 이미지로 조금씩 대체되었다. 일주일 하고도 반이 지난 마틴의 모습은 어떻게 보였을까? 짐승에게 먹혀 사라진 얼굴, 깨진 뇌에서 흘러나와 흙으로 스며들었을 액체, 아직도 자신이 저지른 일이 믿기지 않았다. 몸을 기울인 그녀는 물에 대고 토하기 시작했다.

다시 일어선 그녀는 목적도 없이 손수건으로 입을 막고 걷기 시작했다. 경찰서에 가야 했다. 거기서 칼을 불러 벌어진 일을 설명하는 것이다. 그렇지만 그랬다간 제시가 곤경에 처할 테고, 자기 때문에 제시의 목숨이 위태로워질 것이다. 불 보듯 뻔한 사실이었다.

어느덧 그녀는 조용한 면직 공장 마을 근처에 있는 자신을 발견했다. 마을은 무시무시할 정도로 조용했다. 어쩌다 눈에 들어오는, 마당에서 빨래를 널고 있는 주부의 모습만이 삶의 유일한 흔적이었다. 그리고 안나는 보았다. 작은 집들 중 하나의 창문에 비친 해골의 형상을……

그녀는 뼈만 남아 있는 머리를 빤히 쳐다보았다. 해골이 다시 그녀를 빤히 쳐다보았다. 걸어가면서도 그녀는 계속 그것을 보았다. 다음 집의 창문에도 해골이 있었다. 그다음 집에도, 그리고 다음 집에도. 그것들은 그녀를 겁주지 않았다. 호기심이 발동한 그녀는 자세히 들여다보기 위해 걸음을 멈췄다. 그녀는 벽화 안의 면직 공장 마을을 떠올렸다. 그리고 해골의 이미지를 머릿속에 아로새기며 머틀 부인의 집으로 달려갔다.

그녀는 창고로 빠르게 차를 몰았다. 창고에서 제시는 물감을 섞고 있었다. 그가 그녀에게 말을 걸었던 것 같기도 하다. 그러나 안나는 듣고 있지 않았다. 급히 팔레트를 집어 올린 그녀는 흰색과 청색, 검은색 물감을 소량씩 섞었다. 그리고 벽화 앞에 나무 상자를 끌어와 걸터앉았다. 그녀는 면직 공장 마을의 첫 번째 집 창문에 작고 섬세하게 해골을 그려 넣었다.

"안 돼요."

제시가 그녀 뒤에서 말했다.

"안나."

안나는 자신이 창조한 두개골을 감상하기 위해 뒤로 물러섰다. 그것은 정말이지 완벽했다.

53장

Morgan
모건

2018년 7월 23일

넬 엄마의 장례식은 오랫동안 이어졌다. 벽화에 매달렸어야 할 시간에 그 자리에 있기로 결정한 건 큰 실수였다. 산드라와 그녀의 형제자매, 친척들이 넬 엄마에 관한 일화를 들려줄 때 내 발목에서는 찌릿한 통증이 올라왔다. 재미있고 감동적인 이야기들임에도 불구하고 이야기 속 여자와 나 사이에는 어떤 연결점도 없었다. 넬 엄마와 나와의 관계는 조금 달랐다. 특별했다. 우리는 안나의 비밀을 공유했다. 그 비밀이 무엇인지 내가 모른다는 게 문제이긴 하지만……. 장례식이 끝나고 교회 복도를 걸어 나올 때 리사가 말했다.

"사람들은 농장으로 갈 거예요. 하지만 당신은 일하러 돌아가야 하니까 지금 태워다 줄게요."

"좋아요."

가장 이야기하고 싶던 사람이 없어졌는데 음식과 대화를 위해 농장으로 돌아가는 것은 아무런 의미가 없었다.

"여기서 기다려요."

우리가 교회 정문에 다다르자 리사가 말했다.

"그쪽이 멀리까지 걸어갈 필요 없게 내가 차를 가져올게요."

발목이 훨씬 좋아져서 의료용 부츠에서는 벗어났지만 여전히 오랫동안 걷기는 힘들었다. 현관을 가득 메운 사람들 속에서 리사는 사라졌고 나는 방해가 되지 않으려고 벽에 몸을 붙였다. 그때 누군가 내 어깨를 툭툭 쳤다. 몸을 돌려 바라본 곳에는 산드라가 서 있었다.

"와줘서 너무 고마워요."

그녀가 말했다.

"오고 싶었어요."

나는 대답했다.

"전 당신 어머니를 정말 좋아했어요."

"엄마도 당신을 좋아했어요."

산드라는 말하고 웃으면서 덧붙였다.

"내가 생각했던 것보다 훨씬 더요."

"그게 무슨 말이에요?"

"음, 이걸 어떻게 받아들여야 할지 모르겠는데, 엄마는…… 가지고 있었어요……. 커다랗고 오래된 나무 상자를 침실에 보관하고 있었어요. 거기다 온갖 잡동사니를 넣어 두었죠."

산드라는 그게 못마땅했다는 듯 아름답고 어두운 눈을 살짝 치켜 올렸다가 내렸다.

"각종 문서, 영수증, 옷, 좀먹은 누비이불까지요. 아무튼 가장 이상했던 건…… 돌아가신 날 아침에 방에 들어갔을 때…… 나는 발견했어요…….."

산드라가 울컥하는 것 같아 나는 그녀의 팔을 가볍게 쓸어내렸다.

"유감이에요."

내가 말했다.

"음."

감정을 추스른 그녀는 다시 말을 이었다.

"그날 아침, 방에 들어갔을 때 엄마가 상자에 보관하던 것들이 바닥과 서랍장에 어지럽게 흩어져 있었어요. 엄마는 그것들을 전부 꺼내 놓고 미친 듯이 뒤졌어요. 속속들이요. 하지만 그것…… 엄마가 찾으려던 것은 상자의 가장 밑바닥에 있었죠. 그걸 찾아내려고 그렇게…… 그건 일기장 같은 거였어요. 내 눈에는 일기장으로 보였어요. 자물쇠가 채워져 있었지만 열쇠는 찾을 수 없었어요. 나는 엄마가 그런 걸 가지고 있는지도 몰랐어요. 엄마는 글을 쓰거나 하는 사람이 아니었으니까요."

어째서 산드라는 이 모든 얘기를 내게 하고 있는 걸까. 내가 느낀 혼란스러움은 분명 얼굴에 드러났을 것이다.

"엄마가 쪽지를 써서 일기장에 붙여 놓았어요."

산드라가 말했다.

"쪽지에는 이렇게 쓰여 있었어요. '이걸 노랑머리 소녀에게 줘'."

나는 아연실색했다.

"그분이 왜 그러셨을까요?"

내가 물었다. 가슴이 두근거렸다. 일기는 얼마나 오래전으로 거슬러 갈까? 안나에 대한 이야기도 거기에 있을까? 그녀가 내게 하려던 이야기가 거기 들어 있을까?

"나는 정말 아무것도 모르겠어요."

산드라가 말했다. 나는 그녀의 빈손을 내려다보았다.

"그 일기장 가지고 오셨어요?"

내가 물었다.

"음, 당신이 이해해 줬으면 좋겠는데요."

그녀가 미안한 목소리로 말했다.

"엄마가 원한대로 꼭 당신한테 줄게요. 그래도 내가 먼저 읽어 보고 싶어요. 나는 엄마가 그걸 보관하고 있는지도 몰랐고 정말⋯⋯."

"물론이죠."

사랑하는 어머니의 삶에 대해 읽기를 갈망하는 딸. 상상 속에서만 어렴풋하게 이해할 수 있었다. 정작 우리 엄마의 일기장이었다면 나는 관심도 없었을 것이다. 나는 묻고 싶었다.

'제가 언제쯤 받을 수 있을까요?'

하지만 간신히 내 혀를 단속할 수 있었다.

"자물쇠를 깨야 할 것 같아요."

산드라는 미안한 표정을 지어 보였다.

"물론이죠."

나는 다시 말했다.

"안나 데일 이야기가 있는지 궁금해요. 그래서 제게 주라고 하신 것 같아요."

"그런 게 나오면 알려 줄게요."

산드라는 말했다.

"하지만 솔직히, 모건? 기대하면 안 돼요. 엄마는 마지막 이틀 정도 정신이 맑지 않았어요. 일기장을 당신한테 남긴다는 것도 말이 좀 안 돼요. 내 생각에 그날 밤 엄마는 온전한 정신이 아니었던 것 같아요."

나는 끄덕였다.

"이해해요."

내가 말했다.

"그리고 그걸 읽고 싶은 건 맞지만 나중에 다시 돌려드릴게요. 그건 당신이 간직해야 해요."

"그렇게 생각해 주니 고마워요."

산드라가 말했다.

"아, 그리고 제시 삼촌이 어릴 때 그린 가족들의 그림을 찾았어요. 혹시 리사가 갖고 싶어 할까요? 갤러리에 필요할지도 모르잖아요."

"어쩌면요."

내가 말했다.

"제가 한번 물어볼게요."

하지만 내 말은 무심하게, 기계적으로 흘러나왔다. 넬 엄마의 일기를 손에 넣는다는 생각으로 가득 차서 머릿속에 남은 자리가 없었다.

54장

Anna

안나

1940년 4월 5일

안나는 제시가 화가 난 건지 아니면 그냥 걱정하는 건지 도통 알 수가 없었다. 사실 어느 쪽이든 그녀는 신경 쓰지 않았다. 그는 지혜롭게 창고에서 사람들을 멀리 떨어뜨려 놓고 있었다. 사람들은 왜 예전처럼 그림을 보러 들어갈 수 없는지를 이해하지 못했다. 그녀는 제시가 그들에게 무슨 말을 했는지, 그들이 왜 그의 말을 따르는지도 몰랐다. 누군가가 중얼거린 '건방진 흑인 놈'이라는 소리가 안나의 귀에도 들렸지만 이내 마음속에서 지워 버렸다. 사람들은 멀리 떨어져 있어야만 했다.

얼마 전부터 마틴의 영혼이 창고를 지배하고 있었다. 제시는 안나의 말을 믿지 않았다. 하지만 천장 들보에 달린 두 개의 전등이 주중에 나가 버렸다. 안나는 마틴의 짓임을 확신했다.

이전까지 그녀는 한 번도 영혼의 존재를 믿지 않았지만 지금은 믿었다. 맹목적으로 믿었다.

조명은 그녀와 제시가 손쓸 수 없을 만큼 높은 곳에 있었지만 그녀는 개의치 않았다. 그녀는 아무것도 신경 쓰지 않았다. 벽화를 그리는 것조차 신경 쓰지 않았다. 전날 제시가 도착하기 전에 그림에 망치를 추가한 것 말고는……. 제시는 전혀 눈치 채지 못했다. 그녀는 그 상황이 재미있었다.

"왜 웃어요?"

제시는 의심스러운 표정으로 물었다.

"이건 진짜 웃음이 아니야."

안나는 웃음을 참기 위해 입술을 팽팽히 조였다. 망치는 사실상 제시 바로 앞에 있었는데도 그는 알아차리지 못했다. 시간이 지나면 그녀의 눈에도 우습게 보이지 않을 테지만 그 순간만큼은 발작적으로 웃음을 토해 낼 뻔했다. 그녀는 망치 갈고리에서 떨어지는 몇 방울의 피를 추가해야겠다고 생각했다.

"정말 이상해졌어요."

제시는 어두운 눈동자에 걱정을 담아 말했다. 그녀도 자신이 이상해졌다는 것을 알고 있었다. 이따금씩 정신이 드는 순간에는 하염없이 곤두박질치는 자신의 모습을 정면으로 마주해야 했다. 하지만 난장판을 고칠 방법을 찾기보다 그냥 그대로 나아가는 편이 더 쉬웠다.

금요일 오후 집으로 의사가 찾아왔다. 머틀 부인은 안나가 의사를 만나야 한다고 우겼다. 의사는 이 층의 안나 방으로 올라와서 심장과 폐 소리를 듣고 목구멍과 귀를 들여다보았다.

"당신은 키에 비해 너무 말랐네요."

의사는 기름을 바른 콧수염을 잡아당기며 말했다.

"그리고 머틀 부인은 당신이 충분히 먹지 않아 걱정하고 있어요."

"요즘 식욕이 별로 없어서요."

안나가 말했다.

"아마 날씨 때문인가 봐요."

"조금 더 드세요."

그는 말했다.

"뼈에 살을 좀 붙여야 해요."

'뼈'라는 말에 안나는 면직 공장 마을 집의 창문에 있는 해골이 떠올랐다. 웃음이 터져 나올 것 같았다. 참아야 했다. 웃음이 목구멍까지 비집고 올라왔다. 그것을 삼키는 스스로와의 치열한 싸움에서 그녀는 가까스로 승리했다.

"잠은 잘 자요?"

의사가 물었다.

"완벽하게요."

그녀는 말했다. 그리고 속으로 덧붙였다.

'악몽을 제외하면요.'

악몽은 끔찍했다. 만약 의사가 악몽을 없애 주는 알약이 있다고 했다면 안나는 자신의 악몽에 대해 털어놓았을 것이다.

"우울감을 느끼나요?"

의사가 물었다.

"아니요!"

안나는 날카롭게 답했다. 우울증은 어두운 마법에 대한 엄마의 진단명이었다. 안나는 그 말에 거부감을 느꼈다. 그녀는 어머니와 다르다. '우울증'이라는 말은 그녀의 감정을 조금도 담아내지 못한다. 그녀는 마틴이 자신에게 한 짓, 자신에게서 빼앗아 간 것에 분노했다. 죄책감으로 속이 메스꺼웠고 죽을 만큼 겁이 나기도 했다. 하지만 의사는 그중 어느 것도 그녀에게 묻지 않았다.

"머틀 부인은 당신이 너무 열심히 일하고 있다고 생각해요."

의사가 말했다.

"쉬엄쉬엄할게요."

'지금보다 쉬엄쉬엄하면 끝장이에요.'

그녀는 생각했다. 요즘 창고에서 그녀는 빈 공간을 응시하거나 아무 생각 없이 앉아만 있거나 벽화를 위해 끝내야 할 일들을 제시에게 말해 주거나 하면서 시간을 보냈다. 제시는 계속해서 그녀에게 붓을 쥐어 주며 직접 작업하게 만들려 했지만 그녀는 의욕을 느낄 수가 없었다.

"마지막 생리는 언제였나요?"

의사가 물었다. 안나는 놀랐다. 그녀도 질문의 답을 알지 못했다. 그녀는 한 번도 주기를 계산해 본 적이 없었다.

"삼 주 전이요."

그녀는 대답했지만 속으로는 서랍장 안에 있는 생리대를 떠올렸다. 마지막으로 그 끔찍한 것을 착용했던 게 언제였더라? 마지막으로 생리대 상자 안에 손을 넣었던 게 언제였더라?

안나는 다른 생각으로 주의를 돌렸다. 삐뚤어진 의사의 콧수염, 한쪽이 다른 쪽보다 높았다. 그 모습이 그녀를 웃게 만들었다.

"왜 웃으세요?"

의사는 그녀를 보며 따뜻한 미소를 돌려주었다.

"모르겠어요."

안나가 말했다.

"그냥 행복한 것 같아요."

안나는 의사가 방을 나갈 때까지 기다렸다가 울음을 터뜨렸다.

55장

Morgan
모건

2018년 7월 27일

나는 레베카의 책상 옆 의자에 앉으며 알코올중독자 모임 출석
표를 건넸다.

"늦어서 죄송해요."

내가 말했다. 늦었다고 해봤자 겨우 오 분 정도였지만, 나
는 절대로 레베카를 짜증 나게 하고 싶지 않았다.

아침 내내 나는 벽화에 완전히 몰두했다. 말 그대로 푹 빠
져 있었다. 땅콩 숙녀의 입에 있는 칼의 은색 손잡이와 칼날에
물감을 덧입히고 작업하는 데만 몇 시간은 걸렸다. 그래도 완벽
하게 해냈다. 올리버를 불러 얼마나 멋진지 말해 달라고 하고
싶었지만 나는 이제 더 이상 올리버의 인정이 필요하지 않았다.
충분히 잘했다는 것을 나도 알고 있었다. 레베카의 책상 옆에

앉아 있으면서도 여전히 은색 칼날의 광택과 빛이 닿지 않은 희미한 손잡이가 눈앞에 아른거렸다.

"오늘은 자신감이 넘쳐 보이네요."

레베카가 알코올중독자 모임 출석표에서 고개를 들며 말했다.

"무슨 좋은 일 있어요?"

"오늘 작업을 멋지게 해내서요. 사실 일주일 내내 잘 해냈어요. 그래서 뿌듯해요."

레베카가 눈썹을 들어 올린 다음 미소를 지었다.

"듣기 좋은 소리네요."

그녀가 말했다.

"갤러리 오픈일까지 끝내지 못해서 결국 감옥으로 돌아가게 될 거라고 생각했거든요. 그런데 아마 해낼 수 있을 것 같아요."

레베카가 고개를 한쪽으로 갸웃거렸다.

"왜 감옥으로 돌아갈 거라고 생각했어요?"

"제시간에 마치지 못 할 줄 알았으니까요."

레베카는 검정 테 안경을 벗었다.

"모건, 당신은 나온 거예요."

그녀가 말했다.

"가석방된 거라고요. 일을 하고 보상금을 지불한다는 조건 하에 나온 거라 임의의 기한과는 아무런 상관이 없어요."

"아니에요."

나는 그녀를 향해 얼굴을 찌푸렸다.

"갤러리가 문을 열 때까지 벽화를 끝내거나 그렇지 않으면 감옥에 돌……."

"아니라니까요."

레베카가 단호하게 말했다.

"누가 그렇게 말했어요?"

"리사의 변호사 안드레아 풀러요."

그들이 실제로 그런 말을 했던가? 기억이 나지 않는다.

"어쩌면…… 그들이 하는 말들을 듣고 제가 추측했는지도 모르겠어요……."

한참 전에 두 여자와 나누었던 대화를 기억 저장고에서 끄집어내려고 애쓰며 내 목소리는 점점 작아졌다.

"지금껏 오해하고 있었다니 안타깝네요."

레베카가 말했다.

"좀 편하게 마음먹어도 돼요. 내 요구 사항은 잘 알고 있잖아요. 벽화 복원이 끝나면 아무것도 할 필요가 없어요."

나는 화가 났어야 했다. 나는 그동안 계속해서 감옥으로 돌아갈지도 모른다는 위협을 받아 왔다. 그런데 친숙하지 않은 감정이 몰려 왔다. 나는 묘한 평화를 느꼈다. 나는 벽화를 제 시간에 마칠 것이다. 그래야만 해서가 아니라 내가 그것을 원하기 때문이다. 리사와 그녀의 집을 위해 나는 그것을 끝낼 것이다. 그게 제시 선생님이 원한 거니까. 안나를 위해 나는 그것을 끝낼 것이다.

내 손으로 벽화를 완성할 것이다.

56장

Anna
안나

1940년 4월 8일

"경찰이 면직 공장 마을 근처 숲에서 마틴의 오토바이를 찾 았대."

머틀 부인이 월요일 아침 식사 중에 말했다.

"아?"

안나는 대수로운 소식이 아니라는 듯 목소리에 따분함을 담아내는 것을 목표로 삼았다. 자신과는 아무 상관없는 일이라 는 것처럼 들려야 했다.

"폴린 말로는 칼이 그걸 발견했다는구나."

머틀 부인이 계속했다.

"여기저기 순찰 중에 관목 숲에 처박힌 빨간색 바퀴 덮개 를 발견했다지 뭐야."

안나는 커피 잔을 입술로 들어 올리려 했지만 손이 너무 심하게 떨려 재빨리 받침대에 내려놓았다.

"애야. 이걸 네가 알고 있어야 할 것 같아."

머틀 부인이 말했다.

"드래플 부인이 칼에게 제시 윌리엄스가 자기 남편을 죽인 것 같다고 말했다는구나."

"그건 말도 안 돼요."

안나가 말했다.

"제시는 파리 한 마리도 해치지 못하는 아이예요."

"글쎄다. 드래플 부인은 자기 남편이 살해당했다고 추정되는 밤에 너를 만나러 창고에 갔을지도 모른다고 말했대. 그리고 거기 있던 제시가 그를 죽였을 거라고 생각하더래."

안나는 먹을 생각도 없는 소시지 덩어리 한 조각을 자르는 데 집중했다. 자신을 보고 있는 머틀 부인의 시선을 느꼈다.

"그런 말들은 믿지 않으셨으면 좋겠어요."

그렇게 말한 안나는 부인을 의식해 소시지를 입 안으로 밀어 넣었다. 그녀는 집주인과 눈을 마주칠 수 없을 것 같았다. 그녀는 혀로 소시지를 이리저리 굴리면서 그것을 삼켜야 할지 고민했다.

"나는 제시 윌리엄스를 잘 몰라."

머틀 부인이 깊은 생각에 잠긴 듯 허공을 응시하며 말했다.

"그래도 그 아이가 착하고 열심히 일하는 흑인 가정의 아이라는 것은 알고 있어. 나는 그냥 사람들이 너에 대해 그런 식으로 생각하는 것이 싫구나. 날이 어두워진 후에도 거기서 지내는 버릇을 들이지 말았어야 했어. 그게 사람들에게 잘못된 생각을 심어 주게 된 거야."

안나는 여전히 소시지를 입 한쪽에서 다른 쪽으로 옮기면서 고개를 끄덕였다. 그런 버릇을 들이지 않았더라면 좋았을 거라는 데에는 그녀도 백분 동의했다. 그녀는 창고 불빛이 어떻게 깜박거렸는지 떠올렸다. 무덤에서 사악한 마법을 부리고 있을 마틴을 떠올렸다.

"좌우간 그들은 드래플 부인이 남편을 죽였다고 생각하지는 않는 것 같아."

머틀 부인이 말했다.

"내 예감은 그랬는데 말이야. 그렇긴 해도 그녀를 완전히 배제할 수는 없었던 모양이더라."

안나는 마침내 소시지를 삼키고 식탁 맞은편에서 하얗고 통통한 볼을 가진 머틀 부인의 상냥한 얼굴을 바라보았다. 그러자 불현듯 고백하고 싶은 강한 충동이 꿈틀거렸다.

'제가 한 짓이에요.'

털어놓고 싶었다.

'저예요. 저, 저라고요!'

하지만 그녀가 입을 열기 전, 프리다가 은색 커피포트를 들고 들어왔다. 그녀는 '더 마시겠어요?' 하는 몸짓을 하며 포트를 들고 있었다. 머틀 부인은 컵을 들었고 안나는 손으로 컵을 가렸다.

*

그날 늦은 아침, 제시와 안나가 창고에 있을 때 도로를 달려오는 차 소리가 났다. 그들은 서로를 바라보았다. 안나는 제시의 이젤 옆 의자에 앉아 있었다. 제시는 면직 공장 마을 집 마당의 빨랫줄을 그리느라 벽화 앞 나무 상자에 앉아 있었다. 둘 다 방문자가 누구인지 알고 있었다. 안나는 창가로 달려가 커다란 검은색 포드 V8에서 내리고 있는 칼과 또 다른 경찰관을 바라보았다.

"경찰이야."

안나가 말했다. 눈 깜짝할 사이, 제시는 파란색 물감 통을 열고 넓적한 붓으로 오토바이의 바퀴와 빨간색 바퀴 덮개를 칠했다. 그 오토바이는 제시가 아무리 벗겨 내고 덧칠하고를 반복해도 안나 때문에 계속 모습을 드러냈다. 그는 떨리는 손으로 물감 통을 내려놓고 그 위에 붓을 얹어 놓았다.

안나는 문을 열고 떨리는 숨을 들이마셨다. 정신을 바짝 차릴 필요가 있었다. 어떤 정신 나간 소리도 하지 말아야 한다. 비록 안나 스스로도 더 이상 자신을 믿을 수 없었지만 말이다.

"칼, 안녕하세요!"

두 남자가 문에 가까워졌을 때 그녀는 먼저 인사를 건넸다. 제복을 입은 칼은 검은 가죽을 두른 철제 곤봉을 벨트에 차고 있었다. 그 모습을 보자 안나는 가슴이 두근거렸다. 그가 제시에게 곤봉을 휘두르는 모습이 또렷하게 그려졌다.

"안나, 안녕하세요."

칼과 또 한명의 남자, 제복이 몸에 꽉 끼는 통통하고 작은 남자가 창고로 들어왔다.

"이쪽은 찰스 경관이에요."

칼이 말했다. 안나는 젊은 경찰관에게 고개를 끄덕였다. 그는 그녀 또래로 보였다.

"칼, 제시 윌리엄스 기억하죠."

그녀는 제시를 가리키며 말했다. 자신의 목소리가 부메랑이 되어 귀로 돌아오는 것 같았다. 목소리를 내보내면 주변으로 흩어졌다가 다시 그녀의 머릿속으로 들어왔다. 그녀의 목소리가 칼에게도 이상하게 들렸을까?

제시는 작업복 바지에 손을 닦으며 그들 쪽으로 걸어왔다. 하지만 그들에게 손을 내밀지 않았고 남자들 역시 악수를 청하지 않았다.

"아시다시피 마틴 드래플과 관련해서 두 분께 몇 가지 질문을 좀 하고 싶어요."

칼이 말했다.

"그 사람을 잘은 몰라요."

안나가 말하고 덧붙였다.

"아, 내 친구! 폴린을 오랫동안 못 봤는데 요샌 좀 어때요?"

그녀는 깔깔 소리 내서 웃었다. 자신의 귀에도 그 웃음소리에 묻어 있는 불안감이 들렸다. 게다가 그 상황에서 내 친구라니…… 웃음도, 단어 선택도 너무 부적절했다. 세 사람 전부 그녀를 빤히 바라보았다. 그녀의 원래 목적은 칼에게 상기시키는 것이었다. 그와 폴린, 자신이 친구라는 사실을 말이다.

"폴린은 어떻게 지내고 있어요?"

폴린이 자신과 제시의 관계를 성급하게 판단했던 그날 이후, 그녀는 폴린의 인간관계에서 자신이 지워졌다는 느낌을 받았다. 그 지옥 같던 날.

지금 당장은 그 기억의 바다에 빠져 있는 자신을 건져 내야 한다. 그렇지 않으면 모든 것이 허물어질 것이다. 폴린은 칼에게 어디까지 이야기했을까? 간이침대를 흥건하게 적신 피? 폴린은 간이침대를 돌려받을 수 없게 됐다고 말해야 했을 것이다. 또 무슨 말을 했을까?

"그녀는 잘 지내요."

칼이 사무적인 목소리로 대답했다.

"자, 그럼, 두 분이 마지막으로 드래플 씨를 본 게 언제죠?"

'아, 신이시여.'

아직 마틴에 관한 질문을 받을 준비가 되지 않았다. 나올 수 있는 질문들과 대답을 미리 연습했어야 했다. 그녀는 제시를 바라보았다.

"언제였지, 제시?"

그녀는 물었다. 그러나 지금의 제시는 평소 침착했던 제시가 아니다. 그의 얼굴에는 극심한 공포가 드리워졌다. 지금 상황에서 제시는 아무런 도움이 되지 않을 거라고 그녀는 판단했다. 요즘 안나는 제시가 앞장서는 것에 익숙해져 있었다. 그가 그녀를 구하는 데 길들여져 있었다. 그런 그가 지금은 두려움으로 마비되었다. 그녀는 백인이고 그는 흑인이다. 마틴 드래플을 죽인 건 안나다. 하지만 그녀보다 위험한 처지에 놓인 건 제시다. 그것만큼은 명명백백했다.

그녀는 칼에게로 돌아섰다.

"당신이 여기 왔던 날인 것 같아요."

그녀는 빈틈을 보이지 않기 위해 안간힘을 쓰며 말했다.

"기억하죠? 우리가 캔버스 틀 작업을 했던 날이요? 마틴의 아내가 나타났잖아요?"

그녀는 제시를 다시 바라보았다.

"그렇지, 제시?"

그녀가 물었다.

"그게 마지막이었지?"

제시는 말을 하려고 했지만 소리는 입 안에서 맴돌 뿐이었다. 그는 목을 가다듬었다.

"네. 안나 선생님."

그는 그녀가 지금껏 들었던 것 중 가장 순종적인 목소리로 대답했다.

"그때가 분명해요."

"그게 마지막이었나요?"

칼이 물었다. 그의 동료는 창고 이곳저곳을 돌아다녀 안나를 초조하게 만들었다. 그녀는 곁눈질로 그의 시선을 따라갔다. 그가 뭔가 의심스러운 것을 찾아낸 걸까?

"이건 왜 이래요?"

그 남자는 바닥의 빨간색 물감 얼룩을 가리키며 물었다.

"아, 그건 물감 통을 열 때 제가 덤벙대다가 그렇게 됐어요."

그녀는 작은 남자를 향해 웃어 보였다. 당장이라도 터질 듯 꽉 끼는 제복을 입은 그는 너무 뚱뚱해서 걷기보다는 굴러야 할 것 같았다.

"빠르게 열려고 하다가요."

그녀가 덧붙였다.

"전부 다 쏟아 버렸어요."

"여기까지 와서 통을 열었어요?"

찰스 경찰관이 물었다.

"왜 저쪽에서 열지 않고요?"

그는 물감 통이 일렬로 가지런히 놓인 테이블을 가리켰다.

"그때는 나무 상자가 저쪽에 있었는데…… 상자가 너무 낮았거든요."

그녀는 수긍하는 듯한 표정을 지었다.

"테이블 위에서 열었어야 했어요. 경관님 말이 맞아요."

'훌륭했어.'

조금 엉성했을지 모르지만 어쨌든 해명을 떠올렸다는 점에 그녀는 만족했다. 그리고 그를 향해 다시 웃어 보였다. 이 남자를 자신의 편으로 만들 필요가 있었다.

"어째서 창고를 더 이상 사람들에게 개방하지 않나요?"

칼이 물었다.

"사람들은 당신의 작업을 지켜보는 걸 좋아했는데요."

"아, 완성작을 보는 게 더 재미있을 거라고 생각했어요. 깜짝 공개죠. 그게 더 극적이기도 하고요. 문을 열어 두기에는 날씨도 별로 좋지 않았어요."

이게 말이 되는 소리인가? 그녀는 최근 날씨가 어땠는지 모른다. 날씨 따위는 그녀의 안중에도 없었다. 안나를 바라보는 칼의 표정은 그녀를 겁먹게 만들었다. 그녀는 칼을 외면했다. 그리고 허공을 응시하고 있는 제시를 힐끗 보았다. 그의 몸은 창고에 있을지 모르지만 마음은 퀸 앤 개울가에 있는 것 같았다. 벽화로 걸어간 칼은 제시가 급하게 오토바이를 덮어 버린 파란 물감 부분을 가리켰다.

"여기는 왜 이래요?"

그가 물었다. 안나는 대답을 꾸며 내려고 자신의 신뢰할 수 없는 머릿속을 재빠르게 굴렸고 그사이 제시가 목청을 가다듬었다.

"안나 선생님이 마음에 안 든다고 다시 덧칠할 거라고 했어요."

제시는 대답했다.

"이봐, 난 너한테 말을 시킨 게 아니야."

칼이 성난 목소리로 쏘아붙였다.

"그 애에게 그런 식으로 말하지 마세요!"

안나가 말했다. 그녀는 자신이 너무 성급하게, 날카롭게 대응했다는 것을 즉각 알아차렸다. 그렇지만 칼이 누군가에게 그런 식으로 말하는 것을 그녀는 한 번도 들은 적이 없었다.

"저 애의 이름을 아시잖아요."

그녀는 조금 더 침착하게, 부드럽게 덧붙였다.

"'제시'예요. 캔버스를 벽에 설치할 때 함께 일했잖아요. 처음 본 것처럼 말하지 마세요."

칼은 그녀를 노려보았다. 자신이 너무 많은 말을 했다는 것을 그녀는 알고 있었다. 그 말들이 입에서 반도 튀어나오기 전에 이미 알고 있었다. 그때 갑자기 꺼졌던 들보의 조명 하나가 깜박거렸다. 그녀는 비명을 질렀다.

"당신, 단단히 긴장했나보군요. 그렇죠?"

칼이 말했다. 그러고 나서 그는 문 쪽을 향해 고개를 끄덕였다.

"나랑 밖으로 나가죠. 안나."

그녀는 마지못해 그를 따라 밖으로 나왔다. 그는 문을 닫았다. 그녀는 제시가 혼자서 찰스 경관을 감당할 수 있기를 바랐다. 밖에서 그녀는 칼을 마주 보았다.

"왜 나온 거죠?"

그녀가 물었다.

"우리는 마틴 드래플에 대해 아무것도 몰라요."

"이제 당신과 저 소년이 '우리'가 된 거요?"

그가 물었다.

"뭐라고요? 아니에요! 당신이 생각하는 그런 의미가 아니라고요. 맙소사, 제발 좀요. 제시와 피터…… 그 애들이 없었다면 나는 벽화를 여기까지 해내지 못했을 거란 말이에요. 당신도 아이들이 얼마나 열심히 도와줬는지 다 봤잖아요."

"그런데 저 애는 왜 아직까지 여기에 있죠? 그나저나 피터 토마스는요? 왜 그 애는 없나요?"

"그 애는 학교 야구부에 있어요. 제시는……."

그녀는 제시가 학교를 중퇴했다는 말을 칼에게 하고 싶지 않았다.

"제시는 학교가 끝나서 여기 있는 거예요. 제시는 나를 돕고 나는 그 대가로 더 나은 화가가 되는 방법을 가르쳐 주고요."

그녀는 제시가 마틴 드래플의 시체를 창고 밖으로 끌고 나갔던 장면을 떠올렸다. 제시의 도움이 없었다면 그녀는 지금쯤 감옥에 있을 터였다.

"폴린은 당신이 그와 너무 가깝게 지낸다고 생각해요."

칼이 말했다.

"폴린이 틀린 거예요."

그녀는 단호한 자신의 목소리를 흡족해하며 팔짱을 꼈다.

"그 애가 당신에게 해를 가하고 있나요?"

그녀는 웃었다.

"당연히 아니죠."

"나한테는 말해도 돼요."

칼은 목소리를 부드럽게 하려고 노력했지만 그녀의 귀에는 가식적으로 들렸다. 그녀는 칼을 좋은 사람이라고 생각했었다. 그러나 지금, 그런 마음은 손톱만큼도 남아 있지 않았다.

"칼, 아니에요. 제시는 나에게 절대로 해를 입히지 않아요."
그녀가 말했다.

"그 반대예요. 그 애는 내게 큰 도움을 주고 있어요. 얼마나 다양한 방법으로 같은 말을 되풀이해야 하나요?"

평생 걸릴 것 같았던 두 사람의 방문이 드디어 끝났다. 안나는 차가 도로를 지나는 소리를 들었음에도 두 사람이 창문 밖에서 몰래 듣고 있는 건 아닌지 걱정했다. 경찰들이 떠난 후 그녀는 계속 손가락을 입술에 올리고 있다가 자신이 또다시 미친 행동을 하고 있다는 사실을 깨닫고 창고 주변을 산책하기 위해 밖으로 나왔다. 그녀와 제시가 대화를 시작하기 전에 주변에 아무도 없다는 것을 두 눈으로 확인할 필요가 있었다. 다시 창고 안으로 들어왔을 때 그녀는 벽화 앞에 서서 울기 시작했다. 눈물이 하염없이 양 볼을 타고 내려왔다. 제시는 나무 상자에 앉아 그녀의 몸과 마음이 허물어지는 것을 시름에 잠겨 바라보았다. 마침내 그녀는 입을 열었다.

"이 일에 말려들게 해서 정말 미안해."

"그 사람을 없애 버린 건 제 선택이었어요."
그가 말했다.

"제가 상황을 더 악화시킨 것 같아요. 거짓말을 하도록 만들기도 했고요. 온갖 이상한 말들을 지어내야 했으니까요."

"칼에게 너에 대해 아무 말도 하지 않았어."
안나가 말했다.

"말 안 할 거라는 거 알고 있었어요."

제시는 조그맣게 웃었다.

"아무리 제정신이 아니라고 해도 제가 위험해질 만한 일은 절대로 하지 않을 거라는 거 알아요."

"우리는 우리가 결백하다고 생각해야만 해."

그녀가 말했다.

"우리는 아무것도 숨길 게 없다고 생각해야 해. 두려울 게 아무것도 없다고 말이야."

안나의 시선은 벽화의 오토바이를 덮은 파란 물감 위에 멈췄다. 그녀는 오토바이를 다시 그려 넣을 것이다. 어쩌면 오늘 밤, 아니면 내일이 될지도 모른다. 그림을 볼 때마다 직면해야 하는 것, 그것은 살인을 저지른 그녀가 스스로에게 가하는 형벌이었다.

57장

Morgan
모건

2018년 8월 2일

목요일 저녁 여섯 시, 나는 혼자 로비의 벽화 앞에서 다리를 꼬고 앉아 있었다. 그때 산드라가 직사각형 모양의 커다란 상자를 들고 갤러리 안으로 들어왔다. 나는 팔레트를 내려놓으려 했지만 그녀가 말렸다.

"일어나지 말아요."

그녀는 말했다.

"이것만 두고 가려고 온 거예요. 전에 말했던 제시 삼촌의 그림이랑 일기장이에요."

그녀는 올리버의 접이식 테이블 한쪽 모서리에 상자를 내려놓았다.

"넬 엄마의 일기장이요?"

그 안에 무슨 내용이 들었는지 볼 생각에 나는 흥분을 감추지 못했다. 나는 팔레트를 내려놓고 청바지 뒷부분의 먼지를 털면서 일어났다.

"음, 그거 알아요?"

산드라가 상자에서 아주 오래돼 보이는, 가죽 표지의 얇은 책을 들어 올리며 말했다.

"어떤 거요?"

가까이 다가가자 책에 달린 조그만 금색 자물쇠가 열려 있는 것이 보였다. 나는 손을 뻗어 그녀에게서 책을 받았다. 손가락에 닿는 가죽의 감촉이 부드러웠다.

"이건 엄마의 일기장이 아니었어요."

산드라가 말했다.

"그 화가의 것 같아요. 당신의 그 화가요."

말문이 막힌 나는 그녀를 바라보았다.

"안나 데일이요?"

그녀가 나의 화가라고 부를 만한 다른 화가가 있기라도 한 듯 나는 간신히 그 말을 해냈다. 산드라는 끄덕였다.

"일기장 앞면에는 '안나에게'라고 적혀 있어요. 그건 그녀의 어머니가 쓴 거예요. 우리 엄마 것이 아니라는 것을 알고 나니 어쩐지 읽으면 안 될 것 같았어요. 시간이 없기도 했고요. 그러니까 뭔가 재미난 것을 발견하면 나한테도 알려 주세요."

나는 일기장을 내려다보며 가죽 덮개를 조심스럽게 들어 올렸다. 거기에는 약간 흐릿하고 비스듬한 파란 글씨로 이렇게 적혀 있었다.

사랑하는 안나야. 이 일기장에 속마음을 공유하렴. 내 사랑, 나는 언제나 그리고 영원히 너와 함께할 거야. 엄마가.

산드라를 보기 위해, 나는 겨우 그 글귀에서 눈을 뗄 수 있었다.

"세상에, 산드라!"

내가 말했다.

"이건 우리에게 많은 걸 말해 줄 거예요."

나는 일기장의 아무 페이지나 펼쳤다. 종이는 쭈글쭈글했고 당장이라도 찢어질 것 같았다. 둥근 글씨체의 글자들이 세로로 쓰여 있었다. 그 글자들은 벽화 모서리에 있는 독특한 서명의 축소판이었다.

"이거 정말 멋진데요!"

나는 고개를 들어 다시 산드라를 보았다.

"안나가 무슨 생각으로 이 그림을 그렸을지 고민하면서 하루의 절반을 보냈어요. 아마 이게 그 답을 알려 주겠죠."

"도대체 어떻게 엄마가 그걸 가지고 있게 된 건지 모르겠네요."

산드라가 말했다.

"그러게요."

내가 동의했다.

"안나가 벽화를 그렸을 때 넬 엄마는 어린 소녀였을 거예요. 그렇죠? 1940년?"

"맞아요."

산드라가 끄덕였다.

"그게 어떤 방법으로 엄마 손에 들어오게 됐든, 당신이 그걸 원하기도 했고 엄마도 당신에게 전해 주기를 바랐으니 잘된 일이죠. 기분이 좋네요."

"저도요."

나는 일기장을 품에 끌어안았다. 안나가 오랫동안 간직했던 물건이 내 손에 있다는 게 이상하리만치 행복했다.

"그림도 볼래요?"

산드라가 물었다.

"네. 그럼요."

진정으로 원하는 건 당장이라도 일기를 머릿속에 집어 삼키는 것이었지만 나는 그 어느 때보다 공손하게 대답했다. 상자에서 종이 다발을 꺼낸 산드라는 테이블에 초상화들을 올려놓기 시작했다. 아프리카계 미국인으로 보이는 여섯 명의 얼굴이 테이블에 펼쳐졌다.

"이건 분명 어렸을 때의 우리 엄마일 거예요."

산드라는 그림 중 하나를 가리키며 말했다.

"이거랑 똑같은 엄마 사진을 가지고 있거든요. 그리고 이건 엄마의 언니, 제시 삼촌의 누나인 도디 이모고요. 나머지는 추측은 해볼 수 있지만 잘 모르겠어요."

"이건 제시 윌리엄스 선생님의 그림이 아닌 것 같아요."

나는 스케치를 보고 얼굴을 찡그리며 말했다.

"큐레이터인 올리버에게 보여 주고 생각을 들어 봐야겠어요."

산드라는 시간을 확인하기 위해 핸드폰을 꺼냈다.

"그럼."

그녀는 가방을 어깨에 걸치며 말했다.

"원하는 대로 하세요. 그림 속 우리 엄마의 나이를 감안하면 삼촌도 어렸을 테니 훗날 그랬던 것처럼 세련된 화가가 되기 전이었겠죠. 전 이만 가봐야겠어요."

그녀는 내가 보물처럼 가슴에 품고 있는 일기장을 향해 고개를 끄덕였다.

"재밌는 게 나오면 나한테도 알려 주세요. 알겠죠?"

5부

기나긴 사슬의 끝

58장

Anna

안나

1940년 5월 22일~12월 16일

1940년 5월 22일 수요일

나는 마틴 드래플의 아이를 가졌다. 불쾌하다. 역겹다. 화가 난다.

오랫동안 여기에 아무것도 쓰지 않은 이유는…… 잘 모르겠다. 글로 적힌 진실을 마주하기 싫어서 그랬던 것 같다. 나는 아팠다. 육체적으로 약해졌다. 그래도 정신적으로는 단단해진 느낌이 든다. 마음의 병은 조금씩 나아지는 것 같다. 요즘은 정신이 맑다. 그림도 꾸준히 그리고 있다. 벽화는 다시 내 친구가 되었다. 제시는 그렇게 생각하지 않는다. 그는 내가 아직 제정신이 아니라고 말한다.

"당신은 생각을 제대로 못하고 있어요. 안나."

그가 말했다. 그는 내가 오토바이, 해골과 망치, 다른 몇 가지 이상한 것들을 그림에 추가했다는 걸 근거로 내세웠다. 나는 그것들 속에서 아름다움을 본다. 그게 그를 걱정하게 만들었다. 때로는 그가 옳다는 생각이 들기도 한다. 내가 미쳤다고 생각하지는 않지만 달라진 건 사실이다. 당연히 나는 변할 수밖에 없었다.

창고에서 마틴은 더 이상 나를 뒤쫓지 않는다. 꺼졌던 전등은 다시 켜졌다. 마틴은 이제 내 안에서 나를 쫓고 있다. 그의 영혼이 내 배 속에서 자라고 있다. 나는 마틴에게서 벗어날 수가 없다. 어떤 쫓김이 더 나쁜지는 물어볼 필요도 없다.

머틀 부인은 나를 위해 다시 의사를 불렀지만 나는 그를 방에 들이지 않았다. 아주머니는 내가 얼마나 적게 먹는지를 이야기했다.

"그래도 살이 조금씩 찌는 것 같구나."

아…… 아주머니는 분명 알고 있는 것이다. 하지만 어떻게? 아직까지는 그렇게 티가 나지 않는다. 이른 아침마다 내가 게워 내는 소리를 들었을까? 혹시 내가 제시의 아이를 가졌다고 생각하고 있을까? 내가 정말로 임신했다고 믿는다면 아주머니가 아이 아빠라고 생각할 수 있는 사람이 제시 말고 또 있을까? 이제 나는 어떻게 해야 할까? 창고에서는 기다란 작업복으로 커지는 배를 가릴 수 있지만 창고 밖 세상에서는 이야기가 달라진다. 이든턴의 모든 사람들이 내 비밀을 알아채기 전에 벽화를 완성해서 우체국 벽에 걸어야 한다. 이미 설치에 사용할 연백 안료도 주문했다. 제시, 피터, 아른트 씨가 도와주겠지만 한두 명 정도가 더 필요하다. 그건 꽤 까다로운 일이다. 우체국에 설치하기 전에 오토바이와 다른 것들을 빼내야 한다고 제시는 말한다. 그 말이 옳다는 것을 알지만 아직까지는 그대로 두고 싶다. 지금 벽화에 있는 것은 나의 이든턴이다. 내가 바라보는 이든턴. 아름다움과 추악함이 공존하는 나만의 이든턴.

오늘 아침 나는 마침내 제시에게 아이에 대해 말했다. 내가 게워 내는 모습을 보고 그는 이미 짐작했던 것 같다. 그의 가족과 함께 사는 고모 주얼은 경험이 풍부한 조산사다. 그 영향으로 그는 열일곱 여덟(얼마 전 생일이 지났다)인 또래 남자아이들보다 출산에 대해 많이 알고 있다. 그는 내게 그것을 없애야 한다고 딱 잘라 말했다.

"주얼 고모가 도와줄 수 있을 거예요."

제시가 말했다. 그렇지만 내가 그렇게 할 수 있을 것 같지 않다. 아이는 괴물로 인해 생겨났다. 그 점은 자명했다. 그래도 나머지 절반은 내 아이다. 하지만…… 나는 아이를 키울 수 없다! 내가 어디로 가게 될까? 아이를 데리고 플레인필드로 돌아가는 건 내 선택지에 없다. 그곳에 나를 도와줄 사람은 없다. 이웃들은 나를 외면할 것이다. 엄마에 대한 이웃들의 기억에 수치심이 추가될 것이다. 그렇다고 이든턴에 머무를 수도 없다. 나는 지금보다 더 외톨이가 될 것이다. 제시는 사람들이 아이를 자기 아이라고 생각할 것이라고 했다. 어쩌면 그의 말이 맞을 것이다.

"매일을 같이 보낸 사람이 저 말고 또 누가 있겠다고 생각하겠어요?"

그는 내게 물었다. 정말 사람들이 이 아이를 제시의 아이라고 여길까? 생각만으로도 그 상황을 견딜 수가 없다. 제시도 분명 불안해하고 있을 것이다. 이곳에서 흑인 남자들은 사소한 일로도 교수형에 처해진다. 나는 그를 보호하겠다고 했다. 누군가 묻는다면 애인을 꾸며 낼 거라고 했다. 나한테 일어난 일로 그를 다치게 하지는 않을 거라고 말했다.

모내기철이 다가온 요즘, 제시는 오전 내내 농장일을 해야 한다. 창고에 있을 수 있는 건 오후 시간뿐이지만 그래도 여전히 매일같이 창고에 온다. 나는 비포장도로를 달리는 자전거 바퀴 소리가 나기만을 기다린다. 이제 창고에 다른 사람은 오지 않는다.

일요일 저녁에도, 칼과 폴린은 머틀 부인의 집을 거의 방문하지 않는다. 최근 두어 번의 방문은 수다가 가득했던 크리스마스 식사 때와는 완전히 딴판이었다. 대화는 부자연스럽고 어색했다. 칼은 무뚝뚝한 태도로 일관했다. 폴린은 꾸미고 있는 아기방의 커튼과 이불 등에 대해 끊임없이 이야기했지만 나에게 거리를 두었다. 머틀 부인만이 방 안에 돌고 있는 냉기를 무시한 채 식사 내내 수다를 떨었다. 나는 폴린을 좋아했었고 그녀와의 우정을 잃게 돼 속상했지만 지금은 그녀를 신경 쓸 여유가 없다. 벽화를 완성하고 내 안에 있는 아이를 어떻게 할 것인지 하루빨리 결정해야 한다.

1940년 5월 23일 목요일

이상한 일이다. 어제 나는 폴린과의 관계에 대한 푸념을 일기장에 늘어놓았다. 그리고 신기하게도 오늘 그녀가 창고에 나타났다! 그녀는 계면쩍은 미소를 지었다. 길바닥에 팽개쳤던 우정을 아직 주워 담지 못했으니 쑥스러워서 그런가 보다며 나는 생각했다.

그녀는 생강쿠키가 들어 있는 작은 상자를 물감 통이 있는 테이블에 올려놓았다. 평화를 제안하는 쿠키인 것 같았다. 그러고 나서 벽화를 보기 위해 뒤로 물러났다.

"와, 정말 걸작이야!"

그녀는 말했다. 평소였다면 나는 그 말을 듣고 기뻤겠지만 지금은 그녀가 가까이에서 그림을 보는 것이 싫었다. 나는 티 파티 숙녀들 앞에 서서 드레스 사이로 튀어나온 오토바이를 가렸다. 제시는 내가 그림에 오토바이를 남겨 두는 위험한 장난을 하고 있다고 말해 왔다. 그리고 그 순간 얼마나 그가 옳았는지, 얼마나 내가 어리석었는지 뼈저리게 깨달았다. 내가 자신했던 것만큼 나는 제정신이 아니었는지도 모른다. 나는 앞으로 다가가 우리가 아직 단짝 친구인 것처럼 폴린의 팔에 팔짱을 끼었다. 그리고 자연스럽게 그녀를 벽화에서 떼어 놓았다.

나는 그녀가 가장 좋아하는 주제인 아기를 위한 집수리에 대해 물었다. 질문하는 목소리에 섞인 가짜 호기심과 초조함이 자꾸만 존재감을 드러냈다. 폴린의 귀에도 진심이 아닌 목소리가 들렸을까?

나는 제시의 이젤 옆 의자에 그녀를 앉히고 아직 피터의 것이라 생각하는 의자를 그녀 가까이로 옮겼다. 그리고 쿠키 상자를 집어 들었다. 그녀는 아무 말 없이 순순히 자리에 앉았다. 쿠키 상자를 열면서 나는 그녀와 함께했던 시간이 얼마나 그리웠는지 이야기했다. 상자를 묶은 끈과 씨름하는 내 손가락은 떨리고 있었다. 그녀가 그리웠다는 거짓말에 내 가슴은 두근거렸다. 제시와 나에 관한 억측을 남편에게 퍼뜨린 이 여자가 보고 싶었을 리 없지 않은가? 그녀도 내가 그리웠다고 했지만 그녀의 미소에도 진심은 담겨 있지 않았다.

우리는 잠시 수다를 떨었지만 그날의 관계는 속마음을 털어놓고 깊은 감정을 공유했던 예전과는 현저히 달랐다. 우리는 둘 다 연극을 하고 있었다. 그리고 둘 다 그것을 알고 있었다.

쿠키를 먹으며 지금 만들고 있는 거실 창문의 커튼에 관한 이야기를 지접게 늘어놓은 폴린은 일어나서 한가롭게 창고 안을 거닐기 시작했다. 그녀의 배는 조금 돌출되어 있었다. 나보다 두 달 정도 앞서 있는 것 같았다. 나는 언제까지 임신 사실을 숨길 수 있을까?

그녀는 내게 창고에서 그림을 그리는 건 어떤지 물었다. 몇 달이 지나서야 물어보는, 조금은 터무니없는 질문이라고 생각했다. 하지만 그녀가 그저 대화거리를 만들고 있는 거라고, 나는 대수롭지 않게 받아들였다.

폴린이 벽화에 다가갈 때마다 심장이 쿵쾅거렸지만 그녀는 정작 벽화에는 관심이 없어 보였다. 대신 그녀는 페인트를 올려 두는 테이블을 찬찬히 살피고 줄자와 다른 도구들을 넣어 둔 양동이를 들여다봤다. 그러면서 내게 이렇게 고립된 장소에서 일하는 건 어떤지 일상적인 척, 평범한 척 포장한 질문을 던졌다.

그쯤에서 나는 그녀의 의도를 알아내려고 했다. 생각해 낼 수 있는 유일한 답은 제시다. 그녀는 나와 제시가 지금도 친구인지 아니면 그 이상인지 알아내려고 하는 게 분명했다. 짜증이 나기 시작했다. 그녀의 시답잖은 수다를 더는 듣고 싶지 않았다. 결국 나는 일어서서 다시 일해야 한다고 말했다. 그녀는 무안한 표정으로 그림 작업을 방해한 것에 대해 사과했다.

"괜찮아."

나는 그녀가 와줘서 좋았다고 말했다. 그리고 이든턴을 곧 떠날 것 같다고 덧붙였다. 그녀는 내게 뉴저지로 돌아가느냐고 물었고 나는 그럴 것 같다고 대답했다. 내가 어디로 가게 될 줄 알고 있다면 얼마나 좋을까!

나는 몇 주 안으로 벽화 설치에 필요한 도구들이 도착할 거라고 했다. 그 말에 그녀의 시선은 벽화로 향했고 나는 이야기를 꺼낸 내 자신을 자책했다. 서둘러 그녀를 문으로 안내했다. 쿠키에 대해 고맙다고 인사한 후 나는 그녀를 내보냈다.

황당무계했던 폴린의 방문은 그렇게 끝이 났다. 하지만 지금 생각해 보니 조금 찝찝한 구석이 있다. 어쩌면 폴린은 외로웠을지 모른다. 일상을 공유하고 비밀을 털어놓을 진정한 친구가 필요했을지 모른다. 그런 그녀에게 나는 하찮은 것들만 지껄이다가 돌려보냈다. 그래서 죄책감을 느낀다. 아마도 그녀는 미안한 마음을 그렇게 보상하려고 했을 것이다. 나는 그런 폴린의 감정을 소홀히 여겼다. 폴린을 품어 주지 않은 내 자신이 부끄럽다.

1940년 5월 24일 금요일

일기를 적고 있는 와중에도 겁이 난다. 아니었다. 어제 폴린은 우정을 되찾으려던 것이 아니었다. 폴린은 빌어먹을 첩자였다! 우정은 폴린에게 그저 염불일 뿐, 그녀가 노리는 잿밥은 따로 있었다. 그녀의 행동이 이상해 보이기는 했지만 비열하게 남편의 스파이 짓을 하고 있었다는 건 상상도 못했었다. 그걸 눈치채지 못했다니 얼마나 바보 같은가!

오늘 아침, 제시는 이젤 앞에 있었고 나는 벽화에 서명을 하고 있었다. 그때 창고 문을 두드리는 소리가 났다. 제시와 나는 서로를 바라보았다. 우리는 차 소리도 듣지 못했고 누가 왔는지 감도 잡지 못했다. 나는 앉아 있던 나무 상자에서 일어나 문으로 걸어갔다. 문을 열자 경찰복을 입은 칼 맥과이어가 서 있었다. 나는 그의 차가 길 아래 주차돼 있는지 보려고 주위를 살폈다. 그는 나를 놀라게 하려던 것 같았다. 아니 우리를 놀라게 하려던 것 같았다.

나는 제시에게 오늘 오후, 오토바이를 덧칠할 예정이라고 말했었다. 그리고 너무 늦은 게 아닐까 불안해졌다. 면직 공장 마을 구석의 초록색 잔디밭에 빛나는 내 이름을 그려 넣느라 나는 정신이 팔려 있었다. 자아도취에 빠져 있던 조금 전의 자신을 한없이 책망했다.

칼은 경찰 모자의 챙을 살짝 들어 우리에게 인사를 했다. 그는 나를 지나쳐 창고 안쪽을 바라보았고 동시에 나는 나의 훌륭한 제시가 이젤을 빠르게 벽화 앞으로 옮겨 칼의 시야에서 오토바이를 막아 내는 것을 보았다. 칼의 위치에서 보이는 건 오토바이가 아닌 이젤에 그려진 윌리엄스 가족의 노새 한 마리다. 하지만 칼은 벽화를 볼 생각도 하지 않았다. 그를 창고 안으로 들이고 싶지 않았지만 내 옆을 지나친 그는 작업실을 한 바퀴 둘러본 다음 내 앞에 정면으로 섰다.

"안나, 망치는 어디 있어요?"

그가 물었다. 나는 대답을 하지 못했다. 생각할 시간을 벌어야 했다. 마침내 나는 대답했다.

"원래부터 망치를 가지고 있지 않았는데요."

칼은 그가 캔버스 틀 작업을 도와줄 때 내게 망치가 있었다고 지적했다. 그는 제시를 바라보았다.

"제시 윌리엄스, 그거 기억나지?"

그가 물었다.

"폴린이 어제 들렀을 때는 망치를 못 봤다고 하더군요. 그러니까 어떻게 된 건지 듣고 싶은데요?"

나는 폴린에 향한 분노와 칼의 질문에 대한 답을 찾아야 하는 절박함 사이에서 허둥댔다. 그가 그날 봤던 망치는 내 것이 아니라고 말할 수도 있었다. 피터가 가져온 거라고 말이다. 하지만 그렇게 되면 피터가 곤경에 처할 수도 있다. 칼은 마틴 드래플의 오토바이를 찾은 숲 근처에서 피 묻은 망치가 발견됐다고 말했다.

"그게 혹시 당신 것은 아닌지 궁금하네요."

그가 물었다. 호흡이 거칠어졌다. 걷잡을 수 없이 빨라졌다. 분명 그는 알고 있다. 결백한 사람이라면 그 순간에 무슨 말을 할지 알아내려고 머리를 굴렸다. 나는 그 망치가 마틴을 죽였다고 생각하는지 그에게 물었다.

"누군가가 그 망치로 그를 죽였어요."

칼이 대답했다.

"그리고 당신한테 망치가 있었다는 것도 알고 있어요. 지금은 나한테 보여 줄 수 없는 망치 말입니다."

틀 작업을 했던 날, 칼이 연장통을 가지고 왔던 것이 기억났다. 나는 우리가 캔버스 작업을 하던 날 누군가가 망치를 가져왔을지도 모른다고 말했다. 칼은 내게 혐오스럽다는 말로는 형용하기 부족한 표정을 지어 보였다. 그러면서 내게 기회를 주고 싶었던 거라고 말했다. 내 망치를 직접 보여 줄 기회 말이다.

"보아하니 그럴 수 없는 것 같군요."

그는 말했다. 그는 모자챙을 만지며 나와 제시에게 좋은 하루를 보내라고 말한 후 가버렸다. 제시와 나는 고개를 돌려 서로를 바라보았다. 나는 망치를 어디에 두었는지 물었고 그는 면직 공장 마을 근처의 숲에 던졌다고 말했다. 그는 한 손으로 의자 등받이를 움켜쥐고 조용하게 덧붙였다.

"멀리 던졌어요."

그가 말했다.

"숲속으로 멀리요. 빽빽한 나무들과 덩굴들 사이로요."

제시는 망치를 나무들 속으로 내던질 때 했던 모습을 보여 주었다. 제시는 아무도 그것을 찾을 수 없을 거라고 말했다. 그렇다면 칼이 거짓말을 한 걸까? 그가 함정을 팠을지도 모른다. 내가 미끼를 물도록 하려는 게 그의 의도였을까? 어떻게 해야 할지 모르겠다.

나는 양손을 모아 깍지를 끼고 위기를 넘길 묘안을 쥐어짜느라 안간힘을 쏟았다. 마틴과 망치, 오토바이를 없앨 때 제시가 장갑을 꼈던 것이 기억났다. 망치에 내 지문은 있을지 몰라도 제시의 것은 없다. 그 사실이 묘한 평화를 가져다줬다. 그들이 내게 무슨 짓을 할지는 모른다. 하지만 만약 제시가 백인 남성을 살해한 죄로 유죄판결을 받는다면 장담하건대 제시의 삶은 끝장이 날 것이다.

마음을 가다듬을 필요가 있었다. 나는 그동안 벌어진 일을 일기장에 쓰기 시작했다. 글쓰기는 나를 진정시켰다. 하지만 제시는 화를 내며 일기를 쓰지 못하게 했다.

"뭐 하는 거예요?"

그가 묻는다.

"저 오토바이를 고치기로 했잖아요!"

나는 그렇게 하겠다고 그에게 약속했다. 나는 벽화 오른쪽 하단에 있는 특별하고 자랑스러운 서명을 바라보았다. 우체국에 걸려 있는 벽화를 내 눈으로 직접 볼 기회가 있을까? 내가 감옥에 갇히면 벽화는 어떻게 될까?

금요일 오후

오늘 아침 칼의 방문에 대해 일기를 쓴 지 겨우 몇 분 만에 모든 것이 변했다. 내 인생이 송두리째 바뀌었다. 오토바이를 덮고 숙녀들의 옷을 되살리려고 물감을 섞고 있을 때 피터가 창고에 불쑥 들어왔다. 피터의 얼굴은 빨갛게 상기돼 있었고 머리카락은 땀으로 범벅돼 이마에 들러붙어 있었다.

"경찰이 선생님을 체포하러 와요!"

피터는 나를 쳐다보며 숨 가쁘게 말했다. 피터의 집으로 두 명의 경찰이 찾아와 내가 창고에 망치를 보관하는지 물어봤다고 했다. 피터는 내가 곤경에 빠질 줄은 꿈에도 모른 채 그렇다고 대답했다. 그는 제시를 힐끗 쳐다보고 말했다. 경찰은 나와 제시가 같이 마틴을 죽였다고 생각한다고 했다. 그는 숨을 고르려고 허리를 구부렸다.

"당장 도망가야 해요!"

피터가 말했다. 어디로 도망가지? 나는 일어섰다. 심장이 세차게 펌프질을 했다. 아이는 감옥에서 태어날지도 모른다. 그리고 그들은 제시를 죽일 것이다. 군중 속에서 제시가 잔혹한 교수형에 처해지는 장면이 내 머리와 마음을 장악했다. 그사이 제시는 휴대용 칼을 꺼내 들고 틀에서 캔버스 천을 잘라내기 시작했다. 나는 충격에 휩싸여 칼을 쥔 그의 손을 저지하려 했지만 그는 뿌리쳤다.

"우리는 가야 해요!"

그는 말했다.

"하지만 이걸 남겨 두고 가지는 않을 거예요."

나는 아무 생각도 할 수 없었다. 한순간에 마음이 잿더미가 되어 버렸다. 제시는 계획이 있고 나는 없다. 그가 하는 말은 뭐든 따르겠지만 피터를 이 일에 끼어들게 할 수는 없었다. 나는 피터에게 떠나라고 말했다. 그리고 우리에게 귀띔해 준 사실을 누구에게도 말하지 않도록 당부했다. 피터는 떠나기 전 몇 초간 망설였다. 나는 양동이에서 커터 칼을 꺼내 제시가 아직 베어 내지 않은 왼쪽 틀 부분을 자르기 시작했다. 우리는 몇 분 만에 극심한 공황 상태에서 조용히 일을 마쳤다. 제시는 거대한 캔버스를 그의 팔 안에 구겨 넣었다. 내 모든 피와 땀의 결실. 그의 손에서부터 바닥까지 끌리는 커다란 캔버스가 뿜어내는 화려한 색깔을 바라보자 슬픔이 세차게 밀려 왔다.

"빨리 가요!"

제시는 말했다. 나는 지갑과 일기장을 쥐고 그를 따라 밖으로 나왔다. 길을 내려다보자 가슴이 요동쳤다. 우리 쪽으로 달려오고 있는 칼의 차가 보일 거라고 예상했지만 길에는 아무것도 없었다. 나는 제시가 캔버스를 뒷좌석에 쑤셔 넣는 것을 도와주고 운전대를 잡았다. 시동을 걸기 위해서는 몇 번의 시도가 필요했다. 어디로 가야 할지 몰라서 차를 돌려 다시 비포장도로로 향했다. 마을 쪽으로 가야 하나? 어느 방향으로 가야 할까? 그들이 우리를 잡으러 오기까지 얼마나 남았을까? 하지만 제시는 자신의 집 방향으로 가자고 했다. 그의 가족 농장으로…… 나는 반대했지만 더 좋은 생각이 떠오르지 않았다. 그래도 그건 아니라는 생각이 들었다. 그들이 윌리엄스 농장에서 우리를 찾으려

하지 않을까? 그의 가족들까지 연루시키고 싶지 않았다. 그들의 아들을 이렇게 엉망진창 속으로 끌어들인 것에 이미 큰 죄책감을 느끼고 있었다. 그러나 결국 나는 그의 말을 따라 시골길로 들어섰고 어느새 그의 집으로 달려가고 있었다.

제시의 아버지는 헛간에서 나왔고 주얼 고모는 넬리와 함께 집 안에서 나왔다. 넬리는 제시에게 달려와 그의 허리에 양팔을 둘렀다. 제시는 아버지가 아닌 그의 고모를 향해 말했다.

"우리는 지금 문제가 있어요."

그가 말했다.

"안나와 저요."

제시의 아버지의 눈이 휘둥그레졌다. 그 눈에 담긴 감정이 두려움인지 분노인지 나는 알 수 없었다. 내가 그의 심중을 알아내려고 고전 중인 반면 제시는 파악을 마친 듯 했다.

"아빠가 생각하는 그런 거 아니에요."

제시가 재빨리 덧붙였다. 마틴을 죽인 범인으로 경찰이 우리를 지목했다고 그는 설명했다. 그는 지금 떠나야만 한다고, 윌리엄스 가족이 나와 함께 지내야 한다고, 나를 숨겨 줘야 한다고, 나를 안전하게 보호해야 한다고 덧붙였다.

나는 그에게 도망가지 말라고, 어떻게든 일은 해결될 거라고 말하고 싶었다. 하지만 그는 가야 했다. 나도 알고 있었다. 그는 커다란 위험에 처한 반면 나는 이제 안전할 것 같다는 생각이 들었다. 옆에 있는 두 어른이 나를 지켜 줄 거라는 믿음이 생겼다. 그러나 마음 깊은 곳에서는 알고 있었다. 흑인 가족은 결코 보호받을 수 없다는 사실을 말이다.

그들은 내가 그들에게 끌고 간 위험에서 스스로를 보호할 수도 없을 것이다.

제시는 내 차를 가져가야 한다고 말했고 나는 그에게 키를 쥐어 주었다. 나는 더 많이, 정말로 더 많이 말하고 싶었지만 그는 내 차를 향해 달려갔다. 우리는 먼지가 만들어 낸 구름 속에서 그가 떠나는 것을 멍하니 지켜보았다. 엄청난 부피의 벽화가 구겨진 채로 양 옆과 뒷부분의 유리창을 가리고 있었다. 어디로 가야 그가 안전할까? 그런 곳은 없다는 생각이 들어 나는 울기 시작했다. 눈물이 볼을 타고 내렸다. 눈물 사이로 윌리엄스 씨와 주얼 고모의 망연자실한 얼굴이 보였다. 나는 그들에게 거듭 사과하며 흐느꼈다.

윌리엄스 씨는 단단히 화가 났다. 제시가 나와 함께 너무 많은 시간을 보냈던 것에 대해, 해야 할 농장 일에 소홀했던 것에 대해 울분을 터뜨렸다. 나는 제시의 재능에 관해 이야기하고 싶었다. 그의 재능이 어째서 억눌리면 안 되는지 이야기하고 싶었다. 하지만 평생 헤어 나오지 못할 구렁텅이 속으로 제시를 몰아넣은 건 나다. 내가 어떻게 그런 이야기를 할 수 있었겠는가?

주얼 고모는 내 어깨에 팔을 두르고 안으로 들어가자고 했다. 그녀는 나를 '아가'라고 불렀다. 그녀의 보살핌을 받고 있자니 마치 어린아이가 된 기분이 들었다. 집은 텅 비어 있었고 조용했다. 얼마 전 가족들과 같이 식사했던 식당 방을 지나 계단을 오를 때 우리의 발소리만이 집 전체에 메아리쳤다. 집에 아무도 없어 다행이었다.

그녀는 작은 침실로 나를 데리고 갔다. 한쪽 벽에는 작은 침대가 있었고 침대의 철제 머리맡 옆으로는 창문이 나 있었다. 창문 근처에는 나무 의자가 하나 있었고 옷장이나 책상 같은 건 없었다. 침대 발치에는 낡고 커다란 나무 상자가 있었다. 그녀는 여기가 넬리의 방이라고 했다. 넬리의 침대 밑에는 내가 꺼내서 잠을 잘 수 있는 매트리스가 있었다.

"경찰이 아이의 방을 뒤질 가능성은…… 거의 없어."

그녀는 말했다. 그래도 그들이 들이닥칠 경우를 대비해 적당한 은신처를 생각해 둘 필요가 있다고도 했다. 그들이 집에 올 것 같은지를 묻는 그녀의 목소리에서 나는 처음으로 불안과 걱정의 기미를 들었다. 나는 고개만 겨우 끄덕였다. 목소리를 끌어낼 수 없었다. 주얼 고모는 내 얼굴을 찬찬히 살펴보았고 나는 고개를 돌리지 않았다. 나는 그녀를 전적으로 믿어야 했다.

"얼마나 남았지?"

그녀는 물었다. 어찌된 일인지 그녀는 알고 있었다. 나는 그녀에게 제시의 아이가 아니라고 말했고 그녀는 누구의 아이인지 물었다. 나는 정신을 놓지 않으려 안간힘을 쓰며 그녀에게 모든 것을 털어놓았다. 마틴 드래플이 어떻게 나를 강간했는지, 내가 망치로 어떻게 그를 죽였는지 전부 말했다. 제시가 그의 시체와 망치를 숨겼고 그것을 찾아낸 경찰이 우리 둘 다 쫓고 있다고 이야기했다. 제시를 곤경에 빠뜨리게 만들어서 미안하다고 수차례 사과했다.

그녀는 이야기를 듣는 동안, 어두워진 눈을 내게 고정한 채 손으로 입을 막고 있었다. 나는 그녀에게 엄청난 충격을 안겨 줬다. 그녀가 감정에 쉽게 동요될 사람처럼 보이지는 않지만 그럼에도 그녀는 분명 충격을 받았다. 마침내 그녀는 긴 숨을 내뱉었다. 그녀는 나를 도운 것은 제시의 결정이었기 때문에 내 잘못이 아니라고 말했다. 누구도 그에게 강요한 게 아니라고도 했다. 그녀의 말은 내게 작은 위안이 되었다.

"그리고 우리 주님께서는 이번 일로 나를 절대 용서하지 않으실 거야."

그녀가 말했다.

"하지만 나는 여자를 그렇게 학대한 마틴 드래플이라는 남자가 하나도 불쌍하지 않아. 그 남자가 너한테 한 짓이 더 끔찍한 일이었으니까. 그렇지 않니?"

나는 끄덕였다. 내 행동의 당위성을 확인받는 기분이 들었다. 나는 그녀에게 감사했지만 그 정당성이 지금 처한 상황까지 해결해 줄 수는 없었다. 그녀는 작업용 셔츠 안의 배를 바라보며 얼마나 됐느냐고 다시 물었다. 나는 두 달쯤이라고 대답했다.

그녀는 일어서서 창가로 걸어갔다. 경찰이 오는지 확인하는 것 같았다. 그녀는 확실히 긴장했지만 겉으로 드러내지는 않았다. 그녀는 능숙한 조산사다. 예기치 못한 상황들을 맞닥뜨리는 데 누구보다 익숙할 것이다. 그녀는 경찰이 찾지 못할 만한 다른 갈 곳이 있는지 물었고 나는 고개를 저었다. 그녀는 지금껏 참고 있었을 숨을 크게 내쉬었다. 그리고 아이가 나올 때까지는 자기들과 함께 지내야 할 것이라고 말했다. 나는 깜짝 놀랐다. 그들과 일곱 달을 함께 지낸다는 건 예상에 없던 일이었다. 경찰은 분명 이곳에서 나를 찾으려고 할 것이다. 내가 가족 전체를 위험 구덩이에 빠뜨리는 셈이다.

"제시가 너를 돌봐 주라고 했으니까 우리가 돌봐 줄 거야."

그 순간 감사함과 안도감으로 마음이 약해졌는지, 나보다 현명하고 강한 누군가에게 기대고 싶은 마음을 억누를 수가 없었다. 주얼 고모는 복도로 들어서며 내게 따라오라고 했다. 그리고 나를 좁은 옷장으로 데려갔다. 문을 열어젖힌 옷장에는 옷이 틈 없이 빽빽하게 걸려 있었다. 안에서는 좀약 냄새가 났다. 그녀는 이 옷장이 어렸을 때 자신과 사촌들이 숨었던 곳이라고 했다. 주얼 고모는 옷을 헤치고 안쪽 벽으로 손을 뻗었다. 그러자 펑 하는 소리가 났다. 몇 센티미터 정도 틈이 생기면서 벽이 안으로 밀려났다. 주얼 고모는 내가 공간에 맞는지 봐야 한다며 벽 뒤에 들어가 보라고 했다. 나는 옷들로 넘실대는 바다를 헤엄쳐 들어갔다. 문처럼 약간 열려 있는 가짜 벽은 내가 들어갈 수 있도록 허락해 주었다. 그 안은 당장이라도 숨이 막힐 것 같은 컴컴하고 비좁았다. 안에 들어간 나는 바글거리는 거미들, 정체 모를 존재들과 함께 갇혀 있는 게 아닐까 상상하고 두려움에 사로잡혔다. 주얼 고모는 내게 벽을 제자리로 밀어 넣으라고 했다. 나는 망설였다. 나를 계속 옷장 뒤에 있게 할 계획인지 묻고 싶었다. 그러나 나는 그녀를 믿어야만 했다. 숨을 깊게 들이마시고 나는 벽을 원래대로 밀었다. 질식할 것 같이 좁고 칠흑같이 어두운 공간에 정자세로 서 있어야 했다. 몇 초 지나지 않아 호흡은 빠르게 얕아졌다. 극심한 공포에 굴복해 버린 나는 가짜 벽을 다시 열 수 있는 손잡이 같은 걸 찾으려고 했다. 하지만 손에는 부드러운 나무만 만져졌다. 나는 주얼 고모를 부르며 주먹으로 벽을 두드리기 시작했다. 벽이 다시 안쪽으로 젖혀지고 나서야 숨을 내쉴 수 있었다.

"그 안에 있으니 무섭지?"

그녀가 웃으며 말했다. 나는 만일을 대비해 안쪽에서 혼자 벽을 열 수 있는 방법은 없는지 물었다. 만약 경찰이 왔는데 아무도 집에 없어서 나오지 못한다면? 언젠가 벽 안에서 내 뼈를 발견하게 될 것이다. 그것도 지금으로부터 몇 세대 뒤에…… 주얼 고모는 벽 가장자리에 손가락을 넣어서 여는 방법을 보여 주었다. 그리고 내가 다시 옷 숲을 헤쳐 나올 수 있게 도와주었다. 그녀는 숨을 곳을 찾는 건 넘어야 할 산들 중 가장 낮은 산이라고 했다. 나는 넘어야 할 가장 높은 산은 무엇인지 물었다.

"제시의 엄마 아빠, 아베와 아그네스에게 앞으로 일곱 달 동안 이곳에 머무른다고 이야기하는 거지."

그녀는 말했다. 바로 그 순간, 아래층에서 목소리가 들려와 심장이 날뛰기 시작했다. 나는 옷장 손잡이를 잡으려고 손을 뻗었지만 주얼 고모가 내 손목을 붙잡았다. 그녀는 머리를 한쪽으로 기울이고 소리에 집중했다. 그녀는 그냥 가족들이라고 말하며 넬리의 방에 돌아가 있으라고 했다. 주얼 고모가 가족들에게 말할 것이다. 그러니까 지금 내가 있어야 할 곳은 넬리의 방이다. 방으로 들어온 나는 침대에 앉았다. 여기서는 창밖을 통해 농장으로 들어오는 길고 반듯한 비포장도로가 보인다. 나는 경찰차를 찾고 있었다. 왜 그들은 아직도 오지 않을까? 제시는 이미 잡혔을지도 모른다. 그것이 내가 생각해 낼 수 있는 유일한 답이다. 부디 그것만은 아니었으면 좋겠다. 그들이 내 행방을 알아내려고 그를 고문할까? 만약 제시를 체포했다면 그에게 무슨 짓을 할지 모른다. 생각만으로도 견딜 수가 없었다. 신이시여, 제발 그를 안전하게 지켜 주세요!

그들은 지금쯤 어디서 나를 찾고 있을까? 칼이 머틀 부인에게 내 행방을 묻고 있는 장면이 머릿속에 그려졌다. 그는 내가 마틴 드래플을 살해한 혐의로 수배중이라고 말할 것이다. 아주머니는 믿지 않을 것이다.

"그런 터무니없는 소리!"

아주머니는 말할 것이다.

"안나는 벌레 한 마리도 죽이지 못하는 사람이야!"

그러면 그가 말하겠지.

"그녀가 망치의 갈고리 부분으로 그를 죽였어요."

칼은 내가 위험한 사람이라고 말할 것이다. 아주머니가 지금이라도 내게서 벗어날 수 있어 다행이라고 덧붙일 것이다. 머틀 부인이 나를 위험한 사람으로 여긴다고 생각하니 기분이 좋지 않았다. 나는 옷가지와 책, 향수와 블러셔 등 그 집에 남기고 온 모든 것을 떠올렸다. 지갑과 지금 입고 있는 옷, 일기장을 제외하고 다시는 볼 수 없을 것들.

오후 4시

나를 체포하려는 칼의 차가 언제 올지 몰라 눈을 진입로에 고정한 상태로 넬리의 방에 앉아 있었다. 그 자세로 삼십 분 이상 지났다. 아래층의 목소리들은 더 이상 들리지 않았다. 집 안에 도망자가 있다는 이야기를 들었을 제시 부모님의 반응이 궁금해졌다. 그 순간 나는 계단을 오르는 가볍고 빠른 발자국 소리를 들었다. 곧이어 넬리가 양 갈래로 땋은 머리를 이리저리 튕기며 방으로 들어왔다.

"우리 이제부터 같이 잠을 자는 거예요!"

넬리는 커다란 눈을 반짝이며 말했다. 정말 사랑스러운 아이다. 전에 봤을 때에도 그랬지만 지금은 보다 더, 이 아이에게 마음이 간다. 아이와 이야기를 할 때는 모든 것이 괜찮은 것처럼 행동하려고 노력했다. 아이를 겁먹게 하고 싶지는 않았다. 나는 아이에게 방의 너무 많은 공간을 차지하지 않겠다고 말했고 아이는 아무래도 좋다고 대답했다. 아이는 나누는 것을 좋아한다고 말하며 침대 위에서 깡충깡충 뛰었다. 넬리는 내 무릎에 놓인 일기장을 가리키며 무엇인지 물었다. 나는 일기가 무엇인지 전혀 모르는 아이에게 일기에 대해 설명했다.

"일기장은 자기 생각을 적을 수 있는 곳이야. 자기 자신을 위한 거지. 그러니까 내 생각을 간직할 수 있는 거야."

내가 말했다.

"다른 사람은 읽으면 안 돼."

아이는 내 글씨를 볼 수 있을 정도로 몸을 숙이고 페이지를 살짝 들어 올렸다. 그리고 말했다.

"재미있는 글씨예요. 전부 다 고리로 연결되어 있어요."

나는 인쇄용 글씨와 필기체의 차이점에 대해 알려 줬고 그 애는 필기체를 배우겠다고 말했다. 아이는 아빠가 자신의 이름을 적는 것 말고는 글을 읽거나 쓸 줄 모른다고도 했다.

"엄마는 잘 읽을 수 있어요. 주얼 고모랑 도디 언니랑 제시 오빠는…… 더 많은 것을 배웠으니까 전부 다 할 수 있어요."

나는 아이에게 배움의 중요성에 대해 말하는 도중에도 시선을 계속 창밖에 두었다. 넬리는 일기장을 갖고 싶지 않을 것 같다고 말했다. 내가 이유를 묻자 넬리는 이렇게 대답했다.

"나는 모든 사람들이 내 생각을 알고 있는 게 좋아요!"

아이는 침대에서 빙글빙글 돌며 뛰었고 나는 웃었다. 하지만 아이가 내 행방을 누군가에게 이야기하지 않을까 걱정되기 시작했다. 나는 아이에게 내가 그들과 지내는 것이 얼마나 중요한 비밀인지 말해 주었다. 손가락을 입술에 가져다 댄 아이는 잘 알고 있다고 말하며 나를 안심시켰다. 바로 그 순간 아래층에서 목소리가 들렸다. 주얼 고모의 목소리다. 그리고 칼?

나는 숨을 헐떡였다. 방심했던 몇 초 사이에 그가 진입로를 들어온 것이 틀림없다. 나는 경찰이 아래층에 있다고 넬리에게 속삭이고 빠르게 일어섰다. 나는 일기장과 지갑을 들고 조심스럽게 넬리의 방문을 열어 옷장의 가짜 벽으로 돌진할 준비를 했다. 그때 내 앞에 있는 계단 아래로 거실 바닥이 보였다. 경찰 제복을 입은 두 사람의 다리와 반짝이는 구두, 그리고 윌리엄스 씨의 것이 틀림없는 먼지투성이 신발이 눈에 들어왔다. 넬리 역시 나와 같은 것을 보고 있었다. 크고 어두운 아이의 눈동자가 더욱 커졌다. 짧은 순간 아이의 얼굴은 두려움에 사로잡혔다. 아이는 다시 조용히 문을 닫았다. 그리고 침대 발치에 있던 나무 상자의 뚜껑을 힘껏 열어젖혔다. 아이는 상자 안에 들어 있던 옷, 장난감, 봉제인형 들을 바닥으로 던지기 시작했다. 지켜보고 있는 내 가슴이 마구 뛰었다. 심장 소리가 귀까지 올라왔다.

"들어가요!"

아이가 명령했다. 생각할 겨를이 없었다. 나는 지갑과 일기장을 움켜쥐고 안으로 들어갔고 넬리는 뚜껑을 덮었다. 상자에 들어맞게 몸을 반으로 접어야 했다. 집 어딘가에서 조그만 목소리가 들렸다. 조금 지나자, 보다 확실한 소리가 들렸다. 넬리가 방문을 여는 소리다.

"안녕. 꼬마 아가씨."

남자 목소리였다. 칼의 목소리는 아니었다. 전에 칼과 함께 창고에 왔던 통통한 경찰관이 떠올랐다. 그 사람일까? 그는 넬리에게 농장 주변에서 '백인 여자'를 본 적이 있느냐고 물었다. 넬리는 아주 공손하게 대답했다.

"아니요. 선생님. 백인 여자를 본 적이 없어요."

몇 가지 소리가 더 났다. 나무 바닥에 신발이 끌리는 소리인 것 같았다. 상자 안은 내 숨소리로 가득했다.

"너는 말썽꾸러기 꼬맹이구나. 그렇지?"

경찰이 말했다.

"네 엄마가 옷가지며 잡동사니를 방 전체에 던지도록 내버려 두셨어?"

넬리는 곧 방을 치울 거라고 말했다. 이쪽으로 가까이 다가오는 무거운 발자국 소리가 들렸다. 나는 두근거리는 가슴으로 넬리가 나를 보호하기 위해 뚜껑에 기대는 모습을 상상했다.

'너무 티 내지 마. 넬리.'

나는 생각했다.

"그 예쁘고 작은 원피스 안에는 무엇을 입고 있니?"

남자 목소리가 물었다. 나는 역겨움에 몸서리를 쳤다! 일기장을 두 손으로 꽉 쥐었다.

"속바지요."

넬리는 대답했다. 아이는 그 어느 때보다 차분하게 말했다.

"그리고 그만 가시는 게 좋겠어요."

"아, 내가 가는 게 좋겠다고? 안 가면 어쩌려고? 네가 뭘 할 수 있을 것 같은데?"

그는 분명 통통한 경찰이다. 확실하다. 나는 처음부터 그 자식이 싫었다. 나는 뚜껑을 단단히 잡았다. 그 천박한 자식이 넬리의 털끝 하나라도 건드리면 바로 뛰어 나갈 참이었다. 아이의 겁먹은 숨소리가 내 위에서 들렸다. 하지만 바로 그때, 또 다른 남자 목소리가 '바니'를 불렀다. 아마 그게 뚱보의 이름인 것 같았다. 부른 사람은 칼이었을까? 잘 모르겠다. 그 목소리는 내가 거기에 없으니 '그 깜둥이와 노닥거리는 것'을 그만두고 아래층으로 내려오라고 말했다. 발소리가 멀어졌고 침실 문이 쾅 닫혔다.

"안나 아가씨. 그들이 갔어요!"

넬리는 뚜껑을 들어 올렸다.

"그들이······."

나는 재빨리 아이를 조용히 시키며 닫힌 침실 문을 바라보았다. 그들이 아이의 말을 듣지 못했기를 바라며······.

"그들은 갔어요."

이번에는 아이가 속삭였다.

"이제 안전해요."

나는 상자에서 나와 아이를 끌어당겼다. 아이를 품에 꼭 껴안았다. 그리고 아이에게 놀라울 정도로 용감한 소녀라고 말해 주었다. 내 목숨을 구해 줘서 고맙다고 반복해서 말했다. 나는 그 애가 정말로 나를 구했다고 믿는다.

1940년 5월 27일 월요일

오늘 점심 때, 윌리엄스 농장에서 지내는 동안 내가 어떻게 집안일을 도울 수 있을지 물었다. 그들은 점심 식사를 하루 중 가장 중요한 시간으로 여긴다. 따라서 가족 중 누군가에게 궁금한 것이 있다면 점심 식사 때가 질문하기 가장 좋은 시간이라는 것도 알게 되었다.

다른 가족들처럼 새벽에 일어나지 못하는 나는 여기서 지내는 사흘 동안 혼자서 아침을 먹었다. 동이 틀 기미가 보이면 그들은 하루를 시작했다. 나가서 계란을 담아 오고 가축들의 먹이를 주고 다른 바깥일들을 한다. 그것이 제시의 삶이었다. 이제 그의 자리를 공허함이 대신했다. 누구도 내게 직접적으로 말하지 않았지만 가족들의 일거리가 늘었다는 것은 나도 알고 있었다. 그들이 나를 탓할까 봐 걱정됐다. 하지만 내가 비난받으면 안 될 이유라도 있었던가? 모든 일의 책임은 나에게 있다. 나는 그들에게 비난받아 마땅하다.

첫날 밤, 나는 울면서 가족들에게 모든 것을 털어놓았다. 그들을 위험에 빠뜨려 얼마나 미안해하고 있는지 이야기했다. 자수하겠다고 말했다. 진심이었다. 그들은 나를 돕기 위해 위험을 감수하고 있었다. 나는 그들에게 위험에서 벗어날 기회를 주고 싶었다.

무슨 일이 벌어지고 있는지 모르는 넬리를 제외하고 가족들은 내가 여기 있는 것을 달가워하지 않는다. 어린아이의 무지만이 넬리의 밝은 기질을 변함없이 유지할 수 있게 해주었다. 하지만 다른 가족들은 제시가 심각한 상황에 처했다는 것을 알고 있었다. 만약 내가 경찰 조사를 받게 되면 제시까지 위험해진다. 어떻게든 그런 상황을 피하려는 마음에서 이들은 나를 숨겨 두고자 했다. 제시의 아버지는 그 의견에 전적으로 동의하지 않았지만 제시의 어머니와 주얼 고모, 열아홉 살의 도디로 구성된 여성들의 의견이 더 우세했다.

오직 주얼 고모만이 나를 따뜻하게 대해 주었다. 제시의 어머니와 도디는 내가 문제의 원인이자 골칫덩이라고 생각하는 것 같았다. 물론 그들이 백번 옳다. 주얼 고모는 매우 친절했지만 한편으로는 나를 조산사의 과제쯤으로 여기는 것 같기도 했다. 나는 이 아이를 병원에서 낳지 않을 것이다. 그건 선택의 문제가 아니었다. 주얼 고모는 여기서 아이를 받아 내야 한다. 그다음에는 어떻게 해야 할까? 나는 아이와 함께 살 수 없다. 그녀는 결정을 내리기에는 아직 이르다고 말했다. 그녀의 충고를 받아들여 지금은 아기를 마음의 한쪽 구석에 밀어 두려고 애쓰는 중이다.

　　내가 도울 수 있는 집안일은 없는지 묻자 윌리엄스 부부는 서로 시선을 교환했다. 지금까지 나는 뒷정리와 요리를 약간 돕는 것 말고는 거의 아무것도 하지 않았다. 조금 더 솔직히 말하면, 부엌에서 내가 할 수 있는 일이 없었다. 나는 식재료를 마트에서 사는 것에 익숙했다. 닭이나 돼지를 잡아 본 적도, 고기를 다지거나 갈아 본 적도, 밭에서 상추를 따본 적도 없다. 그러니 내가 무엇을 해야 할지 어떻게 알겠는가. 하루 종일 끓고 있는 저 냄새 지독한 콜라드의 요리법조차 나는 모른다.

　　윌리엄스 씨는 누군가 나를 볼 수도 있기 때문에 밖에서 일하는 것은 위험하다고 말했다.

　　백인을 가정부로 둔 흑인 가족은 얼마나 될까 하는 생각이 들어 나는 속으로 피식거렸다. 나는 집 안 청소를 하겠다고 했다. 비질을 하고 먼지를 털고 침구를 정리하겠다고 말했다. 세탁기가 현관 밖에 있어 빨래는 현명하지 못한 일이었으니, 대신 설거지를 하겠다고 했다.

　　"무엇이든 할 수 있는 일이 있으면 기꺼이 하겠습니다."

내가 말했다. 윌리엄스 부인은 내게 꿰매는 일을 할 수 있느냐고 물었다. 나는 그 말을 알아듣지 못했다. 그녀는 성가시다는 듯 '바느질'이라고 재차 말했다. 그녀가 드러내는 불쾌함이 내 존재에서 오는 것인지 아니면 늘 그래 왔는지는 알 수 없다. 나는 바느질을 할 수 있고 내 옷도 많이 만들어 봤다고 대답했다. 그녀는 내가 바쁠 정도로 수선할 것들이 많다고 했다. 그래서 오늘 오후 나는 첫 번째 바느질감을 기다리며 아래층을 쓸고 가구의 먼지를 털었다. 대단한 일은 아니었지만 이 사람들에게 뭔가 보답하고 있다는 생각에 기분이 조금은 나아졌다.

1940년 6월 22일 토요일

제시와 내가 창고에서 도망친 지 벌써 사 주가 지났다. 그리고 『초완 해럴드』에 처음으로 우리 기사가 실리지 않았다. 윌리엄스 씨는 계란과 멜론을 팔러 시내에 나가는 토요일마다 신문을 가져왔고 그가 집에 돌아오자마자 나는 신문을 읽는 버릇이 생겼다.

신문은 목요일마다 발행됐기 때문에 최신 뉴스라고 할 수는 없었지만 우리는 모든 정보를 그 신문에 의존해야 했다.

나는 윌리엄스 부인이 성경과 남편이 관심 있을 만한 기사들을 읽어 주는 것을 보고 감동받았다. 처음에는 글을 읽지 못할 정도로 교육받지 못한 남편이 있다는 게 어떤 건지 궁금했지만 그는 정말 열심히 일했고 가족을 부양했다. 무엇보다 윌리엄스 부인이 그 점을 조금도 신경 쓰지 않는 것 같았다.

첫째 주에 제시와 내 기사가 신문 /면에 실렸다. 우리는 '흑인과 백인 커플'이라는 사회적 통념에 어긋나는 불법적인 연인으로 둔갑되어 있었다. 게다가 마틴 드래플과의 지저분한 삼각관계 때문에 그를 죽인 범인들이기도 했다(나는 다시 한번 제시의 부모님께 그건 사실이 아님을 확인시켜야 했다. 이후 그들의 교회 친구들 중 몇몇이 등을 돌렸다는 것을 알게 됐지만 여전히 그들이 믿고 의지할 친구들도 많이 남아 있는 것 같았다).

우리는 경찰을 피해 함께 달아났으며 다른 주까지 수색했지만 발견되지 않고 있다고 기사는 말했다. 경찰이 우리가 아직 함께 있다고 생각할 것 같지는 않았다. 마음 한구석에서는 우리가 같이 있었으면 좋겠다는 생각이 들기도 했다. 나는 제시가 그리웠다. 하지만 그를 다시 볼 수 있을지 모르겠다. 다행스러운 건 지난 목요일까지는 경찰이 그를 찾지 못했다는 것이다. 그가 잘 숨어 줘서 기뻤다.

나는 윌리엄스 부인이 남편에게 신문을 읽어 줄 때 그 기사를 건너뛰거나 적당한 수정을 가미하기를 바랐다. 기사에 따르면 우리가 사라진 지 일주일 만에 내 차가 버지니아주 노퍽의 한 거리에서 발견되었다고 했다. 그 안에 벽화가 있었다는 언급은 일절 없었다. 제시가 벽화를 어떻게 했을지 궁금했다. 거대한 캔버스를 들고 다니면서 사람들의 눈에 띄지 않을 수는 없다. 태워 버렸거나 다른 방법으로 없애 버렸을 거라고 생각하니 마음이 아팠다. 그건 그저 물건일 뿐이라고 스스로에게 계속 상기시켜야 했다. 무엇보다 중요한 건 제시의 안전한 탈출이었다.

기자는 첫 주에 이든턴 주민들의 반 정도를 인터뷰했다. 모두가 저마다의 의견을 가지고 있었다. 사람들은 여기저기서 제시와 나를 봤다고 주장했다. 어떤 남자는 숲에서 벽화를 발견했다고 했지만 알고 보니 낡은 누비이불이었다. 창고에서 내가 그림 그리는 모습을 봤다던 몇몇 사람들은 제시와 나 사이에서 낭만적인 불꽃이 튀었다고 말했다. 또 다른 사람들은 내가 마틴의 재능을 질투했다고 말했다.

"마틴은 데일 양이 범접할 수 없는 상대였죠."

우체국장 아른트 씨는 무엇보다도 벽화가 없어진 것에 화가 난 것 같았다.

"벽화가 훼손되지 않은 상태로 발견됐으면 좋겠군요."

그는 말했다.

"우리는 벽화가 우체국 벽에 설치되기를 진심으로 고대하고 있었어요."

그리고 우리의 '실종' 사건이 있은 지 한 달이 지난 지금, 이든턴의 뉴스거리는 바닥난 것 같았다. 나한테는 그게 최고의 뉴스였다.

1940년 7월 22일 월요일

윌리엄스 가족과 함께 지낸 지 두 달째다. 이제 가족들이 일어날 시간에 같이 일어나는 습관이 들었다. 시간은 조금 걸렸지만 가족들이 모두 일하러 간 동안 자고 있는 건 마음이 개운치 않았다. 나는 해가 뜨기도 전에 가족들과 고요한 아침 식사를 한다. 식사를 마치면 그들은 모두, 어린 넬리까지도 농장으로 일하러 간다. 비가 오든 눈이 오든 묵묵히 일상을 맞이한다. 나는 절대 농부는 될 수 없을 것이다.

그러고 나면 주얼 고모만이 남는다. 기다란 하얀색 앞치마를 두른 그녀는 구급상자를 들고 환자들을 보러 간다. 그녀에게는 오래된 뷰익 자동차가 있는데 언젠가 결정적인 순간에 멈춰 버릴 거라고 늘 걱정했다. 그래도 지금은 충분히 잘 움직이고 있었다. 이든턴의 농장에서 농장으로, 혹은 흑인 마을 안에서, 이른바 그녀를 '옮겨다' 줄 수 있을 만큼은 됐다. 그녀는 늘 진지한 표정으로 집을 나선다. 뚜렷한 목적의식과 기대감을 품고 그날 마주할 환자들에게, 세상에 나올 아기들에게 온전히 집중한다. 언젠가 그리 멀지 않은 미래에 그녀의 모든 초점이 내게 쏠릴 것이다.

나는 청소와 바느질과 요리(할 수 있는 한 최선을 다한다)로 하루를 보낸다. 도디는 내게 닭의 털을 뽑고 손질하는 법과 무성한 채소 틈에서 모래를 걸러 내는 법을 알려 주었다. 그녀는 똑똑했다. 그녀가 학교로 돌아가면 대학까지도 갈 수 있을 거라고 생각했지만, 그녀는 농장 일을 돕는 지금의 삶에 만족하는 것 같았다. 그녀가 나를 좋아하지 않는다는 것은 이미 알고 있었다. 도디는 나를 '버릇없는 백인 여자애!'라고 불렀다. 나름 일리 있는 말이다. 그녀는 나를 짐으로 여겼다. 그것도 사실이다. 그녀는 예전처럼 언제든 남자 친구나 친구들을 초대할 수 없어 짜증을 냈다. 사실 그녀의 친구들이 올 때면 나는 넬리의 방에 숨어 있을 수 있어서 더없이 기뻤다. 하지만 그녀는 내게 그렇게 해달라고 말할 때마다 뚱한 표정을 지어 보였다. 도디가 느끼는 행복감의 역치는 다른 사람들에 비해 낮은 것 같았다.

가끔 저녁때면 제시가 남기고 간 스케치북에 가족들을 그리기도 했다. 넬리를 제외하면 모두 포즈 취하는 것을 거부하기 때문에 몰래 그려야 했다. 윌리엄스 씨는 다른 사람들이 책을 읽는 동안 커다란 흔들의자에서 잠이 든다. 나는 그들이 고개를 드는 순간을 기다려서 눈을 그린다. 힘들게 일한 가족들은 늘 녹초가 되어 있었다. 요즘은 나도 피곤해서 일기를 많이 쓰지 못했다. 제시의 스케치북에 그리는 어떤 그림에도 감히 서명을 할 수는 없었다.

어느 날 저녁, 경찰이 들렀었다. 다행히 도디가 진입로로 들어오는 차를 발견했고 계단을 뛰어 올라간 나는 밀실 공포증을 유발하는 가짜 벽 뒤에 아슬아슬하게 숨을 수 있었다. 그는 오래 머무르지 않았다. 다시 내려왔을 때 윌리엄스 씨는 소파 옆 테이블에 스케치북을 펼쳐 두고 올라간 나를 꾸짖었다. 도디는 경찰에게 그건 제시가 있을 때 그렸던 예전 그림이라고 말했다. 그가 그 말을 믿었기를 바랐다.

아무튼 나는 아기가 나오기를 초조하게 기다리면서 나름대로 최선을 다하고 있다. 힘든 건 밤이다. 악몽 때문에 잠드는 게 싫었다. 꿈에서는 살인과 출산으로 인한 피가 난무했다. 몸부림을 치다가 소리를 지르려고 하지만 꺽 하는 소리만 겨우 토해 낸다. 처음에 넬리는 겁을 먹었고 나는 가끔 나쁜 꿈을 꾸는 거라고 말해 줬다. 지금은 내가 그런 식으로 깨면 아이는 바닥에 있는 내 매트리스로 와서 나를 위로해 준다.

"괜찮아요."

고사리 같은 손으로 내 머리카락을 쓰다듬으며 달콤하게 이야기해 준다. 아이는 내 꿈이 가짜라고 말한다.

"걱정할 건 하나도 없어요."

그 애가 그렇게 다정하게 대해 줄 때면 눈물이 난다.

내 아기도 이 아이처럼 될 수 있을까? 재미있고, 똑똑하고, 남을 배려하는 마음을 가진 매력적인 사람으로 자랄 수 있을까? 하지만 이 아이는 마틴 드래플의 아기이기도 하다는 것이 번개처럼 머릿속에 번뜩인다. 구역질이 날 것 같다.

어째서 나에게 이런 일이 일어났을까? 종종 내 매트리스에 몸을 웅크리고 누워 있는 넬리 옆에 누워 스스로에게 끊임없이 질문을 반복한다. 대답을 들을 수는 없다.

1940년 7월 24일 수요일

어젯밤, 나와 거실에서 바느질을 하고 있던 윌리엄스 부인이 갑자기 물었다. 자신의 아들을 다시 볼 수 있겠느냐고……. 나는 울음을 터뜨렸다. 내가 왜 그랬는지 모르겠다. 그녀의 목소리 때문이었을까. 그녀의 목소리는 평소와 너무 달랐다. 고통에 싸인 목소리. 자식을 다시는 볼 수 없을지도 모른다는 사실을 받아들여야 하는 엄마의 고통이었다. 나는 그녀가 앉은 소파로 가서 팔로 그녀를 감싸 안았다. 그녀는 내 포옹을 받아들이거나 나를 안아 주지는 않았지만 아무래도 상관없었다. 나는 알고 있다. 그녀는 빠져나올 수 없는 늪으로 제시를 밀어 넣은 나를 여전히 원망하고 있다. 그렇지만 나 역시 위안이 담긴 손길이 필요했다. 그래서 그녀를 가능한 한 오랫동안 안고 있었다.

"저도 그렇게 됐으면 좋겠어요."

한참 만에 내가 몸을 빼내며 말했다. 우리 둘 다 언젠가 제시를 다시 볼 수 있으면 좋겠다고 말했다. 불가능하다는 것도 알고 있다. 제시가 집에 돌아오는 것은 너무 위험하다. 윌리엄스 부인은 실현 가능성 없는 내 말을 외면했다. 다시는 우리 둘 다 제시를 볼 수 없을 것이다.

1940년 7월 26일 금요일

어젯밤 욕조 안에서 아기의 움직임을 느꼈다. 처음에는 목욕물에서 이상한 거품이 난다고만 생각했다. 그리고 곧 아기가 움직이고 있다는 것을 알았다. 대부분의 여자들은 그 느낌에 감격했겠지만 나는 속이 메스꺼워졌다. 어쩌면 지금까지 몸 안에서 벌어지고 있는 일을 애써 부정하고 있었는지도 모르겠다. 아무것도 모르겠다. 분명한 건 아기로 인한 그 어떤 행복감도 느껴지지 않는다는 것과 마틴 드래플의 일부가 내 안에 멀쩡하게 살아 있다는 소름 끼치는 깨달음뿐이다.

서둘러 욕조에서 나와 윌리엄스 부인이 준 가운을 입었다. 그리고 복도를 달려 주얼 고모의 방으로 갔다. 나는 그녀의 방에 여러 번 왔었다. 그곳에서 그녀는 내 혈압과 체온을 재기도 하고 배를 만져 보기도 했다. 주얼 고모의 방은 이 집에서 가장 청결한, 마치 살균실 같은 방이다. 서랍장과 화장대 위에는 아무것도 없다. 티끌 하나 없이 매끄럽게 펼쳐진 노란색 침대보의 모서리는 반듯하게 각이 잡혀 있다. 책꽂이에는 산파 일과 관련된 책들이 일렬로 꽂혀 있다. 심지어 책 윗부분에도 먼지가 없다. 나는 이 방을 청소하지 않는다. 청소할 필요가 없다. 그래서 그녀가 자기만의 방식으로 방을 정리한다는 것을 알고 있었다.

목욕물을 뚝뚝 떨어뜨리며 얼빠진 모습으로 서 있는 나를 본 주얼 고모는 내 팔을 잡아당겨 화장대 의자에 앉혔다. 주얼 고모는 침대 모서리에 앉았다. 그녀의 방은 아주 작아서 우리의 무릎은 거의 닿아 있었다. 그녀는 아프냐고 물었고 나는 아기의 움직임을 느꼈다고 말했다. 그녀가 웃으며 뒤로 물러나 앉았다.

"곧 그럴 거라고 생각했지."

그녀가 말했다.

"잘됐네. 그 안에 건강한 아이가 있다는 증거야."

나는 얇은 가운 위로 배에 손을 가져다 댔다. 그리고 이 아이를 원치 않는다고 수차례 말하며 흐느꼈다. 나는 애원하듯 그녀를 바라보았다.

"제가 어떻게 해야 할까요?"

나는 그녀에게 물었다. 그녀는 잠깐 동안 아무 말 없이 나를 울게 두었다. 한참 후, 그녀는 내 무릎을 만지며 때가 되면 마음이 바뀔 거라고 했다. 내 마음이 바뀔 리 없다는 것을 나는 잘 알고 있다. 이 불쌍한 아기는 언제든 내게 마틴을 떠올리게 할 것이다. 그날 밤을, 그가 한 짓을 기억나게 할 것이다. 갑자기 욕지기가 밀려와 침을 꿀꺽 삼켰다. 그날 밤을 생각하면 아직도 견딜 수가 없다. 이 불쌍한 아기는 언제든 내가 저지른 일을 상기시켜 줄 것이다.

"이 아기는 강간과 살인이 있던 밤에 생겨났어요."

내가 말했다. 그렇게 내 의도를 전달하며 나는 주얼 고모를 뚫어지게 바라보았다. 하지만 목소리가 제대로 나오지 않아 더듬더듬, 속삭이며 얘기했다.

"저는…… 이걸…… 원하지…… 않아요."

나는 말했다. 그리고 만약 내가 아기를 갖는다면 사랑 안에서 생겨난 아기여야 한다고 덧붙였다. 주얼 고모는 나를 계속 바라보며 말없이 고개를 끄덕였다. 그녀가 한참 동안 고개를 끄덕였기 때문에 나는 당황하기 시작했다. 마침내 그녀는 농장에서 멀지 않은 곳에서 살고 있는 백인 가족 이야기를 들려주었다. 부부와 시부모가 함께 살고 있는, 부유하지는 않지만 굉장히 화목한 가정이라고 했다. 주얼 고모는 그 집의 산파였고 두 번의 임신이 모두 사산으로 끝났다고 했다. 여자가 세 번째 임신을 했을 때 주얼 고모는 의사에게 가자고 우겼다. 그렇게 병원에서 분만을 했지만 결국 그 아이 역시 죽었다고 했다. 그 여자의 고통은 짐작만 할 수 있을 뿐이었다.

"뭐가 잘못된 거예요?"

나는 주얼 고모에게 물었다.

"그들도 정확히는 몰라."

그녀는 대답했다.

"하지만 의사는 더 이상 시도하지 말자고 했어. 그 여자에게는 청천벽력 같은 소리였지."

나는 그녀의 의도를 이해하기 시작했다. 나는 그 가족이 이 아기를 데려갈 의향이 있는지 물었다. 주얼 고모는 당연히 그럴 거라고 생각했다.

"그들은 정말 기뻐할 거야. 그들은 네 아기를 온 마음을 다해 사랑할 거야. 장담할 수 있어."

그녀는 말했다. 하지만 내가 결정을 내리기에는 너무 이르다고도 했다. 그녀는 내가 이 아기를 사랑하게 될 거라고 확신한다.

"네 자신보다 훨씬 더 아기를 사랑하게 될 거야."

그녀는 말했다. 나는 천천히 고개를 저었다. 그녀가 틀렸다. 그렇지 않을 것이라는 걸 나는 알고 있다. 제발 그 가족에게 이야기해 달라고 부탁했지만 그녀는 아직 그들과 얘기할 때가 아니라고 거절했다. 나는 다른 여자에게 아기를 넘겨주는 장면을 상상하며 창밖을 바라보았다.

나와는 다르게 무고한 어린 아기에게 끔찍함의 산물이라는 꼬리표를 붙이지 않을 여자. 아기는 그런 여자에게 가야만 한다. 나는 주얼 고모를 돌아보며 이 아기가 어떻게 잉태되었는지 그들에게 말할 거냐고 물었다.

"아니. 아가야."

그녀는 말했다.

"절대 안 할 거야."

그녀는 내 '작은 아기'가 새로운 출발을 해야 한다고 말했다. 누구도 아이 아빠의 죄에 대해 들어서는 안 된다고 했다.

"아니면 엄마의 죄요."

내가 씁쓸하게 덧붙였다. 주얼 고모는 몸을 앞으로 구부려 내 손을 잡고 말했다. 나는 내 생명을 지키기 위한 일을 한 거라고, 누구라도 그랬을 거라고.

"하지만…… 그가 정말로 저를 죽이려고 했는지는 모르잖아요."

내가 말했다.

"그는 네 안의 뭔가를 죽였어. 네 영혼을 죽인거야."

그녀가 내게 말했다.

"나는 그것도 똑같이 큰 죄라고 생각해."

1940년 10월 29일 화요일

이 일기를 쓰기 시작하고 꽤 많은 시간이 흘렀다는 사실에 나는 새삼 놀랐다. 예전에는 이 일기장이 매일 만나는 친구 같았다면, 지금은 내가 살면서 저지른 모든 잘못을 하나하나 되짚어 주는 존재가 된 것 같다.

이제 몸은 너무 불어나서 집 안을 돌아다니는 하마가 된 느낌이다. 아직도 두 달이나 남았다는 주얼 고모의 말이 도저히 믿기지 않는다. 외모도 변했다. 원래도 흰 피부였지만 온종일 집 안에서만 지내는 지금은 하얀 종이처럼 보인다. 검은색 머리는 어깨 아래로 늘어져 있다.

평생 함께했던 앞머리는 사라졌다. 이제 얼굴로 흘러내리는 긴 머리카락을 쓸어 넘겨야 한다. 나는 지난 몇 년 동안 내가 좋아했던 짧은 단발과 앞머리를 계속하고 싶었다. 하지만 주얼 고모는 이 편이 낫다고 했다. 눈에 띄는 머리 모양이 아니라서 내가 떠날 때 남들이 덜 알아볼 거라고 했다. 거울 속 내 자신을 잘 알아볼 수가 없다. 흰 피부에 긴 머리를 한 저 통통한 여자는 누구지? 나는 저 여자를 모른다. 사실, 나는 그녀를 잘 알고 있었다. 예전과 많이 달라진 모습의 그녀는 많은 것을 겪어 낸 이후 마침내 제정신을 되찾았다.

오늘 밤 일기를 쓰기 전, 예전에 썼던 일기를 전부 읽었다. 마.드.(그의 완전한 이름을 적는 것은 심적으로 고통스럽다)와의 일 이후 내가 얼마나 정신을 놓았는지 읽어 내려간 나는 엄청난 충격을 받았다. 이제는 벽화에 오토바이를 그린 여자가 누구인지 모르겠다. 프리다의 입에 박힌 칼을 그린 여자가 누구인지 모르겠다. 인생에서 그 몇 주에서 몇 달간을 도려낼 수 있었으면 좋겠다.

돌이켜 보면 제시는 내 미친 짓에 한없는 아량을 베풀었다. 분명, 그는 그것이 지나가기를 기다렸을 것이다. 제시야, 어디 있니?

때때로 윌리엄스 부인의 우는 모습을 발견하면 따라 울고 싶지만 그녀 앞에서는 절대 울지 않는다. 내게 그럴 만한 자격이 있다고 느껴지지 않는다. 그냥 그녀가 혼자 울도록 내버려 둔다. 그럴 때면 도움이 될 만한 일들을 묵묵히 한다. 그렇게 그녀의 삶이 조금이나마 편해질 수 있도록 돕는다.

한편, 임신이 막바지에 들수록 겁이 난다. 아기가 점점 커질수록 몸 밖으로 아기를 밀어낸다는 걸 상상할 수가 없다. 주얼 고모는 나보다 마른 여자들도 무리 없이 출산해 왔다고 말했지만 그다지 도움이 되지 않았다. 그녀가 말한, 죽은 아기를 낳았다던 백인 여자 생각을 멈출 수가 없다. 주얼 고모에게 내 아기가 태어나면 그 여자가 가질 수 있다는 것을 알려 주라고 했지만 그녀는 여전히 그들에게 말하기를 거부하고 있다. 주얼 고모는 아직도 아기가 태어나면 내 마음이 달라질 것이라고 믿는다. 만에 하나 그렇다 쳐도, 내가 뭘 할 수 있겠는가? 내가 어디로 갈 수 있겠는가? 한 가지 분명한 건 아기를 낳자마자 여기를 떠나야 한다는 거다. 더 이상 윌리엄스 가족을 이런 식의 두려움과 위험 속에서 살게 할 수는 없다.

1940년 12월 16일 월요일

일기를 쓰는 건 이번이 마지막이다. 나는 윌리엄스 씨를 기다리는 중이다. 그는 트럭의 타이어를 고치고 나서 나를 엘리자베스시의 버스 정류장까지 데려다주기로 했다.

일기장은 가져갈 수 없다. 만약 내가 잡히면 일기는 경찰을 곧바로 윌리엄스네 가족으로 이끌 것이다. 가족 모두가 '도망자를 숨긴' 죄로 체포되는 일은 없어야 한다. 나한테 어떤 일이 닥칠지 모른다. 하지만 어떤 상황을 맞닥뜨리든 맹세코 제시의 가족을 지킬 것이다.

아기는 지난주 태어났다. 주얼 고모는 넬리가 내 비명 소리에 겁먹을까 봐 자기 침대에서 아기를 받았다. 고통에 찬 비명 소리가 집을 통과해 헛간으로, 그리고 온 마을에 퍼져 나갔을 것만 같았다. 두려웠다. 주얼 고모는 순산이라고 했다. 그래도 다시는 반복하고 싶지 않다는 사실을 그녀가 알아줬으면 좋겠다. 더욱이 이런 상황에서는……

아기는 빨강머리였다. 나는 그에게 이름을 지어 주지 않았다. 주얼 고모의 예측은 빗나갔다. 나는 아기와 사랑에 빠지지 않았다. 나는 아기의 다정함, 순수함을 느낄 수 있을 만큼 충분히 아기와 함께 있었다. 하지만 사랑은 느끼지는 못했다. 아기의 머리카락을 보자마자 나와는 마지막이라는 것을 알았다. 그게 아기에게는 사소하고 불공평한 이유라는 것도 알고 있다. 그는 죄 없는 아기일 뿐이다. 하지만 아기에게서 추악한 기억을 끌어내지 않을 부모, 아기에게서 순수한 작은 영혼만을 바라볼 수 있는 부모가 그에게도 필요하다. 그리고 지금 아기는 그런 부모를 가졌다. 아기는 지금 새로운 가족과 함께 새로운 집에 있다. 아기의 부모는 이미 아기와 사랑에 빠졌다고 주얼 고모는 말했다. 나는 무감각했다. 멍했고 공허했다. 하지만 옳은 결정이었다는 것만큼은 알고 있다.

어디로 가야 할지 모르겠다. 몇 가지 계획은 있지만 여기에 적지는 않을 것이다. 이 일기장을 불태워야 하지만 차마 그럴 수가 없다. 이건 내 믿음직스러운 친구자 엄마와의 연결고리다. 나는 이것을 넬리의 상자 깊은 곳에 넣으려고 한다. 넬리가 이것을 읽을 수 있으려면 적어도 몇 년은 지나야 할 것이다. 그리고 그 애가 내 비밀을 깊숙이 묻어 둘 거라는 것도 알고 있다. 저 어린 소녀와 나 사이에는 형언할 수 없는 유대감이 있다. 넬리에게서 내 비밀은 영원히 안전할 것이다. 사랑하는 넬리!

새롭게 사용할 이름을 생각해 두었다. 나를 위한 새로운 미래를 만들어 나갈 계획이다. 제시도 그렇게 하고 있기를 바란다. 만약 그가 어딘가에 있다면 언젠가, 어디서든, 어떻게든 나는 그를 찾을 것이다. 나는 그에게 고마움을 빚졌다. 어쩌면 목숨까지 빚졌는지도 모른다.

59장

Morgan
모건

2018년 8월 3일

안나는 어떻게 됐을까?

제시 선생님 방의 일인용 의자에 앉아 일기를 처음부터 끝까지 읽는 내내 그 질문이 머릿속에서 빙빙 돌았다. 나는 자정이 넘어서야 일기장을 덮을 수 있었다. 그녀는 안전하게 윌리엄스 농장을 탈출했을까? 경찰에 잡히지는 않았을까? 그녀의 이야기를 읽고 나니 완전히 진이 빠져 버렸다.

벽화 작업을 하면 할수록 나는 안나를 실제처럼 느끼게 됐다. 이제 안나는 내게 친구와 다를 바 없었다. 나는 그녀가 어떻게 됐는지 알아야만 했다. 그저 좋은 결말이 아닐까 봐 겁이 났다. 제시 선생님은 안나의 이야기가 어떻게 끝나는지 알고 있었을까? 갤러리 중앙에 벽화를 걸고자 한 것은 더 이상 작품 활동을 할 수 없었던 친구에게 바치는 헌사인 걸까? 나는 퀴퀴한 냄새가 나는 낡은 일기장을 협탁 위에 올려 두고 침대에 누웠다. 하지만 오늘 밤 잠들지 못할 거라는 것을 알고 있었다.

한 시간 조금 넘게 누워 있다가 일어나서 청바지와 티셔츠를 입고 리사가 깨지 않게 조용히 집을 나왔다. 나는 일기장을 리사에게 비밀로 했었다. 심지어 올리버에게도 말하지 않았다. 내가 가장 먼저 읽어야 했다. 잠든 이튼턴의 어두운 거리를 지나 갤러리로 걸어가는 동안 나는 일기장을 가슴에 끌어안고 있었다.

발목을 다친 후 처음으로 오랫동안 걸었다. 다행히 갤러리에 거의 다 와서야 조금 절뚝였을 뿐이다. 보안 비밀번호를 누르고 건물 안으로 들어가 로비의 불을 켰다. 내가 불어넣은 색들로 생명력을 얻은 벽화는 당장이라도 벽에서 튀어나올 것 같았다. 벽화 앞의 의자를 치우고 물감을 올려놓은 테이블도 한쪽으로 밀어 놓았다. 나는 로비 바닥에 책상다리를 하고 앉았다. 손은 찢어진 청바지 사이로 드러난 무릎 위에 얹어져 있었다. 그리고 희망과 기쁨으로 벽화를 시작해 두려움과 슬픔으로 끝낼 수밖에 없었던 안나를 생각하며 울기 시작했다.

*

"모건, 일어나요."
올리버의 목소리에 눈을 떴다. 벽화가 시야에 비스듬하게 들어와서 내가 차갑고 딱딱한 로비 바닥에 모로 누워 잠이 들었다는 것을 알았다. 나는 불빛에 눈을 끔벅이며 몸을 일으켜 앉았다.

"밤새 여기 있었던 거예요?"

올리버가 내 옆에 쭈그리고 앉았다. 그의 얼굴에는 걱정이 서려 있다.

"아, 올리버!"

나는 바닥에 있는 일기장을 집으며 말했다. 그리고 그에게 내밀었다.

"이거 꼭 읽어야 해요! 벽화 작업할 때 안나가 쓴 일기장이에요."

"뭐라고요? 말도 안 돼."

그는 일어서서 일기장을 받은 후에 손을 뻗어 나를 일으켜 세웠다.

"어디서 났어요?"

그가 물었다. 나는 전날 저녁 산드라가 찾아온 일과 안나가 윌리엄스 농장에 일기장을 두고 간 경위를 말해 주었다.

"와."

그는 책장을 획획 넘기며 말했다.

"이게 우리에게 얼마나 노다지 같은 정보를 줄까!"

"읽어 봐요."

나는 말했다.

"하지만 그것으로는 그녀가 어떻게 됐는지 여전히 알 수가 없어요."

"어떻게 끝나는데요?"

그는 일기의 마지막 페이지를 펼쳤고 나는 그의 손을 잡아 제지했다.

"처음부터 읽어야 해요."

내가 말했다. 그는 안경 너머로 보이는 수정처럼 맑은 파란 눈으로 나를 향해 웃었다.

"그녀를 사랑하죠. 그렇죠?"

그가 말했다.

"안나 데일 말이에요."

나는 다시 눈물이 날까 봐 그에게서 얼굴을 돌렸다.

"저는 그녀랑 정말 가깝다는 느낌이 들어요."

내 목소리는 약간 쉰 것처럼 들렸다.

"당신도 그럴 거예요. 이걸 읽으면요. 그녀는 너무 많은 것을 겪었어요."

그는 여전히 웃으며 고개를 끄덕였다.

"저는 당신이 이 일에 딱 맞는 사람이라고 생각해요."

그는 벽화 쪽으로 고개를 끄덕였다.

"어쩌면 제시 선생님도 그것을 알고 있었을 거예요."

"어떻게 그럴 수 있었겠어요?"

내가 물었다.

"그분은 저를 만나 본 적도 없어요. 교수님에게 제 얘기를 들었다 한들 분명 좋은 말은 아니었을 거고요."

"어쩌면 그래서 당신에게 도움이 필요하다고 생각했을지도 모르죠. 선생님이 사람들을 바로잡는 걸 얼마나 좋아했는지 알잖아요."

그는 일기장을 테이블 위 컴퓨터 옆에 놓았다.

"모건, 잘 생각해 봐요."

그는 말했다.

"당신은 처음 이곳에 왔을 때 겁을 먹었죠. 스스로에 대한 확신도 없었고요. 약간은 화가 나 있었고 또 약간은 망가져 있었어요. 정작 그림을 복원하는 데는 큰 관심이 없었고 기회를 이용해야겠다는 생각이 더 컸을 거예요."

그는 다시 벽화 쪽으로 고개를 끄덕였다.

"벽화에는 흥미가 전혀 없었어요. 그런데 지금은 완전히 빠져 버렸잖아요. 그렇죠? 안나 데일에 푹 빠졌고요. 모든 과정을 즐겼죠. 결국 환상적인 결과물이 나왔고요."

그는 미소 지었다.

"초보자가 이제 마스터가 됐네요."

홍조가 목에서부터 볼을 타고 서서히 올라오는 것을 느꼈다. 마지막 칭찬은 믿지 않았지만 나머지는 그의 말이 맞았다.

"고마워요."

그렇게 대답한 후 나는 일기장을 쳐다보며 이어 말했다.

"그녀가 어떻게 됐는지 알고 싶어요."

"무슨 말이에요? 그녀에게 무슨 일이 있었는데요? 일기가 어떻게 끝나요?"

그는 일기장을 집어 들었지만 나는 그가 다시 뒷장을 펼치기 전에 막았다.

"처음부터요."

내가 말했다.

"그녀가 겪은 일들을 이해해야만 해요."

그때 차 문을 쾅 닫는 소리가 로비 전체에 울려 퍼졌다. 평소 아담과 와이어트의 트럭에서 나는 소리였다. 그들은 내가 벽화 작업을 계속하는 동안 올리버를 도와 미술품을 설치할 예정이었다. 밤에 일기를 읽는 게 아니라 벽화 작업을 했어야 했다. 나는 올리버를 힐끗 보았다.

"일하러 가야겠어요."

내가 말했다. 물감과 붓을 들고 나와 사랑에 빠지게 된 벽화에게 갔다.

60장

모건

2018년 8월 3일~4일

남자들이 갤러리 곳곳에 그림을 걸어 놓을 동안 나는 저녁까지 벽화 작업을 했다. 그날 아침 일찍 일기를 읽은 올리버는 로비를 지나갈 때마다 나와 함께 안나가 어떻게 됐을지 추측했다.

올리버에게는 단순한 호기심을 자극하는 일일지도 모른다. 그렇지만 내게는 호기심 이상이다. 면직 공장 마을 집의 창문에 비친 해골을 그려 넣는 동안, 당시의 안나가 겪었을 혼란과 괴로움이 고스란히 전해져 가슴이 메어 왔다.

여섯 시 반쯤, 리사는 커다란 피자 상자 두 개를 들고 도착했다. 제대로 된 저녁 식사나 휴식 없이 작업을 이어 가게 할 속셈인 듯했다. 그렇지 않아도 쉴 생각은 없었다. 올리버는 리사에게 상자를 받아 접이식 테이블에 올려놓았고 나는 자리에서 몸을 돌렸다.

"올리버와 제가 보여 줄 게 있어요. 놀라실 거예요."

여전히 손에 팔레트와 붓을 들고 내가 말했다.

"뭔데요?"

리사는 평소보다 더 지쳐 보였다. 그녀의 린넨 정장은 주름이 져 있었고 목 뒤로 묶은 머리는 당장이라도 풀어져 흘러내릴 것 같았다. 올리버가 그녀에게 일기장을 건넸다.

"이걸 읽어 보셔야 해요."

그가 말했다. 나는 붓과 팔레트를 내려놓고 의자에서 일어나 그들 쪽으로 걸어갔다.

"산드라가 그걸 가져왔어요."

내가 말했다.

"제시 선생님이 그린 거라고 생각했던 이 그림들과 같이요."

나는 리사에게 스케치가 그려진 종이들을 건네주었다.

"이건 제시 선생님 그림이 아니에요."

나는 말했다.

"이건 안나 데일이 그린 거예요."

"뭐라고요?"

리사가 물었다.

"어떻게 산드라가 안나 데일의 물건을 가지고 있죠?"

"그 일기를 읽으셔야 해요."

올리버가 말했다. 리사는 성가시다는 표정을 지었다. 그녀는 핸드폰을 슬쩍 바라보았다.

"그냥 뭐라고 적혀 있는지 말해 주세요."

그녀가 초상화들과 일기장을 내려놓으며 말했다.

"지금은 아무것도 읽을 시간이 없어요."

"일기는 정말 엄청나요. 리사."

내가 말했다.

"그게 모든 것을 설명해……."

"당신 말고요."

리사는 나를 향해 손을 내저었다.

"당신은 계속 작업하세요. 올리버가 말해 주면 되니까요."

"일하면서 얘기할 수 있어요."

나는 벽화 앞으로 다시 돌아갔다. 올리버와 나는 이든턴에서 일어난 안나 데일 이야기를 전부 들려주었다.

"어쩜, 세상에."

이야기가 끝났을 때 리사는 말했다. 올리버의 의자에 앉아 있던 그녀는 그 무렵, 몇 초마다 들여다보던 핸드폰 대신 초상화를 한 장씩 살펴보고 있었다.

"그녀는 어떻게 되었을까요?"

"우리도 알았으면 좋겠어요."

올리버가 말했다.

"글쎄요."

그녀가 일어서며 말했다.

"지금 당장은 궁금해도 소용이 없어요. 현재로서는 눈앞에 닥친 더 큰일들이 있으니까요."

그녀는 올리버를 향해 돌아섰다.

"각 작품에 들어갈 해설문은…… 다 준비된 거예요?"

그녀가 물었다.

"이제 벽에 설치한 액자 안에 들어가기만 하면 됩니다."

그가 말했다.

"벽화에 들어갈 것만 빼고요. 이미 세 번이나 고쳐 썼는데 말이죠. 그게 복병이네요."

나는 면직 공장 마을 집들의 지붕에 붓질을 하고 있었다. 내 뒤통수에 닿는 따가운 리사의 시선이 느껴졌다.

"저기요, 모건."

리사가 공간을 가로질러 내게 오면서 말했다.

"당신이 꼼꼼하고 세밀하게 작업하고 있다는 거 알아요. 고맙게 생각하고 있고요. 하지만 내 생각에 남은 부분은 조금 더 빠르게 처리해도 상관없을 것 같아요. 잔디인지 뭔지, 저 아래 구석에 있는 걸 누가 자세히 보겠어요?"

벽화를 마주하고 있던 나는 애써 화를 참으며 적당한 대답을 찾았다.

"저라면 자세히 볼 거예요."

내가 마침내 입을 열었다.

"리사, 저는 제대로 해야만 해요. 걱정하지 마세요. 일요일 아침까지는 꼭 끝낼 거예요."

"다시 고정을 한다거나 해야 하지 않아요?"

리사는 틀에 압정을 꽂아 놓은 벽화의 옆 부분을 만지며 물었다.

"이 압정 대신 디귿자 못 같은 걸로요? 그건 얼마나 걸리는데요?"

올리버가 큰 소리로 대답했다.

"최악의 상황이 닥치면 벽화는 방금 복원이 끝났고 곧 공개한다는 안내 문구를……."

"안 돼요."

리사가 말했다.

"완전히 끝나지 않았다는 것을 써넣으면 안 돼요. 아버지의 유언 집행인인 안드레아 풀러는 오픈 날짜에 올 거예요. 그녀에게 어떤 빌미도 잡혀서는 안 됩니다. 내일 밤까지는 무슨 일이 있어도 끝내야 해요."

그녀는 나를 보았다.

"그냥 되게 해요."

그녀가 말했다.

"그럴게요."

나는 약속했다. 그런데 어떻게? 걱정이다. 내 뒤의 올리버도 같은 걱정을 하고 있을 것이다.

*

남은 저녁 시간 동안 나는 다른 공간에서 들려오는 망치질 소리에서 벗어나기 위해 이어폰을 꽂고 면직 공장 마을 집들의 회색 외관을 칠하며 벽화에 오롯이 집중했다. 하지만 핸드폰의 시간을 확인한 후에는 거의 공황 상태에 빠져 버렸다. 벌써 밤 열시가 다 되어 가고 있다. 이걸 어떻게 제시간에 끝낼 수 있을까? 지난 몇 주간 일찍 잠자리에 들거나 점심을 먹거나 쉬었던…… 일할 수 있었을 시간을 그렇게 보낸 자신에게 화가 났다. 거의 끝나 가고 있었다. 고지가 눈앞이다. 하지만 앞으로 이틀을 꼬박 일해도 마감 시간을 맞출 수 있을 것 같지는 않았다. 창고에 간이침대를 두어야 했던 안나의 마음이 이해가 가기 시작했다. 음악도 나를 진정시키지 못했다. 올리버가 로비를 지날 때 나는 그를 불렀다.

"저 지금 미칠 것 같아요."

나는 바닥에 주저앉아 말했다. 그리고 이어폰을 뺀 후 핸드폰을 그에게 건넸다.

"잔잔한 옛날 사람들 노래 좀 목록에 추가해 주세요."

잠깐 동안 어리둥절해하던 그는 내 요구를 이해한 후 웃으며 내 손에서 핸드폰을 가져갔다.

"들어 봐요."

그가 내 핸드폰 화면을 두드리며 말했다.

"제가 아담, 와이어트랑 이야기 해봤어요. 두 사람은 아침 여섯시에 올 거예요. 일요일 아침이요. 그때 벽화를 틀에 고정해 벽에 설치할 거예요. 그러니까 시간을 조금 더 벌 수 있다는 말이에요. 오픈 시간 직전까지 계속해야겠지만 그래도 끝낼 수는 있을 거예요."

"고마워요."

나는 말했다. 하지만 그 몇 시간이 더 주어진다 해도 끝낼 수 있을지는 의문이다.

"리사한테 굴하지 말아요."

그가 말했다.

"당신에게는 진정성이 있어요. 이 마지막 부분을 급하게 해치워 버리면 스스로 만족할 수 없을 거예요."

그는 풀이 무성한 벽화의 구석을 가리켰다. 그의 칭찬에 갑자기 감정이 북받쳐 침을 꾹 삼켰다. 하지만 벽화를 끝내고 싶은 또 다른 이유도 있었다.

"리사가 집을 잃지 않았으면 좋겠어요."

나는 속삭이듯 작은 소리로 말했다. 나는 어머니의 정원에 대한 그녀의 애착을 떠올렸다. 집 앞 보도의 손도장과 식료품 보관실의 키를 잰 기둥을 떠올렸다.

"그렇게 되면 제 탓일 것 같아요."

"그건 당신 잘못이 아니에요. 당신한테 그런 짐을 지우는 건 온당치 않아요. 그냥 지금 상황에서 당신이 할 수 있는 최선을 다하면 돼요."

그는 내 어깨를 가볍게 쥐어 주고는 핸드폰을 돌려주었다. 몇 분 후, 나와 닮았다는 메리 트래버스의 노래가 흘러나오자 몸에서 긴장감이 조금씩 떠나갔다.

'당신에게는 진정성이 있어요.'

지금껏 누구에게서도 그렇게 빛나는 찬사를 들어 본 적이 없었다. 벽화의 집들을 끝내고 오른쪽 하단의 잔디밭을 칠하는 동안 그 문장은 내 마음속을 이리저리 유영했다.

드디어 마지막을 위해 아껴 두었던 안나 데일의 서명에 점점 더 가까워지고 있었다. 금색으로 적힌 필체는 이제 내 것만큼이나 익숙했다. 이름을 덧칠한다는 생각만으로도 벌써부터 황홀한 기분이 들었다.

자정이 조금 지나서 나는 이어폰을 뺐다. 모든 것이 멈췄다. 갤러리 뒤쪽에서 들리던 망치질이 멈춰 있었다. 트럭 문이 쾅 닫히는 소리가 나서 아담과 와이어트가 뒷문을 통해 갤러리를 떠난다는 것을 알 수 있었다. 잠시 후 올리버가 로비로 들어왔다.

"집에 갈 시간이에요."

그가 내게 말했다.

"계속 일할 거예요."

그는 나를 본 다음 벽화를 보았다.

"너무 늦었어요. 당신도 지쳤고요. 어서요. 내일 일찍 오면 되잖아요."

그는 로비의 입구를 향해 고개를 까딱했다

"리사의 집까지 태워다 줄게요."

"시간이 더 필요해요."

내가 말했다.

"오늘 밤 계속한다면 오히려 망칠 수도 있어요."

나는 면직 공장 마을의 풀들을 바라보았다. 그가 옳다. 피곤한 내 눈에는 흐릿한 녹색에 지나지 않았다.

"알았어요."

내가 말했다. 그는 내가 붓을 세척하는 동안 기다렸다. 그리고 우리는 나란히 그의 밴으로 걸어갔다.

"오늘 나단과 오랫동안 이야기를 나누었어요."

길을 걸으며 그가 말했다.

"스미스산 호수 대 디즈니월드에 대해서요?"

그는 망설였다.

"그보다는 '아빠 대 새아빠 존'에 대해서요."

그는 브로드 스트리트로 눈을 돌리며 말했다.

"꽤 깊은 얘기였어요. 나단은 자기가 존을 사랑한다는 것을 알게 됐대요. 그 때문에 저한테 죄책감이 든다고 하더군요."

나는 손을 뻗어 그의 팔을 만졌다. 나단을 향한 동정심과 그를 향한 애정이 한꺼번에 느껴졌다.

"그래서 뭐라고 했어요?"

내가 물었다.

"누군가를 사랑하는 것은 절대로 죄책감을 느낄 일이 아니라고요."

나는 속으로 미소 지었다.

"멋진 대답인데요."

내가 말했다.

"그래도 듣기 힘들었죠? 나단이 존을 사랑한다는 말?"

"그렇기도 하고 아니기도 하고요."

그는 리사의 집이 있는 거리로 차의 방향을 틀면서 나를 힐끗 쳐다보았다.

"뭐, 너무 당연한 말이지만 제가 나단에게 유일한 아버지였으면 좋겠다 싶기는 하죠. 하지만 나단이 행복했으면 좋겠어요. 그리고 나단의 인생에 좋은 사람이 많을수록 행복할 일도 많을 거예요."

"아, 올리버."

갑자기 눈물이 날 것 같았다.

"나단은 당신 같은 사람을 아빠로 두어서 정말 행복할 거예요."

내가 말했다.

"당신은 정말…… 관대하고 너그러운 사람이에요."

어둠 속에서 그의 쓸쓸한 미소가 어렴풋하게 보였다.

"글쎄요. 저는 그렇지 않은 것 같은데요."

그가 말했다.

"내년에는 나와 같이 스미스산 호수에 가자고 말했어요. 그렇지 않으면 호적에서 파버린다고 얘기했죠."

나는 웃었다. 차는 리사네 진입로에 들어섰다.

"가서 푹 자요."

그가 차를 세우며 말했다.

"내일 일찍 봅시다."

"그래요."

나는 콘솔박스를 가로질러 그의 뺨에 입을 맞추었다. 내 어깨에 닿는 그의 손이 느껴졌다. 천천히 내 팔꿈치까지 내려오는 그의 손가락이 느껴졌다. 그건 내 상상이 아니었다. 그 손길에는 우정 이상의 의미가 담겨 있었다. 그렇다고 내가 먼저 다가가기에는 확신이 서지 않았다. 나는 그가 키스해 주기를 바라며 문 손잡이에 손을 뻗지 않았다. 하지만 그는 그저 내 뺨을 만지며 미소만 지었다. 궁금했다. 그가 나를 안달 나게 하는 걸 알고는 있는지, 아니면 그는 내게 전혀 관심이 없는데 나 혼자 오해를 하고 있는 건지……. 어느 쪽이든 밴에서 내릴 때 나는 그에 대한 갈증으로 현기증이 날 지경이었다.

밴에서부터 현관까지 긴 걸음을 시작한 나는 집 안에 켜진 유일한 불빛을 보고 걸음을 멈추었다. 리사의 이 층 침실이다. 보통 그녀는 일찍 잠자리에 들었다. 리사에게 잠이 들지 못할 걱정거리가 있는 모양이었다.

"이봐요. 모건?"

올리버가 그의 밴 창문을 통해 나를 불렀다.

"괜찮아요?"

그는 내가 안전하게 집 안까지 들어가기를 기다리고 있었다. 나는 미소를 지어 보였다. 그의 따뜻한 손길은 아직도 뺨 위에서 나와 함께 있다. 나는 그에게 손을 흔들었다. 그리고 아주 짧은 잠을 위해 집 안으로 들어갔다.

61장

Morgan
모건

2018년 8월 4일

오늘 아침, 갤러리에 도착했을 때 올리버는 접이식 테이블에 앉아 플라스틱 틀 안에 작품 설명을 끼우고 있었다. 나는 알람 시간에 맞춰 일어났지만 도중에 블루베리 머핀을 먹느라 일곱 시 반에야 겨우 도착할 수 있었다.

나는 그와 "안녕하세요"를 교환하기 위해 이어폰을 뺐다. 전날 밤, 우리 사이에 있었던 미묘한 기류가 떠올라 오늘 아침 그의 시선을 받는 게 조금 버거웠다. 그저 내 팔을 가볍게 쓰다듬은 것이 다였지만 말이다. 나는 그의 손길이 우정 이상이었다고 확신한다. 누구도 친구를 그런 식으로 대하지는 않는다.

"줄 게 있어요."

그가 벽에 들어갈 설명문을 내려놓으며 내게 말했다. 나는 그의 테이블로 걸어갔다.

"뭔데요?"

나는 궁금해하며 물었다. 그는 테이블 위의 수첩을 한 장 찢어 내게 내밀었다.

"에밀리 맥스웰의 주소랑 전화번호예요."

그가 말했다. 예기치 못한 상황에 놀란 나는 양손을 옆구리에 얹은 채 굳어 버렸다.

"말도 안 돼."

그는 내 손을 들어 손바닥에 종이를 쥐어 주었다. 나는 고개를 숙여 종이를 바라보았다.

에밀리 맥스웰, 노스캐롤라이나 에이펙스 켈러만 스트리트 5278번지

거기에는 전화번호도 있었다.

"이걸 어떻게 알아냈어요?"

내가 물었다.

"주 정부에서 일하는 친구가 있어요. 쉽게 찾았다고 하던데요."

"제가 할 수 있을지 모르겠……."

내 목소리가 점점 희미해졌다. 나는 입술을 깨물며 그를 보았다.

"제가 겁쟁이라고 생각해요?"

내가 물었다.

"제가 판단할 일이 아닌 것 같아요."

그의 표정은 냉정했다.

"당신이라면 어떻게 할지 궁금해요."

그는 내 손에 있는 쪽지를 향해 고개를 끄덕였다.

"당신이 그녀와 이야기하고 싶다고 마음만 먹으면 방해가 될 건 아무것도 없어요."

"고마워요."

나는 맥없이 미소 지으며 말했다. 청바지 주머니에 종이를 넣고 벽화 앞 내 자리로 향했다. 쪽지가 바지 안에서 불타고 있는 것 같았다. 주머니 안의 쪽지는 계속해서 존재감을 알려 왔다. 이 종이에 에밀리의 주소가 적혀 있다. 그러나 내가 알고 싶은 것, 알아야 할 것까지 적혀 있지는 않다. 그녀는 어떻게 지냈을까? 그녀의 인생은 얼마나 처참하게 망가졌을까?

나는 일에 집중하려고 노력했다. 아담과 와이어트는 모든 작품의 설치를 마쳤고 이제 갤러리는 완전한 정적에 둘러싸여 있었다. 오늘 그들은 나오지 않을 것이다. 나는 그들이 내일 이른 아침에 벽화를 설치하겠다고 한 약속을 기억하고 있기를 바랐다. 그렇게 되려면 나는 오늘 밤새 작업해야 할 것이다. 그러고 나면 내 일은 끝난다.

오늘 아침 벽화를 본 사람이라면 누구라도 복원이 끝났다고 생각할 것이다. 하지만 내 눈에는 아직 오른쪽 하단에서 "나를 마무리해 줘"라고 외치고 있는 부분이 보였다. 이제 시간은 이십사 시간도 남지 않았다. 그마저도 내가 밥을 먹거나 잠들지 않는다고 가정했을 때 얘기다. 물감을 섞어 팔레트에 얹었다. 리사가 도착했을 때 나는 다시 면직 공장 마을의 잔디밭을 칠하고 있었다.

"안녕하세요. 두 분."

그녀가 말했다.

"올리버, 사무실 가는 길에 지역 신문인『샬롯 옵서버』에 연락했다는 사실을 알려 주려고 들렀어요. 안나 데일의 이야기 때문에요. 그들이 기자들을 보내면 자연스럽게 우리 갤러리 홍보도 될 테니까요."

그녀는 핸드폰을 보았다.

"그리고 행사를 위한 뷔페 업체를 드디어 섭외했어요. 하지만 우리가 일요일에 오픈할 수 있는 건 두 사람 덕분이에요."

나는 몸을 돌려 나를 바라보고 있는 리사를 마주했다. 그녀의 얼굴에는 진심 어린 고마움과 혹시 모를 우려가 뒤섞여 있다.

"끝날 거예요."

나는 그녀에게 확신을 주며 말했다.

"어서 가봐요. 리사."

올리버가 말했다.

"모든 게 잘되어 가고 있어요."

*

올리버가 설명문을 전부 설치한 것은 정오 무렵이었다. 그는 여전히 잔디밭에서 씨름하고 있는 내게 걸어왔다. 그는 내 이어폰

하나를 빼고 말했다.

"당신은 여기 몇 시간 째 앉아 있었어요."

그가 몸을 구부려 내 굳어진 손에서 붓을 빼내며 말했다. 너무 지쳐서 저항조차 할 수 없었다.

"한숨 돌리는 게 어때요? 그동안 제가 할게요. 부엌에 먹을 게 좀 있어요. 벽에는 그림들이 걸려 있고요. 가서 좀 먹어요. 좀 보고요. 꽤 멋지거든요."

나는 벽화 앞에 앉은 그대로 굳어 버린 것만 같았다. 나는 그를 올려다보았다. 그리고 그의 손에 있는 붓을 가리켰다.

"이건 제 일이에요."

내가 말했다.

"제가 좀 도와주면 안 될까요?"

나는 잠깐 생각했다. 덥고 피곤했다. 배가 고팠다. 마침내 팔레트에 섞어 놓은 색을 가리키며 설명했다.

"이건 잔디밭의 그늘진 부분에 쓰는 거예요."

"알았어요."

그는 내게 손을 내밀었고 나는 뻣뻣하게 일어났다.

"삼십 분 정도 쉬어요."

그가 말했다.

"그냥 편하게 있어요."

나는 냉장고에서 찾은 고무 같은 피자 조각을 순식간에 먹어 치우고 콜라를 들고 갤러리 안으로 들어갔다. 경제적으로든 다른 방식으로든 제시 선생님이 지원했던 학생들의 작품이 가장 궁금했다. 내 그림도 다른 학생들 것과 같은 공간에 걸려 있다면 좋았을 텐데……. 그래도 그런 건 크게 중요한 것이 아니었다. 내가 가장 자랑스럽게 여기는 작품이 로비에 걸릴 테니까. 갤러리에 걸어 들어오면 가장 먼저 눈에 들어오는 위치에, 모두가 거쳐야만 하는 곳에 설치될 테니까.

학생 작품 전시실 곳곳에 조각품들이 설치돼 있었지만 나는 이차원적인 작품에 더 끌렸다. 그림에서 그림으로 옮겨 다니며 올리버가 각각의 작품에 붙인 글귀를 읽었다. 그러다가 비행기의 동판화 앞에 멈춰 섰다. 동판화를 바라보며 표현의 세심함에 경탄하고 또 경탄했다. 작품 설명에는 위탁가정에서 살던 중학생 소년을 제시 선생님이 발견했다고 적혀 있었다.

각 작품 옆의 글귀들을 읽고 있자니 감동으로 콧등이 시큰댔다. 마치 화가의 배경과 제시 선생님과의 관계를 설명해 주는 올리버의 목소리가 바로 옆에서 들리는 것 같았다. 수백 번은 던진 질문이지만 어째서 그분이 나를 선택한 건지 다시금 궁금해졌다. 그렇게 학생들의 그림을 보며 나만의 감상에 고스란히 빠져들었다.

그 자리에서 나는 그리고 싶은 열망, 창조에 대한 갈망이 나를 압도하기를 기다렸다. 하지만 그런 감정은 생겨나지 않았다. 솔직히 말하면 그곳의 작품들을 보면서 나는 묘한 거리감을 느꼈다. 그림을 평가하고, 감탄하고, 분석할 수는 있었다. 그러나 그걸 그려 낸 화가들의 재능이 탐나지는 않았다. 교수님들은 내게서 대단한 재능이 보이지 않는다고 한결같이 말했었다.

나도 잘 알고 있었다. 무엇보다 미술을 사랑했지만 창작 과정을 온전히 즐긴 적은 없었다. 마음속에서는 선명하게 떠오른 이미지를 이젤 위의 캔버스에 그대로 옮겨 낼 수가 없었다. 그때마다 나는 좌절했다.

벽화 복원이야말로 내가 진정 즐겼던 일이라는 생각이 불현듯 뇌리를 스쳤다. 갑작스러운 깨달음에 놀라 손으로 입을 막았다. 지난 몇 주간 감옥으로 되돌아갈지 모른다는 걱정, 트레이를 향한 분노, 에밀리에 대한 죄책감에 에너지를 할애하느라 벽화 작업이 주는 기쁨을 만끽하지 못했던 것이다.

옆 전시실에 전시된 것은 전부 제시 선생님의 그림이었다. 그중 일부는 내게도 익숙했다. 나는 핸드폰을 힐끗 보았다. 삼십 분의 휴식이 거의 끝 나가고 있었다. 선생님 작품을 보는 것은 나중으로 미루어야 할 것 같았다.

제시 선생님이 소장했던 다른 작가들의 작품이 있는 세 번째 전시실로 들어갔다. 전부는 아니지만 대부분이 노스캐롤라이나 출신 작가들의 그림이었다. 오늘은 내게 주어지지 않은 시간을, 어떻게 해서든 내고 싶게 만드는 공간이었다. 나는 전시실 한가운데에 서서 모든 작품을 한 번 훑어보듯 천천히 원을 그리며 돌았다.

프랜시스 스파이트Francis Speight의 겨울을 담은 풍경화가 있었다. 아마도 내가 이 방에서 가장 좋아하는 작품일 어니 반스의 멋진 그림도 있었다. 그의 그림 안에는 길쭉길쭉한 흑인 남녀들이 복숭앗빛 바탕에서 춤을 추고 있는 모습이 담겨 있었다.

케네스 놀런드Kenneth Noland의 방사형 이미지를 표현한 그림 중 하나와 바버라 피셔Barbara Fisher의 흥미로운 흑백 작품도 있었다.

하지만 그 방의 가장 중심에 있는 그림은 제시 선생님의 집에서 가져온 주디스 시플리의 「데이지 화환」이었다. 이든턴에 도착한 이래로 나는 거의 매일, 데이지꽃 들판에 앉아 있는 네 명의 소녀들 앞을 지나다녔다. 하지만 지금까지는 시플리가 자신의 어머니에게 바치는 상징인 붓꽃을 발견하지 못했다. 이곳 전시실에서 그 거대한 그림은 완벽하게 빛을 발하고 있었고 나는 곧바로 보라색 꽃을 찾아냈다. 붓꽃은 끝없이 펼쳐진 노란 데이지 꽃밭의 한쪽에 수줍고 섬세하게 모습을 드러내고 있었다. 나는 붓꽃을 보고 미소 지었다. 그런 식으로 기리고 싶은 엄마를 가졌다는 건 얼마나 행복한 일일까.

*

로비로 돌아온 나는 면직 공장 마을의 풀들을 조심스럽게 칠하고 있는 올리버를 보았다. 나는 붓을 돌려받기 위해 손을 내밀었다.

"계속 도와줄 수 있어요."

내 반대편 쪽으로 붓을 들어 올리면서 그가 말했다.

"혼자서는 마감 시간에 맞출 수 없다는 거 알고 있죠?"

나는 표면이 벗겨진 풀들과 갈라진 서명을 보았다. 그의 말이 맞다. 아침이 되면 아담과 와이어트는 오른쪽 하단이 완성되지 않은 채 형편없이 복원된 벽화를 걸어야 할 것이다.

안드레아 풀러는 미술에 관심이 많은 사람일까? 조그만 영역이지만 대충 마무리한 부분이 있다는 것을 그녀는 알아차릴 수 있을까? 아마 아닐 것이다. 그래도 그동안 꼼꼼하게 작업해 온 걸 생각하면 한쪽을 엉망으로 남겨 둘 수가 없었다. 나는 다시 한번 그에게 붓을 달라고 손짓했다.

"이건 제 일이에요."

내가 말했다. 그는 이번에도 붓을 주지 않았다.

"제 솜씨도 꽤 괜찮아요."

그는 말했다.

"도와줄게요. 제가 여기 잔디 부분을 칠할게요."

그는 풀밭을 가리키며 말했다.

"당신은 서명 작업을 하면 되고요."

썩 내키지 않았지만 나는 그의 옆에 앉아 다른 붓을 집어 들었다. 우리는 다섯 시까지 함께 일했다. 중간에 짬을 내 중국식 치킨과 에그롤을 주문해 먹기도 했다. 다시 작업으로 돌아갔을 때는 희망이 보이기 시작했다. 올리버의 붓놀림이 내 것만큼 깔끔하지 않다고 생각했지만 말을 꺼내지는 않았다. 아무도 눈치채지 못할 것이다. 중요한 건 우리가 일을 마쳐 가고 있다는 사실이다. 저녁을 먹고 나서 그림을 그리는 동안 올리버는 계속해서 말을 걸었다.

"그럼, 당신은 트레이를 정말로 사랑한 건가요?"

그가 물었다. 생각하지 못한 질문에 나는 시간이 필요했다.

"저는 그가 되려고 했던 트레이를 사랑했던 것 같아요."

내가 말했다.

"트레이 그 자체가 아니라요. 그리고 그는 저를 사랑하지 않았어요. 사랑한다고 말은 했지만 그는 사랑의 진정한 의미를 전혀 모르고 있었어요. 그가 저를 대한 방식은, 사랑하는 사람을 대하는 방식은 아니었죠."

나는 팔레트의 물감에 붓을 가져다 댔다.

"우리 부모님이랑 똑같아요."

"부모님이 정말로 당신을 사랑하지 않았다고 생각해요?"

"그건 확실해요."

나는 그를 쳐다보지 않은 채 대답했다.

"당신한테는 좋은 부모님이 계실 거고 당신도 좋은 아빠니까 이해하기 어려울 거예요. 하지만 우리 부모님은 자식을 조금도 신경 쓰지 않았어요. 그리고 이제 저도 그들을 신경 쓰지 않아요."

내가 쥔 붓이 캔버스 위 '데일'의 D에 도착했다. 화가 났지만 안나의 금색 서명을 망칠 수는 없었다. 나는 올리버를 바라보았다.

"세상 그 누구도 자신을 사랑하지 않는다는 것을 깨닫는 건 꽤 기분 더러운 일이에요."

내가 말했다.

"그건 꼭 쓸모없는 사람이 된 것 같거든요."

나는 다시 벽화로 고개를 돌려 D에 조심스럽게 붓을 가져다 댔다. 잠깐 동안 우리는 아무 말도 하지 않았다. 마침내 올리버가 침묵을 깼다.

"당신은 훨씬 더 나은 대접을 받을 자격이 있어요."

그가 조용히 말했다.

"지금까지 그렇지 못했던 건 정말 유감이에요."

"음악을 좀 듣죠."

나는 대화를 끝내고 싶어서 말했다.

"좋아요."

올리버가 붓을 내려놓았다.

"사무실에 있는 스피커를 가져올게요. 누구의 음악을 들을 건지를 놓고 좀 싸워야 할 것 같네요."

그는 로비에서 나갔고 혼자 남은 나는 미소를 지었다. 우리는 그의 음악을 듣기로 했다. 나는 그에게 큰 신세를 졌다. 그는 내일 개관식을 위해 집에서 쉴 수도 있었다. 대신 그는 여기서 나를 돕고 있다. 나는 그를 기분 좋게 해주고 싶었다. 그는 지금껏 내가 만나 본 사람들 중 가장 좋은 사람이었다.

그가 없는 동안 나는 안나의 서명 작업으로 돌아갔다. '데일'의 D에 뭔가 이상한 것이 있었다. 글자의 윗부분이 좀 바랜 것 같아 보였다. 내가 충분히 닦아 내지 못한 걸까? 그 구역을 다룰 때 내가 좀 덤벙댄 모양이었다. 벽화 주변의 바닥에는 아직도 증류수 병들과 면을 감은 나무 막대들이 어지럽게 널려 있었다. 나는 막대를 집어 들고 D의 윗부분을 조심조심 문지르기 시작했다. 글자는 깨끗하게 닦이지 않았다. 금색 물감은 꿈쩍도

하지 않는 얼룩들로 가려져 있었다. 물감인가? 나는 제대로 보기 위해 눈을 가늘게 뜨고 몸을 뒤로 젖혔다. 그제야 나는 내가 보고 있는 것을 이해할 수 있었다. 온몸에 전율이 감돌았다.

'이럴 수가.'

나는 허둥거리며 일어섰다.

'이건 말도 안 돼.'

6부

눈이 부시게

62장

Morgan
모건

2018년 8월 4일

로비에서 나온 나는 구부러진 복도를 달려 올리버의 사무실로 들어갔다. 그는 벽에서 스피커 코드를 뽑고 있었다. 나는 그에게서 스피커를 빼앗아 다시 책상에 올려놓았다.

"저랑 같이 가요!"

나는 그의 손을 잡고 말했다.

"무슨 일이에요?"

사무실에서 복도로, 나한테서 거의 끌려 나오다시피 한 올리버는 웃음을 터뜨렸다. 로비에 도착한 나는 안나의 서명을 가리켰다.

"자, 봐요!"

나는 말했다.

"'데일'의 D를 자세히 봐요. 뭐가 보여요?"

올리버는 벽화 근처에 쪼그리고 앉았다.

"꽃인가? 보라색……."

그는 안경 너머 휘둥그레진 눈으로 나를 바라보았다.

"그냥 우연의 일치겠죠."

그는 말했다.

"우연이 아니에요!"

내가 흥분해서 말했다.

"안나의 서명을 봐요. 그다음에 저쪽 방으로 가요."

올리버는 일어서서 시플리의 그림이 걸려 있는 전시실로 나를 따라 들어왔다. 그의 옆에서 나는 데이지 꽃밭의 붓꽃을 가리켰다. 올리버는 서명 속 주디스 시플리의 독특하고 둥근 필체를 자세히 살폈다. 둥글둥글한 글씨체 말고도 공통점이 있었다.

"여기 봐요."

나는 이름을 가리키며 말했다.

"'시플리'의 소문자 l과 e는 '데일'에서 쓴 것과 똑같아요."

"빌어먹을. 맙소사."

그는 말했다. 그의 입에서 나오는 욕을 이렇게 가까이서 들은 건 처음이었다. 갑자기 웃음이 터져 나왔다.

"안나는 잡히지 않았어요!"

나는 두 손을 가슴에 모으고 말했다. 형언할 수 없는 벅찬 감정이 끓어올랐다.

"그녀는 계속 그림을 그렸고 중간에 어떻게든 제시 선생님과 다시 연결됐어요. 그래서 안나의 작품들을 제시 선생님이 갖고 있게 된 거예요. 그녀는 이름을 바꿨어요, 올리버! 안나는 새로 태어난 거라고요."

"좋아요. 속단하지는 말자고요."

올리버가 침착해진 목소리로 말했다.

"조금 더 자세히 살펴봅시다."

벽화 작업에 집중해야 할 귀중한 삼십 분 동안 우리는 로비와 「데이지 화환」이 걸린 전시실을 왔다 갔다 했다. 눈의 모양, 손가락과 손톱을 그려 낸 방식, 붓질의 강도, 물감 층의 두께를 하나하나 비교했다.

"이건 확실히 안나의 작품이에요."

데이지 꽃밭 앞에서 나는 다시 한번 확신에 차서 말했다.

"이 붓놀림을 연구하면서 지난 한 달을 보냈어요."

올리버는 활짝 웃으며 내 어깨에 팔을 둘렀다. 무심코 나온 행동이었을 것이다. 나는 그의 행동에 의미를 부여하지 않으려 애썼다.

"저 혼자서는 눈치채지 못했을 거예요."

그는 팔에 단단히 힘을 주었고 내 몸은 부드럽게 그쪽으로 기대졌다.

"잘했어요. 셜록 홈즈."

그가 말했다.

"그냥……."

내 어깨에 안착한 팔의 무게에 정신이 팔린 나머지 생각의 사슬이 툭 끊어져 버렸다. 그가 쓴 애프터 셰이브의 향기와 가죽 냄새에, 가까이 있는 그에게 정신이 팔려 버렸다.

"그건 붓꽃이었어요."

달리 할 말이 떠오르지 않아 내가 나직이 속삭였다. 머릿속이 갑자기 뒤죽박죽 엉켜 버렸다. 그런데 그때 올리버가 쓴 그림 옆 설명문이 눈에 들어왔다.

"아, 안 돼."

내 입에서 실망 가득한 탄식이 흘러나왔다.

"왜 그래요?"

그는 내 어깨에서 팔을 내렸다. 나는 벽의 글귀를 가리켰다.

"주디스 시플리는 아직 살아 있지만 생년월일을 좀 봐요. 1922년 6월 7일. 안나 데일은 벽화를 그릴 때 스물두 살이었으니까 1918년에 태어난 거예요."

올리버가 웃었다.

"그녀가 이름을 바꾸었다면 아마 생년월일도 바꾸었겠죠. 그렇게 생각하지 않아요?"

그가 말했다.

"나이를 몇 살 줄일 기회를 잡았다, 그런 말인가요?"

그가 옳을 거라는 희망을 품으며 나는 입술을 깨물었다.

"이제 어떻게 하죠?"

나는 그림 쪽으로 고개를 끄덕이며 물었다.

"그린빌의 갤러리에 있는 미술품 감정사를 알고 있어요.

그에게 전화를 걸어 의견을 좀 물어볼게요."

올리버가 말했다.

"확실하지 않은 사실을 대중에게 공개할 수는 없으니까요."

"아직 의심이 들어요?"

"아니요. 반대로 우리 추측이 사실이 아니라면 충격을 받겠죠."

그는 말했다.

"그래도 저는 전문가가 아니니까요."

"주디스 시플리가 오픈일에 올 가능성은 없을까요?"

내가 물었다. 그녀를 실제로 만날지 모른다는 생각에 벌써부터 가슴이 두근댔다. 하지만 아흔여섯, 아니 백 살의 그녀는 지금 뉴욕에 살고 있다. 만날 수 있는 가능성은 낮았다.

"그렇지는 않을 것 같아요."

올리버가 말했다.

"리사 말에 의하면 제시 선생님의 소장품에 있는 화가 중 두 분 정도만 올 수 있다고 해요. 대부분이 사망했고 나머지는 너무 나이가 많거나 멀리 살고 있어서요."

나는 그 그림을 응시했다.

"그녀를 여기로 데려와야 해요."

"어떻게 제안할 생각이에요?"

"전화를 걸어서…… 혹시라도 올 수 있는지…… 하지만 직접적으로 그녀가 안나인지 물어보지는 못할 것 같아요. 물어봐도 될까요? 그랬다가는 그녀가 겁을 먹고 심장마비를 일으킬지도 몰라요."

"그녀는 안나가 아닐지도 몰라요. 모건."

올리버가 말했다.

"우리 너무 기대는 하지 말아요."

그는 데이지 꽃밭 쪽으로 고개를 끄덕였다.

"우리는 지금 우리가 보고 싶은 것만 보고 있는지도 몰라요."

「데이지 화환」, 80년대 중반 作, 유화

주디스 시플리

1922. 6. 7~

주디스 시플리의 어린 시절이나 그녀가 공식적으로 받은 미술 교육에 대해서는 알려진 바가 없다. 출생지 역시 미상이다. 뉴욕에서 젊은 시절을 보냈지만 뉴욕의 미술학교 출신은 아니다. 동시대의 화가인 제시 제임슨 윌리엄스와 마찬가지로 극사실주의를 선호했다. 시플리는 50년대 후반에서 80년대 후반에 주목할 만한 작품들을 남겼다. 활기 넘치는 그 시기의 작품들은 전 세계의 미술관에 전시되어 있다. 돌아가신 어머니에게 바치는 헌사로써 항상 그림의 어딘가에 붓꽃을 숨겨 놓기 때문에 그녀의 작품은 호기심 많은 관람자들에게 퍼즐이 되기도 한다.

「데이지 화환」은 1988년 제시 제임슨 윌리엄스가 화가로부터 받은 선물이다.

사생활: 1952년 시플리는 그녀의 미술 에이전트인 맥스 엔터호프 (1921~1999)와 결혼했다. 그들의 외동딸 데브라는 2014년 사망했다. 시플리는 현재 뉴욕에서 손녀와 함께 작업실을 운영 중이며 신인 화가들을 양성하고 있다.

63장

Morgan

모건

2018년 8월 4일

"우선."

리사는 올리버의 접이식 테이블에 앉아 말했다.

"로비와 저 전시실에 있는 작품의 화가에 대해 감정사로부터 확실한 정보를 얻을 때까지는 아무도 그 사실을 입 밖에 내면 안 돼요……. 까딱하면 바보가 될 수도 있어요."

"네, 맞아요."

내가 대답했다. 나는 벽화 앞의 바닥에 앉아 리사와 올리버를 마주 보고 있었고, 올리버는 테이블 가장자리에서 팔짱을 끼고 서 있었다. 우리는 리사에게 가능한 한 빨리 갤러리로 와달라고 전화했다. 그녀는 그림들 사이의 유사성에 흥미를 느끼면서도 회의적인 태도를 고수했다.

올리버가 그린빌 미술관의 감정사에게 연락했지만 그는 다음 주 후반은 되어야 이든턴에 올 수 있다고 했다. 벽화의 비밀은 당분간 우리끼리만 알고 있어야 했다.

"그리고요."

리사가 덧붙였다.

"나는 주디스 시플리를 수도 없이 만났어요. 다른 화가들과 마찬가지로 그녀도 우리 집을 몇 년간 들락날락 했어요. 그녀는……."

"어떤 사람이었어요?"

내가 말을 가로챘다.

"미술은 내가 아니라 아버지의 세상이었다는 것을 당신도 지금쯤은 알고 있을 텐데요. 아버지 주변에는 항상 동료 예술가들이 있었어요. 나는 그들에게 눈곱만큼도 관심이 없었고요. 그저 주디스 시플리와 몇 번 자리를 함께했던 것만 기억나요. 심지어 나는 그녀가 어떻게 생겼는지도 설명할 수가 없어요."

나는 짧고 검은 단발머리를 상상했지만 안나가 이든턴을 떠나기 전 머리를 길게 길렀다고 썼던 것이 기억났다. 그리고 그건 아주 오래전 일이었다.

"주디스 시플리가 갤러리 오픈 초대에 대해 뭐라고 말했어요?"

올리버가 물었다.

"안 오는 게 확실해요?"

"그녀는 '참석하지 않음'에 동그라미를 친 답장 카드를 보내왔어요. 그렇게도 하지 않는 사람이 태반이죠."

리사가 말했다.

"왜 사람들은 응답 카드를 돌려보낼 만큼의 배려도 하지 않는지 모르겠어요."

'참석하지 않음'이라는 대답에 동그라미 쳐진 카드가 머릿속에 떠올라 아쉬운 기분이 들었다. 하지만 뭘 기대했던 걸까? 과거 비밀이 담긴, 제시와의 오랜 우정을 설명하는 주디스로부터의 편지?

"제가 전화해 봐도 될까요?"

내가 물었다.

"전화번호 가지고 있죠?"

"뭐라고 하게요?"

올리버가 물었다.

"안나 데일인지 바로 물어보면 안 돼요."

리사는 경고가 담긴 묵직한 목소리로 말했다.

"만약 그게 사실이라면 그녀는 오랫동안, 정말 오랫동안 비밀을 간직해 온 거예요. 나는 그녀를 당황하게 만들고 싶지 않아요."

"안 그래요. 그렇게 하지 않을 거예요."

내가 말했다.

"그냥…… 여기에 오래된 우체국 벽화가 있다고만 말해도 될까요? 어쩌면 그녀의 반응에서 뭔가 알아낼 수 있을지도 몰라요."

그들은 둘 다 조용했다. 마치 내 제안을 두고 고심하는 듯 허공을 바라보았다.

　　"그 정도는 크게 문제될 게 없어 보이네요."

　　올리버가 마침내 말했다.

　　"아버지 연락처에 있는 주디스 시플리의 번호가 아직 유효한 건지 모르겠어요."

　　리사가 말했다.

　　"아마 그 사람은 지금쯤 양로원에 있을 거예요."

　　"하지만 아직 작업실에 있다고 쓰여 있는데요."

　　내가 말했다.

　　"미술 작업실에요."

　　리사가 일어섰다.

　　"좋아요."

　　그녀는 말했다.

　　"올리버가 전화하는 게 좋겠어요. 당신은 계속 그림을 그려야 하니까요. 그리고 올리버, 당신이 이 갤러리의 대표라는 것을 항상 기억하세요."

　　"알았어요."

　　올리버는 손에 붓을 쥐고 앉아 있는 나를 바라보며 말했다. 안나, 아니 주디스와 대화할 수 있는 기회가 지금 막 날아갔다는 사실에 괴로워하는 나를 바라보면서…….

　　"벽화의 저 구석 부분 고칠 거죠, 모건?"

　　내 뒤에서 그렇게 묻는 리사의 목소리가 들렸다. 나는 터져 나오려는 짜증을 꾹꾹 억눌렀다.

"내일 아침 갤러리를 열 때 안드레아 풀러가 아빠의 유언이 지켜졌는지를 확인하러 와 있을 거……."

"걱정 마세요."

내가 말했다.

"내일 아침까지는 끝나요. 문제없어요."

그게 가능할지는 나도 알 수가 없었다.

*

리사가 떠나고 오 분 후, 나는 올리버의 테이블에 앉아 그가 불러 주는 뉴욕의 전화번호를 내 핸드폰에 입력했다.

"당신이 전화를 걸어야 해요."

리사가 간 다음 그가 내게 말했다.

"그녀는 당신의 화가예요."

신호음은 아주 오랫동안 울렸다. 내 상상 속에서 주디스 시플리는 부엌 벽에 부착된 구식 전화기를 향해 절뚝거리며 걸어가고 있었다. 아니면 휠체어에 있을 수도 있다. 아니면 양로원에 있어서 아무도 전화를 받지 않는 것일지도 모른다. 드디어 찰칵하는 소리와 함께 통명스러운 여성의 목소리가 흘러나왔다. 분명 노인은 아니었다.

"시플리 댁입니다."

"여보세요!"

나는 올리버가 들을 수 있도록 재빨리 스피커폰 버튼을 누르며 말했다.

"저는 모건 크리스토퍼라고 합니다. 시플리 씨와 통화할 수 있을까요?"

여자는 대답이 없었다. 불현듯 '시플리 씨'가 죽었을지 모른다는 끔찍한 생각이 들었다. 마침내 그녀가 대답했다.

"시플리 씨는 지금 전화를 받을 수 없습니다."

그녀는 말했다.

"아, 그런가요. 여기는 이든턴에 새로 생긴 제시 제임슨 윌리엄스 갤러리입니다. 내일 있을 개관 행사에 초대하고 싶어서요. 이곳에 선생님 작품이 몇 점 있는데……."

"이미 회신을 했는데요."

여자가 차갑게 쏘아붙였다.

"네. 하지만 우리는 그분이 마음을 바꾸셨으면 해요. 제가 직접 이야기할 수 있을까요?"

"시플리 씨는 더 이상 먼 곳에 가지 않아요."

대답과 동시에 수화기를 내려놓는 소리가 들렸다. 나는 올리버를 향해 얼굴을 찌푸렸다.

"제가 망쳐 버린 것 같아요?"

올리버가 전화를 했어야 했는지 궁금해하며 물었다. 그에게는 다른 대답을 이끌어 내는 마법 같은 능력이라도 있는 것처럼 말이다. 올리버는 고개를 흔들었다.

"다른 사람이 전화를 했어도 그렇게 얼음장 같은 여자의 대답이 바뀌었을 리 없어요."

그가 말했다.

"감정사로부터 확답을 들은 후에 주디스에게 개인적인 편지를 써도 괜찮을 것 같아요."

*

올리버와 나는 벽화 작업으로 돌아왔다. 리사가 다시 나타나 그가 나를 도와주는 장면을 보게 될까 봐 나는 수도 없이 뒤를 힐끗거렸다.

"지금 상황에서 리사가 신경이나 쓸 것 같아요?"

그의 물음에 나는 고개를 저었다. 벽화 작업의 99퍼센트는 내 힘으로 했다. 그 정도면 내 힘으로 완성했다고 말하기에 충분했다.

우리가 일을 끝냈을 때는 새벽 세 시가 다 되어 가고 있었다. 나는 정말 피곤했지만 오른쪽 아래 황금빛 서명에서 눈을 뗄 수가 없었다. 'D'에 맞게 섬세하게 구부러진 붓꽃.

올리버는 갤러리에서 나를 거의 끌고 나오다시피 했다. 그러고는 자기 밴에 나를 태웠다. 어둡고 인적이 드문 거리를 지나 그는 리사의 집으로 차를 몰았다. 우리는 둘 다 조용했다. 기진맥진했다. 하지만 리사네 진입로에 차를 세우고 내가 차 문을 열려고 손을 뻗었을 때 그가 말했다.

"모건?"

나는 그를 보려고 몸을 돌렸다. 가로등이 그의 코에서 입술로 떨어지는 완벽하게 아름다운 선을 비추었다.

"그냥 알아줬으면 좋겠어요……."

그는 주저하며 내 쪽으로 몸을 돌렸다.

"당신은 한 번도 사랑받아 본 적이 없다고 했었죠? 그건 틀렸다고 말해 주고 싶어요."

그가 말한 문장의 행간에 배어 있는 뜻을 알아내기 위해서는 시간이 필요했다.

"당신이요?"

내가 속삭였다. 그는 끄덕였다.

"맞아요."

그는 반쯤 미소를 보였다.

"친구로서가 아니라요. 당신은 좋은 사람이에요. 모건 크리스토퍼."

그는 손을 뻗어 내 목에 있는 머리카락을 쓸어 올렸다. 그의 손가락 감촉이…… 아니면 그의 말이, 아니면 그저 위안을 주는 그의 존재 자체가…… 뭐라고 딱히 꼬집어 말할 수는 없지만 그 무언가가 내 눈시울을 뜨겁게, 가슴이 메게 했다. 놀라움에 잠깐 동안 나는 아무 말도 할 수 없었다. 그리고 마음을 가다듬었다. 나는 그에게 키스하기 위해 콘솔박스를 가로질렀다. 내 볼에 닿는 그의 따뜻한 손이 느껴졌다. 내 목 주변을 감싸는 그의 강렬한 손가락이 느껴졌다. 그가 나와 같은 감정을 가지고 있다는 것이 확실해졌다. 그는 멀어졌지만 나를 놓아주지는 않왔다.

"망할 콘솔박스."

그가 웃으며 말했다.

"망할 콘솔박스."

내가 따라했다. 그의 바로 옆에 있고 싶었다.

"당신이 갤러리로 걸어 들어온 첫날부터 이렇게 하고 싶었어요."

그가 말했다.

"메리 트래버스라는 가수와 키스하고 싶었던 거겠죠. 저는 그녀를 닮았을 뿐이고요."

내가 놀리듯 말하자 그는 고개를 저었다.

"아니에요. 처음부터 제가 원한 건 당신이에요. 이 아름다운 타투를 가지고 있는 사람······."

그는 내 어깨 위로 손가락을 댔다.

"그리고 찢어진 청바지 사이로 나온 귀여운 무릎과 부드러운 머리카락······ 그리고······ 당신이 얼마나 멋진지에 대해서는 끝도 없이 말할 수 있어요. 진심으로 저를 지지해 준 사람도 당신이었어요. 모건."

그가 말했다.

"당신이 이야기를 들어 준 덕분에 나단에 관한 이야기를 계속하고 싶었어요. 당신이 사람을 대하는 독특한 방식 덕분이었죠. 벽화에 대한 당신의 열정, 그리고 당신의······ 왜 그래요?"

나는 울기 시작했다. 그는 팔로 나를 감싸기 위해 콘솔박스를 가로질러 몸을 기댔다.

"왜요?"

그가 내 관자놀이에 대고 따뜻하게 물었다. 나는 한동안 말을 할 수 없었다.

"그냥…… 누군가 그렇게 좋은 말을 해준 것이 너무 오랜만이라서요."

내가 말했다.

"그럴 자격도 없었지만요."

"그럴 리가요."

그는 양 팔로 나를 꼭 안았다.

"당신은 힘든 시간을 겪었어요. 일부는 당신이 자초한 일일 수도 있지만 사람은 누구나 문제가 있어요. 저는 열일곱에 아들이 생겼어요. 기억하죠?"

나는 그의 어깨에 턱을 기대고 미소 지었다.

"다 지나갈 거예요."

그는 내게서 멀어지면서 내 눈을 들여다보았다.

"이제 당신은 앞으로 나아가기만 하면 돼요."

"나도 당신을 사랑해요."

내가 말했다.

"알고 있었어요."

"어떻게 알았어요?"

"낌새를 챘지요."

그가 말했다.

"하지만 감정에 따라 행동하기는 싫었어요. 우리의 일에 '우리'가 끼는 것을 원치 않았거든요."

"어쩜, 당신은 너무 성숙한데요!"

나는 살면서 한 번도 느껴보지 못한 환희에 차서 미소를 지었다. 그와 함께 있으면 편안한 기분이 들었다. 그리고 그는 나를 놓아주었다.

"가서 푹 자요."

그가 말했다.

"내일은 엄청난 하루가 될 거예요."

그 말에 잠깐 잠들었던 이성이 깨어났다.

"아담과 와이어트가 제 시간에 벽화를 걸 수 있을까요?"

그는 끄덕였다. 그리고 내 머리카락을 가볍게 쓰다듬었다.

"잘될 거예요."

그는 말하고 몸을 구부려 한 번 더 키스를 했다.

"모든 게 다 잘될 거예요."

64장

2018년 8월 5일

갤러리 개관 행사는 정오에 시작될 예정이었다. 나는 열한 시 전에는 도착하지 않도록 일부러 천천히 준비했다. 아담과 와이어트가 약속대로 오전 여섯 시에 나오지 않았다면, 벽화가 여전히 로비 바닥에 있다면……. 아무것도 알고 싶지 않았다. 그래도 계속해서 핸드폰을 확인하면서 갤러리로 향하는 걸음걸이의 속도를 높였다. 문제가 있었더라면 분명 내 귀에 들어왔을 것이다. 지금까지는 문자 한 통 없었다.

지친 채로 잠자리에 든 것은 새벽 세 시가 다 되어서였지만 나는 바로 잠들지 못했다. 올리버가 준 깜짝 선물이 너무나도 생생했다. 그가 말한 모든 것들이 진심으로 와닿았다. 게다가 그 키스! 그 키스를 떠올리면서 나는 미소 지었다. 맞은편에서 내게 미소로 답해 주며 걸어오고 있는 여자가 보였다.

"좋은 아침이에요."

그녀가 지나갈 때 나는 말했다. 그러고 나서 웃음을 터뜨렸다. 원피스를 입고 구두를 신은 것은 거의 일 년 만이었다. 나는 갤러리의 마지막 블록을 향해 가뿐히 달렸다.

*

리사의 세단과 올리버의 밴이 주차장에 있었고 뷔페 회사의 차는 연석에 주차되어 있었지만 로비에 들어갔을 때는 아무도 없었다. 뛰어오느라 가쁜 숨을 고르며 나는 로비 한가운데에 멈춰섰다. 이제야 제자리를 찾은, 안내용 책자가 가득 찬 안내 데스크가 보였다. 그리고 그 위, 높은 곳에 눈에 띄지 않는 스테이플러로 고정시킨 벽화가 있었다.

'이건 정말 환상적이야.'

나는 생각했다.

'젠장, 너무 아름답고 미친 그림이야'

목구멍에서 무언가 뜨거운 것이 느껴졌다. 나는 지금 마주하고 있는 그림을 사랑했다. 안나 데일이 의도했던 구성으로 되돌리기 위해 내 손을 거쳤던 모든 일을 사랑했다.

"정말 아름다워!"

나는 갤러리가 울릴 만큼 크게 소리를 질렀다. 곧 리사와 올리버가 뷔페 회사에서 나온 젊은 남자와 함께 로비로 왔다. 놀랍게도 리사는 나를 안아 주었다. 형식적인 움직임이 아니었다. 그녀는 자스민 향기로 내 주위를 감싸며 나를 한참 안아 주었다.

"고마워요."

포옹을 푼 그녀는 계속해서 내 어깨를 잡고 내 눈을 응시하며 말했다.

"당신이 내 집을 지켜 줬어요. 그동안 내가 까다롭게 군 건 알고 있어요."

그녀의 미소에서 후회가 엿보였다.

"하지만 정말로 고맙게 생각하고 있어요."

"아니에요."

리사는 거꾸로 생각하고 있었다. 그녀가 의도했든 아니든 여러 가지 의미에서 나를 구한 건 리사였다. 나는 팔짱을 끼고 벽에 기대 있는 올리버를 보았다. 섹시해 보이는 검은색 셔츠를 입은 그는 나를 보며 웃고 있었다.

"시한폭탄 같은 작업이었어요. 모건."

그가 말했다.

"당신이 아니었으면 못했을 거예요."

전날 밤 그의 도움을 생각하며 내가 말하자 그가 윙크를 보냈다. 리사는 출장 뷔페 직원을 바라보았다.

"전부 준비가 된 건가요?"

그녀는 물었다. 부엌에서 소리가 들려와 출장 뷔페 회사의 직원들이 개관 행사 준비를 하고 있다는 것을 알았다.

"준비 완료요."

그 남자는 말하고 나를 쳐다보았다.

"당신이 저 그림을 그렸나요?"

그가 벽화를 보며 내게 물었다.

"제가 복원했어요."

내가 말했다.

"그게 무슨 말이에요?"

"그건 그녀가 그림을 다시 살려 냈다는 말이죠."

올리버가 말했다. 남자는 벽화를 다시 보더니 어리둥절한 표정으로 미소를 지었다.

"멋진데요."

그가 말했다. 그는 로비의 입구로 향하면서 어깨너머로 리사에게 말했다.

"다섯 시에 직원들을 데리러 올게요."

그는 말했다.

"좋아요."

리사는 이미 그를 지나 갤러리의 첫 번째 방문객을 맞이하고 있었다. 안드레아 풀러였다.

안드레아는 로비 한가운데에서 멈춰 섰다.

"음."

그녀는 말했다.

"내가 마지막으로 봤을 때랑은 확실히 다르군요."

그녀는 나를 보았다. 그녀가 다른 사람의 도움 없이 내 힘으로만 작업을 마쳤는지 물어볼까 봐 겁이 났다. 벽화 작업의

1퍼센트를 차지한 올리버의 공을 인정해야 할까? 하지만 안드레아는 미소만 지었다.

"잘했는데요. 모건."

그녀는 말했다. 그녀는 벽화의 원래 스케치와 '복원 전' 사진, 올리버의 설명문이 걸려 있는 벽 쪽으로 걸어갔다. 그녀는 사진과 벽화를 번갈아 가며 바라보았다.

"정말 믿을 수 없을 만큼 잘 해냈군요."

그녀는 말했다. 그리고 리사 쪽으로 몸을 돌렸다.

"오픈 준비는 전부 끝난 거예요?"

"네."

리사는 활짝 웃었다. 벽화를 향한 안드레아의 반응을 본 리사는 안도의 숨을 내쉬는 것 같았다. 이제 리사는 집을 갖게 되었다.

"안내해 드릴게요."

그녀가 말했다. 두 여자는 복도를 걸어갔고 올리버는 나를 바라보았다.

"오늘 아침은 좀 어땠어요?"

그가 물었다. 나는 다시 벽화를 보았다. 벽화는 로비 전체를 갖가지 색깔로 물들이고 있었다.

"생각해 봤는데."

나는 올리버에게 시선을 돌려주며 말했다.

"미술 복원가가 되고 싶어요."

그는 웃었다.

"훌륭한 생각인데요."

그가 말했다.

"학교에 오래 갇혀야겠지만요."

"감옥에 오래 갇히는 것보다는 낫죠."

그는 웃으면서 내 팔을 잡았다.

"이리 와요."

그가 말했다. 내가 그에게로 걸어가자 그는 나를 안아 주었다.

"어젯밤……, 괜찮았어요?"

그가 내 귀에 대고 조용히 말했다. 나는 그 말의 의미를 알고 있었다. 밴에서의 애정 어린 말들과 키스. 나는 미소를 지으며 대답했다.

"좋았어요."

"앞으로는 더 좋을 거예요."

이번에는 진지한 표정으로 그가 말했다.

"약속할게요."

정문이 열리고 잘 차려입은 두 명의 여자가 로비 안으로 들어왔다.

"저희는 미술협회에서 나온 안내 데스크 자원봉사자예요."

한 명이 말했다.

"잘됐네요."

올리버가 나를 놓아주며 말했다.

"안내해 드릴게요."

그날은 정말 특별했다. 애슈빌과 워싱턴 디시에서 사람들이 찾아왔고 『샬롯 옵서버』에서 나온 기자는 두 시간 가량 머물렀다. 그녀는 벽화에 관해 나와 인터뷰를 했다. 인터뷰가 끝나갈 무렵 그녀는 내 발목의 알코올 모니터를 가리키며 말했다.

"특이한 발목 액세서리네요."

그녀가 노트에 인터뷰 내용을 휘갈기는 동안 나는 그녀에게 모든 사실을 털어놓았다. 그리고 그 순간 그녀가 쓸 기사의 전체적인 분위기가 바뀔 거라는 것을 알았다.

그날의 유일한 단점을 꼽자면 뻐끗했던 발목이었다. 다섯 시쯤 되자 발목이 아파 오기 시작해 완전히 낫지 않았다는 것을 알게 되었다. 다섯 시가 조금 지나고 나서야 마지막 손님들까지 모두 떠났다.

직원들이 청소를 하고 있을 때 갤러리 후문의 작은 계단에서 기쁨의 눈물인지 안도의 눈물인지 모를 눈물을 쏟아 내고 있는 리사를 발견했다. 나는 그녀 옆에 앉아서 머뭇거리며 그녀의 어깨에 팔을 둘렀다. 우리는 덥고 끈적이는 8월의 공기 속에서 말없이 한참을 앉아 있었다. 리사는 손가락으로 눈물을 닦아 내고 마침내 입을 열었다.

"바로 이사 나갈 필요는 없어요."

그녀는 말했다.

"올리버와 뭔가가 있는 것 같아 보이던데……. 그리고 아직 갈 만한 곳이 없죠?"

"네. 둘 다 맞아요."

나는 그녀의 어깨에서 팔을 내리며 말했다.

"그리고 잠깐 더 머무를 수 있으면 좋을 것 같아요. 고마워요."

"직업을 구해야 할 거예요."

그녀가 좀 더 그녀다운 목소리로 말했다.

"공짜는 안 돼요."

나는 웃었다.

"당장 찾아봐야겠네요."

이 작은 마을에서 어떻게 일거리를 찾을 수 있을지 모르겠지만 나는 약속했다. 안 그래도 학교를 어떻게 할지 고민하는 동안 이곳에 머무르기 위해 무슨 일이든 할 생각이었다.

"대학에 돌아가야 할 것 같아요."

내가 말했다.

"좋아요."

리사는 고개를 끄덕였다.

"그게 바로 내가 듣고 싶었던 말이에요. 알다시피 당신에게 줄 오만 달러가 있어요. 그리고 말하지 않은 게 있어요."

"뭔데요?"

"무엇을 공부하기로 결심했든지 간에 당신이 학교로 돌아가기를 원한다면 아버지가 교육비를 전부 대겠다고 명시했어요."

말문이 막혔다. 놀라움에 혀까지 굳어 버렸다.

"맙소사."

나는 드디어 입을 열었다.

"무슨 말을 해야 할지 모르겠어요. 그분이 '멀쩡한 정신'일 때 말씀하신 게 확실한가요?"

리사는 내게 진심 어린 미소를 지어 보였다.

"당신이 요상한 너그러움의 마지막 수혜자예요. 잘 이용해 봐요."

그녀는 손에 쥔 핸드폰을 내려다보며 일어섰다.

"그리고 나는 당장 사무실로 달려가 봐야겠네요."

그녀가 말했다.

"당신은 여기 남아 올리버가 치우는 것을 좀 도와주세요."

"그럼요."

나는 일어서며 발목 통증에 움찔했다.

"가서 일 보세요."

내가 말했다.

"올리버랑 제가 갤러리를 정리할게요."

*

다섯 시 반, 나는 출장 뷔페 회사의 직원들이 마지막 쟁반을 밴으로 나르는 것을 돕고 있었다. 그때 리무진 한 대가 주차장에 멈춰 섰다. 늦여름의 햇빛이 검은 차체에 닿아 반짝였다. 나는 운전자가 차에서 내려 뒷문의 손잡이에 손을 뻗는 것을 지켜보았다. 그러나 그가 손을 대기도 전에 한 여자가 용수철처럼 차에서 튀어나왔다. 육십 대로 보이는 그녀는 희끗희끗한 짧은 머리를 하고 있었다. 운전사를 무시한 채 그녀는 빠르게 리무진을 한 바퀴 돌아 다른 쪽의 뒷문을 열었다. 내 가슴이 뛰기 시작했다. 어찌된 까닭인지 나는 뒷좌석에 누가 있는지 알고 있었다. 나는 들고 있던 쟁반을 직원에게 건네준 다음 리무진 쪽으로 급히 걸어갔다. 머리가 희끗희끗한 여성은 리무진에서 나오는 훨씬 나이가 많은 여성을 돕고 있었다. 그 여성은 나와 키가 비슷했지만 꼿꼿한 자세 때문인지 나보다 커 보였다. 오래전 기사 속 사진의 안나 데일과는 많이 닮지 않았지만 그녀가 분명하다는 것을 나는 알고 있었다. 그녀는 턱까지 내려오는 하얗고 가느다란, 마치 솜사탕 같은 머리카락을 가지고 있었다. 날카로운 얼굴선 위로는 광택 있는 연보라색 안경을 쓰고 있었고, 날렵한 턱과 가느다란 코, 높은 광대뼈와 생기 넘쳐 보이는 분홍색 립스틱이 잘 어울렸다.

"우리가 많이 늦었다는 걸 알아요!"

내가 다가가자 그녀는 커다란 목소리로 내게 말했다.

"공항을 빠져나오는 데만 한참 걸렸지 뭐예요. 그래도."

그녀가 갤러리를 향해 손짓을 했다.

"나는 이걸 놓치고 싶지 않았어요!"

65장

2018년 8월 5일

나는 리무진 옆에 서 있는 여성에게 다가갔다. 그녀의 오른손은 나무 지팡이의 꼭대기에 달린 터키석에 놓여 있었다. 그녀는 왼손을 내게 뻗었다. 갑자기 터져 나오려는 눈물을 참느라 무한히 애를 쓰며 그녀의 손을 부드럽게 잡았다.

"주디스 시플리 선생님?"

감정에 지배당해 잘못된 판단을 한 것은 아닌지 확인하기 위해 나는 물었다.

"맞아요."

그녀가 말했다.

"그리고 이쪽은 항상 과잉보호를 하려 드는 내 비서 글로리아 하이트예요."

글로리아 하이트와 나는 서로 목례를 했다. 감정이 솟구쳐 목소리가 나오지 않을 것 같았다.

"오늘 새벽에 제시의 갤러리 초대장을 서류 더미에서 찾았어요."

주디스가 매서운 눈초리로 그녀의 비서를 힐끗 보며 말했다.

"글로리아는 내가 멀리 가는 것이 좋지 않다고 마음대로 불참석 결정을 내렸지 뭐예요. 일찍 알았더라면 제시간에 맞춰 왔을 텐데."

그녀는 글로리아를 향해 짜증스러운 얼굴을 내비쳤다. 글로리아는 그 빈정거림을 무시했다.

"어서 시원한 데로 들어가자고."

그녀는 말했다.

"우리가 너무 늦었죠?"

우리가 갤러리 입구를 향해 거북이처럼 걸어갈 때 주디스가 말했다. 나는 간신히 목소리를 다시 찾아냈다.

"행사는…… 다섯 시에 끝났지만 선생님은 언제든 환영이에요."

그녀 옆에서 걷고 있다는 흥분으로 온몸이 달아올랐다.

"선생님은 우리의 대표 화가 중 한 분이세요."

내가 말했다.

"여기 오셔서 정말 기뻐요."

"그거 정말 듣기 좋네요."

그녀가 말했다. 그녀의 말투에서 북동부 사투리가 들렸다.

일기장을 읽었기 때문에 나는 그녀가 뉴저지 출신이라는 것을 알고 있었다. 그럼에도 그녀가 남부에서 나고 자란 나처럼 말하는 것이 아닐까 상상했었다. 하지만 이제 안나, 아니 주디스의 뿌리는 분명해졌다.

우리는 곧 갤러리 입구에 도착했다. 유리문을 통해 안내 데스크 뒤에 있는 올리버가 보였다. 벽화는 그의 뒤에서 색감과 광기를 마구 뿜어내고 있었다. 심호흡을 한 후 나는 두 여자를 위해 문을 활짝 열었다. 우리가 안으로 들어서자 올리버가 고개를 들었다. 그리고 그가 입을 열기도 전에 주디스는 달그락 소리를 내며 지팡이를 바닥에 떨어뜨렸다.

"아!"

그녀는 양손을 얼굴 위로 올렸다.

"어디서……? 이게 어떻게……?"

그녀는 글로리아를 돌아보았다.

"나 좀 앉아야겠어."

그녀는 말했다. 글로리아가 움직이기도 전에 올리버는 로비를 가로질러 달려갔다. 그는 가져온 의자를 때맞춰 주디스의 뒤에 받쳐 주었다. 주디스는 하마터면 넘어질 뻔 했다. 그녀는 손으로 입을 꽉 틀어막았다.

"물 좀 있나요?"

글로리아가 내게 물었다. 올리버는 이번에도 나보다 빠르게 안내 데스크 뒤에서 작은 물병 두 개를 집어 들었다. 나는 넋이 빠져 움직일 수가 없었다. 올리버는 첫 번째 물병의 마개를 열어 주디스에게 건넸다. 두 번째 것은 글로리아에게 건넸다.

"주디스 시플리 선생님?"

내가 조금 전 그랬듯 올리버는 노파에게 물었다. 물을 마시고 있는 주디스의 손이 파르르 떨렸다. 그녀의 시선은 벽화에 고정되어 있다.

"네."

내가 그녀를 대신해 대답했다.

'맞아요.'

그녀는 주디스 시플리다. 그녀가 정말 안나 데일이 맞을까? 하던 일말의 의심은 벽화를 마주한 그녀의 반응을 본 순간 흔적도 없이 사라졌다. 나는 로비 반대편에서 의자를 하나 더 가져왔고 글로리아는 말없이 의자에 앉았다. 그녀는 걱정을 담은 어두운 눈으로 주디스를 바라보았다.

"나는 이게 무리일 줄 진즉에 알고 있었어요."

그녀가 야단치듯 말했다.

"장거리 여행은……."

주디스가 손을 들어 그녀를 막았다.

"이건 여행이 아니야."

그녀가 말했다.

"이 벽화는, 나는…… 이걸 정말 오랜만에 봐."

나는 나를 바라보고 있던 올리버를 보았다. 그리고 내 머릿속 질문과 그의 머릿속 질문이 같다는 것을 확신했다. 우리는 어떻게 접근해야 할까? 어디서부터 풀어 나가야 할까? 우리가 진실을 알고 있다는 걸 이 자리에서 밝히면 주디스에게 어떤 위험이 닥칠까? 글로리아는 어디까지 알고 있을까? 올리버는 나와 그가 앉을 의자 두 개를 더 가지러 가느라 질문을 회피했다. 우리는 로비 가운데에 반원형으로 자리를 잡은 채 벽화를 바라보았다.

"저는 갤러리 큐레이터 올리버 존스입니다."

올리버가 마침내 자신을 소개했다. 그는 내 쪽으로 고개를 끄덕였다.

"그리고 여기 있는 모건이 바로 벽화를 복원한 사람이에요."

주디스는 처음 보는 것처럼 나를 쳐다보았다.

"제시가 가지고 있었어?"

그녀가 물었다.

"네."

나는 그녀를 정면으로 바라보았다.

"그림을 그린 화가 이름은 안나 데일이에요."

나도 모르게 손을 뻗어 그녀의 손 위에 내 손을 얹었다. 그리고 심호흡을 했다.

"주디스……."

나는 올리버를 보았고 그는 고개를 끄덕였다.

"우리는 선생님이 안나라고 믿고 있어요."

"뭐라고요?"

글로리아는 답답하다는 표정을 지었다.

"도대체 안나가 누군데요?"

주디스는 나를 바라보지 않았지만 놀랍게도…… 그리고 안심스럽게도…… 그녀의 얼굴에는 서서히 미소가 번졌다.

"그 이름을 아주 오랫동안 듣지 못했어."

그녀는 말했다.

"안나가 맞으신가요?"

올리버가 물었다. 그의 목소리에 담긴 온화함이 나를 감동시켰다. 주디스는 끄덕였다.

"이제는 그런 말을 해도 아무런 해가 없겠지."

그녀는 말했다.

"팔십 년이 지난 지금 누가 이 늙은이를 가두겠어."

"무슨 말들을 하는 거예요?"

글로리아가 물었다.

"조용히 해."

주디스가 그녀에게 말했다.

"나중에 전부 설명해 줄게."

그녀는 올리버를 바라보고 나를 보았다.

"어떻게 알았어요? 제시가 무슨 말이라도 했나?"

"저는 제시 선생님을 만난 적도 없어요."

내가 말했다.

"그분께서 유언장에 벽화를 복원해야 할 사람은 저라고 명시했고 저는…….

"아."

그녀가 가로막았다.

"아가씨는 제시의 프로젝트 중 한 사람이었던 건가?"

나는 미소 지었다.

"아마 그런 것 같아요. 제가 존재한다는 것을 그분이 어떻게 알았는지 궁금하긴 하지만요."

내가 대답했다.

"어쨌든 제시 선생님은 벽화를 벽장 안에 수십 년 동안 보관했어요. 그리고……."

"여기에? 이든턴에?"

주디스는 깜짝 놀란 듯 눈을 동그랗게 떴다.

"네."

내가 말했다.

"오랫동안 제시를 만나러 이든턴에 왔다 갔다 했는데 이걸 가지고 있다고 말한 적은 한 번도 없었어."

그녀는 어리둥절한 모습이었다.

"나는 제시가……."

그녀는 망설이듯 멈췄다가 계속했다.

"나는 제시가 아직도 그것을 가지고 있는지 몰랐어."

그녀는 말했다.

"제가 작업을 시작했을 때는 상태가 굉장히 나빴어요."

내가 말했다.

"그리고 차츰 이상한 점들을 발견했어요. 아주 많이……충격적인 이미지들, 그리고……."

"알아, 알아."

그녀가 끄덕였다.

"그걸 그릴 때 나는 아주 힘든 일을…… 겪고 있었어. 정말 힘든 시간이었지."

"무슨 말을 하는 거예요?"

글로리아가 다시 물었다.

"이제 이해가 가요."

나는 말했다.

"선생님의 일기장을 읽었기 때문에 이해할 수 있었어요."

맞은편에 있는 올리버의 긴장감이 내게 전달됐다. 우리는 조심스러운 영역에 발을 들이고 있었다. 주디스는 얼굴을 찡그렸다. 종잇장처럼 얇은 피부는 금세 새로운 주름들로 가득 채워졌고 반짝이는 안경 뒤의 눈빛은 혼란스러움으로 흐릿해졌다.

"내 일기장?"

그녀가 물었다.

"가죽 덮개가 있는 일기장을 가지고 계셨던 걸 기억하세요?"

내가 물었다.

"선생님 어머니께서 주셨던 일기장이요."

먼 곳을 응시하던 그녀는 천천히 고개를 끄덕였다.

"내가 그걸 어떻게 했었더라?"

그녀가 물었다.

"어떻게 찾았어?"

"넬 엄마를 기억하세……."

"넬리."

올리버가 정정했다.

"맞아요."

내가 말했다.

"넬리요. 제시 선생님 여동생? 선생님은 그분들과 함께……."

"그 귀여운 소녀."

주디스가 웃었다.

"당연히 기억하지."

"그분은 최근에 세상을 떠났고 제게…… 제가 벽화 작업을 한다는 것을 알고는 저한테 일기장을 남기셨어요."

"넬리가 내 일기장을 가지고 있었어?"

주디스는 당황한 표정이었다. 그녀는 도망칠 때 그걸 두고 갔던 것을 기억하지 못하는 모양이었다.

"그분의 가족, 그러니까 제시 선생님의 가족이 선생님을 안전하게 지켜 줬지요."

올리버가 말했다.

"기억나세요? 제시 선생님이 벽화를 가지고 도망간 동안 가족들과 함께 지내셨던……."

"그럼, 그럼. 아주 잘 기억하고 있지."

그녀는 껄껄 웃었다.

"몇 년 후 제시가 군대에 가기 전에 사촌의 건초 더미에 안전하게 보관할 거라고 말했어. 그런데 다시 찾았다는 말은 안 했는데."

그녀는 나를 보았다.

"그 남자에 대해서도 알고 있어? 이든턴의 초상화가?"

그녀는 그 얘기를 꺼내고 싶은지 확신이 없다는 듯 머뭇거리는 표정이었다. 나는 끄덕였다.

"마틴 드래플이요."

내가 말했다. 그 이름이 그녀를 놀라게 할 거라고 생각했다. 실제로 그녀가 놀랐는지는 모르겠다.

"선생님께 벌어진 모든 일은 유감이에요."

"무슨 일이 있었는데요?"

글로리아가 물었다.

"나중에."

주디스는 손을 들어 그녀를 조용히 시켰다. 그리고 올리버와 나를 보았다.

"나는 제시가 이든턴으로 다시 왔을 때 솔직히 무서웠어……. 그때가 언제더라? 70년대 후반이던가, 80년대 초반이던가? 그 괴물 같은 남자를 죽인 범인으로 이든턴 사람들이 누구를 지목하고 있는지 몰랐거든. 나는 뉴욕에서 새로운 이름에 숨어 살고 있었으니 안전하다고 느꼈지. 하지만 제시가 여기에 다시 온다면? 흑인이? 게다가 같은 이름을 쓰면서? 나는 그런 게 있는 지도 몰랐어……. 그걸 뭐라고 부르더라? 그 법령……."

"공소시효요."

올리버가 말했다.

"맞아."

주디스가 말했다.

"살인에 대한 공소시효 없음. 그리고……."

"살인!"

글로리아가 소리쳤고 우리 모두는 그녀를 무시했다.

"그리고 만약 그들이 제시의 짓이라고 생각했다면……."

주디스의 목소리가 차츰 줄어들었다.

"저희는 그게 궁금했어요."

내가 말했다.

"어떻게 그분이 안전하게 돌아왔는지?"

"그 소년이……."

주디스가 머릿속 기억 창고를 뒤지고 있는 듯 먼 곳을 바라 보았다.

"창고에서 나와 제시를 도와줬던 금발 머리 소년 말이야. 이름이 잘……."

"피터요?"

내가 물었다.

"그게 그 애 이름이었나? 그랬던 것 같네."

그녀는 끄덕였다.

"이십 몇 년이 지나고 뉴욕에서 제시가 화가로 어느 정도 이름을 알렸을 무렵이었지. 피터는 여기 경찰에서 높은 지위에 있었어. 정확히 어떤 방법을 썼는지는 모르지만 모든 걸 덮었 지. 그리고 제시가 이든턴으로 다시 이사 왔을 쯤에는 피터가 경찰서장이었어. 사십 년이 흐르기도 했고 말이야. 아무도 무슨 일이 있었는지 기억하지 못했고 기억했더라도 사람들은 개의치 않았을 거야. 그때쯤 이미 '이든턴의 유명 인사인 제시 제임슨 윌리엄스에게 함부로 손대지 마시오'가 통할 만큼 제시는 알려져 있었거든."

"어떻게 두 분이 다시 만나신 건가요?"

올리버는 내가 궁금해하던 질문을 했다. 주디스의 눈은 벽화에 있었지만 그녀가 정말로 벽화를 보고 있는 건 아니라고 나는 생각했다. 그녀는 기억에 잠겨 있었다.

"음."

그녀는 말했다.

"나는 사라지기 가장 좋은 곳이 뉴욕이라는 것을 알고 있었어. 그래서 주디스 시플리가 되어 뉴욕으로 갔고……."

그녀는 갑자기 웃음을 터뜨리며 나를 보았다.

"내가 그 이름을 어떻게 만들었는지 듣고 싶지 않아?"

그녀가 물었다.

"듣고 싶어요!"

나는 그녀의 물음보다 그녀의 얼굴에 드러난 열정이 더 반가워 미소 지었다. 그녀의 웃는 얼굴에서 젊은 여자인 안나가 튀어나올지도 모른다고 생각했다.

"음…… 일기장을 봤으니 내가 아기를 낳았다는 건 알고 있겠지?"

나는 끄덕였다.

"그 모든 걸 겪으셨다니 유감이에요."

"맞아. 정말 힘든 시간……."

"딸 데브라 말하는 거예요?"

글로리아가 끼어들었다.

"아니, 아니야."

주디스가 말했다.

"데브라는 훨씬 늦게 태어났지. 아니야. 그 아기는…… 사랑으로 생겨난 아이가 아니다 정도로 해두지. 분만은 끝이 안 날 것 같았어. 나는 제시의 고모 방에서 아기를 낳았는데 고모의 침대에서……."

"주얼 고모요."

내가 말했다.

"응, 맞아!"

그녀는 그 이름이 생각나 기뻐하는 것 같았다.

"주얼 고모. 법 없이도 살 사람 주얼 고모. 나는 항상 그녀를 생각했어. 그녀가 없었다면 내가 어떻게 그걸 다 겪어 냈겠어……."

그녀는 그 생각을 털어 내듯 허공에 대고 손을 흔들었다.

"어쨌든 나는 아기가 태어나는 즉시 떠나야 한다는 걸 알았고 새로운 이름을 만들어야 했어. 주얼 고모의 방에는 책장이 있었는데 진통을 하는 내내 그 책들이 보였지. 그중 한 권은 저자 이름이 주디스 아무개였고 그 옆에 있는 책은 아무개 시플리였어. 그래서 그냥 그 이름들을 조합해서 지어 버린 거야. 이후로 쭉 그 사람으로 살았지."

글로리아의 입이 벌어져 있었다.

"어떻게 그 모든 걸…… 팔 년 동안 알고 지내면서 일언반구도 없었잖아요!"

그녀는 말했다. 글로리아가 느낀 것이 충격일지 상처일지 알 수 없었다.

"완전히 옛날이야기니까."

주디스가 말했다.

"마치 다른 사람에게 일어난 일인 것 같아. 나는 오래전에 그 모든 것들과 화해했어. 과거와 화해를 하지 않으면 결코 미래로 나아갈 수 없거든."

"그럼 제시 선생님과는 어떻게 다시 만나신 거예요?"

올리버가 부드러운 말투로 원래의 질문을 그녀에게 상기시켰다.

"아, 맞다."

그녀가 말했다.

"60년대 후반이었어. 그때쯤 나는 지어낸 이름으로 조금씩 알려지고 있었어. 어느 날 친구가 파리에서 뉴욕으로 막 온 실력 있는 흑인 화가의 전시회에 대해 말해 주었지. 왜인지는 모르겠는데 그냥 그게 제시라는 느낌이 들었어. 본능적으로 알 수 있는 거 있잖아. 육감 같은 거 말이야. 그리고 내가 걸어 들어갔을 때 제시가 딱 있었지. 나는 마흔여섯 살이었고, 아니……. 적어도 주디스는 마흔여섯이었지."

그녀는 웃었다.

"안나는 쉰 살이었을 거야. 나는 거의 삼십 년 동안 그를 보지 못했었어. 물론 제시는 나를 바로 알아보지 못했어. 하지만 제시가 날 알아봤을 때의 얼굴을 모두들 봤어야 하는데! 나는 그에게 중요한 사람들을 소개시켰어. 당연히, 그리고 마침내 우리는 둘도 없는 친구가 됐지. 우리에게는 늘 끈끈한 유대감이 있었어. 내 남편 맥스는 에이전시를 운영했는데 그는 제시와 계약하고 그를 도왔어. 그리고 우리는 제시에게 아내가 될 버니스를 소개시켜 주었지. 그가 이든턴으로 간 후에도 우리는 계속 연락하고 지냈지만 그 긴 세월 동안, 한 번도 이야기한 적이 없었어. 아직 그림을 가지고 있다는 것을 말이야…… 이것을."

그녀는 벽화를 향해 손짓했다.

"그분은 선생님이 오늘 오실 거라고 확실히 믿고 계셨어요."

올리버가 말했다.

"선생님의 그림, 그러니까 주디스의 그림인 「데이지 화환」은 저희 갤러리의 대표 작품 중 하나거든요. 벽화 때문인지는 저희도 몰랐어요."

주디스는 내 쪽을 돌아보았다.

"복원하기 전에는 어떤 모습이었지?"

그녀가 물었다.

"엉망이었어요."

내가 말했다.

"그리고 시간도 너무 촉박했어요. 왜냐하면 제시 선생님께서 오늘 갤러리 오픈일까지 복원을 마쳐야 한다고 못 박아 두었거든요. 만약 끝내지 못했다면 제시 선생님의 딸 리사, 혹시 리사를 기억하세요?"

"그럼, 그럼. 물론이지. 그 애를 여러 번 봤었어."

"오늘까지 복원이 끝나지 않으면 리사는 집을 잃을 뻔했어요."

주디스가 찡그렸다.

"무슨 말인지 모르겠는데."

올리버와 나는 제시의 조건부 유언에 대해 설명했다.

"그래서 벽화 복원을 두 달 이내에 해야 했고 저는 제가 무슨 일을 하고 있는지도 몰랐어요."

내가 말했다.

"올리버는 일을 거의 다 가르쳐 줘야 했어요."

"당신은 아주 빨리 배우는 학생이었어요."

올리버는 나를 향해 웃었지만 주디스는 내 말을 듣지 않는 것 같았다. 그녀는 깊은 생각에 잠겼다.

"제시가 오늘 오픈을 해야 한다고 우겼다고?"

그녀가 물었다.

"8월 5일?"

"네."

올리버가 말했다.

"제시 선생님은 굉장히 단호했어요."

주디스가 끄덕였다.

"음, 한 가지 이유가 떠오르긴 하네."

"뭔데요?"

내가 물었다.

모든 걸 알겠다는 듯 만족스러운 웃음이 그녀의 얼굴에 번졌다.

"주디스는 6월 7일에 아흔여섯 살이 됐어."

그녀가 말했다.

"하지만 안나는 오늘 백 살이 됐지."

올리버와 나는 그녀의 말을 머릿속에 입력하며 조용히 있었다. 나는 손으로 입을 막았다.

"뭐라고요?"

글로리아는 충격을 받은 것 같았다. 그녀는 주디스를 보기 위해 몸은 뒤로 젖혔다.

"백 살이라고요?"

"제시 선생님은 선생님의 진짜 생신을 알고 계셨나요?"

내가 물었다.

"그럼, 그럼. 제시는 항상 그 날짜에 내게 카드를 보냈어. 이 날짜. 바로 오늘 날짜. 물론 생일 카드는 아니고 그냥 '잘 지내고 있나요?' 하는 종류의 카드였지. 올해는 카드를 받지 못할 거라는 것을 알고 있어서 속상했어. 그건…… 그건 우리만의 비밀이었어. 알지? 내 남편과 딸만이 모든 사실을 알고 있었거든. 물론 제시의 버니스도 알고 있었지만 다른 사람들은 몰랐어."

"음."

올리버는 느껴야 할 충격이 지나친 탓인지 미소를 짓고 있었다.

"생신 축하드려요!"

"고마워."

주디스는 그에게 미소를 돌려주었고 약간의 노력을 들여 지팡이의 터키석에 손을 얹고 일어섰다.

"이제."

그녀는 벽화 쪽으로 고개를 끄덕이며 말했다.

"저 오래된 것을 좀 자세히 보고 싶은데 그럴 수 있을까."

"물론이죠."

올리버는 그녀의 팔꿈치를 잡으려고 손을 뻗었다. 하지만 글로리아가 그와 주디스 사이에 끼어들어 자신이 직접 그렇게 했다. 우리 모두 벽화 앞에 서 있었다. 주디스는 벽화 옆 설명문을 읽었다. 이제는 너무 부정확한, 다시 써야 하는 설명문을.

나는 그것을 읽고 있는 그녀의 얼굴을 바라보았다. 그녀의 분홍색 입술이 미세하게 떨리기 시작했다. 갑자기 그녀는 숨을 헐떡거리며 나를 향해 고개를 돌렸다.

"어머나, 세상에 아가야."

그녀는 겨우 들릴 만한 목소리로 말했다.

"아, 세상에."

우리 세 명은 그녀를 바라보았다.

"네?"

그녀는 놀라 되묻는 내게 눈을 고정한 채로 마른침을 삼켰다.

"제시가 왜 이 일을 너에게 맡겼는지 알겠구나."

그녀가 말했다.

66장

2018년 8월 5일

주디스는 벽에 걸린 글귀의 마지막 줄을 가리켰다.

'모건 크리스토퍼에 의해 복원되었다.'

"이게 네 이름이니?"

그녀가 물었다.

"남편의 성이거나, 아니면…… 이게 네 진짜 이름이야? 모건 크리스토퍼?"

"네."

내가 대답했다. 그녀는 벽에 있는 글을 향해 돌아섰고 한참 후에야 다시 입을 열었다.

"어쩌면 그냥 우연일지도 몰라."

그녀는 말했다.

"그렇지만……."

그녀는 올리버를 바라보았다.

"앉아도 될까?"

"그럼요."

그는 말하며 의자를 그녀가 있는 곳으로 가져갔다. 그녀는 의자를 약간 옮겨서 우리를 마주 본 다음 작은 신음 소리와 함께 의자에 앉았다. 그녀의 시선은 내내 나를 향해 있었고 입술은 가늘게 떨리고 있었다.

"내 딸 데브라가 사 년 전에 죽었어."

그녀가 말했다.

"속상하시겠어요."

내가 말했다.

"고통스러운 일이었지. 자식을 먼저 묻다니."

그녀는 처음으로 고개를 돌렸지만 곧 내게 시선을 돌려주었다.

"딸이 죽기 직전에 그 뭐더라……DNA 검사? 그게 뭔지 알지?"

"네."

올리버와 나는 동시에 대답했다.

"데브라는 내가 오래전에 낳은 아기를 포기했다는 것을 알고 있었어. 그리고 그 결과에서 무엇이 나올지 궁금해했지."

"나는 그 테스트가 어떤 원리인지 이해가 안 가요."

글로리아가 말했다.

"나는 내 딸이 그런 것에 집착하지 않기를 바랐지만 한편으로는 딸애한테도 사촌이라든지 뭐 그런 친인척을 알 권리가 있다고 생각했어."

그녀는 양 입술에 지그시 힘을 주었다. 눈은 다시 나를 향했다. 그리고 숨을 들이마셨다.

"좌우간, 결과에서 '크리스토퍼'라는 성이 튀어나오더군. 계속해서 말이야. 삼촌, 사촌 등등…… 다른 건 몰라도 그 가계도에서 중요한 이름인 건 분명했지."

팔에 소름이 돋았다. 내 등에 닿는 올리버의 손길이 느껴졌다.

"꽤 흔한 성이잖아요."

나는 말했다. 그녀는 자신이 포기한 아기와 내가 어떤 관련이 있다고 생각하는 걸까? 그렇다면 제시 선생님은 어떻게 그걸 알았을까? 그리고 그게 사실이라면 뭐가 달라지는 거지?

올리버는 안내 데스크를 뒤져 작은 수첩과 연필을 찾았다. 그는 그것을 내 근처 카운터 위에 올려놓았다. 그리고 내 손을 토닥였다. 내 몸에 흐르던 피가 모두 멈춘 것 같았다. 그는 내 손이 차가워졌다는 걸 느꼈을 것이다.

"한번 알아내 봅시다."

그가 수첩에 적기 시작하며 말했다.

"안나는 1940년에 아기를 낳았어요."

"그랬지."

주디스가 벽화 앞 앉은 자리에서 말했다. 그녀의 시선은 여전히 내 얼굴에 고정돼 있었다. 나를 살펴보고 있는 것 같았다.

'안나는 1940년 마틴 드래플과의 사이에서 아기를 낳았다.'

나는 그게 혐오스럽다고 생각했다.

"왜 이런 얘기를 하나도 안 했어요?"

글로리아가 주디스에게 물었고 우리는 다시 그녀를 무시했다.

"그 아기는 제시 선생님 가족의 이웃에게 가게 됐죠."

올리버가 수첩에 뭔가를 적으며 말했다.

"자, 그럼 그들의 성이 크리스토퍼라고 가정해 봅시다."

그는 나를 보았다.

"크리스토퍼 혈통에 대해 뭘 알고 있죠?"

나는 생각해 보았다.

"별로요. 우리 부모님이 오래된 기념품이나 사진을 간직하는 부류는 아니라서요. 아빠가 캐리에서 태어났다는 건 알아요. 조부모님도 캐리에 사셨고요. 두 분은 제가 아주 어릴 때 돌아가셨어요."

"당신의 할아버지가 이곳 이든턴에서 태어났을 수도 있을까요?"

올리버가 물었다.

"아닌 것 같아요……. 이든턴에 대해 부모님이 말하는 것을 한 번도 들은 적이 없어요. 리사를 만나기 전까지는 이든턴을 알지도 못했고요. 게다가 제시 선생님을 만난 적도 없어요. 제가 누구인지 그분이 어떻게 알 수 있었겠어요?"

"제시는 내 아들을 데려간 가족이 누군지 알고 있었어."

주디스가 조용히 말했다. 이제 그녀는 기억에 잠긴 표정으로 먼 곳을 바라보고 있다.

"그가 한 번은 내게…… 그게 언제였더라?…… 1980년이었나, 여기로 다시 왔을 때? 맞아."

그녀는 끄덕였다.

"말이 되는군. 내가 육십 대 초반이었을 때일 거야. 여동생 넬리가 그 가족이 오래전 이사했다는 것을 제시한테 말해 줬나봐. 그때는 내가 그 사람들에게 보낸 아들이 마흔 살 정도 됐었을 거야. 제시는 만약 내가 원한다면 어디 있는지 말해 줄 수 있다고 했었어."

주디스가 나와 올리버를 바라보았다.

"나는 그에게 알고 싶지 않다고 말했지."

그녀는 말하면서 고개를 흔들었다.

"내 삶의 그 부분은 오래전에 막을 내렸거든."

나는 찡그렸다.

"선생님 아들이 제 할아버지라 해도 그건…… 그럴 것 같지는 않지만요. 제가 여기에 오게 된 게 단순히 우연이었을까요? 제시 선생님이 그저 후원을 위해 저를……."

"우연이 아니에요."

올리버가 말했다.

"그의 말이 맞아."

주디스가 올리버 쪽으로 고개를 끄덕였다.

"제시는 내 아들을 계속 지켜보고 있었을 거야. 언젠가 내가 제시에게 '내 아이에 대해 알고 싶어'라고 말할 때를 대비해서 그 가족을 지켜봤을 거야. 그다음 복원에 관심이 있는 너를 데리고…….”

“아니요. 저는 복원에 대해 아무것도 몰랐어요.”

내가 말했다.

“전 노스캐롤라이나대학에서 미술을 공부했지만 그리 잘하지도 못했어요.”

그녀는 잠시 내 얼굴을 살폈다. 그리고 껄껄 웃었다.

“음, 미술 공부를 했으니.”

그녀가 말했다.

“제시가 크리스토퍼 혈통의 미술 전공자이자 힘든 시간을 보내고 있던 누군가를 우연히 찾았을 때 얼마나 기뻐했을지 안 봐도 알겠어. 네가 그 프로젝트 중 하나가 된 것도 어쩌면 당연해.”

내가 손을 들었다.

“잠깐만요.”

내가 말했다.

“저는 아직 제가 그 크리스토퍼가의 사람이라는 것을 믿을 수가 없어요.”

“부모님께 전화해 봐요.”

올리버가 말했다.

“당신 할아버지가 태어난 곳을 여쭤봐요. 그러면 알아낼 수 있을 거예요.”

전화를 걸 생각에 얼굴이 후끈 달아올랐다.

"전화 못 하겠어요."

내가 말했다.

"저는 부모님과 대화도 하지 않아요. 두 사람은 제가 나왔다는 것도 모르고……."

나는 말을 멈췄다. 주디스와 글로리아 앞에서 그 모든 것을 보이고 싶지 않았다. 발목의 알코올 모니터가 갑자기 의식되기 시작했다.

"전화해 봐요."

올리버가 다시 말했다. 그의 말투에는 논쟁의 여지가 남아 있지 않았다. 나도 그가 옳다는 것을 알고 있다. 그것만이 이 수수께끼의 답을 찾아낼 유일한 방법이었다. 나는 그를 한참 동안 바라보았다.

"전화기가 부엌에 있어요."

내가 말했다.

"거기서 전화할게요."

관객 없이도 부모님과 대화하는 건 충분히 힘든 일이다.

"바로 올게요."

나는 복도 쪽으로 몸을 돌렸다.

"같이 가줄까요?"

올리버가 뒤에서 제안했지만 나는 고개를 저었다. 혼자 해야 했다.

*

엄마는 내가 신호음을 전부 듣기도 전에 전화를 받았다.

"누구세요?"

엄마는 "여보세요" 대신 그렇게 말했다. 엄마는 하나부터 열까지 매력적인 사람이었다. 심지어 저 한 마디마저도.

"누구세요?"

그녀의 목소리에서 술기운을 느낄 수 있었다.

"나야."

내가 말했다.

"모건."

"뭘로 전화하는 거야?"

엄마는 물었다.

"이건 감옥에서 거는 전화번호가 아니잖아."

"나 나왔어. 내가 전화한 건……."

"너 나왔다고?"

엄마는 적잖이 놀란 것 같았다.

"너 집으로 오는 거야?"

"아니. 집에 안 가."

내가 말했다.

"그냥 아빠랑 좀 얘기할 게 있어. 아빠 거기 있어?"

"응. 여기 있어. 하지만 나한테 말해 봐. 왜 널 풀어 줬어? 왜 집에 안……."

"좀 바꿔 줘."

나는 엄마의 이상한 게임과 죄책감의 덫에 휘말리지 않을 것이다. 나는 스물두 살이다. 어엿한 성인이다. 내가 원한다면 어디에서든 살 수 있다. 엄마는 주저했다. 컵에서 얼음이 부딪히는 소리가 들리고 엄마가 삼키는 소리가 이어졌다.

"아빠랑 얘기 좀 해야겠어."

내가 다시 말했다.

"아빠 좀 바꿔 줘."

"기다려."

엄마는 한숨을 쉬며 말했다. 나는 엄마가 발을 질질 끌며 천천히 아빠의 서재로 향하는 모습을 상상했다. 저녁때가 다 됐지만 엄마는 아직 가운 차림일 것이다. 집 안의 기억이 떠올라 진저리가 났다. 그곳에는 전날 밤 먹은 음식이 무엇이든 싱크대에 처박혀 있을 것이고 공기는 담배와 술 냄새로 가득할 것이다.

"모건!"

아빠가 전화기에 대고 소리치는 바람에 나는 재빨리 핸드폰의 볼륨을 조절했다.

"네가 풀려났다는 게 무슨 말이야?"

"물어볼 게 있어."

내가 말했다.

"뭐니, 우리 아가?"

아빠는 언제든 '우리 아가'라는 헛소리로 나를 조종할 수 있었다. 이번에는 어림없다.

"할아버지는 어디서 태어났어?"

"뭐라고?"

아빠는 웃음을 터뜨렸다.

"너 감옥에서 나와 가장 먼저 알고 싶은 게 그거야?"

"그냥 말해 줘."

"이든턴. 왜?"

나는 눈을 감았다. 진실이 바위가 되어서 내 가슴을 짓눌렀다. 잠깐 동안 나는 말을 할 수 없었다.

"할아버지 어릴 때 머리카락이 무슨 색이었어?"

마침내 나는 입을 열었다.

"모건, 이해를 할 수가……."

"무슨 색?"

내 엄지손가락은 이미 핸드폰의 종료 버튼 위에 있었다.

"빨간색."

아빠가 말했다.

"사람들은 아버지가 어릴 때 '빨강이'라고 불렀고 심지어……."

"고마워. 아빠."

나는 아빠가 다시 전화할 수 없도록 핸드폰을 꺼버렸다. 그리고 꼼짝 않고 서서 갤러리 뒷문으로 보이는 무성한 관목 숲을 바라보았다.

나는 마틴 드래플의 증손녀다. 그 생각을 하니 속이 메스꺼웠다. 하지만 주디스의 증손녀기도 했다. 나는 그것에 의식을 집중했다.

"나는 안나 데일의 증손녀야."

스스로에게 속삭였다.

"내가 증조할머니의 벽화를 살려 냈어."

나는 몸을 돌려 제시 윌리엄스 갤러리의 복도를 걷기 시작
했다.

로비에 도착했을 때 나는 미소를 짓고 있었다.

2018년 10월 하순
노스캐롤라이나 아펙스

올리버는 짙은 초록색 문이 있는 노란색 집 앞에 밴을 세웠다. 맥스웰 가족의 집이었다. 마당을 가득 채운 나무들은 이제 막 가을 옷으로 갈아입기 시작했다. 깔끔하게 보이는 그 집은 1980년대쯤 지어진 것 같았다.

"좋은 동네 같아."

올리버가 말했다. 그렇다. 이곳은 내가 자란 동네를 떠올리게 했다. 나는 노란 이층집을 찬찬히 살펴보았다. 몇 걸음이면 다다를 수 있는 현관문이 보였다. 더 자세히 들여다보면 차가 들어오는 진입로에서 현관 앞까지 콘크리트로 덮인 완만한 경사로가 있었다. 경사로 옆 일렬로 늘어선 관목 덕에 그 경사로는 원래부터 있었던 것처럼 자연스러워 보였다. 휠체어가 지나

다니는 곳이라는 생각이 들지 않을 만큼 주변과 조화를 이루었다. 그 모습을 보고 있자니 가슴이 죄이듯 답답해졌다. 모든 게 현실로 와닿았다. 집 안은 에밀리 맥스웰과 그녀의 부상을 수용하기 위한 또 다른 개조가 필요했는지도 모른다. 진입로에는 파란색 밴이 주차되어 있었다. 누군가 집에 있었다.

"정말 내가 같이 안 들어가도 돼?"

올리버가 물었다.

"응."

나는 늘 올리버에게 일방적인 도움을 받아 왔다고 생각했다. 우리가 이런 대화를 나눌 때면 그는 나단의 일로 내게 얼마나 의지하는지를 지적하면서 내 말에 동의하지 않았다. 그거야 올리버보다는 내가 나단과 나이 차가 더 적게 나는 덕분일 터였지만, 이유야 어떻든 나단과 나는 잘 맞았다. 나는 그 애가 좋았다. 사실 올리버와 내가 서로에게 의지하는 정도는 비슷했다. 그렇지만 에밀리 맥스웰을 만나는 건 혼자서 해야 했다.

"그럼 결정했어? 사실대로 말할 거야?"

그가 물었다.

"트레이가 운전했다는 거?"

나는 집을 가만히 응시했다. 아직 답을 알 수가 없었다. 올리버는 그녀에게 내가 결백하다고 말하길 원했다. 그는 트레이가 한 짓의 대가를 내가 치렀다는 사실을 견디지 못했다. 하지만 그녀에게 과연 그 사실이 중요할까? 그건 내 마음의 짐을 덜어 내는 이기적인 행동, 이상도 이하도 아닐 것이다. 나는 변명이 아닌 보상을 위해 이곳에 왔다.

"그냥 미안하다고만 말하고 싶어."

내가 말했다.

"그리고 그녀를 도울 방법이 있는지 알아보고 싶어. 그저 그녀가 내게 말을 해줬으면 좋겠어."

나는 에밀리에게 편지를 쓰지 않았다. 전화도 하지 않았다. 그녀가 답장을 하지 않거나 전화를 끊어 버릴까 봐 겁이 났다. 물론 초대받지 않은 방문에도 나름의 변수는 있다. 눈앞에서 문이 쾅 닫힐 상황을 나는 충분히 예상하고 있었다. 어떤 상황이 닥치든 그녀의 상태를 악화시키는 일만큼은 절대 하고 싶지 않았다.

"누군가 나를 들여보내 준다면 커피를 마시러 가는 게 어떨까?"

나는 올리버에게 말했다.

"내가 나올 때 전화하면 되니까, 굳이 여기서 기다릴 필요……."

"여기서 기다릴래."

그는 대답했다.

"읽을 책도 있으니 서두르지 않아도 돼."

그는 나만큼 긴장하고 있는 것 같았다.

"좋아."

나는 초록색 문을 바라보았다.

"그녀가 집에 있기를 바라야 할지, 없기를 바라야 할지 모르겠어."

그는 나를 부드럽게 떠밀어 주었다.

"알아낼 방법은 하나야."

그가 말했다. 나는 끄덕이고 밴의 문을 열었다. 진입로를 걷기 시작했다. 나는 빈손을 내려다보며 그녀를 위해 뭔가를 가져왔어야 했을지 모른다는 생각을 했다. 실은 직접 구운 쿠키나 꽃을 생각하긴 했다. 하지만 어느 것도 옳다고 느껴지지 않았다. 그보다는 내 진심이 중요했다. 진심 어린 말로 그녀에게 다가가야 했다.

나는 끔찍한 감옥에서 살아남았고 무지렁이 상태에서 시작한 벽화 복원을 멋지게 마쳤으며 일 년 반 동안 술을 입에 대지 않았다. 그 점을 스스로에게 되뇌었다. 나는 이것도 해낼 수 있다. 나는 내가 생각한 것보다 훨씬 강하다.

지난해 천만금 같은 기회가, 극히 소수의 사람만이 누릴 수 있는 특권이 내 인생에 불쑥 찾아왔다. 갤러리에서 올리버와 함께 일한 것, 주디스 시플리가 내 증조할머니라는 사실을 알게 된 것…… 나와는 평생 인연이 없을 것 같던 행운이 한꺼번에 들이닥쳤다.

만약 제시 윌리엄스 선생님이 내 이름을 끝까지 몰랐다면? 나는 여전히 감옥에 있었을 것이다. 말 없는 감방 동료가 숨긴 둔탁한 버터나이프에 목이 베일까 봐 뜬눈으로 긴긴밤을 보내고 있었을 것이다. 바깥세상에 나가면 망가진 인생을 어떻게 살아 내야 할지 머리가 터지도록 고민하고 있었을 것이다. 목표도, 사랑도, 그 어떤 종류의 열정도 내 편이 아니었을 것이다.

현관으로 통하는 계단을 오를 때 내 마음속은 주디스로 가득했다. 그녀가 일기를 쓰면서, 온 세상이 볼 벽화를 그리면서, 어떻게 힘든 진실을 마주했는지 생각했다. 그 모든 것을 뒤로하고 앞으로 나아가기 위해 삶이라는 실타래를 어떻게 직조해 나갔는지 생각했다.

"과거와 화해하지 않으면 결코 미래로 나아갈 수 없거든."

그녀의 말이 귓가를 맴돈다. 심호흡을 하고 초인종 버튼 위에 손을 올렸다.

안에서 흘러나오는 벨 소리를 들으며 내 앞에 펼쳐질 미래를 기다렸다.

노스캐롤라이나주 이든턴, 저는 이 멋진 마을을 처음으로 방문했을 때부터 언젠가 이곳을 배경으로 한 책을 내야겠다고 마음먹었습니다.

그러던 중 대공황 시대, 재무부가 후원한 '48개 주 대상 벽화 경연 대회'에 관한 글을 읽고 나서야 이 작은 마을에 딱 들어맞는 스토리를 구상할 수 있었습니다. 참고로, 실제 노스캐롤라이나의 벽화는 이든턴 우체국이 아닌 분Boone 우체국에 전시됐습니다. 하지만 제 머릿속에는 이미 이든턴의 역사와 산업이 벽화에 완벽하게 녹아들고 있었습니다.

이든턴의 주민은 오천 명이 채 안 되지만 그들은 마을에 남다른 애정을 가지고 있었습니다. 조사한 바에 따르면, 대부분의 마을 사람들이 이든턴의 역사에 해박했습니다. 따라서 외부인인 제가 이 이야기를 쓴다는 점이 약간의 부담으로 다가오기도 했습니다. 가능한 한 있는 그대로 마을을 보여 주고 싶었기 때문입니다. 그런 면에서 저는 정말 많은 도움을 받았습니다. 그들의 너그러움과 성원에 깊이 감사드립니다.

　무엇보다 제가 처음으로 이든턴에 방문했을 때, 열정적인 가이드가 되어 주었던 샐리와 그녀의 남편 알렉스에게 감사의 마음을 전하고 싶습니다. 작품 속 안나가 가끔 식사를 했던 '앨버말 레스토랑'은 알렉스의 아버지가 운영하는 곳이었습니다. 그리고 샐리는 이든턴 역사 위원회의 일원이었습니다. 그녀는 자신과 남편이 그토록 아끼는 이 작은 마을에서 제가 영감을 받을 것이라는 걸 처음부터 알고 있었습니다.

　눈앞에 펼쳐진 현대화된 도시에서 팔십여 년 전의 모습을 상상해 내는 것은 꽤 까다로운 일입니다. 하지만 저는 운이 좋았습니다. 이든턴의 주민들은 오래전의 기억을 잘 간직하고 있었습니다. 저는 이든턴에서 나고 자란 존경받는 작가, 필립 맥멀란을 만났습니다. 필립은 안나가 살았던 시대의 이든턴을 구현해 낼 수 있게 도와주었습니다. 그는 주유소와 식당을 비롯한 모든 상점들을 기억하고 있었습니다. 이 마을이 안나에게 어떻게 보였을지 만들어 내는 데 큰 도움을 받았습니다. 그는 안나가 어디에서 머무를지를 설정하는 데에도(가상의 인물인 머틀 부인의 집), 안나의 벽화 안에 어떤 장면이 들어갈지를 설정하는 데에도 도움을 주었습니다. 필립, 당신의 한없는 관대함에 정말 감사드립니다.

　아프리카계 미국인의 인구 비율이 높은 이 마을에서 이야기 속 인종 갈등은 필연적이었습니다(현재 이든턴 인구 중 약 60퍼센트가 아프리카계 미국인입니다). 1940년대와 오늘날의 인종 간의 삶,

저는 그것을 이해하기 위해 최선을 다했습니다. 그렇다고 과거와 현재, 그곳에 살고 있는 개개인의 삶을 마냥 꾸며 내지는 않았습니다. 이든턴의 '연합 감리교회'의 인종 화합 단체를 우연히 만날 수 있었던 것은 엄청난 행운이었습니다. 이 그룹은 조 베이커를 주축으로 인종 간 소통 증진을 위해 마을 사람들이 시작한 단체입니다. 저를 모임에 초대해 주신 조에게 감사드립니다. 모임을 앞두고 저는 대여섯 명의 사람들이 나누는 한두 시간 가량의 대화를 예상했습니다. 하지만 실제로는 서른 명 가까운 사람들이 커다란 원을 만들어 모여 있었습니다. 흑인과 백인으로 구성된, 열정적인 그들은 서로에게 중요한 존재였습니다. 처음 모임을 시작했을 때 서로에게 불쾌감을 줄까 두려워 간접적으로, 아주 조심스럽게 대화를 시작했다는 이야기를 듣고 저는 큰 감동을 받았습니다. 그들은 곧 서로를 이해하기 위한 새로운 방법을 찾기로 결정했고 그 방법이 성공했음을 저는 알아챌 수 있었습니다. 그 안에 있는 사람 모두에게 거리낌 없이, 편안하게 다가가는 작은 소년의 모습이 바로 그들이 성공했다는 증거였습니다.

저는 이 이든턴의 인종 화합 단체가 미국의 많은 도시들에서 유사한 단체들의 표본이 될 수 있을 것으로 봅니다.

인종 화합 단체를 통해 저는 두 명의 흑인 남성, 노먼 브링클리와 역사학자인 벤 스펠러 박사를 만났습니다. 그들은 40년대, 이든턴에서 소년 시절을 보냈습니다. 당신들의 시간을 공유해 주셔서 감사합니다. 그 덕에 제시 윌리엄스의 십 대 시절은 어떠했을지 이해할 수 있었습니다. 노먼과 벤의 값진 경험담 없이 제시에 대해 쓴다는 것은 불가능했을 겁니다. '쉐퍼드프루든 메모리얼 도서관'은 이든턴의 아름다운 해안가에 위치해 있습니다. 도서관의 사서, 제니퍼 핀레이는 제 질문들에 답해 주었고 조이스 화이트는 1940년대『초완 해럴드』를 읽을 수 있도록 마이크로필름 기계의 사용법을 알려 주었습니다. 소설 안에서 모건이 그랬던 것처럼 말이지요.

『초완 해럴드』이야기가 나와서 덧붙이자면 이든턴 방문 시 물심양면으로 저를 도와준, 지금은 고인이 되신 레베카 번치 기자에게도 감사함을 전합니다. 레베카는 이 마을을 정말 사랑했습니다. 저는 그녀의 기사가 신뢰할 만하다는 것을 단번에 알아차렸습니다. 깊은 애도를 표하며 고인의 명복을 빕니다.

이든턴에 머무는 동안 저는 노스캐롤라이나주 동부의 내륙 해안 지역에 위치한 수잔 베크위스의 아름다운 여관에서 지냈습니다. 그곳은 모든 공간이 역사로 둘러싸인 멋진 곳이었습니다. 수잔, 당신의 사랑스러운 숙소와 멋진 아침 식사에 정말 감사드려요.

그리고 서점 겸 찻집, '독서의 정원'을 운영하는 엘리자베스 베리에게도 고맙다고 말하고 싶습니다. 엘리자베스, 도와주셔서 감사합니다. 다시 한번 같이 작업할 수 있기를 바랍니다. 엘리자베스가 만들어 준 차는 환상적이었어요!

이 책을 쓰면서 가장 감당하기 어려웠던 부분은 바로 벽화 복원에 관한 지식을 습득해야 한다는 것이었습니다. 노스캐롤라이나 더럼에 위치한 '에슬랭 미술품 복구사'의 젠 에슬랭은 저와 몇 시간을 함께하면서 자신의 작업 도구와 기술을 직접 보여 줬습니다. 젠, 귀중한 시간을 들여 귀한 정보를 주셔서, 모건이 벽화 복원을 위해 해야 할 일을 알려 주셔서 고맙습니다.

그리고 안나의 그림과 모건의 복원에 들어간 예술적 요소들을 이해할 수 있도록 도와준 예술가이자 제 의붓딸인 브리타니 월스에게도 고맙다고 말하고 싶습니다.

모건 이야기가 나와서 말인데 그녀의 죄와 처벌, 가석방에 대해서도 조사해야 했습니다. 전직 보호관찰관, 제이슨 제르진스키로부터 많은 정보를 얻었어요. 익명으로 남기를 바란 고등학교 때 친구에게서도 마찬가지로 많은 정보를 받았습니다. 시간을 들여 제 수많은 질문에 답해 준 두 사람 덕에 모건의 죄와 처벌을 보다 현실적으로 표현할 수 있었습니다. 고맙습니다.

어떤 일이든 능숙하게 해결하는 제 비서, 캐시 윌리엄슨과 초고를 읽고 조언해 준 여동생 조앤 스캔런에게도 고마움을 전합니다.

소설을 쓰는 것에 관한 즐거움, 창의력, 스스로를 향한 의심, 그리고 그저 써 내려가는 노력을 서로 공감해 주는 여성들로 구성된 노스캐롤라이나의 작가 모임에 감사드립니다. 메리 케이 앤드루스에게도 특별히 감사의 말을 전합니다. 우리는 타이비섬에 있는 그녀의 아름다운 집에서 글을 쓰고 브레인스토밍도 하면서 일주일을 보냈어요. 메리 케이, 당신이 제공한 집과 우정, 창조적인 아이디어까지, 정말 고맙습니다.

저는 수전 긴즈버그가 세계에서 제일가는 에이전트라고 믿어 의심치 않습니다. 통찰력과 재능을 겸비한 수전은 상냥한 사람이지만 의뢰인을 대변해야 할 때는 굉장히 단호해지기도 합니다. 그녀가 곁에 있어 얼마나 든든한지 모릅니다. 제 책을 위해 열심히 애써 준 라이터즈 하우스의 모든 직원들, 특히 캐서린 브래드쇼와 페기 볼로스 스미스, 그리고 보이지 않는 곳에서 제 책을 독자들의 손에 전달하기 위해 애쓴 모든 분들에게도 감사의 말씀을 드립니다. 공연예술 에이전시의 루시 슈틸레에게도 고마움을 전하고 싶어요.

원고를 읽음과 동시에 개선점을 짚어 내는 뛰어난 통찰력의 소유자이자 제 편집자인 젠 엔덜린. 작가들은 자신의 작품에 너무 빠져들어 있어서 부족한 점이 눈에 들어오지 않을 때가 있거든요. 저는 젠의 초인적인 재능을 신뢰하고 존중합니다. 그녀와 함께 일할 수 있다는 것을 영광으로 생각합니다.

세인트마틴의 홍보 담당자인 케이티 바셸, 지난해 제가 후두염에 걸려 취소되었던 북투어를 다시 마련해 주셔서 고맙습니다. 케이티, 당신의 인내심에 감사드려요.

최선을 다해 제 책을 만들어 주신 세인트마틴의 모든 분들께 감사드립니다. 샐리 리차드슨, 브란트 제인웨이, 에리카 마르티라노, 제프 도데스, 리사 센즈, 킴 러들램, 말라티 차발리, 조나단 홀링스워스, 앤 마리 탈베르그, 트레이시 게스트, 리사 데이비스, 마이크 스토링스, 그리고 영업부의 모든 분들께도 감사의 말씀을 드립니다. 멋진 표지를 만들어 주신 다니엘 피오렐라에게도 고맙다는 말을 전하고 싶어요!

늘 그렇듯, 소중한 제 동반자, 존 팔리우카에게 감사합니다. 제가 글을 쓰는 데 전념할 수 있도록 끼니 때마다 배달 음식에도 불평하지 않은 점, 글을 쓰다가 구석에 몰렸을 때 언제든 기꺼이 벗어날 수 있도록 도와준 점에 대해서도 고마워요.

마지막으로 이 모든 것을 가치 있게 만들어 주신 전 세계의 독자분들께 감사드립니다!

낡아 버린 비밀

2020년 5월, 미국에서 경찰의 과잉 진압으로 흑인 남성이 사망한 사건이 있었다.

어쩐지 낯이 익었다. '저기는 늘 저렇지 않던가.' 안타깝고 화도 났지만 나의 감상은 거기까지였다. 그러나 미국의 분위기는 달랐다. 흑인에 대한 공권력 남용을 비판하는 시위가 미국 전역에서 벌어졌고 온라인 캠페인 역시 전 세계에 걸쳐 이어졌다. 그때 나는 이 책을 만났다. 백인의 시체를 우연히 발견하고 몸을 사리는 흑인 아이들. 프롤로그에서부터 짙게 서려 있는 긴장감에 마음이 동했다. 맞물린 시의성에 구미가 당겼다.

그렇게 이 책과 나의 인연이 시작됐다.

2022년 옮긴이의 말을 적고 있는 지금, 인종차별의 타깃은 동양인을 향하고 있다.

서구권 국가에서 동양인이라는 이유로 테러를 당했다는 기사가 심심치 않게 보인다. 외형만으로 내가 누군가의 공격 대상이 된다는 것에 안타까움과 분노, 그리고 공포감까지 더해졌다.

공포감 이전에 안타까움을 먼저 느꼈던 것은 내가 그 일의 당사자가 아니었기 때문에 가능한 여유였을 것이다. 지금껏 나는 그들의 고통 바깥에 있었다. 2020년 5월의 뉴스를 다시 찾아보았다. 이제야 나는 그들의 고통 안으로 들어왔다. 이야기 속 제시와 제시 가족들이 겪었을 괴로움이 새삼스러웠다.

저자는 타고난 권력을 가진 백인이다. 공포를 느끼지 않을 권력. 하지만 탁월한 감수성으로 제시와 제시 가족들의 아픔을 잘 표현했다.

불편한 소재는 비단 인종차별뿐만이 아니다. 정신질환, 강간, 살인, 성차별, 범인 은닉, 누명에 의한 옥살이, 알코올중독, 아동방임……. 작가는 이런 껄끄러운 소재를 고르게 다듬어 감당 가능한 결말을 내놓았다.

2018년을 살고 있는 모건과 1940년을 살고 있는 안나, 그리고 둘을 잇는 매개체, 벽화.

같은 시기에 탄생한 벽화와 비밀은 홀연 종적을 감춘다. 벽에 걸려야 하는 본연의 기능을 철저히 상실한 벽화와는 다르게 비밀은 제 임무에 충실했다. 팔십 년이 지난 2018년, 모건의 손을 통해 둘의 운명은 뒤바뀐다. 색 바랜 벽화가 선명해지는 만큼 비밀은 빛이 바랜다. 제구실을 하지 못했던 벽화가 다시금 생명력을 얻어 갈수록 조금씩 드러나는 비밀은 비밀로서의 자격을 상실해 버린다. 안나와 모건의 시공간에는 그러한 역설이 깔려 있다.

두 미술가의 불행, 안나의 불운은 외부에 의한 것이었지만 모건의 불운은 자신의 선택으로 보인다. 하지만 선택의 이면에는 사랑을 갈구하는 처절한 몸부림이 있었다. 학대로 말미암아 사랑에 굶주렸던 내면의 아이가 사랑받기 위해 내린 반쪽짜리 선택. 모건은 무거운 대가를 치른 후에야 현실을 자각한다. 자유를 위한 수단으로만 여겼던 벽화에 조금씩 애착을 갖게 된 모건이 안나의 일기를 읽고 벽화 앞에 주저앉아 울어 버렸을 때 나도 한참을 울었다. 감정의 불씨를 꺼트리는 데 서투른 관계로 아직도 눈을 감으면 하얀 단발머리의 안나가 도렷하게 떠오른다.

나는 어느새 안나에게 말을 건네고 있었다.

어떻게 지내셨나요? 그 거대한 두려움을, 무력감을, 외로움을 어떻게 견디셨나요? 가슴에 맺힌 응어리를 어떻게 도려내셨나요? 저는 참 이기적인 사람입니다. 그렇기에 제가 응원하는 사람들은 무조건 행복하기를 바랍니다. 그리고 안나가 어떻게든 행복하길 바랐습니다. 안나의 인생이, 주디스의 인생이 이른바 해피엔딩으로 향하길 바랐습니다. 소녀티도 가시지 않은 이십 대 초반의 안나에게 네 잘못은 없다고 말해 주고 싶었습니다. 주디스로 지낸 시간이 편안하셨기를 바랍니다.

소위 인생의 길흉화복은 맞물려 돌아간다고들 한다. 그럼에도 불구하고 안나가 안나의 이름으로 살았던 삶은 변덕 그 자체였다. 인생이 안나에게 부린 변덕의 폭은 조울증을 앓았던 안나 어머니의 기분의 폭만큼이나 컸다. 상실의 고통, 경연 대회 입상이라는 예기치 못했던 선물, 이후 강간과 살인까지……. 조금 더 이전으로 가볼까? 안나는 어머니의 기분에 따라 행복과 좌절을 거듭 겪으며 살아왔다. 하지만 '활기찬 마법'은 유한하다는 것을 알고 있었기 때문에, 우울은 언제까지 지속될지 알 수 없었기 때문에 늘 불안했을 것이다.

한편 모건은 부모의 방임과 학대로 불안정한 유소년기를 보냈다. 가장 편안함을 느꼈어야 할 장소가, 가족이 두 사람에게는 불안의 근원이었다는 점에서 닮았다. 그럼에도 두 사람은 불운을 딛고 일어섰다. 이 책을 읽은 독자들이라면 기꺼이 두 미술가의 삶에 박수를 보냈을 것이라 믿는다.

세상에 나올 때 개개인에 할당된 운의 총량이 정해져 있다면 나는 내 몫의 대부분을 내 부모의 딸, 내 동생의 누나가 되는 데 썼다고 생각해 왔다. 하지만 문학사상과의 인연으로 나는 여전히 과하게 운이 좋은 사람이구나, 하고 감히 되뇌어 본다.

코로나19라는 누구도 상상하지 못했던 이유로 세상이 갑작스럽게 변했다. 어렵고 불안한 시기에 독자들에게 심심한 위로의 말을 건넨다.

옮긴이 **한지희**

1983년 대전에서 태어났다. 중앙대학교를 졸업하고 국회 보좌관으로 근무했다. 아일랜드 소재의 국제 학생 교육기관과 스페인 마드리드 소재의 무역회사에서 근무하다 사설 교육기관을 운영하고 현재 전문 번역가로 활동 중이다.

낯선 마을이 너를 부른다

1판 1쇄 인쇄   2022년 9월 15일
1판 1쇄 발행   2022년 9월 23일

지은이   다이앤 체임벌린
옮긴이   한지희

펴낸이   임지현
펴낸곳   (주)문학사상
주소   경기도 파주시 회동길 363-8, 201호(10881)
등록   1973년 3월 21일 제1-137호

전화   031) 946-8503
팩스   031) 955-9912
홈페이지   www.munsa.co.kr
이메일   munsa@munsa.co.kr

ISBN 978-89-7012-540-4 (03840)